REENCUENTRO EN LA VILLA DE LAS TELAS

ANNE JACOBS

REENCUENTRO EN LA VILLA DE LAS TELAS

Traducción de
Mateo Pierre Avit Ferrero, Ana Guelbenzu de San Eustaquio
y Paula Aguiriano Aizpurua

PLAZA [PJ] JANÉS

Papel certificado por el Forest Stewardship Council®

Penguin
Random House
Grupo Editorial

Título original: *Wiedersehen in der Tuchvilla*
Primera edición: febrero de 2023

© 2022, Blanvalet Verlag, una división de Penguin Random House
Verlagsgruppe GmbH, Múnich, Alemania.
Derechos negociados a través de Ute Körner Literary Agent
www.uklitag.com
© 2023, Penguin Random House Grupo Editorial, S. A. U.
Travessera de Gràcia, 47-49. 08021 Barcelona
© 2023, Mateo Pierre Avit Ferrero, Ana Guelbenzu de San Eustaquio
y Paula Aguiriano Aizpurua, por la traducción

Printed in Spain – Impreso en España

ISBN: 978-84-01-03007-9
Depósito legal: B-21503-2022

Compuesto en La Nueva Edimac, S. L.

Impreso en Liberduplex, S. L.
Sant Llorenç d'Hortons (Barcelona)

L030079

Los habitantes de la villa de las telas

Katharina, Kitty, Scherer (1895), de soltera Melzer, viuda de Alfons Bräuer, primer marido de Kitty Scherer
Henny (1916), hija de Kitty Scherer y Alfons Bräuer
Robert Scherer (1888), segundo marido de Kitty Scherer

OTROS MIEMBROS DE LA FAMILIA

Gertrude Bräuer (1869), viuda de Edgar Bräuer
Tilly von Klippstein (1896), de soltera Bräuer, hija de Edgar y Gertrude Bräuer
Ernst von Klippstein (1891), marido de Tilly von Klippstein
Elvira von Maydorn (1860), cuñada de Alicia Melzer, viuda de Rudolf von Maydorn

LOS EMPLEADOS DE LA VILLA DE LAS TELAS

Fanny Brunnenmayer (1863), cocinera
Else Bogner (1873), criada
Maria Jordan (1882-1925), doncella
Hanna Weber (1905), chica para todo
Humbert Sedlmayer (1896), criado
Gertie Koch (1902), doncella
Christian Torberg (1916), jardinero
Gustav Bliefert (1889-1930), jardinero
Auguste Bliefert (1893), antigua criada
Liesl Bliefert (1913), ayudante de cocina, hija de Auguste Bliefert
Maxl (1914), hijo de Auguste y Gustav Bliefert
Hansl (1922), hijo de Auguste y Gustav Bliefert
Fritz (1926), hijo de Auguste y Gustav Bliefert

PRIMERA PARTE

1

La silueta de la estatua de la Libertad se encogía a lo lejos, pronto tan solo fue una diminuta línea gris en el horizonte y al final desapareció por completo en la bruma. El Bremen avanzaba por el Atlántico, las olas se volvieron más fuertes, el barco subía y bajaba. Se podía sentir cómo la maquinaria trabajaba a toda velocidad.

—¿Ya nunca volveremos a ver a mamá? —preguntó Kurt, de trece años, que estaba junto a Paul en la borda, mirando fijamente hacia donde unos minutos antes se habían desvanecido la ciudad de Nueva York y la línea de la costa.

—Por supuesto que volveremos a verla, tonto —respondió Dodo antes de que su padre se animara a hablar—. El año que viene regresaremos a Nueva York para hacerle otra visita. Quizá incluso antes.

—Queda una eternidad para el año que viene...

—¡Llega más rápido de lo que crees, Kurti!

El muchacho enmudeció. Agarrándose a las barras metálicas de la barandilla, bajó la mirada hacia las sombrías olas, que impactaban en el casco del barco.

—Creo que vuelvo a encontrarme mal —murmuró.

Paul consiguió por fin salir del estado depresivo que llevaba arrastrando durante días y que había aumentado hasta una angustia dolorosa.

—Que no, esta vez no te pondrás malo —dijo acariciando el pelo oscuro del muchacho. Era rizado y suave; Kurt había heredado el bonito pelo de Marie.

—Sí —insistió Kurt—. Voy a vomitar.

—Bajemos al camarote —propuso Dodo—. Para abrir los regalos que mamá nos ha dado.

La distracción funcionó; Kurt asintió y cogió la mano de su hermana mayor, que lo condujo a través de los pasajeros hasta la puerta.

—¡Enseguida voy! —exclamó Paul—. Todavía necesito un poco de aire fresco…

Supuso que no lo habían oído, pues ambos se marcharon sin darse la vuelta. Lo dejó estar. Era una bendición que Dodo se ocupara con tanto cariño de su hermano pequeño; eso mitigaba un poco el dolor del muchacho por separarse de Marie y de Leo, y a él le daba la oportunidad de recuperar su equilibrio interior.

Esta había sido la segunda vez que los visitaba en Nueva York. Hacía ya dos años del primer reencuentro, aunque entonces fue él solo; Kurt tenía que ir a la escuela y Dodo estaba en un internado en Suiza. Aquella vez volvió a Alemania lleno de esperanza, firmemente convencido de que la angustia por la separación terminaría pronto y Marie regresaría a Alemania tarde o temprano. Entretanto, no se explicaba de dónde había sacado ese optimismo. En aquella época los indicios de un opresivo futuro en tierras alemanas eran claramente perceptibles, pero no los había querido ver. El reencuentro con Marie había eclipsado todo lo demás. Los pocos días llenos de felicidad, que pasaron en el pequeño piso o paseando por Central Park, de excursión y en la costa, habían transcurrido muy rápido. Tras una breve timidez inicial, volvió el enamoramiento, y fue tan emocionante como cuando se conocieron.

De este entusiasmo había extraído la certeza de que nada ni nadie podía separarlos. Ni la civilización extranjera ni el inmenso Atlántico, y mucho menos Adolf Hitler, que tarde o temprano se desvanecería como una maligna aparición.

¡Cuánto se había equivocado! Insidioso y arrollador, el tiempo estuvo en su contra y los había alejado cada vez más. Durante los últimos dos años, habían intercambiado cartas con asiduidad. En esa segunda visita supo que Marie regentaba su propia tienda de modas, con la que ganaba tanto que había asumido una parte considerable de los gastos para el internado de Dodo. No obstante, su alegría por el éxito de Marie solo era sincera en parte, pues sabía quién le había procurado esa tienda y la había apoyado económicamente al principio: Karl Friedländer, el acompañante siempre amable y jovial de su mujer, que parecía tan perfecto y simpático, pero que —sí, era así y de ningún otro modo— le había robado a su querida mujer. No dudaba de que Marie le era fiel; no dormía con ese hombre, eso lo sabía. Y, sin embargo, Karl, como ella lo llamaba, tenía todo lo que constituía una parte considerablemente grande de su amor por Marie: las conversaciones íntimas, los encuentros diarios, las miradas ardientes, su sonrisa, el sentimiento de pertenencia mutua, de estar ahí para el otro. Ni siquiera deseaba hablar de la ayuda económica que le prestó, que al parecer Marie le había devuelto. Karl Friedländer disfrutaba del privilegio de estar junto a Marie, que a él, su marido, le estaba prohibido. Y tampoco tenía la posibilidad de expresar su enfado, no, tenía que encerrar la cólera y los celos en su corazón y fingir gratitud hacia esa persona.

Todo esto le habían demostrado en esa segunda visita con dolorosa claridad, pero no era lo único que pesaba sobre su alma. Era la esperanza desaparecida de que esa situación terminase pronto.

Los vaticinios de Robert se habían confirmado de la peor

manera. Si bien al principio los judíos en Alemania aún tenían permitido comerciar y solo les habían apartado de ciertas profesiones, esto también se había acabado. Desde los horribles sucesos en noviembre del año anterior, cuando en todas las ciudades alemanas ardieron las sinagogas y llevaron a los hombres judíos en grupos a los campos, estuvo definitivamente claro qué tramaba el estado nazi: la privación de los derechos y la expulsión de todos los judíos que aún permanecían en Alemania. Los habitantes judíos de Augsburgo regresaron de los campos con la cabeza rapada y pánico en los ojos, casi todos decidieron emigrar, pero Robert contó que el Estado exigía a los emigrantes un pago demasiado elevado, de modo que apenas les quedaba nada más que la vida cuando se iban. Él aún creía que Marie, al ser su esposa, estaría protegida de las vejaciones, pero ya no quiso abordar el tema en esa visita.

De repente notó que tenía frío. Se abotonó la chaqueta, que se hinchó por el viento. Los pasajeros que estaban con él en la borda para ver el continente que se desvanecía se habían dispersado por toda la cubierta; muchos se habían refugiado en sus camarotes, otros se habían puesto cómodos en las tumbonas envueltos en mantas. Paul volvió a respirar hondo, después abandonó la cubierta para cumplir su promesa y reunirse con Kurt y Dodo.

Viajaban en segunda clase. Él compartía un camarote exterior con Kurt, y Dodo dormía con una joven española en un camarote interior menos lujoso, lo que sin embargo a ella, como afirmó, le importaba poco.

—Para nuestro Kurti es algo maravilloso ver el mar desde la cama —había dicho—. A mí me da igual, si tengo ganas de ver el mar, pues voy a la cubierta.

Por supuesto, su hija adulta —Dodo ya tenía veintitrés años— sabía que ese viaje no era precisamente barato. Al principio se negó a ir porque la familia ya había pagado mucho dinero por su bachillerato en el internado suizo. Pero al final Paul pudo convencerla, pues Marie y sobre todo Leo esperaban con mucho anhelo verlos a todos después de tanto tiempo.

Encontró a Dodo y a Kurt en el camarote exterior entre una montaña de cajas y papel de regalo. Marie no había escatimado a la hora de obsequiar a sus hijos; asimismo, Leo quiso hacerles un regalo y, por supuesto, también había participado el inevitable Karl. Radiante de felicidad, Kurt estaba sentado en el suelo y probaba los coches de carreras, que corrían por el camarote solos y sin necesidad de darles cuerda. En casa, Paul había construido con su hijo un circuito de madera que ocupaba casi toda la habitación de los niños. Solo los caros modelos de hojalata podían utilizarse allí, los coches de caucho macizo que le fueron regalando de vez en cuando estaban colocados en fila en la estantería cogiendo polvo.

—Bueno, ¿había algo interesante? —preguntó Paul con fingida alegría.

—Ya tenía el Mercedes —balbució Kurt—. Pero no importa que ahora tenga dos flechas plateadas. Es un Auto Union tipo D, es nuevo, papá. Me lo regaló Leo. Y Karl me dio una gasolinera. ¡Mira! Coges la manguera y echas gasolina.

—Por desgracia hay que pagar en dólares y céntimos —se le escapó a Paul, que había ojeado los rótulos en el colorido juguete de hojalata.

—No pasa nada, papá. Todavía nos quedan dólares, ¿verdad?

—Entonces puedo repostar en tu gasolinera —respondió Paul.

—¡Y yo también! —se inmiscuyó Dodo—. Cuando tenga mi nuevo coche.

El coche pequeño de Marie, que Dodo había conducido un tiempo, se lo habían dado a Kitty, cuyo «cochecito», muy a su pesar, un día se negó a funcionar definitivamente. Pero la tía Elvira le había firmado a Dodo un contrato de ahorro para adquirir uno de los nuevos Volkswagen, que próximamente estaría disponible por 998 marcos. Tenía que pagar 5 marcos semanales y, cuando hubiera reunido más de 700, podía inscribirse en la lista de candidatos. Al año siguiente la fábrica Volkswagen quería empezar ya con las primeras entregas del coche a todo el mundo.

—¡Un dólar por litro de gasolina! —estableció Kurt en plenitud de poderes.

—¡¿Qué?! —exclamó Dodo—. ¡Eso son precios abusivos! El litro cuesta treinta y nueve céntimos, ¡y ya es bastante caro!

—En mi gasolinera cuesta un dólar —insistió Kurt, cogió su nuevo flecha plateada y condujo sobre los zapatos de su padre—. ¡Brrrrrrummm!

El niño no mostraba señales de mareo. Paul se sintió aliviado, le hizo una seña aprobatoria a Dodo y se puso a retirar las cajas y el papel de embalaje. En la gran maleta de ultramar había más regalos, que seguro que eran para Kitty, Henny y Robert, para Gertrude y Tilly y su familia, para Lisa y los niños, y en particular para el personal de la villa de las telas. Al principio Paul se resistió a llevar todos esos paquetes, pues temía que en la aduana le desbaratasen los planes, pero como no soportó el rostro decepcionado de Marie, acabó cediendo. Al fin y al cabo, era una demostración de sus fuertes lazos con la familia y la villa: ¿por qué iba a oponerse?

Ahora parecía encontrarse un poco mejor; si bien no había superado la dolorosa separación de Marie, conseguía apartarla. Se habían despedido en su piso, las maletas ya estaban hechas, abajo esperaba el taxi amarillo que los llevaría al puerto. Marie estaba vestida para ir a su tienda, olía a perfume estadounidense y de pronto a él le resultó una persona distinta de la Marie con la que había dormido esa última noche, estrechamente abrazados y llenos de pasión.

—Hasta que nos volvamos a ver, querido —le había susurrado al oído.

La había besado, pero no fue capaz de responder. ¿Cuándo volverían a verse? Nadie podía predecirlo, pues Alemania se dirigía imparable hacia una guerra. Paul, que había sido soldado en la guerra mundial, sabía lo que eso significaba.

Se arrodilló en el suelo para jugar un rato con Kurt, después almorzarían en el comedor de la segunda clase y, en caso de que más tarde Kurt también se librara del mareo, quería explorar el barco con él, quizá jugar un par de rondas al juego del tejo. El muchacho era lo único que le quedaba: su hijo, que ya mostraba gran disposición para ser un buen ingeniero y que, Dios mediante, llevaría en el futuro su fábrica. Marie respetaba su decisión de que Kurt se quedase en Alemania, aunque lo consideraban un «mestizo judío», al igual que a sus dos hermanos. Ella no había tocado el tema durante su visita y, cuando esa mañana Kurt se quejó y dijo que prefería quedarse con su madre, lo tranquilizó de forma inteligente y tierna.

—¿Y qué pasará con Willi si no vuelves con él?

Willi era un gran perro marrón, que en realidad pertenecía a Liesl, pero era el compañero de juegos favorito de Kurt. En efecto, la pregunta consiguió su propósito. Kurt alzó la vista hacia Marie con ojos asustados y dijo:

—Tienes razón, mamá. No puedo dejar solo a Willi.

Paul pasó por alto la ofensa que había en ese intercambio de palabras. Habría sido ridículo pensar que un perro era más importante para su hijo que su padre. El muchacho aún no podía comprender el alcance de semejantes declaraciones.

En el comedor de la segunda clase reinaba un ambiente animado; el Bremen ofrecía a los pasajeros de las dos clases superiores, junto a camarotes cómodos y buenas comidas, también mucho entretenimiento. Además, llegarían en menos de cinco días a Europa, solo era más rápido un barco de vapor francés, cuyo nombre sin embargo nadie conocía. El camarero les asignó una mesa en la que ya habían tomado asiento dos señoras de mediana edad, que serían sus compañeras en el restaurante durante el resto del viaje. Se presentaron; las señoras se llamaban Ingeborg Hartmann y Eva Kühn, eran hermanas, ambas viudas, procedían de Hamburgo y habían visitado a su hermano, que había emigrado unos años antes y ahora poseía una gran granja en Wisconsin.

—¿Y tú te llamas Kurt? —preguntó la señora Hartmann, la mayor, y sonrió maternalmente al muchacho de trece años.

—Eh... sí... —dijo Kurt. Fascinado, miraba fijamente los incisivos de la señora, que en ese momento se desprendieron de la mandíbula durante un instante.

—Pues eres un muchacho muy guapo —añadió la señora Hartmann, a la que por lo visto el percance con la dentadura postiza no le había resultado nada embarazoso—. Nuestras dos sobrinas tienen doce y trece años, les encantarías.

—¿Les gustan los coches de carreras?

—No lo sé. Pero saben montar a caballo, y a Lizzy, la mayor, ya la dejan conducir el tractor.

Lo último impresionó a Kurt. Él deseaba conducir en el futuro un tractor como el que se veía de vez en cuando en los campos de los alrededores de Augsburgo.

—Yo también sé montar a caballo —replicó lacónicamente.

—¡Quién lo hubiera dicho! —exclamó la señora Kühn, la hermana más joven, y dirigió la mirada hacia Paul, que estaba ocupado con su sopa de tomate—. Seguro que posee una gran finca, señor Melzer, si puede tener caballos.

Paul conocía esa mirada de ojos atentos que le dirigía la viuda. Ya en el viaje de ida le había llamado la atención ser objeto de curiosidad, pues viajaba sin esposa pero con un hijo pequeño y una hija adulta. Lo abordaron señoras de distintas edades, le hicieron cumplidos, se mostraron afables e incluso coquetas, y durante la velada de baile, en la que solo participó por Dodo, apenas pudo librarse de la encantadora compañía de las damas. La afluencia solo disminuyó cuando su hija le gritó:

—Qué lástima que mamá no esté aquí, ¿verdad, papá? ¡Se habría divertido mucho!

No se había enfadado con su hija, más bien encontró divertido que estuviese molesta con la insistencia de las señoras. De todos modos... tenía un aspecto aceptable a sus cincuenta años, el traje resaltaba su buen tipo y los mechones grises en las sienes apenas destacaban en su tupido pelo rubio.

También ahora, en la comida, Dodo se había inmiscuido en la conversación antes de que él llegase a responder a la curiosa pregunta.

—Mis padres poseen una fábrica de telas en Augsburgo, señora. Los caballos pertenecen a mi tía abuela, aunque ya ha abandonado la cría y se ha jubilado.

—Ay, qué interesante —observó la señora Kühn con amabilidad mientras removía su sopa—. De niña también montaba a veces porque nuestro abuelo tenía una explotación agrícola y caballos. Ay, sí, para nosotras siempre fueron unas vacaciones maravillosas, ¿verdad, Ingeborg?

Su hermana asintió con una sonrisa meditabunda y preguntó si la señora madre también montaba.

—No. Es diseñadora de trajes de noche —volvió a responder Dodo.

—Qué práctico —observó la señora Hartmann en dirección a Paul—. Usted produce las telas y su esposa cose vestidos con ellas. A eso le llamo yo un negocio familiar.

Se limpió ligeramente los labios con la servilleta y la dejó con descuido sobre el plato vacío.

—Así es —se apresuró a responder Paul—. Los de Augsburgo somos ahorradores. ¿Le ha gustado la sopa, señora?

—Ay, Dios, sí; aunque es de lata. Con ingredientes frescos es otra cosa.

Tampoco Kurt estaba entusiasmado, pues habían echado

perejil en la sopa y era difícil no meterse esa cosa verde en la boca. A continuación vino el ragú de pollo y se lo comió con gran apetito, solo una vez le dijo a Dodo que en la villa sabía mejor. Paul sonrió contento y le pasó su postre: mousse de chocolate con nata. La porción era tan pequeña que habría cabido en una copita de licor.

—Espero que nos veamos esta noche —dijo la señora Kühn con una sonrisa complaciente—. Está prevista una conferencia muy interesante sobre la Orden Teutónica.

Paul ya había visto el cartel. En él ponía: «Orden Teutónica: precursora del carácter alemán en el este». Pronunciaba la conferencia Breitenbach, un afiliado al NSDAP cuya cualificación para ese tema no estaba clara. Probablemente fuese una de las habituales acciones de propaganda de los nacionalsocialistas. Tenía pocas ganas de escuchar divagaciones.

—Me temo que no podré, señora —respondió amablemente—. He prometido a mi hijo jugar con él al tejo.

—Pero quizá la señorita pueda encargarse —sugirió la señora Kühn, que aún no había renunciado a lograr un trato más íntimo.

—La señorita —dijo Dodo con énfasis— tiene sus propios planes para esta noche, señora.

Se levantó, hizo una majestuosa reverencia a las consternadas señoras, sonrió alegre en dirección a su padre y se marchó. Paul aprovechó la ocasión para despedirse también y marcharse con Kurt.

Kurt encontró a un compañero para jugar al tejo, un muchacho de quince años de Bremen, lo que dio la oportunidad a Paul de tomar asiento en una de las sillas y observar el juego. A Kurt no se le daba mal, se tomaba su tiempo, medía la distancia con los ojos, apuntaba tranquilo y, si el golpe salía mal, se quedaba pensando a qué podía deberse. A Paul le gustó esa actitud. También en el colegio Kurt se concentraba en el planteamiento de un problema, profundizaba y no se distraía. Tras las vacaciones de Pascua comenzaría el sexto curso en el instituto St. Anna, sus notas eran entre buenas y sobresalientes. Sobre todo en cálculo iba muy por delante de sus compañeros, lo habían corroborado todos los profesores. La única gota amarga en el vaso de la felicidad era que Kurt manifestaba tendencia a la cabezonería. Varias veces había rehusado colaborar en clase tras enfadarse por lo que, en su opinión, era un castigo injusto. Entonces se sentaba en su pupitre con los brazos cruzados y guardaba un silencio obstinado. Paul se preocupaba, podrían aprovechar eso para expulsarlo del instituto pese a sus buenas notas. Allí no iban a olvidar que la madre de Kurt era judía.

Sus pensamientos retrocedieron sin querer, giraron en torno a las vivencias de las últimas dos semanas. ¡Qué ajeno se le había vuelto su hijo Leo! El joven introvertido e inseguro que viajó cuatro años antes con Marie a Nueva York ahora era un hombre adulto que había encontrado su vocación y se había consolidado profesionalmente. Un joven estadounidense, que se vestía a la manera de allí, llevaba el último corte de pelo neoyorquino y se entendía sin esfuerzo con todo el mundo en la calle —no importaba si era negro, blanco, asiático u oriental—. Su gran talento musical, que durante muchos años Paul había rechazado por considerarlo inútil, se había convertido en su oficio. Leo dirigía una orquesta privada, tenía muchas actuaciones y además escribía bandas sonoras, que le reportaban bastante dinero. Para poder trabajar tranquilo, según afirmó, había alquilado un pequeño apartamento en el que también pasaba la noche de vez en cuando. Por supuesto, ese piso le servía como nido de amor, pues Leo tenía novia, una bailarina llamada Richy, a la que presentó a su padre muy de pasada como *my sweetheart*. No parecía estar planeando ningún matrimonio, lo que a Marie le parecía raro, pero Paul no tenía intención de concienciar a su hijo en ese aspecto. No se sentía autorizado para ello.

Paul tenía sentimientos encontrados respecto a esa chica. Era guapísima, esbelta, de tipo sureño, con el pelo negro azabache y los ojos oscuros, en los que había un relampagueo provocador. Como hombre, le resultaba fascinante, era probable que también se hubiera enamorado de ella si hubiese tenido la edad de Leo. Como padre, sin embargo, albergaba sus dudas, pues Richy era tan ambiciosa como guapa. De momento estaba en paro porque el grupo de danza al que pertenecía se había disuelto. Eso pasaba con frecuencia en Nueva York, pues había muchas instituciones culturales privadas que debían autofinanciarse, muchas más que en Alemania. Por desgracia, en caso de quiebra los artistas se quedaban a dos velas y en la calle, y debían recolocarse en otra parte. Richy tenía varias pruebas como primera bailarina y, según le pareció a él, estaba nerviosa y susceptible por ello, algo que Leo también tuvo que sufrir.

Y, sobre todo, Dodo. El reencuentro de los hermanos, que al principio fue muy afectuoso, dio un giro inesperado, sin duda por culpa de Richy. Ni él ni Marie sabían lo que había pasado exactamente, lo único seguro era que Dodo no se entendió con Richy y al final Leo se puso del lado de su novia y en contra de su hermana. Esto ofendió mucho a Dodo, que rompió relaciones con su hermano. Pasó los últimos días en el Atelier de la Moda de Marie; también quedó un par de veces con Walter Ginsberg, que se alegró mucho de verla y compartía de todo corazón sus opiniones sobre Richy. Al igual que Marie, Walter había intentado convencer a Dodo para que solicitara la nacionalidad estadounidense y se quedara allí a estudiar. Sin embargo, su hermana se negó con un gesto. No, quería estar en Alemania, esperaba una plaza en la Universidad Técnica de Múnich, donde iba a estudiar Ingeniería Aeronáutica. Había contactado con el diseñador Willy

Messerschmitt, con el que hizo unas prácticas en Augsburgo, y le había prometido interceder a su favor.

—¡Sabes qué tipo de aviones se construyen en Alemania! —había señalado Marie—. Son aviones de caza y seguro que se enviarán en misión de guerra.

Pero Dodo se había mostrado obstinada. Sí, se construirían sobre todo aviones de guerra, eso era cierto. Pero también aviones de línea y deportivos.

—Alemania no es distinta a otros países —afirmó—. No me irás a decir que Estados Unidos no fabrica aviones de caza...

Paul se alegró de que Dodo hubiese emprendido el viaje de vuelta con él y con Kurt, pues temía que finalmente se decidiera por Estados Unidos porque no tenía claro que el brazo de Willy Messerschmitt fuera lo bastante largo para posibilitarle los estudios de aeronáutica a una joven de origen judío. Dodo tenía la apariencia que el Reich favorecía en Alemania: pelo rubio y ojos azules; además era muy delgada y casi podía pasar por chico con los rizos cortos. Pero era probable que no dentro de mucho también su hija se fuera a Estados Unidos.

La consciencia de que el futuro de sus gemelos ya no estaba en su Alemania natal, sino en Estados Unidos, era más que amarga. Los nazis habían partido su familia por la mitad, le habían quitado a su querida mujer y también echado del país a sus hijos. ¿Qué le quedaba? ¿Por qué regresaba siquiera a Augsburgo?

Lo hacía por la fábrica, el legado de su padre. Además, por un puñado de personas queridas que lo esperaban en la patria. Y por su hijo pequeño, sobre quien recaían todas sus esperanzas.

—¡He ganado tres veces! —El grito de Kurt lo sacó de su ensimismamiento—. Martin solo ha ganado dos, y es mayor que yo. ¿Puedo enseñarle mis coches, papá?

«Qué ingenuos son los niños. Juegan, compiten, viven el aquí y ahora», pensó Paul. Debería tomar su ejemplo y no cavilar tanto. Aceptar las cosas según vienen, superar el día a día, resolver los problemas y seguir. Una y otra vez. Mientras no le fallaran las fuerzas.

—Por supuesto que puedes, Kurt. Pero primero tu amigo debe pedir permiso a sus padres.

—Se lo pediremos, papá.

Martin resultó ser un buen compañero de juegos, que admiraba el parque móvil de Kurt y demostraba sus capacidades como servicial empleado de gasolinera. Paul los miró jugar un rato, después sintió el impulso de respirar un poco de aire fresco y de paso ver qué hacía Dodo. La encontró en la cubierta, en medio de un grupo de jóvenes con los que discutía apasionadamente. Según parecía, se llevaban bien, de vez en cuando se reían cuando se percibía la voz clara de Dodo. Él la saludó con un breve gesto y se dirigió a la borda, respiró hondo y dejó que la brisa marina le diese en la cara. El cielo estaba casi despejado, solo se veían un par de finas nubes alargadas muy arriba, lo que no restaba importancia al sol de abril. Resplandeciente, la luz se reflejaba en las olas verde azulado, se notaba el zumbido regular y la ligera vibración de las turbinas y, durante un momento, Paul sintió una gran admiración por ese barco, esa proeza de la tecnología moderna, que marchaba solo en medio del infinito Atlántico hacia Europa.

—Así es —oyó una voz masculina no muy lejos—. El este ha estado poblado por alemanes desde tiempos inmemoriales. Por eso es de justicia que la ciudad de Dánzig pronto sea liberada de los derechos portuarios polacos y forme parte de Alemania, como ha exigido el Führer...

O ese era Breitenbach, que esa noche pronunciaría su conferencia, o un afín. Paul miró discretamente hacia un lado y descubrió a la señora Hartmann y a su hermana, que estaban conversando con dos hombres.

—Polonia es de una gran belleza paisajística —observó la señora Kühn—. Estuvimos allí el año pasado de visita en casa de un conocido que tiene una finca.

—Seguro —respondió el señor educadamente—. Un bonito país. También el polaco en sí no es indigno. Pero por desgracia el país está lleno de judíos, señora. ¡Una tragedia! Controlan el comercio, la hacienda y, por supuesto, también están metidos en el gobierno.

—Oh, ¿de verdad? Eso no lo sabía...

—Bueno, en este país el Führer ha procurado, gracias a Dios, que nos librásemos de las maquinaciones de los judíos. Pero países como Polonia o Hungría primero tendrían que limpiarse a fondo...

Paul conocía esos discursos que se pronunciaban en público por todas partes y en los que era mejor no opinar nada, pues cualquier réplica parecía inútil.

—Ay, sí —dijo suspirando la señora Hartmann—. Los judíos son nuestra desgracia, es de todos conocido. Aunque... también hay judíos agradables, ¿verdad, Eva? Por ejemplo, tu antiguo profesor, que estaba tan entusiasmado con el emperador y la patria en la Gran Guerra y volvió sin una pierna...

—Eso son contadas excepciones —la interrumpió la voz masculina—. Por lo que respecta a la cuestión judía, uno no puede entregarse a ningún sentimentalismo. No hay judíos buenos o malos. Un judío es un judío. ¡Y los judíos tienen que irse de Europa!

—Seguro que tiene razón —suspiró la señora Kühn—. En su día, nuestro padre solicitó un préstamo a un banquero judío. Y figúrese, como ya no podía pagar los plazos, el judío le quitó la casita...

—Ve, señora. Así son los judíos. ¡Todos unos usureros!

—Ay, esperamos con impaciencia su conferencia, señor Breitenbach...

Paul se apartó y fue al otro lado de la cubierta, caminó

intranquilo de un lado a otro, después se detuvo para ver jugar a los jóvenes al tejo y notó que su ánimo se oscurecía como si una pesada nube se hubiera extendido sobre él.

¿Por qué no se volvió y discrepó, exponiendo su opinión con sinceridad y valentía? ¿Por qué?

Por miedo. Por su hijo. Por su fábrica. Por las personas a las que quería.

Esa noche se levantó una fuerte marejada y él luchó hasta el amanecer con unas terribles náuseas que no sufrió en el viaje de ida.

2

Agosto de 1939

Iba a ser otro día caluroso. Christian, el jardinero, echaba por precaución algunas jarras de agua a las fucsias y las petunias en el arriate redondo que había delante de la villa, también los prados del parque acusaban el calor y mostraban manchas amarillas. Sobre la ciudad de Augsburgo se condensaba una capa de calima que se dirigía al norte, donde se encontraban las factorías de la MAN. En la cocina de la villa estaban sentados alrededor de la gran mesa para tomarse deprisa el segundo desayuno antes de que Liesl necesitase la superficie para hacer el bizcocho. La jarra de café con leche hacía la ronda, los panecillos se cubrían con jamón o embutido en lonchas, y Annemarie, de tres años, a la que Fanny Brunnenmayer sujetaba en el regazo, tenía la boquita embadurnada de mermelada.

—¡Jesús, Fanny, ten cuidado! —gritó Liesl avisando a la cocinera—. Vas a acabar con mermelada de fresa en el delantal.

Fanny Brunnenmayer, que en realidad ya estaba «en la reserva», como decía ella en broma, seguía pasando el tiempo en la cocina. Allí le habían colocado una silla con dos cojines y delante un taburete para sus doloridas piernas. Desde ese «trono» seguía dirigiendo todo lo que acontecía en la cocina y nunca ocultaba su opinión.

—Si a la chiquitina le gusta… —dijo con bondad limpiándole la boca a la pequeña con un paño—. Ya se ha comido medio panecillo con mermelada de fresa. Nuestra Annemarie sabe lo que es bueno.

La hijita de Liesl y Christian era delgada y rubia, y había heredado los enormes ojos azules de su padre. De las orejas de soplillo, gracias a Dios, se había librado, pero también en su carácter se apreciaba la timidez de su progenitor. Excepto con sus padres, la abuela Auguste y Fanny Brunnenmayer, no se iba voluntariamente con ninguna persona, y cuando el cartero o uno de los repartidores entraba en la cocina, se escondía tímidamente tras la cocinera, cuya ancha espalda prometía buena protección. Por ello albergaba una profunda simpatía hacia el perro, Willi, que normalmente andaba en la cocina por las mañanas, cuando Kurt se hallaba en la escuela, y con frecuencia ambos —la niña de tres años y el gran perro marrón— estaban sentados en armonía debajo de la mesa para compartir un par de galletas o una rebanada de pan.

Auguste, a la que había requerido Alicia, regresó a la cocina jadeando, se limpió el sudor de la frente con la punta del delantal y cogió un panecillo de la cesta.

—¿Os podéis creer que ha vuelto a llamarme? —contó sacudiendo la cabeza—. La señora quería a toda costa sus botas blancas de cuero con adornos de piel. Precisamente hoy, que hará otra vez tanto calor. Durante horas he tenido que buscar las malditas botas porque dijo que alguien podría haberlas robado…

—¡Ay, Dios! —exclamó Hanna, asustada—. ¿Acaso te refieres a las de tafilete, las que se abrochaban con muchos botones pequeños?

—Sí, justo esas —respondió Auguste mientras se bebía a sorbos el café.

—Pero si ya hace dos años que las dimos al Auxilio de Invierno —suspiró Hanna—. ¿No te acuerdas?

—¡Claro que sí! —respondió Auguste—. Pero a la señora no se lo puedo decir porque no se acuerda y me habría dicho que le estaba mintiendo. Pásame el jamón ahumado, Humbert.

—¡Una loncha por persona! —avisó Fanny Brunnenmayer al ver que Auguste cogía dos.

—Está bien —murmuró Auguste—. Solo se me quedó enganchada en el tenedor.

—¡Lo digo porque ayer ya no quedaba para Christian, que siempre llega el último! —insistió la cocinera.

—Entonces se lo volvería a comer Willi —dijo Auguste con rostro inofensivo y cubrió la mitad del panecillo con jamón.

—Sí, la señora no está bien —suspiró Else, afligida—. A veces dice cosas muy raras. Ayer me contó que se había roto la aorta de la rodilla, y no supe qué contestar.

Por desgracia, ya no se podía pasar por alto que Alicia Melzer, que el año anterior aún había celebrado su octogésimo cumpleaños con muy buena salud, tenía un comportamiento un poco extraño últimamente. Cada vez más a menudo mandaba a Hanna y a Auguste que le llevasen objetos, sombreros o vestidos que no necesitaba, y algunos ya no estaban en la casa desde hacía mucho. Así, unos días antes había insultado a Auguste por haber «perdido» el pañuelo bordado que utilizó en el bautizo de Paul. También su forma de expresarse, que siempre había sido discreta y adecuada, había cambiado. Humbert había oído con espanto que Alicia se dirigió a su hija Lisa con la malvada palabra «barriguda».

—Lo mejor es no responder —aconsejó Humbert—. Hay que llevar a cabo sus órdenes, mantenerse amable e intentar distraerla si se obstina en algo. En ningún caso se la puede contradecir...

—Es fácil decirlo —se burló Auguste—. Tú no tienes que tratar mucho con ella, Humbert. Hanna y yo… lo sufrimos.

—Ay, no me parece tan grave —interrumpió Hanna para apaciguar—. Que se vuelva un poco rara se le permite a su edad.

—Hanna, el alma caritativa de la villa —dijo Auguste burlonamente antes de darle un bocado al panecillo con jamón—. Algún día recibirás la medalla del mérito por tanta dulzura y docilidad.

La pequeña Annemarie pataleó enfadada y se resbaló por el regazo de Fanny Brunnenmayer, para desaparecer acto seguido debajo de la mesa. Willi ya esperaba allí a su amiga y se comió de buena gana el panecillo medio untado con mantequilla que Annemarie le sostuvo delante del hocico.

—Que la niña ande con el perro… —murmuró Auguste—. Siempre está perdiendo pelo y quizá tenga pulgas…

—Ay, déjala, mamá —dijo Liesl—. Cuando Kurt venga del colegio, ya no veremos a Willi.

Hanna sirvió más café y dijo que el pobre Kurti casi no salía de su cuarto.

—No es normal que un muchacho tenga que estudiar tanto —opinó—. Y más ahora en verano, cuando puede corretear por el parque.

—Ay… pronto le darán las vacaciones —mencionó Humbert—. Entonces se acabará lo de empollar.

—El muchacho echa de menos a su madre —dijo Fanny Brunnenmayer—. Está más triste desde que estuvo en Nueva York con el señor y la señorita. No puede ser que una parte de la familia viva aquí y la otra en Estados Unidos. Pero ha de ser así porque los malditos nazis no quieren tener a ningún judío en el país.

—No debes echar siempre pestes de los nazis —se quejó Else—. Claro que lo de los judíos no está bien, pero el Führer no puede hacer nada al respecto. Es Himmler quien tiene la culpa. Y también Goebbels, que siempre difama a los judíos. ¡Pero de nuestro Führer, Adolf Hitler, no quiero que se hable mal!

—Porque solo viste sus bonitos ojos azules —se mofó Fanny Brunnenmayer—. Crees que es Dios Padre y Jesucristo en una persona. ¿Cómo de tonta puede ser una mujer adulta que se deja engatusar por semejante tipo?

Pero Else, que dos años antes estuvo en la calle cuando el Führer pasó por Augsburgo, se negaba a escuchar algo así.

—En este asunto no tienes nada que opinar, cocinera —afirmó—. Lo vi, pasó a menos de dos metros de mí. La capota de su coche estaba abierta y lo miré directamente a los ojos. En ese hombre no hay nada malo, es el elegido, una persona muy especial. ¡Puedo jurarlo!

—No te pongas así, Else —dijo Auguste—. Seguro que Hitler es una persona especial. Y ha hecho mucho por Alemania, eso también es verdad. Ha sacado a los parados de la calle. Maxl gana tanto con el vivero que ya ha contratado a tres personas, y la fábrica del señor también marcha mejor.

Else asintió contenta, pero los demás se abstuvieron de opinar. Era cierto que Alemania iba prosperando, las tiendas estaban llenas de mercancías, la gente podía volver a permitirse algún lujo y todos lo que querían trabajar encontraban un empleo. Sobre todo la MAN, donde fabricaban los motores y las grandes máquinas, necesitaba siempre trabajadores; y en el barrio de Hochfeld, en la Fábrica de Aviones de Baviera, había cientos de personas empleadas, también muchas mujeres. De los pobres se ocupaba la beneficencia, que una y otra vez escribía en sus carteles que en Alemania nadie debía pasar hambre.

Sin embargo, ni Hanna ni Humbert podían sacar algo bueno del nacionalsocialismo. Hanna se pronunciaba muy pocas veces porque no era de las que expresaban su opinión abiertamente. Pero no le gustaba la fanfarronería de los nazis ni que menospreciasen tanto a la Iglesia. En cambio Humbert, que leía todos los días el periódico, les aseguraba una y otra vez que Hitler iba en busca de una guerra y que pronto volvería a suceder lo de Verdún. No explicaba a qué se refería exactamente, pero todos sabían que en la Gran Guerra Humbert presenció cosas que casi le hicieron perder la razón.

—Venga, terminad de una vez —dijo Liesl, a la que no le gustaban esas conversaciones—. Tengo que hacer el bizcocho, y los escalopes para la comida todavía no están empanados.

—¿No te da pena echar a tu madre? —riñó Auguste a su hija—. Apenas he tenido tiempo de comer un panecillo y ya nos metes prisa.

—Lo siento, mamá —dijo Liesl—. Pero todavía hay que preparar un montón de cosas para la noche. Porque vendrá el señor Von Klippstein con su esposa.

Auguste aún no sabía nada al respecto y enseguida le subió la bilis.

—¡Otra vez ese! —se quejó—. ¿Desde cuándo vienen cada dos semanas a la villa? Antes aparecían por aquí como mucho cada dos meses y ya era bastante molesto. Estupendo, volveremos a servir a Gertie y a aguantar sus insolencias. Antes comía con nosotros aquí, en la cocina, y ahora se las da de señora y nos mangonea. Tan solo falta que deba hacerle una reverencia.

Gertie, que ahora se llamaba Gertraut von Klippstein, había sido doncella en la villa antes de «subir la escalerita» —como a Auguste le gustaba decir— y convertirse en la esposa de Ernst von Klippstein. Von Klippstein fue durante un tiempo socio de la fábrica de telas Melzer, después se casó con Tilly Braüer, la cuñada de la señora Kitty, y se mudó con ella a Múnich. El matrimonio no duró mucho; luego Tilly se casó con el doctor Jonathan Kortner, y Von Klippstein, que llevaba años siendo un nacionalsocialista convencido, había encontrado la felicidad con la rubia Gertie.

—Esta mañana he puesto en orden la habitación para invitados —comunicó Hanna—. Pasarán aquí dos noches, después volverán a Múnich.

—El señor tampoco se alegra por esta visita —dijo Humbert mientras le tendía a Hanna el vaso y el plato para que los fregase—. Según oí, el señor Von Klippstein curiosea en la fábrica por todas partes, mira los libros y da instrucciones en lo que respecta a la producción.

—Pero ¿puede hacerlo? —preguntó Auguste, enfadada—. La fábrica pertenece al señor. Nadie tiene que decirle lo que debe hacer, ¿no?

Humbert quitó dos migas de su pantalón y se levantó para ponerse la chaqueta de su librea.

—No sé decirlo con exactitud —dijo arrastrando las palabras y con el ceño fruncido—. Pero el señor Von Klippstein tiene la tarea de visitar distintas empresas industriales y vigilar que todo esté en orden.

—Comprueba también si tienen las convicciones nacionalsocialistas correctas —apuntó Fanny Brunnenmayer, a la que no se le escapaba nada de lo que concernía a los habitantes de la villa y a la fábrica—. Y por eso el señor tiene que ser muy cortés con él, aunque le resulta difícil.

—Menuda desgracia —dijo Auguste, acongojada—. Por eso la pava de Gertie se da tono ante nosotros. Anillos de brillantes en todos los dedos, vestidos y trajes a la última, y los zapatos que lleva cuestan una fortuna. ¡Cuánto dinero cuelga de ella! Ha engordado, su pecho pronto romperá la blusa...

—De eso tú también andas sobrada, Auguste —intervino Else con tono burlón.

—¡Nunca he tenido poco pecho, desde luego! —respondió Auguste estirándose orgullosa, a la vez que lanzaba una mirada desdeñosa a la blusa de Else, bajo la cual en ningún momento se habían abombado formas femeninas.

Sonó el timbre: era para Auguste, la señora Elisabeth la llamaba desde el anexo. Hanna se preparó con el plumero, el cubo y el trapo para limpiar a fondo el gabinete, que seguro que utilizarían esa noche; Humbert se apresuró para quitar los últimos restos del desayuno en el comedor de los señores y poner la mesa para el almuerzo. Liesl sacó a su hija de debajo de la mesa y le limpió las manitas, después la cogió en brazos y abrió la ventana.

—¿Por qué papá vuelve a tardar tanto? —dijo—. Se le ha olvidado el desayuno por ocuparse del parque y los arriates.

—¡Papá! Flores. *Pituia...*

—Quieres decir «petunia», ¿no? —Liesl se rio.

—*Petuia... Petuma... Petuta...*

Entonces Liesl descubrió a su amado junto a los caballos y le hizo señas para que se acercara de una vez.

—Fritz ha llevado a las dos yeguas con el potro al otro cercado, así que mi Christian ha tenido que ayudar, por supuesto —dijo sacudiendo la cabeza—. Es que es un buenazo.

Fritz, el hijo pequeño de Auguste, cuidaba de los Trakehner que Elvira von Maydorn había traído de Pomerania unos años antes. El favorito de Elvira, el semental Gengis Kan, murió el año anterior; tuvo calambres y ya no se recuperó. Tampoco el veterinario pudo ayudar. Tras lo cual Elvira, quien de todos modos tenía que vérselas con sus viejos dolores de espalda, había decidido dejar la cría de caballos en manos más jóvenes. Fritz Bliefert, el benjamín de Auguste, un auténtico apasionado de los caballos, que ya llevaba años pasando cada minuto libre en la cuadra, le parecía la persona idónea. Entretanto había terminado la primaria, vivía en un cuarto pequeño en la casa de su hermano mayor y se consagraba desde la mañana hasta la noche a sus queridos Trakehner.

—Dame de una vez el cuenco para mezclas y la cuchara grande de madera —dijo Fanny Brunnenmayer desde el fondo—. Así batiré la mantequilla, los huevos, la harina, el azúcar, y también puedes darme la levadura preparada.

Liesl lanzó otra mirada escrutadora al cercado para comprobar si Christian había visto sus señas. Cuando vio que él se ponía en camino hacia la villa, cerró la ventana y puso a Annemarie en el suelo.

—¿No te costará hacer la mezcla, Fanny? —preguntó.

—Mientras no tenga que hacerla con las piernas, está bien. En los brazos todavía tengo fuerza. Después de todo, pronto llevaré cincuenta años moviendo sartenes y tapaderas.

Cuando Fanny Brunnenmayer ya removía con empeño la mantequilla, Liesl se puso a macerar y sazonar los escalopes, y después los espolvoreó con harina antes de empanarlos. Mientras tanto, la pequeña Annemarie había vuelto a desaparecer debajo de la mesa para ponerse cómoda junto a Willi.

—Sabes, Fanny —dijo Liesl después de llevar un rato en silencio dedicadas a su trabajo—, Christian ha tenido una idea. Pero primero preferiría preguntarte qué opinas.

—Pregunta —respondió la cocinera, y golpeó un grumo de mantequilla que no se disolvía.

Liesl dio otro suspiro profundo para animarse porque la propuesta de Christian parecía un poco inconveniente.

—Pues la cosa es que… —empezó—. Christian… bueno, a ambos, a Christian y a mí, nos gustaría tener un segundo hijo. Quizá esta vez sea un chico, dice Christian…

—¿Otro hijo? —interrumpió Fanny Brunnenmayer, poco entusiasmada—. ¿Y cómo será con dos? ¡Apenas tienes tiempo para tu trabajo como cocinera, chica!

—Ay, no es eso —dijo Liesl despreocupada, y mojó un escalope en los huevos batidos—. Es lo mismo que con el primer hijo. Le ponemos empeño, pero no funciona.

Fanny Brunnenmayer frunció el ceño. Le tenía cariño a Liesl, la había formado con paciencia para que fuese su sucesora en la villa… pero sobre la vida conyugal de su pupila quería saber lo menos posible. No era cosa suya y tampoco podía dar consejos porque, tras una vida de soltera, no entendía nada del matrimonio.

—El otro día Christian dijo que quizá yo necesitaba un cambio de aires —continuó Liesl—. Una semana en las montañas, en una fonda pequeña que no sea muy cara. Maxl le ha dado una dirección…

Fanny Brunnenmayer dejó de remover y cogió los huevos que Liesl le había preparado.

—Así que por ahí van los tiros —dijo sonriéndose—. Quieres saber si podemos apañarnos sin vosotros durante toda una semana. ¿Qué quieres que te diga? No será fácil, pero nos arreglaremos.

—He pensado que Hanna y también Auguste podrían echarte una mano —dijo Liesl, vacilante—. Pero si en el almuerzo vamos mal todos los días y además vienen invitados… Ay, no lo sé, casi creo que no deberíamos hacerlo.

La cocinera puso lentamente tres huevos en la mantequilla y removió con cuidado antes de añadir el azúcar.

—Ahora escúchame, muchacha —dijo entonces—. Mientras siga teniendo ojos en la cara y una boca para hablar, el almuerzo está asegurado en la villa. Así que creo que puedes irte tranquila a las montañas con Christian. Solo debéis consultarlo con los señores, el permiso os lo tienen que dar ellos.

—Obviamente —dijo Liesl, aliviada.

—Me alegro por vosotros —dijo la cocinera, y alargó la mano hacia la harina—. En mi época no tenía vacaciones, como mucho un par de días libres, pero normalmente me quedaba en la villa porque no habría sabido adónde ir. No tengo parientes, y viajar sola al extranjero no era lo mío…

Se abrió la puerta del patio y Christian entró en la cocina cubierto de polvo. Intercambió una mirada interrogante con Liesl y, cuando ella le hizo una seña sonriendo, le resplandecieron los ojos.

—Pero ¿dónde está mi tesoro? —preguntó espiando debajo de la mesa—. Ven con papá, muchachita. A volar.

La pequeña se arrastró debajo de la mesa y corrió hacia él chillando de alegría.

—¡Volar, papá!

—¡Pero no aquí, en la cocina! —exclamó Liesl, pues Christian ya había levantado a su hijita para dar vueltas con ella—. Todo el polvo caerá en los escalopes.

Obediente, Christian salió al patio, donde acto seguido se los oyó reír y dar gritos de alegría. Después se sentó con su hija a la mesa, donde Liesl ya había llenado su vaso y preparado los dos panecillos restantes, la mantequilla y el jamón.

—Que te aproveche —dijo—. Y mañana ven puntual para el segundo desayuno. No siempre puedo guardarte algo.

Christian asintió y tuvo que esforzarse para untar el panecillo porque la pequeña Annemarie, a la que tenía en el regazo, se entrometía con sus enérgicos bracitos.

—Así que pronto hay vacaciones —dijo Fanny Brunnenmayer, y tendió a Liesl el cuenco para la masa, en el que estaban mezclados todos los ingredientes.

Liesl puso un paño limpio encima y lo colocó en el armario de cocina hasta que la masa subiera. Después cogió la gran sartén del gancho y atizó el fogón, lo que aumentó el calor que ya reinaba en la cocina. Fanny Brunnenmayer se había opuesto enérgicamente al proyecto de Elisabeth, que quería adquirir una cocina de gas. «Mientras yo esté en esta casa, mi fiel cocina de carbón se queda. ¡Cuando me saquen de aquí, por mí pueden comprar un apestoso horno de esos!», había dicho.

—Si usted está de acuerdo, señora Brunnenmayer —dijo Christian, y volvió a intercambiar una mirada con Liesl—, nos gustaría ir a las montañas. Así Annemarie también podría ver lo bonito que es su país.

—Por mí podéis ir tranquilamente —dijo Fanny Brunnenmayer sacándose el pañuelo del delantal para limpiarse la frente—. ¿Y cuándo os vais?

—A comienzos del otoño —dijo Liesl, contenta—. Todavía no habrá mucho que hacer, dice Christian. Más tarde quiere plantar, entonces ya no podrá ser.

Christian meció a su hija sobre las rodillas y asintió a la explicación de Liesl. Pero entonces se detuvo, se llevó la mano al bolsillo y sacó un papel arrugado.

—Casi se me olvida —dijo poniendo el papel sobre la mesa—. Llegó ayer, pero Humbert no me lo ha dado hasta esta mañana. Y entonces me lo guardé en el bolsillo.

—¿Y qué es? —preguntó Liesl, que había cogido la olla y estaba echando un buen trozo de manteca en la sartén—. ¿No será una factura? Ya hemos pagado la cuna.

—No —dijo inseguro—. Una tontería. Un llamamiento a las filas de la Wehrmacht. Seguro que esta vez también se trata de unas maniobras, el lunes debo presentarme.

—¿Maniobras? —preguntó Fanny Brunnenmayer—. ¿Y qué maniobras son esas?

—No sé, quizá tengan nuevos fusiles con los que quieren que nos familiaricemos. Por si alguna vez hay una guerra, ¿sabe? —Miró a Liesl, que se había vuelto hacia él con ojos asustados—. No tienes que preocuparte, Liesl —dijo sonriendo—. Como máximo serán dos semanas. Habré vuelto mucho antes de nuestras vacaciones.

Entonces tuvo la presencia de ánimo de coger a su hijita, que estuvo a punto de caérsele de las rodillas hacia atrás.

3

«Ya verás, algún día te cogeré. Y entonces pagarás por todo lo que nos estás haciendo», pensó Henny, furiosa.

Miró con compasión al tío Paul, que empleando toda la diplomacia que tenía a su disposición se defendía contra las exigencias de Ernst von Klippstein. Sus posibilidades eran pocas: Von Klippstein era funcionario de la Cámara de Comercio del Reich y visitaba regularmente distintas empresas para «echar una mano a la dirección». En realidad solo era un controlador de opinión, un miserable espía y, precisamente por eso, peligrosísimo.

—Pasemos al siguiente punto —dijo Ernst von Klippstein, que había puesto ante él una lista con notas. Antes había recorrido la fábrica con el tío Paul, estuvo fisgoneando por todas partes, hablando con los capataces y las trabajadoras, y examinando los libros en el edificio de la administración.

—Soy de la opinión de que debes reducir más la producción de telas de algodón estampadas y en su lugar pasarte al lino basto con algodón. Impermeable y resistente.

El tío Paul expuso sin pestañear lo que opinaba de esa propuesta, que no era la primera vez que le hacían. Tela basta y resistente, con la que se pudieran fabricar mochilas y otros componentes del equipamiento de la Wehrmacht: de eso se trataba.

—Sería una lástima porque precisamente tenemos muchos compradores para las telas estampadas. Por así decir, nos las quitan de las manos.

—Puede ser, Paul —respondió Von Klippstein, nada impresionado—. Pero los compradores privados son de interés secundario para la fábrica. Y si quieres recibir una asignación suficiente de materia prima, deberías guiarte sobre todo por los encargos estatales.

—Eso hacemos —acudió Henny en auxilio de su tío—. Producimos en su mayoría telas de uniforme para la Wehrmacht, solo una pequeña parte de la producción va para la industria de los vestidos. Al fin y al cabo, las mujeres en Alemania quieren estar guapas y vestirse a la moda.

Como de costumbre, Von Klippstein ignoró la aportación de Henny. Tenía una forma sumamente pérfida de revisar sus notas o beber café mientras ella hablaba y después continuar sin responder a lo que acababa de decir. Lo odiaba por ello. En la cosmovisión de Von Klippstein, una mujer debía quedarse en casa, tener hijos y ocuparse de la comida. El hecho de que ella, Henriette Bräuer, estuviese por lo menos igual de enterada que el tío Paul sobre los asuntos de la fábrica era inimaginable para Klippi, como lo llamaba la madre de ella.

Tampoco esa vez tenía intención de dar una respuesta a Henny.

—Espero una decisión sobre este punto dentro de los próximos catorce días —le dijo a Paul.

¡Así que ese asqueroso chantajista le ponía una pistola en la cabeza! Henny tenía ganas de tirarle el café a la cara. Por supuesto, no lo hizo, habría sido una tontería. Pero el mero hecho de imaginárselo la alivió un poco.

—Por lo demás… y ya paso a otro punto… —continuó el pelmazo—. A largo plazo, la doble carga de hilar y tejer no me parece rentable. Por no hablar del departamento de estampación, en realidad puedes cerrarlo.

Claro. Los uniformes no necesitaban dibujos bonitos y coloridos. Y las mochilas tampoco. Lo importante era gris y feo. No le interesaba qué sería de los trabajadores de la estampación en color.

—Me parece muy problemático —objetó el tío Paul—. Si cierro la hilandería, tengo que comprar los hilos. Y la producción de la tejeduría no aumentará, pues me faltan las máquinas.

—Los hilos podría proporcionártelos —dijo Von Klippstein sonriendo—. Se trata de desechar las viejas máquinas de hilar, que de todas formas ya no son modernas, y en su lugar instalar telares mecánicos. Negociaremos el precio de los hilos, y por supuesto te apoyaré. Piensa en mi propuesta: creo que es prometedora para la fábrica.

—Nuestras hilanderas siguen siendo excelentes, en toda Alemania no las hay mejores —afirmó Henny con audacia—. Sería una lástima retirarlas.

Tampoco esa vez respondió Von Klippstein a su objeción. Jacob Burkard, el padre de la tía Marie, construyó en su tiempo las hilanderas al igual que todas las demás máquinas. Era judío, algo que Von Klippstein sabía.

—¿De dónde quieres sacar el equipo para ampliar la tejeduría? —intentó también el tío Paul socavar la propuesta—. Primero habría que recibir un montón de dinero para comprar máquinas. No, me temo que una reestructuración así fracasaría por ese motivo.

Von Klippstein tampoco se dejó impresionar por esa objeción. Esbozó una misteriosa sonrisa y dijo que el tío Paul no debía preocuparse en ese sentido.

—Creo que podría echarte una mano, Paul. Hay algunas empresas que por distintos motivos ya no trabajan: en ellas se tendría acceso a las máquinas necesarias por un módico precio.

El tío Paul asintió sin decir nada y miró fijamente el plato con pastas que Angelika von Lützen, la nueva secretaria, había preparado «para los señores». Según ella, en una reunión participaban solo señores, veía la función de Henny más bien como redactora del acta.

—Ya sabes, Paul —continuó Von Klippstein en tono amistoso—, que presto especial atención a la fábrica de telas Melzer porque en su día fui socio, y también porque, por otros motivos, tengo ciertas relaciones con la familia Melzer.

—Por supuesto, lo sé —respondió el tío Paul sin corresponder al tono afable de su interlocutor.

Por desgracia, era innegable que la fábrica trabajaba a pleno rendimiento por la protección de Von Klippstein, mientras que muchas otras fábricas textiles en el polígono industrial de Augsburgo habían adoptado la jornada reducida por falta de materias primas. A cambio, la fábrica Melzer producía cada vez más telas por encargo estatal para los uniformes de la Wehrmacht. Y próximamente también tela basta y resistente para mochilas y cosas similares.

—¿Hemos acabado? —preguntó el tío Paul con impaciencia, y miró su reloj de pulsera—. En la villa ya nos esperan para comer.

Nervioso, Von Klippstein también consultó su reloj. Su querida Gertie, que llevaba un tiempo haciéndose llamar Gertraut, cuidaba la puntualidad en las comidas.

—Tan solo un par de nimiedades —murmuró pasando el lápiz por su lista—. Bäumler, el encargado de defensa antiaérea, se puso en contacto conmigo. Censura tu poca disposición a colaborar. Dice que los simulacros de defensa antiaérea obligatorios solo se realizaron en parte y que la ampliación del sótano antiaéreo avanza demasiado lento.

Habían asignado a Bäumler como encargado de defensa antiaérea de la fábrica y era un incordio para todos. Siempre iba corriendo de un lado para otro y se hacía el importante, lo criticaba todo, molestaba a la gente en el trabajo y aparecía en el despacho de Paul para quejarse. Así que ese intrigante había aprovechado para chivarse a Von Klippstein…

—Me esfuerzo de veras por lograr una buena relación con el señor Bäumler —dijo el tío Paul, al que ahora se le notaba lo molesto que le resultaba justificarse—. Puedes estar seguro de que cumpliremos las condiciones, Ernst.

—Te lo ruego muy encarecidamente —respondió mirando con severidad a Paul por encima de las gafas—. Se avecinan grandes tiempos para el Reich, el Führer ha puesto sus ojos en el este para recuperar territorios que son alemanes y siempre lo fueron. Por supuesto, a la vez tenemos que prevenirnos ante un ataque enemigo, que tendría lugar desde el aire.

Ya llevaban unos años con los simulacros de defensa antiaérea. Se realizaban en escuelas, empresas y administraciones; también los particulares estaban obligados a hacerlos. Habían repartido máscaras antigás y todo tipo de cosas que podrían ser de utilidad en un ataque aéreo.

—He dicho que haré lo posible —insistió el tío Paul, enfadado—. Pero no puedo detener continuamente la producción por un simulacro de defensa antiaérea.

—Lo comprendo, desde luego —admitió Von Klippstein cogiendo la taza de café para apurar el último trago—. Pero no deberíamos incurrir en culpa alguna respecto a esto.

«Ahora ya habla en plural, como si la fábrica también le perteneciese», pensó Henny con un mal presentimiento.

—¿Podemos irnos de una vez? —apremió el tío Paul levantándose ya.

—Solo una cosa…

«Voy a retorcerle el cuello. Pero ¿qué quiere ahora? ¿No hemos limpiado bien los cristales de los tejados?», pensó Henny.

—Pues sé breve, por favor, no quisiera hacer esperar a la familia.

—Concierne a tus trabajadoras. Según ha llegado a mis oídos, solo una parte de ellas está en el Frente Alemán del

Trabajo. Es una lástima porque representamos los derechos de los trabajadores y les hemos regalado el 1 de mayo como festivo pagado. Por eso propongo organizar una velada con un programa variado en la que hable un funcionario del sindicato.

Henny puso los ojos en blanco; conocía a esos oradores, que solo pretendían engatusar. Sin embargo, las trabajadoras de la fábrica estaban poco interesadas en el Frente Alemán del Trabajo; muchas estuvieron organizadas en los sindicatos del Partido Socialista y del Partido Comunista, pero hacía tiempo que los nazis los habían disuelto y convertido en el sindicato nacionalsocialista.

—Por mí sí —gruñó el tío Paul, que esperaba esquivar esta exigencia.

—¡Maravilloso! —Von Klippstein juntó sus notas para meterlas en la cartera—. Pues te doy las gracias por esta exitosa conversación, querido Paul, y me apetece mucho ese almuerzo en un ambiente agradable.

«¡Y encima da las gracias! Menudo comediante. Ojalá se atragante con la comida», pensó Henny, furiosa.

De repente Von Klippstein pareció reparar en la presencia de Henny, pues le mantuvo abierta la puerta cortésmente. Pasaron por delante de las secretarias en la antesala, que demostraron trabajar con intensidad.

—Buen provecho, señores —dijo Von Lützen con su sonrisa más bonita, que iba dirigida únicamente a Von Klippstein.

Él se la devolvió; Angelika von Lützen era alta, voluptuosa y rubia clara, le gustaba ese tipo de mujeres. Hilde Haller sonrió muy poco y miró con compasión al tío Paul. Era una persona tímida, le gustaba leer libros y respetaba al director. Henny tenía la sospecha de que Haller estaba loca por el tío Paul.

Abajo, en el patio, esperaba el chófer de Von Klippstein en el pretencioso Mercedes-Benz. Cuando los vio llegar, guardó deprisa el bocadillo y salió del coche para abrirle la puerta a su jefe.

—Después de ti, querida Henny —dijo Ernst von Klippstein invitándola a subir con un movimiento del brazo.

—Muchas gracias —respondió fríamente—. Prefiero ir andando, necesito aire fresco. Nos vemos allí.

A ella le dio igual la expresión de asombro en su cara. Ahora el tío Paul debería calmar los ánimos y aclarar que su sobrina Henny quería hacer el camino en compañía de su prometido. Probablemente añadiese en broma:

—¡Contra eso no tenemos ninguna posibilidad!

A lo que Klippi respondería con su sonrisa forzada, que siempre parecía como si tuviese dolor de muelas.

Felix la esperaba en la portería. Saludó con un gesto educado a ambos señores, que pasaron delante de él en coche, después se volvió hacia Henny y sonrió de soslayo.

—Otra vez la autoridad de control merodeando, ¿no?

Se permitieron un beso para saludarse, y el portero Knoll puso mala cara. Estaba soltero y probablemente seguiría estándolo porque, primero, era flaco y feo y, segundo, un tipo asqueroso. Al menos esa era la opinión de Henny.

—Lo hemos superado —se rio Henny—. Aunque, por desgracia, se queda hasta mañana. Y para esta noche ha invitado a la villa sin consultarlo siquiera a un par de «personalidades importantes» de Augsburgo.

Felix no hizo ningún comentario al respecto, cogió a Henny de la mano y ambos doblaron por un camino lateral que llevaba a la villa bordeando los prados. Desde que Felix había retomado sus estudios de Derecho en Múnich, solo podía quedar de vez en cuando los fines de semana, pero durante las vacaciones ayudaba en la fábrica y vivía en Frauentorstrasse. No era especialmente feliz en la Facultad de Derecho; también allí era perceptible el espíritu de los nacionalsocialistas, que dirigían la interpretación de las leyes existentes en una dirección determinada. Pero se las había arreglado, quería progresar, conseguir un puesto apropiado, sobre todo porque tenía previsto casarse con Henny. De sus actividades secretas con una célula comunista hacía mucho que ya no se hablaba. Henny prefería no preguntar, pero sabía que habían descubierto y detenido a varios miembros de ese grupo. También su pobre tío Sebastian, el marido de la tía Lisa, había corrido la misma suerte, se lo contó Felix confidencialmente. Felix no sabía dónde se encontraba, pero suponía que se lo habían llevado al campo de Dachau.

—¿Sabes por qué Klippstein viene tan a menudo a la fábrica últimamente? —retomó Felix el hilo.

—Yo también me lo pregunto —dijo Henny—. En todo caso, eso no tiene buena pinta.

Felix se detuvo para quitarse la chaqueta. El sol abrasaba sin compasión, estaba todo tan seco que los arroyos apenas llevaban agua. Las abejas zumbaban en los prados y su sonido se mezclaba con el penetrante canto de los grillos.

—Tengo una sospecha —dijo volviendo a coger la mano de Henny—. Espero equivocarme, pero todos los indicios apuntan a eso.

—¿No pensarás acaso que quiere mangarnos la fábrica?

—No le bastaría —dijo Felix, furioso—. Creo que quiere dar el salto a Augsburgo. Y la fábrica sería, por así decir, un extra.

Henny sacudió la cabeza. ¿Por qué Ernst von Klippstein iba a marcharse de Múnich? ¿No tenía una muy buena posición allí y era un pez gordo del partido?

—Quería convertirse en jefe de una circunscripción territorial —le recordó Felix—. Pero no funcionó, otro se llevó el puesto y no pudo imponerse. ¿No fue así?

—Sí —dijo Henny—. Pero de Múnich a Augsburgo… sería más bien un retroceso para él.

Felix rechazó a un insistente mosquito.

—No se andan con remilgos cuando se trata de puestos importantes —dijo él—. Quizá en Múnich tenga un par de afiliados que no lo dejan ascender y piensa que aquí cuenta con mejores cartas. En todo caso, es interesante que haya invitado a gente a la villa. Ya me imagino quién irá.

—El alcalde, por lo que sé. Y el director de la fábrica de tejidos estampados. También algunas personas de la dirección de distrito del NSDAP.

—Ya lo ves…

Henny no estaba convencida. Klippi era funcionario de la Cámara de Comercio del Reich, en la que los nazis habían agrupado todos los sectores de industria, oficio y comercio que antes estaban organizados en asociaciones libres. No obstante, siempre había mirado de reojo la fábrica de telas Melzer, de la que había sido socio un tiempo. Antes Henny pensaba que se debía a que Klippi había estado loco por la tía Marie. Pero ahora tenía a Gertie y la tía Marie ya llevaba cuatro años en Estados Unidos.

El compacto edificio de ladrillo de la villa parecía arder al sol. Solo de una de las chimeneas subía un fino penacho de humo que procedía de la cocina, donde el fuego estaba encendido. Algunas palomas cansadas estaban en la barandilla de la primera planta, pero el arriate en la entrada resplandecía con colores veraniegos porque Christian lo regaba dos veces al día para que soportase el calor. Justo delante de la puerta estaba el Mercedes de Von Klippstein. Pero no había ni rastro del chófer, probablemente hubiese ido a la cocina de la villa para proveerse de comida y bebida.

Hanna les abrió y susurró:

—Suba deprisa, señorita. Han empezado sin usted.

—Muchas gracias, Hanna —dijo Henny—. Pero primero quiero asearme.

Tampoco Felix tenía prisa, se lavaron las manos y se refrescaron la cara. Henny acercó el dedo al grifo, de modo que

Felix se dio una pequeña ducha y él se desquitó con varios besos muy enérgicos.

—Vamos entonces... —suspiró Henny—. Si no, cuando lleguemos ya no quedará nada.

El comedor estaba dispuesto para doce personas, la tía Lisa había colocado a Henny y a Felix entre Gertie von Klippstein y el tío Paul, lo que significaba que Gertie era la compañera de mesa de Felix y Henny debía sentarse junto al tío Paul. Cuando entraron, la tía Lisa observó con mordacidad:

—Bueno, habéis dado un pequeño rodeo, ¿no?

También el tío Paul parecía lleno de reproches, y la abuela Alicia señaló que antes era costumbre sentarse puntualmente a la mesa para comer.

Felix quiso aclarar que pese a todo habían caminado a buen paso y Gertie von Klippstein le sonrió educadamente mientras él se sentaba a su lado.

—Hoy también hace un calor horrible —dijo Gertie para apaciguar—. Uno tiene que ir despacio, de lo contrario puede darle un golpe de calor. Sentaos, seguro que Humbert tiene todavía sopa para vosotros.

Humbert, que ya servía el segundo, acudió deprisa con la sopera y les llenó los platos. Había un sustancioso caldo de carne con huevo cuajado en cubitos sobre el que se precipitaron hambrientos, mientras los demás ya estaban con el asado de ternera con lombarda y pasta fresca.

Gertie no le causó una impresión tan mala a Henny. Se había adaptado muy bien a su papel de señora Von Klippstein y, sorprendentemente, mantenía a su marido a raya. Era probable que no hablasen sobre los asuntos profesionales de él, pero en todas las demás cosas él se afanaba por agradarla y cumplir todos sus deseos. Parecía quererla de verdad y, por lo visto, ella correspondía a ese sentimiento. Bueno... los gustos eran distintos. Mientras que Gertie se había vuelto notablemente más rolliza en los últimos años, a Ernst von Klippstein se lo veía más delgado, y ya tenía muchas arrugas en el cuello.

«Si viniese alguien así a mi dormitorio, huiría gritando», pensó Henny, divertida. Pero Gertie parecía no tener problema con ello.

—¿Es este el señor Von Klippstein, Elvira? —preguntó la abuela Alicia al otro extremo de la mesa.

Desde que su oído se había deteriorado, solía hablar muy alto. Johannes, de catorce años, el primogénito de la tía Lisa, puso los ojos en blanco; Kurt miró fijamente a la abuela frunciendo el ceño mientras que Charlotte, de diez años, parecía avergonzada. Qué pregunta tan extraña, no era la primera vez que invitaban al señor Von Klippstein a la villa. Solo Hanno, de doce años, ignoró la escena, pues como casi siempre estaba absorto en sus pensamientos.

La tía Elvira suspiró. Sufría mucho porque últimamente su querida cuñada, Alicia, se estaba volviendo cada vez más rara.

—Por supuesto que lo es. ¡Fíjate bien, Alicia!

—Eso hago, Elvira. Pero no estoy segura. ¿Ernst von Klippstein no tenía el pelo rubio?

Por supuesto, Von Klippstein estaba escuchando la conversación, y también le resultó visiblemente desagradable, pero intentó enmendar la incomodidad con una broma.

—También yo fui un joven de pelo rizado, señora —le gritó—. Por desgracia, los estragos del tiempo han hecho que encanezca.

—Por aquel entonces tampoco tenía rizos —dijo la abuela Alicia a la tía Elvira—. ¿No estuvo casado con Tilly? Por cierto, ¿dónde está nuestra Tilly?

Humbert salvó la situación ofreciéndole a la abuela la bandeja de carne y comentó que los extremos estaban especialmente tiernos y sabrosos. Después de lo cual la abuela

Alicia se quejó de que la salsa estaba mal sazonada y la pasta, demasiado dura.

—No entiendo qué sucede con el personal. Si el bueno de Johann siguiese vivo, habría pedido cuentas a la cocinera. No ese trozo grueso del extremo... la rodaja fina de al lado, Humbert.

Von Klippstein carraspeó, bebió un trago de vino y, como el tío Paul se mostraba francamente lacónico a la mesa, se dirigió a Henny.

—Constato una y otra vez con alegría, querida Henny, la diligencia con la que redactas el acta en nuestras conversaciones. Paul puede estar contento de tener a una secretaria tan capaz a su lado...

4

Septiembre de 1939

Kitty pasó con su coche muy cerca del arriate, tomó la curva por los pelos sin rozar los peldaños de arenisca de la entrada y luego pisó el freno. El motor retumbó brevemente y con indignación, después se apagó.

—¡Madre mía! —se quejó Kitty—. Se ha vuelto a calar. Bueno, da igual. Ya he llegado. ¿Humbert? Ay, Humbert, buenos días…

Humbert ya había abierto la puerta de entrada y bajaba las escaleras para sujetar la puerta del coche a la señora Kitty Scherer, la hija más joven de Alicia Melzer. Como de costumbre, llegaba demasiado tarde, Kitty ya se había apeado y tiraba de una bolsa gigantesca que estaba en el asiento trasero.

—Espere, señora. La ayudo… Pesa mucho para usted…

—Ay, Dios mío… se ha atascado. Tenga cuidado, dentro están los regalos para los niños, que no se rompa nada… ¿Ha leído el periódico, Humbert? ¿No es horrible?

—Lo es, señora…

—Pero se veía venir… Le digo que mañana volverán a atacar, Humbert… Ay, si más tarde pudiese apartar un poco mi cochecito… imagínese, ha vuelto a calarse. Y yo quería aparcar allí para que no le estorbe a mi hermano cuando vuelva de la fábrica…

Humbert, que estaba acostumbrado al parloteo de Kitty Scherer, asintió educadamente, sonrió y esperó para sacar intacta la bolsa del asiento trasero.

Kitty ya había subido corriendo las escaleras de la entrada y saludó a Hanna, que esperaba en el vestíbulo.

—Ay, Hanna… ¿no es terrible? ¿Todavía no lo sabes? ¿No has leído el periódico? ¿Está levantada mi madre? ¿No? Gracias a Dios. No, déjala dormir, Hanna. Primero tengo que hablar con Lisa. Humbert debe llevar la bolsa al anexo…

Ya estaba en lo alto de la escalera y enfilaba el pasillo hacia el anexo. Kitty Scherer contaba cuarenta y cuatro años, aunque apenas los aparentaba. Seguía estando ágil y muy delgada, prácticamente solo llevaba vestidos y trajes que Marie diseñaba y mandaba coser para ella en Nueva York, y su pelo negro, cortado como un chico, no mostraba una sola brizna gris. Lo que se debía a que inducía regularmente a su hija, Henny, a arrancar con pinzas cada pelo blanco que le aparecía en el cabello.

Su hermana Lisa la esperaba en el salón del anexo, que se había construido unos años antes para acoger a la joven familia Winkler. Para Lisa aquellos primeros años de matrimonio fueron tiempos felices, en los que dio a luz a tres hijos y Sebastian estuvo a su lado como afectuoso marido y cumplidor padre. Sin embargo, cuando los nacionalsocialistas llegaron al gobierno, Sebastian cambió. Como comunista convencido que era, no podía amoldarse a los nuevos gobernantes; la cárcel y las vejaciones fueron lo siguiente. Finalmente se unió a un grupo de resistencia y desde entonces estaba desaparecido. Lisa seguía abrigando la esperanza de que su amado estuviese vivo y regresaría en algún momento a la villa. No había muchas posibilidades de que eso sucediera, pero nadie en la familia tenía valor para robarle la ilusión.

—¡Kitty! —gritó enojada—. Pero ¿qué te pasa esta vez? Me alegra que me visites… pero estaría bien que avisaras antes. Acabo de preparar a los niños para la escuela y estaba arreglando algunas cosas en la casa…

Kitty constató sacudiendo la cabeza que su hermana todavía iba en bata y no estaba peinada.

—¿Acaso no has leído el periódico, Lisa? —exclamó.

—¿El periódico?

—¡Dios mío, sí! ¡El *Augsburger Tageszeitung*!

Como siempre, Lisa parecía agotada y de mal humor, los aspavientos de su hermana la ponían de los nervios.

—¿De verdad crees que dispongo de tiempo para leer el periódico por la mañana tranquilamente? —dijo enfadada—. Debo organizar una casa de nueve personas, cuido de los niños, me ocupo del personal… Imagina, ahora no tenemos jardinero porque han llamado a Christian para unas maniobras de la Wehrmacht.

Kitty puso los ojos en blanco; sin embargo, como en ese momento Humbert entró con la bolsa de regalos, retuvo el aire un instante antes de soltar una carcajada seca. Nunca había que mantener una disputa familiar ante el personal: así había educado Alicia Melzer a sus hijas e incluso Kitty lo había interiorizado.

—¡Los indicios apuntan a la guerra, Lisa! —exclamó nerviosa, en cuanto Humbert hubo salido del salón—. Se ha publicado un llamamiento del Führer a la Wehrmacht en el *Augsburger Tageszeitung*. Deben estar disponibles. Al parecer, el último intento de mediación con Polonia ha fracasado. ¡Lisa!, lo hará. Invadirá Polonia.

Lisa soltó un intenso suspiro y sacudió la cabeza por la exigencia de hablar ya a primera hora sobre la ocupación de tierras en el este por parte de Adolf Hitler.

—Dios mío… —se quejó—. Pues que invada Polonia. Ya ha invadido Checoslovaquia. Lo principal es que tengamos un pacto de no agresión con Rusia porque los rusos son gente muy peligrosa. Lo cierto es que tengo otras preocupaciones al margen de esos asuntillos políticos…

—¡Asuntillos políticos! —exclamó Kitty, indignada—. ¡Es el destino de todos nosotros, Lisa! Robert dijo que solo era el principio, Hitler no descansará hasta tener toda Europa entre sus garras. ¡Todo apunta a la guerra, Lisa! Y tú te enfrascas totalmente ciega y aturdida en tus asuntillos cotidianos…

Lisa hizo una mueca y pulsó el botón del servicio.

—¿Quieres té, Kitty? —preguntó impasible—. ¿O prefieres una limonada fría? Creo que este calor no es bueno para tu tensión, siéntate e intenta volver un poco en ti.

—¡Qué valor tienes, Lisa! Pero si no quieres creerme… espera hasta que Paul venga de la fábrica, él dirá a qué atenerse. ¿Té? No, gracias, mejor un buen café. Podría necesitarlo tras este susto…

Else, que acababa de ordenar el cuarto de los niños, asomó la cabeza por la puerta y Lisa le pidió que les llevara café y limonada.

—Siéntate de una vez, Kitty —se quejó Lisa con tono lloroso—. Me pones muy nerviosa con ese ir y venir. Dime mejor qué hay en esa bolsa que ha traído Humbert. ¿No serán otra vez regalos de Estados Unidos?

Kitty enterró su enojo con un suspiro profundo y resignado. Imaginaba que Lisa, encerrada en sus preocupaciones, no estaría al tanto de la catástrofe que se acercaba. ¡Pero qué corta de miras era su hermana! Tan solo pensaba en la casa, la familia, los niños. Todo lo que se salía de eso no le interesaba. Ya podía acabarse el mundo, que Lisa le pediría a la cocinera hablar sobre el menú.

—Ah, sí, los regalos —dijo y se sentó, enfadada, en el sofá—. Marie los mandó hace ya semanas; me había olvidado, estaban en el pasillo y tropecé con ellos cuando venía esta mañana…

—Siempre fuiste una maestra de la organización, querida Kitty —observó Lisa con mordacidad—. Ha faltado poco para que lo recibiésemos tras esa guerra que al parecer es inminente.

—¡Siempre tan bromista!

Lisa se echó a reír y Kitty se recostó ofendida en el sofá. En ese instante Hanna apareció con una bandeja, y las dos hermanas guardaron silencio hasta que la muchacha dejó el café y la limonada.

—Venga, Kitty —dijo Lisa y le sirvió café—. Enséñame lo que has traído antes de que venga mamá. Ya sabes… últimamente lo confunde todo.

—La pobre mamá —suspiró Kitty—. Debemos tener paciencia con ella.

—Se dice fácil. No vives aquí —respondió Lisa, irritada.

Tampoco los regalos que Kitty sacó uno por uno de la bolsa y colocó sobre la mesa fueron del agrado de Lisa. Kitty se iba enfadando cada vez más, después de todo su querida Marie se había gastado mucho dinero, al menos Lisa podría mostrarse agradecida.

—Dios mío… ¡qué colorido! —exclamó Lisa al ver el bonito fular con dibujos persas—. ¿Qué se piensa Marie? ¡A mi edad ya no puedo pasearme con eso!

Kitty no se molestó en hacer ningún comentario. Le reprochaba una y otra vez a su hermana lo mucho que se había abandonado. El pelo siempre descuidado y recogido detrás de cualquier manera, el vestido sin planchar, los pies en horribles zapatillas dadas de sí. También estaba demasiado gorda y, además, le había dado por comerse las uñas.

—Pero ¿para quién voy a arreglarme? —le había objetado Lisa—. Tú tienes a Robert, puedes estar feliz. Yo no tengo a nadie. Solo a tres hijos difíciles y a una madre que pierde el juicio. ¡Esa es la diferencia!

Por supuesto, su situación era complicada, eso no se podía

pasar por alto. Pero la vida de Kitty tampoco era sencilla, aunque no tenía la costumbre de quejarse constantemente como hacía a su hermana. Desde siempre, Lisa estaba convencida de que Kitty, su hermana pequeña, había recibido un trozo más grande de la tarta.

—¡Una pluma cara para Hanno! —se quejó Lisa—. El muchacho tiene doce años, ¿qué hará con ella? En la escuela escriben con lápiz y pluma de acero…

—¿No decías que inventa pequeñas historias?

Lisa hizo un movimiento desdeñoso con la mano.

—Todo eso son caprichos, Kitty. Hanno lee demasiado, vuelve a necesitar gafas nuevas. Me gustaría que se fuera de excusión con sus compañeros de clase y acampara como hace Johannes.

Hanno era un «ratón de biblioteca», como le gustaba llamarlo despectivamente su hermano mayor, Johannes. Desde que el muchacho había aprendido a leer, se encerraba en su cuarto y se sentaba en la cama con un libro delante de las narices. *Winnetou* de Karl May o *Tarzán de los monos*, *Viaje al centro de la Tierra* o *La isla del tesoro*: devoraba todo lo que pillaba y era un asiduo de la biblioteca municipal. En primavera Lisa había encontrado en su cuarto varias hojas escritas con letra pequeña y se horrorizó por los muchos borrones y tachaduras.

—¡Esto está muy sucio! ¡Tienes que copiarlo como es debido, Hanno!

Entonces Hanno bajó la cabeza, como si ella lo hubiese pillado haciendo una fechoría, y murmuró:

—No es para la escuela, mamá. Lo he escrito sin más. Para mí.

Y después Lisa lamentó haberle mostrado las hojas a su hermana Kitty, que las leyó con gran entusiasmo. Era una historia de aventuras de un joven que huía de casa, se enrolaba como grumete y llegaba a Estados Unidos.

—¡Es maravilloso, Lisa! —había exclamado Kitty—. Escrito con soltura, lleno de ideas extraordinarias y además cautivador. ¡Algún día tu hijo será escritor! ¡Como Lion Feuchtwanger, Jakob Wassermann o incluso Thomas Mann!

Lisa se escandalizó con la mención de esos autores, pues sabía que los nacionalsocialistas habían quemado sus obras. Pero así era Kitty: tales nimiedades no le interesaban.

—¡Escritor! ¡Tú siempre con tus locuras artísticas! Debe hacer el examen de bachillerato y después empezará una carrera. Profesor quizá. O jurista. Pero no escritor: ¡ese es un oficio para muertos de hambre!

Por supuesto, Kitty le había escrito esas tonterías a Marie, ¡y el resultado era ese maldito regalo!

Kitty puso la caja con la pluma sobre la mesa del salón y cogió el siguiente regalo, que seguro que era para Johannes, el hermano mayor de Hanno.

—Una navaja… ¡precisamente! —suspiró Lisa, y volvió a dejar el estuche sobre la mesa.

—Creo que a Johannes le gustará —dijo Kitty tras una ligera vacilación—. Al fin y al cabo, con catorce años es lo bastante mayor para manejarla. Mira, tiene dos hojas, una grande y otra pequeña, y aquí hay un abrelatas y arriba un sacacorchos. ¿No es práctica?

Lisa miró cómo Kitty abría la navaja con gran habilidad.

—Puede ser que le guste —dijo encogiéndose de hombros—. Pero no es lo que quiere. Por fin está en las Juventudes Hitlerianas, y por supuesto tuve que comprarle un montón de cosas. Camisa parda y pañuelo negro. Correa de cuero, cinturón con broche, birrete negro y no sé qué más. Y ahora quiere a toda costa un cuchillo de excursionista. No es obligatorio, pero la mayoría lo tendrá…

—¿Por qué no puede llevar la navaja? —preguntó Kitty, que no se interesaba por los uniformes y todo lo que tenía que ver con ellos.

Lisa solo le lanzó una mirada fulminante.

—Ya sabes cómo es —dijo llena de reproches—. Siempre tiene que ser el número uno. Y desgraciadamente en las Juventudes Hitlerianas eso no se consigue sin un cuchillo de excursionista. Ay, creo que tiene mucho de nuestro querido padre...

Johann Melzer, que había dado nombre a Johannes, había fundado la fábrica de telas Melzer a finales del siglo anterior. Fue un auténtico patriarca, tanto en la villa como en la fábrica, una persona colérica, que no se amedrentaba ante decisiones difíciles y no aceptaba órdenes de nadie.

—Si tiene el sentido para los negocios de papá —replicó Kitty, que siempre había sido la favorita de su difunto padre—, puedes estar orgullosa de tu hijo. Algún día llegará lejos.

No, en realidad el nieto de Johann Melzer no mostraba sentido para los negocios. Johannes era un muchacho robusto, pelirrojo, mofletudo y siempre dispuesto a lograr sus deseos a puñetazos. Un «matón», como lo llamaba su hermano Hanno. Cuando su padre aún vivía en la villa con su familia, con frecuencia hubo enfrentamientos, pues Sebastian estaba horrorizado con el carácter autoritario de su primogénito y se esforzó por conseguir con los medios disponibles prepararlo para la tolerancia y el autocontrol. Por desgracia, sin mucho éxito. Desde que Sebastian Winkler había abandonado la villa para luchar contra el régimen nazi en la clandestinidad, Johannes no había vuelto a hablar de su padre. Sin embargo, el año anterior hubo en la escuela un espantoso suceso, que acarreó para Lisa una primera conversación con su profesor. Johannes se había pegado con un compañero en el patio del colegio, había corrido la sangre, su adversario acabó con una oreja rajada y una herida abierta en la sien.

—Llamó «sucio cerdo comunista» a mi padre —había alegado Johannes para aclarar el suceso. Y luego añadió—:

Y aunque sea cien veces verdad, aun así es mi padre. Y hago añicos a quien lo insulte.

Lisa se había alegrado mucho de que el profesor de Johannes entendiese como es debido el incidente y no hiciese mucho más ruido. También era posible que la entusiasta actividad de Johannes en los Jóvenes Alemanes, donde ocupaba un puesto de responsabilidad, hubiese contribuido a esa decisión. Por aquel entonces, las Juventudes Hitlerianas habían ganado gran influencia en las escuelas, también la mayoría de los profesores estaban afiliados al NSDAP.

—Ya recobrará la serenidad en algún momento —dijo Kitty, que conocía esa historia—. A más tardar, el día que se enamore.

Lisa solo pudo dirigir los ojos hacia el techo con desesperación.

—Si Marie también ha mandado un regalo para Charlotte… no lo recibirá hasta dentro de dos semanas —observó—. Mientras tanto tiene prohibido salir… así que tampoco hay regalos.

—¿Prohibido salir? —dijo Kitty frunciendo el ceño y sacó de la bolsa el paquetito para Charlotte, que contenía unos coloridos pasadores y una pequeña cadena de plata con un colgante—. Pero ¿otra vez? De verdad, no entiendo por qué eres tan severa precisamente con tu hija. Cuando es una criaturita encantadora.

—Quizá contigo, Kitty —se defendió Lisa—. Aunque tampoco eres su madre. Cuando estás aquí, reconozco a Charlotte. Pero en cuanto te has ido de la villa, es una criaturita maliciosa, insolente y terca, que solo me causa problemas.

—¿De verdad?

Hacía tiempo que Kitty opinaba que Lisa trataba muy mal a sus hijos. En el fondo, Lisa era una madre horriblemente protectora y miedosa, y consentía demasiado a los tres…

y cuando pensaba que debía tomar medidas, se pasaba de la raya. ¡Dos semanas de arresto domiciliario para la pobre chica!

—Figúrate —empezó Lisa, y dio un sorbo a la limonada antes de seguir hablando—. Figúrate, ayer la pillé en mi mesa de costura cortando con una tijera todos mis rollos de seda.

—En efecto… eso no está bien —admitió Kitty—. ¿Por qué hizo algo así?

—No tengo ni idea —respondió Lisa, nerviosa—. Ya sabes, me da disgustos a diario. A veces no quiere ir a la escuela, a veces no quiere ponerse ese o aquel vestido, o hace comentarios insolentes.

Kitty sabía que Charlotte le dijo una vez a su madre que parecía una señora mayor. Era un comentario muy impertinente, pero según Kitty en parte era cierto. Desgraciadamente, Lisa no se cuidaba y eso no le gustaba a la muchacha.

—Después del colegio mándamela a Frauentorstrasse —propuso—. Quizá necesite un poco de distracción.

—¡Ni hablar! —Lisa insistió en que Charlotte estaba castigada y después del colegio debía volver de inmediato a la villa—. Además, no me gusta que te visite mientras Felix esté en tu casa —añadió ofendida—. Tampoco entiendo que le dejes vivir con Henny en un cuarto, cuando ni siquiera están casados. ¡En el fondo te estás comportando como una alcahueta!

—Dios mío, ¿desde cuándo eres tan mojigata? —se rio Kitty—. Hace tres años que están juntos. ¿Debo alojarlos en cuartos separados?

—En todo caso, no me gustaría que Charlotte viese un mal ejemplo. Cuando Felix haya vuelto a Múnich para el comienzo del semestre… quizá. ¿Está vacía la bolsa?

—Sí. Ya les he dado sus regalos a Paul y a Kurt. Y también el hueso de goma para Willi.

Lisa guardó silencio, pero su cara había adoptado una expresión ofendida, que Kitty conocía muy bien.

En la frente de Lisa estaba claramente escrito: «Ellos ya han recibido sus regalos, incluso el perro. Pero olvidaste los nuestros en el pasillo durante semanas».

—¿Quieres saludar a mamá? —preguntó finalmente—. Debería estar levantada y desayunando con la tía Elvira.

—Pues claro que quiero —dijo Kitty, que sabía muy bien que Lisa quería deshacerse de ella.

—Ahora tendrás que disculparme —dijo enseguida—. Debo ocuparme de la casa, y además hay alguien que quiere presentarse para asumir los trabajos de jardinería mientras Christian esté en la Wehrmacht...

Lisa se interrumpió de pronto y miró un momento el periódico, que todavía estaba doblado en el sofá.

—¡Ay, bueno! —dijo con un desdeñoso movimiento de la mano—. Dentro de cuatro semanas habrá vuelto.

5

Octubre de 1939

Querido Leo:

Gracias por tu carta; hace mucho que quería escribirte, pero lo he aplazado una y otra vez. Sí, estaba furiosa contigo y no sin motivo, pues sigo pensando que Richy no te conviene. Es egoísta, despiadada, fría como el hielo y se aprovecha de tu bondad. A mí me trató como al último mono porque estaba celosa y quería tenerte para ella sola.

Bueno… tenía que decirlo. Por favor, no tires la carta: aun así quiero disculparme.

Sí, te pido perdón por haberme enfadado tanto: al fin y al cabo, es tu novia, la has escogido, la quieres… debí respetarlo. Así que acepta, por favor, mis disculpas: ya me conoces, siempre me paso de la raya, y últimamente me sentía decepcionada e infeliz porque ya no tenemos tanta relación como antes. A lo que yo misma he contribuido, lo sé.

Si os entendéis, por mí está bien. *Okay*, como decís vosotros. Sigues siendo mi hermano y mi mejor amigo, en el que siempre confío y con el que soy franca y sincera. Aunque me granjee problemas.

Quizá hayas leído en la prensa estadounidense lo que ha pasado en Alemania. Hitler ha conquistado Polonia y se ha repartido el país con Stalin. Nuestros periódicos están eufóricos por el triunfo, ensalzan con entusiasmo el genio del Führer, que por fin ha procurado al «pueblo sin tierra» el espacio, al parecer necesario, en el este. La tía Lisa opina que el tema de la guerra está resuelto, además dice que Polonia está lejos, que no debemos preocuparnos. Papá lo ve de otra manera, está inquieto, pero no habla mucho de ello. De todos modos, prácticamente solo se ocupa de Kurt y de la fábrica. Kurt es el hijo mejor atendido que uno pueda imaginar, aunque creo que no le sienta bien. La fábrica no marcha mal de momento; han cerrado la hilandería, hay que instalar nuevos telares, producen tela de uniformes y cosas de ese estilo. Von Klippstein, al que Henny tiene entre ceja y ceja porque se inmiscuye demasiado en la dirección de la fábrica, ha motivado el cambio. Tiene algún puesto importante en la Cámara de Comercio del Reich, por eso no han podido negarse. Pero mientras la fábrica esté trabajando a pleno rendimiento, nos parece bien. Solo me da pena por nuestras antiguas hilanderas, aún habrían funcionado durante décadas y ahora están arrinconadas en el almacén oxidándose.

Pero ahora llega el glorioso final de mi carta. ¡Agárrate, Leo! Me han admitido en la carrera de Ingeniería Aeronáutica. ¡¡¡Me dejan estudiar en la Universidad de Múnich!!! Cuando leí la carta, estuve durante dos días como loca, se lo conté a todo aquel con el que me cruzaba y no pude dormir de la alegría. Ya ves las tonterías que dicen todos. Sí, soy mestiza judía. ¿Y qué? Messerschmitt me recomendó y ha funcionado. Así son las cosas en Alemania: ¡quien vale también tiene posibilidades!

Sí, lo sé, tu experiencia en la Universidad de Múnich fue distinta. Pero los ingenieros de las facultades tecnológicas piensan y actúan de manera diferente. Y de todos modos ya no hay docentes judíos…

Esto ha sido todo por hoy, querido Leo. Espero que te vaya bien y escribas mucho y también que vendas tus maravillosas composiciones. Saluda a mamá de mi parte: la escribiré por separado.

Te abraza con cariño tu arrepentida y de momento muy feliz hermana,

DODO

Leo apartó la carta y sonrió. ¡Dodo, su hermana! Cuando leyó esas frases, oyó su voz, vio su mímica, sus gestos excitados, sus ojos relampagueantes de cólera o de entusiasmo. Hacía meses que él ya le había escrito una larga y detallada carta donde le explicaba cómo veía esa innecesaria disputa, lo que debía echarle en cara y lo que era culpa de él. A lo cual ella no había respondido, por lo que estuvo muy furioso con su testaruda hermana. Pero también la echaba muchísimo de menos. Por fin se había roto el hechizo: se sentía contento y aliviado.

Era increíble que la hubiesen admitido. Habría apostado el brazo derecho a que no pasaría, pero por lo visto había subestimado la influencia de Messerschmitt. Aunque tampoco era de extrañar, el tío construía los mejores aviones de guerra para Hitler.

Dejó de sonreír. Alemania había invadido Polonia y llegado a un acuerdo con Stalin; él ya lo sabía, había un cine en Times Square donde se podían ver los últimos sucesos de la guerra en Europa en un noticiario. Estaba en el aire si Hitler se daría por satisfecho con esa conquista. Su madre opinaba que solo era el comienzo, que no se detendría. También iría a por Francia e Inglaterra y, cuando controlase Europa, extendería sus garras hacia Estados Unidos. Sin embargo, Leo lo consideraba pura utopía.

Se levantó de la cama para ir hasta la ventana y dejar entrar un poco de aire en el diminuto apartamento. Llevaba unos meses viviendo allí con Richy, que seguía en paro y ya no podía permitirse un cuarto. La había convencido para que se mudara con él al ver que ella se atormentaba porque apenas le quedaba dinero. Al principio fue muy bien, cocinaban juntos y, mientras él estaba al piano desarrollando nuevas ideas, ella hacía sus ejercicios en la cocina americana. Bailar era como tocar el piano: pararse es retroceder. Tres veces a la semana entrenaba con amigas en un gimnasio alquilado, pero por supuesto era muy poco, tenía que ejercitarse por lo menos de cuatro a cinco horas todos los días, si no podía olvidar su oficio. Llevaba un tiempo trabajando ocasionalmente de camarera en un restaurante de Times Square para ganar algo de dinero. Pero lo hacía de mala gana, solía volver muy tarde y después se daba una larga ducha para quitarse el olor a comida de la ropa y el pelo. Por otra parte, esto derivó en discusiones con los vecinos, a quienes las duchas nocturnas les molestaban para dormir. Pero eso le dio igual a Richy; al fin y al cabo, era el apartamento de Leo.

Si era sincero, debía admitir que habían reñido desde el principio. Las primeras veces se reconciliaban tras cada discusión y él estaba convencido de que nunca volvería a pasar. Pero las disputas no pararon, se volvieron cada vez más fuertes, se gritaban, Richy le lanzaba platos y tazas, y una vez él le tiró una jarra de agua fría para hacerla entrar en razón. Ya no sabía cómo seguir. La cosa no pintaba bien. Ella había bailado con distintas compañías que siempre buscaban nuevos miembros para un proyecto; en cinco ocasiones la rechazaron enseguida, una vez la dejaron plantada y otra le llegó la negativa por correo. En cambio, él tenía éxito, escribía pequeñas composiciones para la radio, para películas o para el noticiario. También había compuesto música de baile: cosas que antes no habría tocado ni con pinzas, pero que ahora lo divertían y sobre todo se vendían y se tocaban en todas partes. Eso era Estados Unidos. Allí nadie te decía que escribías música «superficial», un compositor de música ligera tenía el mismo valor que uno que componía cosas «serias». Había que hacer el trabajo bien, y entonces todo estaba bien.

Cerró la ventana porque el viento entraba silbando en el

apartamento y temía que las hojas de música que estaban sobre el piano se le volaran. De todos modos, la vista desde el octavo piso en la calle Treinta y nueve no era agradable, se veían los edificios marrones del otro lado, y detrás los rascacielos sobresalían en el cielo gris. Tres semanas antes había estado allí arriba con Richy, en el mirador del State Building, contemplando el Downtown. Fue maravilloso, se veía hasta Lower Manhattan, donde desembocaban el Hudson y el East River. Las islas de delante se podían identificar como manchas oscuras, a la derecha se apreciaba en diminuto Liberty Island con la estatua de la Libertad. Ya no tuvo la sensación de ser un extranjero en esa ciudad, como cuatro años antes, cuando llegó con su madre. Nueva York era su ciudad, su nueva patria, de la que estaba orgulloso.

No echaba de menos Alemania. Solo a las personas a las que quería y que se habían quedado allí. Sí, las echaba en falta. Sobre todo a Dodo. Pero también a su padre, a su hermano Kurt, y a todos los demás…

Se preparó un café y fue hasta el piano, miró la composición empezada y dejó la hoja de música en el atril abierto. Bebió sin ganas un sorbo, después se dirigió hacia la cama, ahuecó las almohadas, estiró las sábanas y puso encima la colcha. No le gustaba el desorden: también eso era un punto de discordia entre él y Richy, que le echaba en cara ser un «pequeñoburgués alemán». Lo pronunciaba a la inglesa, lo que le irritaba especialmente. Pero eran roces que sucedían sin cesar y se aclaraban. Solo la bronca que tuvieron el día anterior se le había asentado en el estómago y seguía preocupándolo.

Le habló de una amiga a la que el día anterior habían contratado en una compañía a la que ella se había presentado sin éxito.

—No es de extrañar, se acostó con el director —había dicho Richy—. Así funciona.

Leo sabía que muchos trabajos se conseguían de esa manera. No siempre era por iniciativa de los hombres: algunas chicas ponían la mira en ellos, se les colgaban literalmente del cuello. Pero también había sinvergüenzas que aprovechaban su poder y presionaban a las chicas. Así era, por desgracia. Pero lo que hizo que aguzase los oídos esa noche fue el tono de Richy. Había notado que algo no encajaba. Un ligero toque de tentación...

—También funciona de otra manera, Richy —le contestó él.

Ella se encogió de hombros y dijo que, desde luego, como chica decente también se podía llegar a ser algo. Camarera o limpiadora, por ejemplo.

—En algún momento lo lograrás, Richy. Solo tienes que creer en ti.

—¿Y cuándo? ¿Cuando sea demasiado mayor y ya no pueda bailar?

—Pues encuentra otra cosa. Toma clases de interpretación. Aprende a cantar...

Discutieron la mitad de la noche. Ella quería bailar, nada más. Para eso había ido a Nueva York, y eso era lo que quería hacer. Y lo lograría. Fuera como fuese...

Se reconciliaron someramente y, como tantas veces tras una disputa, durmieron juntos, pero había sido más bien una anestesia. La disputa no se zanjó, la espina estaba clavada en el pecho de Leo. Cuando se despertó por la mañana, ella ya había abandonado el apartamento. En la cocina encontró una taza de café usada y una caja de copos de maíz abierta. Ninguna nota sobre adónde iba o qué planeaba, como era costumbre en ellos. Nada.

Por mucho que se resistiera, seguramente Dodo tuviese razón. Era probable que él y Richy no congeniasen. Pero la quería. Seguía queriéndola. Y no podía imaginarse la vida sin ella.

Decidió que no tenía sentido permanecer ocioso en ese

estrecho apartamento ya que no estaba de humor para trabajar. Necesitaba aire fresco, sentir el viento en la cara; después se sentiría mejor. Así que se puso calzado resistente, cogió un abrigo y un sombrero y salió. El ascensor era un cacharro muy viejo e inseguro, su vecino le contó que ya se había quedado atrapado dos veces, pero hasta el momento Leo había tenido suerte. Abajo, en la calle Treinta y nueve, lo recibió un viento frío que levantaba polvo y empujaba una cajetilla de cigarrillos. Se caló bien el sombrero y resistió el viento. En la calle Cuarenta y dos compró un sándwich con huevo y rosbif en un puesto y se lo comió con apetito; no conseguía acostumbrarse a un desayuno de leche y copos de maíz. En torno a él bullía la vida cotidiana de Nueva York, las personas caminaban deprisa, los coches, las camionetas y los autobuses hacían ruido, de vez en cuando se reunían curiosos alrededor de alguna atracción: un orador de una agrupación piadosa; un vendedor que ofrecía mercancías extraordinariamente baratas; o también un músico callejero. La mayoría de las veces eran negros, algunos tocaban muy bien.

Miró su reloj: las diez y media. Era probable que su madre estuviese atendiendo a las clientas en el Atelier de la Moda: pero podía sentarse en la trastienda, beber un café y esperar hasta que ella tuviese tiempo.

El Atelier de la Moda se encontraba en la Quinta Avenida, justo a la altura de la calle Cuarenta y seis; un sitio muy bueno. A comienzos del año anterior su madre se había enterado por una clienta de que iban a cerrar una tienda de puros y ella se lo contó a Karl Friedländer. Este se ocupó del asunto, alquiló la tienda para Marie e incluso asumió los costes de la reforma. Su madre seguía pagándole una suma mensual, no quería que le regalase nada, y además era incómodo para Paul que Friedländer la hubiese apoyado económicamente.

Leo intentó reprimir el mal presentimiento que siempre lo invadía cuando pensaba en su padre. Ya no tenían mucho que decirse, eso quedó demostrado en las visitas. Sin embargo, lo peor era que sentía pena por él. En su última visita en abril parecía bastante deprimido, no soportaba estar separado de Marie. Pero sobre todo le había molestado Karl Friedländer, que a todas horas estaba junto a ella y le echaba una mano en todo lo que podía. Leo comprendía muy bien a su padre en ese punto, sentía compasión por él, pero no podía decírselo. Su relación era demasiado distante.

Leyó por encima, con los ojos entornados, los carteles publicitarios de un cine: *Dodge, ciudad sin ley* con Errol Flynn y Olivia de Havilland… no era para él. Además, se anunciaba un noticiario sobre la situación de la guerra europea y, justo al lado, Shirley Temple en *La princesita*. Los carteles de Camel, Coca-Cola, Peanuts o Chevrolet eran tres veces más grandes que el anuncio de la película. De día pasaban bastante desapercibidos, pero de noche, cuando estaban iluminados… era imposible no verlos. Entonces las calles eran un océano de luz, las letras y los logotipos resplandecían gigantescos en mil colores, invitaban a bares y restaurantes, señalaban los escaparates de las grandes tiendas y alababan las virtudes de los hoteles con llamativos eslóganes.

El Atelier de la Moda estaba entre una tienda de perfumes y una droguería; al lado había una pequeña joyería, luego un restaurante mexicano y un hotel con un baldaquín rojo sobre la entrada. El atelier de su madre funcionaba muy bien, tenía un montón de clientas pudientes que vestían al estilo de las estrellas de cine. Sobre todo solicitaban sus vestidos de noche, que se veían incluso en los estrenos de la Ópera Metropolitana, donde las señoras de la alta sociedad se bajaban de coches de lujo envueltas en abrigos de piel blancos. Este éxito se debía sobre todo a la habilidad de su madre para diseñar a cada clienta el vestido que destacaba sus virtudes y ocultaba con ingenio sus zonas difíciles. Además, era una buena vendedora, tenía actitud y estilo, sabía lo que valía y nunca endosaba nada inapropiado a sus clientas. Al contrario, las señoras debían considerarse afortunadas de conseguir una cita con la señora Melzer. También su inglés había mejorado, aunque seguía percibiéndose claramente que era alemana.

Como era de esperar, había dos clientas en el atelier, probablemente madre e hija, siendo la madre más guapa que la rolliza hija. Leo saludó brevemente y fue a la parte de atrás, a la sala de descanso para las empleadas. Su madre tenía contratadas a tres costureras, y además había una joven que estaba en formación y una señora mayor que ayudaba en las pruebas. Dos de las costureras eran negras, la joven era latina. Todas se llevaban muy bien; cuando hacían pausas, la sala de descanso se llenaba de charlas y risas. Solo la señora mayor era un poco gruñona y disfrutaba haciendo observaciones sarcásticas sobre las clientas.

De momento solo Karl Friedländer estaba en la sala de descanso leyendo el periódico. Cuando Leo entró, bajó el diario y le hizo una seña amable.

—¡Buenos días, Leo! ¿Quieres un café? Creo que ayer escuché una melodía tuya en la radio. Un anuncio para copos de maíz…

—Buenos días, señor Friedländer. Puede ser, lo escribí el año pasado. Gracias, café es lo que se necesita con este tiempo…

Friedländer insistía en hablar alemán con él, lo que a veces era un poco molesto, pues el alemán de Friedländer estaba bastante oxidado y sonaba vacilante. Tampoco la mención de ese estúpido encargo para copos de maíz le hizo gracia a Leo: le había reportado mucho dinero, pero le mandaron cambiar la composición tres veces y al final solo incorporaron una parte en el anuncio. Por suerte ya no necesitaba hacer esos trabajos.

Friedländer volvió a sumergirse en el periódico. Probablemente esperase a Marie para hablar con ella de algún asunto de negocios, siempre tenía nuevas ideas. Leo había oído que quería abrir filiales, Marie tan solo haría los diseños que luego se venderían a las clientas en esas tiendas. Conociendo a su madre, Leo pensaba que ella no querría, pero Friedländer era insistente y lo intentaba una y otra vez. Leo se sentó a su lado y, aburrido, cogió de la mesa una revista de modas para hojearla, pero la dejó enseguida porque una de las modelos era la viva imagen de Richy. ¿Y por qué no lo intentaba como maniquí? ¡Tenía un tipo perfecto y una cara muy bonita! Bueno… mejor cerrar la boca, seguro que le contestaba lo mismo de siempre: ella quería bailar, bailar y bailar.

Cuando su madre entró en la sala parecía nerviosa; se sentó junto a Friedländer y dejó que le sirviese un vaso de soda.

—A veces llego a mi límite —dijo pasándose los dedos por el pelo—. Imaginaos, esa mujer me acaba de felicitar por los grandiosos éxitos militares de Hitler.

—En efecto —dijo Friedländer, prudente, y dobló el periódico—. ¿Y qué has respondido?

Leo seguía extrañándose de que Karl Friedländer, que estaba enterado de la situación en Alemania, mantuviese la sangre fría en esos casos. Él no lo habría logrado.

—Bueno, he dejado caer que Adolf Hitler es un dictador que echa a todos los judíos de Alemania y encarcela a sus opositores en campos de concentración.

—¿Y qué ha dicho? —quiso saber Friedländer.

Su madre bebió un trago de soda y se recostó agotada en la silla.

—Ha dicho que donde hay luz, también hay sombras. No obstante, es un gran hombre y Estados Unidos haría bien en aliarse con él.

—¿Cómo puede ser tan tonta? —se enfadó Leo—. ¿Por qué nadie explica aquí lo que pasa realmente en Alemania?

Friedländer hizo un gesto tranquilizador.

—Son excepciones, Leo. Hay determinados círculos que glorifican a Adolf Hitler. Pero quien está en su sano juicio ve las cosas de otra manera. No merece la pena enfadarse por eso, Marie. Salvo algunos locos, nadie en este país tiene la intención de aliarse con Adolf Hitler.

—Por supuesto que no —dijo su madre, desanimada—. ¿Te he contado lo que Kitty me ha escrito? Han llamado a filas al pobre Christian y lo han mandado a Polonia. Liesl espera que vuelva pronto a casa, pero la cosa no pinta bien.

Si había que creer a la tía Kitty, atacarían próximamente la frontera francesa. Inglaterra y Francia habían declarado la guerra a Alemania, pero miraban de brazos cruzados cómo invadían Polonia. En Europa seguía reinando una situación tensa.

—Quizá no pase nada —dijo Friedländer—. ¿O de verdad crees que Francia manda su ejército para liberar Polonia?

—No —respondió su madre—. Pero Hitler enviará la Wehrmacht a Francia para conquistar el país. Y sus cazabombarderos vuelan a Inglaterra. ¿No es una locura que precisamente ahora mi hija quiera estudiar Ingeniería Aeronáutica en Múnich?

—¿La han admitido para hacer la carrera? —se asombró Friedländer.

—Hoy me ha llegado una carta suya.

La empleada mayor abrió la puerta y pidió que Marie saliese a la tienda, una clienta estaba interesada en un vestido de noche que había visto en un folleto. A través de la puerta entornada Leo observaba la sala de ventas, que estaba dotada con grandes escaparates, de modo que también se veía a los transeúntes de la avenida. En un primer momento Leo pensó que debía de ser una ilusión. Últimamente veía a Richy por todas partes, incluso en esa revista de modas había creído reconocerla. Sin embargo, se levantó y cruzó la tienda para salir a la calle.

No había duda, era ella. Era su abrigo rojo con el cuello oscuro de piel. El sombrerito rojo con el ala caída, debajo brotaban sus rizos negros. Y no estaba sola, a su lado iba un hombre. Un tipo delgado con abrigo oscuro y sombrero, los zapatos de charol negro recién lustrados. Habían pasado por delante del atelier, se pararon ante la joyería y miraban los escaparates. A Leo se le cortó la respiración cuando vio la viveza con la que ella hablaba y sonreía provocativamente al hombre. Cuando pudo contemplarlos de perfil, constató que el acompañante de Richy no era joven: no podía ser un compañero. Pero ¿quién era entonces?

Helado de frío, se retiró a la entrada del atelier. «¿Qué hago? ¿Debo espiarla? No, ya me contará esta noche quién es ese tipo», pensó. Se asomó de nuevo y lanzó otra mirada a la joyería. Ya no estaban allí, habían seguido caminando. En ese momento llegaban al baldaquín rojo y se detuvieron debajo. Después desaparecieron en el hotel.

6

Desayunar juntos en casa de la tía Kitty había sido una propuesta de Henny, que se había tomado el día libre en la fábrica para llevar a Dodo y a Felix con el equipaje a la estación. Querían ir juntos a Múnich, donde Felix le había procurado a Dodo un cuarto en su piso compartido. Dodo estaba muy contenta, pues así se sentiría menos forastera en la gran ciudad. Felix sería un buen compañero, siempre era servicial y no tenía un pelo de tonto.

En casa de la tía Kitty no había personal, todos tenían que echar una mano para poner la mesa y llevar las sillas. La cocina era cosa de la suegra de la tía Kitty, Gertrude Bräuer —la madre de su primer marido, caído en la Gran Guerra—, a quienes los jóvenes llamaban simplemente «abuela Gertrude». Su amor por la gastronomía, que no descubrió hasta la madurez, le parecía «conmovedor» a la tía Kitty, aunque los platos que llegaban a la mesa en Frauentorstrasse no siempre estaban logrados.

Pero ese día todo salió bien. La abuela Gertrude preparó un desayuno tan abundante que casi era un almuerzo, había incluso huevos revueltos con jamón y salchichas calientes con mostaza. Para Dodo era un misterio cómo lo había logrado… Ahora tenían cartillas de racionamiento; el queso, los productos cárnicos y otras cosas se vendían en cantidades limitadas, y de todos modos el café «auténtico» solo podía conseguirse en el mostrador. En cambio, se podía comprar un montón de café de cebada, pero a nadie le gustaba.

—Comed hasta saciaros, pobres estudiantes —dijo la abuela Gertrude sonriendo—. Allí en Múnich seguro que os alimentaréis de pan y azúcar de remolacha; ya se sabe lo que pasa con los estudiantes.

—No será tan grave —la tranquilizó Felix—. Tenemos una cocina en el piso y, si vamos justos, cocinaré sopa de patatas para todos.

—¿Sabes cocinar, Felix? —se sorprendió la tía Tilly.

Ese día había ido a Frauentorstrasse con su pequeño Edgar para despedir a Dodo, que empezaba el primer semestre. Desde que estaba felizmente casada con el doctor Jonathan Kortner y trabajaba como médica en el hospital central, la tía Tilly había revivido por completo. A Dodo le pareció que estaba más guapa que antes, lo que tal vez se debiera al moderno moldeado, pero quizá también a que era una madre entusiasmada y feliz. El pequeño Edgar tenía tres años, su cabeza estaba llena de ricitos rubios y sus ojos gris azulados irradiaban una asombrosa fuerza de voluntad.

—Claro que Felix sabe cocinar —respondió Henny con la boca llena—. Huevos fritos, huevos revueltos, huevos con salsa de mostaza, huevos escalfados…

—Ya está bien —se rio Felix dándole con el codo—. También sé hacer albóndigas con salsa de alcaparras.

—Un hombre que sabe cocinar siempre es una buena pesca —bromeó la tía Tilly, y le dio un trozo de pan con paté al pequeño Edgar.

—¡Cierto! —dijo Henny—. Por eso me lo he quedado.

Se rieron. La tía Kitty preguntó por enésima vez cuánto tiempo pretendía estudiar Felix, era una terrible «crueldad animal» que una pareja tuviese que vivir separada tantos meses.

—Otros cuatro semestres —suspiró Henny—. Porque los malditos nazis lo han retenido durante dos años en el servicio militar.

Dodo cogió otro panecillo, aunque en realidad ya estaba llena, y lo untó con mermelada de frambuesa. Por supuesto, tenía las semillas; Brunni siempre las tamizaba cuando hacía mermelada. Pero aun así estaba rica.

—Esto es agradable —suspiró y sonrió a la tía Kitty—. En la villa solo se puede estar triste, me alegro de marcharme.

En efecto, el ambiente en la villa estaba en el punto más bajo. La tía Lisa se preocupaba por Hanno, que tenía paperas y casi seguro que contagiaría a Charlotte y a Johannes; la tía Elvira debía guardar cama porque había vuelto a lastimarse la espalda, y su padre tenía cosas mejores que hacer que alegrarse por el éxito de su hija Dodo.

—No seas injusta, Dodo —dijo la tía Tilly, compasiva—. Tu padre lleva una gran carga, ya lo sabes.

—Claro que lo sé —gruñó Dodo—. Pero tampoco es culpa mía, ¿por qué me dice a cada momento que mis estudios cuestan mucho dinero? Creo que papá preferiría que trabajase como oficinista en su fábrica en vez de empezar una ingeniería.

Henny intercambió una mirada de complicidad con su madre, pero no dijo nada. Ambas sabían bien que Dodo tenía razón pero, como no le gustaba decir nada en contra de su tío Paul, cerró la boca. Solo la tía Kitty observó suspirando que, por desgracia, Paul era muy anticuado para algunas cosas, pero que gracias a Dios su querida Marie en Nueva York seguro que pensaba de otro modo.

—Y la abuela —continuó Dodo, que encontró el momento de desahogarse—. Cuando por fin entendió que yo iba a estudiar, me dio un sermón durante el almuerzo. Que traicionaba a la familia porque me iba a estudiar, en lugar de buscar un marido conveniente que apoyase a mi padre en la fábrica.

Y como con eso no tuvo suficiente, volvió a la carga y me dijo que estoy demasiado delgada, que no tengo nada ni arriba ni abajo, y que así no puedo gustarle a ningún hombre.

La voz le tembló mientras lo contaba. Ella misma no era consciente de lo mucho que le habían afectado esas palabras de su abuela. No, no le importaban los hombres, su primer y único amor por el piloto de pruebas Ditmar había acabado fatal y no le interesaba en absoluto otra experiencia de este tipo.

Henny rio con crueldad, esa historia le pareció increíblemente graciosa.

—Es típico de nuestra abuelita —dijo—. Sigue anclada en los tiempos del imperio y piensa que la prioridad de una muchacha es encontrar un «buen partido». Por cierto, cree que Felix es el heredero de una gran banca; no sé quién se lo ha dicho.

—¡Santo cielo! —se horrorizó Felix—. Pues eso me parece grave.

Henny negó con un gesto.

—No te preocupes —rio—. Mañana ya lo habrá olvidado.

Dodo sintió de repente la mano de la tía Tilly, que le acarició el brazo.

—Ay, Dodo —dijo compasiva—. Te entiendo. En mi época oía cosas parecidas y a veces me hacían muy desgraciada. Entonces se decía incluso que solo los patitos feos estudiaban porque no encontraban marido.

Miró con precaución a su madre, pero la abuela Gertrude no la había oído, se acababa de levantar para hacer más café.

—Por eso me alegro de que haya salido bien lo de tus estudios —continuó la tía Tilly—. Vas por el buen camino, muchacha, y te deseo toda la suerte. Si en algún momento necesitas un consejo o simplemente hablar, ya sabes dónde encontrarme.

—Eres un tesoro, tía Tilly —suspiró Dodo—. ¿Sabes que siempre has sido mi gran ejemplo?

La tía Tilly sonrió con timidez y se volvió hacia su hijo que estaba en la vieja sillita, la que en su día fue de la pequeña Henny.

—Mirad esto —dijo la tía Tilly sonriendo—. Ha chupado el paté pero no quiere el panecillo.

—Es un muchacho de verdad —afirmó la abuela Gertrude—. Le gusta la carne y no los panecillos. ¿Quién quiere más café? Está recién hecho.

Henny miró el reloj de péndulo que estaba sobre la cómoda y le preguntó a Felix si ya había hecho su equipaje, dentro de media hora tenían que irse.

—La mochila está en el pasillo —la tranquilizó.

—¡No olvidéis los bocadillos que os he preparado! —exclamó la abuela Gertrude—. ¡El termo con café de cebada y las manzanas!

—¡Con calma! —exclamó la tía Kitty—. Ahora que estamos tan a gusto juntos. Por cierto, ¿dónde está Robert? Quería deciros adiós. Y además quería…

Cuando llamaron a la puerta, se levantó sobresaltada de la silla.

—Deja, Gertrude, ya voy yo.

La abuela Gertrude sacudió la cabeza y cogió la cafetera para llenar las tazas de Felix y Dodo.

—Otro de sus protegidos —dijo en voz baja a la tía Tilly—. Siempre vienen artistas por aquí; están ociosos, se acaban mi tarta y a veces incluso pasan la noche. ¡Y qué cosas traen! Solo cuadros que nadie quiere. Pero la bondadosa de Kitty se los compra. El desván está lleno…

Se interrumpió porque oyó la aguda voz de la tía Kitty en el pasillo.

—Ay, Marek, qué bien que hayas venido. Pasa, estamos desayunando. Deja los cuadros aquí. No, ahí no, mejor donde está la mochila, ponla aquí, delante de la puerta de la cocina. Dame tu abrigo, está empapado… ¿Acaso llueve? Madre mía, qué diluvio… Mejor quítate los zapatos, si no Gertrude me mandará al infierno. Figúrate, esta mañana ya me ha preguntado por ti.

La cara de la abuela Gertrude mostraba claramente que la última frase era pura invención. Acto seguido, la tía Kitty entró en el salón con una sonrisa radiante, empujando a un hombre de mediana edad que vestía de forma bastante curiosa. La chaqueta era demasiado grande y estaba andrajosa, el pantalón se abombaba en las rodillas y el cuello abierto de la camisa estaba deshilachado por dos sitios. Iba en calcetines porque se había quitado los zapatos en el pasillo, y los agudos ojos de Dodo divisaron enseguida el agujero en el dedo derecho.

—Este es mi amigo Marek Brodski —lo presentó la tía Kitty sonriendo con naturalidad—. Un gran artista. Sobre todo sus naturalezas muertas son inigualables. Querido Marek, esta es mi cuñada Tilly con su pequeño Edgar, a Henny y a Felix ya los conoces. Y esta es mi sobrina Dodo, hoy se va a Múnich para empezar sus estudios, quiere ser ingeniero… o ingeniera, como habría que decir en realidad.

Volvió la verborrea de la tía Kitty, que no dejó intervenir al pobre hombre, y habló de lo humano y lo divino, hasta que por fin lo sentó en la silla que la abuela Gertrude había reservado para el tío Robert. A Marek se le notaba muy incómodo, lo que Dodo no podía reprocharle. Salvo por su ropa desastrada, parecía muy simpático. Tenía la cara ancha y amables ojos oscuros, el pelo gris era espeso y se ensortijaba en pequeños rizos; la nuca afeitada, que estaba de moda en ese momento, no parecía interesarle.

—Buenos días —dijo cohibido cuando la tía Kitty hizo una pausa para tomar aire—. Disculpen la molestia. Ignoraba que había una reunión familiar…

—No se preocupe —dijo Dodo—. No es una reunión familiar, solo estamos desayunando. Y además Felix, Henny y yo tenemos que irnos enseguida.

—Muchas gracias por la amabilidad —murmuró, y cogió un panecillo de la cesta que Felix le pasó. Untó la mantequilla con cuidado y empezó a comer.

—¿Ha traído cuadros? —preguntó la abuela Gertrude.

La tía Kitty lanzó una mirada de enfado a su suegra y aclaró que Marek había llevado varias de sus obras a petición suya.

—De momento no tiene un sitio donde guardarlas —aclaró—. Y en el desván hemos montado un almacén de arte.

—Según el último reglamento de defensa antiaérea, todos los desvanes tienen que estar despejados —insistió la abuela Gertrude.

El pobre Marek paró de masticar su panecillo con mantequilla y miró asustado a la tía Kitty. Esta hizo un movimiento desdeñoso con la mano y dijo que todo eso eran tonterías.

—No es ninguna tontería —la contradijo la abuela Gertrude—. Si recibimos un impacto y el fuego encuentra algo que devorar en el desván, este se caerá sobre la primera planta y todo será pasto de las llamas. ¡Eso dijo el encargado de defensa antiaérea! Y por eso los desvanes tienen que estar vacíos.

—¿Desde cuándo tomas las habladurías de ese Neumeier por el Evangelio? —se quejó la tía Kitty—. Además, siempre dices que solo se hace el importante.

—Creo que es la hora —decidió Henny levantándose—. Voy a sacar del garaje el coche de mamá.

Empezó la gran ceremonia de despedida. La tía Kitty abrazó y besó a los tres, deseó buen viaje a Felix y a Dodo, advirtió a Henny que condujese con cuidado su «cochecito», ya volvía a tener defectos en el cambio de marchas; nada que ver con su antiguo coche, al que seguía añorando. También se despidieron educadamente de Marek. La abuela Gertrude ya estaba en el pasillo con los bocadillos de mantequilla envueltos y un termo, y echó pestes de los cuadros que le cerraban el camino a la cocina. Cuando ya salían de la casa, el tío Robert fue a su encuentro precipitadamente y explicó que, por desgracia, lo habían parado y sentía muchísimo no haber estado en el desayuno de despedida. A toda prisa se estrecharon las manos, se desearon lo mejor, luego subieron al coche y Henny maniobró para sacarlo del acceso a Frauentorstrasse.

—¿No crees que el tío Robert parece bastante cansado últimamente? —preguntó Felix a su novia.

—Cierto —respondió Henny—. Pero no nos cuenta gran cosa. Sobre sus negocios habla a lo sumo con el tío Paul, y sobre las demás cosas, las de los emigrantes, no habla con nadie.

Robert Scherer era el segundo marido de la tía Kitty. Había vivido mucho tiempo en Estados Unidos antes de casarse con ella, y supuestamente tenía allí propiedades y seguro que también acciones. Había ayudado a la madre de Dodo y a su hermano Leo a emigrar a Nueva York; al parecer seguía ocupándose de los judíos que querían irse de Alemania. Lo que últimamente era cada vez más difícil.

Llegaron a la estación de Augsburgo, Henny aparcó lo más cerca posible de la entrada y ayudó a Dodo a llevar la pesada maleta. Por supuesto, había cola en la taquilla: un hombre mayor, que había adquirido un billete la semana anterior, después no lo utilizó. Reclamaba con insistencia el importe y no estaba dispuesto a que lo despachasen con cualquier normativa. Henny se compró un billete solo para cruzar la barrera que daba acceso a los andenes y llegaron a tiempo hasta el tren, que allí esperaba con destino a Múnich.

—¿Cuándo volverás? Escríbeme. Ya te echo de menos. El fin de semana que viene quizá esté libre y pueda visitarte…

—Sabes que el comienzo del semestre siempre es duro. Sí, escribiré en cuanto llegue. Sé buena, cariño, y no me seas infiel. Sí, yo también te echo ya de menos…

Dodo ya estaba sentada en el banco de la tercera clase

mientras Henny y Felix, a los que alcanzaba el vapor de la locomotora, seguían amartelándose en el andén. Cielo santo, ¿qué hacían? Se estaban besando. ¿Por qué no paraban? ¡Qué penoso, pasaba gente por delante!

Dodo apartó la mirada y puso su gran maleta en el portaequipajes. Para eso no necesitaba a Felix, tenía bastante fuerza para levantarla. A la vez que sonó el pitido del jefe de estación, Felix se montó en el tren, la puerta se cerró y apareció en el vagón.

—Has podido subir la maleta —se sorprendió, y puso la mochila a su lado en el suelo—. Bueno, ¿estás nerviosa? Mañana tienes que registrarte en el edificio de Admisión y luego ir enseguida a la Facultad de Tecnología para inscribirte. ¿Ya sabes en qué asignaturas vas a matricularte?

—Sí, me enviaron una lista. Los dos primeros semestres son bastante aburridos: matemáticas, física, electrotécnica, ciencia de los materiales y esas cosas. Hasta el tercer semestre no hay aviones…

Sonrió con ironía y añadió que, por supuesto, también era obligatorio ir a las conferencias sobre «ingeniería alemana» y participar en los encuentros deportivos.

Felix asintió solo con complicidad, pero no entró en detalles, pues cerca de ellos se acababa de sentar un grupo de las Juventudes Hitlerianas. Las universidades se habían subordinado al sistema muy rápido desde que los nacionalsocialistas tomaron el poder. La primera acción de los nazis fue destituir a todos los docentes y catedráticos judíos; tampoco se admitía a estudiantes judíos. Y había desaparecido la autogestión en las universidades, el rector ya no se elegía sino que lo designaba el ministro de Ciencia y se llamaba «Führer de la universidad». Quien quería aprender y ser alguien en Alemania no se escapaba de los nazis.

Estuvieron un rato en silencio mirando cómo Augsburgo se desvanecía a lo lejos. La actividad constructora, que debía levantar «viviendas para los compatriotas alemanes», se había interrumpido con el comienzo de la guerra. Bajo la incipiente lluvia se veían edificios inacabados, también una fila de las pocas y muy solicitadas «casas de los colonos», que estaban rodeadas por un jardín. Después solo se veían campos pelados y bosques otoñales, que con ese tiempo tenían un aspecto muy triste. Los miembros de las Juventudes Hitlerianas, con sus camisas pardas y sus pantalones cortos, mantenían las conversaciones propias de su edad, por lo general fanfarronas. Cuando hablaron demasiado alto, el jefe de grupo los llamó al orden enérgicamente. Obedecieron de inmediato.

—¿Hace mucho que conoces a ese Marek? —retomó Dodo la conversación tras un rato.

Felix se había sumergido en una revista de derecho, puso el lápiz entre las páginas y la guardó en la mochila.

—¿Marek? Sí, ha estado un par de veces de visita en Frauentorstrasse. Es de Polonia, estuvo mucho tiempo en Múnich y desde hace unos meses vive en Augsburgo. Es un tipo decente. Siempre tiene cara de preocupación… pero tu tía asegura que es un buen pintor.

Dodo sonrió. Supuestamente pintaba cosas locas, como en su época lo hizo su abuela, la madre de Marie. Cuadros en los que las cosas normales se dividían en formas confusas y angulosas. Quizá también esos desnudos obscenos como los que la tía Lisa había colgado en el dormitorio. Su padre tenía razón, aun siendo arte, no necesariamente debía gustarle a todo el mundo. Sin embargo, tampoco había que calificarlo como «arte degenerado» y prohibirlo, como hacían los nazis.

—Durante un tiempo estuvo bastante metido en el negocio —continuó Felix—. Al menos tu tía cuenta que vendió muchos cuadros e incluso participó en exposiciones en Italia y Francia. Pero ahora eso es pasado.

—Parece que está bastante hambriento —observó Dodo, compasiva—. ¿Crees que no tiene dinero para comprar comida?

—Sí —dijo Felix—. Eso creo. Trabajó un tiempo en una ferretería pequeña… pero cerró.

Dodo no preguntó por qué. Desde el 9 de noviembre del año anterior, cuando las SA y la muchedumbre quisieron quemar la sinagoga de Augsburgo y casi todos los judíos fueron deportados durante meses a Dachau, había un único café judío en la ciudad y solo podía servir a judíos, no a cristianos. Habían cerrado todos los demás negocios judíos.

Dodo se quedó en silencio porque los muchachos de enfrente se reían en alto: uno había contado un chiste. El jefe de grupo también se reía.

—A tu tía se le ocurrió que Marek podría trabajar como jardinero en la villa. Al menos hasta que Christian vuelva —dijo Felix en voz baja—. Pero Henny se opuso y entonces la idea se quedó en nada.

Dodo sintió una pequeña punzada. Su padre solía hacer caso a lo que Henny decía. No era de extrañar que también fuese su mejor apoyo en la fábrica, como él a veces afirmaba sonriendo, mientras que Dodo solo escuchaba reproches y críticas.

—Pero… sería una buena solución —dijo—. Ahora en otoño hay mucho que hacer, más tarde en invierno se puede estar una temporada sin jardinero. ¿Por qué se opuso Henny?

Felix miró a las Juventudes Hitlerianas, que no abrían la boca porque el jefe de grupo les estaba explicando algo. Más tarde los pobres tipos tendrían que montar tiendas de campaña y dormir en ellas; no iba a ser divertido con ese tiempo lluvioso.

—Porque Marek es judío —dijo Felix en voz baja—. Pero no está registrado en Augsburgo, ¿entiendes? Los ha burlado. Sin embargo, Henny no quiere que tu padre tenga problemas.

—Entiendo —murmuró Dodo—. Pero si es judío, el tío Robert puede ayudarlo a emigrar a Estados Unidos.

—Creo que se lo han propuesto, pero él no quiere.

—Pues es una tontería por su parte —opinó Dodo sacudiendo la cabeza—. Mamá lo alojaría de alguna manera en Nueva York.

Felix suspiró y retomó su texto de derecho. Dodo miró por la ventana, que estaba cubierta por una espesa red de hilos de agua. Todo estaba gris y mojado; Múnich no estaría mucho mejor. Su ilusión por empezar la carrera se había atenuado bastante. Después irían en tranvía al piso que hasta el momento Felix compartía con dos compañeros de estudios. Uno de ellos se había licenciado en verano, de modo que su cuarto estaba libre. Era el más pequeño del piso y solo tenía ocho metros cuadrados, por eso Felix le había propuesto cambiárselo, pues el suyo era el doble de grande.

—No, no es necesario —se negó ella.

—Pero es lo que quiero —había dicho, y la miró sonriendo de soslayo—. No me hago ilusiones, Dodo. Si hay una guerra, me llamarán para la Wehrmacht: con o sin estudios. De todos modos, estoy en su lista negra. Y así al menos tendrás el cuarto grande.

¿Por qué la acosaban precisamente ahora esos recuerdos desagradables y esos presentimientos sombríos? El día anterior, al hacer la maleta, estaba entusiasmada porque iba a empezar la carrera, se sentía como una niña con zapatos nuevos. Supuso que se debía a ese maldito tiempo. Dodo decidió comerse uno de sus bocadillos de mantequilla y se levantó para cogerlo de la maleta. Entonces vio el grueso sobre que había recibido de la Universidad de Múnich. También lo sacó para volver a mirar bien el ciclo de estudios y los diferentes actos.

Mientras masticaba, hojeó los papeles. Impreso de inscripción: ya rellenado y firmado, podía entregarlo enseguida. Cartas informativas y «compañeros»: bueno… Las conferencias del primer semestre. Todo estaba reglamentado con precisión, un horario como en la escuela. Después una lista de los docentes y los catedráticos de la Facultad de Tecnología. Los nombres estaban ordenados alfabéticamente, algunos tenían título de doctor, pocos eran catedráticos. Abajo del todo de la lista se podía leer: «Wedel, Ditmar, Ing. – Ingeniería Aeronáutica y Mecánica».

7

En la cocina de la villa reinaba una actividad frenética: el almuerzo estaba casi listo. El agua para las albóndigas de pan hervía en el fogón, la olla grande con el gulash «alargado» estaba en el borde porque su contenido debía cocinarse a fuego lento. En vista de los alimentos racionados, Fanny Brunnenmayer había rescatado las recetas de la otra guerra, con ayuda de las cuales se podía preparar un buen gulash con poca carne, cebollas, zanahorias y patatas. Las especias se habían encarecido, pero por suerte había procurado hacer acopio a tiempo.

—Creía que los tiempos de escasez ya habían pasado —dijo de mal humor—. Pero me equivoqué por completo.

Liesl cogió las albóndigas, que había preparado junto con la cocinera, y cuando iba a meterlas una tras otra en el agua dio un grito.

—Jesús, ¡el ratón! Acaba de pasar por la cocina como un relámpago gris.

Puso la tabla con las albóndigas sobre la mesa y se agachó para mirar debajo del armario. Pero el hueco estaba oscuro y no se veía ningún ratoncillo.

—Primero mete las albóndigas en el agua ¡o no estarán listas a tiempo! —exclamó Fanny Brunnenmayer desde su silla acolchada—. De todas formas, no cogerás al ratón si se ha escondido debajo del armario.

Liesl siguió el consejo con desgana porque tenía miedo de que el ratón se le subiese a los pies mientras trabajaba. Cada vez que metía una albóndiga en el agua, miraba al suelo de la cocina. Pero el ratoncillo ya no se dejó ver.

—Es muy avispado —observó la cocinera con furiosa consideración—. Nunca hemos tenido uno de esos. Tres veces ha robado ya el trozo de tocino de la ratonera sin que la trampa se cerrara.

Así lo del tocino salía demasiado caro; no se podía seguir dando de comer al ratón, de lo contrario no habría para cocinar.

—¡Pues no come tocino ni nada ese ratón! —se lamentó Liesl apartando la olla de la mitad del fuego—. Ha roído el paté y en el queso también hay huellas. Ojalá el tonto de Willi lo cazase, pero solo mete la nariz debajo del armario y jadea como una locomotora.

Auguste, seguida de Humbert, había entrado en la cocina por el pasillo del servicio y ambos supieron enseguida de qué hablaban. Del ratón que no se dejaba cazar.

—Esto pasa porque Annemarie anda siempre con el perro debajo de la mesa y desmigaja pan —afirmó Auguste en dirección a Liesl—. Las migas atraen a los bichos, ¡todo el mundo lo sabe!

Liesl se defendió de ese reproche, barría debajo de la mesa por lo menos dos veces al día y de todos modos la cocina se fregaba por la noche.

—La niña se alegra tanto cuando está ahí abajo con Willi… —objetó a su madre.

Sin embargo, Auguste se lo tomó a mal, pues pensaba que su hija no entendía nada de la crianza.

—Si quieres consentir a tu hija… —dejó caer—. Ya verás cuando se convierta en una mimada. En mi casa eso no pasaba. Cuando decía no era no. Y quien no escuchaba… tenía que atenerse a las consecuencias.

Liesl lo sabía de sobra, y se había propuesto que su hija no se llevase una torta cada dos por tres como su madre hacía con ella. Seguro que a veces se había ganado un castigo, pero a menudo su madre solo estaba de mal humor y se le iba la mano a la menor ocasión. Liesl no lo había olvidado y por suerte Christian estaba totalmente de acuerdo al respecto.

—¿Dónde está la chiquilla? —quiso saber Auguste—. Willi está en el cuarto de Kurt, que acaba de llegar de la escuela.

—Hanna se la llevó arriba porque la señora Von Klippstein quería darle un regalo —aclaró Liesl.

Auguste hizo una desabrida mueca, no le encajaba que Gertie, que había ascendido a señora, le hiciese regalos a su nieta.

—Será lo correcto —gruñó.

Tampoco a Liesl le hizo gracia, aunque no se atrevió a prohibírselo a la señora Von Klippstein. Por otra parte, se alegró de que Annemarie ya no fuese tan tímida con los desconocidos e incluso hubiese subido de la mano de Hanna al salón rojo, donde Gertie esperaba a que su marido regresase de la fábrica.

Oyeron los pies de Else arrastrándose en el pasillo del servicio; la habían llamado al cuarto de la señora Elvira y volvía con una bandeja sobre la que estaba el plato del desayuno vacío.

—La señora quiere levantarse para el almuerzo —anunció—. No sabe si se quedará hasta el postre porque no puede estar sentada mucho tiempo.

—¿Y qué es de Hanno? —quiso saber Humbert, que contaba los platos—. ¿Ya le dejan estar en las comidas?

—Hace tiempo que el muchacho está sano y salvo —se inmiscuyó Auguste, que acababa de ordenar el cuarto infantil en el anexo—. Pero la señora Winkler sigue muy preocupada por su hijo… por eso el pobre tiene que quedarse en su cuarto.

Tampoco le deja leer porque el doctor ha dicho que en la cama es dañino para la vista.

Humbert calculó deprisa el número de comensales y contó nueve platos. Añadió tazones para sopa y cuencos de postre para el pudin con salsa de frambuesa. Mientras, cansada, Else se sentó a la mesa junto a Auguste y se echó un poco de café de cebada, que en ese rato se había enfriado.

—Lo que se cuentan esas dos —dijo sacudiendo la cabeza.

—¿Las señoras Melzer y Von Maydorn? —preguntó Auguste soltando una carcajada—. No dejan de pelearse porque Alicia lo confunde todo.

—No es cierto, Auguste —la contradijo Else—. Desde que la señora Elvira tuvo que permanecer acostada por el disco que se le desplazó en la columna, la señora Melzer solo ha comido en su cuarto. Y hablan de los viejos tiempos, y de Rudolf, el hermano de Alicia, que fue el marido de Elvira. Y de la finca en Pomerania, donde se crio la señora.

—Sí, desde luego —dijo Auguste, aburrida—. Si hablan de los viejos tiempos, la señora Melzer lo sabe todo. Pero entonces me llama de repente y me pregunta dónde está Leo, al que hace mucho que no ve, y quiere saber si ha hecho el examen final de bachillerato.

—La señora Von Maydorn sabe maldecir —dijo Else con una risita—. Jesús, María y José, eso ya no es muy cristiano. Y ni siquiera lo entiendo todo porque no es alemán, es pomerano. A la que más ha maldecido es a una tal Pauline, a la que hace culpable de su dolor de espalda; dice que es una diabla, una Baba Yagá, una bruja…

—Pon el salvamanteles sobre la mesa —interrumpió Liesl—. Así podré dejar encima la olla y servir el gulash.

—¿Has echado también un chorrito de vinagre? —preguntó la cocinera.

—Desde luego —asintió Liesl—. Pero se notará que he añadido más patatas.

—No debería protestar nadie —dijo la cocinera de mal humor—. Aunque Von Klippstein y su esposa comen aquí siempre, nunca contribuyen con una cartilla para la carne.

Hanna apareció con la pequeña Annemarie de la mano, que estrechaba una muñeca de celuloide. Liesl solo lanzó una breve mirada porque estaba llenando el plato para Hanno, que al final comería en su cuarto. Auguste puso los ojos en blanco y dijo que ya era la tercera muñeca y que la «muy tonta» haría mejor en comprar un vestidito a la pequeña si quería hacerle regalos a toda costa.

—A caballo regalado no se le mira el diente —observó Humbert, y llevó al montaplatos el gulash, que humeaba y olía muy bien. Acto seguido, gritó horrorizado y volvió a la cocina con la cara blanca—. ¡El ratón! —jadeó, y tuvo que subirse a una silla—. Estaba en el montaplatos, junto a las albóndigas y la sopa. ¡Casi se me caen de las manos los platos con el gulash!

Humbert recelaba en extremo de los bichos, una araña pequeña ya le daba miedo; las moscas y los mosquitos que entraban en verano en la cocina le parecían especialmente asquerosos. Pero ese ratón que llevaba un tiempo haciendo de las suyas le causaba puro espanto.

—¿Se ha escapado? —quiso saber Auguste.

Humbert no lo sabía. Consiguió posar los dos platos, después había huido.

—Seguirá en el montaplatos y se comerá las albóndigas —se enfadó Auguste.

Salió corriendo junto con Else y Hanna, pero el ratoncillo ya no estaba.

—¡Qué canalla! —maldijo Else—. El veneno es la única solución, cocinera.

Fanny Brunnenmayer, en cuyo regazo ya sostenía a la pequeña Annemarie con su nueva muñeca, solo sacudió la cabeza.

—¡En mi cocina nada de veneno!

—Entonces tenemos que comprar un gato —propuso Hanna, a la que le gustaban los animales—. El ratón se largará con tan solo oler al gato.

—¿Crees que Willi se haría amigo de un gato? —señaló Else.

—¡Qué va! —rio Auguste—. El gato se come al ratón y Willi se come al gato. ¡Y así tenemos paz!

Humbert bebió un sorbo de agua fría que Hanna le llevó en un vaso. Seguía muy pálido.

—No estoy de humor para bromas —dijo lleno de reproches a Auguste.

Se levantó, se alisó la librea y caminó como si desafiara a la muerte hacia el montaplatos. Acto seguido se oyó que tocaba el gong, que llamaba a la mesa a los señores.

—Bueno —dijo la cocinera, contenta—. Saca el pudin de la nevera, Liesl. Y echa el zumo de frambuesa en la jarra buena.

Auguste puso el almuerzo para Hanno en una bandeja, añadió un vaso con zumo de manzana y una porción de postre con mucho zumo de frambuesa.

—Ojalá el muchacho comiese como es debido —suspiró—. Ayer se dejó la mitad.

Arriba los señores estaban con la sopa; cuando Humbert abrió la puerta del comedor, el vocerío llegó hasta la cocina. No se entendía una sola palabra pero, por el tono, la cocinera reconoció si habían saboreado la comida.

—La sopa parece haber gustado —le dijo a Liesl—. El apio es importante. ¿Has tomado nota de la receta?

—Desde luego —dijo Liesl—. Las escribo todas en una libreta para que no se pierdan.

Fanny Brunnenmayer estaba al tanto, pero no estaba de acuerdo con eso. Nunca había apuntado una receta, las recordaba todas y solo se las revelaba a Liesl. Las recetas eran el capital de una buena cocinera, no se apuntaban, se mantenían en secreto, de lo contrario cualquiera podría copiarlas.

—¡Esconde bien esa libreta!

Liesl asintió obediente. Estaba sentada a la mesa con su hija y había servido a la pequeña una albóndiga aplastada, sobre la que había puesto una cucharadita de gulash. Annemarie todavía no manejaba bien la cuchara infantil pero se empeñaba en comer sola, y cuando su mamá sujetó el plato, que siempre se resbalaba, no hubo mayor problema.

—Si Christian pudiese ver lo bien que come Annemarie —dijo Liesl, triste—. Estaría orgulloso de su chiquilla.

Fanny Brunnenmayer asintió con cara seria, pero no dijo nada. También Hanna y Else guardaron silencio. Christian había escrito un par de veces, también saludaba a todo el personal, pero Liesl no le enseñó sus cartas a nadie, solo les dio los saludos. Dos semanas antes había anunciado radiante que pronto mandarían a su marido de «vacaciones a casa». Él no dijo cuándo sería y desde entonces ya no había llegado ninguna carta militar.

—En algún momento aparecerá por la puerta —había dicho Auguste.

—¡Ojalá fuese verdad, mamá!

Humbert ya había servido el segundo plato y bajó los tazones de sopa vacíos a la cocina, donde Hanna ya había preparado los platos para el postre.

—El señor y la señora Von Klippstein regresan esta tarde a Múnich —informó—. Antes tengo que limpiar su coche y Else debe lustrar los zapatos de los señores.

—Sí, soy su limpiabotas —maldijo Else—. ¡Que se traigan a su personal si quieren tener el calzado limpio!

—¡De todos modos son invitados de la villa! —respondió Humbert fríamente, pues a él tampoco le gustaba el encargo.

Con mucho cuidado llevó el postre al montaplatos; no, esta vez no había ningún ratón dentro. ¡Gracias a Dios!

Entretanto Auguste volvió, se puso a su nieta en el regazo y le dio de beber zumo de manzana.

—Que se larguen de una vez —dijo malhumorada—. Tres días enteros han aguantado a esos parásitos. Y cada vez que vienen hay que limpiar expresamente las habitaciones de la primera planta y sacudir las alfombras porque invitan a cenar a los peces gordos de Augsburgo. Se sirve champán y caviar. Y también hay coñac francés. Todo esto trae Von Klippstein, para sus amigos del partido nada es demasiado caro.

Y entre los regalos que Gertie había llevado a la cocina dos días antes con una sonrisa displicente había también medio kilo de café en grano de verdad. Por supuesto, solo para los señores; para el personal estaba previsto café de cebada.

En el comedor ya habían acabado, Humbert regresó con los platos y anunció que Von Klippstein y el señor iban a entrevistarse en el gabinete y querían café. No le hizo falta aclarar que se refería al café en grano, el de verdad.

—¿Y Gertie? ¿Quiere hacer las maletas? —preguntó la cocinera.

—Habría llamado a Hanna —supuso Liesl.

Todos pensaron lo mismo. Gertie se permitía una y otra vez dejarse caer por la cocina, que en realidad era territorio prohibido para una señora. Pero afirmaba con descaro que lo hacía por cariño a sus antiguos compañeros, y el señor Melzer, al que Humbert se había quejado, no estaba dispuesto a hacer valer su autoridad.

—Me temo que la tendremos aquí enseguida —murmuró Auguste—. ¡Solo espera tirarnos de la lengua! Me sorprendió que ayer no viniese a pavonearse.

—Voy al lavadero… a limpiar zapatos —explicó Else, asaltada por el repentino afán de trabajar.

Fanny Brunnenmayer se quedó un momento pensativa y luego dijo que Hanna podría ayudar a Humbert a limpiar el coche.

—Pero los platos sucios siguen ahí —se resistió Hanna.

—Puedes hacerlo más tarde.

Por su ingenuidad, a Hanna ya se le había escapado alguna que otra cosa que no debían escuchar los Von Klippstein, por eso era más seguro si no se encontraba en la cocina. Auguste tampoco tenía ganas de ver a Gertie; cogió el cesto de la compra y dijo enérgicamente a su hija Liesl que le pusiera el abrigo y el gorro a la pequeña.

—Tú te vienes conmigo al vivero, Maxl todavía tiene col verde y verdura para caldo, así nos ahorramos el camino al mercado mañana.

—Gertie no se alegrará cuando me encuentre sola —dijo la cocinera frunciendo el ceño—. Pero marchaos, ya la entretendré.

La cocina se vació. Hanna preparó deprisa el café para los señores, que Humbert subió, y después ambos se pusieron las chaquetas, cogieron el cepillo y el recogedor, además de un cubo con agua templada para limpiar el coche del señor Von Klippstein. Mientras tanto, Fanny Brunnenmayer estaba sentada en su trono esperando lo que estuviera por venir.

Por lo pronto no pasó nada. La cocinera se levantó gimiendo para vigilar el hogar, atizó el fuego y echó dos leños más para que no se apagara. Cuando se dio la vuelta, Gertie estaba en la cocina. Por costumbre, había utilizado las escaleras de servicio.

—Buenas tardes, señora Brunnenmayer —dijo sonriendo—. Esto está muy tranquilo. ¿Dónde están todos?

—Tienen cosas que hacer —respondió la cocinera—. No les pagan por estar ociosos.

Volvió a sentarse en su silla y esperaba que Gertie se marchara decepcionada, pero se equivocó.

—Qué lástima —dijo, y también se sentó—. Dentro de un rato volvemos a Múnich, me habría gustado ver de nuevo a la chiquilla. Es una monada. Liesl puede estar muy feliz de tener una hijita tan encantadora.

A la cocinera le pareció que sonaba sincero y se conmovió

un poco. Seguro que Gertie deseaba tener un hijo… pero en su caso era impensable. Una granada había malherido a Ernst von Klippstein en la Gran Guerra; logró sobrevivir, pero nunca podría engendrar un hijo.

—En cambio su marido está en la guerra y no sabe cuándo volverá —observó la cocinera.

Esperaba que Gertie hablase con empeño del «pueblo sin tierra» y de la brillante actuación del Führer, que había recuperado para el pueblo alemán el espacio que le correspondía en el este, pero nuevamente se equivocó. Gertie se levantó y preguntó si podía hacerse un café.

—Pero tenga cuidado de no mancharse el elegante traje.

—Y aunque así sea —dijo indiferente—. Mi ropero está lleno, si este tiene una mancha me pongo otro. ¿También quiere un café, señora Brunnenmayer? Uno de verdad, me refiero.

¡Ay, Hanna! Había dejado la bolsa con el café para los señores junto a la cocina y por supuesto Gertie lo había visto.

—Ya que está… con mucho gusto.

Gertie no había olvidado cómo se hacía el café. Con movimientos seguros, preparó la jarra y los vasos, cogió el molinillo y molió el perfumado café en grano.

—No se lo va a creer —dijo, y echó un vistazo a la cocina vacía—. Pero a menudo recuerdo la época en que nos juntábamos y hablábamos aquí. Fue bonito, aunque había disputas; aun así nos llevábamos bien…

«¿Qué pretende?», pensó Fanny Brunnenmayer. En silencio, miró cómo metía el café molido en la jarra, iba al fuego y volvía con el hervidor.

—Probablemente piense que ahora tengo el paraíso terrenal, ¿no? —preguntó Gertie mientras echaba el agua caliente en la jarra.

—En la tierra no hay paraíso —replicó la cocinera—. Cada cual tiene su cruz; ricos o pobres, da lo mismo.

El aroma a café inundó la cocina y Fanny Brunnenmayer estuvo a punto de tener mala conciencia porque iba a disfrutar sola del fuerte brebaje.

—No es que me queje —continuó Gertie—. Soy muy feliz con mi marido. Es generoso, puedo comprarme lo que me gusta, no se fija en los precios. Y en todo lo demás… me tiene en palmitas, como suele decirse. No, no quiero hablar mal de Ernst. Y si a veces es un poco gruñón, se debe solo a que es muy ambicioso y se ofende si algo no le sale bien…

Fanny Brunnenmayer sorbió con cuidado el primer trago del líquido caliente y aromático. ¿Por qué Gertie le contaba todo eso? ¿Tenía una intención determinada? La cocinera decidió estar en guardia y mostrarse parca. Lo que no le resultó difícil.

—Todos estamos alguna vez en horas bajas… —observó—. El café está bastante fuerte. Sobre la mesa está la jarrita de la leche…

Gertie se apresuró en echarle un poco de leche en el café, después fue a la ventana y miró cómo Humbert y Hanna limpiaban el coche.

—Sabe, señora Brunnenmayer —dijo después, pensativa—. A veces pienso que podríamos ser felices aquí si él no fuese tan ambicioso. Cuando tenemos invitados o nos invitan, es gente muy importante y debo prestar mucha atención para no decir algo inconveniente. Además, incluso cuando dicen tonterías tremendas, debo sonreír y ser encantadora porque no puedo poner en ridículo a Ernst.

Se calló y volvió a mirar afuera. Fanny Brunnenmayer no sabía bien qué decir. ¿De verdad Gertie solo había ido a la cocina para estar un rato con sus antiguos compañeros? ¿Quizá incluso para abrir su corazón? Era difícil de creer…

Se hizo un silencio. Fanny Brunnenmayer se bebió el café a tragos lentos mientras Gertie miraba por la ventana. De vez en cuando el hervidor silbaba en el fuego, y dos impertinentes moscas zumbaban contra el cristal. ¿Por qué no decía nada más? De pronto la cocinera tuvo la sensación de que algo no iba bien. Y, en efecto, Gertie se volvió de golpe y miró a Fanny Brunnenmayer con los ojos entornados.

—Todos se han ido porque no quieren tener nada que ver conmigo, ¿verdad? —dijo amargada—. ¡Auguste, Liesl con la pequeña e incluso Hanna! Bueno, pues me voy. Y todo lo que le he contado es pura invención.

Dejó el vaso de café delante de Fanny Brunnenmayer y se marchó de la cocina. Esta vez no tomó el pasillo del servicio, sino que salió por la puerta que daba al vestíbulo.

—¿Qué decir? —murmuró Fanny Brunnenmayer—. Parece que le falta un tornillo.

8

Lisa se había desplomado agotada en el sofá para recuperarse de los esfuerzos de la mañana con una tacita de té y unas cuantas galletas. Era para volverse loca: todo dependía de ella, y tenía que soportar todas las preocupaciones y los disgustos de la familia. Su madre le había reprochado que no se ocupaba lo suficiente de ella, la tía Elvira se lamentaba porque le daba miedo que le requisaran sus queridos caballos para la Wehrmacht, y en la cocina había discusiones porque Fanny Brunnenmayer se negaba en redondo a poner raticida para los ratones. Las galletas ya no tenían el sabor de antes porque les habían añadido copos de avena, y luego estaba esa omnipresente infusión de menta: odiaba hasta el olor; en los buenos tiempos solo se tomaba cuando alguien estaba enfermo. Menta mezclada con manzanilla, ese era el viejo remedio casero para las indigestiones. ¡Era asqueroso!

Cogió el periódico con un suspiro y leyó por encima los titulares de la portada.

«¡HOLANDA SE HA RENDIDO!».

Dios mío, otro mensaje triunfal. Ya lo sabía por la Gran Guerra, entonces también salían siempre victoriosos según la prensa, pero el imperio perdió la contienda de todos modos. ¿Qué decían ahora?

«¡HA CAÍDO ROTTERDAM! ¡LAS TROPAS ALEMANAS HAN LLEGADO AL RÍO MOSA EN DINANT! ¡LOS FRANCESES HUYEN!».

Hitler había ocupado Noruega y Dinamarca, luego la Wehrmacht marchó por Luxemburgo, Bélgica y Holanda, y ahora había llegado a Francia. Lisa dejó el periódico, se sirvió otra galleta y bebió un sorbo de infusión de menta. Las tropas alemanas ya habían fracasado en Francia en la anterior guerra. Construyeron trincheras y miles de soldados cayeron en Verdún. Alfons Bräuer, el primer marido de Kitty y padre de Henny, sacrificó allí su vida. Estaba tan contento con su hija pequeña, pero vio a Henny muy poco tiempo porque luego lo llamaron a filas y ya no regresó. Henny no tenía recuerdos de su padre.

El pobre Humbert también estuvo en Verdún. Tuvo suerte y sobrevivió, solo se le habían quedado dos dedos rígidos por una herida. Sin embargo, desde entonces algo no funcionaba del todo bien en su cabeza: siempre que había tormenta se metía debajo de la mesa, temblando y balbuceando incoherencias.

Lisa se sentía muy desdichada. «¿Por qué otra guerra? ¿No fue lo bastante horrible ya entonces? ¿Qué queremos de Francia? Yo no necesito nada de Francia, pero a mí no me pregunta nadie. A Adolf Hitler no le importa nada que aquí ya no tengamos jardinero y que Hansl, que siempre ayudaba en el parque, tampoco esté disponible porque lo han llamado a filas. ¿Y quién paga los platos rotos? ¡Yo!», se lamentó.

Disgustada, recordó la conversación que había tenido con su hermano Paul después del desayuno. Le pidió que fuera a su despacho, con eso ya tuvo claro que se trataba de algo desagradable porque de lo contrario podrían haberlo comentado en la mesa. Su idea se confirmó en la peor de las versiones.

—No, Paul —le dijo ella—. Con todos mis respetos, no

voy a prestarme a eso. Tampoco entiendo cómo puedes hacerme semejante propuesta. ¡Piensa en Ernst!

Por supuesto, Kitty estaba detrás de todo aquello. Llevaba meses incordiando al pobre Paul con el asunto, y por fin lo había convencido. Típico de su hermana Kitty. En vida de su padre ya imponía siempre su voluntad.

—Soy muy consciente del problema, Lisa —repuso Paul—. Pero he tomado una decisión tras reflexionarlo mucho. Marek es una buena persona, trabajador, y le encanta la naturaleza, según me ha dicho Kitty. Creo que deberíamos darle una oportunidad.

—¿Por qué no trabaja en la fábrica MAN o con Messerschmitt, si tan trabajador es?

Paul la miró con severidad y dijo en voz baja:

—Ya sabes por qué, Lisa.

Por supuesto que lo sabía, Kitty se lo había explicado. Además de ser polaco, Marek Brodski era judío. Hacía tiempo que había abandonado su domicilio anterior y se había registrado en uno nuevo donde nunca estaba. Desde entonces vivía con amigos y conocidos, y al final acabó en casa de Kitty, que siempre cuidaba de los artistas sin trabajo.

—¿Cómo pretendes hacerlo, Paul? —se indignó ella—. Deberás registrarlo, no hay otra manera. Y entonces tendremos un montón de problemas. Con las constantes visitas de Ernst von Klippstein... solo nos faltaba que descubriera que damos trabajo a escondidas a un jardinero judío...

A Paul se le endurecieron los rasgos de la cara. De pronto Lisa cayó en la cuenta de que su hermano vivía en constante contradicción con sus principios para que la familia conservara la fábrica, la herencia de los Melzer. Sin embargo, por mucho que se esforzara, era evidente que cada vez era menos dueño de la dirección de la fábrica. La lucha diaria por causas perdidas había convertido a su hermano Paul, antes una persona tan alegre, en un hombre amargado.

—A Ernst von Klippstein déjamelo a mí, Lisa. Y el asunto del registro también lo arreglaré —aseguró.

Lisa estuvo a punto de añadir que su hijo Johannes tampoco cerraría el pico si se descubría la verdad, pero se calló porque entonces Paul volvería a decirle que era demasiado indulgente con sus hijos y que solo había conseguido arrojar a Johannes en brazos de las Juventudes Hitlerianas. Y eso que Paul también se había dejado la piel con su hijo mayor; había reñido varias veces al chico, pero con ningún resultado.

—Está bien —transigió—. Si pese a todo esta tarde quiere venir, lo recibiré y escucharé lo que tenga que decir. Pero no creo que vaya a contratarlo.

En principio Paul se dio por satisfecho con esa respuesta, aunque le recordó una vez más que él recomendaría contratarlo. Para Lisa, fue la gota que colmó el vaso.

—Me parece increíble que Kitty nos meta en semejante aprieto —rezongó—. ¡Que contrate ella a ese Marek Brodski de jardinero, si tanto desea hacer una buena acción!

Paul sacudió la cabeza. Parecía cansado, rendido, estaba a punto de irse a la fábrica donde le esperaban un montón de problemas. Ahora mismo estaba solo; Henny se había ido a Múnich a ver a Felix.

—En estos momentos difíciles todos deberíamos intentar conservar la humanidad, Lisa —dijo, y añadió a media voz—: Por lo menos, dentro de nuestras posibilidades.

Lisa estaba muy a favor de la humanidad, que equivalía al amor al prójimo. Al fin y al cabo iba a misa los domingos, aunque fuera porque su madre insistía. Y eso que últimamente ya iban menos ciudadanos de Augsburgo, los nacionalsocialistas hacían un gran esfuerzo por minar la influencia de la Iglesia.

Tras su contundente declaración de principios, Paul se levantó, sonrió para animarla y se marchó a la fábrica. Está bien, él mostraba su humanidad, eso era muy loable, pero le había colgado el muerto a ella; y si por el bien de la familia ella se mantenía en el no, por supuesto volvería a ser la mala.

Enfadada, agarró de nuevo el periódico y observó la fotografía de un soldado de la Wehrmacht con casco y fusil que miraba a lo lejos, confiado y con aire victorioso, seguramente hacia donde se encontraba Francia. Pensó acongojada que Johannes iba a cumplir quince años ya, y que dentro de tres años lo podían llamar a filas. Pero seguro que esa guerra absurda no duraría tanto…

Al lado, en la habitación de Hanno, se alzaron voces en ese momento. Era Johannes, que recitaba algo en voz alta y al parecer le hacía mucha gracia. Luego se oía a Hanno, que refunfuñaba y reclamaba algo. Lisa aguzó el oído.

—Dámelo, no es asunto tuyo…

—«El sol de la mañana se posaba con su brillo rosado sobre las cumbres», ja, ja, ja, ese se ha puesto encima con su enorme trasero… «La nieve eterna parecía brillar bajo su luz», ja, ja, ja, como una luciérnaga… ese sí que se derrite cuando hace calor…

—¡Dame el cuaderno o voy a buscarlo yo!

Sonó a amenaza. Hanno era un chico dulce, pero cuando se enfadaba luchaba como una bestia, y eso que contra Johannes llevaba las de perder. Lisa volvió a dejar el periódico y se levantó del sofá con un gemido. ¿Qué les pasaba ahora a esos dos? ¿No podía una leer el periódico tranquila, como mínimo cinco minutos?

Encontró a Johannes con un cuaderno en la mano, de esos que Hanno llenaba con sus cuentos. Por lo visto se estaba burlando de las dotes literarias de su hermano, porque Hanno estaba blanco de ira.

—Pues ven —le provocaba Johannes con una sonrisa maliciosa—. Vamos, ven a buscarlo si te atreves…

En ese momento vio a Lisa, que había abierto la puerta.

—No pasa nada, mamá —aseguró—. Solo le estaba leyendo en voz alta.

—Me ha cogido el cuaderno del escritorio —dijo Hanno, que temblaba de rabia—. ¡Y se está riendo de mí, mamá!

—Porque escribes chorradas —se defendió Johannes, y lanzó el cuaderno con desdén al escritorio—. De nieve que reluce y esas cosas. Se reirían hasta las gallinas.

—¡Ya basta! —ordenó Lisa, enfadada—. Sería mejor que te fijaras en tus cuadernos escolares, Johannes. La última redacción fue un absoluto desastre, y en las demás asignaturas tampoco vas bien.

—¿Qué tiene que ver eso ahora? —preguntó Johannes, encogiéndose de hombros—. Solo era una broma, pero Hanno siempre se enfada. Como una niña pequeña cuando le tiran de los pelos.

—No soy una niña —se defendió Hanno, al tiempo que guardaba su preciado cuaderno en el cajón del escritorio—. ¡Siempre dice que soy una niña!

Lisa agarró a su hijo mayor de los hombros y lo sacó de la habitación de Hanno. Él aguantó con una sonrisa burlona, pues le sacaba una cabeza a su madre. Muy a su pesar no era el más alto de la clase, pero a cambio era el más fuerte.

—Ve a tu cuarto y cámbiate para el almuerzo —le ordenó—. No puedes sentarte a la mesa con esa camisa marrón, hace poco mamá volvió a quejarse.

—¿Por qué? —refunfuñó él—. Justo después me toca turno en las Juventudes Hitlerianas, tendría que volver a cambiarme.

No hacía lo que le decía, siempre tenía réplica y sabía más que nadie. Con el tiempo, Lisa se había vuelto ingeniosa y encontraba argumentos para convencer a su hijo.

—Tu otra camisa está para lavar —aseguró—. Si te manchas sin querer durante la comida, tendrás que ir por ahí toda la tarde con la camisa sucia.

—Está bien… —cedió él.

Funcionó. Con ese uniforme era increíblemente meticuloso, hacía poco incluso se lavó el pañuelo del cuello y se lo dio a Hanna para que lo planchara. Lisa se volvió de nuevo hacia Hanno, que estaba sentado en su escritorio, enfadado, con la mirada al frente.

—¡Si papá estuviera aquí, le habría cantado las cuarenta! —dijo su hijo.

Lisa volvió a sentir la profunda amargura que había provocado Sebastian con su decisión tan egoísta. Él necesitaba vivir conforme a sus principios, luchar por sus ideales, le daba igual lo que les ocurriera a ella o a los niños. ¿Ese era el amor que le había prometido? Sabía por Felix que seguramente estaba preso en Dachau, pero no se decidía a pedir información.

—¿Dónde está Charlotte? —preguntó sin entrar en los reproches de Hanno.

Él se encogió de hombros, y luego dijo:

—Creo que está con Kurt. Están enseñándole a Willi a tumbarse de lado. Charlotte siempre tiene esas ideas de bombero.

—¿Después también tienes servicio? —preguntó.

—Sí… —murmuró afligido.

Hanno aún pertenecía a los Jóvenes Alemanes, a los que llamaban «los renacuajos», quienes a los catorce años entraban en las Juventudes Hitlerianas, y a Hanno no le hacía ninguna ilusión. Allí era un marginado, no le gustaba ningún deporte, odiaba la vida de campamento y el entrenamiento; las marchas y los cánticos también le parecían horribles. Probablemente se burlaban de él con frecuencia, pero Lisa solo lo suponía por las ocasionales mofas de su hermano mayor. Hanno no hablaba de eso.

—Muy bien —dijo Lisa con complacencia—. Comemos dentro de nada, sé puntual, por favor.

Era necesario recordárselo porque a veces Hanno no oía el gong cuando estaba absorto en un libro. Lisa echó un vistazo rápido a la habitación de Charlotte. Por supuesto, no la había recogido como le ordenó el día anterior, y había lanzado la cartera del colegio sin más para ir corriendo a ver a Kurt y a Willi.

Lisa colocó la cartera junto a su escritorio y vio que una de las costuras de piel estaba rota. Por el amor de Dios, pero si Charlotte era una niña. ¿Por qué no tenía más cuidado con sus cosas?

Por una vez, durante el almuerzo su madre estuvo de buen humor, charló sobre el agradable tiempo de mayo, elogió el caldo de verdura con cebollino fresco por encima y le preguntó a Johannes cuándo iba a empezar con su tío en la fábrica.

—Aún es demasiado joven, mamá —aclaró Lisa—. Primero tiene que terminar los estudios.

—Déjate de estudios con el chico, Lisa —recomendó Alicia con la cuchara sopera levantada—. La vida de estudiante cuesta mucho dinero, y los jóvenes no aprenden más que a beber cerveza y a correr detrás de las faldas.

Johannes sonrió y miró a Paul, visiblemente disgustado por el discurso relajado que tenía su madre desde hacía algún tiempo. Sin embargo no la contradijo, además de que tampoco su madre admitía réplica. Sí intervino la tía Elvira, que no tenía pelos en la lengua con su cuñada.

—Tal vez fuera así antes, Alicia —aseguró—. Hoy en día los estudiantes son muy aplicados. Nuestra Dodo ha aprobado todos los exámenes del primer semestre.

—¿Dodo? —se extrañó Alicia—. Pero si se fue en avión a América, ¿o me he perdido algo?

—Esa fue Marie. Y no fue en avión, fue en barco —la corrigió la tía Elvira, que le dio a Humbert el tazón de sopa vacío—. ¡Alicia, me vuelves loca cuando lo confundes todo!

Lisa miró a su hija Charlotte, que hablaba en susurros con Kurt y se había manchado otra vez de sopa. La aportación de

Paul a la conversación tampoco sirvió para levantarle el ánimo.

—Por cierto, Ernst von Klippstein ha comprado una casa en Steingasse. Es muy bonita, una finca grande, la quiere reformar por completo.

—Entonces ¿de verdad quiere mudarse a Augsburgo? —preguntó Lisa con un mal presentimiento.

—Creo que aún no está decidido. Puede que la utilice como segunda residencia.

—¡Muy buena idea! —opinó la tía Elvira—. Así podrán alojarse allí cuando estén en Augsburgo, y no tendremos siempre a esos dos comiendo en la villa de las telas.

—Para mí también sería un alivio —comentó Lisa, contenta.

¡Por fin una buena noticia en un día tan triste! Por lo visto Paul no tenía una visión tan positiva, aunque a saber, porque siempre ponía la misma cara de preocupación. La pelea entre Johannes y Hanno también parecía zanjada, por lo menos no había comentarios maliciosos ni patadas por debajo de la mesa. Los dos se estaban atiborrando de pasta con salsa, aunque no habían probado la ensalada de acompañamiento,

En cuanto sirvieron el postre y lo engulleron, Johannes preguntó si podía levantarse porque tenía que irse con el grupo de las juventudes. Por supuesto, no se lo pidió a su madre sino a su abuela, cuya autoridad curiosamente sí aceptaba.

—Puedes ir, mi niño… y compórtate. No avergüences a la familia.

Paul también se despidió. Kurt y Charlotte se fueron enseguida; Hanno los siguió con gesto contrariado. Solo las dos señoras mayores se quedaron un ratito más sentadas a la mesa, pero por suerte no esperaban que Lisa les hiciera compañía, tenía cosas que hacer. Llamó a Hanna para que fuera a recoger a Charlotte al anexo: la niña tenía que hacer los deberes. Auguste se ocupaba de su madre, que luego se echaría un sueñecito, pero antes tenía que tomarse los medicamentos.

¿Hanno ya estaba listo para ir con los Jóvenes Alemanes? Por lo menos Johannes ya iba de camino...

—Señora, ha venido un hombre por lo del puesto de jardinero —anunció Auguste.

¡Dios mío! ¡Se le había olvidado por completo! Menudo incordio, y todo gracias a Kitty. ¿Sería mejor recibir a ese tal Marek abajo, en el vestíbulo? No, Paul se lo tomaría mal. Además, preferiría que los empleados no oyeran la conversación.

—¡Hazlo pasar al salón!

Envió a su hija malhumorada a su habitación y le dijo que luego quería ver los deberes terminados. Después fue directa al salón y llegó justo cuando Auguste llamaba a la puerta.

—Si me permite...

El hombre que entró le causó una impresión lamentable. Aunque quisiera trabajar de jardinero, por lo menos podría haberse puesto una chaqueta decente. Y llevaba los dobladillos de los pantalones deshilachados. Era increíble el tipo de gente que le enviaba Kitty.

—Buenos días, señora Winkler —dijo, y se quedó en la puerta, indeciso—. Su hermana me ha enviado a verla. Me llamo Brodski.

—*Heil Hitler*, señor Brodski. Pase, por favor. Sí, estoy al corriente.

En realidad no le gustaba el saludo de Hitler y lo evitaba cuando era posible, pero en ese caso le pareció oportuno. El hombre tenía que saber a qué atenerse con ella. Auguste cerró la puerta y Marek Brodski se acercó. Su manera de sonreír le resultaba desagradable porque apelaba a su conciencia. Era una sonrisa de resignación y un poco irónica. Había captado la indirecta y parecía saber lo que le esperaba. Lisa se recompuso.

—Me lo han recomendado como jardinero, señor Brodski. ¿Puedo ver sus certificados o su libro de trabajo?

Por supuesto, no tenía nada parecido, pero no hacía falta

rechazarlo argumentando que no quería contratar a judíos. Había otras opciones.

—Soy pintor y escultor, señora Winkler —dijo—. Seguro que su hermana le ha contado por qué ya no puedo dedicarme a mi profesión. Soy judío.

Lisa se incomodó. Era sincero con ella. Además tenía una forma de hablar agradable, simpática, y, pese a los harapos, parecía inteligente. Esa miseria debía de ser tan dura…

—Lo sé, lo sé —contestó cohibida—. Pero ahora necesitamos un jardinero, un pintor no nos sirve.

—Entiendo… —dijo, y esbozó de nuevo esa sonrisa consciente que le provocaba un dilema interno.

Humanidad, qué se creía Paul. Ella era responsable de tres niños y dos señoras mayores.

—Lo siento mucho —aclaró Lisa—. Le deseo mucha suerte en el futuro.

Las palabras sonaban tan huecas… y lo decía en serio, le deseaba mucha suerte. Pero en otro sitio, no precisamente en la villa de las telas.

—Es decir —añadió indecisa—, cabría la posibilidad de irse de Alemania… mi cuñado le sería de gran ayuda… es una lástima por su talento… y además… por desgracia ahora mismo la situación de los judíos en Alemania es un poco… difícil…

Había empezado a hablar a trompicones por la vergüenza y paró cuando se dio cuenta de que lo estaba empeorando. Dios mío, ¿por qué se lo ponía tan difícil? Se sentía como un monstruo, y solo estaba velando por su familia. Sobre todo, por los niños…

—No puedo, señora Winkler —dijo, y sonrió con franqueza—. Hay algo que me ata a Alemania y no me suelta.

—¡Ah! —exclamó ella—. ¿Se refiere a que es su país? Bueno, muchos judíos de Augsburgo han emigrado. Mi cuñada, por ejemplo, se fue a Nueva York hace cuatro años, y ahora casi se siente como en casa allí.

Él sacudió la cabeza, triste.

—Entonces tiene más suerte que yo, señora Winkler. Hace tres años murió nuestra hija pequeña de difteria, tenía nueve años. Mi mujer la siguió porque no pudo soportar la pérdida de su hija. No puedo abandonar esas dos tumbas. A lo mejor estoy loco, pero no puedo...

Lisa se quedó petrificada. Perdió a su hija cuando tenía casi la misma edad que Charlotte ahora. ¡Era horrible! No podía haber nada más espantoso que ver morir a un hijo.

—Perdone —dijo él a media voz—. No quería angustiarla con eso, pero me ha salido sin querer. La gente muere, también los niños. Así es la vida. Le deseo todo lo mejor, señora Winkler.

Sonrió afligido. Cuando tenía la mano en el pomo de la puerta, ella seguía debatiéndose y lo vio salir. No podía hacerlo. ¡No debía! Pero se le rompía el corazón al pensar en la niña pequeña.

—¡Espere! —gritó, y se levantó para ir a buscarlo al pasillo—. Espere... he cambiado de opinión. ¿Qué le parece una prueba? Unas semanas...

9

Después del desayuno leyó por encima la carta de Marie y luego la metió en la caja donde las guardaba todas. Ya era la segunda caja, la primera estaba a rebosar y cerrada con su tapa en el armario del dormitorio, entre sus zapatos; esta la guardaba en su despacho de la villa, sobre el escritorio. A veces se preguntaba por qué amontonaba todas esas cartas y si no sería mejor destruirlas.

«No lo hagas, amor —le escribió ella como respuesta a sus dudas—. Un día, cuando vuelva a estar a tu lado, leeremos estas cartas juntos y las quemaremos porque habrán llegado tiempos mejores».

Paul no veía ningún indicio de que fuesen a llegar «tiempos mejores», lo que significaría el final del gobierno de los nacionalsocialistas. Al contrario, Hitler sumaba una victoria tras otra. La Wehrmacht había tomado Holanda, Bélgica y Noruega de un plumazo, unos días antes había caído París y habían negociado una tregua con el gobierno francés, aún en el poder. Quedaba claro que el siguiente objetivo era Inglaterra; era el único motivo por el que Hitler había ocupado todo el norte de Francia y la costa atlántica. El Führer y el NSDAP luego controlarían toda Europa, ¿cómo iba a decidir Marie volver? Seguía pensando que podría haberse quedado con él porque a las esposas judías de los hombres arios no les pasaba nada.

Fue a pie hasta la fábrica; hacía buen tiempo, la naturaleza florecía, los pájaros cantaban, los pequeños riachuelos borboteaban alegres entre los prados. Era el camino que recorría a diario su padre. Obstinado y con la firme convicción de que la obra que había creado perduraría y que su hijo continuaría su labor. Paul había asumido el legado y había dirigido la fábrica con perseverancia, habilidad y suerte, incluso había superado varias crisis, pero ante los nuevos acontecimientos se sentía cada vez más impotente.

En la entrada lo recibió el portero Herbert Knoll con su habitual expresión de indiferencia, su «*Heil Hitler*, señor director» sonaba educado pero distante. Era muy distinto a como lo recibía siempre el leal Gruber. Aquel hombre entrañable había desempeñado su trabajo hasta su último suspiro, hasta fallecer unos años antes. Knoll, en cambio, era uno de esos empleados que se arrimaban al árbol que más sombra daba y se hacía el simpático con el hombre que a todas luces mandaba en la fábrica más que el director Melzer: Ernst von Klippstein, el amo en la sombra de la fábrica de telas Melzer.

La nueva secretaria, Angelika von Lützen, también era de ese tipo. Paul solía disimularlo con amabilidad impasible, pero Henny mantenía disputas diarias con ella. No soportaba a Von Lützen; cuando nadie la oía, la llamaba el «veneno rubio» o la «mala víbora».

Días atrás llegó a decir a media voz:

—Ándate con cuidado, tío Paul. Esa es una soplona de los nazis.

A él le parecía una exageración, pero aun así era prudente, las cartas importantes se las dictaba siempre a Haller, sabía que ella era leal. Hilde Haller era una buena chica; de hecho, no entendía por qué no encontraba marido, pero por otro lado se alegraba porque no le gustaría perderla como secretaria. Solo le molestaba un poco que lo persiguiera con esa mirada de constante preocupación. Tenía demasiada «alma» para ser una buena secretaria, además leía libros prohibidos cada vez con mayor avidez.

—¡*Heil Hitler*, señor director! —saludó Von Lützen en la antesala con una sonrisa falsa.

Haller también le sonrió, pero a su estilo tranquilo y cálido.

—*Heil Hitler*, señoras. Y buenos días.

Von Lützen le informó enseguida de que otras tres trabajadoras habían dimitido; se habían ido a Messerschmitt, claro, por lo visto ahí pagaban mejor.

—Tiene las renuncias sobre la mesa, señor director.

—Muchas gracias, señora Von Lützen. ¿Ha llamado alguien?

—El señor Von Klippstein. Me ha pedido que le devuelva la llamada.

Haller calló, casi siempre dejaba que hablara su colega, que de todos modos se le adelantaba y a veces incluso la cortaba. En cambio, se mostraba mucho más locuaz cuando estaba con él dictando algún documento, entonces Hilde Haller le contaba cosas que a Von Lützen le habría gustado tapar con un manto de silencio. Esa también era una situación muy distinta a la de unos años antes: tanto Lüders como Hoffmann, sus antiguas secretarias, a veces tenían celos entre ellas, pero siempre habían coincidido en su lealtad al señor director. Lüders se había jubilado dos años antes y ahora vivía con Henriette Hoffman en una vivienda de tres habitaciones del centro histórico. La felicidad tardía de Hoffman no duró mucho: su marido falleció después de cuidarlo durante casi un año. Estaba contenta y feliz de que la señora Lüders se mudara a su casa, y por lo que decían se llevaban muy bien.

Paul decidió que las dimisiones y la llamada a Ernst von

Klippstein no eran urgentes y llamó a la puerta del despacho de Henny. Por lo menos eso se mantenía; Ernst había reclamado ese despacho en varias ocasiones, pero Henny defendía su terreno con uñas y dientes.

Estaba sentada al escritorio, inclinada sobre un papel que Paul reconoció a simple vista. Era una carta de correo militar.

—¿Es de Felix? —preguntó.

—Buenos días, tío Paul —dijo con una débil sonrisa—. Sí, es de Felix. Imagínate, ese bribón está en París. Bebiendo champán y comiendo ancas de rana. Dice que las ostras le parecen asquerosas. ¡Y yo aquí sentada, deshaciéndome en lágrimas!

Dos semanas antes Felix había recibido su llamamiento a filas para la Wehrmacht. No fue del todo inesperado, ya lo suponía. Henny lo dejó todo para ir a Múnich y pasar con él los pocos días que le quedaban. No había hablado mucho del tema, y Paul lo entendía: algunas cosas provocaban un dolor tan profundo en el alma que no se podía hablar de ellas. Sin embargo, Dodo le contó en una carta que había sido «desgarrador», le dio pena ver cómo se despedían y se alegraba de tener tanto trabajo en la universidad.

—Entonces parece que le va muy bien —comentó él con una sonrisa.

—Eso parece. —Dobló la carta y se la guardó en el bolso—. Tres renuncias —dijo a continuación, disgustada—. Pero ¿quién se lo va a reprochar a esas mujeres? Tienen hijos pequeños, y algunas al marido en la Wehrmacht. Lo que ganan con nosotros no les alcanza para nada.

Tendría que volver a introducir la reducción de jornada, pero según Henny era algo que no aprobaba Klippi, quien prácticamente le había obligado a parar la hilandería. Ahora tenían dificultades con la entrega de hilo, tanto con las cantidades necesarias como con la calidad. Y se habían cancelado dos pedidos del gobierno porque las telas entregadas estaban defectuosas y las habían devuelto. Por supuesto, ya habían reembolsado el dinero abonado. De momento la fábrica funcionaba a un tercio de su capacidad, y pese a la reducción de jornada tendrían dificultades para pagar los sueldos. Paul no se planteaba volver a bajar el salario, como le exigía Von Klippstein.

—¿Para que se vayan el resto de las trabajadoras? —respondió a Ernst von Klippstein.

Este le quitó importancia con un gesto y dijo que muchas dependían de su puesto en la empresa; sobre todo las empleadas mayores no tenían ganas de buscarse otro trabajo.

En efecto, la situación de los trabajadores de la industria textil era desesperada en ese momento. Durante el año anterior se habían producido tumultos en la fábrica de tejidos estampados por el pago de los salarios que solo lograron aplacar con ayuda policial. Los alimentos y otros artículos de primera necesidad eran cada vez más caros; tras el llamamiento a filas de sus maridos, muchas mujeres se habían quedado prácticamente solas con niños pequeños, y el sueldo apenas les daba para sobrevivir. Había niños que ni siquiera tenían calzado decente. Todo ello pese al Auxilio de Invierno, que colgaba por todas partes sus contundentes carteles, repartían paquetes de Navidad y siempre recaudaban dinero de sus semejantes.

—Todo esto tiene una intención —dijo Henny, enfadada—. Me he informado: quieren cerrar todas las fábricas textiles de Augsburgo para que MAN y Messerschmitt puedan expandirse aquí. Motores para vehículos militares y aviones de caza, eso es lo que se debería producir en Augsburgo. Y a pleno rendimiento.

Por supuesto, Paul estaba al corriente de las aspiraciones del Reich, tampoco eran nada nuevo; antes de la guerra ya se trabajaba en esa dirección. Muchos talleres textiles, antes grandes y respetados, ahora estaban cerrados, pero él tenía la esperanza de que su fábrica siguiera viva gracias a la producción de telas de uniforme.

—Sí, y la entrega de la hilandería que nos llegó ayer no era de la calidad esperada —intervino él.

Henny también lo sabía porque habían revisado juntos la entrega.

—¡Exacto! —exclamó ella—. ¿Es que aún no te das cuenta, tío Paul?

Él entendía adónde quería ir a parar, pero no estaba preparado para una visión tan pragmática de las cosas. Quería conservar por lo menos una pizca de esperanza.

—Ernst prometió enviarnos telares…

Henny resopló con desdén.

—¿Y? ¿Acaso han llegado?

—Se está ocupando él…

—¿Y te lo crees?

No, debía admitir que a esas alturas ya no se lo creía. O Ernst había sobreestimado sus posibilidades o le había mentido desde el principio, algo de lo que Paul no quería creer que fuera capaz.

—Ya no se pueden obviar sus intenciones, tío Paul —insistió Henny—. Las hiladoras de anillos están guardadas en el sótano y la sala está vacía. Igual que la sala de estampación. ¿De verdad crees que nos va a colocar unos telares ahí?

Lo miró con dureza con sus ojos de color gris azulado. Henny había heredado muchas cualidades de su padre Alfons Bräuer, que era una persona adorable, pero no dejaba de ser un banquero que llevaba sus negocios de forma implacable y lúcida.

—¿Crees que quiere alquilar las salas a Messerschmitt?

Ella asintió despacio, con el gesto adusto.

—Pero antes quiere quitarnos nuestra fábrica, tío Paul. Y si no estamos vigilantes, lo conseguirá.

Paul soltó una breve carcajada que no sonó muy sincera.

—¿De dónde sacas que quiera apropiarse de la fábrica?

Henny echó un breve vistazo a la puerta, que era doble e insonorizaba bastante el despacho, pero bajó la voz para seguir hablando.

—Hace tiempo que lo sospechaba, tío Paul, pero ayer Hilde Haller me dio la prueba definitiva. Hace poco le oyó hablar por teléfono. Hablaba con alguien del partido y llamaba «mi fábrica» a la fábrica de telas Melzer.

Paul se resistía a la idea de haberse convertido en víctima de una expropiación encubierta. Ernst von Klippstein había sido amigo suyo, y siempre creyó que, pese a todos sus defectos, era una buena persona.

—A lo mejor Haller lo entendió mal —insinuó indeciso—. Puedo imaginar que Ernst tenga órdenes de reducir la industria textil de Augsburgo en favor de industrias importantes para la guerra. Quizá haya planeado alquilar nuestras salas a Messerschmitt en ese sentido. Pero no por eso va a convertirse en el dueño de la fábrica, Henny.

Ella se encogió de hombros con resignación y se limitó a comentar que Hilde Haller no tenía un pelo de tonta.

—Solo disponemos de una oportunidad, tío Paul —continuó—. Muy pequeña. Tendríamos que conseguir hilo de calidad, de lo contrario nos anularán el resto de los pedidos y aquí se pararán todas las máquinas. Ya he buscado algunas empresas que producen buen género…

Mientras repasaba la lista con Henny, se fue animando un poco.

—Bien, creo que nos encargaremos nosotros de los telares, Henny. Preguntaré en Riedinger, ahí los talleres están parados.

—Muy bien, tío Paul —lo elogió ella—. Hazlo. Mientras suministremos buenos artículos al gobierno, no anularán los pedidos. Al fin y al cabo los soldados necesitan uniformes, ¿no?

—Eso cabe pensar —contestó él con una sonrisa.

Le encargó recopilar las ofertas y presentárselas, luego se fue a su despacho. Aceptó las renuncias y escribió certificados positivos para las trabajadoras, después descolgó el teléfono y solicitó una llamada interurbana con Múnich.

—¿Hola? Ah, eres tú, Paul. Estamos a punto de salir, Gertraut ya ha terminado de envolver unos regalos; ya sabes, ella siempre tan generosa. Al anochecer llegaremos a Augsburgo.

Claro. No era una sorpresa, ya imaginaba que ese era el motivo de la llamada de Ernst.

—De acuerdo. Entonces pediré que preparen la habitación de invitados.

—Y que haya limonada fresca, por favor. Después de un viaje largo en coche, Gertie siempre tiene una sed horrible.

—Por supuesto...

—Hasta esta noche. Tengo una sorpresa para ti...

—¿De verdad? Estoy impaciente por saber qué es.

Paul colgó el auricular con un mal presentimiento. Viniendo de Ernst, la sorpresa solo podía ser desagradable. Bueno, ya se vería.

Henny obtuvo escasos resultados con sus llamadas de teléfono: solo dos hilanderías pequeñas de las afueras de Múnich enviaron sus ofertas, con precios exorbitantes. Una propuso un intercambio inteligente: el suministro regular de los mejores hilos a cambio de las hiladoras de anillo de la fábrica de telas Melzer, que de todos modos no se usaban, según tenían entendido.

—Ni hablar —decidió Paul—. Esas máquinas son el legado del padre de Marie, Jacob Burkard. No las voy a prestar.

Henny no entendía mucho a qué venía tanto «sentimentalismo». A fin de cuentas, estaba en juego la supervivencia de la fábrica.

—Puede que Jacob Burkard fuera un gran ingeniero técnico, pero las máquinas están obsoletas. Y si se quedan sin usar durante años en el sótano, acabarán estropeándose.

—Vamos a esperar otras ofertas.

—No van a llegar más, tío Paul. Las hilanderías han recibido un contingente reducido de fibras, les quitan el hilo de las manos.

—Mañana lo decidiré —le prometió—. Vamos a la villa, es la hora del almuerzo.

—¿Es que vas a regresar a pie? —se lamentó ella—. ¿Por qué no coges el coche?

—Andar es sano y la gasolina es cara.

En la villa apreciaron signos de que se avecinaba tormenta. Para empezar, Hanna, que les abrió la puerta, era la encarnación de la mala conciencia.

—Lo siento muchísimo, señor —dijo en un susurro—. Todos teníamos trabajo en la cocina y en la casa y nadie se ha fijado…

—Pero ¿qué ha pasado? —preguntó él, y le dio el sombrero de paja.

—Nada, señor. Gracias a Dios, Marek ha salido enseguida y lo ha sujetado…

En ese momento apareció la silueta rolliza de Lisa en lo alto de la escalera. Tenía la cara roja de los nervios. Incluso parecía que había llorado.

—Estoy desconcertada, Paul. Tienes que hacer valer tu autoridad, no podemos seguir así —reclamó.

—¿Alguien podría explicarnos qué está pasando aquí? —se hizo oír Henny.

Humbert ya salía de la cocina en dirección al vestíbulo y se apresuró a describir la situación.

—Ha sucedido lo siguiente, señorita: mientras estábamos con los preparativos para el almuerzo, Kurt y Charlotte se han hecho con el coche del señor y lo han conducido por la entrada. Por suerte, Marek ha conseguido pararlos a tiempo y devolver el coche sano y salvo al cobertizo. Es inexcusable que ningún empleado se haya percatado del incidente. Yo solo quiero aclarar que todos estábamos ocupados con nuestras obligaciones, lo que por supuesto no es una disculpa.

A Henny le pareció divertido el incidente y soltó una carcajada de lo más inoportuna, mientras que Paul preguntó asustado dónde estaban Kurt y Charlotte.

—¡Aquí arriba conmigo! —gritó Lisa desde la escalera—. Te están esperando, Paul.

Los dos estaban sentados uno al lado del otro en el sofá, Kurt con la mirada gacha, pero Charlotte miró a su tío con una expresión más bien terca cuando lo vio acercarse. Paul tuvo claro que la instigadora había sido la niña; pese a su pasión por los coches, Kurt jamás habría tocado el de su padre.

—¡Vuestra actitud ha sido irreflexiva, y además peligrosa! —dijo furioso—. No quiero que se repita algo así. ¿Queda claro?

—Sí, papá.

Charlotte se limitó a asentir. Lisa estaba de pie junto al sofá, por lo visto esperaba otro arrebato de ira, pero Paul no tenía ganas. En cambio quiso averiguar cuál era el trasfondo de su fechoría.

—¿Cómo se os ha ocurrido semejante locura?

Los dos guardaron silencio y se miraron. Al final fue Charlotte la que contestó.

—Yo quería saber cómo se conduce un coche. Kurt me dijo que sabía cómo funciona y que me lo enseñaría.

—Solo arranqué el motor, papá —aclaró Kurt—. Pero se soltó el freno de mano y el coche rodó un trocito. Luego quise devolverlo a su sitio, pero la marcha atrás…

—¡Basta! —le interrumpió Paul, enfadado—. ¡Una semana sin salir de casa, los dos!

—¿Entonces tampoco tengo que ir a esa tontería de las Jóvenes Alemanas? —preguntó Charlotte, esperanzada.

—¡Por supuesto que vas a ir!

Kurt, que ese año había pasado a ser de las Juventudes Hitlerianas, no preguntó nada. No le entusiasmaba, pero se las arreglaba muy bien y, gracias a su conocimiento sobre los coches de carreras más novedosos, se había ganado cierto respeto.

—Ahora vamos a la mesa —ordenó Paul—. Lavaos las manos y peinaos. Kurt, tus pantalones están horribles, cámbiate rápido.

Lisa no estaba satisfecha. De camino al comedor, le comentó a Paul que había sido demasiado blando.

—Deberías haberlos castigado como mínimo con dos semanas sin salir de casa. Y mejor sería también que no almorzaran, pero eso siempre es difícil porque mamá hace preguntas si no aparecemos todos en la mesa.

—Ha sido una actuación encomiable —comentó Henny con una sonrisa—. Te ha robado la llave, ha arrancado el coche de forma impecable y lo ha conducido hasta el cobertizo sin hacerle ni un rasguño.

—¡Encima échale flores! —se quejó Lisa—. ¡Imagínate si hubieran acabado en Haagstrasse y un camión los hubiera arrollado!

—Por favor, Kurt sabe perfectamente dónde está el freno —la tranquilizó Henny.

El almuerzo transcurrió con una calma inusual. Johannes se había resfriado y al parecer tenía fiebre; Hanno estaba callado, distraído como siempre delante de su plato, y Charlotte y Kurt guardaban silencio, afligidos. La abuela y la tía Elvira llevaban la voz cantante, e incluían a Lisa y a Henny por turnos. Paul se mantuvo ajeno a la conversación; hasta que no sirvieron el postre no anunció la «buena noticia» de que esa noche contarían con la presencia de Ernst von Klippstein y su esposa Gertraut.

Nadie en la mesa mostró mucho entusiasmo, Lisa respiró hondo y la tía Elvira dijo algo en el dialecto de Pomerania que no sonó muy amable.

—Ya es hora de que esos dos tengan casa propia —comentó Lisa—. Me parece sumamente inapropiado que mi antigua doncella se siente en el salón rojo y permita que le sirva nuestro personal.

Hacia las cinco y media, el coche de Ernst von Klippstein cruzó la puerta de la fábrica, que el portero Knoll les abrió entre apresuradas reverencias. Por una vez, Ernst no se entretuvo demasiado en el despacho de Paul, solo le hizo unas cuantas preguntas, restó importancia a las renuncias encogiéndose de hombros y le explicó que estaba negociando el asunto de los telares.

—Antes de ir a la villa de las telas a cenar, quiero enseñarte algo, Paul —anunció con alegría—. Mi chófer nos espera abajo.

Paul sintió un gran alivio al ver que la sorpresa era mostrarle su nueva casa en Steingasse. El edificio de varias plantas tenía instalación eléctrica, baños modernos, conexión telefónica y un teletipo. Gertie los estaba esperando y le enseñó el salón completamente amueblado, el gabinete, varias salas de estar más e incluso el dormitorio, muy cursi para el gusto de Paul, con una colcha de seda rosa sobre el lecho conyugal y estores blanquísimos en las ventanas.

—¿Qué te parece? —preguntó Ernst con orgullo de propietario.

—¡Es impresionante!

—¿Sabes, Paul? —dijo Gertie—. En las habitaciones de invitados me gustaría colgar algunos cuadros. ¿Entiendes? Como en el taller de tu mujer en Karolinenstrasse.

No tenía reparos en tutear a su antiguo señor, pero cuando hablaba de Marie decía siempre «tu mujer».

Paul se encogió de hombros y comentó que seguro que encontraría a un artista que pudiera pintar bonitos cuadros para esas paredes.

—Estaba pensando en tu nuevo jardinero —dijo Gertie con una sonrisa ingenua—. Hace poco Hanna me contó que en realidad es pintor y escultor.

10

Julio de 1940

Querida Marie:

Me alegro de que continúes con tu taller de moda y que te vaya tan bien, cuentas con un ayudante fiel que te apoya con consejos y te advierte de las malas decisiones, además de cualquier otra ayuda que te pueda prestar. Puede que el hecho de que algunas de tus clientas se vayan porque eres alemana tenga que ver con la guerra aérea que libra ahora mismo Hitler contra Inglaterra. Sin embargo, por lo que cuentas solo son unas pocas señoras, así que la pérdida no debería perjudicar mucho al taller.

Por aquí hay pocas novedades. En la fábrica de momento falta hilo, que es muy difícil de conseguir en Alemania porque el decreto sobre las fibras asigna un contingente muy reducido a cada empresa. He rechazado una oferta de adquirir hilo de la mejor calidad a cambio de las hiladoras de anillo que están sin usar en el sótano.

Seguramente Lisa ya te habrá escrito que tenemos confirmación de que Sebastian está en Dachau. Contestaron a mi consulta, con total desfachatez, que los presos eran libres de mantener el contacto con sus familias; si el señor Winkler no lo había hecho después de casi dos años en el centro, entonces se trataba de una cuestión personal. La pobre Lisa se enfrenta ahora al duro dilema de si debería escribir a su marido o incluso enviarle dinero o paquetes. La he aconsejado que le escriba una carta amable y espere a ver cómo reacciona. Sin embargo, no le resulta fácil porque hasta ahora nunca ha plasmado nada en un papel.

No puedo concluir esta carta, Marie, sin expresarte mis pensamientos más sinceros sobre nuestra relación. Estoy firmemente convencido de que tu «huida» a Nueva York fue un acto innecesario, que llevaste a cabo en contra de mi voluntad, y que no le ha servido de nada a nadie. Siendo mi esposa podrías haber vivido sin ser molestada en Augsburgo, habríamos afrontado y solucionado juntos las dificultades familiares y los problemas de la fábrica de telas Melzer. Pero ahora, después de casi cuatro años de separación, cada vez me parece más difícil creer en un futuro en común aquí, en Alemania. No imagino una solución a esta situación asfixiante que en última instancia has provocado tú. Tengo muy claro que no se puede cambiar lo ocurrido, pero el sufrimiento que provoca es real, y no pasa un solo día sin que lo acuse. Hay días en los que me siento confuso y no sé cómo soportar la carga de la responsabilidad de la fábrica y la familia sin ti.

Perdona estas últimas palabras, tal vez innecesarias. Esta noche no puedo dormir y tengo una visión oscura del mundo.

Un abrazo cariñoso, Marie. No perdamos la esperanza, aunque todo parezca girar en contra.

Con amor,

PAUL

Marie leyó la carta por tercera vez, y de nuevo la invadió esa congoja, como si dejara de tener los pies en el suelo y se sumiera en un abismo negro. ¿Cómo había podido tener una fe tan ciega en que su amor soportaría una carga tan pesada? ¿Había actuado de forma egoísta? ¿Había eludido toda responsabilidad como decía Paul? Ella creyó que con su marcha estaba garantizando que la fábrica quedara en sus manos: de todos era sabido que los maridos que no se divorciaban de sus esposas judías sufrían consecuencias profesionales. Sin embargo, las fábricas textiles de Augsburgo se enfrentaban de todos modos a problemas serios: ¿acaso su decisión había sido innecesaria y precipitada? ¿Qué haría si perdía el amor de Paul?

Marie se reclinó en la butaca y cerró los ojos. ¿Todo lo que había conseguido allí, en Nueva York, no se debía a que siempre creyó con firmeza en su amor por Paul? ¿Ese amor no había sido su sostén, su esperanza, lo único que le daba fuerzas para aguantar durante sus duros inicios?

«Está celoso. Lo entiendo, pero debería saber que Karl Friedländer jamás tendrá en mi vida el lugar que le corresponde a él, mi Paul. ¿Cómo puedo dejárselo claro?», pensó afligida.

Ella también había notado que las declaraciones de amor que le enviaba en sus cartas debían de parecer insípidas a sus ojos. Se podían escribir muchas palabras bonitas, pero lo que faltaba era el encuentro, la convivencia, las largas conversaciones de noche en el lecho conyugal, la ternura de sus cuerpos. Un amor que solo existía sobre el papel era huidizo, se lo llevaba el viento, la tormenta lo destruía.

Era primera hora de la tarde; abajo, en las calles de Greenwich Village, por todas partes seguía la vida alegre y colorida. Desde la habitación contigua le llegaban los sonidos del piano: Leo probaba una composición. No era una banda sonora, parecía estar trabajando en la rapsodia que estaba escribiendo para un concurso. Allí, en Nueva York, Leo se había encontrado a sí mismo y su destino, y eso hacía que Marie se sintiera contenta y feliz. Pero ¿no lo habría logrado también sin su compañía? Sí, seguro. Tal vez incluso le habría resultado más fácil, pues no habría tenido que vivir con los miedos y la preocupación por su madre durante los primeros duros momentos.

¿De verdad lo había hecho todo mal? Había destruido su

matrimonio. Dejó solos a Dodo y al pequeño Kurt. Se jugó el amor de su marido y lo había perdido. El abismo negro se abrió de nuevo ante ella, buscó desesperada un apoyo, una esperanza para no hundirse.

¿Y si regresaba a su lado? ¿Si renunciaba a todo por estar con él, decidir con él su futuro y el de sus hijos, y que fuera lo que Dios quisiera? De pronto le pareció ver una luz redentora al final del oscuro camino: dejarlo todo atrás, subirse a un barco de pasajeros y en apenas una semana volver a estar con él.

—¿Estás durmiendo, mamá?

Abrió los ojos, asustada, y vio el rostro de su hijo, que había entrado en la salita y la observaba con atención.

—No, no —contestó cohibida—. Solo… estaba pensando. ¿Has avanzado con tu rapsodia? Suena distinta, pero me gusta.

Él parecía aliviado, se sirvió un vaso de agua y se sentó con ella.

—Aún no estoy del todo satisfecho —aseguró, crítico consigo mismo—. Pero ya llegará. ¿Es una carta de papá?

—Sí —dijo ella, y dudó un momento—. ¿Te apetece leerla?

Leo y su padre apenas mantenían correspondencia, aparte de unas palabras de felicitación por los cumpleaños. El correo de Navidad también lo redactó Marie, Leo solo escribió unas líneas debajo. En cambio, se escribía con frecuencia con su hermana Dodo, y a veces también enviaba cartas a Henny.

—Solo si te parece bien, mamá.

—No te lo ofrecería si no quisiera.

Leo cogió la carta de la mesa con un movimiento lento, casi prudente, volvió a mirar a su madre para confirmar su decisión y se puso a leer. Había notado lo que esa carta le había provocado, Leo detectaba muy bien su estado de ánimo.

—No son buenas noticias —comentó después de leerla hasta el final—. Lo del tío Sebastian en Dachau casi era de esperar. Pobre tía Lisa. ¿Se lo habrá contado a los niños?

—No creo.

Leo opinaba lo mismo. Luego hundió las cejas y releyó por encima el final de la carta.

—Papá podría haberse ahorrado eso —comentó enfadado—. ¿Por qué te reprocha siempre que actuaste de forma egoísta y contra su voluntad? Hiciste lo correcto, mamá. Lo que pasa es que se empeña en no verlo.

Marie guardó silencio. El apoyo de Leo le sentaba bien, pero no estaba convencida de que llevara razón.

—¿Te lo has tomado a pecho? —preguntó preocupado—. No te desanimes, mamá. ¿De verdad crees que papá sería más feliz si un día las SS fueran a la villa de las telas a buscarte?

—Pero eso no va a pasar, Leo. Cuando eres la esposa de un hombre «ario»…

—¿Y tú te lo crees? —la interrumpió con sorna—. ¡No te dejes cegar, mamá! Dijeron que los judíos podrían continuar con sus negocios, ¿y ahora qué? Han prendido fuego a las sinagogas, a los judíos de Augsburgo los han mandado a Dachau y los han maltratado. A estas alturas ya no hay un solo negocio en Augsburgo que sea propiedad de un judío. La mayoría ha emigrado, y a los pocos que quedan los han apretujado en unas cuantas casas y los tienen bajo constante vigilancia. Y no solo eso. Se dice que a algunos los han ido a buscar y se los han llevado a saber dónde. ¿No lo entiendes, mamá? No se paran ante nada…

—¿Cómo sabes todo eso? —preguntó aterrorizada—. ¿Te lo ha contado Henny por carta?

—Ella también —confirmó, y desvió la mirada hacia la ventana, rodeada de hiedra—. Pero sobre todo me lo ha contado Liesl, porque es la que siempre va a comprar y habla con la gente.

Marie se quedó sorprendida y al mismo tiempo un poco inquieta. Hacía poco menos de un año, Leo se había separado de Richy y después dejó su pisito. Desde entonces volvía a vivir con ella, trabajaba mucho y ganaba bastante dinero. De momento no había encontrado otra novia, seguramente aún sufría por la desilusión que le había supuesto ese primer amor. Así que ahora se escribía con Liesl. Marie sabía que Leo estuvo una temporada enamorado de la chica, pero habían pasado cuatro años. Ahora Liesl era una mujer casada y tenía una hija pequeña.

—Oh, Liesl —comentó Marie con una sonrisa—. Es muy amable por tu parte que le escribas, seguro que se siente muy sola después de que a Christian lo llamaran a filas al principio de la guerra.

—Sí, está triste y espera que pronto se acabe la guerra —se apresuró a decir él—. Pero de todos modos no está sola, los empleados están unidos y se ayudan entre sí. Me ha enviado una foto.

Se levantó de un salto y corrió a su habitación. Por lo visto encontró la foto enseguida, todo un milagro entre tanto desorden.

—Mira, la hizo la tía Kitty en Navidad. Christian estuvo unos días en casa de permiso.

Kitty era buena fotógrafa, apasionada, ella misma revelaba las instantáneas. En esta aparecían Liesl y Christian delante de la casita del jardinero, sentados en un banco. Ella llevaba un abrigo grueso, él el uniforme de la Wehrmacht. La pequeña Annemarie vestía una chaqueta de punto y una falda a juego, estaba en las rodillas de Christian, y al lado de los tres se veía el hocico y las patas gruesas del perro, Willi, que solo había entrado en parte en la foto.

—¡Oh, qué bonita! —exclamó Marie—. Parecen muy felices, ¿verdad?

—Sí —confirmó Leo con una sonrisa—. También me cuenta que Christian es un buen marido y que no podría haber encontrado otro mejor.

Devolvió la fotografía a su habitación y regresó con una chaqueta de verano colgando del hombro.

—Walter viene ahora a recogerme —anunció—. Hemos quedado con dos músicas en un café con terraza para hablar de una actuación.

—Qué bien —comentó ella—. Karl vendrá más tarde para presentarme algunas ideas. Ya lo conoces, siempre está tramando algo, no lo puede evitar.

Leo abrió la ventana por si Walter ya estaba cerca de casa; sin embargo, al no verlo se dio la vuelta y observó que su madre guardaba la carta en el sobre.

—¿No te estarás planteando volver a Alemania? —preguntó sin rodeos.

Ella se sintió cogida en falta y procuró disimular la vergüenza.

—Claro que no, Leo. No sería muy inteligente, ¿no?

—Sería una locura, mamá —afirmó con rotundidad—. Y no ayudaría a nadie. Ni siquiera a papá.

—No te preocupes, Leo —comentó ella con una sonrisa.

Sonó el timbre de la puerta y Leo se dio prisa en abrir a su amigo. Walter llevaba ropa informal, una camisa con las mangas subidas y unos pantalones de verano, y el cabello moreno y rizado muy corto. Saludó a Leo con una amistosa palmadita en el hombro y luego se volvió sonriente hacia Marie, que seguía sentada en su butaca.

—Muy buenas tardes, señora Melzer. Siempre envidio a Leo que tenga una madre tan maravillosa.

Marie soltó una carcajada al oír la frase y le dio la mano.

—Bueno, en realidad me sorprende que haya aguantado tanto tiempo conmigo.

—Pues a mí no me sorprende en absoluto —contestó Walter, muy serio.

Hacía años que vivía solo en un piso diminuto y no tenía ningún tipo de relación con su madre, que se había vuelto a casar hacía ya un tiempo. Desde que Leo se separó de Richy, los dos amigos salían a menudo y tocaban música juntos, como cuando eran pequeños, y Leo hacía grandes esfuerzos por conseguirle a Walter buenos contratos. Marie se alegraba de que su amistad, que se remontaba hasta el jardín de infancia, hubiera resultado ser tan duradera. Walter le tenía cariño a Leo con una lealtad inquebrantable y una sinceridad absoluta.

—¡Hasta luego, mamá!

La puerta se cerró y oyó que los dos bajaban la escalera. «Qué bien estamos aquí. Esta preciosa casa de ladrillo, cubierta de hiedra y en una calle tranquila, salpicada de pequeños árboles, es una isla en medio del ruido y el ajetreo de la ciudad. Yo tengo un taller próspero, gano lo suficiente para ayudar a pagar los estudios de Dodo, mientras que en Augsburgo los judíos reciben un trato brutal y mi pobre Paul lidia con mil preocupaciones y ataques. No, Leo tiene razón, regresar a Alemania no puede ser la solución, allí solo sería otro palo en las ruedas para Paul. Solo puedo intentar ayudarle desde aquí, apoyarle con la esperanza de que el destino se apiade de nosotros», se dijo afligida.

Cogió papel de carta y una pluma del cajón del pequeño secreter y pensó en qué quería escribirle. Las hiladoras de anillo de su padre estaban «sin usar en el sótano» porque Ernst había exigido parar la hilandería. No era capaz de valorar hasta qué punto estaba justificado, pero le dolía que las máquinas estuvieran abandonadas. El padre de Paul, con el que había compartido la dirección de la fábrica durante la Gran Guerra, murió de un infarto mientras defendía sus preciadas máquinas para que no se las llevaran. Qué felices fueron Paul y ella después, cuando encontraron los planos de su padre en un cajón secreto del escritorio del despacho de la villa. Y unos años antes su talentosa hija Dodo fue la que volvió a poner en marcha una hiladora de anillo que los técnicos ya habían dado por perdida. Esas máquinas garantizaron la buena marcha de la fábrica, los sueldos de los trabajadores y los empleados y nada más y nada menos que el bienestar de la familia. No paraban de emitir ese zumbido y ese traqueteo constante, hacían bailar las bobinas de hilo, giraban el hilo firme, de buena calidad, de algodón suave. Ahora se acababa su momento.

Paul tenía una oferta para intercambiar las máquinas por hilo y, tal y como lo formulaba, lo haría con gusto pero dudaba por ella. ¿Debería escribirle que estaba de acuerdo con el intercambio? ¿Eso le facilitaría la decisión?

Marie se levantó, fue a buscar un vaso de limonada con cubitos de hielo a la cocina, volvió a sentarse y, cuando iba a coger la estilográfica, sonaron dos breves timbrazos seguidos en la puerta. Era la señal de Karl Friedländer.

Como siempre, su atuendo era impecable, esta vez con un traje de verano gris claro, con corbata y sombrero a juego, y los zapatos recién pulidos por un limpiabotas. Pese a sus esfuerzos, siempre tenía un halo de señor mayor, tal vez por sus movimientos un tanto rígidos y la postura erguida.

—Muy buenas tardes, querida Marie —dijo, y le dio la mano—. Hoy he ido hasta el atelier dando un paseo, pero como tenías clientas no he querido molestar.

—Eres muy considerado —comentó ella con una sonrisa—. Me habría alegrado verte.

Que fuese «dando un paseo» le provocó una media sonrisa porque no encajaba nada con Karl. Él nunca paseaba, casi siempre caminaba con paso rápido y constante.

—Pero siéntate, ¿te apetece una copa de vino con soda o prefieres limonada con hielo?

Karl escogió el vino con soda, colgó el sombrero del perchero y se desabrochó la chaqueta antes de sentarse.

—¿Has tenido un día agradable? —preguntó ella cuando le dio la botella de vino y el sacacorchos.

—Según se mire… Las adquisiciones habituales, alguna discusión de negocios, el correo atrasado y los lamentos de mi director de fábrica, que se queja de los trabajadores incompetentes y vagos…

—Lo siento.

Había preparado dos vasos, además de unas galletas saladas que le encantaban a Karl. Él sirvió el vino y ella lo mezcló con la soda.

—Disfrutemos de una bonita tarde de verano —dijo Karl, y brindó con ella—. ¿Leo ha vuelto a salir con su amigo Walter?

Hizo unas cuantas preguntas, se interesó por las novedades de Augsburgo, sacudió la cabeza al oír los últimos sucesos en la fábrica y expresó su disgusto con Ernst von Klippstein, que a su juicio ejercía una influencia nefasta en Paul.

—Yo podría suministrarle el hilo —dijo—. Por supuesto, no por la vía habitual; los nazis quieren ahorrarse divisas. Pero si nos vende telas, podría compensar la venta de hilo.

—Sería fantástico. ¿Puedo transmitirle tu propuesta?

—¡Por supuesto!

Estuvieron un rato hablando de la guerra aérea entre Alemania e Inglaterra, que llevaba unas semanas protagonizando los titulares. Karl opinaba que Hitler subestimaba a los ingleses; Marie, en cambio, sostenía que Hitler llevaba años urdiendo ese ataque y que las fuerzas aéreas alemanas estaban bien preparadas.

—Si conquista Inglaterra, tendrá casi toda Europa —se temía ella.

—¡No acabará con los ingleses tan rápido! —repuso Karl, convencido.

¡Cuántos jóvenes pilotos perdían la vida en esa empresa demencial! ¡Y los desgraciados que morían en los bombardeos! Era una nueva dimensión de la guerra: sin ejércitos enemigos, sin carros de combate, la muerte se cernía sobre la gente desde el aire.

Guardaron silencio un rato, acongojados. Karl sirvió más vino y brindó por ella.

—Hablemos de asuntos más alegres, Marie —propuso—. Hace tiempo que le doy vueltas a una idea, pero no me he atrevido a contártela.

Claro, lo estaba esperando. ¿Qué era esta vez?

—¡Suéltalo antes de que se te atragante!

Karl dejó el vaso y se aclaró la garganta, como hacía siempre que no estaba del todo seguro de algo.

—Bueno, se trata de una propuesta, nada más. Nos conocemos desde hace tiempo, el suficiente para hablar con libertad también de estas cosas…

Se detuvo para estudiar la expresión de Marie y, como seguía sonriendo, a la expectativa, continuó:

—Hace unas semanas compré un edificio muy cerca de aquí. Es un poco más grande que este, pero está muy bien conservado; los pisos tienen luz y son espaciosos, incluso hay galerías en la parte trasera. Tengo pensado mudarme allí, y me alegraría mucho que decidieras ocupar tú también uno de esos pisos.

Se quedó anonadada. Hasta entonces, Karl vivía en una casa cerca de Central Park, la compró hacía muchos años y vivió allí con su difunta esposa. Alguna que otra vez había mencionado que se sentía un poco perdido en una mansión tan grande, pero nunca le había preguntado si quería mudarse allí. Sabía muy bien que no lo haría bajo ningún concepto.

Ahora le hacía esa propuesta. Dos pisos separados en el mismo edificio. Eso implicaba cierta cercanía, pero a la vez independencia. ¿O no?

—Lo cierto es que aquí me siento muy a gusto —comentó prudente—. No necesito mucho más espacio…

—Me encanta tu humildad, Marie —dijo él con alegría—. Pero una galería bonita y un despacho donde estar a tus anchas, ¿no suena tentador?

Sí que lo era, pero no le gustaba vivir puerta con puerta con él, por así decirlo. Era demasiado, podría aparecer en cualquier momento por su casa, incluso tal vez él tuviera una llave...

—Necesito pensármelo, Karl.

Él sintió un gran alivio al ver que no se negaba de primeras, y añadió que el piso donde vivía podía dejárselo a su hijo. Quizá en algún momento encontrase novia y necesitara buscarse uno así.

Eso tampoco se podía negar. Le prometió comunicarle su decisión cuanto antes; tenía que hablarlo también con Leo.

—Tómate tu tiempo, Marie. En ningún caso quiero presionarte.

Siguieron conversando un rato sobre naderías, luego él se levantó, le agradeció la hospitalidad y le dio la mano para despedirse.

—Para mí sería una gran alegría, Marie —dijo, y le sujetó la mano un instante de más—, pero no estás obligada a nada. Lo sabes, ¿no?

—Lo sé, Karl —contestó ella, conmovida.

Cuando se fue, Marie llevó pensativa los vasos y las botellas a la cocina, guardó las galletas en el armario y se acercó a la ventana. Había caído la noche, las farolas se encendieron, en las ventanas se veían siluetas que se movían al trasluz. Abajo, en la calle, una mujer caminaba despacio con su perro, y dos jóvenes estaban bajo el árbol, solo se distinguían las sombras de sus cuerpos muy juntos.

«No puedo hacerlo. Paul jamás lo aceptaría. Para él sería el fin de nuestro matrimonio», concluyó.

11

¡Alarma aérea! Otra vez, y por supuesto en plena noche. Ya se lo conocían. Desde que había empezado la guerra aérea con Inglaterra las alarmas eran más frecuentes, y Fanny Brunnenmayer se negaba a levantarse de la cama y bajar al sótano.

—¡Pero si siempre es para nada, una y otra vez! —rezongó—. Te pasas una hora agachada en el sótano, luego llega el cese de alarma, y cuando por fin vuelvo a estar en la cama me duelen tanto las piernas que no me puedo dormir…

Ni Hanna ni Liesl, que salió corriendo de la casita del jardinero con Annemarie berreando, lograron convencer a la cocinera.

Solo lo consiguió Marek.

—Yo la bajo en brazos y la vuelvo a subir, señora Brunnenmayer. ¿No se lo cree? Probémoslo.

No pudo evitar reírse y cedió. No, no quería que la llevaran, aún no había llegado a ese punto.

El señor siempre era el primero en aparecer en el vestíbulo con Kurt porque tenía la llave del sótano y supervisaba que todos los habitantes de la villa estuvieran a salvo. Tenía una linterna potente para iluminar la escalera, para que nadie se cayera.

—No encendáis ninguna luz —advirtió—. Bajad despacio por la escalera, que nadie se tropiece. ¿Habéis despertado a Else? Tiene el sueño profundo.

Auguste tenía la tarea más difícil, debía encargarse de las dos ancianas y explicar a la señora Alicia por qué era necesario que bajara al sótano en plena noche.

—¿Alarma arbórea? —preguntó la señora Alicia, confundida.

—Alarma aérea, señora. ¡Tenemos que bajar al sótano porque puede que los ingleses bombardeen la villa de las telas!

—Pero eso es una tontería, Auguste. ¿Por qué iban a hacerlo? Los ingleses en general son personas muy comedidas que saben comportarse...

—¡Ponte ya la bata y ven, Alicia! —la regañó la señora Elvira, que gracias a Dios conservaba la cordura—. ¿O quieres quedarte sola aquí arriba?

—¡Dios mío, Elvira! No me atosigues de esa manera. Si mi querido Johann siguiera con vida seguro que no se escondía en el sótano, y en cambio...

—¡Si no vienes, me iré sin ti!

Abajo, en el sótano, había un espacio reforzado con vigas de madera, allí habían llevado sillas, unas mantas y algunas provisiones, así como un barril con agua. Además estaban las consabidas máscaras de gas; palas y picos por si había que enterrar a alguien, y luces Hindenburg por si fallaba la corriente. La puerta que el señor cerraba con dos palancas cuando ya estaban todos dentro era de acero y en principio actuaba como un cortafuegos.

Aquello no era muy acogedor. Olía a podrido por el desagüe, ya que antes estaba allí la lavandería; nadie cogía las mantas, impregnadas de humedad después de tanto tiempo en el sótano. La luz del techo era débil y hacía que los rostros se vieran pálidos.

Se sentaban separados, los empleados formaban un grupo

juntos y al otro lado del pequeño espacio estaban los señores; por lo demás, no había ninguna diferencia.

—Ahí vienen…

Hanna tenía buen oído, y Charlotte también había percibido el leve ruido de los aviones aproximándose. Oyeron multitud de disparos, uno tras otro.

—¡Eso es el cañón antiaéreo! —exclamó Johannes—. Ahuyenta a tiros a los aviones enemigos. En cuanto aparece uno, pam, pam, pam, y cuando le dan al tanque se oye un fuerte estruendo y se ve una bola de fuego en el cielo.

Nadie entró en el tema, Charlotte solo comentó:

—¡Cierra la boca! Ahí dentro hay alguien que se quema vivo.

—Sí, ¿y qué? —repuso Johannes con desdén—. Se lo tiene bien merecido. ¿O te gustaría que cayera una bomba sobre la villa?

—A mí no me gustaría nada —replicó Charlotte, obstinada—. ¡Que se vayan, esta maldita guerra tiene que acabar!

—Por favor, no uses esas palabras, Charlotte —la reprendió Elisabeth Winkler—. Pese a todo, tenemos que…

Entonces empezaron las detonaciones. Una, la segunda, la tercera… Willi, que estaba tumbado al lado de Kurt en el suelo, se puso a ladrar con furia.

—¡Jesús! —susurró Auguste, horrorizada—. Ahora sí que ha caído.

—¡Eso ha sido muy cerca! —exclamó Kurt—. ¡Willi, estate quieto!

Era un ataque serio, muy serio. No se trataba de un simulacro de defensa antiaérea como tantos que habían hecho. Las bombas inglesas caían sobre Augsburgo, el cañón antiaéreo no había ahuyentado a los aviones enemigos y estos habían llevado su carga letal hasta su objetivo.

—Ha sido en el norte —dijo el señor con voz ronca—. Probablemente en MAN.

Estaba a solo unos kilómetros de distancia. De pronto todos comprendieron que una pequeña ráfaga de viento podía desplazar la carga mortífera de los aviones ingleses hasta la villa de las telas. Salvo que tuvieran planeado bombardear primero las fábricas que había junto al canal Proviantbach. De repente, Else se puso a gritar.

—Quiero salir… nos ahogaremos todos aquí abajo si la villa empieza a arder…

Annemarie rompió a llorar de miedo. Auguste intentó sujetar a Else por la bata, pero ella se zafó y salió corriendo hacia la puerta. El señor se acercó de un salto, pero fue más rápido Marek, que agarró por los dos brazos a Else, presa de la histeria, y la sujetó hasta que se calmó.

—No pasa nada —le murmuró al oído—. Estamos todos juntos aquí abajo. Aquí estamos seguros. Vuelve a sentarte, enseguida pasará…

Se oyó la siguiente detonación en medio de los disparos del cañón antiaéreo. Hanna abrazaba a Humbert, que estaba paralizado por el miedo y le temblaba todo el cuerpo. Marek llevó a Else a regañadientes de vuelta a su sitio, donde Auguste y la cocinera la acogieron. Kurt se arrodilló al lado de Willi, que seguía ladrando, y Charlotte estaba agachada acariciando al perro. La señora Winkler procuraba calmar a su madre, convencida de que tenía que volver ya a la cama porque ahí abajo hacía frío y le iba a dar una cistitis. Johannes estaba en cuclillas en el suelo, con los puños cerrados sin parar de murmurar:

—Malditos cerdos. Se arrepentirán. Pagarán por esto…

Al cabo de un rato oyeron las sirenas de los bomberos, así que había un incendio. Las detonaciones pararon, de vez en cuando el cañón antiaéreo continuaba disparando, pero de momento parecía que el peligro había pasado. Seguían todos en el sótano, el aire estaba enrarecido y costaba respirar, pero peor era el miedo a que volvieran los aviones ingleses. Hasta media hora más tarde no se oyó el pitido prolongado, la señal del cese de alarma.

—Volvamos a la cama —dijo Paul—. Ya ha pasado.

Abrió la puerta y se quedó abajo hasta que salieron todos. Humbert, de nuevo completamente fuera de sí, al principio no quería salir, así que Marek y Paul tuvieron que convencerlo entre los dos.

—Así que es esto —dijo Fanny Brunnenmayer mientras subía la escalera del sótano entre gemidos, agarrándose a la barandilla de hierro—. Así es una guerra de bombas. Ahora ya lo sabemos. Es una desgracia y un pecado. Ya está mal que los soldados se disparen a matar unos a otros, pero una bomba que cae y mata todo lo que vive debajo… y que nuestro Señor lo permita, ¡no hay quien lo entienda!

Nadie se atrevía aún a encender la luz eléctrica, aunque todas las ventanas estaban tapadas con papel por precaución. Auguste iluminaba a las dos señoras mayores con la linterna para que no se cayeran por la escalera, luego tendría que darle sus gotas a la señora Alicia. Hanna era la encargada de llevar a Elisabeth Winkler leche caliente con miel para dormir. En la cocina, Liesl había vuelto a encender el fuego en la cocina de carbón, había llenado el cazo de leche y la pequeña Annemarie se había dormido en el regazo de la cocinera. Marek se había sentado al lado de Humbert en la mesa; Else tampoco se había acostado aún, según ella el corazón le latía muy fuerte y así no había manera de dormir. A los demás les pasaba algo parecido: ese primer ataque aéreo serio les había dado una idea de lo que probablemente les esperaba.

—Han caído en la fábrica de tejidos estampados —anunció Auguste cuando volvió a la cocina—. El señor está en la habitación de Dodo, que da al noroeste, desde ahí se ve el resplandor del fuego. Estaba muy pálido, el señor. Me ha preguntado por qué habían bombardeado la fábrica de tejidos estampados y no la fábrica MAN. No he sabido decírselo, claro…

Marek se levantó y salió a toda prisa al pasillo del servicio, probablemente quería verlo. A lo mejor también quería hablar con el señor. A veces lo hacía, su posición en la villa era peculiar. Marek estaba allí como jardinero, pero en realidad era una persona culta, un artista. Por eso hablaba con los señores de otra manera y sobre temas distintos de los que solían tratar los empleados. Sin embargo, a nadie le escandalizaba porque a todos les caía bien Marek.

En la cocina había una charla animada. Hanna decía que nunca había pasado tanto miedo.

—Cómo resonaba, atronaba —dijo con voz temblorosa—. Pensaba que el suelo se hundía bajo nuestros pies.

Else aventuró que seguro que el siguiente objetivo era la fábrica de telas Melzer y la villa de las telas.

—El Führer quería una guerra aérea contra Inglaterra —rugió la cocinera—. ¡Y ahora nosotros pagamos los platos rotos!

—No solo nosotros —dijo Humbert con un hilo de voz—. Seguro que en Inglaterra la situación no es muy distinta.

Liesl se levantó de un brinco y se dirigió a los fogones, donde la leche estaba a punto de derramarse. Hanna le quitó el cazo de las manos, añadió una cucharada de miel y sirvió la leche en una taza.

—¿No quieres irte a la cama con la niña? —le preguntó a Liesl, compasiva, antes de subir la taza—. Tiene mala postura ahí en el regazo de la cocinera, no puede dormir bien.

Liesl dudó. Le daba miedo ir a oscuras con la niña hasta la casita del jardinero.

—¿Sabes qué? —propuso Auguste a su hija—. Esta noche dormís las dos conmigo arriba. La cama es lo bastante ancha, cabemos las tres.

Lo dijo con buena intención, pero teniendo en cuenta el volumen de Auguste, las tres en su cama no pasarían una noche muy agradable.

—Déjalo, mamá —contestó Liesl—. Le pediré a Marek que me acompañe. Annemarie necesita su camita.

Marek no volvió a la cocina hasta al cabo de un rato, con el semblante serio, pero al ver a la niña durmiendo en el regazo de Fanny Brunnenmayer sonrió.

—¿Te da miedo ir sola? —le preguntó a Liesl—. Yo os acompaño.

Cogió a Annemarie con mucha suavidad para no despertarla y la llevó hacia la puerta de la cocina, que Liesl ya había abierto.

—Que durmáis bien las dos —dijo la cocinera, feliz de librarse del peso sobre las piernas.

—¿Dónde se ha metido Willi? —se extrañó Else—. También debería ir a la casita del jardinero.

—Esta noche podemos hacer una excepción y que Willi duerma con Kurt —dijo Marek en voz baja—. El señor Melzer le ha dado permiso.

Luego los dos se adentraron en la noche, guiados por el haz de luz de la linterna, y Marek llevaba a la niña en brazos como si fuera una carga valiosa.

—Este Marek —suspiró Else—. No sé qué haríamos sin él. Es tan buena persona como…

—Mira por dónde —dijo Auguste con sorna—. Ahora es una buena persona, pero al principio no lo querías aquí. Pusiste el grito en el cielo cuando el señor nos presentó al nuevo jardinero.

—¿Y tú no, Auguste? —repuso Else, enfadada.

—No empecéis a discutir otra vez —las reprendió Fanny Brunnenmayer—. Mejor vamos a dormir. ¡Ya son las tres de la madrugada!

Le pidió a Hanna que le untara una pomada en las piernas doloridas y se fue a su cuarto, que estaba justo al lado de la cocina. Cuando ya estaba medio dormida oyó que Marek echaba el cerrojo a la puerta de la cocina que daba al patio y convencía a un Humbert reticente para que subiera con ellos a los dormitorios. Luego se hizo el silencio, solo el fuego de la cocina siguió crepitando un ratito hasta que se extinguió poco a poco.

La noche fue corta. La cocinera se despertó a las seis de la mañana porque ya había amanecido, y entonces cayó en la cuenta de que era domingo y podía dormir una hora más. Hacia las siete, Liesl llamó a la puerta de la cocina y Fanny Brunnenmayer se levantó de la cama con mucho esfuerzo. El peor momento era cuando apoyaba las piernas en el suelo. Luego, al ponerse en pie y dar los primeros pasos, tuvo que apretar los dientes. Después se sintió mejor, se puso la bata y fue a abrir a Liesl y la niña. Annemarie era madrugadora, reía con alegría y le dio a la cocinera un ramito de pensamientos que había cogido por el camino en los parterres. Liesl no parecía tan despierta, estaba muy pálida y confesó que le había costado un buen rato dormirse.

—A mí me pasó lo mismo —admitió la cocinera—. Vamos a trabajar, así ahuyentaremos los pensamientos sombríos.

Se vistió deprisa, se aseó un poco y se dirigió a la cocina, donde Liesl ya estaba atizando el fuego mientras Annemarie le pasaba los trozos de madera. Else y Auguste aparecieron con cara de dormidas; un poco más tarde Hanna y Humbert, que parecía hecho polvo y aún no se había repuesto del todo del susto. La cocinera comprendió que le tocaba a ella tomar las riendas, no podía contar con Humbert. Sin embargo, todo se andaría, ahora tenían también a Marek.

Antes de contratarlo, el señor Melzer y la señora Winkler reunieron a todos los empleados en el vestíbulo.

—Mi hermana y yo queremos contratar a un jardinero que sustituya a Christian mientras esté de servicio con la Wehrmacht. Sin embargo, solo lo contrataremos para el puesto si todos los empleados de la villa están de acuerdo…

Luego se enteraron de que el futuro jardinero era judío y que deberían guardar el secreto, como tantos otros asuntos internos que afectaban a la villa de las telas.

—Os ruego que comentéis el tema entre vosotros, y espero que mañana Humbert me comunique vuestra decisión.

El debate en la cocina fue encendido, Auguste y Else opinaban que era demasiado arriesgado contratar a un judío. Sin embargo, todos los demás estaban a favor, así que Auguste, tras mucho insistir Liesl para convencerla, al final cambió de opinión. Solo Else siguió lamentándose de que seguro que eso estaba prohibido y que el judío haría que todos acabaran en la cárcel. Al ver que nadie compartía su opinión, pronto se calmó y dijo con un suspiro:

—Yo ya he dicho lo que tenía que decir. Pero si es lo que el señor Melzer y la señora Winkler quieren, no seré yo quien se interponga.

Marek apareció la tarde siguiente, con una maletita y una ropa bastante harapienta. Se presentó en la cocina con educación, les dio a todos la mano y, con esa sonrisa tan cariñosa y simpática, enseguida se ganó también a Auguste y a Else.

—Debo confesaros que no entiendo de jardinería —dijo al grupo, que lo escuchaba con atención—. Pero tengo dos manos para trabajar y estoy dispuesto a aprender. Espero ganarme con vuestra ayuda la confianza del señor Melzer y no decepcionar a su hermana.

—Entonces siéntese y tómese un café de cebada con nosotros —lo invitó la cocinera—. Luego Humbert le enseñará cuáles son sus funciones.

Durante el breve tiempo que pasaron juntos en la mesa de la cocina examinaron detenidamente al nuevo empleado, cada uno a su estilo. Marek contestó a sus preguntas con franqueza, se mostró humilde y se interesó de una manera sincera y amable por las costumbres de la casa. Al principio confundió a Hanna con Auguste, luego se disculpó varias veces y se rio con naturalidad cuando gastaron bromas a su costa. La última prueba la superó cuando el perro Willi dejó que lo acariciara, luego desapareció debajo de la mesa y apoyó el hocico en los zapatos de Marek.

—Los perros saben si alguien es buena persona —dijo Hanna cuando Humbert se fue al parque con Marek y Willi.

Todos coincidieron, también Else, pero sobre todo Auguste, a quien ya le brillaban los ojos porque Marek le caía pero que muy bien.

Desde entonces Marek era uno más, tenía su sitio en la mesa, su taza y sus cubiertos, y pronto se descubrió que era una persona adorable, pero no un buen jardinero. Plantaba unos parterres preciosos, en eso ayudaba su talento artístico, pero todas las demás tareas, como rastrillar caminos, arrancar hierbajos o cortar la hierba se le daban fatal. También era porque prefería tumbarse en la hierba a dibujar en una hoja de papel que esforzarse con el viejo cortacésped.

Ese domingo también fue el último en llegar a la cocina, le costaba levantarse pronto. Como de costumbre, se disculpó con todos, y Humbert comentó con ingenuidad que todas las mañanas aporreaba la puerta de su habitación para sacarlo de la cama:

—Estoy hecho polvo, querido Humbert. He oído los golpes y ya tenía los ojos abiertos, pero luego se me han cerrado de nuevo…

—A partir de ahora llamaré varias veces —decidió Humbert con una media sonrisa—. Para que no se apodere de ti el sueño otra vez.

—Un cubo de agua fría y una toalla mojada también servirían —intervino Auguste—. Con mis chicos siempre funcionaba.

—Por favor, no —se defendió Marek, que se hizo el asustado—. Me da miedo el agua.

Lo dejaron tranquilo y hablaron de lo sucedido por la noche. Ninguno había podido conciliar el sueño nada más acostarse; Auguste confesó que tenía miedo de que las sirenas volvieran a sonar, y Hanna dijo que la señora Winkler se sentó en la mesa del salón y escribió una larga carta.

—¿Por fin ha hecho su testamento? —exclamó Auguste—. Porque tiene tres niños y seguro que una parte de la fábrica es suya.

—Es lógico que una noche así pienses en esas cosas —comentó la cocinera—. Yo ya he arreglado mi herencia para que luego, cuando yo no esté, no haya disputas.

—¿Has legado tu fortuna a Liesl? —preguntó Auguste, intrigada.

—No pienso contártelo —repuso Fanny Brunnenmayer—. Lo que diga, lo leerán más adelante los afectados.

—Pero se podrá preguntar —dijo Auguste, ofendida—. Yo también habría hecho mi testamento, pero ¿qué tengo para dejar en herencia? Si no hay nada, tampoco hacen falta últimas voluntades, ¿verdad, Marek?

Marek estaba ocupado comiendo una gruesa rebanada de pan con un poco de mantequilla y mucha mermelada, así que asintió comprensivo y siguió masticando. Siempre tenía hambre. Else fue la primera en darse cuenta, y a menudo le pasaba un trocito de salchicha o un poco de jamón de su ración. Marek se lo agradecía con una sonrisa y no se hacía de rogar.

—¿Anoche hablaste con el señor? —le preguntó la cocinera.

Marek asintió.

—Pensé que estaría arriba solo y que tal vez tenía ganas de hablar —aclaró—. Y así era. Está muy preocupado.

—¿Por la villa de las telas? —preguntó Hanna, angustiada.

—Sobre todo por la fábrica. Y por sus trabajadores. Porque aún no han reforzado bien el sótano y tampoco hacen los simulacros de defensa aérea según el reglamento.

—No tiene que preocuparse por eso —aseguró Liesl—. Los aviones ingleses siempre vienen de noche, porque de día son un blanco fácil para nuestro cañón antiaéreo.

—Según el señor Melzer, eso también podría cambiar —dijo Marek—. Mañana sin falta hará los preparativos necesarios en la fábrica. Si no, no podrá dormir tranquilo.

—El señor Von Klippstein, que siempre está husmeando en la fábrica, también debería saberlo —dijo Humbert—. Pero seguro que ese sí que duerme bien por las noches.

—Desde luego —comentó Auguste con sorna—. Aunque él tiene una solícita ayuda para dormir.

Else soltó una risita y los demás se rieron abiertamente; Marek también sonrió al oír el comentario. Estaba al corriente de las relaciones de los señores, y no solo por las conversaciones de la cocina, algo sabía de antes. Seguramente le informó la señora Scherer, que fue quien lo recomendó como jardinero.

La reunión de los empleados terminó pronto porque tenían que preparar el desayuno de los señores, que luego se marcharían juntos a la iglesia. Hasta Johannes acudió a la misa, aunque en realidad lo consideraba «una vergüenza» porque un joven hitleriano no se acercaba a los católicos. Sin embargo, lo hacía por su abuela, la única persona de la villa a la que trataba con respeto y veneración.

Mientras en la cocina los preparativos seguían su curso y Humbert ponía la mesa en el comedor, Hanna y Auguste subieron presurosas a la planta de arriba a ayudar a los señores. Marek se despidió con cara de querer trabajar y se fue al parque a regar las flores porque prometía ser un día caluroso. También había que cortar la hierba, que había crecido demasiado para el cortacésped y requería una guadaña.

—Vaya —suspiró Liesl mientras servía el café para los señores—. Mucho me temo que no hará nada; se ha llevado el bloc de dibujo.

Marek volvió a la cocina hacia las once para el segundo desayuno y encontró a la cocinera muy alterada.

—¿Qué se ha creído la señora Winkler? He calculado toda la comida con precisión para que cada día podamos llevar a la mesa algo decente. ¿Y ahora tengo que conseguir un cuarto de libra de café bueno de grano? Y encima azúcar y leche enlatada. Incluso quiere que haga un pastel. Sí, claro, ¿vivimos en Jauja?

—¿Paquetes para los heroicos soldados del frente? —preguntó Marek con sarcasmo.

—¡Qué va! —exclamó Auguste—. Hay que enviarlo a Dachau; es para su marido. Está encerrado ahí por comunista.

Marek, que no sabía nada de eso, se sentó en su sitio y se quedó en silencio más rato de lo habitual en él.

12

Por la autovía hacia Múnich, que recibía el poético nombre de «la cinta blanca del Führer», pasaban sobre todo vehículos de la Wehrmacht en dirección a Ulm. Era muy agradable conducir en sentido contrario. Henny pisó el acelerador y se alegró de que el «cochecito», que su madre usaba casi exclusivamente para moverse dentro de Augsburgo, por fin sintiera el viento en la cara. Por desgracia, la gasolina para particulares era muy cara, casi inasequible, pero la tía Marie transfería una generosa mensualidad a Dodo, que le había prometido pagar el combustible del viaje de vuelta, mientras que el tío Paul financió el de ida. En junio, Dodo había sido destinada a un servicio social de seis meses que era obligatorio para todo el que estudiara, pero se hizo daño en la espalda y pasó una semana ingresada en una clínica. Ahora tenía que prestar el resto del servicio social en Augsburgo, en la fábrica de su padre, y Henny se había ofrecido a ir a buscar a su prima en coche.

El tío Paul argumentó, enfadado, que toda esa desagradable historia no habría ocurrido si Dodo le hubiera hecho caso desde el principio y no hubiese empezado esa carrera que él consideraba innecesaria. Henny le contradijo, pero se ganó una bronca antipática de su tío que supuso una gran decepción para ella. Hacía años que se esforzaba por ayudarle en la empresa, él mismo no paraba de decir lo contento que estaba de contar con su sobrina a su lado. Sin embargo, y por desgracia, durante los últimos meses el tío Paul había cambiado mucho.

En Múnich el tráfico era denso, y eso que los automóviles estaban más bien en minoría. Igual que en Augsburgo, volvían a usarse coches de caballos, que se encargaban sobre todo de los transportes pesados de barriles y cajas. A Henny no le costó encontrar el camino hasta el piso de estudiantes, un pequeño ático cerca de la universidad; había visitado muchas veces allí a Felix. Hoy tenía el triste encargo de recoger sus pertenencias y llevarlas a Augsburgo porque había renunciado definitivamente a la habitación. Le escribió en una carta de correo militar: «De momento no tendré oportunidad de continuar mis estudios, así que es un gasto innecesario mantener la habitación. Además, hay otros estudiantes que buscan alojamiento económico…».

Ya no estaba en Francia, sino en Noruega. Por lo que Henny leía entre líneas, tampoco se quedaría mucho tiempo allí; había movimientos de tropas que los guiaban hacia el sudeste, hacia los países balcánicos. Algo que él consideraba una amenaza, y Henny era de la misma opinión. ¿De verdad Hitler quería atacar a Rusia? Había firmado un pacto de no agresión con Stalin. Era triste no poder hablar con Felix con sinceridad de esos temas, pero ambos sospechaban que el correo militar se leía, y eso significaba que había que andarse con cuidado.

Encontró a Dodo sola en el piso de tres habitaciones; al tercero del grupo, Johannes, el estudiante de Teología, también lo habían llamado a filas. Dodo debía de sentirse bastante triste, porque se lanzó al cuello de Henny en cuanto le abrió la puerta.

—¡Qué bien que hayas venido! —exclamó—. ¿Qué tal el viaje? Ya he empezado a empaquetar los libros de Felix…

—Eso déjamelo a mí —se enfadó Henny—. Seguro que arrastrar libros no es bueno para tu espalda.

Dodo se encogió de hombros y comentó que ya estaba mucho mejor; además, había colocado las cajas sobre la mesa para no tener que agacharse.

—¡Chica lista! —la elogió Henny, y metió dos maletas que había llevado para la ropa de Felix y los demás trastos.

Primero Dodo la llevó a la pequeña cocina, donde el agua ya hervía a borbotones en los fogones de gas. Henny pensó divertida que era la típica cocina de estudiantes. No había dos tazas a juego, los platos estaban desconchados, las dos ollas abolladas, y la limpieza parecía algo secundario.

—¿Te apetece un café? He comprado pastel especialmente para nosotras.

Henny se acomodó en una de las tres sillas que cojeaban y apartó unas cuantas migas de la mesa antes de apoyar los brazos.

—¿Café de grano de verdad? —se asombró—. Aquí vives como una reina.

—Me lo ha enviado mamá desde América. Pero no le digas nada a mi padre, está muy susceptible, es horrible.

—¡Qué me vas a contar!

Dodo había comprado pastel con mantequilla y relleno de fruta, cortó las dos porciones grandes en trocitos más pequeños que Henny colocó en un plato desgastado. El olor del café era delicioso; en casa, en Frauentorstrasse, también había café de grano americano, pero la abuela Gertrude lo hacía tan claro para ahorrar que parecía té.

Dodo se quejó del absurdo servicio social que le había provocado esa dolencia en la espalda.

—Les divierte enviar a los que son como nosotros a un

pueblucho de mala muerte y que nos matemos a trabajar en la cosecha. A mí me enviaron a Nosequepueblo de Arriba, donde Cristo perdió la zapatilla. Al principio no entendía ni una palabra porque hablan una especie de dialecto espantoso, parece que estés en el extranjero...

Henny escuchó afligida la historia. Habían enviado a Dodo con una familia de granjeros compuesta por el padre, su madre y tres hijos, dos de los cuales estaban con la Wehrmacht. Además, había una chica en la vaquería y un viejo mozo que, según decía Dodo, no estaba bien de la cabeza. La esposa del granjero había fallecido años antes, lo que significaba que en esa casa mandaba la abuela.

—La vieja en realidad estaba bien —informó Dodo—. Pero era la única de la casa que era medio normal. El granjero solo tenía una cosa en la cabeza, supongo que te imaginas a qué me refiero. Y el hijo, con dieciséis años recién cumplidos, tampoco era mucho mejor...

—¡Ay, qué horror! —exclamó Henny, compasiva—. ¿Y cómo saliste de allí?

Dodo se metió un trozo de pastel en la boca y miró al frente, pesarosa, mientras masticaba.

—Armé un escándalo cuando el granjero intentó entrar en mi cuarto. Entonces llegó la abuela corriendo. A ella la respetaban. Luego amenacé con denunciarlo al servicio laboral del Reich, les entró miedo y me dejaron en paz.

—¿Por qué te enviaron allí sola?

Dodo no lo sabía. Casi todas las demás estudiantes que se alojaban con familias de granjeros lo hacían en grupo, pero con ella había sido distinto. Quizá tuviera que ver con que era una mestiza judía.

—¡La recogida de heno es un asco! Te pasas todo el día en ese enorme prado haciendo siempre el mismo movimiento. Metes el rastrillo en el heno, le das la vuelta con ímpetu, retrocedes un paso y lo echas al montón. Y mientras tanto el sol te abrasa los sesos, y el polvo se te pega en el cuerpo porque no paras de sudar a mares…

Henny comprobó que la agricultura no tenía nada de romántico. Como mucho si pasabas en coche junto a los campos y veías a las campesinas, con sus preciosos pañuelos de colores en la cabeza, cosechando de lejos.

—No estamos acostumbradas a ese tipo de trabajo —intervino—. Las obreras de la fábrica, que se pasan todo el día poniendo y quitando bobinas de hilo, tampoco están muy cómodas.

—Por lo menos no tienen que cargar el maldito heno en el carro —gruñó Dodo.

Se había hecho daño en la espalda cargando el heno. En realidad era cosa de hombres, pero se oían truenos y se veían rayos, y les preocupaba que el heno no llegara seco al granero. Así que se puso a ayudar, levantó los pesados fardos y enseguida notó unos dolores infernales.

—Al principio dijeron que eso era muy normal, que no hacían falta tantos aspavientos. Dos días después, cuando ya me retorcía de dolor, por fin acudió un empleado del servicio social y me enviaron a la clínica de Múnich…

—¿Y?

—Hernia discal. Tengo que cuidarme, estar tumbada todo lo posible, no cargar peso, no agacharme mucho… luego pasará…

—¡Entonces la fábrica de telas Melzer es el sitio perfecto para ti! —se rio Henny—. Puedes sentarte conmigo en el despacho y no dar un palo al agua.

—No creo. En la carta dice que tengo que estar en producción. En la sala de las máquinas, poniendo bobinas de hilo.

—Eso se ha acabado, Dodo —dijo Henny, y soltó un suspiro—. Han venido a recoger las hiladoras de anillo. A cambio nos suministrarán hilo para que podamos fabricar telas para uniformes.

Dodo estaba al corriente del trato porque su madre se lo había contado por carta, pero no tenía claro que su padre lo acabara haciendo.

—No sé si eso ha sido muy inteligente —dijo sacudiendo la cabeza—. ¿Por qué no encarga el hilo en Estados Unidos, como le propuso mamá?

Henny la miró perpleja. El tío Paul no le había dicho ni una palabra de esa oferta.

—No lo entiendo —se sorprendió Dodo—. Karl Friedländer se ofreció a suministrar hilo y comprar telas como compensación. Sería un buen negocio, ¿no?

Por supuesto que habría estado bien. ¿Por qué no había aceptado el tío Paul? Era incomprensible.

—Sí, ahora mismo en Augsburgo no va todo como la seda —comentó Henny, angustiada, y se bebió el resto de la taza de café. Frío, el café tan fuerte no estaba nada bueno, era demasiado amargo.

—Vaya novedad —suspiró Dodo—. Bueno, vamos. Ya tengo casi todos los libros en la caja, será mejor que las demás cosas las guardes tú, no me gusta husmear…

Sonó el timbre de la puerta, Dodo se levantó y torció el gesto un instante porque aún le dolía la espalda.

—Seguro que es alguien que quiere ver la habitación —dijo—. Ayer pegué en la Facultad de Tecnología un aviso en el tablón de anuncios.

«Qué rápida», pensó Henny con pesar.

No hacía tanto que ese pequeño cuarto era solo de Felix y ella. Había sido su nido de amor, allí pasaron los últimos días juntos antes de que él tuviera que unirse a la Wehrmacht. Y ahí seguían sus libros, su ropa y tantas cosas que le pertenecían y que a ella le resultaban tan familiares.

Maldita guerra. Todavía estaba por ver cuándo podría continuar sus estudios. Si es que podía…

Se prohibió seguir con esos oscuros pensamientos y se levantó para llevar la maleta a la habitación de Felix, pero se paró a escuchar.

—¿Tú? ¿Qué haces tú aquí? —preguntó Dodo en la puerta del piso.

Sonaba más asustada y a disgusto que sorprendida.

—Hola, Dodo. He leído el anuncio… y he pensado, voy a preguntar. Pero si no quieres verme ni en pintura, me voy.

Esa voz era de… Henny pensó un momento. Claro, era ese tal Ditmar, el primer gran amor de Dodo. Era piloto en Messerschmitt, y Dodo se enamoró de él durante sus prácticas. Fueron pareja una temporada, pero cuando el atractivo Ditmar se enteró de que Dodo era una mestiza judía, se largó.

—Si te interesa la habitación, puedes echarle un vistazo —respondió Dodo con frialdad.

—Gracias. Eres muy amable.

—De nada.

«Curiosa coincidencia», pensó Henny. Los dos fueron a la habitación de Felix, y ella los siguió. No le gustaba que Ditmar viera los enseres personales de Felix, sobre todo sus libros, algunos de los cuales eran literatura prohibida. Estaban en una caja, pero la tapa estaba abierta.

—No es muy grande… —comentó Ditmar. Luego vio a Henny y puso cara de sorpresa.

—Hola, Ditmar —saludó Henny con una sonrisa irónica—. Me alegro de volver a verte. Despegaste muy de repente la última vez.

Comprobó satisfecha que se ruborizaba. Se le notaba mucho porque era rubio y de piel clara. Le pareció que estaba un poco más pálido que antes, ¿a lo mejor no le había ido bien en sus estudios?

—Sí, es cierto —reconoció cohibido—. Tuve que darme prisa porque había recibido mi admisión y aún tenía que rellenar todos los formularios.

—¡Claro! —exclamó Henny en tono burlón—. Si quieres alquilar esta habitación, hoy lo recojo todo.

—Tómate tu tiempo —dijo, y luego hizo un gesto relajado—. Solo quería preguntar… ahora mismo tengo alojamiento.

—Entonces ¿por qué quieres mudarte?

Ditmar se encogió de hombros.

—No es permanente… Necesito algo propio, ¿entiendes?

—Claro —repuso Henny—. La chica te ha echado, ¿eh?

Él no contestó, en cambio se volvió hacia Dodo, que se había parado en el pasillo.

—¿Podemos hablar un momento, Dodo?

—No tengo tiempo —se negó ella—. Tenemos que irnos ya, y antes necesitamos empaquetar las cosas.

—Solo unos minutos. ¡Por favor!

Henny comprobó que era un adulador. Por desgracia, Dodo parecía predispuesta, porque accedió y se fue con él a la cocina. Cerraron la puerta. Bueno, su prima debía de saber lo que se hacía.

Abrió la maleta con resignación y se puso a guardar la ropa de Felix. ¡Qué ordenado era! Todo estaba limpio, incluso planchado, los zapatos cepillados, los calcetines emparejados. Entre las camisas había un sobre escondido que contenía las fotografías que había hecho con su cámara. Henny conocía la mayoría porque las había revelado en Frauentorstrasse con el equipo de su madre. Pero no había visto algunas imágenes que había captado de ella. ¿Dónde estaban los negativos? No los encontraba por ningún sitio.

Quedaba la ropa de cama y lo que había en el escritorio. Ahí tampoco estaban los negativos, de hecho el escritorio le parecía más vacío que antes. Vio unas cuantas fotografías, recuerdos de sus viajes, cachivaches: saltaba a la vista que había descartado muchas cosas. ¿Seguiría teniendo contacto con la Resistencia y por eso quería eliminar todo rastro?

La conversación en la cocina se alargaba. Henny miró el reloj y se preguntó si debía llamar a la puerta, pero Dodo podría tomárselo mal, así que se limitó a cerrar la maleta con fuerza y luego soltó de golpe la caja en el pasillo. Si Dodo no reaccionaba a eso, era culpa suya. En efecto, al poco tiempo Ditmar abrió la puerta de la cocina, miró a Henny con antipatía y se fue sin despedirse. ¡Pero bueno!

—¡Voy a bajar la caja! —le gritó a Dodo—. Ni se te ocurra arrastrar las maletas, ya las cojo yo cuando vuelva a subir.

—De acuerdo —contestó Dodo desde la cocina, y a Henny la voz le sonó un poco tomada—. Voy a lavar los platos y las tazas en un momento.

La casera del piso, una mujer mayor con un buche considerable, quiso ver la habitación antes de que Henny le entregara la llave y refunfuñó porque el horno había ennegrecido el papel de la pared y en el suelo por lo visto había arañazos que antes no estaban. Henny negoció con ahínco, señaló las ventanas que no cerraban y los escarabajos negros que caían del techo en verano y, como no tenía pelos en la lengua, al final la casera cedió.

—Los estudiantes son un suplicio —se quejó—. No paran de entrar y salir, una nunca sabe quién vive aquí arriba…

—Que tenga usted un buen día. *Heil Hitler!*

Abajo, Dodo esperaba en el coche. Por supuesto, se había hecho dueña del volante, estaba encantada de volver a conducir. Por desgracia lo de volar se había acabado de momento, no había podido hacer las horas de vuelo necesarias, así que el permiso que tanto le había costado conseguir ya no valía. Sin embargo, estaba decidida a renovarlo a toda costa en cuanto tuviera ocasión de pilotar un avión.

—¿Qué? ¿Ditmar el rubio te ha presentado sus excusas? —preguntó Henny cuando llenaron el depósito y volvieron a subir al coche.

Dodo exprimió el coche al máximo y condujo casi todo el

tiempo por el carril de adelantamiento. Henny le dio plena libertad, Dodo era buena conductora y seguro que al «cochecito» de su madre no le iba mal apretar el motor de vez en cuando.

—No diría tanto —comentó Dodo al final, vacilante—. Digamos que me ha dado unas cuantas excusas. Yo las he escuchado, pero no he dicho nada.

—¿De verdad va a mudarse al piso?

Dodo sacudió la cabeza con vehemencia antes de adelantar a un convoy de la Wehrmacht.

—No creo. Le he dejado claro que yo no quiero. Busca algo porque se ha separado de su novia.

¡Así que había dado en el clavo!

—¿Y ha acabado en tu casa por casualidad?

—Eso dice él.

—¡O te vio colgando el anuncio!

Dodo no contestó, pero Henny supuso que era cierto. Por lo menos a Ditmar no le sorprendió mucho que Dodo le abriera la puerta. Sabía perfectamente quién vivía ahí.

—¿Te lo has encontrado alguna vez en la Facultad de Tecnología?

Dodo reconoció que se lo había encontrado dos o tres veces en el campus, pero solo se habían saludado un momento, nada más. Él era docente y daba clases de técnica de aviación.

«Ojalá no esté tramando nada, ese tipo es un canalla que no le conviene a Dodo», pensó Henny.

—Me explicó que estaba investigando y escribiendo sobre un tema, pero por lo visto no le había salido muy bien, no me dijo por qué. Pero el puesto de docente es temporal, lo consiguió a través de la asociación de estudiantes.

Una parte del alumnado pertenecía a la Liga Nacionalsocialista de Estudiantes Alemanes, y para las estudiantes también había un organismo nazi que se hacía llamar Colectivo de Estudiantes Nacionalsocialistas. La afiliación era voluntaria, pero los funcionarios tenían una gran influencia en la vida estudiantil. Por suerte, muchos de esos apasionados seguidores de Adolf Hitler se alistaron en la Wehrmacht nada más empezar la guerra, así que no estaban.

—¿Por qué Ditmar no cogió las armas enseguida si está en la Liga? Para ellos es una cuestión de honor, ¿no? —preguntó Henny con una sonrisa.

—Él quería —contestó Dodo—, pero aún no lo ha hecho. Creo que le ha encontrado pegas. Solo me ha dicho que se decían muchas tonterías.

—¡Vaya! —exclamó Henny, pasmada—. ¿No habrá entrado en razón?

—Ni idea. A lo mejor solo era por decir…

Estaba claro que para entonces muchos de esos jóvenes entusiastas habían caído. Sobre todo los pilotos. La guerra aérea contra Inglaterra se había cobrado numerosas víctimas en ambos bandos, Hitler había subestimado la capacidad combativa de la Royal Air Force y la capacidad de aguante de la población inglesa. Londres había sufrido un terrible bombardeo, pero en Berlín también habían caído bombas. Pese a los continuos mensajes victoriosos en la prensa, poco a poco iba quedando claro que la conquista de Inglaterra prevista desde el aire había fracasado. Seguía habiendo ataques alemanes y contraataques de la RAF, pero cada vez más espaciados. Por suerte, en Augsburgo no habían arrojado más bombas desde el ataque a la fábrica de tejidos estampados. En Múnich solo habían caído unas cuantas bombas luminosas.

Cuando iban en coche por Augsburgo hacia la villa de las telas, Dodo vio por primera vez los cambios que se habían producido desde el inicio de la guerra para proteger los monumentos y los edificios importantes. Los tablones defendían las bellas fachadas de la metralla, habían desmontado el Hércules de la fuente y lo habían guardado en algún sitio para que no sufriera ningún daño.

Hacia las seis y media atravesaron la puerta de entrada del parque de la villa, y Humbert corrió hacia ellas para subir la maleta de Dodo.

—¿Te quedas a cenar, Henny?

—Desde luego, me muero de hambre.

—Ni una palabra de Ditmar, ¿queda claro?

—¿Quién te has creído que soy?

13

Tenía mucho miedo de volverse loco. Nunca había visto esos colores tan intensos, unas flores tan exóticas abriéndose ante él, rojas y violetas, los pétalos nuevos no paraban de surgir en abanico, amarillos, azules y blancos, y unas gotitas de rocío irisadas colgaban de ellos. Luego volvió al comedor de la villa de las telas y creyó oler el aroma a asado, y miraba fijamente las incontables delicias que se acumulaban en la mesa: filetes gruesos cubiertos de salsa brillante, jamón rosado, pasta de huevo con mantequilla, unas albóndigas de pan enormes con especias. Y unas fuentes de cristal llenas de pudin de chocolate, natillas de vainilla en jarritas de cristal, montañas de nata montada que se arqueaban hacia él, blancas y esponjosas. Le pareció notar el sabor en los labios resecos, cogió una copa del delicioso vino del Rin, reluciente...

Era la oscuridad. Por mucho que abriera y cerrara los ojos, lo envolvía y provocaba esas estridentes fantasías llenas de color. Estar a oscuras significaba no sentir ya el paso del tiempo, no saber dónde estaba el arriba y el abajo, ir perdiendo el juicio, de forma lenta pero segura. No sabía a qué se debía ese castigo. Iban por su cuenta, unas veces aparecían unas, y otras veces, otras. Bastaba con la minucia más inofensiva para conocer todas las perversidades que pueda imaginar una persona, con el fin de humillar, destruir a un semejante.

Sebastian no era un novato en Dachau. Ya hacía dos años que lo habían ido a buscar dentro de una gran operación a su piso de Neusäss, donde vivía con tres compañeros. Su actividad clandestina contra el régimen nazi era cada vez más difícil, algunos amigos o bien habían desaparecido o estaban en la cárcel. Pero decidieron perseverar, ser prudentes y mantener el contacto. Seguramente la Gestapo había torturado a uno de ellos hasta que les dio nombres y paraderos, porque llegaron de noche, rodearon la casa y no les dieron opción de huir.

Él se creía preparado para todo, al fin y al cabo no era la primera vez que estaba en la cárcel, conocía la brutalidad de los guardias, los métodos en los interrogatorios, el procedimiento para agotarlos. Le sorprendió ver que el trato era bastante civilizado; pasados unos días hubo un juicio y los trasladaron a Dachau.

El campo de concentración era un lugar parecido a una fortaleza, rodeado por un muro y torres de vigilancia. Además, un foso de agua, una superficie de hierba y una alambrada de alta tensión frustraban cualquier intento de escapar. Los barracones estaban unos al lado de los otros, delante había una explanada para el recuento diario, otro barracón con las cocinas y el edificio de la dirección del campo. A los nuevos internos les quitaban la ropa, los relojes y otras pertenencias, les rapaban el pelo y les daban el uniforme correspondiente. Como él era uno de los presos políticos «incorregibles», llevaba cosido en la camisa un triángulo con un punto negro dentro; lo llevaron al bloque de aislamiento donde metían a los presos más «peligrosos», como los comunistas, los estudiosos de la Biblia o los judíos, separados de los demás.

Entonces pensó: «Si esto es todo, no hay para tanto». Había comida suficiente, pero el trabajo en la gravera era muy duro e iba acompañado de humillaciones de todo tipo. A cambio, el alojamiento en cuatro salas con literas y mantas de lana era mejor que en la cárcel, pero sobre todo allí se reencontró con varios compañeros y también otros hombres que compartían sus principios, con los que se podía mantener una conversación razonable y casi todos se mostraban solidarios. También había un médico judío que hizo lo que pudo con sus maltrechas manos y rodillas, porque los presos apenas contaban con herramientas para realizar su trabajo y tenían que poner la grava en la vagoneta con las manos.

Durante las primeras semanas, la solidaridad de sus compañeros de barracón lo ayudó a superar muchas cosas. El frío atroz en invierno con ropa insuficiente, el cuerpo dolorido fruto de un trabajo de una dureza inusitada, los látigos de los vigilantes que azotaban sin motivo a los hombres debilitados, la imagen de los compañeros desfigurados, sangrando, que volvían más muertos que vivos de los castigos y se recuperaban gracias a los cuidados de los demás presos. Más difíciles de soportar eran las ejecuciones que tenían lugar con regularidad en la explanada que había delante del edificio de la dirección del campo, sobre todo cuando el jefe de la Gestapo, Heinrich Himmler, hacía una de sus visitas a Dachau.

Sin embargo, también había conversaciones que alimentaban el miedo y le daban una idea de hasta dónde se podía llegar, más allá de esa tortura diaria. Eso solo era el primer círculo del infierno, como lo había descrito Dante, y le esperaban otros niveles de horror.

—¿Sabes qué significa el potro y el árbol? —preguntó uno de los compañeros.

—Déjalo en paz con eso —intervino un joven estudiante de teología. Llevaba medio año allí y se aferraba a su fe, que prometía el reino de los cielos después del infierno terrenal. Solo unos pocos en el barracón compartían esa visión, pero le envidiaban esa esperanza que se les negaba a los demás. Para la mayoría, la esperanza era una mínima perspectiva de ser liberados, y ya los habían engañado demasiadas veces.

—El potro es una armadura que se han inventado los nazis. Te dejan desnudo y atado, y luego te dan tu ración de golpes. Casi siempre veinticinco, pero no cuentan con exactitud, también podrían ser el doble. Luego se te queda la piel de la espalda hecha trizas...

El árbol resultó ser un método de tortura que se utilizaba ya en el bochornoso reinado del emperador Carlos V y que se conocía por relatos de los tiempos de la persecución de las brujas. Consistía en levantar al preso de las manos, encadenadas a la espalda, y lo dejaban unas horas colgado hasta que se le dislocaban los hombros.

—En algún momento los conocerás —le dijo el médico judío—. Quizá sea mejor saber antes lo que te van a hacer. Pero no te apures, se sobrevive.

Tenía razón. En sus dos años de internamiento, Sebastian había sufrido ambos métodos varias veces, y para su propia sorpresa consiguió volver a ponerse en pie después de tan crueles torturas. Pasados unos meses, una indiferencia estoica, apática, impregnaba su ánimo: superar el día y no pensar en el mañana, lidiar con el egoísmo y los arrebatos de misantropía y, sobre todo, no esperar nada. Una esperanza frustrada dolía más que los azotes con el látigo, podía inducir a una persona a rendirse del todo.

Podría haber escrito a Lisa y a los niños, dos veces al mes tenían permiso para escribir cartas breves, que por supuesto leía y controlaba la censura. Pero él no lo hacía, aunque echaba de menos a su familia y soñaba a menudo con ellos. Ni él mismo tenía claro por qué no les escribía, tenía que ver con la vergüenza, también con la precaución, quería ahorrar a sus hijos el bochorno de saber que su padre estaba en un campo de concentración. Él había elegido su destino y no tenía derecho a recibir el consuelo de su amor, como ocurría con otros compañeros.

El día en el campo de concentración empezaba a las cinco

con el penetrante sonido de la sirena, había café y un poco de pan, luego el recuento en la plaza y marchando a trabajar en columnas. El trabajo era duro y sin sentido, cavaban fosas, trasladaban grava y material de construcción, arrastraban sacos de cemento, extraían y transportaban bloques de piedra, colocaban cable. Los presos se encargaban de la construcción de nuevos barracones, para transmitirles la horrorosa idea de que en el campo de Dachau iban a entrar muchos más desdichados. A las doce era la pausa del mediodía, les daban un guiso de alubias o verdura para comer, y a partir de la una y media volvían a trabajar hasta las siete de la tarde. Los vigilantes y sus látigos siempre estaban ahí, no le quitaban el ojo de encima a nadie. Quien estuviera enfermo o fuera demasiado mayor para aguantar el ritmo de trabajo recibía palizas hasta que continuaba. Al que no se levantaba, tenían que trasladarlo para que estuviera en la explanada en el recuento vespertino. Lo peor que podía pasar era que faltara un preso, los guardias se ponían histéricos, lo registraban todo y llovían los castigos.

En noviembre de 1938 llevaron a multitud de judíos al campo en camiones. Algunos ya no estaban vivos, los arrastraron con indiferencia hasta el cementerio, donde no se daba sepultura a los muertos, solo los soterraban. Durante las semanas en las que esas personas estuvieron retenidas en Dachau, fueron peor tratados que el resto, apenas les daban alimentos ni ropa suficiente, pero tenían que llevar a cabo el mismo trabajo que los demás presos. A los que sobrevivían se los llevaban luego a otro sitio, pero algunos tuvieron que quedarse en Dachau, y los alojaron también en el bloque de aislamiento. Eran ciudadanos de Augsburgo que Sebastian conocía de tiempos mejores, propietarios de fábricas y tiendas, funcionarios, profesores, abogados. Se enteró de que los detuvieron a todos en una sola noche, después de acosarlos e intimidarlos durante años. Los nazis entraron en sus casas como energúmenos, no quemaron las sinagogas solo porque temían que el fuego afectara a los edificios colindantes.

—La señora Melzer, que tenía el taller en Karolinenstrasse —le dijo un abogado judío—, sí que hizo lo correcto. Se fue a tiempo. A quien se plantee ahora emigrar le quitan todo lo que tiene. Y a los pobres los muerden los perros.

A Sebastian no le sentó bien que le recordaran que él también habría podido emigrar para continuar en Estados Unidos su labor por la causa del comunismo. En ese momento irse de Alemania le pareció una huida cobarde. Su sitio estaba entre sus compatriotas, allí quería luchar por un régimen justo. Ahora había acabado en Dachau, entre los presos de la Gestapo, y lo único por lo que podía luchar era por su propia supervivencia.

Pese a todos los controles, los presos siempre conseguían enterarse de las noticias de fuera. Estaban en guerra, la Wehrmacht había ocupado Polonia y Francia, pero se hablaba de miembros de la Resistencia en esos países, de partisanos que les ponían las cosas muy difíciles a los ocupantes.

—Se ocultan en los bosques durante el día, se esconden con la población rural en graneros y sótanos —explicó un tal Sinti, al que habían apresado en la Francia ocupada—. Asaltan a los soldados de la Wehrmacht por detrás, lanzan artefactos explosivos o se cuelan de noche en los cuarteles y los matan a cuchilladas mientras duermen. Si los pillan, los ahorcan, pero hablé con franceses y me decían que preferían morir a ser súbditos de los «teutones».

Sebastian se preguntó si habría podido llevar a cabo ese tipo de acciones de resistencia. No se veía capaz de acuchillar a alguien dormido, en todo caso poner artefactos explosivos, pero eso también le parecía horrible. Él era más bien de luchar con palabras, de confiar en el buen juicio y la humanidad. Él y sus compañeros de lucha elaboraban octavillas y las repartían para abrir los ojos a la gente, pero la mayoría se habían dejado engatusar por los lemas del NSDAP y los seguían a ciegas. Una guerra solo provocaba desgracias. Los que habían estado en la Gran Guerra lo sabían muy bien. ¿Cómo podía ser que enarbolaran banderas otra vez y fueran camino de la perdición?

Johannes debía de tener ya quince años, Hanno trece. Habrían inculcado a sus hijos la ideología nazi; también su pequeña Charlotte, su hija, a la que quería más que a los chicos aunque le costara admitirlo, se educaría con el espíritu de Adolf Hitler. ¿Recordaría por lo menos las enseñanzas de su padre? ¿El sueño de una sociedad justa donde todas las personas fueran iguales y no hubiera ni ricos ni pobres? ¿El gran ideal de un mundo sin guerras, sin hambre, sin miseria? Hasta a él le costaba conservar esas creencias, ¿cómo iba a conseguir una niña pequeña resistirse a lo que insinuaban la escuela y la propaganda?

Llegó a la amarga conclusión de que no dejaría ninguna huella cuando su existencia tocara a su fin en Dachau. Ni en aquellos a los que había intentado hacer entrar en razón con todas sus fuerzas, ni en sus seres queridos a los que amaba con todo su corazón. Su vida y su muerte habrían sido inútiles.

De pronto se acabó la oscuridad: el guardia abrió la puerta de golpe y encendió las luces del techo. Una luz deslumbrante impactó en los ojos fatigados de la noche, sintió un dolor punzante y se tapó la cara con las manos. Cuando las apartó poco a poco y logró distinguir el entorno con los ojos llorosos, vio delante de él, en el suelo, una taza con café y un pedazo de pan. Asombrado, rozó el alimento con el dedo índice estirado, no estaba seguro de si eran imaginaciones suyas o la realidad, luego notó el calor de la taza de hojalata, olió el aroma del café y empezó a tomárselo con ávidos sorbitos. Partió el pan en pedazos, masticó despacio unos cuantos con gran recogimiento, pero no quiso terminarse la rebanada y se escondió los trozos restantes en la manga de la camisa. Uno nunca sabía cuánto tiempo iban a hacerle pasar hambre luego.

El guardia había dejado la luz encendida, así que ahora podía ver en toda su fealdad el reducido espacio que hasta ahora solo había reconocido a tientas. No tenía ventanas, medía unos cuatro metros cuadrados, las paredes desnudas estaban pintadas de gris, había un catre de hierro con unos tablones encima, una manta militar gris y una botella de agua vacía. En el rincón estaba el cubo donde hacía sus necesidades; no contenía mucho, no le habían dado ni agua ni comida. Estaba tan débil que se tenía en pie poco tiempo, pero cuando se desplomó en el catre de nuevo después de comer, pese a todo, se encontraba mejor. Sobreviviría. No sabía si por suerte o por desgracia. Algunos presos escapaban de las continuas humillaciones y suplicios físicos con el suicidio; se lanzaban corriendo contra la valla eléctrica, otros se colgaban de rejas o radiadores. Sin embargo, el duro trabajo, el frío y el hambre eran los que se cobraban más víctimas.

El momento se repitió. Al cabo de un rato apareció de nuevo el guardia para llevarle un cuenco de sopa y otro pedazo de pan. Su expresión era de indiferencia, pero a Sebastian le pareció ver cierta bondad en su mirada.

—Pronto habrá terminado —dijo el guardia.

Esta vez también dejó encendida la luz del techo y Sebastian se puso a comer la sopa. Había alubias y verduras, incluso flotaban unos minúsculos trocitos de jamón: le pareció que era lo más delicioso que había comido en la vida. Durante las horas siguientes sufrió retortijones en el estómago, pero retuvo los alimentos y también se comió todo el pan. Por la noche había patatas y arenque, se comió hasta la última espina, luego apagaron la luz del techo y se sumió en un profundo y tranquilo sueño.

Se despertó cuando el guardia abrió puerta de la celda. Sebastian se quedó sentado en el catre y parpadeó ante la luz.

Le traía café y pan, y además le lanzó un sobre blanco al catre.

—Tienes correo.

Incrédulo, Sebastian cogió la carta, se colocó bien las gafas, su posesión más preciada e irreemplazable, y descifró el remitente. Sintió un intenso dolor, se le cayó la hoja de la mano, flotó sobre el suelo y desapareció debajo de la cama. La carta era de Lisa. No había posibilidad de engaño, de error, había reconocido su letra.

¡Sabían que estaba preso en Dachau!

¿Quién podría habérselo contado? ¿Les había informado la Gestapo? ¿O había sido Felix, uno de sus compañeros de lucha, que por amor a su novia se había retirado todo lo posible de su labor pero seguía teniendo contactos?

Pese a todo, hizo lo más indicado: terminarse la taza de café y comerse el pan. Si no lo hacía ya, tal vez se llevaran la comida. Luego estuvo un rato sentado en el catre, con las manos apoyadas en las rodillas y la mirada fija en la puerta de acero, donde había una mirilla con rejilla para el guardia. Sentía el corazón desbocado; si le hubieran anunciado que iban a hacerle el potro con veinticinco latigazos, le habría asustado menos que la perspectiva de tener que leer esa carta.

¿Qué podía haberle escrito? Él la había abandonado, había pisoteado su amor, sus hijos hacía cuatro años que no tenían padre. Desde el punto de vista humano solo podía sentir odio hacia él.

«Si es el caso, y no puede ser de otra manera, leeré esta carta, Lisa tiene derecho. Aunque no sé si encontraré las fuerzas para escribir una respuesta», se dijo.

Se arrodilló en el suelo y sacó la carta de debajo del catre. El sobre estaba abierto. La hoja, que sacó con dedos inseguros, callosos por el trabajo, era el doble de larga en un principio, la habían cortado por el medio y solo habían vuelto a guardar en el sobre la parte superior.

¡Sebastian!

He decidido escribirte porque esta noche hemos vivido un bombardeo en Augsburgo. No ha sido muy grave, las precauciones de defensa aérea y el cañón antiaéreo nos han protegido, pero me ha hecho ver lo volátil que es nuestra vida y lo rápido que puede terminar, y no quiero presentarme ante nuestro Señor algún día sin haberte tendido una mano conciliadora. Los niños y yo estamos bien. Johannes y Hanno están en las Juventudes Hitlerianas, Charlotte con las chicas. Yo también estoy bien. Hemos aprendido a arreglárnoslas sin ti.

Pese a la profunda decepción que siento y que ya no espero nada, por el bien de los niños me gustaría que tu destino…

Ahí estaba el corte, faltaba el resto de la frase. Sebastian notó que le rodaban lágrimas por las mejillas y goteaban sobre la camisa de preso, tenía las gafas mojadas, las líneas se desdibujaban ante sus ojos.

Se había equivocado con su mujer. No le escribía para desahogar la rabia con él, se había serenado, confiaba en Dios y tenía la generosidad de ofrecerle su ayuda. Solo así podía continuar esa frase a medias.

¿Habría sido más fácil leer una carta furibunda, hiriente? Probablemente. Las frases «hemos aprendido a arreglárnoslas sin ti» y «aunque ya no espere nada» dolían más que los reproches más coléricos que pudiera haber escrito y que sin duda merecía.

Releyó por encima el breve texto, sintió por segunda vez las puñaladas y procuró sacar algo positivo de ellas. Le había escrito, ¿acaso no bastaba con eso? Aunque fuese empujada por el miedo atroz sufrido durante un bombardeo. Siguió indagando y encontró lo que buscaba. Como se temía, las garras del nacionalsocialismo habían atrapado a sus hijos. Aun así, Lisa escribía «por el bien de los niños». ¿Qué había detrás? ¿Y si aún había una pizca de afecto? ¿De Lisa? ¿De sus hijos?

La esperanza. La maldita esperanza. Ahora lo había invadido y sería un tormento para él.

Guardó la hoja en el sobre, lo dobló y se lo metió en la manga. Se levantó y se puso a dar vueltas en la celda; volvió a sentarse, insistió en su razonamiento y notó que un mundo que creía perdido se apoderaba de él con una fuerza dolorosa. Cuando el guardia volvió a abrir la puerta con un ruido metálico, él se esperaba el almuerzo, pero en cambio le ordenó que lo acompañara.

Se quitó las gafas y las escondió en la mano, en esos casos tenía muchos números para recibir golpes en la cara. Sin embargo, solo le dieron unas cuantas patadas cuando se acercaron a la salida del búnker.

Estaba nevando, los oscuros barracones estaban cubiertos por una capa blanca, y en el lugar del recuento unos presos retiraban la nieve. En medio de la explanada había un abeto; debían de quedar pocos días para Navidad. Bajo el árbol se veía algo rojo: ahí yacían dos presos sangrando en la nieve, los habían castigado con el potro.

Sus compañeros de barracón estaban almorzando: guiso de alubias con verduras. También había un cuenco de hojalata preparado para él. Lo recibieron con cariño, le dieron palmaditas en el hombro, le dijeron lo mucho que se alegraban de volver a verlo.

—También se llevaron a Sinti y al médico judío —le contaron—. De momento aún no han vuelto.

—¿Cuánto tiempo llevo fuera de aquí?

—Cuatro días.

Eso no era prácticamente nada. Una vez encerraron al teólogo durante dos meses, otros habían pasado varias semanas en la celda oscura. Él había tenido suerte, podía estar contento de haber salido tan bien parado. Dejó la carta en una lata donde guardaba sus escasas pertenencias. La cuchara, el pañuelo, de noche también las gafas para no romperlas sin querer mientras dormía.

Con el suelo helado el trabajo era aún más duro, pero le asombraba no desmoronarse después de cuatro días de pasar hambre. Tal vez fuera el aire fresco lo que lo revivía y le ayudaba a vencer los esfuerzos.

En cuanto anocheció se encendieron las luces para tener vigilados a los presos. Aun así, los guardias estaban inquietos, los látigos no paraban de golpear los cuerpos de aquellos hombres exhaustos, congelados; también usaban los puños y las botas. En el recuento de la tarde los dejaron media hora más que de costumbre pasando frío, y Sebastian vio, bajo la luz azulada de los focos, que los dos hombres que había debajo del árbol de Navidad habían desaparecido. Solo quedaban las manchas de sangre.

Más tarde estaba sentado a la mesa entre los demás, cavilando.

—Has recibido correo, ¿verdad? —preguntó el teólogo.

—¿Cómo lo sabes?

—Había un paquete para ti. Se lo llevaron porque estabas en el búnker.

Lo invadió una oleada de calor. Lisa le había enviado un paquete. Su ofrecimiento de ayuda iba en serio.

—No sé si puedo aceptarlo —murmuró.

—¿Por qué no?

—Porque le he hecho demasiado daño, por eso.

El teólogo guardó silencio un rato.

—No puedes pensar solo en ti, Sebastian —dijo luego en tono de reproche—. Te ha enviado una señal, ¿por qué la menosprecias con tu soberbia?

—¿Quieres decir que debería escribirle?

—¡Sí, por ella!

14

Enero de 1941

Querido Paul:

Ayer, tras un largo silencio, me llegó tu carta y sentí un alivio infinito porque me temía que esta guerra fatal hubiera cortado la comunicación entre los dos. Era más corta que de costumbre y eso me afligió un poco, pero sé lo difícil que es tu situación, y entiendo que no tengas tiempo de redactar cartas extensas para Nueva York.

Aquí el ambiente está dividido en lo que respecta a la guerra europea, pero la mayoría comparte la opinión de que Estados Unidos debería mantenerse neutral y quedarse al margen de todo. Nosotros, todos los que hemos huido de Alemania, lo vemos de otra manera, pensamos que Estados Unidos debería poner coto a Hitler y apoyar a los valientes británicos en su lucha por sobrevivir.

Todos los días pienso en ti y en los niños. Dodo me escribió que quiere volver pronto a Múnich, por desgracia a Kurt le cuesta escribir, aunque se lo perdono, es normal a su edad.

Hace poco Karl me preguntó por qué no has respondido a su oferta de suministrar hilo a Augsburgo. No supe qué contestar, solo que debía de haberse retrasado el correo...

Paul tiró la carta a medio leer sobre el escritorio, enfadado. ¿Cómo se le ocurría que iba a hacer negocios precisamente con su querido Karl? Por muy generosa que fuera la oferta que le hacía ese hombre, no necesitaba su ayuda. Aparte de que Ernst había zanjado el asunto rápidamente porque Friedländer era judío.

Miró el reloj: ya eran las siete y media, dentro de una hora Ernst von Klippstein lo estaría esperando en la fábrica para una reunión. Como de costumbre, no le daba muy buena espina, iba ya con un nudo en la garganta, por así decirlo. Indeciso, volvió a coger la carta de Marie, leyó por encima algunos párrafos y la dejó de nuevo. ¿Por qué fingía que se pasaba día y noche preocupada por la fábrica de telas Melzer? Paul sabía que no era cierto. Era una empresaria de éxito, y en gran medida gracias al apoyo de su «conocido»; los años que había pasado con él, su marido, en la villa de las telas ya no le interesaban. Esa era la triste verdad que extraía de todas y cada una de sus cartas, lo leía entre líneas, aunque ella no parara de asegurarle que lo apoyaba desde el otro lado del Atlántico. La mejor prueba de ello era su carta de julio del año anterior, en la que le recomendó con toda naturalidad que entregara las hiladoras de anillo si así ayudaba a la fábrica. Por lo visto había olvidado que esas máquinas pertenecían a su pasado en común, inseparables de su destino y del de sus padres. Había empezado una nueva vida en Nueva York, Augsburgo había quedado atrás, su matrimonio ya solo existía sobre el papel.

Decidió terminar de leer la carta por la noche y, cuando iba a guardarla en el sobre, se dio cuenta de que el papel estaba más duro de lo normal en la zona donde se pegaba. Dio un respingo, sujetó el sobre a contraluz, lo toqueteó y llegó a la desconcertante conclusión de que habían abierto y leído la carta de Marie.

¡Vigilaban su correo! ¿Por qué? No era difícil adivinarlo: era correspondencia con su esposa judía en Estados Unidos.

El país se mantenía neutral, pero se sabía que suministraban armas a los británicos y también aviones, y por tanto apoyaban al bando enemigo.

¡Estupendo! Y Marie expresaba con libertad la opinión de los estadounidenses sobre la guerra y declaraba lo mucho que deseaba la intervención de Estados Unidos en la contienda. ¡Si seguía escribiendo cartas tan confiadas podía meterlo en la boca del lobo!

Dejó la carta en el cajón con una sensación de angustia en el estómago y se preguntó cuántas cartas de Marie habían abierto y leído ya. ¿Solo las que se habían escrito desde el inicio de la guerra? No eran demasiadas. ¿O llevaban más tiempo vigilándolos? ¿Unos años? En todo caso, tenía que contárselo a Kitty y a Lisa; Henny y Dodo también escribían a Estados Unidos.

Se levantó al oír que abajo arrancaba el coche: Humbert iba a llevar a Dodo a la estación. Tras finalizar los seis meses de servicio social quería volver lo antes posible a Múnich para presentarse a los exámenes semestrales. Su hija estaba convencida de que iba a aprobar, aunque se hubiera perdido las clases del semestre de invierno. Le aseguró con altanería que todo era ridículamente fácil.

—¿Papá? Tengo que irme ya y quería decirte adiós —oyó su voz en el pasillo.

—¡Pasa, Dodo!

Su hija era una chica muy delgada, pálida, mal vestida, con el pelo rubio y rizado bien corto. Se la podría confundir fácilmente con un chico; sus dotes para la técnica y las matemáticas también iban en esa dirección, igual que sus maneras campechanas, tan distintas de la feminidad coqueta pero perseverante de Henny.

—Quería darte las gracias otra vez, papá —dijo ella—. Me alegro mucho de haber terminado ese maldito servicio social tan cómodamente.

Sonrió con alegría, y él se alegró de haber tenido la oportunidad de facilitarle el asunto, aunque solo hubieran sido los últimos dos meses. Volvió a ocupar su habitación en la villa y todos los días iba a trabajar a la tejeduría, pero casi siempre se ocupaba de las máquinas, y se había inventado algunos trucos para que la producción fuese más eficiente. Su espalda, según decía, ya estaba a pleno rendimiento, aunque aún tenía que andarse con cuidado.

—¿Y de verdad tienes que presentarte a los exámenes?

—Claro. No quiero perder un semestre. A fin y al cabo, la carrera se pone interesante cuando empieza con la construcción aeronáutica.

En realidad él habría querido reprocharle que su carrera se pagara con «dinero extranjero» y era de la opinión de que sus capacidades serían de mayor utilidad en la fábrica paterna. Sin embargo, dada la situación actual, no podía ofrecerle prácticamente nada. La tejeduría también se pararía en breve; todos los intentos de seguir recibiendo suministros de hilo adecuado para fabricar telas de uniforme habían fracasado. El futuro de la fábrica de telas Melzer no pintaba nada bien.

—Bueno, entonces te deseo mucha suerte —dijo, y sonrió para animarla—. A lo mejor has escogido el camino correcto, Dodo.

Ella sabía muy bien por qué lo decía, durante esos dos meses había visto cómo evolucionaba la situación.

—Llegarán tiempos mejores, papá —le aseguró con una sonrisa—. Cuando acabe la guerra, la fábrica volverá a prosperar.

—Yo también lo creo…

Le parecía conmovedor que quisiera consolarlo. Lástima que regresara a Múnich, habría sido bonito tenerla en la villa.

—Tengo que decirte otra cosa, Dodo…

—¿Te refieres a las cartas? —preguntó con la frente arrugada—. Ya sé que las leen. La tía Kitty nos lo dijo ayer.

Así que también se habían dado cuenta. Dodo se lo tomó a la ligera, y Paul no sabía si alegrarse o preocuparse por ello. Su hija había crecido.

—Entonces ya lo sabes, mi niña. Da señales de vida pronto, y si necesitas algo, siempre estaré ahí.

Al despedirse, Paul agarró su mano pequeña y firme, que le recordó a la de Marie.

—Pronto llegarán las vacaciones del semestre y volveré a poneros de los nervios —bromeó ella.

Luego él le dio un abrazo, achuchó a su hija y murmuró que esperaba verla pronto.

—¡No bajes la guardia! —le gritó cuando salió al pasillo.

—¡Tú tampoco, papá! —respondió ella.

Cuando Paul bajó al vestíbulo unos minutos después, Hanna le llevó su abrigo, la bufanda y el sombrero.

—He pensado que hoy necesitaría la bufanda de lana, señor. ¿No preferiría esperar a que vuelva Humbert para que lo lleve a la fábrica?

—Muchas gracias, Hanna. No, iré a pie, tengo una reunión urgente. Por favor, dígale a mi hermana que quiero hablar un momento con ella antes del almuerzo.

—Por supuesto, señor.

De camino a la entrada vio que Johannes, Hanno y Charlotte iban hacia la parada del tranvía para ir al colegio. Cuando llegó a la parada, ellos ya habían subido al tranvía, este pasó por su lado y Charlotte lo vio y le saludó. Él le devolvió el saludo, se ajustó la bufanda, se inclinó contra el viento y emprendió la marcha hacia la fábrica.

La puerta estaba abierta porque un camión había entrado en el patio para cargar las últimas balas de tela. El portero Knoll tenía el auricular del teléfono en la oreja y le saludó con la cabeza y su habitual indiferencia. Los dos trabajadores que cargaban las balas lo saludaron con amabilidad. Hacía ya años que trabajaban con él y habían vivido tiempos mejores en la fábrica.

—¡*Heil Hitler*, señor director! Hoy hace un día de perros, ¿eh?

—¡Y usted que lo diga, señor Ditmann! —contestó con una media sonrisa, y subió los peldaños de entrada al edificio de administración.

Angelika von Lützen había dicho el día antes que estaba enferma, y Hilde Haller parecía aliviada porque lo saludó con una alegre sonrisa.

—Muy buenos días, señorita Haller —le dijo, y añadió en broma—: ¿Cree que se las arreglará bien, tan sola?

Se sonrojó, y Paul pensó que le sentaba bien. En general era una chica guapa, aunque ella no se tuviera en mucha estima. Se levantó para cogerle el abrigo, la bufanda y el sombrero y lo hizo con mucho cuidado, como si esos accesorios fueran muy valiosos y delicados.

—El señor Von Klippstein le espera en su despacho, señor director. Ahora está hablando por teléfono…

—Muchas gracias, señorita Haller. ¿Ha llegado correo?

—Sí, señor director. Sigue aquí, luego se lo llevo.

No le había llevado el correo a su despacho como de costumbre porque sabía que Ernst von Klippstein se instalaría allí. Paul agradecía su cautela y lealtad. Por lo menos en Hilde Haller sí podía confiar.

Ernst von Klippstein se había acomodado en su escritorio, estaba reclinado a sus anchas en la butaca y levantó el brazo derecho para saludarle cuando Paul entró, pero sin interrumpir la conversación telefónica.

—… yo opino lo mismo… se hará de inmediato… confía en mí… *Heil Hitler!* Sí, que te vaya muy bien a ti también…

Paul pasó por su lado y se sentó en una butaca de piel a esperar que terminara la llamada. ¿También podían escuchar las llamadas telefónicas? Técnicamente era factible. Si lo hacían, estarían escuchando la conversación de Ernst. Fiel a la línea del partido, sin duda no tenía nada que temer. Él, en cambio, a partir de ahora debía ir con sumo cuidado. La sensación era asfixiante. La soga que le habían puesto en el cuello se iba apretando milímetro a milímetro.

—*Heil Hitler*, querido —le saludó Ernst tras colgar el auricular—. Hay grandes noticias. Ya sabes el cariño que le tengo desde siempre a la fábrica de telas Melzer, por eso he intercedido para que nuestras naves tengan un uso práctico.

Sabía lo que significaba ese anuncio: a partir de ahora las naves de la fábrica se utilizarían como salas de producción para la industria armamentística.

—Tengo órdenes de poner nuestras naves a disposición de los talleres aeronáuticos Messerschmitt. Ya sabes que la guerra aérea contra los británicos nos está exigiendo unos esfuerzos enormes; producirán aquí piezas aeronáuticas para garantizar a nuestras fuerzas aéreas el refuerzo necesario de aviadores.

A Paul no se le ocurría una respuesta adecuada. No tenía sentido oponerse, tenía que aceptarlo. Se alegró de que Hilde Haller entrara en ese momento a preguntar si a los señores les apetecía un café.

—Además, la señorita Bräuer espera fuera…

—Un café, sí. Ahora no necesitamos secretaria. Dígale a la señorita Bräuer que la necesitaré luego para dar una vuelta por las naves —ordenó Von Klippstein en tono autoritario.

Hilde Haller se retiró con una expresión pesarosa. Por supuesto, sabía lo que estaban comentando, estaba al corriente de casi todo lo que afectaba a la fábrica.

Paul decidió por lo menos aportar algunas reflexiones, no quería resignarse con tantas prisas y devoción como Ernst.

—De todos modos, es una lástima parar la tejeduría ahora que nos dedicábamos a la producción de telas de uniforme, que también son importantes para la guerra.

Ernst von Klippstein hizo un gesto de desdén y se levantó de la butaca del escritorio para sentarse al lado de Paul. Le costó levantarse, pero no hizo una sola mueca. Hacía años que le molestaban las cicatrices que cubrían su cuerpo, pero se había acostumbrado al dolor.

—No te preocupes por eso, querido Paul —dijo—. Hay otras fábricas textiles que pueden asumir la tarea. Por suerte, en la fábrica de telas estampadas los daños ya han sido reparados y han retomado la producción.

Paul lo sabía y le había costado un buen disgusto. Estaba claro que Ernst tenía previsto reducir a cero la fábrica de telas Melzer para usar las salas con otros fines. Las telas de uniformes se derivaban a la fábrica de telas estampadas, así de fácil.

—Tengo otra noticia para ti —continuó Ernst cuando se sentó al lado de Paul—. Se trata de la dirección de la fábrica.

Paul sintió que su corazón dejaba de latir un momento. ¿Y qué más? ¿Los miedos de Henny estaban justificados? ¿Querían quitarle la fábrica?

Tuvo que esperar a que Hilde Haller sirviera el café. Cuando salió del despacho, Ernst se echó despacio leche y azúcar y comentó:

—Ya sabes que según las leyes raciales se te considera «cónyuge de judío» porque insistes en no divorciarte de Marie. Por eso sería una irresponsabilidad confiarte la dirección de una empresa donde se fabrican productos armamentísticos vitales para la guerra.

Fue como si le asestaran un golpe en la cabeza. Marie se había ido a Estados Unidos para evitar ese tipo de medidas. La separación había sido inútil: iban a quitarle la fábrica de las manos igualmente. Él estaba en lo cierto, ¡Marie podría haberse quedado en Alemania!

Por supuesto, Ernst sabía el efecto que provocaría esa noticia. Miró a Paul con una mezcla de ironía y compasión, y por lo visto se propuso mitigar el golpe con una pequeña charla.

—Entre nosotros, te entiendo perfectamente, Paul. No es

fácil divorciarse de una mujer como Marie. Aunque sea judía, debo confesar que siempre le he tenido mucha simpatía...

Paul aguantó el discurso en silencio. Ernst había sentido más que simpatía por Marie, lo sabía muy bien. Si en su momento Paul no hubiera regresado de la guerra, Marie se habría visto en apuros porque Ernst consiguió colarse en la dirección de la fábrica y que su mujer dependiera de él. De hecho, su «amigo» Ernst von Klippstein siempre había tenido debilidad por las mujeres de la villa de las telas. También en su día había rondado a Kitty, y al final logró casarse con Tilly, a la que hizo muy infeliz.

—La decisión de tu mujer de emigrar a Nueva York fue inteligente —prosiguió Ernst con una sonrisa, y bebió un sorbo de café—. Me hubiera entristecido verla con la estrella de David amarilla.

Por desgracia, era cierto. Desde el 1 de septiembre del año anterior los judíos tenían que llevar por decreto una estrella de David amarilla cosida en la ropa. Si veían a alguien en público sin ese distintivo, le imponían un severo castigo.

—Por cierto —siguió hablando Ernst—, ese Marek que trabaja en tu casa de jardinero también es judío, ¿verdad? Debería llevar la estrella cuando trabaje en el parque, los visitantes de la villa deberían saber que allí trabaja un judío para poder alejarse de él. ¿Lo has registrado como corresponde?

Paul no había registrado a Marek, tenía la esperanza de que burlara la red de la Gestapo. Sin embargo, como se temía Lisa, Ernst von Klippstein no lo pasaría por alto. Esta vez no se le podía atribuir a Gertie porque desde que se había mudado a la casa de Steingasse ya no aparecía por la villa.

—Esa es mi intención —intentó excusarse—. Hasta ahora solo estaba de prueba. No estudió jardinería, así que no sé si podremos mantenerlo.

—Aun así, tienes que registrarlo lo antes posible —le recomendó Ernst—. Bueno, ahora en invierno hay poco trabajo en el parque, podrías enviárnoslo. Gertie ya ha preguntado varias veces por los cuadros para las paredes...

Paul aguzó el oído. ¿De verdad Ernst pensaba contratar a un judío en su casa? Con su posición, no estaba exento de peligro. Sin embargo, en todo lo que afectara a Gertie, Ernst mostraba una indulgencia inusual. Aun así, Paul debía ser prudente, sobre todo por el bien de Marek, pero también por el suyo propio. Ernst podría tener intención de presionarlo con el jardinero judío.

—Le daré el recado —dijo con naturalidad—. Aunque hay que cavar un estanque extintor en el parque en cuanto el suelo deje de estar helado. Entonces Marek tendrá trabajo.

En efecto, el ayuntamiento le había dado esa instrucción, se alegró de recordarla en ese momento.

—Bueno, hasta entonces quedan unos días, quizá semanas —argumentó Ernst—. Entretanto puede venir a casa con calma y hablar de los dibujos con Gertie...

—Claro...

Ernst miró el reloj de pulsera y llamó a la secretaria.

—¿Ha llegado el señor Stromberger? —preguntó a Hilde Haller.

—Está esperando en la antesala.

—Bien. Dígale que ahora vamos, puede quedarse con el abrigo puesto.

Se volvió hacia Paul y le explicó que se trataba del director provisional de la fábrica, enviado por la Cámara de Comercio del Reich y que ese día asumía su cargo.

—Por supuesto, yo echaré una mano —añadió con una sonrisa benévola—. Wilhelm Stromberger es un hombre capaz y de absoluta confianza. En ese sentido puedes confiar en mí, Paul.

A Paul no le cabía ninguna duda. Así que unos minutos después tendría que ceder la dirección de su fábrica y ponerla en manos de ese hombre. El golpe estaba bien preparado.

—¿Me van a seguir necesitando en mi fábrica? —preguntó con ironía—. ¿O ya has dispuesto que a partir de ahora esté desempleado?

Ernst, que ya se había levantado y se dirigía a la puerta, se giró hacia él.

—¿Cómo se te ocurre semejante idea, Paul? —repuso en tono de reproche—. Stromberger valora mucho que la colaboración sea estrecha, y yo también pasaré por aquí a menudo, siempre que tenga tiempo.

—Eso me tranquiliza mucho —comentó Paul con sarcasmo.

Imaginaba cómo sería esa colaboración. Desde ese día solo recibiría órdenes en su propia fábrica. Aun así, podía intentar evitar lo peor influyendo en ese tal Stromberger.

En la antesala, Wilhelm Stromberger conversaba animadamente con Henny. Era un tipo más bien anodino, de estatura mediana, ágil, con el pelo rubio bien corto y la coronilla despejada, los rasgos de su cara transmitían más capacidad de trabajo que inteligencia. Paul observó que el encanto de Henny ya había surtido efecto; el hombre sonreía, y en sus ojos se veía ese brillo peculiar que a su sobrina le gustaba provocar en el género masculino cuando le convenía. Sin embargo, en cuanto vio salir a Ernst von Klippstein y a Paul del despacho esa expresión desapareció del semblante de Stromberger, y levantó el brazo derecho.

—*Heil Hitler!*

—*Heil Hitler*, querido —contestó Ernst, jovial pero con la actitud de un superior—. Vamos. ¡Mi abrigo y mi sombrero, señorita Haller!

Hilde Haller había ayudado primero a Paul con el abrigo y notó un momento su mano en el hombro como si quisiera animarle. Le sentó bien.

Durante la ronda, Henny debía hacer constar en acta las decisiones de los señores, y lo hizo sin rechistar. Era necesario recoger los telares y dejar espacio para los bancos de los talleres y las máquinas. Se volvería a montar la cantina, prepararían un almuerzo para los trabajadores; además, podrían comprar bebidas y dulces. Lo que anunciaron a continuación hizo que Paul aguzara los oídos, horrorizado. Henny también se quedó parada con el lápiz en la mano.

—Aquí hay que abrir una puerta para controlar mejor a la gente —aclaró Ernst von Klippstein, señalando el muro que separaba la fábrica de unos prados.

Iban a construir barracas detrás de la fábrica. Messerschmitt iba a llevar a cabo las tareas con trabajadores extranjeros.

15

Abril de 1941

Mi querida esposa:

Fue una alegría recibir tu carta. Me va bien, el trabajo es exigente, pero tenemos suficiente para comer. Pienso mucho en vosotros y en nuestros años juntos. Me tranquiliza que salgas adelante sin mí y que te ocupes de la educación de nuestros hijos.

Admiro mucho tu ánimo y energía.

Permíteme que, pese a todo, guarde tu amor en lo más profundo de mi corazón. No puedo evitarlo.

SEBASTIAN

¡Al final lo había conseguido! Con dos frases cortas había roto la gruesa capa de hielo que le había ido cubriendo el ánimo durante los últimos años y que creía inquebrantable. Y ahora ahí estaba ella, sentada en su sofá, llorando a mares.

«Permíteme que, pese a todo, guarde tu amor en lo más profundo de mi corazón. No puedo evitarlo».

En realidad, Lisa quiso quemar la carta sin abrirla. ¿Qué la había impulsado a escribirle? ¿Incluso a enviarle un paquete? Sí, fue esa noche horrible del bombardeo, cuando la atenazó un miedo atroz, de repente desapareció toda la rabia y sintió una añoranza desmesurada por él. Más tarde se arrepintió de haberse comportado como una boba sentimental, pero para entonces ya estaban enviados la carta y el paquete. Dios mío, qué vergüenza recibir en la villa de las telas una carta del campo de concentración de Dachau. Por supuesto, el cartero lo había visto y lo iría contando por todas partes. El personal también estaría al corriente porque Humbert repartía el correo en la casa. Sin duda era un sirviente discreto, le había entregado la carta en persona sin hacer ningún comentario, pero en la cocina seguro que no se callaría. Ojalá los niños no se enteraran de nada, tenía que decirle a Humbert que jamás le entregara ese tipo de correo delante de los niños.

«Ya no habrá más cartas de Dachau. Me limitaré a no contestar, y así él tampoco me escribirá más», pensó cuando recobró la compostura. En general parecía que no le iba nada mal, tenía comida suficiente y el trabajo era asumible. Eso era lo que más la sorprendía, porque no le tenía por un hombre fuerte, las anteriores estancias en prisión lo habían afectado mucho. Sin embargo, por lo visto su cuerpo tenía unas reservas impensables.

«¿Y si no es cierto?», se dijo. Seguro que controlaban sus cartas, ¿cómo iba a contarle cómo estaba de verdad? ¿Y si en realidad estaba muy enfermo? ¿Al borde de la muerte? Volvió a leer los dos últimos renglones y las lágrimas rodaron de nuevo.

«Permíteme que, pese a todo, guarde tu amor en lo más profundo de mi corazón. No puedo evitarlo».

Aún le quería. ¿Cómo iba a ser tan cruel y no contestar a esa carta? Él la quería y… ella también sentía que aún no había terminado todo entre ellos.

Se limpió la nariz y buscó el papel de carta. Estaba en el cajón de la cómoda, debajo de un montón de correspondencia que quería clasificar desde hacía tiempo. Respiró hondo y se sentó de nuevo a la mesa, cogió la pluma estilográfica y escribió lo que le salió del alma.

Querido Sebastian:

Tu carta me ha conmovido hasta las lágrimas. Creía que te había expulsado de mi vida y de mi corazón, pero te confieso con toda sinceridad que no es así. Sigues formando parte de mí y de nuestros hijos, y por eso he decidido continuar con esta correspondencia. Es triste que tengas que estar en el campo de Dachau, donde seguro no llevas una vida fácil, pero aun así, en mi fuero interno, espero que un día vuelvas con nosotros…

Tuvo que parar porque alguien llamó a la puerta.

—Señora, disculpe las molestias. Vengo a por el plan semanal.

Era Liesl, la segunda cocinera. Hacía un tiempo que se turnaba con Fanny Brunnenmayer para recibir el menú de la semana porque a esta cada vez le costaba más subir la escalera. Lisa suspiró con un gesto de irritación; no disponía ni siquiera de diez minutos de tranquilidad para escribir una carta de amor importante. Sentía esa casa como una pesada carga que le quitaba el aire para respirar.

—Pasa —ordenó, y le dio la vuelta al bloc de hojas para que la mirada aguda de la criada no captara cosas que no le incumbían.

¡Por el amor de Dios! La chica tenía los ojos rojos de haber llorado, esperaba que no le pasara nada a la pequeña, era una niñita adorable y muy tierna.

—¿Liesl? —preguntó con empatía—. ¿Va todo bien? Pareces un poco afligida.

—No, no —contestó con valentía, al tiempo que se secaba

los ojos con el dorso de la mano—. Todo va bien. Solo es que me he llevado un susto de muerte cuando he recibido la carta del hospital de campaña.

¡Siempre esas cartas! Igual que en la Gran Guerra, entonces también vivían solo de las cartas, y muchas habían provocado un gran sufrimiento y lágrimas.

—¿Christian está en un hospital de campaña? —preguntó angustiada—. Espero que no sea grave.

Lo que les faltaba. Un jardinero con un solo brazo o medio cojo no les servía de mucho.

—En la carta dice que se recuperará pronto, que no me preocupe —le informó Liesl—. Yo querría visitarlo, pero está muy lejos. Al lado de Dresde. Recibió un disparo en el muslo, pero por suerte no afectó a los huesos y la herida está mejorando.

—Bueno, ¡gracias a Dios! —exclamó Lisa—. Entonces ha sido una suerte dentro de la desgracia, ¿verdad?

Liesl asintió y agachó la cabeza porque se le volvían a saltar las lágrimas.

—Le van a dar un permiso hasta que se recupere —sollozó, y buscó un pañuelo en el delantal—. Pero se lo juro, señora, yo no estaré tranquila hasta no lo tenga delante vivito y coleando.

—Lo entiendo perfectamente, Liesl —suspiró Lisa.

La chica no era consciente de lo contenta que podía estar de tener pronto a su lado a su amor, aunque fuera herido. Ella, en cambio, quizá no volviera a ver a Sebastian en mucho tiempo. Tal vez nunca más…

Se recompuso. Como señora de la casa no podía dejarse llevar por sus sentimientos en presencia del servicio. Ya lloraría más tarde, cuando estuviera sola.

—He preparado el menú para la semana —anunció, y se levantó para ir a la cómoda a buscar el libro de la casa—. Por desgracia no hay muchos cambios: si a la señora Brunnenmayer se le ocurriera una receta secreta con patatas, zanahorias y cebolla, sería de gran ayuda. Aquí tienes las cartillas de racionamiento para la semana que viene, para que podáis comprar. Y el dinero.

Liesl se secó la cara y cogió el sobre y el menú, junto con los cartones de colores para las raciones de carne, harina, mantequilla, queso y otros alimentos. Sin esas cartillas, que regulaban con precisión la cantidad a entregar por persona, no se conseguía nada en las tiendas. Como mucho que alguna vez te dieran algo bajo el mostrador si eras un cliente especial. Pero eso solo si no había nadie más en la tienda, y se pagaba muy caro.

—¿Algo más? —preguntó Lisa, que quería retomar lo antes posible la carta que había empezado.

—Eso es todo —contestó Liesl, que se guardó el sobre en el bolsillo del delantal—. Por favor, no me tenga en cuenta que esté tan alterada. Es por Annemarie. Quiere tanto a su papá…

—Es natural, Liesl.

Cuando la chica cerró la puerta, Lisa regresó a su carta y leyó por encima lo que había escrito. ¿No era demasiado sentimental? Al fin y al cabo, él no había dado señales de vida en todo ese tiempo…

—Disculpe, señora… —Ahora era Hanna la que se asomaba a la puerta.

—¿Qué pasa, Hanna? —preguntó Lisa enojada, y volvió a dejar la pluma.

Hanna llevaba escrito en la cara que tenía un mensaje desagradable.

—Me envía su señora madre. Dice que vaya a verla enseguida, que se trata de un asunto grave.

—Gracias, Hanna. Dígale que ahora mismo voy.

¡Otra vez su madre con sus locuras! Lisa decidió hacerla esperar esta vez, tenía una carta importante que escribir. Agarró la estilográfica con ímpetu, añadió unas frases y volvieron a llamar a la puerta. En esta ocasión era Auguste.

—Disculpe, señora. Su señora madre…

—¡Ya voy!

Furiosa, dejó la estilográfica en la mesa y se levantó. ¿Por qué tenía que ocuparse ella de todo? ¿No podía encargarse Hanna si su madre echaba algo en falta? Unos días atrás buscaba el reloj de bolsillo de su padre porque se le había olvidado que se lo regaló a Leo.

Alicia Melzer estaba en bata en su habitación, de brazos cruzados, y miraba enfadada a su cuñada Elvira, que intentaba convencerla de algo sentada en una butaca.

—¿Cómo se le puede ocurrir semejante idea a una persona normal, Alicia? ¡A veces me pregunto si estás en tus cabales!

—Si te refieres a que ya no me funciona la cabeza, Elvira… Por fin has llegado, Lisa. Imagínate, Elvira opina que ya no estoy en mis cabales.

—Pero qué cosas dices, mamá —dijo Lisa para apaciguarla—. Todo el mundo puede tener pequeñas confusiones. ¿Qué os pasa hoy?

La tía Elvira miró furiosa a Lisa. Oh, no, esta vez habían discutido de verdad.

—Tu madre quiere celebrar el noventa aniversario del nacimiento de tu padre a lo grande. Con un banquete al que estarían invitados todos los socios comerciales y numerosas personalidades de Augsburgo.

Lisa se quedó sin habla. Su madre había tramado muchas locuras, pero eso era el colmo. Justo ahora que les habían quitado la fábrica y el pobre Paul tenía que lidiar con ese tal Stromberger.

—Por supuesto, habrá cerveza gratis y un tentempié para los trabajadores de la fábrica y los empleados de las oficinas —añadió su madre, testaruda—. Y creo que los trabajadores también deberían recibir una pequeña gratificación, la ocasión lo merece.

Lisa cruzó una mirada de horror con la tía Elvira, que estaba al corriente de lo que sucedía en la fábrica. Luego respiró hondo para quitarle la idea de la cabeza a su madre con todo el tacto posible.

—Pero, querida mamá, seguro que a papá le haría mucha ilusión esta celebración si…

—Ya sé que está muerto —la interrumpió Alicia—. No me trates como si estuviera senil, Lisa. Pensaba en un acto conmemorativo.

Lisa no sabía si reír o gritar. ¡Un acto conmemorativo en honor del fundador de la empresa, Johann Melzer! Mientras en las naves que él había construido había trabajadores extranjeros que fabricaban piezas de aviones para Messerschmitt.

Entonces se le ocurrió la idea salvadora.

—Es una idea fantástica, mamá, pero en realidad mi querido padre no cumpliría noventa años hasta el año que viene…

—¡Nunca es demasiado pronto para empezar a preparar ese tipo de celebraciones, Lisa!

—En eso tienes toda la razón, mamá. Creo que deberías hacer una lista de invitados, luego la repasamos juntas y pensamos la disposición de las mesas.

Fueron las palabras adecuadas en el momento justo. Los ojos de Alicia Melzer adquirieron un brillo triunfal, se volvió hacia su cuñada y le dijo:

—¿Ves, Elvira? Mi Lisa aborda las cosas con sensatez. ¡Así se organiza un banquete!

Elvira hizo un gesto de desesperación con la cabeza, pero no la contradijo porque entendió que era lo más inteligente. Miró a Lisa agradecida y esbozó una media sonrisa.

—Si algún día acabo viendo ratones verdes con las patas rosas, Lisa, ya sabes por qué —comentó con sarcasmo.

Lisa le puso una mano en el hombro, comprensiva, y se fue. En el pasillo abordó a Auguste y le dijo que llevara una tacita de infusión de menta a las dos señoras. Luego se dirigió al anexo a toda prisa.

Cuando abrió la puerta del salón se llevó un buen susto. En el sofá estaba su hija Charlotte con las piernas cruzadas y en las manos tenía… la carta de Sebastian.

—¿Qué haces tú aquí? —susurró Lisa—. Pensaba que estabas en el colegio.

—Me duele la garganta, me han enviado a casa.

Charlotte tenía la cara ardiendo de la rabia. Alzó la vista hacia su madre, le brillaban los ojos, y le dio la carta de Dachau.

—¡Es una carta de papá! Por fin sé dónde está. ¡En Dachau! ¡Eso no está nada lejos!

Lisa tuvo que sentarse en una butaca. Dios mío, no podría haber ocurrido nada peor. ¿Por qué no le había dado la vuelta al bloc y había escondido la carta debajo? Era culpa de su madre, de su obstinación y sus locuras. Si no la hubiera llamado con tanto apremio…

—¡Mamá, quiero hacerle una visita a papá!

¡Ahí estaba! Por supuesto, era lo primero que se le había ocurrido a la niña ahora que sabía dónde estaba Sebastian.

—Por desgracia, eso no es posible, Charlotte. Papá está en… en un campamento. Ahí no se puede visitar a nadie.

—Está en el campo de castigo de Dachau. Donde acaban los delincuentes y los judíos. Ya lo sé, mamá —le aclaró su hija de doce años con el semblante serio—. Pero se puede visitar a la gente que está en la cárcel.

Es increíble lo que enseñaban a los niños en el colegio. Conocía los campos de concentración, puede que incluso le pareciera bien que se metiera a la gente en campos de castigo.

—Pero no a los que están en los campos —aclaró—. Ahí no puede entrar nadie.

Charlotte hizo un gesto de insatisfacción, luego su expresión se volvió terca. Como hacía cuando algo no le convenía. Por lo visto su hija se había propuesto darse siempre golpes contra la pared.

—Aun así, quiero ir —anunció—. A lo mejor me dejan entrar cuando les explique que Sebastian es mi padre. O puedo verlo de lejos y saludarlo.

—¡Lo siento, Charlotte! —se lamentó Lisa—. Nadie puede visitar a un familiar. Te mandarían a casa enseguida. Tampoco puedes ver a papá de lejos porque el campo está rodeado de un muro alto.

—¿Como un castillo?

—Sí, como un castillo. Con torres de vigilancia. ¿No has visto las fotografías de los periódicos?

—Sí...

La niña agachó la cabeza, pero aún no se daba por vencida.

—Pero sí se les puede escribir. Tú estabas escribiendo a papá, lo he leído.

—Sí, le escribía una carta —admitió Lisa—. Además, puede recibir paquetes.

—Entonces yo también le escribiré —anunció Charlotte—. Y le enviaré algo.

Lisa suspiró. Por lo menos había renunciado al plan demencial de ir a visitar a su padre en Dachau. En el fondo era una chica lista, solo que muy testaruda.

—Eso sí puedes hacerlo, Charlotte. Pero, por favor, me gustaría leer tu carta antes de que la enviemos.

—¿Por qué? —preguntó a la defensiva.

Lisa tuvo que contenerse, era importante mantener la calma.

—Porque bajo ningún concepto debes escribir algo que pueda darle problemas a papá allí dentro, ¿entiendes?

—¡Entonces yo también quiero leer tus cartas!

¿Por qué el destino le había dado semejante hija?

—Está bien —accedió Lisa a regañadientes—. Pero, por favor, no le cuentes a nadie en el colegio que escribimos cartas a Dachau, Charlotte.

Su hija miró a Lisa con los ojos entornados.

—¿Te crees que soy tonta? Tampoco le diré una palabra a Johannes. Ni a Hanno ni a Kurt. Es nuestro secreto, mamá. Tú tampoco puedes contárselo a nadie.

—¡Trato hecho!

Satisfecha, Charlotte se retiró a su habitación para escribir la carta. Lisa soltó un profundo suspiro. Una preocupación más. Por supuesto, Johannes, Hanno y Kurt pronto se enterarían. El asunto no se mantendría en secreto, seguramente ya lo sabía media ciudad y corría de boca en boca. ¿Por qué había iniciado esa desdichada correspondencia? Ahora encima estaba implicada Charlotte. Si el rumor se extendía en el colegio, su pobre niña tendría más dificultades de las que ya tenía.

Aplazó la respuesta a la carta de Sebastian hasta la noche, ya no estaba de humor para escribir cartas de amor. Aún menos si su hija las iba a leer.

Poco antes del almuerzo Johannes irrumpió en el salón, por supuesto con su uniforme de las Juventudes Hitlerianas y, pese al clima fresco, en pantalones cortos.

—¡El periódico, mamá! ¡Dámelo, rápido! El Führer ha conseguido controlar Yugoslavia. Ahora va contra Grecia. ¡Hurra!

Lisa ni siquiera había abierto el diario de Augsburgo. ¿Para qué? No había más que informes de guerra y mensajes victoriosos. En todas partes se aniquilaba al enemigo, tenían cientos de miles de prisioneros de guerra, las valientes fuerzas aéreas no paraban de bombardear objetivos, los tanques alemanes arrollaban las líneas enemigas. Antes había noticias de la vida cultural de Augsburgo, se podían leer artículos sobre actos religiosos, las costumbres de la comunidad, también cartas interesantes de los lectores y muchos anuncios comerciales. Ahora el periódico era cada vez más fino, como mucho informaban sobre el club de gimnasia, no había más asociaciones, y de la iglesia tampoco decían nada. En cambio, recomendaban con insistencia tapar las ventanas por la noche, andarse con cuidado con los espías y no desperdiciar alimentos. Y que las mujeres alemanas dieran a luz a la mayor cantidad posible de niños. Y una se preguntaba: ¿de quién? La mayoría de los hombres estaban en el frente.

El almuerzo volvió a ser desagradable. Su madre se quejó de la sopa, demasiado «pastosa» para su gusto, y exigió un caldo de ternera. Humbert, ya acostumbrado a ese tipo de críticas, prometió con diligencia que daría el recado en la cocina. Hanno estaba muy enfadado, le habían puesto mala nota en la redacción de alemán. «Tema inadecuado», le indicaron en letras rojas. Johannes hablaba de las brillantes victorias de la Wehrmacht y de que pronto iría contra Rusia, y dijo que envidiaba a todos los alemanes que luchaban por el Führer.

—Han llamado a filas a Fritz Bliefert —comentó con envidia—. ¡Yo aún tengo que esperar dos años! Pero dentro de poco los miembros de las Juventudes Hitlerianas podremos ir al cañón antiaéreo. Algo es algo. La pena es que ahora mismo no hay aviones enemigos a los que disparar.

—Uy, sí, qué pena más grande —dijo Henny con ironía—. ¿A lo mejor podríais hacer prácticas con el tiro al plato?

Johannes no se dignó a contestar. Solo era una chica, aunque le sacara unos cuantos años.

—Esperemos que siga así, Johannes —dijo Paul con dureza—. La guerra no es un juego para niños a los que les gusta trastear con un arma de tiro.

Johannes se quedó callado con una expresión hostil. Si no estuviera su abuela en la mesa, seguro que le habría contestado. El primogénito de Lisa había crecido unos centímetros durante las últimas semanas, y ahora era tan alto como Paul. La actividad deportiva que tanto se fomentaba en las Juventudes Hitlerianas le había sentado bien, tenía el cuerpo delgado y musculoso; Lisa tuvo que comprar camisas y pantalones marrones nuevos porque los anteriores se le quedaron pequeños. Bueno, por lo menos Hanno podía aprovecharlos.

La conversación en la mesa giraba ahora en torno a la fábrica, Alicia le preguntaba a Paul cómo iban los negocios y su pobre hermano se vio obligado a dar una respuesta amable.

—Todo va normal, mamá. Tenemos mucho que hacer.

—Me alegro, Paul. No, más sopa no, Humbert. Tomaré una copa de vino con el plato principal…

—¿Qué tipo de mujeres viven en las barracas que hay al lado de la fábrica, papá? —preguntó Kurt.

—Son trabajadoras —fue la respuesta lacónica de Paul.

—¿Y por qué viven en esas casetas horribles?

—Son de Polonia y solo pasarán una temporada aquí.

—¿Y luego vuelven a Polonia? —preguntó Kurt.

Johannes no aguantó más. Estaba esperando poder devolvérsela a su tío.

—Solo son judías de mierda —dijo en voz alta.

Por un momento se hizo el silencio. Incluso la abuela se quedó petrificada y miró irritada hacia el otro extremo de la mesa. A Lisa se le paró el corazón, Paul tenía el rostro de color ceniza. Henny fue la primera en serenarse. Se levantó de su sitio con calma, rodeó la mesa y, antes de que Johannes se lo viera venir, le dio una buena bofetada.

—Como vuelvas a decir eso una sola vez más —le amenazó con un brillo furioso en los ojos—, tendrás serios problemas, amigo mío.

A Johannes el repentino ataque lo cogió totalmente por sorpresa, durante un momento se quedó sentado, quieto, con la mirada fija al frente como un bobo. Luego se levantó de un salto con tanta torpeza que el plato de sopa medio lleno y la cuchara acabaron en el suelo.

—¡Vaya asco de familia! —gritó con una furia desesperada—. Mi padre es un cerdo comunista y mi tía es una maldita judía. ¡Estoy acabado con mis compañeros!

Dicho esto, salió corriendo tan deprisa que a punto estuvo de arrollar a Humbert en el pasillo, luego oyeron sus pasos por el vestíbulo y que cerraba la puerta de la casa de un golpe.

—¿Dónde está mi vino? —dijo Alicia para romper el silencio agobiante—. Humbert, ya puede servir el plato principal.

16

Liesl tuvo que armarse de paciencia porque el anunciado permiso de convalecencia de Christian se fue posponiendo una y otra vez. Él le escribió que se habían producido un par de «complicaciones sin importancia». Habían intercambiado incontables cartas, Liesl había empapado de lágrimas muchos pañuelos, y al final nadie en la cocina se atrevía ya a preguntar cuándo llegaría por fin el momento. Entonces, una hermosa tarde, un vehículo militar dejó a Christian delante de la villa de las telas.

En la cocina estaban todos comiendo el guiso, Humbert fue el único que se levantó a mirar quién había pasado por allí en coche, porque Willi ladraba sin cesar. Inmediatamente entró corriendo en la cocina y anunció:

—¡Liesl, ha llegado tu marido!

La muchacha palideció del susto y de alegría al mismo tiempo. Temblorosa, se levantó y se dirigió al portón de entrada, luego se oyó un grito medio ahogado y todos abandonaron sus platos para acercarse a las dos ventanas de la cocina.

—Jesús, pues sí que tenía ganas de verlo —comentó Auguste—. Le va a arrancar los brazos de las muletas al pobre.

Fanny Brunnenmayer fue la última en llegar a la ventana porque las piernas ya no le respondían con la velocidad de antes. Hanna, que había llevado de la mano a la pequeña Annemarie, de cinco años, hizo sitio a la cocinera para que pudiera ver a la pareja felizmente reunida en el patio. Christian necesitaba muletas para sostenerse en pie.

—Todavía le queda mucho para estar recuperado —opinó Marek en voz baja—. Ni siquiera apoya el pie izquierdo.

—Qué pálido está —le dijo Hanna a Humbert en voz baja—. Y qué delgado. El uniforme de la Wehrmacht le sobra por todos los lados.

—La guerra es el infierno en la tierra —murmuró Humbert en tono lúgubre—. Pobre hombre.

—Qué bien que lo haya recuperado —comentó Else, emocionada—. Eso es lo único que importa. Con tanto beso da hasta vergüenza mirar…

Fanny Brunnenmayer solo había echado un vistazo rápido a la pareja y enseguida ordenó con tono enérgico:

—Volved a la mesa. No vamos a mirar embobados algo que no es cosa nuestra.

Todos obedecieron, la cocinera conservaba su autoridad, incluso Humbert se sentó en su sitio y cogió la cuchara. Else fue la única que refunfuñó y dijo que solo tenían curiosidad y que no era nada malo.

—Ponle un plato, Hanna —ordenó la cocinera—. Tendrá hambre.

La pareja no tardó en entrar en la cocina. Liesl con la mirada feliz y el rostro sonrosado, y Christian detrás, apoyado en las muletas. Sonrió apocado cuando todos se levantaron de un salto para saludarlo; para estrecharles la mano tenía que sujetar la muleta bajo el brazo y mantenerse sobre una sola pierna. Finalmente se sentó, Humbert se encargó de su petate y las muletas, y Liesl llevó a Annemarie junto a su padre. La pequeña miró con los ojos muy abiertos y asustados a aquel hombre de rostro delgado y oscuras ojeras, luego se volvió y escondió la cara en el delantal de Liesl.

—Annemarie —dijo Christian con suavidad—, ¿no me reconoces? ¡Pero si soy papá!

La niñita negó con la cabeza y se abrazó todavía más a su madre. Al final Liesl tuvo que coger a su hija de los hombros y girarla para que mirara a su padre, pero la pequeña se le escapó, se agachó y se escondió bajo la mesa.

—¡Qué tonta! —rio Liesl—. Pero ten paciencia, Christian, ya se acordará. Y ahora come y cuéntanos cómo estás. Y cómo es que por fin estás aquí. Venga, dame el plato…

El retornado asintió, pero volvió a mirar bajo la mesa, donde Annemarie se había acurrucado junto al perro. Este no se mostraba nada esquivo, olisqueaba los zapatos de Christian y meneaba la cola contento. Se le oía, porque golpeaba con ella una de las patas de la mesa.

—Estos perros son muy listos —comentó Auguste—. Que aproveche, Christian. Lleva un pedazo de carne ahumada y verduras frescas de la huerta.

Christian no tenía muchas ganas de hablar. Pero a nadie le extrañó, porque antes tampoco era muy parlanchín. Masticó pausadamente, bebió zumo de manzana y solo dijo que se alegraba de haber vuelto.

—He soñado muchas veces que estaba aquí en la cocina con vosotros. Que Fanny Brunnenmayer estaba junto a los fogones y Liesl con la pequeña en brazos. ¡He soñado las cosas más disparatadas!

Humbert comentó que sabía bien a qué se refería. Cuando estuvo en aquel hospital militar en Francia también tuvo sueños de lo más extraños. Como Christian no quiso entrar en detalles, les tocó hablar a los demás. Se enteró de que el vivero no estaba en su mejor momento porque, después de Maxl, también habían llamado a filas a Hansl, y Fritz seguramente correría la misma suerte una vez cumpliera los dieciocho ese mismo año. Riecke, la esposa de Maxl, había tenido que hacerse cargo del negocio ayudada por un trabajador francés, pero no vivía con ella y el niño, sino que se había instalado en el granero.

—Ya se han llevado tres caballos de la señora Elvira, y es probable que pronto se lleven el resto —explicó Auguste—. Fritz está muy preocupado porque los caballos lo son todo para él. Espera que al menos le dejen una yegua y uno de los potros.

Christian escuchaba en silencio e intercambiaba miradas con Liesl, que estaba sentada a su lado y le había apoyado la mano en el brazo. A veces alargaba la mano bajo la mesa para acariciar a Willi y se agachaba un poco para intentar ver a su hija. Pero esta seguía acurrucada en el rincón donde estaba sentada Else y no se atrevía a salir.

—¿Y quién eres tú? —le preguntó a Marek, que apenas había dicho nada.

—Estoy aprendiendo jardinería —respondió Marek, algo cohibido—. Pero me alegro de que estés aquí, porque no se me da muy bien.

—Pues entonces he llegado en el momento justo —dijo Christian con una sonrisa—. La verdad es que estaba preocupado por el parque. Por cierto, habéis cavado un estanque.

—Es una reserva para incendios. Órdenes del ayuntamiento.

Al fondo, por donde estaba sentada Else, asomó la cabecita rubia de Annemarie. Salió de debajo de la mesa despacio y, aún recelosa, clavó la mirada en Christian, la apartó y luego se acercó vacilante a su madre. Liesl la atrajo hacia sí.

—Ven aquí, tontita. ¿Vas a saludar a papá de una vez?

—Sí —asintió la pequeña tendiendo la mano a Christian.

Christian la tomó con mucho cuidado y la soltó enseguida, en cuanto Annemarie tiró de ella.

—Ahora marchaos los tres a la casita del jardinero —dispuso Fanny Brunnenmayer—. Hoy no hace falta que vuelvas, Liesl, tienes el día libre. Y mañana tómatelo con calma, no te necesito hasta que empiece a preparar el almuerzo.

Liesl y Christian le dieron las gracias de corazón, pero en ese momento llamaron a Humbert al vestíbulo porque la señora Winkler había bajado con Charlotte para darle la bienvenida al jardinero. Christian tuvo que responder a las preguntas sobre su pierna, y los empleados aguzaron el oído desde la cocina.

—Ya se está curando, señora. Se había infectado y tuvieron que operarme, por eso ha tardado un poco más.

—Entonces esperemos que pronto esté recuperado, querido señor Torberg. Nos alegramos muchísimo de tenerlo de nuevo con nosotros. Mañana llamaré a mi cuñada, la señora Kortner, para que le eche un vistazo a su pierna. Ahora lo importante es que descanse.

—Muchas gracias, señora...

A la mañana siguiente, Christian y Liesl regresaron temprano a la cocina, Annemarie estaba sentada junto a su padre para desayunar con el resto de los empleados y parloteaba sin cesar. «Gracias a Dios, al menos hay cosas que se van arreglando», pensó Fanny Brunnenmayer. Pero no todo parecía ir sobre ruedas en la pequeña familia Torberg.

—Es que no lo aguanto —dijo Christian con una sonrisa—. Vaguear no es lo mío. Luego daré un paseo por el parque contigo, Marek. Veremos lo que hay que ir haciendo.

Liesl estaba extrañamente callada, lo que no auguraba nada bueno. Pero cuidaba con cariño de su Christian, le acercaba la mermelada y la margarina, y parecía alegrarse de que Annemarie se hubiera relajado y se pegara a su padre como antes. Sin embargo las que más hablaban eran Auguste y Else, que hacían un gran esfuerzo por poner a Christian al día en los asuntos de la villa.

—La señora escribe cartas a Dachau, a su marido, allí lo tienen encerrado…

—Le han quitado la fábrica al pobre señor, ahora es un nazi de esos el que manda, y se construyen piezas de aviones.

—Son trabajadoras forzadas. Judías. Polacas.

—Nuestra querida Dodo ni siquiera vino a casa durante las vacaciones. Lo nunca visto. A saber lo que se está cociendo…

Liesl ya le había contado a Christian que Marek era judío, y también que no debía hablarlo con nadie de fuera. Acabó prometiéndolo tras ciertos titubeos. Ahora, al levantarse y coger las muletas para ir a recorrer el parque, Marek lo miró con escepticismo, pero no dijo nada y lo acompañó despacio.

Auguste, que estaba junto a la ventana y los seguía con la mirada, comentó satisfecha:

—Hoy Marek ha dejado su cuadernito de dibujo en la habitación. Seguro que Christian lo pone a trabajar de lo lindo. Nuestro Christian es todo dedicación.

Tardaron tanto en regresar que al final Annemarie perdió la paciencia y salió al parque con el perro a buscar a su padre. Else y Auguste enseguida empezaron con la limpieza y los encargos de los señores, Humbert revisó el vestuario del señor, y Hanna se dedicó a la colada, porque la señora Winkler había decidido prescindir de la lavandera que antes iba a la villa dos veces por semana. Así que Fanny Brunnenmayer se quedó a solas con Liesl en la cocina, raspando zanahorias y pelando patatas; también había repollo, y el trocito de ternera hervía a fuego lento en el fogón junto con la verdura para la sopa.

—Qué callada estás —comentó la cocinera—. ¿Ya no te alegras de haber recuperado a tu Christian?

—Pues claro que me alegro de que haya vuelto —contestó Liesl—. Pero es que ha cambiado.

—Es la guerra, Liesl. Los hombres viven cosas que se les quedan grabadas, y a veces tardan un tiempo en volver a ser los mismos de antes.

Siguieron trabajando un rato en silencio, Liesl picó las zanahorias y la cocinera peló las últimas patatas de la fuente. Fanny Brunnenmayer pensó en Humbert, que todavía se escondía bajo la mesa cuando tronaba, a pesar de que ya habían pasado más de veinte años desde la Gran Guerra. Algunas de aquellas experiencias también podían cambiar a un hombre para siempre. Pero eso no lo dijo. En cambio preguntó:

—¿Ayer no te contó nada?

Liesl negó con la cabeza.

—Estuvo todo el tiempo jugando con la niña. Luego metimos a Annemarie en la cama, y yo pensé que entonces Christian hablaría conmigo. Pero prefirió irse a dormir, dijo que estaba cansadísimo.

—Debes tener paciencia —le aconsejó la cocinera.

—Y la tengo —suspiró Liesl—. Pero dentro de dos semanas tiene que marcharse de nuevo.

—¿Solo dos semanas? —se extrañó Fanny Brunnenmayer—. No creo que se haya recuperado para entonces. Me da la impresión de que se quedará más tiempo.

—Eso espero yo también —dijo Liesl en voz baja—. Sobre todo ahora que la Wehrmacht va a avanzar hacia Rusia… Ojalá no tenga que ir.

Los ingleses seguían resistiendo tenaces los ataques aéreos alemanes. El alto el fuego ofrecido por Hitler no había sido aceptado. Era culpa de ese tal Winston Churchill, que se había erigido en primer ministro y también ministro de la Guerra en mayo del año anterior. Se decía que fue él quien rechazó el gesto de paz del Führer. Le iba a costar caro. Entretanto, la Wehrmacht seguía avanzando hacia el este y, como de costumbre, la radio, los periódicos y los noticiarios de las salas de cine informaban sin descanso de las grandes victorias y de cómo los soldados del Ejército Rojo de Stalin huían como conejos de los tanques alemanes.

—Ver para creer —murmuró Fanny Brunnenmayer—. Nadie ha conseguido derrotar a Rusia. No lo logró Napoleón ni tampoco el emperador Guillermo II, porque el país es demasiado grande y los inviernos demasiado fríos. Simplemente por eso.

Liesl guardó silencio, pero la cocinera vio por su gesto preocupado que estaba pensando lo mismo, así que cerró el pico para no apesadumbrar aún más a la muchacha.

Efectivamente, con el paso de los días Christian se fue volviendo un poco más hablador y también más alegre. Elogió los arriates floridos de Marek, pidió a Hanna ayuda para rastrillar los senderos y también puso en marcha el cortacésped, aunque como la gasolina estaba tan cara, aquella maravilla venida de Inglaterra no estuvo mucho tiempo en funcionamiento. Durante la comida explicó que quería ampliar el huerto de hortalizas junto con Marek y que todavía estaban a tiempo de plantar y luego recoger lechuga, rabanitos y verduras para sopa. No mencionó la guerra ni una sola vez, solo en una ocasión comentó que Polonia era un país hermoso y fértil en el que había osos, linces y cisnes salvajes. Marek lo confirmó con una sonrisa.

—Christian está como loco con Marek —afirmó Auguste un día que los dos habían vuelto a desaparecer durante horas en el parque—. Y la pequeña siempre va con ellos. Me parece a mí que no trabajan mucho, Annemarie me ha dicho que el tío Marek y papá a menudo se sientan en la hierba a charlar.

Ahora Liesl sí estaba contenta con su Christian. Sobre todo le gustaban los dibujos coloridos que Annemarie pintaba y le regalaba. Muchos eran obra de Marek, escenas con la hierba y las flores pintadas con todo detalle; en otros se veía a Annemarie con su padre revolcándose en la hierba entre risas, y en uno de ellos estaba Christian solo, pensativo y un poco triste. Liesl enseñaba orgullosa los dibujos en la cocina y luego los guardaba en la casita dentro de una carpeta, porque Christian había prometido enmarcarlos y colgarlos.

La pierna, sin embargo, no mejoraba. La señora Kortner, médica de formación, había examinado la herida y no le gustó lo que vio.

—Se ha formado pus porque la trayectoria del proyectil no se limpió ni se desinfectó con esmero —dictaminó—. Por desgracia, la operación no ha cambiado las cosas.

Tuvo que volver a abrir las zonas ya curadas para limpiar la herida; fue un procedimiento doloroso que Christian soportó con buena disposición. Los siguientes días no podía pasear, así que los pasó sentado en la cocina con la pierna vendada apoyada sobre un taburete, ya que no quería quedarse solo en la casita del jardinero.

—La doctora ha dicho que también tengo un nervio dañado —contó—. Por eso la pierna no me obedece del todo. Pero dice que se pasará, que se curará por sí solo en algún momento.

Cuando estaba ya todo fregado después del desayuno de los señores, normalmente se hacía el silencio en la cocina. Ese día Fanny Brunnenmayer estaba a solas con Christian porque Liesl había ido a comprar y se había llevado a Annemarie. Era un cálido día de verano, las moscas zumbaban en las ventanas, en las jardineras florecían geranios rojos y Willi estaba tumbado al sol en el patio. Seguramente pronto regresaría a la cocina tambaleándose por el calor para refrescarse bajo la mesa. Christian miraba por la ventana ensimismado y no parecía tener ganas de hablar, algo que a Fanny Brunnenmayer le vino muy bien porque tenía sueño. Se le cerraron los párpados y se adormiló.

—Así que es verdad —oyó decir a Humbert—. Había oído hablar de ello, pero no podía creerlo.

La cocinera entreabrió los ojos y vio que Humbert había entrado en la cocina y estaba sentado junto a Christian.

—No se puede hablar de ello —dijo este en voz baja—. Y tampoco se debe escribir nada en el correo militar. Pero lo vi con mis propios ojos porque teníamos que vigilarlos. Apiñados en vagones de tren. De esos que no tienen ventanas, ¿sabes?

—¿Y luego?

Christian miró con recelo a Fanny Brunnenmayer, que fingía dormir. Siguió hablando en voz baja, casi en susurros.

—Pero ni se te ocurra contárselo a Marek —le exigió a Humbert.

—Por supuesto que no.

—Hay campos en Polonia. Campos penitenciarios como el de Dachau, pero muy distintos. Peores. Eso lo sé por compañeros que lo han oído. Se dice que los matan. Con gas venenoso.

—¿A todos? —susurró Humbert, consternado.

—Solo a los que no pueden trabajar.

—¿Y… los niños?

Christian tardó un instante en responder. Le resultaba difícil pronunciar esas palabras.

—Los separan de sus madres. No sé muy bien qué hacen con ellos. Y ahora déjalo estar, no me gusta pensar en eso.

—Son unos criminales —murmuró Humbert—. Dios los castigará. Nos castigará a todos…

—Solo pido no tener que volver al frente —dijo Christian—. Que me abran la pierna tres veces más. Que me la corten, no me importa. Solo quiero quedarme aquí…

—¿Y si te escondemos?

La cocinera oyó la risa burlona de Christian.

—Me encontrarían. Con los desertores no tienen miramientos. No quiero hacerles eso a Liesl y a la niña, una muerte tan deshonrosa...

Enmudeció sin terminar la frase.

—Vaya, Marek —dijo Humbert en voz alta—. Otra vez a Steingasse.

Marek había entrado desde el pasillo del servicio y ahora estaba frente a la larga mesa, muy cerca de la silla de la cocinera. Fanny Brunnenmayer fingió despertarse en ese momento de la siestecita y parpadeó levantando la mirada hacia él.

—Ay, lo siento, señora Brunnenmayer —dijo Marek, abochornado—. No me había dado cuenta de que estaba dormida. ¿Podrá perdonarme?

La mujer bostezó y comentó que de todos modos ya era hora de empezar con la comida, que Liesl llegaría enseguida con la compra.

—Me alegro de oír eso —dijo Marek sonriente, y luego miró a Humbert—. ¿Por qué piensas que voy a Steingasse?

—Porque te has puesto una camisa limpia —respondió Humbert.

Marek hizo un gesto de enfado con el brazo. Todos sabían que no le gustaba nada ir a aquella casa que pertenecía a Ernst von Klippstein. Pero el señor se lo había pedido y Marek sabía que ponía a su patrón en una posición incómoda si se negaba. El encargo parecía avanzar despacio, ya llevaban varios meses de trabajo. Hacía poco la señora Von Klippstein se había quejado de que el artista olía a sudor y le había comprado a Marek dos flamantes camisas.

—Volveré a última hora de la tarde —le dijo Marek a Christian, y se despidió de Humbert y de la cocinera con la cabeza—. Hoy toca el cuarto de los niños. La muy loca quiere un paisaje africano.

Salió al patio y siguió por el camino de entrada porque se dirigía a la parada del tranvía de la Haagstrasse. Había dejado a Humbert y a la cocinera levemente estupefactos.

—¿Cuarto de los niños? —preguntó Fanny Brunnenmayer—. ¿Gertie está preparando un cuarto para los niños?

—Quizá... —empezó a decir Humbert, luego carraspeó—. Quizá quieran adoptar.

—Es posible —respondió la cocinera.

Christian no había oído nada, miraba hacia el patio, donde justo en ese momento vio a Marek girar hacia la carretera.

—No lleva estrella —dijo en tono casi inaudible—. En teoría debería llevar la estrella judía, ¿no?

17

Todavía dolía. Cuando Leo veía entre el gentío de las calles de Nueva York a alguna chica de pelo oscuro, delicada y con abrigo rojo, sentía una punzada en el pecho. No, no era ella. No podía ser Richy, porque amigos suyos le habían dicho que se había marchado de la ciudad. Se había mudado a Los Ángeles, seguramente para probar suerte en Hollywood. No había vuelto a saber nada de ella, ni cartas, ni postales, tampoco le había llamado por teléfono. Era probable que ya tuviera otro novio, alguien con contactos en el cine y el teatro, alguien que le permitiera avanzar. Leo ya no sentía ira, le deseaba que alcanzara el éxito que perseguía sin concesiones, que siguiera su camino y fuera feliz. Sin embargo la decepción seguía ahí, le pesaba en el pecho y no desaparecía, y fluía hacia su música.

—Oye, esto que has compuesto es muy bueno —le había dicho hacía poco uno de sus clientes—. No sé por qué, pero conmueve. Es dulce y amargo al mismo tiempo. ¿Tienes más?

—Sí —había respondido—. Dime qué quieres y te lo escribo.

Había conseguido un nuevo encargo bien pagado, era una obra de teatro con intermedios musicales, él tenía que componer las canciones. No le resultaba especialmente exigente, ahora ese tipo de trabajos los hacía con los ojos cerrados, y a fin de cuentas necesitaba ganar dinero, la vida en Nueva York era cada vez más cara. Con la sinfonía que había compuesto no le había ido tan bien. Se la ofreció a tres orquestas distintas, y la respuesta fue que era demasiado difícil de tocar y que al público no le gustaba mucho ese tipo de música. Eso lo enfurecía porque sin duda había compositores que causaban furor con su música novedosa. George Gershwin o Aaron Copland. O Igor Stravinski. Quizá había empezado con mal pie. O quizá simplemente no era un buen compositor.

—¡Deja de decir esas tonterías! —dijo Walter con un gesto de súplica—. Eso no es verdad y punto, Leo. Eres bueno, de hecho eres el mejor compositor que conozco.

—Solo lo dices porque somos amigos —contestó Leo.

—No, lo digo porque soy músico y distingo la buena música de la mala —insistió Walter.

—Entonces, si tan buena es, ¿por qué nadie quiere tocar mi sinfonía?

—Ten paciencia. El éxito llegará. Lo sé, Leo, tengo un presentimiento…

La fe inquebrantable de Walter en sus capacidades lo animaba, pero no lograba deshacerse de sus inseguridades. De todos modos agradecía tener un amigo como Walter. Últimamente pasaban mucho tiempo juntos, a mediodía se veían en el diminuto apartamento de Walter para comer algo y charlar, o tocaban juntos en la casa de Greenwich, donde Leo seguía viviendo con su madre. Allí tenían sitio y podían tocar tranquilos porque Marie trabajaba todo el día en su atelier, y cuando les entraba el hambre, Walter se ponía a los fogones y elaboraba platos exquisitos.

—Habrías sido un gran cocinero —lo elogió Leo—. ¿Cómo lo haces para que la carne esté tan jugosa? A mí siempre me queda como la suela de un zapato.

—Secreto culinario —contestó Walter sonriendo—. Tú a tus notas, déjame a mí componer la comida.

Siempre cocinaba para tres, de manera que Marie también pudiera cenar con ellos. Walter le tenía un gran respeto, a menudo preguntaba qué tal le iba, y a veces llevaba flores con las que adornar la mesa de la cena para ella.

—Tienes una madre maravillosa, Leo —decía con frecuencia—. Te envidio por ello.

—No me quejo —respondía contento.

La admiración de Walter por Marie era aún mayor desde que ella había rechazado la propuesta de Karl Friedländer de mudarse a su edificio. Lo había hecho con amabilidad, le había expuesto sus argumentos y al mismo tiempo le había asegurado que su amistad le era muy preciada. Que siempre podría contar con ella, pero que de todos modos necesitaba cierta distancia.

—Soy una mujer casada, Karl. Amo a mi esposo y no lo abandoné por voluntad propia. A pesar de que estemos separados y en estos momentos sea difícil mantener el contacto, no quiero transmitirle la sensación de que nuestro matrimonio podría romperse.

Leo no había presenciado la conversación, pero Marie lo había hablado antes con él y le había explicado qué pretendía decirle a Karl Friedländer.

—¿Y crees que lo entenderá? —había preguntado Leo a su madre en tono escéptico.

—Eso espero. Hasta ahora siempre ha actuado de forma muy noble en esta relación, creo yo. Le ofreció su amistad a tu padre e incluso estaba dispuesto a apoyarle en sus negocios. ¿Por qué iba a volverse mezquino de pronto y tomarse a mal mi decisión?

—Bueno, ha hecho un gran esfuerzo para hacerte la oferta. Compró ese edificio expresamente, y la casa en la que vivía hasta ahora está a la venta.

Su madre reconoció que quizá Friedländer había actuado de forma precipitada.

—De todas formas ha sido una buena idea —comentó entonces—. Está a la vuelta de la esquina y, si vive allí, podremos visitarnos mutuamente siempre que queramos.

Leo acabó por encogerse de hombros y desearle suerte a su madre. Puede que estuviera viendo las cosas desde su propia perspectiva masculina y egoísta. Si él estuviera realmente enamorado de una chica, no le bastaría con que viviera a la vuelta de la esquina. La querría muy cerca de él.

Su instinto no le había fallado. Karl Friedländer se tomó muy mal el rechazo de Marie. Escuchó tranquilamente sus argumentos, no la contradijo ni intentó hacerla cambiar de opinión. Cuando ella terminó de explicarse, solo le hizo una pregunta:

—¿Es tu última palabra, Marie?

Ella asintió. Entonces él se puso el abrigo, se caló el sombrero y cogió el bastón. Salió de la casa sin decir nada y ella, con el corazón desbocado, prestó atención a sus pasos. Bajó la escalera muy rápido, sin apoyar el bastón, y hasta que no llegó a la calle no oyó el golpeteo alejándose apresuradamente.

De eso habían pasado seis semanas y desde entonces no se había dejado ver por allí, y tampoco se había pasado por el Atelier de la Moda. Su madre contaba acongojada que había llamado a Karl varias veces, pero que en casa no respondía al teléfono y en el despacho le decían que no estaba.

—No lo entiendo —suspiraba.

Leo no quería hacerse el listo, así que se encogía de hombros. Pero lo entendía perfectamente. Durante años Karl Friedländer se había ido acercando a su madre de forma paciente y astuta. Y ahora que había tomado impulso para el gesto definitivo, había fracasado. Eso tenía que haberle dolido. Leo no estaba seguro de que fuera a recuperarse del golpe.

Por otro lado, estaba más que de acuerdo con la decisión de su madre, de hecho la apoyaba fervientemente, y estaba orgulloso de que no hubiera hecho concesiones. Aunque hubiera encontrado su propio camino y la relación con su padre no fuera precisamente afectuosa, para él era importante que sus padres siguieran juntos a pesar de las adversidades. No sabía muy bien por qué, tenía algo que ver con el concepto de fidelidad, que le parecía esencial en cuestiones amorosas.

Karl Friedländer no se había dejado ver en persona, pero sí le había expresado su ira a Marie de otras maneras. Primero llegó una carta a casa en la que le anunciaba una fuerte subida del alquiler del atelier.

—Es razonable para un local comercial en esta zona —dijo su madre al enseñarle el escrito—. Hasta ahora disfrutaba de condiciones especiales, parece que eso se acabó.

A Leo le pareció que el nuevo alquiler era exagerado. Rozaba el límite del rango habitual de precios de la Quinta Avenida y su madre tendría que hacer malabares para recuperar el gasto.

—El negocio sigue yendo bien —añadió confiada—. El cuello de botella soy yo misma. No hago más que trabajar, pero no quiero dejar el diseño de los trajes en manos de una empleada.

—¿Eso no es un poco… anticuado, mamá? ¿No merecería la pena contratar a una buena diseñadora?

Negó enérgicamente con la cabeza y replicó que él tampoco dejaría que otro músico escribiera sus composiciones. Visto así, tenía razón.

Sin embargo las reclamaciones de Karl Friedländer no terminaron ahí. Emitió facturas por todo tipo de cosas que había comprado para el atelier y que había puesto a su disposición de forma gratuita, o eso pensaba Marie. Iluminación, biombos, mesa y sillas, la caja registradora, varias máquinas de coser y muchos otros objetos.

—¿Qué puedo objetar, Leo? Al fin y al cabo recibí todas estas cosas.

Leo empezaba a albergar una ira justiciera. Si esa persona pretendía arruinar económicamente a su madre, se había equivocado. Él, Leo Melzer, también estaba implicado, y con él no lo tendría tan fácil como con su dócil madre.

—Te las dio en circunstancias muy distintas, mamá. Era inevitable que dieras por hecho que se trataba de donaciones. Y además eran de segunda mano, de ninguna manera puede cobrarte como si fueran nuevas.

Marie reconoció que al menos en eso último tenía razón.

—Deberías escribirle una carta explicándole todo esto. Si aun así no se retracta, contrataremos abogados.

—¡Leo! —replicó—. Me resultaría muy incómodo. No olvides que Karl nos ha ayudado mucho. De no ser por él, seguramente seguiríamos viviendo en aquel horrible apartamento de Washington Heights.

—Lo dudo mucho, mamá. Habríamos salido adelante sin él. Puede que no tan rápido, pero lo habríamos conseguido.

A esas alturas Leo estaba realmente furioso. ¡Menudo cabrón! Primero les tendía la mano, los ayudaba a salir adelante y, cuando su madre se negó a satisfacer sus deseos personales, volvía a empujarlos al abismo económico. No, no todo tenía un precio, y su madre mucho menos.

—¡Si tú no le escribes, mamá, lo haré yo!

—Leo, por favor, ¡ya me encargo yo de esto!

A su amigo Walter le indignó aún más la situación. Nunca había soportado a Karl Friedländer y desde el principio le sorprendió la ingenua confianza que depositaba la madre de Leo en aquel hombre.

—Si necesita un mensajero o cualquier otro tipo de ayuda en el atelier, señora Melzer, cuente conmigo —le dijo Walter.

El ofrecimiento conmovió a Marie, que prometió que le tomaría la palabra cuando llegara la ocasión.

Ya había comenzado la época navideña, que en Estados Unidos se celebraba con mucha alegría y muy poco recogimiento, cuando se enteraron de que el edificio al que Karl Friedländer había querido mudarse con la madre de Leo estaba de nuevo en venta.

—Ahora sí que se acabó —dijo Marie con tristeza—. Qué lástima haber perdido esta amistad. Y tienes que reconocer, Leo, que al final sí que ha sido honesto.

—No le ha quedado más remedio —afirmó Leo, satisfecho.

En respuesta a su carta, Karl Friedländer había renunciado a sus reclamaciones. Lo único que mantuvo fue el elevado alquiler.

Y entonces, el 7 de diciembre, todo cambió de golpe. Un grito de rabia recorrió la nación entera: los japoneses habían atacado por sorpresa Pearl Harbor, la base naval estadounidense en Hawái, y habían hundido o dañado numerosos buques. Al parecer, el ataque sorpresa había sido cuidadosamente planeado, la declaración oficial de guerra de los japoneses llegó a la Casa Blanca tan solo media hora después de que comenzara la ofensiva. El balance de los dos bombardeos era escalofriante: más de dos mil cuatrocientos estadounidenses asesinados, ocho acorazados destruidos o gravemente dañados, más de trescientos aviones perdidos. Por suerte, los tres grandes portaaviones se habían salvado del desastre porque estaban en alta mar.

Las noticias se fueron solapando; al día siguiente del humillante ataque, el presidente Roosevelt declaró la guerra a Japón; los británicos, liderados por Churchill, se le unieron. Hitler no se quedó de brazos cruzados y declaró la guerra a Estados Unidos, seguido por Mussolini, su aliado italiano.

Leo experimentó una montaña rusa de emociones, debatiéndose entre el horror por los trágicos acontecimientos y el alivio por que Estados Unidos por fin se hubiera unido activamente a la lucha contra la Alemania de Hitler y sus aliados. El país bullía de rabia y estaba listo para el combate, se veían carteles con un soldado estadounidense blandiendo el puño sobre una imagen de la flota hundiéndose. VENGAR PEARL HARBOR!, decía. Y debajo: ¡NUESTRAS BALAS LO HARÁN!

Por las noches se reunían los tres en casa y debatían intensamente, discutían posibles escenarios, fluctuaban entre la esperanza renovada por el fin del dominio nazi en su patria alemana y la preocupación por que la guerra alcanzara al continente americano.

—¿Qué pretenden los estadounidenses? —preguntó Marie, angustiada—. A un lado tienen a los japoneses, y al otro, en Europa, se enfrentan a Alemania junto con los ingleses. ¿Hay alguien en este país preparado para semejante escenario bélico?

—Sobre todo porque después de ese ataque traicionero, nuestra flota ya no está en condiciones —reflexionó Walter.

A Leo le sorprendió que dijera «nuestra flota». Walter era ciudadano estadounidense, pero, a diferencia de Leo, nunca se había sentido americano. De pronto eso había cambiado.

—Todavía tenemos tres portaaviones intactos —comentó Leo—. Y la flota pronto repondrá las pérdidas. Además los británicos están de nuestro lado, saldrá bien. Como en la otra guerra mundial…

Se detuvo al darse cuenta de que con la entrada de Estados Unidos en la guerra europea, esta también se había convertido en mundial. La Segunda Guerra Mundial había comenzado unos días atrás.

—¿No os parece horrible que estemos aquí en Nueva York alegrándonos de que Estados Unidos haya entrado en guerra contra nuestro país? —dijo su madre, preocupada—. Tirarán bombas sobre Alemania. ¡Que el cielo proteja a nuestros seres queridos en Augsburgo!

Walter y Leo enmudecieron. ¿Cuál era realmente su país?

¿Estados Unidos? Sin duda. Sin embargo seguían siendo en gran parte alemanes, no podían negarlo y tampoco querían ocultarlo. Hubo un tiempo en que Alemania era su país, un tiempo vinculado a recuerdos hermosos e intensos. Su niñez. La familia. El colegio. Los amigos. Pero todo eso ya no existía, los nacionalsocialistas habían arrasado su hogar y lo habían revestido de su aspecto feo y criminal. Ya no había sitio para las personas judías en su hogar alemán. Se había extendido la noticia de que los que se habían quedado allí debían coserse una estrella amarilla en la ropa. El símbolo de los infrahumanos y los parias.

—La cuestión no es destruir Alemania —dijo Walter finalmente—. Debemos liberarla. De Hitler y del NSDAP.

—Pero las bombas caen sobre toda la población —replicó Marie—. No solo sobre los nazis, también sobre el resto.

—Dime con quién andas y te diré quién eres —sentenció Walter sin piedad.

Leo no estaba de acuerdo, pero guardó silencio. Walter ya no tenía familia en Alemania, ni tampoco relación con su madre, que se había casado allí, en Estados Unidos. En su caso era distinto.

—Seguramente ahora ya no llegarán las cartas —comentó apesadumbrado—. Hace una eternidad que no tengo noticias de Dodo. La verdad es que estoy preocupado por ella.

El servicio postal se había restringido mucho desde el inicio de la guerra, pero de vez en cuando aún recibían alguna que otra misiva. Sobre todo de la tía Kitty, una escritora de cartas empedernida.

—¿Ha vuelto a escribir papá? —preguntó Leo a su madre.

Ella negó con la cabeza. La última carta que recibió de Paul era de un año atrás. Ella había enviado varias más a Alemania y le había preguntado a Kitty si habían llegado, pero Kitty no lo sabía, porque en esos momentos no podía ponerse en contacto con «su querido Paul», como solía llamarlo.

Leo tenía la fuerte sospecha de que su padre había recibido al menos parte del correo, pero que simplemente no quería contestar. Estaba furioso con él. Su madre se había llevado un buen disgusto con Karl Friedländer por haberse mostrado leal a su esposo en Alemania. ¿Y cómo se lo agradecía su padre? ¡Haciéndose el ofendido!

—He pensado en alistarme voluntariamente —dijo Walter—. Si el enemigo es la Alemania nazi, no quiero quedarme de brazos cruzados.

Leo se quedó tan estupefacto como su madre. ¿Cómo podía ocurrírsele semejante idea precisamente a Walter, que sin duda no tenía madera de militar?

—Espera un poco —le aconsejó Leo—. El ejército de Estados Unidos tiene suficientes buenos soldados y además ahora un montón de jóvenes correrán a alistarse. Al fin y al cabo eres violinista y no tienes experiencia en combate, ¿no?

Walter guardó silencio y movió pensativo los dedos de la mano izquierda. Tenía ese hábito desde aquella vez que a Leo y a él los atacaron una banda de gamberros y él se rompió la muñeca. Pasaron varias semanas torturados por el miedo a que no pudiera volver a utilizar los dedos. Por suerte fue recuperando la movilidad poco a poco y Walter luchó durante meses para reaprender a tocar el violín. Aun así, seguía pensando que, de no ser por ese obstáculo, habría llegado más lejos. Sobre todo porque la mano izquierda seguía dándole problemas.

—Espero que tú no te estés planteando hacer lo mismo, Leo —dijo su madre—. No querrás verte un día frente a Maxl Bliefert o Hansl, tú como soldado estadounidense y ellos en la Wehrmacht, ¿verdad?

—No te preocupes, mamá —respondió con una sonrisa mientras le acariciaba el brazo—. No valgo para soldado. Soy demasiado blando. Y nunca se me ha dado bien obedecer.

—A mí tampoco —comentó Walter—. Pero opino que,

como estadounidenses, es nuestro deber contribuir a la causa.

Sin embargo, los siguientes días dejaron claro que a partir de ese momento había dos clases de estadounidenses: los de origen alemán o japonés y el resto.

Leo lo percibió durante la grabación de una de sus composiciones en la radio. No estaba de acuerdo con la interpretación e intentó explicar a los músicos su modo de ver la obra.

—¡No te hagas el listo, nazi! —le espetó el violonchelista.

—¿Qué me acabas de llamar? —preguntó Leo, consternado.

—Nazi. Eso es lo que eres. ¡Vienes de Alemania!

Le aclaró que había tenido que marcharse de allí porque él y su madre eran judíos. Pero el violonchelista no mostró mucho interés. Fuera judío o no, Leo era alemán, y los alemanes eran nazis.

No sería la última vez que lo insultaran de esa manera. A Walter y a otros conocidos de origen alemán les sucedía lo mismo. Marie también tenía que enfrentarse a ello, de pronto muchas clientas dejaron de frecuentar su atelier, tenía menos encargos, y dos de sus empleadas se marcharon porque no querían trabajar para una nazi.

—Están pagando justos por pecadores —se lamentó Marie a Leo esa noche—. ¿Por qué creen que todos los alemanes son nazis? ¿Acaso emigramos aquí por lo bien que nos iba en la Alemania nazi?

Les resultaba extraño verse de pronto marginados en el país de la libertad, que se había convertido en su nuevo hogar. En Alemania los perseguían por judíos; en Estados Unidos, por alemanes.

Incluso se oían rumores de campos en los que encerraban a los japoneses que residían en el país. Se llevaban incluso a los que eran ciudadanos estadounidenses y los internaban en campos especiales.

Marie había intentado ponerse en contacto con Karl Friedländer para negociar el alquiler de la tienda. Naturalmente estaba dispuesta a pagarlo, solo quería pedirle una reducción del precio temporal en vista de la nueva situación, que sin duda también le estaría afectando a él, asimismo de origen alemán.

Por la noche, cuando Leo volvió a casa de sus agotadores ensayos, se encontró a su madre sentada en la cocina, pálida y preocupada.

—He llamado a la oficina de Karl —le contó—. Me han dicho que no será posible hablar con el señor Friedländer durante un tiempo y me han preguntado si quería hablar con el director, Mr. Bridgewater.

—¿Y bien? —preguntó Leo, y se dejó caer sobre una silla—. No es ninguna novedad, ¿no?

—El tal Bridgewater me ha dicho que han internado a Karl.

Leo por fin lo entendió todo.

—¿También nos están encerrando a los alemanes? —preguntó horrorizado.

—Eso parece, sí. Somos enemigos y podríamos estar espiando.

—Pero… ¡si somos ciudadanos estadounidenses!

—No parece importarles.

Su madre había cerrado el atelier; otros comerciantes de origen alemán también se habían retirado. Hasta entonces a Leo no le había afectado demasiado la situación, tenía muchos buenos amigos que procedían de todos los rincones del mundo. Pero también le habían fallado encargos con los que contaba.

—¿Y qué pasa en esos campos? —le preguntó a su madre.

No estaba segura. Pero si les sucedía a ellos, podrían demostrar que los nazis los habían perseguido por ser judíos y que los habían expulsado del país.

—¿Por qué no ha llegado Walter todavía? —se acordó de pronto Leo—. ¿No nos iba a cocinar esta noche?

—Ha llamado antes —contestó su madre sonriendo—. Se ha entretenido y vendrá un poco más tarde.

Leo se secó la frente y se sintió estúpido. ¿Tenía ya manía persecutoria?

18

Dodo había vuelto a casa con un mal presentimiento. Pero tampoco quiso quedarse en Múnich durante las Navidades porque las habría pasado sola en el apartamento. Johannes, el teólogo, no había regresado, lo habían llamado a filas. Su sitio lo habían ocupado dos estudiantes del primer semestre, Stefan y Georg, que también iban a la Facultad de Tecnología como ella. Ambos le parecían bastante ingenuos, pero al mismo tiempo increíblemente seguros de sí mismos y arrogantes. No parecía entrarles en sus estúpidas cabezas que una chica quisiera ser ingeniera, insistían en creerse el mito de que las mujeres no sabían nada de tecnología.

Había llegado a la villa de las telas el día anterior y lo primero que vio fue el gran abeto del vestíbulo. Al menos en ese sentido las cosas no habían cambiado, la estrella y las bolas rojas y doradas eran las mismas de su infancia. Sin embargo había muchas menos velas que antes en el árbol, y era probable que al día siguiente no se colgaran tantas galletas de jengibre, con lo bien que olían. Pero lo peor era que ese año también tendrían que celebrar la Navidad sin su madre y sin Leo. Seguramente por eso tenía aquella sensación desagradable en el estómago: los días felices en la villa habían quedado atrás.

Su padre le había dado una cariñosa bienvenida, la abrazó efusivamente y no dijo ni una sola palabra sobre el hecho de que ahora él y la tía Elvira se hacían cargo de sus estudios sin ayuda porque, como Estados Unidos era considerado un país enemigo, mamá ya no podía enviarle dinero. Intentaba gastar lo menos posible, pero tuvo que seguir pagando el alquiler de la habitación pese a haber pasado el verano en Regensburg haciendo prácticas en Messerschmitt. Además, ese semestre necesitó comprar varios libros bastante caros, y también abonar la matrícula.

Le pareció que papá tenía un aspecto apesadumbrado. Se esforzaba por parecer risueño y despreocupado, pero no resultaba muy convincente. Se notaba sobre todo cuando intentaba reír, porque se veía que era una risa forzada. No era de extrañar: en la fábrica apenas tenía ya poder de decisión, ahora mandaba un tal Stromberger, un funcionario nazi que no tenía ni idea de dirigir una fábrica. Aunque en realidad la fábrica de telas Melzer ya no era más que una sucursal de la empresa aeronáutica Messerschmitt. Eso le había dicho Henny en una de sus cartas a Regensburg.

La mañana del 24 de diciembre se había organizado una pequeña fiesta de Navidad para los trabajadores de la fábrica, y como Henny estaría allí, le pidió a su padre que la dejara asistir. Este se encogió de hombros y le respondió escuetamente:

—Si te apetece, por mí no hay inconveniente.

Antes, cuando la fábrica aún producía tejidos e hilos bajo su dirección, le habría hecho ilusión que ella mostrara ese interés. Pero ahora parecía resultarle más bien incómodo.

Cuando entró con su padre en la antesala, Henny salió corriendo de su despacho y fue a abrazarla.

—¡Por fin estás aquí, Dodo! —exclamó—. ¡Ay, qué alegría! No nos hemos visto en todo el verano.

—¿Tienes muchas cosas que contarme? —preguntó entre risas Dodo.

—¡Vas a alucinar!

Su padre fue a saludar a las secretarias y luego miró la hora. La fiesta empezaría enseguida.

—¿Nos acompañarán las damas al lugar de la celebración? —invitó Paul a las dos secretarias.

La señorita Haller se puso roja, como siempre que él se dirigía a ella. Se levantó de la silla y fue a ponerse el abrigo, pero la otra, aquella rubia tonta de apellido noble, se quedó sentada y declaró:

—Iremos en cuanto los caballeros del despacho de dirección nos lo indiquen. En estos momentos el señor Stromberger y el señor Von Klippstein siguen reunidos.

Paul no reaccionó nada mal a semejante impertinencia.

—En ese caso, señora Von Lützen —dijo amablemente—, nosotros nos adelantaremos con la señorita Haller y usted ya vendrá después con los caballeros.

Von Lützen abrió los ojos como platos cuando Paul ayudó con elegancia a su compañera Hilde Haller a ponerse el abrigo e incluso le sostuvo la puerta. Ella permaneció en su puesto de la antesala y seguro que luego desacreditaría a la pobre Hilde Haller ante ambos «caballeros».

Lo que habían bautizado como «fiesta de Navidad» se celebraría en la cantina. Habían reunido a las trabajadoras alemanas y a los empleados de la oficina, las mesas estaban decoradas con ramas de abeto y espumillón, había grandes termos de café, que olía a sucedáneo, y delgadas rebanadas de Stollen, el pan alemán dulce, para acompañar. Las trabajadoras polacas no estaban; al parecer tendrían su propia fiesta de Navidad en su barraca. Las vigilaban muy de cerca; por la fábrica rondaban hombres y mujeres con uniforme nazi a los que Dodo no había visto antes. Le llamó la atención que había muchas caras nuevas, algo que seguramente se debía a que la mayoría de los hombres jóvenes estaban en el frente y solo quedaban los mayores. Entre las nuevas incorporaciones había muchas mujeres, que incluso ocupaban puestos en los departamentos de contabilidad y de cálculo. También habían llamado a filas al desagradable portero Knoll, y Dodo no lo lamentaba en absoluto. Ahora custodiaba la entrada una mujer de armas tomar. Se llamaba Erika Pichlmayer, tenía la voz grave de un hombretón y se hacía respetar por toda la plantilla. Pero Henny le dijo al oído que Pichlmayer era buena gente.

Al entrar, el personal ya estaba sentado a las mesas, pero nadie había probado aún el café ni los dulces, tendrían que esperar a que se pronunciaran los discursos navideños de la dirección. Paul Melzer fue recibido con una oleada de solidaridad. Muchos de sus empleados, ya fueran obreras u oficinistas, aplaudieron o golpearon la mesa con las palmas de las manos, y la vajilla tintineó. Paul les hizo a todos un gesto con la cabeza y dio las gracias sonriendo; era evidente que el cariño de su gente le sentaba bien.

—¡Vendrán tiempos mejores, señor director! —exclamó Josef Sauer, su antiguo contable.

Se llevó un codazo disimulado de su vecino de asiento Alfons Dinter, pero él se limitó a mascullar:

—¡Si es verdad, se dice y punto!

El resto, los nuevos y los que habían llegado con Von Klippstein, se quedaron pasmados porque no tenían ni idea de cómo funcionaba antes la fábrica de telas Melzer. Sin duda habían tenido disputas y enfrentamientos por los salarios, también reducciones de jornada o turnos adicionales. Pero el trato siempre había sido humano, no como ahora, que las trabajadoras sufrían los insultos y el acoso de los vigilantes nazis. Y encima trataban a las polacas como si fueran animales.

Hilde Haller buscó un sitio libre por el centro de la sala, Dodo y Henny se sentaron junto a Paul, cerca del atril adornado con ramas de abeto. Durante un rato no pasó nada, la gente hablaba en voz baja, de fondo se oían los villancicos de un disco. Entonces alguien abrió la puerta y entró Wilhelm Stromberger seguido de la secretaria rubia y Ernst von Klippstein. Las conversaciones cesaron, todos miraron expectantes a las tres personas que avanzaban entre los asistentes sin mirar a izquierda ni a derecha. Una vez en la zona delantera, la rubia tonta se sentó al lado de Henny mientras Stromberger y Von Klippstein saludaban a uno de los trabajadores nuevos, que era el responsable del acto. Con un enérgico saludo hitleriano, por supuesto.

Justo después, la secretaria rubia tuvo que dejar el sitio libre porque Von Klippstein se lo reclamó, y fue a sentarse en la segunda fila, azorada y entre disculpas apresuradas. Dodo se permitió esbozar una sonrisa de satisfacción.

—¿Por qué no has entrado en el despacho de dirección, Paul? —preguntó Von Klippstein, que se inclinó hacia él por encima de Henny.

—No quería molestar.

—Tonterías. Hay nuevas instrucciones que también te incumben a ti.

Paul no respondió porque en ese momento se detuvo el tocadiscos y se hizo el silencio. Wilhelm Stromberger carraspeó, se sacó de la chaqueta una hoja de papel arrancada y se situó tras el atril.

—*Heil Hitler!* En estos tiempos convulsos en los que la genialidad del Führer y el impetuoso espíritu bélico de los valientes soldados de nuestra patria alemana logran victoria tras victoria…

Era la grandilocuencia habitual que se oía en todas partes, en la Universidad de Múnich algunas clases también empezaban así, pero por suerte eran pocas. La mayoría de los rostros de los presentes fingían atención, pero otros sí que admiraban radiantes al orador. Estos eran sobre todo los que habían llegado con Von Klippstein, y Neumeier, el encargado de seguridad antiaérea.

Stromberger recibió un aplauso moderado, dobló aliviado el papel, se secó el sudor de la frente y dejó libre el atril. Era el turno de Ernst von Klippstein, que lo hizo mucho mejor. Habló sin llevar nada preparado, elogió a los obreros y a los oficinistas por su infatigable dedicación, les explicó la importancia que tenía la industria del armamento para una Alemania en guerra y, para finalizar, afirmó que el Führer trabajaba día y noche por el bienestar de todos y que por eso había que exigir lo mismo a cada compatriota alemán.

Luego papá también dedicó unas palabras a su gente y recibió un aplauso desmesurado.

—Mis queridos compañeros —dijo mirando la sala llena—. Creo que los oradores anteriores ya han dicho todo lo importante. Así que solo me queda desearles de corazón una feliz fiesta de Navidad.

A continuación se puso otra vez en marcha el tocadiscos, las viejas melodías de los villancicos sonaron por encima de las conversaciones, y todo el mundo se sirvió Stollen y sucedáneo de café con alegría. Hacia el final, Von Klippstein anunció la entrega de un «pequeño obsequio navideño», y Stromberger y la secretaria rubia repartieron bolsas de papel de regalo en las que Dodo supuso que había dulces.

Naturalmente la dirección de la fábrica, en la primera fila, también disfrutó de abundante café y Stollen, y Dodo comprobó que Wilhelm Stromberger observaba con gran atención a su prima Henny y conversaba entusiasmado con ella. Ajá, al parecer se las había ingeniado para asegurarse una buena posición. ¡Chapó, Henriette Bräuer! Seguro que en esos momentos tenía más influencia sobre lo que ocurría en la fábrica que su padre, que escuchaba la perorata de Von Klippstein, se limitaba a hacer escuetas observaciones y bebía un poco de sucedáneo.

Al cabo de media hora la fiesta había terminado, la gente recogió su bolsa de dulces y regresó al trabajo. Ese día estarían hasta las siete, al día siguiente tenían descanso por ser Navidad, y al otro regresarían. La producción de armamento no permitía pausas, en Rusia la Wehrmacht había sitiado Leningrado y estaba a las puertas de Moscú en «modo invierno».

Antes de la comida hubo otra reunión en el despacho de dirección en la que también participó Paul. A Henny no parecía interesarle mucho porque decidió acercarse ya a la villa de las telas con Dodo.

Era un frío día invernal, tuvieron que calarse el gorro hasta las orejas, y los pies se les congelaron pese a llevar calcetines de lana. Al borde de la carretera había nieve sucia y endurecida; el camino que utilizaron para llegar antes a la villa era un estrecho sendero que atravesaba los campos nevados y tenía algunas zonas heladas. Desde allí se veía lo feas que eran las barracas de las trabajadoras polacas, edificios planos de madera con ventanucos y de cuyas chimeneas chatas no salía humo; seguramente no las calentaban hasta que no las llevaban de vuelta de la fábrica.

—¿Podrán volver a casa algún día? —preguntó Dodo.

Henny se encogió de hombros; a juzgar por la cara que puso, aquellas mujeres no tenían buenas perspectivas.

—No se sabe nada —contestó—. Pero me temo que tienen que quedarse mientras puedan seguir trabajando. Son todas jóvenes, muchas no han cumplido los veinte años.

—¿Les pagan?

Henny la miró como si viniera de otro planeta.

—Son polacas —dijo—. Y encima judías. ¿En serio crees que van a pagarles un sueldo?

Dodo se mordió el labio y guardó silencio. ¿Los aviones que ella quería construir seguirían fabricándolos mujeres tan desdichadas como aquellas? No era un pensamiento halagüeño, a cualquiera le quitaría las ganas de seguir estudiando. Decidió cambiar de tema.

—Tienes a Stromberger comiendo de la palma de tu mano, ¿no? —preguntó.

Henny se ajustó la bufanda y volvió a meterse las manos enguantadas en los bolsillos del abrigo.

—No es más que un pelele —explicó con desdén—. Corto de entendederas, pero siempre con el brazo en alto. Cuando Klippi no está, me hace bastante caso porque no tiene ni idea de nada. Pero me temo que Klippi es bastante listo, tengo que tener muchísimo cuidado. Y, además, le tiene manía a las mujeres competentes que quieren meter baza.

Dodo ya se había dado cuenta de eso. En ese sentido, papá también iba un poco atrasado, pero Ernst von Klippstein era un caso perdido.

—Su querida Gertie es, sin duda, la esposa adecuada —comentó con una sonrisa—. Se las da de familiar, finge ser una dulce mujercita, y así consigue todo lo que quiere de él.

Henny se echó a reír, luego le guiñó el ojo a Dodo con malicia.

—¡Está embarazada! —le reveló.

Dodo tuvo que dar un salto ágil porque había resbalado en una zona helada.

—¡No! —exclamó estupefacta—. ¿De quién? No será de Klippi, ¿no?

—Oficialmente sí. Extraoficialmente, yo diría que tiene algo que ver con la organización Lebensborn.

Dodo había oído hablar de ella. Se decía que reunía a mujeres arias dispuestas a parir con hombres arios dispuestos a concebir, con el objeto de traer al mundo nuevas generaciones de arios puros. Luego, parejas o familias fieles al partido adoptaban a esos niños para que crecieran imbuidos del auténtico espíritu alemán.

—Entonces puede que ni siquiera esté embarazada, sino que esté fingiendo —conjeturó Dodo—. Y cuando llegue el momento, pondrán a un bebé Lebensborn en la cuna.

—Si es así, actúa como una auténtica estrella de cine —comentó Henny, escéptica—. Un día que estuvo en la villa, no paró de levantarse para ir a vomitar.

—¿Y qué? ¿Estás segura de que no corría al baño y simplemente hacía ruidos como de náuseas?

—Yo no —contestó Henny—. Pero Hanna dijo que vomitaba de verdad.

—¡Bah, Hanna! —exclamó Dodo con desdén—. Es fácil darle gato por liebre. Si lo hubiera dicho Auguste, me lo creería.

El asunto quedó sin esclarecer. Casi habían llegado al parque de la villa de las telas, que, bajo la nieve, parecía en calma y abandonado. Los prados estaban cubiertos por una capa blanca y los abetos y las coníferas también estaban nevados, pero los árboles de copa ancha del camino de acceso levantaban sus ramas desnudas hacia el cielo como si pidieran a las nubes grises que los liberaran del hielo y el frío.

—¿Y tú qué tal andas? —preguntó Henny.

Dodo le contó que las prácticas en Messerschmitt, en Regensburg, habían sido fantásticas. No solo por haber podido trabajar en la oficina de proyectos, sino también por otros motivos.

—Me dejaron pilotar mi querido Bf 108 —anunció entusiasmada—. Y he podido renovar la licencia de vuelo. Empezaba a tener miedo de que caducara por no haber podido completar las horas de vuelo necesarias.

—¡Genial! —dijo Henny, pero en realidad no parecía alegrarse demasiado, más bien la secundaba por educación—. ¿Y lo demás?

—¿Qué es lo demás?

—Bueno, ya sabes… Tu héroe nervioso…

La sonrisa de Henny le resultó algo ofensiva. Lo de Ditmar era complicado y no podía explicarse con tres simples palabras.

—Lo he visto una o dos veces en la universidad. Ahora lo han llamado a filas y pilota los Bf 109.

—¿Los cazas?

—Eso es.

Las dos guardaron silencio. Se sabía que la Wehrmacht había perdido miles de jóvenes pilotos durante la gran batalla aérea de julio y agosto. Estrellados, quemados, heridos o prisioneros de los ingleses.

El almuerzo empezó con puntualidad, algo que había que agradecerle a la abuela Alicia, que aún reclamaba enérgicamente que se mantuvieran horarios fijos. Paul y Ernst von Klippstein, que llegaron cuando Humbert ya estaba a punto de retirar la sopa, se llevaron una regañina de la anciana.

—Tu padre acostumbraba a sentarse el primero a la mesa, Paul. ¿Quién es ese que traes contigo? ¿No será Klaus von Hagemann, aquel que anduvo detrás de mi hija Kitty?

—Es Ernst von Klippstein, mamá —le susurró la tía Lisa—. Vive en Steingasse, por eso solo nos acompaña a comer de vez en cuando.

—Vaya, vaya, así que en Steingasse. ¿Es dueño de una verdulería?

La tía Lisa carraspeó y miró abochornada a Von Klippstein.

—¿Quieres más sopa, mamá?

—No, gracias, Lisa. Dile a la señora Brunnenmayer que mañana me gustaría un caldo de pollo, tanta cebada me da gases…

«La abuela debería darnos envidia. No se está enterando del triste desarrollo de los acontecimientos y vive en su mundo. Y tampoco parece ser consciente de que cada vez actúa de forma más extraña. Antes jamás habría pronunciado una palabra como "gases" en la mesa», pensó Dodo.

Ernst von Klippstein respondió a las palabras de la anciana con una sonrisa de lástima; seguramente estaba acostumbrado a que ya no lo reconociera. En cambio entabló una animada conversación con Johannes sobre el nuevo enemigo,

Estados Unidos, que a partir de entonces respaldaría a los británicos.

—No les servirá de mucho —afirmó Johannes con arrogancia—. En primer lugar, ya tenemos a los ingleses prácticamente en el saco, y en segundo, los estadounidenses son demasiado débiles y no están bien armados.

Von Klippstein estaba de acuerdo con que Alemania aventajaba a todos los demás países en lo referente a armamento.

—El Führer ha trabajado con determinación durante años para lograrlo —opinó—. Los tanques y los aviones alemanes no tienen rival. Además tenemos el radar y la radio, que permiten que nuestros pilotos disparen con gran precisión. ¿Verdad, señorita Melzer? Seguro que ha oído hablar de ello en la universidad.

—Naturalmente... —respondió Dodo con educación.

¡Cómo se las daba de entendido! Cuando en realidad era algo muy simple. Por la noche, dos estaciones en el continente emitían haces de radio hacia el objetivo. Los bombarderos alemanes seguían uno de los haces y, allí donde se cruzaba con el otro, era donde había que dejar caer las bombas. La batalla aérea sobre Inglaterra llevaba más de un año en marcha, pero todavía no se había logrado doblegar a los británicos para que capitularan. Desde octubre ya no había noticias de la inminente victoria sobre Churchill; la Luftwaffe estaba movilizada en el este. Los bombarderos alemanes ayudarían a conquistar Moscú.

Por suerte, Von Klippstein no tenía intención de entablar con ella una conversación técnica sobre aviones de guerra, sino que abordó el tema de Japón y declaró que los japoneses eran soldados valientes y que era una suerte que Alemania contara con ellos como aliados.

—Aunque no son arios, mira esos ojos que tienen —dijo Johannes con desprecio.

—Maquiavelo decía: «El fin justifica los medios» —respondió Von Klippstein sonriendo.

Como Johannes no tenía la mente muy ágil, tuvo que explicarle el significado de la frase. Dodo miró a Henny en busca de auxilio, pero esta charlaba animadamente con Charlotte. ¡Qué ganas tenía de que terminara aquella comida! Era insoportable.

Después de comer, Henny tuvo que irse a Frauentorstrasse, donde la tía Kitty ya lo tenía todo preparadísimo para la Nochebuena.

—Ha vuelto a invitar a toda clase de artistas sin trabajo —explicó Henny—. Aunque no está nada mal, por lo menos habrá un poco de diversión. Sobre todo porque Robert habrá comprado vino.

—Pues pásatelo muy bien —suspiró Dodo—. Aquí seguro que la noche no será divertida.

—¡Nos vemos mañana, primita! En la misa de Navidad de la catedral.

Seguían yendo a misa, a pesar de que a los nazis les habría gustado acabar con todas las iglesias. Dodo nunca fue una feligresa demasiado devota, pero ahora iba por fastidiar. Subió a su cuarto a deshacer la maleta y luego ayudó a la tía Lisa y a Charlotte a preparar los regalos para el servicio. Era tradición de la casa obsequiar a sus leales empleados la tarde de Nochebuena en el vestíbulo, junto al árbol de Navidad. Después tenían la noche libre y solían reunirse en la cocina para cenar mientras los señores disfrutaban de la bebida y las tablas de embutido, queso y pescado dispuestas en el comedor.

La mayoría de los regalos eran telas que todavía había por allí, zapatos que ya no se usaban, prendas tejidas a mano o pequeños objetos bonitos de la casa de los que se podía prescindir.

—A principios de agosto volvieron a llamar a filas a nuestro Christian —informó la tía Lisa con tristeza—. Y eso que no tenía curada la pierna ni por asomo. Voy a ponerle a la pobre Liesl dos vestiditos más que Charlotte ya no usa y un par de zapatos. Ya no se encuentran por ninguna parte...

Auguste se asomó por la rendija de la puerta y anunció:

—En el vestíbulo hay un joven que desea hablar con la señorita Dorothea Melzer.

—¡Vaya! —exclamó la tía Lisa—. ¿Un pretendiente? ¡Eso no me lo habías contado, Dodo!

—¡No hay nada que contar!

Dodo bajó tan rápido al vestíbulo que la corpulenta Auguste no pudo seguirle el paso. El corazón le latía desbocado. Dios mío, qué cotilla era su tía. Y Auguste era casi peor.

Ditmar la esperaba solo en el vestíbulo. Tenía un aspecto distinto con el uniforme militar; también le había cambiado el rostro, estaba delgado y muy serio. Al verla asomarse a la escalera, sonrió.

—Disculpa que me haya presentado sin avisar —dijo—. Estoy de paso, quiero llegar hoy a casa de mis padres en Ulm.

Dodo bajó y se situó enfrente de él. Estaba claro que la relación se había acabado, pero de todos modos le hacía ilusión verlo. Mucha ilusión.

—¿A Ulm? Pues llegarás muy tarde —comentó devolviéndole la sonrisa.

—Era la única opción. Mi permiso empezaba hoy, y pasado mañana ya tengo que estar de vuelta en Berlín.

—Entiendo...

Hubo una pausa embarazosa. Dodo pensó en algo agradable que decirle, pero no se le ocurrió nada apropiado.

—Tenía ganas de verte, Dodo —dijo él, titubeante—. Sin más, como amigos. Y porque sigues siendo muy importante para mí. Por desgracia lo nuestro no salió bien...

Dodo permaneció en silencio. Ditmar había cambiado. Pero eso no quería decir nada. La había traicionado y le había dado la espalda. Ella no era de las que olvidaban algo así fácilmente.

Él no esperaba respuesta. Tragó saliva y carraspeó.

—Nos mandan a Rusia, ¿sabes? Y quería preguntarte si puedo escribirte.

—Sí, claro —contestó enseguida—. Me… me hará ilusión.

—¿Me responderás?

Dodo había ido mucho más allá de lo que habría querido. Pero era imposible resistirse a la mirada suplicante y esperanzada que acompañaba la pregunta.

—Si es lo que quieres…

—Me encantaría, Dodo —aseguró.

Por un instante creyó que iba a abrazarla. Pero al final le tendió la mano para despedirse y se la sostuvo un rato.

—Tengo que irme. Que te vaya bien, Dodo. Y… ¡gracias!

Volvió a apretarle la mano y luego la soltó, le dedicó una alegre sonrisa y salió apresuradamente.

—Adiós —murmuró Dodo.

19

Febrero de 1942

Querido papá:

Acabo de terminar mi regalo para el cumpleaños de mamá: un pañuelo al que le he bordado un ribete de encaje de hilo. La abuela me ha enseñado, pero ha sido difícil porque cometía fallos todo el rato y tenía que soltarlo todo. La tía Kitty y el tío Robert han venido por la tarde a tomar café, Henny también estaba. A la tía Tilly le tocaba trabajar en el hospital, está triste porque su marido tiene que irse al frente. El tío Jonathan se va con el cuerpo médico a Rusia para tratar a los soldados heridos.

Cuando la tía Tilly trabaja en el hospital, ahora siempre lleva a Edgar a almorzar a casa de la abuela Gertrude. Después de Pascua, Edgar empezará el colegio y tendrá que ir solo a Frauentorstrasse.

Mamá te manda mucho cariño, pronto te escribirá y te enviará un paquete.

¡Ojalá vuelvas pronto!

Te quiere, tu hija

CHARLOTTE

A Sebastian le bailaban las palabras en los ojos porque estaba sufriendo otro golpe de fiebre. Los escalofríos hacían que le castañetearan los dientes, le costó mucho enrollar la carta y meterla en la lata de conserva donde guardaba el correo. Llevaba tres días en la enfermería del campo, pero la fiebre no remitía. Era culpa suya haber empeorado tanto. Creía que su cuerpo se había acostumbrado al trabajo duro, pero a sus cincuenta y cinco años ya no era ningún jovenzuelo. Por eso no se había tomado en serio las primeras señales de pulmonía y, a pesar de la fiebre y el dolor de pecho, no pidió quedarse en la cama porque creía que a lo largo del día se encontraría mejor. Lo habían enviado a la gravera, donde el trabajo era agotador. Al mediodía ya se había dado cuenta de que no era cuestión de fuerza de voluntad, porque la fiebre le debilitaba el cuerpo y le fallaban las piernas. Fracasó en su intento de llegar al barracón de la enfermería. El guardia le dijo que estaba llena y que no necesitaban más farsantes. No le quedó más opción que volver a la cantera de grava con los demás, donde sus compañeros lo escondieron detrás de los sacos, porque para entonces ya no podía ni sujetar la pala. Hacia el final de la tarde, el guardia lo descubrió en su escondite, lo sacó y le dio varios latigazos. Apenas sintió el dolor e incluso logró recorrer parte del camino en fila, pero antes de llegar a la explanada se desplomó y sus compañeros tuvieron que llevarlo a cuestas. En la explanada volvió en sí y logró sostenerse en pie hasta que terminaron el recuento de prisioneros y pudieron volver a los barracones. Para entonces ya ni siquiera tenía fuerzas para avisar de que estaba enfermo, se arrastró hasta el camastro que compartía con otros tres y cayó en un sueño febril, aunque se sentía como anestesiado.

Por la noche tuvo miedo de veras de estar muriéndose. Una debilidad paralizante se apoderó de su cuerpo, le costaba respirar y sentía un escalofrío tras otro. Vio niños en un prado jugando a tirarse balones de colores. Los balones se deshacían en el aire, se convertían en pañuelos al viento que flotaban sobre el prado como una inmensa bandada de pájaros multicolores. Intentó atrapar una de aquellas aves, pero su mano asía el vacío…

—¿Sebastian? —oyó decir al teólogo en medio del delirio.

No estaba seguro de si era un sueño o la realidad, porque ambos se le mezclaban en la cabeza. Abrió la boca e intentó responder, pero la voz no le obedecía, le entró la tos y al toser le dolió el pecho.

—¿Por qué no has avisado de que estabas enfermo, idiota?

—Déjalo, no creo que dure mucho —dijo otra voz.

—¡Pásame su sopa! —ordenó el teólogo, furioso.

Algo metálico le rozó la boca, notó que le entraba un líquido viscoso que le pareció repugnante. Lo escupió.

—Ya lo has visto. No quiere. Dame, yo lo reparto.

—El pan no. ¡Se lo voy a guardar!

—Está en las últimas, ya no necesita pan.

Por fin lo dejaron tranquilo y volvió a sumirse en nuevas escenas febriles, creyó ver a su hija pequeña, pero se convirtió de pronto en un agente de la Gestapo, y revivió el momento en que lo agarraron y lo empujaron al coche de la policía secreta.

—¿Qué pasa? ¿Se lo van a llevar? Jadea como una máquina a vapor. Espero que no sea contagioso.

—Ya no aceptan más gente —dijo el teólogo con voz ronca.

—Yo no duermo ahí arriba con él. No quiero pillar algo.

—Pues cambiamos, me tumbo yo a su lado.

Por la noche alguien le dio de beber a menudo y le enfrió la frente con un trapo húmedo. También oyó el avemaría en murmullos y pensó que sería el teólogo. Por la mañana la fiebre cedió y, con ojos vidriosos, observó a sus compañeros desayunar a la luz deslumbrante de las lámparas del techo. Los cuartos empezaban a estar abarrotados y la mayoría no se relacionaban con los demás, pero había un núcleo de compañeros que se mantenían unidos. El teólogo le llevó café de bellota al catre; otro, que había pertenecido al viejo grupo de resistencia, le habló para animarlo; un tercero mojó pan en el café y se lo acercó a la boca. Antes de la formación, el jefe de cuarto avisó al guardia de que el prisionero Sebastian Winkler tenía fiebre y temían contagiarse. Como no podía caminar, dos prisioneros tuvieron que sujetarlo a izquierda y derecha por debajo de los brazos y llevarlo a la enfermería.

No quería morir. No ahora que se había recuperado mentalmente, cuando se había jurado que aguantaría tanto como pudiera. Las cartas que recibía dos veces al mes le recordaban que aún existía una vida distinta de la que estaba condenado a llevar él. Que había personas que seguían a su lado a pesar de todo, que lo habían perdonado, que lo querían y lo esperaban. La conmovedora esperanza de volver a verse que albergaba su hija Charlotte merecía que él luchase por sobrevivir. La noche del tercer día la fiebre bajó repentinamente, podía respirar con más facilidad y fue capaz de observar lo que lo rodeaba.

El barracón de la enfermería no era demasiado grande, dentro cabían como máximo cincuenta hombres, postrados en catres muy cerca unos de otros. Casi todos dormitaban, algunos conversaban en voz baja, y también los había que se retorcían y gemían. La higiene era absoluta, los prisioneros tenían que fregar el suelo a diario y limpiar los alféizares y las puertas con trapos húmedos. Olía a desinfectante, pero era más intenso el hedor a orina, sudor y descomposición que despedían los enfermos. La sopa que repartieron por la noche era aguada, pero mejor que la que se les daba a los de fuera, y devoró con ansia hasta la última gota. Después se encontró mejor, pudo incluso incorporarse, e intentó dar un par de pasos. Al principio caminó asombrosamente bien, luego sintió que se mareaba, le pitaron los oídos y justo consiguió llegar al catre. Se sentó jadeando, el corazón le latía a toda velocidad, pero de todos modos conservó el buen ánimo.

Tuvo suerte, el médico que hacía la ronda por las mañanas junto con dos acompañantes le tenía afecto. No estaba seguro de por qué, aunque el apellido del doctor Radinger le recordaba a un alumno al que dio clase en la pequeña escuela rural mucho tiempo atrás, antes de la Gran Guerra. El chico era inteligente, pero también lo habían enviado al frente, como a todos los demás; nunca supo qué fue de él.

—Bueno —le dijo el médico la mañana siguiente—. Los pulmones ya suenan bastante bien. Un par de días más y podrás volver a palear grava.

Le dio unos golpecitos complacientes en el hombro y se volvió hacia el siguiente paciente. Los trataban de forma muy superficial, había algunos medicamentos pero solo se administraban a aquellos que tenían posibilidades de volver a trabajar. Para la mayoría, la ventaja de la enfermería era que podían descansar un par de días y que se les alimentaba un poco mejor. Si alguien no volvía a ponerse en pie después de eso, no tenía muchas posibilidades de salir adelante. Simplemente se le dejaba morir. Cada mañana, los guardias de la enfermería revisaban las camas y sacaban a los muertos. Él había estado a punto de sufrir el mismo destino, pero ahora que recuperaba las fuerzas poco a poco, volvía a creer que aquel infierno se acabaría algún día y que habría algo para aquellos que lograran sobrevivir.

Tres días después seguía débil, pero el médico lo declaró curado y lo llevaron de vuelta al barracón. Los cuartos estaban abarrotados porque habían llegado más prisioneros, tenían que compartir litera entre varios, dormían muy apretados y respiraban las exhalaciones de los demás. Había más peleas que antes, a veces incluso golpes; en una ocasión encontraron en el lavabo a un prisionero muerto después de que otros dos le golpearan la cabeza. Lo acusaban de haber robado dinero.

Entre los prisioneros había ciertas reglas vitales que todos aprendían antes o después. Si alguien recibía un paquete, nunca se lo quedaba todo para él. Lo compartía con los compañeros, y si sobraba algo, podía guardarse o intercambiarse. El dinero se llevaba encima, pero incluso así podía desaparecer por las noches. De todos modos no valía gran cosa, los alimentos escasos y de mala calidad que podían comprarse con él eran casi impagables, y hacía tiempo que ya no había nada de tabaco. Las raciones de comida también se reducían semana tras semana, de manera que el trabajo duro, sumado a la alimentación deficiente, se cobraba cada vez más víctimas.

—Alemania está en guerra. Todos los compatriotas decentes están reduciendo gastos. Estando así las cosas, ¿creéis que alguien tiene ganas de dar manjares a criminales, cerdos comunistas y judíos? —les había dicho uno de los guardias cuando intentaron quejarse.

Sebastian sabía que los que solo pensaban en sí mismos, robaban a otros prisioneros, se colaban en el reparto de comida o fingían estar enfermos no sobrevivían mucho tiempo. La falta de respeto era una debilidad que se pagaba cara, porque si alguien se ganaba el odio de los compañeros, estos le darían la espalda cuando necesitara su ayuda. A la larga, allí solo aguantaba el que actuaba de forma solidaria. Tampoco desinteresada, eso habría sido una estupidez, pero sí dar y recibir de forma recíproca. Sebastian pagó caro el aprendizaje, pero con el tiempo logró reunir a su alrededor a un grupo de gente afín. Ni la educación ni el prestigio de cada uno tenían nada que ver, había antiguos catedráticos universitarios u hombres profusamente condecorados que como prisioneros resultaron ser personas deleznables. Y había campesinos y gente sencilla que eran compañeros honestos. Era cuestión de carácter.

Durante los días siguientes a que le dieran el alta, necesitó mucha ayuda porque se cansaba enseguida y tenía que pararse para recuperar fuerzas. Si uno de los vigilantes lo descubría así, le obligaría a hacer diez flexiones sobre el suelo helado y también recibiría latigazos. Los prisioneros tenían un sistema de señas para avisar de la presencia del vigilante; convenía aplicarse con el pico y la pala mientras el hombre estuviera vigilando. Cuando pasaba de largo, los compañeros se turnaban para palear grava al contenedor de Sebastian de manera que no se quedara demasiado rezagado y no se llevara ningún castigo.

Sebastian se lo agradeció y repartió el contenido de su paquete con quienes lo habían ayudado. Galletas de avena, un frasco de cerezas en conserva, un trocito de embutido y lo más valioso: una porción diminuta de tabaco auténtico. No se guardó nada para él, tenía las cartas y se había curado, no necesitaba nada más.

Después de la cena, disponían de tiempo hasta las diez para charlar, escribir cartas o hacer trueques. Como habían llegado muchos nuevos, había que tener los oídos bien abiertos, porque traían noticias que no podían obtenerse de ninguna otra manera. La única dificultad era que muchos hablaban en su lengua materna, no sabían alemán, y les llevaba un rato entender lo que contaban. El teólogo sabía un poco de polaco y también entendía el ruso que se hablaba en Ucrania.

—Dice que el ataque de la Wehrmacht contra Moscú ha fracasado —informó—. Las tropas alemanas se han detenido a las puertas de la capital rusa, y también dice que muchos han muerto congelados porque este año el invierno es más duro de lo normal.

—Hay que estar loco para creer que se puede marchar sin más sobre ese país y conquistar la capital —comentó Sebastian negando con la cabeza—. Ni siquiera Napoleón pudo...

—Pero no tenía camiones ni tanques —intervino alguien.

—A cuarenta grados bajo cero los tanques ya no avanzan —dijo el teólogo—. Se dice que el Ejército Rojo ha iniciado un contraataque que está poniendo en apuros a la Wehrmacht.

—Los rusos no tienen armamento como es debido, ni mucho menos tanques.

—Por lo visto sí. No hay que subestimar a Stalin.

Discutieron un rato a media voz sin ponerse de acuerdo. La mayoría creía que Hitler no retrocedería y que conquistaría Moscú en primavera. Entonces sucedería lo mismo que en Francia: Stalin huiría y Hitler ocuparía el Kremlin. Otros insistían en que era imposible conquistar un país como Rusia, aunque solo fuera por lo extenso que era, y a eso se sumaba el invierno helador, al que los alemanes no estaban acostumbrados. Estos también consideraban a Stalin inteligente y astuto, y creían que se había preparado y que estaba atrayendo a la Wehrmacht a una trampa para después atacar por la espalda.

Sebastian escuchó las noticias horrorizado. ¿Cuántas personas habían muerto en esas luchas sin sentido? No solo en combate, sino también por el tifus y el frío implacable.

—Satán está asolando la Tierra —dijo el teólogo con voz ronca—. Y Dios lo permite. La razón humana no puede comprenderlo, solo aceptarlo.

También había otras noticias inquietantes. Los estadounidenses habían llevado sus aviones a tierras británicas, lo que hacía que los aliados superaran en número a la Luftwaffe; además disponían de un gran número de cazas extraordinarios.

—A saber si eso es verdad —masculló un compañero—. Igual no has entendido bien al polaco. ¿Desde cuándo tienen buenos aviones los yanquis?

—Yo diría que lo he entendido bien —replicó el teólogo—. Me temo que tendremos que prepararnos para más bombardeos.

—No lanzarán bombas sobre un campo de concentración —dijo otro—. Querrán destruir fábricas de armamento.

—Ojalá esas bombas de mierda cayeran siempre donde deben —intervino alguien—. Pero si es de noche o hace viento, es fácil que se desvíen. Entonces caen sobre las casas y se incendia todo.

Hubo un momento de silencio; casi todos tenían amigos, familiares, esposas o hijos allí fuera.

—Ya no es como en la Gran Guerra —replicó otro—. Entonces los soldados lucharon y los que estábamos en casa pasamos hambre. Pero no había bombas que mataran a mujeres y niños.

—La Luftwaffe tampoco tuvo miramientos con los civiles en Inglaterra —dijo el teólogo—. Dios tarda, pero no olvida...

—¡Déjate ya de tanta palabrería religiosa! —maldijo alguien—. Los del alzacuellos sois los peores...

El teólogo calló, pero sus compañeros lo defendieron.

—Déjalo en paz —dijo Sebastian—. Da gracias por que nos haya hecho de traductor.

—A saber si nos está mintiendo el muy beato.

—Si no te gusta nuestra compañía, ¡vete por ahí! —exclamó un compañero.

El criticón se retiró echando pestes. El símbolo cosido a su uniforme indicaba que estaba clasificado como «criminal peligroso». En principio no tenía por qué significar nada, pero a veces sí.

Llegó marzo, subieron las temperaturas, el suelo se descongeló y se hundieron en el fango. Sebastian aguantaba, ya podía cumplir de nuevo con su trabajo sin ayuda de sus compañeros, y por las noches escribía a Charlotte o a Lisa. En aquellas cartas no podía mencionar muchas de las cosas que le preocupaban. Debía tener cuidado para que no se les ocurriera prohibirle el correo, un castigo muy frecuente.

Mi querida Lisa:

Gracias por la carta y el maravilloso paquete. Espero que estéis todos bien. Supongo que en el parque de la villa de las telas ya están empezando a aparecer las primeras flores. A menudo pienso en los paseos contigo por el paisaje primaveral del parque, o en las batallas de bolas de nieve de nuestros niños en invierno. Disculpa que recuerde tiempos tan lejanos; es una debilidad que se apodera de mí de vez en cuando.

He estado enfermo un par de días, pero por suerte ya me he curado y puedo llevar a cabo mi trabajo diario. Agradezco de corazón tu valor y tu bondad. Ni te imaginas lo preciosas que son para mí vuestras cartas.

Abraza a Charlotte de mi parte, pronto le escribiré.

SEBASTIAN

A finales de ese mes cayó en la cuenta de que el teólogo estaba más callado, se retiraba al catre directamente después de la cena, y se tumbaba con los ojos cerrados pero no dormía.

—¿Qué te pasa?

—Estoy cansado, Sebastian.

—¿Estás enfermo?

—Solo cansado…

Le dolía presenciar cómo su leal compañero decaía físicamente. Todos estaban demacrados; cuando se duchaban, a la mayoría se les marcaban las costillas. Pero también reconocían las señales inequívocas de que un prisionero no viviría mucho más. Se le hundían las mejillas, se le formaban oscuras ojeras y la nariz se le afilaba.

—Pasará —le dijo Sebastian—. No puedes darte por vencido.

—Uno no puede rebelarse contra la voluntad de Dios, Sebastian.

—¿Y cómo sabes tú lo que Dios te tiene preparado?

—No lo sé —dijo y le sonrió—. Pero sea lo que sea, no opondré resistencia.

Pocos días después, durante el recuento matutino se anunció que varios prisioneros serían trasladados a otro lugar de trabajo. Leyeron los nombres en voz alta: entre ellos estaban Sebastian y dos de sus compañeros, también el teólogo. Tenían diez minutos para recoger sus pertenencias y luego debían permanecer en posición de firmes en la explanada y esperar nuevas órdenes.

Todos, también los nuevos, sabían lo que podía significar aquello. Un miedo mortal se extendió entre los hombres.

—Se acabó —susurró uno que estaba junto a Sebastian—. Nos llevan a Hartheim. Nadie ha regresado de allí.

Hacía tiempo que se había filtrado que allí mataban a la gente con gas. Gracias, entre otros, a los guardias, que se divertían amenazando a los prisioneros con las cámaras de gas de Hartheim. Y ahora resultaba que se los llevaban a otro lugar de trabajo; eso era lo que decían siempre para evitarse problemas.

Había algo en Sebastian que se negaba a aceptar ese final. ¿Por qué había luchado, se había esforzado y había soportado tanto si al final iba a morir de todos modos? ¿Y Lisa y Charlotte? ¿Se enterarían? ¿O seguirían escribiendo cartas a un muerto?

Dos autobuses cubiertos entraron por el portón, cruzaron las barreras y se detuvieron en la explanada. Se abrieron las puertas y vieron que dentro no había asientos, solo una superficie oscura y sucia. Varios guardias con ametralladoras se ocuparon de que todo se hiciera de forma rápida y ordenada.

Los pusieron en fila, el vigilante los fue llamando y los repartieron en los dos autobuses.

«Si vamos a morir todos, ¿para qué se toman tantas molestias?», se preguntó Sebastian. Estaba en la parte trasera de la fila y vio que al autobús de la izquierda enviaban sobre todo a judíos, y también a algunos que estaban enfermos o demasiado débiles para trabajar. Su destino se aproximaba a toda velocidad, gritaron su nombre.

—Prisionero Winkler, Sebastian. ¡Derecha!

Tuvo que ir corriendo porque uno de los guardias espoleaba a los lentos con el látigo, pero aún alcanzó a oír la voz del teólogo.

—Adiós, Sebastian. Que Dios te proteja.

El interior estaba oscuro, tropezaban unos con otros, trató de buscar un rincón libre para sentarse. El hedor era brutal, sobre todo a orina. Los apiñaron tanto que los últimos no tenían sitio y pisaron a los que estaban sentados. Luego cerraron la puerta y el autobús se puso en movimiento.

En la oscuridad reinaba el miedo, se podía oler, oír y tocar. El trayecto fue largo, la estrechez y el aire cargado eran una tortura, además de las sacudidas por la velocidad, que los empujaban unos contra otros. Cuando el autobús se detuvo por fin, el silencio era angustioso, no se les oía ni respirar. ¿Qué les sucedería ahora?

La puerta se abrió de golpe, la luz entró a raudales y cayó sobre sus pálidas muecas de terror.

—¡Fuera! ¡En filas! ¡Vamos, vamos!

Sebastian parpadeó incrédulo hacia la luz y por un instante creyó que se había vuelto loco. Vio una gran pradera en la que se habían levantado barracas. Detrás, naves industriales. Y muy al fondo… Tenía que ser un espejismo. La catedral. ¡La torre Perlach! Y algo que se parecía a la iglesia de San Ulrico y Santa Afra.

—¡Mirad! —exclamó un prisionero extendiendo la mano—. ¡Aviones! Estamos en Messerschmitt, nos van a poner a fabricar maquinaria de guerra.

Cuando entraron en sus nuevas barracas, todos tenían la sensación de haber esquivado a la muerte por los pelos.

Allí estaban dos de sus compañeros, faltaba el teólogo.

—Lo mandaron a la izquierda —le dijeron—. Seguramente ya ha pasado el trago.

20

13 de abril de 1942

Querida Henny:

Hemos sobrevivido al frío y seguimos avanzando por algún lugar de Rusia. Por ahora aguanto bien, otros están peor. He estado pensando que quizá sería mejor que nos casáramos ya. Se puede oficiar un matrimonio a distancia y ya lo celebraremos juntos después de la guerra. Dime qué te parece, por favor.

Te quiere

FELIX

Henny estaba sentada en su cuarto de Frauentorstrasse y leía por tercera vez la postal del correo militar, abarrotada de líneas. Felix quería casarse. A pesar de que habían acordado no formalizar el matrimonio hasta después de la guerra. ¿Qué le habría hecho replantearse las cosas?

«Rusia. Han muerto muchos allí», pensó.

Había miedo cuando llegaba el cartero, porque podía traer la noticia de la muerte de alguien. Caído como un héroe por Alemania. Y punto. Se acabó. No volverías a verlo jamás, yacería bajo tierra rusa en alguna fosa común y nunca sabrías dónde. Cuando pasaba un tiempo sin que llegara correo del frente, las esposas, los padres, las novias siempre intuían que había sucedido algo.

Un matrimonio a distancia era lo menos parecido a la boda que había soñado Henny. Por otro lado, ¿acaso no daba igual cómo y dónde se casaran? Si era importante para él, pues sería a distancia. Esa misma noche le escribiría. Suspiró y metió la postal, que tenía un dibujo de flores, en el cajón del escritorio donde estaba todo el correo del frente. Se había tomado la mañana libre en la fábrica porque el hijo de la tía Tilly, Edgar, empezaba ese día el colegio y su madre los había invitado a todos a comer en Frauentorstrasse.

Entornó los ojos hacia la ventana, en la que brillaba el sol matutino, y pensó en lo que se iba a poner. Todavía hacía fresco para un traje de primavera, pero con el grueso abrigo de lana seguramente tendría calor, y además era feo. Parecía que la temperatura ya era bastante agradable. Se levantó y abrió la ventana para asegurarse de que el aire no fuera demasiado frío, y se quedó desconcertada.

Sobre el alero de la casa de enfrente había dos hombres de uniforme pardo, otro recorría el jardín y hurgaba como si buscara algo en los arriates. ¿Qué demonios hacían ahí? En esa casa vivía Erna Siebert con su hermana Siglinde y el abuelo. Erna era un poco pedante, pero por lo demás eran gente decente e inofensiva.

Henny vio que los hombres uniformados extendían una vara para tocar algo en el tejado con mucha cautela y luego se agachaban rápidamente, como si fuera a explotar un petardo. Pero no sucedió nada; se armaron de valor y uno de los dos recogió lenta y cuidadosamente un pequeño objeto redondo. Metió la cosa extraña en una bolsa con precaución y siguió buscando. Henny no entendía absolutamente nada, cerró la ventana y bajó al salón.

Allí estaba su madre junto a la ventana con los prismáticos

del tío Robert, observando con mucha atención lo que sucedía en el tejado de enfrente.

—¿Qué están haciendo? —preguntó Henny.

Su madre se asustó, golpeó el cristal con los prismáticos y gritó de dolor.

—Qué susto me has dado, Henny —dijo disgustada—. Están buscando bombas incendiarias o algo así.

—¿En el tejado de Erna Siebert? ¿Cómo se supone que han llegado hasta ahí?

Kitty se rio en voz baja y volvió a mirar por los prismáticos.

—Ahora están mirando arriba, en el tejado. Y el otro se ha pinchado el dedo con las rosas... ¿Que cómo han llegado ahí arriba? Pues porque las han tirado los aviones ingleses, ¿cómo si no?

Gracias a Dios, hacía mucho tiempo que no se veían aparatos de la Royal Air Force sobre Augsburgo. Johannes lo contó hacía poco lamentándose, porque lo habían asignado al cañón antiaéreo. A Hanno también, pero él no estaba tan entusiasmado con la tarea. De todos modos se producían ataques aéreos de los aliados por toda Alemania, sobre todo de noche, que causaban daños incontables y también se cobraban numerosas víctimas. Hacía dos semanas atacaron Lübeck. La gente estaba nerviosa, se sancionaba a quienes no oscurecieran las ventanas por las noches con papel negro, la defensa antiaérea se preparaba para responder al peligro.

—Los británicos lanzan bombas, no esas cosas tan raras —comentó Henny—. ¿Qué será eso que están recogiendo?

Kitty bajó los prismáticos de nuevo y soltó una risita divertida.

—Tienen que ser las galletas que tiró el abuelo por la ventana...

Henny miró fijamente a su madre y al principio creyó que era una de sus bromas tontas. Pero lo decía en serio. Erna

Siebert le había contado que hizo galletas de harina y miel, pero que le quedaron tan duras que ni ella ni su hermana pudieron morderlas. Le habían regalado aquellos pedruscos al abuelo y este, enfadadísimo, las había tirado por la ventana al alero.

—Alguien con una vista de lince debe de haberlas visto y ha avisado al ayuntamiento —explicó Kitty en tono burlón—. ¡Las cosas han llegado tan lejos que una galleta dura nos parece ya una bomba incendiaria!

Fuera, los hombres se marchaban con su botín llevándose consigo la escalera. Erna Siebert y su hermana estaban asomadas a la ventana. Miraban inquietas a ambos lados de la calle, seguramente con la esperanza de que nadie hubiera visto nada.

—A esas dos les falta un tornillo —opinó Henny sacudiendo la cabeza—. ¡Menudas histéricas!

La abuela Gertrude entró en el salón, vio a Kitty y a Henny junto a la ventana y puso los brazos en jarras.

—¿Qué hacéis ahí de charleta? Ya son más de las nueve y las clases del colegio de Roten Tor empiezan a las diez. ¿Piensas ir en bata, Henny?

—Calma —replicó Kitty con un gesto de la mano—. Con el tranvía llegamos en veinte minutos. Ponte el trajecito de primavera ese tan bonito, Henny. El azul claro. Yo te presto los zapatos a juego.

Henny se dejó convencer, pero rechazó los zapatos porque su madre tenía los pies más pequeños y siempre que se ponía su calzado iba con los dedos encogidos. A medida que avanzaba el día podía ser muy doloroso. Claro que apenas podían comprarse zapatos y la colección de su madre era fantástica…

Cuando las dos bajaron ya vestidas, la abuela Gertrude las esperaba con el abrigo y el sombrerito junto a la puerta y les metía prisa.

—Me he levantado a las cinco de la madrugada porque quería preparar la tarta. ¡Y ahora estáis perdiendo tanto tiempo que vamos a llegar tarde!

Naturalmente no llegaron tarde, sino en el mismo momento en que se abrieron las puertas del colegio para dejar pasar a los alumnos del primer curso junto con sus madres, hermanos y abuelos. A dos niños los acompañaban incluso el padre y la madre; los padres llevaban el uniforme de la Wehrmacht, estaban de permiso. Por supuesto la tía Tilly también se había tomado el día libre, llevaba un traje verde y una blusa de colores, y Edgar llevaba pantalón corto.

—Se ha salido con la suya, mamá —bromeó Henny—. La tía Tilly quería que se pusiera pantalón largo porque si no se iba a enfriar.

—Tilly protege demasiado a ese pobre chico —opinó Kitty—. En invierno lo abrigaba tanto que parecía un edredón andante.

Un profesor de pelo cano con bigotito los condujo al salón de actos. Había un atril, y el telón se movía suavemente sobre el pequeño escenario. Al parecer iba a haber una presentación.

Sus asientos estaban en la segunda fila. Edgar estaba empeñado en sentarse junto a Henny porque era su prima favorita. Estaba gracioso con el cucurucho rojo que le habían entregado con regalos y útiles para la escuela bajo el brazo, y la enorme mochila a la espalda, que había sido de Leo y a la que le habían dado una capa de grasa para lustrar el cuero. Al ir a sentarse, la mochila chocó contra el respaldo y, del susto, el niño dejó caer el cucurucho.

—Primero hay que quitarse la mochila y luego sentarse —dijo una joven profesora sonriendo—. Ya has aprendido algo hoy, ¿verdad?

Edgar se puso de morros y aflojó las correas para quitarse la mochila mientras Henny recogía el cucurucho.

—Ya sabía yo que esto no me iba a gustar —masculló, y se sentó recto en la silla. A Henny le permitió que sujetara el cucurucho por él.

La tía Tilly les había contado preocupada que Edgar no mostraba ningún entusiasmo por su inminente escolarización.

—Ha dicho que no necesita ir al colegio —suspiró—. Que ya sabe leer y escribir y que las matemáticas son muy fáciles.

—Normal —respondió Kitty—. ¿Por qué le habéis enseñado? Así se aburrirá en clase y se distraerá.

—No le hemos enseñado nosotros —se defendió la tía Tilly—. Ha aprendido él solito.

Efectivamente, el pequeño Edgar preguntó una vez durante el desayuno:

—Papá, ¿qué significa «Ejército Rojo»? ¿Van todos vestidos de ese color?

El tío Jonathan apartó el periódico y le explicó que era el ejército ruso.

—¿De dónde has sacado eso, Eddi? —le preguntó la tía Tilly.

El niño señaló el periódico y Tilly vio el titular de un artículo: «Frustrada la pérfida ofensiva del Ejército Rojo».

Mientras el tío Jonathan desayunaba enfrascado en la lectura del diario, Eddi había descifrado lo que decía la página trasera.

—Pero ¿cómo lo has hecho? —quiso saber su padre.

—Me aburría, porque pasas mucho tiempo leyendo el periódico…

Sin embargo ese día el pequeño de seis años no estaba de humor para esas cosas. Sentado de mala gana junto a Henny, había dejado la mochila en el suelo y daba patadas a la esponjita que colgaba de la mochila atada con un cordón. Dentro había una pizarra nueva y un estuche de madera grabado que perteneció al padre de Henny. La abuela Gertrude había guardado durante todos esos años el recuerdo de su hijo caído en la Gran Guerra y, después de llenarlo de pizarrines, se lo había regalado a su nieto para celebrar que comenzaba la escuela primaria.

Primero escucharon el discurso de bienvenida del director, un hombre calvo de ojos muy azules y cara sonrosada que comenzó dirigiéndose a los adultos.

—En estos días decisivos en los que nuestros heroicos soldados defienden la esencia alemana contra las hordas de Stalin, debemos atender especialmente a la educación de nuestros niños…

«Otro que sigue las directrices del partido. Aunque, ¿qué otra cosa podría hacer? La Gestapo tiene gente por todas partes, si quiere conservar su puesto no puede salirse de lo establecido», pensó Henny. Los berridos de un bebé interrumpieron varias veces el discurso, hasta que la madre sacó al niño del cochecito y salió con él. Después de que el director finalmente deseara a los nuevos alumnos un buen comienzo de curso y se retirara del atril, Edgar preguntó en tono audible:

—¿Se ha acabado ya?

Hubo risitas y carcajadas a su alrededor, la tía Tilly se puso roja de vergüenza y a Kitty le pareció muy divertido.

—Ahora es cuando empieza, cariño —le dijo.

Sin embargo no fue tan terrible como se temían, porque en ese momento se abrió el telón. Detrás había varios alumnos de cuarto curso en círculo, comenzó a sonar un piano y bailaron en corro. Quedaba bonito porque las niñas llevaban faldas *Dirndl* y algunos de los niños incluso pantalones *Lederhosen*. Casi todos llevaban chanclos de madera en los pies, solo dos niñas lucían orgullosas sus zapatos de cuero. Después del baile, algunos de ellos recitaron poemas, y lo hicieron apresuradamente y con la cara roja. Uno de los chicos se quedó atascado, pero la compañera que tenía al lado se lo sopló al oído; por lo visto se sabía todas las poesías de memoria.

Durante la representación, la mente de Henny vagó de un lado a otro. Recordó la fiesta y los regalos que había recibido ella el primer día de colegio, su flamante mochila y el cucurucho, que contenía el conejito de tela que aún conservaba. ¿Cuánto tiempo hacía de eso? ¡Veinte años! Dios mío, ¡qué mayor era ya! Entonces recordó la postal de Felix y de pronto sintió miedo. ¿Querría casarse para que al menos llevara su apellido si él no regresaba? ¿Sería buena idea hablarlo con su madre? En realidad habría preferido comentarlo con Dodo, pero esta estaba en Múnich entusiasmada con los aviones. «Por fin se pone interesante de verdad», le había escrito, contándole cosas sobre nuevos materiales y potentes motores que a Henny le daban completamente igual. No le había dicho nada sobre Ditmar, pero Henny sabía que en Navidad estuvo en la villa de las telas. Se lo había dicho Auguste. Seguro que Dodo le estaba enviando cartas al frente; ¿cómo podía ser tan tonta?

Para terminar, los del escenario cantaron una canción; por suerte no fue el himno del partido, sino una sobre la primavera. Luego todo el grupo recorrió el largo pasillo hasta las aulas. Allí, la joven profesora fue llamando por su nombre a los alumnos, que ocuparon el sitio asignado en los bancos. Tenían que recordarlo porque sería el mismo durante todo el curso. Edgar estaba sentado en la tercera fila junto a una niña de pelo castaño que llevaba un lazo inmenso. Parecía que una mariposa blanca gigante se le hubiera posado en la cabeza.

Después de este aperitivo de la rutina escolar, la ceremonia llegó a su fin y comenzó lo que su madre llamó «la parte agradable del día». El tío Robert había salido por la mañana con el automóvil de mamá; ahora los esperaba delante del patio del colegio y todos se apretujaron dentro. La abuela

Gertrude se sentó cómodamente en el asiento del copiloto mientras que Henny, su madre y la tía Tilly compartieron la parte trasera y, a pesar de sus protestas, pusieron a Edgar en el regazo de su madre. Bajo las miradas de envidia del resto de los alumnos y sus familiares, traquetearon en dirección a Frauentorstrasse.

Henny seguía sin saber cómo se ganaba la vida el tío Robert exactamente. Tenía acciones y había montado varias pequeñas empresas en Estados Unidos que fabricaban todo tipo de cosas, desde palanganas hasta aparatos de radio. Sabía adelantarse a las circunstancias, y había vendido las empresas antes de la guerra y transferido el dinero a Suiza. Henny no sabía qué hacía con él ahora. Lo único que estaba claro era que seguía ayudando a judíos a emigrar. Algo que se había vuelto peligrosísimo porque desde el año anterior los judíos tenían prohibido salir de Alemania.

Una vez en Frauentorstrasse, Edgar abrió el cucurucho. Dentro había cuadernos, un lápiz de tinta, dos manzanas y un osito de peluche. Para gran asombro de Henny, lo que más ilusión le hizo a ese bicho raro fueron los cuadernos y el lápiz, que parecía normal, pero si se mojaba escribía en tono azul oscuro.

—Voy a utilizarlo para escribir a papá —dijo tan contento.

Las letras todavía le salían como garabatos y escribía en mayúsculas, como en el periódico, pero se entendía lo que ponía.

La comida fue una contribución conjunta de la abuela Gertrude y la tía Tilly, que había aportado un trozo de carne para la sopa, huevos para la tarta e incluso un cuarto de libra de café en grano.

—¿Del mercado negro? ¿Cuánto has pagado? —quiso saber la abuela Gertrude.

Pero la tía Tilly no soltó prenda.

Disfrutaron de la comida, su madre le describió al tío Robert la ceremonia de escolarización y provocó las risas de todos, la tía Tilly se enfadó porque Edgar no quería terminarse el plato y la abuela Gertrude contó que esa mañana se le había quemado «un poquitito» el bizcocho. Pero había recortado la parte quemada para que no se notara.

—¿Y por qué nos lo cuentas? —rio el tío Robert.

—¡Porque soy una persona honrada!

Henny se temía lo peor, ya que la abuela Gertrude no era la mejor cocinera y repostera del mundo, pero aparte de un par de trocitos amargos, la tarta estaba comestible. El café salvó la situación; ya solo el aroma levantó los ánimos y, tras el primer sorbo, su madre y la abuela Gertrude suspiraron de satisfacción. Hacia las dos, la tía Tilly se despidió entre abrazos y besos; tenía turno en el hospital y recogería a Edgar por la noche. A cambio aparecieron dos de los protegidos de su madre: Karla, de pelo blanco, que siempre remarcaba sus ojos de negro y era pintora, y el pequeño y delgaducho Ludwig, un escultor que, según su madre, había creado estatuas inmensas, monumentales, fácilmente a la altura de la estatua de la Libertad de Nueva York. Su madre siempre exageraba mucho, para saber la verdad había que obviar al menos un setenta por ciento de lo que decía.

Los dos invitados se abalanzaron hambrientos sobre la comida y tampoco le hicieron ascos al pastel. Como estaban tan a gusto, el tío Robert sacó dos botellas de vino espumoso que había conseguido en algún lado, su madre llevó las copas, y la abuela Gertrude lanzó un grito cuando el tío Robert abrió la primera botella y dejó que el corcho impactara en el techo con un estallido.

—¡Mira! ¡Has hecho un agujero!

—No es más que una pequeña abolladura —replicó el tío Robert, que repartió la bebida en las copas—. Nos recordará el día en que Eddi empezó el colegio.

El brebaje estaba tan asquerosamente dulce que Henny tuvo que hacer un esfuerzo para terminarse la copa. Brindaron por Edgar, por la tarta de la abuela Gertrude, por la libertad de las artes y por que la guerra terminara pronto. Entonces llamaron al timbre y Kitty exclamó:

—¡Ay, qué bien! Seguro que es Klara con Eduard, han salido a los pueblos a hacer acopio…

Pero era Erna Siebert, la vecina de la casa de enfrente.

—No habéis oscurecido las ventanas —dijo indignada—. Como alguien dé el aviso, tendréis graves problemas.

—¡Ay, Dios mío! —exclamó Kitty—. Es que estamos de celebración familiar y nos hemos olvidado por completo. Gracias por recordárnoslo…

—*Heil Hitler*.

—Qué estupidez —se quejó cuando Erna volvió a su casa—. Como si esa obligación tan molesta de oscurecerlo todo sirviese de algo. Pero si tienen radares…

En ese momento se oyó el inquietante aullido ascendente y descendente de las sirenas. ¡Alarma aérea! Hacía casi dos años que no la oían en Augsburgo. La abuela Gertrude se precipitó hacia la ventana y trajinó con el obstinado papel oscuro, el escultor esmirriado intentó ayudarla pero empeoró el embrollo.

—¡Apagad las luces! —ordenó Henny—. ¡Al sótano!

El tío Robert corrió escaleras arriba para coger rápidamente unos documentos importantes, la tía Kitty se apostó junto a la puerta del sótano con una linterna. Ya se oía el zumbido de los bombarderos que se acercaban, y Henny tuvo que ayudar a Karla a bajar la escalera porque tenía un tobillo lesionado. Pocos minutos después estaban todos en el sótano; en la oscuridad, se chocaban contra la estantería en la que la abuela Gertrude almacenaba las conservas, y aguzaban el oído asustados a lo que sucedía arriba. Se oyeron silbidos y estallidos, debía de ser el cañón antiaéreo. Henny pensó en

Johannes, que por fin podría disparar a un bombardero enemigo, y entonces notó que Edgar la cogía de la mano.

—No tengas miedo, Henny —dijo—. Enseguida pasará.

Se oyeron explosiones. Todos se agazaparon en el suelo, la luz de la linterna de Kitty temblaba y Henny vio que había rodeado con el brazo a la abuela Gertrude.

—Eso ha sido al norte —susurró el tío Robert—. Puede que en Oberhausen.

Otra explosión, un pitido, un zumbido, un silbido, un estallido, y de fondo todavía el aullido de la sirena antiaérea. El infierno se había desatado sobre Augsburgo. Henny se tapó los oídos, solo quería que ese ruido mortal terminara de una vez.

No duró más de veinte minutos, luego se oyeron las sirenas de los bomberos. Algo estaba en llamas, las bombas habían hecho impacto. Tuvieron que esperar un poco a que se desactivara la alarma, pero de todos modos la sensación era de alivio.

—Nos hemos vuelto a librar —murmuró Ludwig, el escultor.

Henny se alegró de salir por fin del sótano porque Karla había vomitado.

—Demasiado champán —dijo con sentimiento de culpa—. Ya no tengo aguante.

El tío Robert salió a la calle, donde varios vecinos deambulaban e intercambiaban información. Al regresar les dijo:

—Lo que yo pensaba. Han bombardeado la fábrica MAN en Oberhausen. Han dado justo en el blanco a pesar de la oscuridad. Por lo visto han sido ocho Lancaster británicos. Nuestro cañón antiaéreo ha derribado a tres de ellos...

La tía Tilly no llegó a Frauentorstrasse para recoger a su hijo hasta cerca de las diez. A esa hora Edgar ya dormía como un tronco en la cama de Henny, mientras que esta se había instalado en el sofá del salón.

—Ya venía de camino cuando ha empezado —dijo la tía Tilly, que estaba despeinada y parecía agotada—. El tranvía ha parado y hemos tenido que bajarnos. Al principio no sabíamos dónde ir…

Gente desconocida los acogió en sus refugios subterráneos de la parte vieja de la ciudad. De lo contrario se habría quedado totalmente expuesta en la calle.

SEGUNDA PARTE

Dos años después

21

El olor a cerrado golpeó a Marie cuando abrió la puerta de la casa. «Más de tres semanas sin airear. Ay, Dios mío, las cosas de la nevera también se habrán estropeado», pensó. Dejó la pequeña maleta de cartón en el pasillo y recogió el correo que le habían metido por la ranura de la puerta. Después fue al baño a quitarse la ropa que había llevado durante semanas, necesitaba ducharse a conciencia y lavarse el pelo. Allí le permitieron ducharse a diario —daban mucha importancia a la higiene—, pero el jabón era barato y odiaba ese olor.

Ya creía haberse librado cuando, tres semanas atrás, aparecieron en mitad de la noche para llevársela e interrogarla. Porque tenía raíces alemanas y eso la convertía en una *enemy alien*. Jamás sabría a ciencia cierta por qué le había sucedido a ella y no a otros. Alguien debía de haberla señalado a las autoridades.

Primero la condujeron a un despacho de la policía donde la interrogó un hombre vestido de civil. Seguramente era del FBI, porque le hizo preguntas trampa y tuvo que pensarse bien las respuestas. Si había tratado de establecer contacto por carta con Alemania una vez iniciada la guerra, por ejemplo. Admitió que lo había intentado por correo normal, pero que no lo había logrado.

—¿No lo ha intentado también por Suiza?

—Tengo conocidos en Suiza a los que he escrito una o dos veces. Mi hija fue a un internado allí…

Pareció darse por satisfecho. No le permitieron regresar a casa, la encerraron en una celda donde se pasó la noche en vela haciéndose miles de preguntas inquietantes. ¿Qué sería de ella? ¿Habrían detenido también a Leo? ¿Llevarían tiempo observándola? ¿Leyendo su correo? De ser así, sabrían que las cartas a Suiza también adjuntaban misivas para Alemania. Con el ruego de que las enviaran a Augsburgo. No sabía si la directora del internado le hizo el favor. Ella no había recibido respuesta.

Al día siguiente la llevaron, junto con muchas otras personas de origen alemán, al centro de internamiento de Ellis Island. Al viajar de Alemania a Nueva York había pasado allí unas horas: les revisaron los documentos, les hicieron fotos y luego los dejaron continuar hasta tierra firme. Solo conservaba un vago recuerdo del gran edificio blanco con un amplio vestíbulo donde tuvieron que esperar a que los atendieran uno a uno. Esta vez también la recibieron en el vestíbulo, comprobaron su identidad y la llevaron a un despacho para el primer interrogatorio. Lo llevó a cabo una agente que por lo visto estaba convencida de que la persona que tenía delante era una espía nazi que había instalado una emisora enemiga en Nueva York para difundir propaganda nacionalsocialista. Era agotador responder una y otra vez las mismas preguntas, repetir una y otra vez que se vio obligada a huir de Alemania por ser judía y que no tenía ningún motivo para colaborar con el régimen nazi.

—Y entonces ¿por qué no se divorció de su esposo alemán?

—Porque lo quiero.

—¿Cómo puede amar a un nazi siendo judía?

—Él no es nacionalsocialista. Se quedó en Alemania porque somos dueños de una fábrica fundada por su padre y él no quiso abandonarla.

Luego la agente quiso saber si tenía una radio. ¿Y cámara de fotos? ¿Había rodado películas en Nueva York y las había enviado a Alemania?

—No tengo cámara cinematográfica. Sí he enviado fotos a mi familia, pero fue antes de la guerra.

—¿Qué fotografió?

—Mi casa... a mi hijo Leo... la academia de la música... un paseo por Central Park... No recuerdo todas las imágenes.

La agente no cedía, y empezaba otra vez desde el principio esperando que su interlocutora se contradijera. Marie se preguntó cuántos años tendría. Seguro que más de cincuenta. Está demasiado gorda y lleva exceso de maquillaje. Pero posee una energía y una tenacidad asombrosas, seguro que es una empleada ejemplar del FBI.

El interrogatorio fue largo, en un momento dado les llevaron café, que la agente ignoró mientras Marie se bebía el suyo a sorbitos ansiosos. El resultado no pareció ser del agrado de la agente del FBI, porque la despachó con el siguiente comentario:

—Lo comprobaremos. Mientras tanto permanecerá internada, señora Melzer.

La trasladaron a otro edificio, donde la alojaron con dos internas más. Ambas eran de Nueva York; una también era judía y trabajaba como oficinista en una constructora; la otra provenía de un entorno acomodado, mencionaba a menudo la posición privilegiada de su marido, al que también habían encerrado, y estaba convencida de que no se quedaría mucho tiempo, ya que todo se debía a un malentendido.

—Por suerte tenemos amigos con muchos contactos —dijo—. Deben saber que entrevistan a todos nuestros conocidos y con eso elaboran nuestros expedientes. Si una persona respetada declara que alguien es inocente, eso influye mucho...

No tenía la nacionalidad estadounidense, como Marie, y la oficinista era ciudadana de Liechtenstein, pero provenía de Hamburgo.

El día a día en el centro de internamiento era soportable, incluso había una tienda en la que hacer la compra, se ofrecían misas y charlas religiosas, también tenían libros y revistas a su disposición y se podían enviar cartas a tierra firme. Sin embargo, el ambiente entre las internas era tenso porque nadie sabía cuánto tiempo las retendrían allí. Quizá solo un par de semanas, pero también podían ser meses. Al cabo de un tiempo Marie conoció a mujeres que llevaban años allí encerradas.

El último interrogatorio, que condujo por fin a su liberación, fue corto pero muy revelador. Su caso fue examinado minuciosamente e hicieron varias averiguaciones. Apenas tuvieron en cuenta que fuera judía y hubiera tenido que salir de Alemania por eso, consideraban que podía haber sido espía de todos modos. Por lo visto se habían dado casos. La cuestión eran las cartas que quiso enviar clandestinamente a Alemania, el país enemigo, a través de Suiza. Las cartas se habían abierto y estaban sobre el escritorio de aquel joven agente del FBI.

—La directora del internado entregó sus cartas al consulado estadounidense, señora Melzer. Naturalmente tuvimos que investigar el asunto.

Sintió que se mareaba. Por lo que le contó su hija Dodo, la directora era una mujer amable a la que le gustaba presentarse en mitad de una clase a escuchar un poco y que le tenía mucho aprecio a Dodo. Marie no la había visto personalmente, pero era la única persona suiza que conocía. ¿Cómo pudo confiar en ella?

El joven agente tenía el pelo moreno, quizá fuera descendiente de inmigrantes españoles. Sus ojos oscuros, tras los cristales de las gafas, escrutaban a la mujer que tenía enfrente, pero no de forma antipática.

—Es una pena que su esposo no haya recibido estas cartas —comentó sonriendo—. Le habrían hecho ilusión.

Le pasó las dos cartas por encima de la mesa y Marie al principio no se atrevió a tocarlas. Hasta que él no la autorizó con un gesto con la cabeza, no recogió las hojas.

—No contienen nada incriminatorio —comentó.

Ella no entró en detalles. Era horrible pensar que esas cartas que ella escribió a Paul con tanto amor y tanta nostalgia hubieran pasado por tantas manos y las hubiera leído tanta gente.

—Puede marcharse del centro hoy, hacia las once.

Se quedó tan sorprendida que apenas podía creerlo. La dejaban irse. ¿Podía salir del centro a pesar de haber intentado colar esas cartas en Alemania? ¿Había oído bien o solo se trataba de un desafortunado malentendido?

El agente le tendió la mano por encima de la mesa, respondió a su gesto confundido con una sonrisa y le advirtió:

—No vuelva a intentar ponerse en contacto de forma ilegal con sus familiares en países enemigos. Por lo demás, puede moverse libremente y ejercer su profesión.

Dos horas más tarde estaba en tierra firme con la maletita de cartón que había llenado a toda prisa cuando la detuvieron, y echó un último vistazo a la isla que se había convertido en una prisión para tanta gente. El islote en realidad estaba formado por dos terrenos rectangulares rodeados por muros de hormigón y unidos por una presa. En verano era bonito porque había árboles y césped; ahora, en invierno, la isla situada en el estuario del Hudson era gris e inhóspita. No quedaba lejos de Liberty Island, desde donde la estatua de la Libertad daba la bienvenida a los barcos que llegaban.

Ya en casa, después de ducharse, abrió todas las ventanas

de par en par, sacó la ropa usada de la maleta y la dejó en el cesto de la colada. Luego revisó lo que había en la nevera. Pocas cosas seguían en buen estado, tendría que hacer la compra. Se preparó café y encontró una lata de leche sin abrir; se sentó con la pila de correo en el sofá y comenzó a clasificar las cartas. Facturas, publicidad, dos cartas de antiguas clientas del atelier que apartó para leer más tarde. El negocio había vivido un moderado auge desde que el público estadounidense conocía la situación de los alemanes judíos. Se habían escrito artículos de periódico, también hubo manifestaciones, se repartieron pasquines y se celebraron mítines. Como consecuencia, muchas de las clientas que al principio la habían evitado por ser alemana habían regresado. Algunas incluso se habían disculpado.

La carta de Leo era de las últimas, y se asustó porque el sello redondo decía: US ARMY POSTAL SERVICE. Abrió el sobre enseguida y leyó un breve mensaje de su hijo:

Querida mamá:

Quería comunicarte mi decisión en persona, pero anoche no te encontré en casa. Hace una semana me alisté en el Ejército de los Estados Unidos y hoy cruzamos a Inglaterra, donde nos asignarán una misión. Sé que mi decisión no te alegrará, pero me resultaba imposible llevar una vida normal y agradable sabiendo que tantos compañeros y amigos estaban dispuestos a luchar contra la dominación nazi. Incluido Walter, que en estos momentos está destinado en Italia y me ha escrito varias cartas.

Esperemos que esta guerra termine pronto con la capitulación del régimen nazi. Estamos en vías de lograrlo y estoy orgulloso de poder contribuir a ello.

Puedes escribirme a la dirección de más arriba, la UAPS me hará llegar las cartas.

Un fuerte abrazo, querida mamá, y no te preocupes demasiado. No soy de los que corren por estar en primera línea, ya lo sabes. Pero estoy aquí.

Tu hijo Leo

Marie se recostó agotada y dejó caer la carta sobre el regazo. Así que lo había hecho. Ella lo intuyó desde el principio; Leo no lo decidió de la noche a la mañana, estuvo dudando durante mucho tiempo, evitaba el tema, pero cuando hablaban sobre Alemania la mirada sombría se le perdía en el horizonte, como si no quisiera revelar algo que le pesaba en el corazón. Marie miró la fecha: un día después de que la internaran. Por supuesto que no la había encontrado en casa esa noche. ¡Qué broma tan pesada del destino! Leo se había marchado a la guerra y no habían podido despedirse.

Sus lágrimas cayeron sobre la carta de Leo. ¿Cuánto dolor más le causarían esos criminales que se habían apoderado de su país? Ese año Kurt cumpliría dieciocho; hacía casi seis años que no había visto a su hijo menor, y ahora seguramente lo llamarían a filas. Kurt tendría que luchar por Hitler y Leo estaría en el otro bando. ¿En qué mundo vivían? ¿Y Paul? ¿Dodo? ¿Kitty y todos sus seres queridos en Augsburgo? ¿Qué les estaría sucediendo? No había comunicación postal con Alemania, pero los periódicos decían que se estaban bombardeando ciudades alemanas, entre ellas la capital, Berlín. Seguro que Augsburgo no se había librado: ¿seguiría en pie la villa de las telas? ¿O llevaría su familia mucho tiempo sepultada bajo los escombros?

El timbre de la entrada la sobresaltó. Buscó rápidamente un pañuelo, se secó las lágrimas y fue a abrir. Era una vecina, una mujer guapa de piel oscura que un año atrás se había mudado con su esposo y tres niños pequeños al piso de encima.

—He visto que habías vuelto y he pensado que te vendría bien una buena comida —dijo.

Marie estaba profundamente conmovida. Alguna que otra

271

vez había intercambiado unas palabras con aquella mujer y a veces les regalaba dulces a sus hijos. ¡Y ahora le traía una fuente con empanadillas caseras, fruta y zumo de naranja!

—No sé cómo agradecértelo —dijo Marie—. Entra y tómate un café conmigo.

—En otra ocasión —contestó con una sonrisa amable—. Tengo que volver, ha llegado mi marido y vamos a comer. Que aproveche. ¡Nos alegramos de que hayas vuelto!

Marie llevó la comida a la cocina, se sentó a la mesa y de pronto se dio cuenta de que tenía mucha hambre. Las empanadillas estaban rellenas de carne y verdura y picaban un poco: estaban deliciosas. ¡Qué bonito era saber que existían personas así de cariñosas y generosas!

Cuando terminó de comer decidió empezar por lo más práctico: ordenar la casa, limpiar la nevera y hacer la colada. Las facturas podía pagarlas al día siguiente, pero era importante volver a sentirse a gusto en su pequeño hogar. Tampoco es que pudiera cambiar las cosas, solo podía conservar la esperanza y rezar por que el destino tuviera clemencia con ella y sus seres queridos.

Mientras recogía la cocina, sonó el teléfono. Dejó las cosas con un suspiro y descolgó.

—¿Marie? Soy Karl. No cuelgues, por favor…

¡Karl Friedländer! Hacía dos años que no sabía nada de él, aunque ella tampoco había intentado retomar el contacto.

—Qué sorpresa —contestó con cierta ironía—. ¿Por qué iba a colgar ahora que me llamas después de tanto tiempo?

—Lo sé —dijo—. Hemos tenido desavenencias. Puede que fuera culpa mía. Pero, a pesar de todo aquello, ahora me alegro de oír tu voz.

—Me sorprende oír eso después de haber renunciado a ella…

Hubo una breve pausa y Marie se preguntó si se habría molestado. Pero luego él siguió hablando:

—Sé que te han internado y me he preocupado. He estado llamando por teléfono.

¿Se habría arrepentido al ver que los dos habían corrido la misma suerte? Su reacción dos años atrás la había decepcionado, incluso molestado, no estaba dispuesta a retomar sin más el tono amistoso que imperó entre ambos.

—Sí, he estado internada. Pero solo tres semanas. Me han soltado esta mañana —explicó de forma escueta.

—Has tenido mucha suerte. A mí me retuvieron siete meses. Y eso que hace mucho que tengo la nacionalidad estadounidense.

—Lo siento… —respondió educadamente.

Él carraspeó, algo que en su caso siempre era señal de apuro.

—Oye, Marie… Me gustaría que nos viéramos para explicarme. ¿Estarías dispuesta?

—Estoy muy ocupada, Karl. El atelier ha estado cerrado tres semanas, tengo que encargarme de ponerlo todo otra vez en marcha.

—Por supuesto, lo entiendo. Pero ¿quizá podría invitarte a comer? ¿Para hablar un ratito?

Marie se lo pensó. No quería rehusar, pero si pretendía acercarse de nuevo a ella, tendría que poner límites claros. Sería una conversación tensa para la que en ese momento no se sentía preparada.

—Puede que la semana que viene… No, mejor la siguiente…

—Entiendo —dijo él—. No quieres verme, ¿no?

—Ahora mismo no. Dame un poco de tiempo.

Guardó silencio un instante y luego dijo algo de lo que ella no lo habría creído capaz.

—He tenido tiempo para pensar en nosotros, Marie. Y he llegado a la conclusión de que eres una persona admirable que se merece todo el respeto del mundo. Debo reconocer que envidio mucho a tu esposo…

No se le ocurrió qué responder a esa sorprendente confesión, y como se quedó callada, él retomó el hilo.

—El mundo sigue girando, Marie. Si todo sale como nos gustaría, es posible que Hitler sea aplastado tarde o temprano. ¿Sabes que ha sufrido duras derrotas en Rusia? Los rusos están avanzando, están reconquistando su país, y la pregunta es si llegarán a cruzar la frontera alemana…

—¡No me asustes!

Había leído algo en el periódico, pero las noticias sobre lo que estaba sucediendo en Rusia eran escasas, se informaba sobre todo acerca de los combates del ejército estadounidense contra Japón o la invasión de Anzio, en Italia. En cualquier caso, estaba preocupada porque siempre se describía a los soldados rusos como especialmente crueles y despiadados.

—Lo que quiero decir con eso es que conserves la esperanza de volver a ver a tu marido y a tu familia. Eso sucederá cuando Hitler sea derrotado y el horror acabe.

—Es posible —respondió amargamente—. Pero ¿a qué precio?

—Confiemos, Marie. Y sigamos en contacto. Mi antiguo hogar también es importante para mí. Avísame cuando tengas tiempo para vernos.

¿Estaría arrepentido de verdad? Sin duda le sentaría bien charlar con él, desahogarse y escuchar sus opiniones, casi siempre pragmáticas. Eso sí, con todas las precauciones necesarias.

—¿Qué te parece el miércoles de la semana que viene? ¿Hacia el mediodía?

—Excelente. Te recogeré en el Atelier de la Moda.

—Hasta entonces, Karl. Y… gracias por llamar.

—Soy yo el que tiene que darte las gracias, Marie.

Después de colgar se sintió extrañamente aliviada.

22

25/26 de febrero de 1944

Esa mañana, una fina capa de nieve cubría el parque y los prados, y de los tejados colgaban carámbanos. Paul no se acercó a la fábrica hasta más o menos las nueve; a esa hora un débil sol invernal atravesaba de vez en cuando las nubes y, al iluminar la fábrica, la hacía parecer aún más deprimente. En la entrada volvían a saludarlo con amabilidad: la portera Erika Pichlmayer insistía en no manifestar simpatías o antipatías. Von Klippstein tenía que conformarse con un saludo hitleriano apenas insinuado; cuando llegaba Wilhelm Stromberger, el director provisional de la fábrica, el *Heil Hitler* tenía un matiz más enconado. Sin embargo, al señor director Melzer lo obsequiaba con una sonrisa y siempre añadía un comentario a su saludo matutino:

—Otra vez hace un frío que pela, señor director. Corra, entre, la señorita Haller ya ha calentado la oficina.

—Gracias, señora Pichlmayer —respondió llevándose la mano al sombrero—. Espero que en la portería tampoco haga frío.

—No se está mal, señor director. Tengo aguante.

No tenía prisa, subió pausadamente la escalera y echó un vistazo al despacho de contabilidad, donde dos empleadas elaboraban listas y presupuestos a petición de Stromberger. La oficina de cálculo se había cerrado y ahora se usaba como almacén, en cambio en el vestíbulo de la planta superior solía reinar una intensa actividad, ya que a menudo se recibían llamadas telefónicas de Regensburg o incluso de Berlín. La industria armamentística operaba al límite de su capacidad, los cazas que se fabricaban allí en procesos a pequeña y pequeñísima escala acompañarían a los escuadrones de bombarderos de la Wehrmacht y librarían batallas mortales con las defensas enemigas. Todas las operaciones militares tenían en cuenta las pérdidas humanas y materiales, si bien las aeronaves estrelladas eran más fáciles de reemplazar que los pilotos que morían calcinados en sus aviones o eran capturados como prisioneros de guerra.

Desde la escalera se oía ya la voz estridente de Von Lützen, que por lo visto creía que debía hablar más alto en las llamadas interurbanas que en las locales.

—Por supuestísimo, señor director Messerschmitt... Le paso enseguida... ¿Cómo? ¿Que aún no? ¿Que le llame hacia las once? Se lo comunicaré, señor director... *Heil Hitler*, señor director...

Willy Messerschmitt en persona. Seguro que se habían vuelto a enviar piezas defectuosas, sucedía cada vez más a menudo y Paul ya empezaba a pensar que se trataba de sabotajes. En cualquier caso sería Stromberger quien tendría que dar la cara; Ernst von Klippstein ya había decidido enviar al frente a los «ineptos imbéciles».

Mientras Von Lützen corría al despacho de dirección, Hilde Haller se levantó para recoger el abrigo, la bufanda y el sombrero de Paul. Como de costumbre, intercambiaron algunas frases.

—Buenos días, señor director. Más problemas con los tableros de mando. Parece que Messerschmitt está furioso. ¿Quiere que le prepare un café?

—Se lo agradecería muchísimo, señorita Haller. ¿Se encuentra bien? La veo un poco pálida.

—Será por esta lúgubre luz invernal, señor director. Por lo demás estoy estupendamente. Ya sabe lo mucho que me gusta trabajar en la fábrica de telas Melzer.

Su relación se había vuelto más estrecha durante el último año. Hilde Haller siempre le dedicaba palabras amables y una sonrisa, sabía animarlo y lo informaba con regularidad sobre los últimos acontecimientos de la fábrica. Además, nunca lo hacía en presencia de su compañera sino que escogía hábilmente momentos en los que estaban a solas. Su carácter tranquilo e inteligente le recordaba un poco a Marie, su esposa, que lo había abandonado y llevaba una vida independiente en América. Con el tiempo había aprendido a canalizar el dolor y la ira que sentía hacia su mujer por considerar que le había sido desleal. No siempre funcionaba. Lo que estaba claro era que, muchas veces, lo único que lo motivaba a ir a la fábrica era saber que Hilde Haller lo esperaba. Ya que en realidad no tenía nada que hacer allí.

—¿Señor Melzer? —dijo Von Lützen al regresar del despacho—. El señor Von Klippstein lo espera para una reunión.

Siempre se dirigía a él por su apellido, mientras que a Wilhelm Stromberger lo llamaba «señor director».

Como de costumbre, Ernst von Klippstein había ocupado la silla del escritorio y estaba leyendo una carta cuando entró Paul.

—Buenos días…

—Siéntate, por favor —dijo Ernst sin levantar la vista.

Paul tomó asiento en una de las butacas de cuero y luchó contra la rabia que crecía en su interior cada vez que lo veía cómoda y unilateralmente instalado en su despacho.

Miró con recelo al hombre que había sido su amigo y que con el paso de los años se había erigido en amo y señor de la fábrica de telas Melzer. ¿Cuánto faltaría para que la villa de las telas acabara también en sus manos?

En cualquier caso, el éxito no parecía hacer feliz a Ernst. Estaba más delgado, tenía los ojos hundidos y el pelo también le clareaba. Su decadencia física era aún más evidente en sus movimientos torpes y en el ligero temblor de sus manos, en las que se le marcaban las venas azuladas. Metió por fin la carta en una carpeta y se apoyó en los brazos para levantarse de la silla.

—Disculpa —dijo—. Se me han juntado varias cosas, a veces no sé ni dónde tengo la cabeza.

—Ya me imagino —respondió Paul educadamente, pero también con indiferencia.

¿Sería el curso de la guerra lo que tanto afectaba a Von Klippstein? Hasta el más tonto se había dado cuenta ya de que esta guerra no podía ganarse, pero era muy peligroso verbalizar esa idea. Si alguien no hablaba con entusiasmo sobre la inminente «victoria definitiva» en público, era fácil que lo acusaran de «desmoralización de las tropas» y, en el peor de los casos, podían ejecutarlo. Ernst von Klippstein había sido oficial durante la Gran Guerra: era imposible que no conociera la dramática situación de la Wehrmacht en prácticamente todos los frentes, al menos desde el desastre de Stalingrado el año anterior, cuando miles de soldados alemanes, rodeados por el Ejército Rojo, murieron de forma absurda.

Sin embargo, Von Klippstein también parecía preocupado por otros asuntos.

—Quiero hablar contigo de algo muy privado —dijo mientras se sentaba en una butaca junto a Paul—. Se trata de mi querida esposa y nuestro pequeño Herrmann.

En junio de 1942, Gertie había traído al mundo a un niño, un vigoroso bebé de más de cuatro kilos al que bautizaron con el bonito nombre alemán de Herrmann. En efecto, se celebró un bautizo ya que, a pesar de que Ernst von Klippstein se había salido de la Iglesia, Gertie insistió y él finalmente acabó cediendo. En general se lo consideraba su hijo biológico, y los que sabían la verdad permanecían en la sombra.

—Como ya sabes... —prosiguió Von Klippstein, y frotó nervioso el reposabrazos de la butaca—. Como ya sabes, viajo mucho y mi Gertie se queja a menudo de que está sola con el niño en una casa muy grande.

—Pensaba que teníais varios empleados —se sorprendió Paul.

—Así es. Pero por desgracia Gertie todavía no ha logrado dar con una niñera decente ni tiene a nadie de confianza —explicó—. Por eso estaría bien que pudiera alojarse con el pequeño, durante un tiempo, en la villa de las telas con vosotros.

—¿En... en la villa? —preguntó Paul, estupefacto.

Ernst esbozó una sonrisa forzada.

—Entiendo tu sorpresa. Pero te ruego que consideres la propuesta con benevolencia. Al fin y al cabo, ahora tenéis estancias vacías en la villa de las telas, así que en realidad el servicio podría asumir ese trabajo extra. Naturalmente, yo mostraría mi agradecimiento tanto en términos económicos como con otras posibilidades a mi alcance gracias a mi posición...

¡Menuda exigencia! A Paul le molestó sobre todo la mención a las estancias vacías de la villa. Hacía una semana escasa que habían llamado a filas a su querido hijo menor, Kurt, a dos meses de cumplir los dieciocho años, de manera que ahora, además de la de Dodo y la de Leo, la habitación de Kurt también estaba desierta. Si la guerra se prolongaba, al año siguiente le tocaría a Hanno; Johannes se había convertido en un entusiasta soldado el año anterior y escribía cartas desde Italia.

—No puedo decidirlo yo solo —respondió con reservas—. Pero lo hablaré con el resto de la familia.

—Por supuesto. Me he permitido avisar de que iremos los

tres a comer hoy, así tendremos ocasión de hablarlo con calma. Entre nosotros, me tranquilizaría mucho saber que mi pequeña familia está a buen recaudo.

¿Era aquello una alusión a los bombardeos que ya habían azotado a varias ciudades alemanas? Hamburgo, Schweinfurt, Wilhelmshaven y Berlín habían sido objeto de ataques aliados, y Regensburg, donde también fabricaba sus aviones Messerschmitt. Habían destruido dos presas en la cuenca del Ruhr, con consecuencias terribles para la población de la zona. Los estadounidenses perpetraban sus ataques por el día, y por la noche era la Royal Air Force la que bombardeaba las ciudades.

—Todos deberíamos disponer de protección —comentó Paul—. ¿Por qué se sigue impidiendo a las trabajadoras extranjeras acceder al refugio antiaéreo de la fábrica?

Von Klippstein suspiró aburrido y se levantó con gran esfuerzo de la butaca. La petición de Paul no era nueva, y hasta el momento la había rechazado argumentando que el refugio era pequeño para tantas personas.

—Lo hablaré con Stromberger... Ahora tengo que hacer una llamada importante y preferiría que no se me molestara. Nos vemos luego para comer en la villa de las telas.

Aunque le molestó que lo despachara así, Paul no tenía ninguna envidia de Von Klippstein por tener que hablar por teléfono con el iracundo Messerschmitt desde Regensburg. Aprovechó para asomarse a saludar a Henny, que muy a su pesar tenía que compartir despacho con Wilhelm Stromberger. Pero solo si Von Klippstein estaba en la fábrica, porque si no Stromberger utilizaba el despacho del director.

Para su enorme sorpresa, Henny reaccionó a la propuesta de Von Klippstein con una breve carcajada.

—Mira que es cuca —dijo negando con la cabeza—. Quiere mudarse a la villa con su hijo. ¡Y el muy calzonazos le sigue la corriente!

—A mí me parece pasarse de la raya —respondió Paul, afectado—. No me hace ninguna gracia.

Henny recuperó el gesto serio. Había cambiado en los últimos años: su alegre despreocupación había desaparecido, se había vuelto más reservada, pero seguía persiguiendo sus objetivos con una visión insobornable de la realidad. El matrimonio a distancia que planeó con Felix tiempo atrás no llegó a producirse. La unidad de Felix tuvo que entrar en combate y desde entonces no sabía nada de él. Nunca hablaba de ello, se guardaba las penas para sí misma.

—¡Madre del amor hermoso, tío Paul! —suspiró—. ¿De qué guindo te has caído? ¿Todavía no te has dado cuenta de lo que está pasando?

—¿A qué te refieres? —preguntó él sin entender nada.

Henny bajó la voz porque pensó que Von Lützen podía estar escuchando.

—No me digas que no sabes quién es el padre de nuestro querido Herrmann…

Paul tuvo una leve sospecha, pero la descartó enseguida. Era imposible. Ella no se habría atrevido.

—Nuestro Marek es el papá de Herrmann —susurró Henny—. En la villa todos están convencidos. Y por lo visto la historia entre ambos no ha terminado.

Paul negó con la cabeza.

—No puede ser. ¡Si Ernst se enterara, mandaría arrestar a Marek de inmediato!

Marek seguía sin haberse presentado a las autoridades y Von Klippstein lo sabía perfectamente. El documento caducado de Marek estaba en el escritorio de Paul.

—Eso nos temimos al principio —dijo Henny—. Pero no ha hecho nada. A pesar de que casi seguro que lo sabe. Es probable que tenga miedo del escándalo.

Si llegara el caso, Gertie podía declarar que su esposo había empleado en su propia casa durante meses a un judío no registrado. Eso era algo que podía destruir una carrera en un abrir y cerrar de ojos, pues había demasiadas intrigas entre los funcionarios nazis. Muchos solo esperaban la oportunidad de eliminar a sus competidores. Paul fue comprendiendo poco a poco por qué estaba tan angustiado Ernst von Klippstein, y casi sintió pena por él. Ernst había amado a su esposa y seguramente la seguía amando, pero que ahora quisiera alojarla en la misma casa en la que vivía su amante… Eso Paul no lo entendía. A sus oídos, la frase «saber que mi pequeña familia está a buen recaudo» era pura ironía.

—De todos modos es una locura —dijo agobiado—. No creo que a Lisa le parezca bien.

—¿Y por qué no? —replicó Henny en tono sarcástico—. Traerían vida a la casa.

Ernst von Klippstein parecía tan seguro de lo que hacía que, cuando Paul y Henny llegaron a la villa de las telas para comer, su coche ya estaba ante la entrada y en el asiento trasero se veían varias maletas.

Hacía varias semanas que Alicia Melzer ya no tomaba parte en las comidas, estaba delicada y guardaba cama. Tilly la había examinado y el diagnóstico no era optimista. Sus riñones estaban dañados, también tenía el corazón débil, y su desorientación iba a más. Ni siquiera reconocía a Tilly, la había tomado por una enfermera. La tía Elvira había aceptado que ya no le quedaba mucho tiempo con su cuñada; pasaba horas sentada junto a su cama a diario y hablaba con ella de los viejos tiempos. Alicia también confundía a veces esos recuerdos lejanos, pero Elvira tenía una paciencia infinita con ella.

—Quiero que su adiós sea lo más agradable posible —decía triste—. Se lo merece.

La villa se había vuelto silenciosa, a mediodía normalmente solo comían allí cinco personas, aunque ese día con Gertie y Ernst von Klippstein eran siete. El pequeño Herrmann estuvo al cuidado de Hanna, que aún no sabía que a partir de entonces tendría que encargarse de él a menudo. Lisa, a la que Paul informó del asunto justo antes de sentarse a la mesa, sorprendentemente apenas opuso resistencia a las intenciones de Von Klippstein.

—Por mí que venga —dijo—. Pero que no se instale en el anexo con Charlotte y conmigo. Se puede quedar en la habitación de Leo mientras esté aquí.

Así quedó decidido el asunto. En el transcurso de la comida, Charlotte y la tía Elvira también se enteraron de la noticia. A ninguna le hizo mucha ilusión.

—Aquí ya no estamos acostumbrados a los niños pequeños —comentó la tía Elvira—. Mi cuñada tiene el sueño muy ligero y no se la puede molestar.

Charlotte se limitó a hacer un comentario arisco:

—Dos bocas más. ¡Magnífico! Pero a mí no se me pregunta nada, claro.

Ya era una quinceañera espigada y pálida que se vestía de forma descuidada, siempre ponía mala cara y tenía pocas amigas. Desde que se interrumpió la correspondencia con su padre, había adquirido la costumbre de reaccionar a todo tipo de situaciones con comentarios sarcásticos y mordaces. Solo les comunicaron que el prisionero Sebastian Winkler había sido destinado a trabajar fuera del campo, pero no les dijeron dónde.

—Seguro que nos llevaremos bien, Charlotte —dijo Gertie, confiada.

—Si usted lo dice... —respondió Charlotte fríamente—. Pero le aviso desde ya que no soporto a los niños pequeños.

Gertie calló. Paul, que en circunstancias normales habría reprendido con dureza a su sobrina, ese día lo dejó estar. Quería que Ernst fuera consciente de que el traslado de Gertie a la villa no era precisamente un motivo de alegría para sus habitantes. Como nadie dijo nada más, se oyó al pequeño Herrmann quejarse arriba, en el cuarto de Leo. De hecho, era un niño difícil que chillaba por cualquier tontería e incluso pegaba con sus puñitos cuando algo no era de su agrado.

El ambiente en la mesa no se relajó. En cuanto se sirvió el postre, Von Klippstein se despidió a toda prisa, estrechó la mano a Paul, le insinuó a su esposa un beso fugaz en la mejilla y corrió al coche. Tuvo que esperar impaciente a que Auguste y Humbert descargaran las maletas y luego condujo despacio entre los restos de nieve y los charcos helados hasta la entrada de la villa.

Paul dejó que fuese Lisa quien informara al personal de la nueva situación y organizara la mudanza de los recién llegados. Henny y Charlotte se marcharon a la biblioteca a la hora de la siesta; Paul desconocía de qué solían hablar, pero Henny era la única que se entendía más o menos con Charlotte. Se encontraba cansado y sin fuerzas, así que decidió acostarse un rato.

Acababa de cerrar la puerta del dormitorio y se disponía a abrir la cama cuando las sirenas comenzaron a aullar. ¡Alarma aérea!

Un ataque diurno, así que los bombarderos que se acercaban a Augsburgo eran estadounidenses. Cogió sin pensar el maletín en el que había guardado documentos importantes. La linterna se encontraba justo al lado; estaban preparados para las emergencias. La cocinera ya esperaba en el vestíbulo con Liesl, y Annemarie sujetaba al perro de la correa porque también se lo llevaba al refugio. Paul corrió escaleras abajo para abrir la puerta del sótano, después llamó a Marek y subió con él al primer piso porque había que bajar a Alicia, que estaba postrada en cama. Hanna llevaba en brazos al pequeño Herrmann, que lloraba desconsolado, pero Gertie demostró ser prudente y servicial: sostuvo a la tía Elvira, cuyos dolores de espalda le dificultaban bajar las escaleras.

No tuvieron mucho tiempo para poner a salvo a todos los

habitantes de la casa; ya se oía el zumbido atronador del escuadrón de bombarderos que se aproximaba y que el comando de alerta aérea sin duda había tardado en detectar. Iluminados por una débil lámpara de techo, permanecieron de pie y sentados, muy juntos, y escucharon con temor y atención lo que sucedía arriba. ¡Explosiones!

—Eso es al sur, en Haunstetten —dijo Auguste en tono neutro—. El objetivo es Messerschmitt.

Nadie contestó. Gertie tenía a su hijo en brazos y Marek se había colocado a su lado para protegerlos; en ese momento a ninguno de los dos les importaba lo que pensaran los demás. En la siguiente oleada de detonaciones Willi comenzó a ladrar furioso; Annemarie, a sus nueve años, se arrodilló junto al perro y trató de tranquilizarlo, y Charlotte se agachó al otro lado y acarició al nervioso animal. Auguste y Hanna se ocupaban de la enferma, que insistía a gritos en que le llevaran una taza de café y un poco de agua helada. La tía Elvira murmuró que se alegraba de que ya se hubieran llevado todos sus caballos, porque aquel estruendo los habría espantado.

Paul permaneció en silencio en un rincón del sótano y contempló la escena, que le resultaba extraña e irreal, como una ensoñación o un fotograma de una película. El ataque no duró mucho; al cabo de media hora se oyeron las sirenas de los bomberos, que habían salido a apagar los incendios. Luego sonó el cese de alarma.

Salieron del sótano con sensación de angustia y lo primero que hicieron fue llevar a Alicia de vuelta a su habitación. Gertie también arrimó el hombro, algo que Paul valoró muchísimo. No parecía querer mostrarse ante ellos como la señora Von Klippstein.

Paul subió con Humbert al segundo piso para otear la ciudad por la ventana. Al sur, un humo oscuro se elevaba hacia el cielo invernal. Las suposiciones de Auguste eran ciertas: habían atacado la fábrica de Messerschmitt de Haunstetten.

—Seguro que esto no acaba aquí —dijo Humbert en voz baja—. Por la noche habrá más.

Paul esperaba que estuviera equivocado, pero por desgracia los últimos ataques a las ciudades alemanas habían demostrado que los bombardeos diurnos muchas veces iban acompañados de ataques nocturnos de la Royal Air Force.

Estaba inquieto, así que fue al vestíbulo, se puso el abrigo y se dirigió a la fábrica. Cuando llegó, el patio estaba lleno de gente, algunas oficinistas y obreras de la ciudad querían irse a casa con sus familias, pero Stromberger no lo autorizaba porque tras el ataque había que retomar el trabajo. Paul subió las escaleras del edificio de administración y se encontró a Hilde Haller sola en la antesala. Todavía tenía el abrigo puesto y estaba pálida y asustada.

—¡Señor director! —exclamó aliviada—. Nos hemos vuelto a librar.

—¿Qué ha pasado con las trabajadoras polacas? ¿Stromberger las ha dejado entrar en el sótano?

—En el refugio no, estaba reservado a los oficinistas y los trabajadores de Augsburgo. Pero les ha permitido quedarse en las demás estancias del sótano.

Esas salas no estaban preparadas ni reforzadas como refugio antiaéreo, en caso de impacto podían derrumbarse fácilmente. Pero al menos las mujeres estaban un poco más seguras que arriba, en sus barracas.

—Váyase a casa, señorita Haller —le dijo—. Y cuídese.

—Gracias, señor director —respondió suavemente—. Y cuídese usted también.

—Se lo prometo —contestó sonriendo, y esperó a que recogiera el bolso y la bufanda.

Al salir, ella pasó a su lado mirando al suelo mientras él le sujetaba la puerta, pero percibió de forma muy nítida su cercanía y sintió un fuerte deseo de abrazarla. Atraerla hacia sí para sostenerla y protegerla.

Quizá lo habría hecho si en ese instante no hubiera aparecido por la escalera Wilhelm Stromberger seguido de la solícita Angelika von Lützen.

—¡Por fin lo encuentro, señor Melzer! —exclamó Stromberger—. Han destruido varias naves de Messerschmitt, también han sido alcanzados varios edificios de viviendas de la zona. Está todo envuelto en llamas, es un absoluto...

—¿Las obreras polacas tendrán acceso al refugio antiaéreo esta noche? —lo interrumpió bruscamente.

Stromberger asintió de mal humor; que el director destituido lo cuestionara constantemente ya hacía un tiempo que lo enervaba.

—Los guardias tienen la llave. No podemos influir en su decisión —gruñó.

—Deles el resto del día libre a los trabajadores —continuó Paul—. De todas formas ya casi es la hora.

Stromberger se miró el reloj de muñeca y negó con la cabeza.

—Todavía quedan casi dos horas. ¡Precisamente ahora es cuando tenemos que aunar fuerzas para defender a nuestro país de estos cobardes atropellos!

Era inútil, aquel hombre era tan cerril como tozudo.

—La señorita Haller se va a casa, ¡no se encuentra bien! —declaró Paul, y pasó junto a él para bajar las escaleras.

Se detuvieron en la entrada de la fábrica, Hilde Haller vivía de alquiler en Lechhausen, cerca de allí.

—¿Quiere que la acompañe? —preguntó empujado por un impulso repentino.

Se dio cuenta de que ella estaba deseando decir que sí, pero no se atrevió.

—Muchas gracias, pero es aquí mismo. Hasta mañana, señor director. Y se lo agradezco de veras.

—No hay nada que agradecer, señorita Haller.

Un sentimiento extraño se apoderó de él mientras regresaba a la villa de las telas. Algo oscuro y pesado se cernía sobre la ciudad, como si avisara de una desgracia inminente. Hilde Haller vivía sola desde que su madre falleció el año anterior. Le habría gustado tenerla cerca, se preocupaba por ella porque no quería ni pensar en perderla.

En cuanto llegó a la villa, Humbert le pidió que cogiera el teléfono. Era Kitty.

—Hola, mi querido Paul. Solo quería decirte que Henny ha llegado bien a casa. Dice que las calles estaban llenas de gente intentando salir de la ciudad. Se apretujaban en los tranvías con maletas y cajas, por lo visto huían al campo. En fin, a los que viven en los pueblos no les va a hacer ninguna gracia…

No estaba de humor para charlar con su hermana y se limitó a responder con monosílabos. La conversación terminó pronto. Cenaron a la hora acostumbrada, y se alegró de que Gertie hablara con Lisa sobre su hijito y que Charlotte le preguntara a la tía Elvira por la finca de Pomerania. Eso le permitió cavilar. Se acordó de Dodo, que todavía estaba en Múnich, a punto de comenzar los exámenes. Luego volvió a estremecerse de dolor por su hijo Kurt, del que seguía sin llegar correo militar, y se le ocurrió que quizá no volviera a verlo.

Después de la cena se retiró a la biblioteca para distraerse de las preocupaciones que lo inquietaban, pero ni siquiera lo logró con las *Meditaciones* de Marco Aurelio, emperador romano y filósofo, cuya lectura había acometido recientemente. Humbert apareció hacia las nueve y media para avisarle de que el personal se retiraba.

—Le deseo a usted y a todos nosotros una noche tranquila —dijo, y se llevó la copa de la que Paul había bebido un sorbo de coñac.

En cuanto cerró la puerta tras de sí, las sirenas profirieron su lúgubre señal de alarma. ¡Pues al final era cierto que volverían por la noche! Había que repetirlo todo. Liesl y Annemarie llegaron en bata desde la casita del jardinero. Marek corrió con Paul escaleras arriba para bajar a la enferma al sótano. El perro ladraba sin parar, Herrmann berreaba con todas sus fuerzas y Fanny Brunnenmayer, que acababa de acostarse, afirmaba furiosa que a partir de entonces dormiría directamente en el refugio. En esa ocasión tardaron más en reunirse todos en el sótano porque Alicia Melzer se había resistido vehementemente a que la sacaran de la cama, y la tía Elvira gruñía enfadada que, tal como estaba, sería mejor dejar a su cuñada arriba, y que ella misma se quedaría a su lado.

—A nuestra edad ya no esperamos gran cosa —dijo—. Si Dios quiere, saldremos ilesas. Si no es así, tampoco pasa nada.

—¡No digas tonterías, tía Elvira! —respondió Paul, y dedicó un gran esfuerzo a poner a salvo a ambas señoras.

Al principio no sucedió nada. ¿Sería una falsa alarma? Paul, seguido de Charlotte, subió las empinadas escaleras del sótano y abrió la puerta de la casa para mirar fuera. En ese momento se oyó el zumbido de los motores en el cielo y vieron los haces de luz que proyectaban los focos de la defensa antiaérea para distinguir los aviones enemigos. Entonces comenzaron a disparar.

—¡Ahí! —gritó Charlotte, y señaló las luces que caían del cielo por todas partes. Eran las bengalas que lanzaban los aparatos de la Royal Air Force para ubicar con mayor precisión sus objetivos. Había quien los llamaba «árboles de Navidad».

—¡Al sótano! —gritó Paul, y arrastró con él a Charlotte, que observaba el fenómeno fascinada.

Justo cuando cerraron la puerta del sótano, el ataque estalló sobre ellos. Se tambalearon hacia el interior del refugio y se agacharon entre el resto; Charlotte se tapó los oídos y Paul notó horrorizado que el suelo temblaba. El bombardeo no cesaba, sintieron los impactos muy cerca de ellos y en ese instante Paul supo que apuntaban a la fábrica. Entonces la luz empezó a parpadear y el sótano se sumió en la oscuridad. Se había cortado el suministro de luz. Esperaron aterrorizados a que el ataque terminara de una vez, se estremecían con cada sacudida, se oían los gemidos de Alicia, Lisa sollozaba, Hanna le hablaba en voz baja a Humbert, que seguramente era presa del pánico. En algún momento se oyó la sirena de un camión de bomberos, aunque el tono prolongado del cese de alarma se hacía esperar.

—No pueden avisarnos con la sirena —dijo Gertie en la negrura del sótano—. No hay corriente.

Parecía lógico. Paul decidió abrir con cuidado la puerta de acero; no estaban seguros de lo que se encontrarían fuera. Subieron la escalera del sótano y comprobaron aliviados que el vestíbulo estaba intacto. En el primer piso también parecía estar todo en su sitio.

—¿Por qué hay tanta luz? —preguntó Charlotte.

Por la ventana entraba un resplandor titilante.

—Incendios por todas partes —dijo Marek—. La ciudad está en llamas.

Subieron corriendo al primer piso, donde la luz temblorosa permitía distinguir paredes y muebles. Luego se ayudaron de las linternas. Treparon al entramado del tejado para comprobar que no se hubiera prendido, pero estaba a oscuras; se habían librado. Después se acercaron a las ventanas y contemplaron horrorizados la ciudad en llamas.

—¡Mirad el casco antiguo! —dijo Marek con voz ronca—. ¡Un mar de llamas!

¡Dios mío! ¡Kitty, Henny y Robert! ¿Habrían bombardeado Frauentorstrasse también? ¿Y Tilly, Jonathan y Edgar? ¿Estarían en el refugio antiaéreo? ¿Y si habían quedado sepultados y morían asfixiados?

Al este, las llamas envolvían las naves en ruinas de la fábrica. Las barracas de las obreras polacas también ardían. ¿Y Lechfeld, que no quedaba lejos de la fábrica? Allí también se alzaban las llamas desde los edificios destruidos.

—Ocúpese de todos, por favor —le pidió Paul a Marek—. Tengo que ir.

—¿A la fábrica? Pero si no podrá hacer nada… Hasta que no lleguen los bomberos…

Paul no respondió y echó a correr. Le entregó la linterna a Lisa, que iba hacia él llorando, de camino arrancó una bufanda de lana del perchero y salió de la casa. Fuera hacía un frío helador, esa noche el termómetro marcaba dieciocho grados bajo cero. A los bomberos les costaría trabajar, ya que los estanques y las reservas de agua estaban congelados. A eso se sumaba que los tejados de las casas afectadas ardían como la paja, seguramente se habían lanzado bombas de fósforo que aceleraban los incendios. Al atravesar los campos helados, tuvo que detenerse varias veces a coger aire y dejar que su corazón desbocado se tranquilizara un poco.

Desde la distancia ya se podía ver que la fábrica de telas Melzer, a la que su padre entregó su vida y él mismo la suya, había sido arrasada esa noche. Ardía incluso la caseta del portero; el edificio de la administración era una ruina ennegrecida e iluminada de forma fantasmagórica por las llamas que salían de las naves. No se veía un alma. No podía comprobar si las obreras polacas habían podido guarecerse en el refugio antiaéreo con los guardias porque para ello tendría que cruzar el patio, y sobre el empedrado había fósforo en llamas.

Se cruzó con gente que venía de Lechhausen. En sus rostros se dibujaba una apática desesperación. Una mujer tiraba de una carreta en la que llevaba todo tipo de trastos, otra empujaba un carrito de niño, un hombre mayor cargaba al hombro un saco medio lleno. Querían marcharse de la ciudad y no sabían adónde ir. Paul se detuvo y pensó si debía ofrecerles refugio en la villa, y entonces distinguió a Hilde Haller entre los que huían. Casi no la reconoció porque tenía el rostro ennegrecido por el humo y llevaba el pelo cubierto con un pañuelo.

—¡Hilde! —gritó—. ¡Señorita Haller!

Ella se paró, estaba tan aturdida que en un primer momento no lo reconoció, después corrió hacia él.

—Señor Melzer... ¿Qué hace aquí? ¿No será que la villa de las telas..?

—No, hemos tenido suerte. ¿Y usted? No tiene buen aspecto.

Avergonzada, se frotó la suciedad de las mejillas, pero también tenía las manos llenas de hollín.

—Todo destruido. Hemos... hemos salido a duras penas del refugio antiaéreo. La puerta estaba bloqueada por los escombros, tuvimos que trepar por una ventana...

—Venga —dijo rodeándola con el brazo—. En la villa hay habitaciones libres. Puede quedarse con nosotros.

—Pero... no tengo nada... Se ha quemado todo. Mis muebles, la ropa...

—Ya le encontraremos algo —dijo él, y curiosamente fue capaz de sonreír en medio de aquel infierno. Porque estaba viva y la tenía cerca.

—Gracias —susurró, tan bajito que él apenas la oyó.

En ese momento llegaban por Haagstrasse dos camiones de bomberos que viraron hacia Lechhausen y pasaron muy cerca de ellos. Los siguieron coches con voluntarios y personal sanitario. En algún lugar otra explosión hizo temblar el suelo, ¿se habrían lanzado bombas con temporizador? Paul tomó la mano de Hilde y la llevó hacia el sendero que conducía a la villa campo a través. Tenían que caminar despacio para no resbalar en las zonas heladas, y ya no se giraban para mirar la fábrica destruida sino que contemplaban horrorizados la ciudad envuelta en llamas, en la que se alzaban las siluetas negras de las torres y los hastiales.

Otra explosión los asustó. Luego dos más en los prados, no muy lejos de ellos.

—¡Han vuelto! —exclamó Hilde, y señaló el cielo nocturno—. ¡Están cayendo más bombas!

Tenía razón. Poco después del primer ataque, los británicos efectuaron otro aún más intenso, y esa vez no necesitaron bengalas: la ciudad en llamas les ofrecía un blanco seguro. La gente que acababa de arrastrarse fuera de los refugios regresó a ellos a toda prisa, el personal de auxilio también tuvo que buscar cobijo, la defensa antiaérea prácticamente ni se oía. Poco después se volvió a desatar el infierno a su alrededor, las bombas caían muy seguidas, lanzaban trozos de hielo, piedras y terrones de tierra por los aires, derribaban árboles, las ramas prendían, el agua helada de los arroyos inundaba los campos cubiertos de nieve. Se tiraron al suelo y Paul abrazó a Hilde, la protegió con su cuerpo de los proyectiles que volaban a su alrededor. Se quedaron así mucho rato, aferrados el uno al otro, sabiendo que cualquier momento podía ser el último, que estaban totalmente expuestos a los escombros que les caían encima.

Una eternidad después, cuando las detonaciones cesaron, se levantaron del suelo medio congelados y Paul contempló incrédulo el resplandor rojizo que se alzaba hacia el cielo nocturno frente a ellos. La villa de las telas también estaba ardiendo.

23

Dos días más tarde

—Habría podido ser peor —dijo Fanny Brunnenmayer—. Seguimos vivos y tenemos un techo. A otros no les va tan bien.

Estaba al fogón y removía la olla grande, que además de patatas y tres gruesas cebollas solo contenía un vaso de judías de bote. Ya no había carne ni tocino en la casa. Quedaban tres cubitos de caldo; tendrían que arreglarse.

—Pero es bastante grave —se quejó Else—. No queda nada del anexo, todo está destruido, la señora Winkler ni siquiera tiene un vestido que ponerse. Hoy han encontrado el cofre con sus joyas. Se ha derretido todo en un pegote...

—Mejor que se quede sin las joyas a que hubiese perdido la vida —respondió la cocinera, y se sentó agotada en su silla porque estar de pie no le hacía bien a sus piernas.

Aún no se sabía cuántas personas habían muerto la fatídica noche. Lo único seguro era que miles se habían quedado sin hogar y los hospitales apenas podían atender a tantos heridos. Muchos de los que sobrevivieron lo habían recogido todo para mudarse al campo, donde se creían a salvo de más bombardeos. Se alojaron en los pueblos, lo que trajo problemas, pues no pidieron consentimiento a la población rural.

Los habitantes de la villa habían salido hasta cierto punto bien parados, pues solo el anexo estaba afectado y la casa principal se mantenía en pie. Sin embargo, el fuego había pasado al tejado del edificio principal y allí causó algunos daños, sobre todo en la zona del desván que utilizaban para secar la ropa, pero los cuartos del personal seguían intactos. Hasta el día anterior no consiguieron apagar definitivamente el incendio, y ya estaban registrando con precaución los escombros del anexo en busca de restos aprovechables. No obstante, pronto se comprobó que se había perdido casi todo, pues el armazón del tejado había cedido cuando estaba en llamas hundiendo los techos.

Dentro de la desgracia tuvieron suerte porque varios impactos en el parque rompieron el hielo del estanque, de modo que pudieron acceder al agua para extinguir el incendio. Esa noche todos salieron de la casa con cubos y barreños e intentaron luchar contra el fuego. Finalmente el señor Melzer apareció con la señorita Haller y se unieron a los trabajos de extinción. Al menos, hasta que los bomberos llegaron por la mañana, lograron contener hasta cierto punto las llamas e impedir que el fuego se propagara a la casa principal, de lo que todos se alegraron mucho. Tampoco nadie había resultado gravemente herido, solo la señorita Haller había tenido que acostarse por la mañana con fiebre; se había resfriado y aún no se había recuperado.

Por otra parte, habían tenido que apretarse en la villa pues también la señora Kitty Scherer se había mudado allí con su suegra y su hija Henny, porque las bombas habían alcanzado la casa de Frauentorstrasse. Todos estaban muy deprimidos porque el señor Scherer, el marido de Kitty, había resultado herido y estaba en el hospital central. Estuvo ayudando en los trabajos de extinción y se cayó en una trinchera.

Al ser tantos, fue una suerte que aún se encontrasen en el desván las viejas camas que Alicia había desechado años atrás.

Para el señor Melzer habían puesto una en la lavandería porque había cedido su dormitorio a su hermana Lisa y a Charlotte. En el cuarto de Dodo dormía la señora Gertie von Klippstein con su pequeño Herrmann, el de Kurt estaba a disposición de la señora Gertrude Bräuer y en el de Leo vivía la señorita Haller. En realidad, ella habría preferido dormir en la lavandería, pero el señor Melzer insistió en que tuviese un cuarto decente porque estaba enferma y necesitaba cuidados.

—Está muy preocupado por la señorita Haller —dijo Auguste—. Estaban en los prados cuando cayeron las bombas. Se tumbaron en el suelo, ¡Jesús, lo que habría podido pasar!

Hanna asintió triste a las palabras de Auguste porque no había entendido el doble sentido. Pero Else pensó que Auguste tenía una fantasía desbocada.

—Pero ¿qué podía haber pasado mientras caían las bombas por todas partes?

—Yo solo lo digo… —respondió Auguste encogiéndose de hombros— porque el pobre señor lleva viviendo solo mucho tiempo.

—¿Sigues teniendo esa lengua desvergonzada, Auguste? —gruñó la cocinera—. Hilde Haller es una muchacha agradable y discreta; no consiento que la critiquen. ¡Y al señor menos!

Ofendida, Auguste guardó silencio y fue a llevarle a Alicia una manzanilla.

—No sea tan dura con mi madre —dijo Liesl a Fanny Brunnenmayer—. Ya tiene suficientes penas.

—Tú no tienes menos, Liesl —afirmó la cocinera con tristeza—. La guerra, la miserable y maldita guerra nos afecta a todos. Así fue en la Gran Guerra y ahora tampoco es distinto. ¡Que Dios tenga piedad!

Auguste había recibido la noticia de dos muertes muy seguidas. Maxl había caído en Italia y Fritz había corrido la misma suerte en África. Su benjamín no cumplió los veintiún años. Y Hansl había escrito la semana anterior, llevaba un tiempo en el hospital militar y pronto volverían a mandarlo al frente. Aún no sabía dónde.

Auguste había perdido a dos de sus tres hijos y Liesl a dos hermanastros. Y de Christian no sabían nada desde hacía semanas, lo que no era buena señal.

En la cocina muy rara vez se hablaba de ello; también Auguste había ocultado su pena a los demás y no lo contó hasta días más tarde. Desde luego, era una tragedia y todos intentaron consolarla, pero ¿qué consuelo podían darle?

—Traje al mundo a mis muchachos y me apreté el cinturón para criarlos —dijo sollozando—. Trabajé para que prosperaran y siempre los quise...

—El Señor dio, el Señor quitó. Alabado sea el nombre del Señor —murmuró Else.

Pero eso tampoco servía de consuelo. Hanna lo había entendido mejor, pues abrazó a Auguste impulsivamente, la estrechó y lloró con ella.

Pero desde el terrible ataque aéreo había tanto trabajo en la villa que nadie podía pensar más en su pena. Tuvieron que preparar los cuartos, en la biblioteca montaron dos camas para la señora Scherer y Henny, y además había que hacer cola durante horas para conseguir algo de comida. El casco urbano estaba lleno de ruinas humeantes, por todas partes había escombros. Hanna y Liesl contaron que era difícil encontrar las calles. También habían bombardeado la estación; si bien habían despejado poco a poco las vías de acceso, apenas llegaban suministros a la ciudad. De todos modos, el gobierno había dispuesto depósitos con alimentos básicos para mitigar la escasez. Delante había largas colas y lo poco que finalmente Hanna y Liesl llevaron a la villa apenas bastaba para llenar tantas bocas.

—¡Señora Brunnenmayer! —exclamó Hanna desde la puerta de la cocina—. Creo que ahí viene la señora Kortner con Edgar. Seguro que quiere ver cómo se encuentra la señora Alicia.

—¡Jesús! —dijo la cocinera con gesto preocupado, y se levantó para vigilar la comida—. Otras dos personas para el almuerzo, tengo que alargar el cocido. Dame el hervidor, Liesl. En mi vida he cocinado un aguachirle así. Ni siquiera en la Gran Guerra, cuando por lo menos había nabos…

Humbert apareció muy contento por la puerta que daba al vestíbulo y entró en la cocina con un pan y un paquetito de café. Llevaba un abrigo desechado del señor porque ayudaba fuera en los trabajos de reparación.

—De parte de la señora doctora —dijo, y dejó los regalos sobre la mesa de la cocina—. Se lo ha dado una paciente y nos lo trae porque viene a almorzar con Edgar.

—Córtalo en trozos, Liesl —dijo la cocinera mirando el pan—. Así todos tendrán un poco de pan con la sopa. Y habrá café después de la comida. Ya puedes avisar para comer, Humbert.

Humbert se apresuró en salir de la casa, pues ahora el gong no servía de mucho. El señor estaba con Marek en el tejado de la casa principal tapando las aberturas con madera y tela asfáltica a fin de que no entrase lluvia o nieve. Henny Bräuer y su prima Charlotte ayudaban, buscaban material aprovechable entre los escombros del anexo, arrastraban restos de vigas, tablones y tejas quemadas porque no se podía conseguir nada mejor. Ambas habían revuelto el ropero de Kurt y se habían puesto pantalones largos porque era más práctico para revolver entre los escombros. También Hanna, Humbert y la señora Scherer participaban en los trabajos de reparación. La catástrofe había conseguido que todos los habitantes de la villa —señores y personal— trabajaran juntos para proteger su hogar de daños mayores. Mientras, nadie sabía si sus esfuerzos no se frustrarían con el siguiente ataque aéreo.

Pasó un rato hasta que los señores se reunieron en el comedor. Dos asientos seguían vacíos, pues el señor y Henny dejaron el recado de que no querían interrumpir el trabajo mientras hubiera buen tiempo. También Marek y Hanna estaban todavía ocupados fuera.

—Me alegro de que la señora Melzer siga en la cama y no pueda estar presente en el almuerzo —dijo Humbert, que se había cambiado a toda prisa y llevaba los guantes blancos para servir—. El atuendo con que algunos miembros de la familia se han sentado a la mesa no responde de ninguna manera a las costumbres de la casa.

En efecto, la señora Winkler había aparecido con la bata forrada de algodón y con calcetines de lana. Además de su camisón y las zapatillas, tan solo tenía el grueso abrigo de invierno, el que se puso la noche del bombardeo pues en el sótano hacía un frío glacial. La señora Scherer no había salvado mucho más, pero ella, Charlotte y Henny se habían servido del ropero de Dodo, ya que podían ponerse las cosas de la delgada Dodo. Ese día nadie se molestó en peinarse de forma correcta, una costumbre en las comidas.

Tras vacilar un instante, Humbert se permitió advertir con tacto a Charlotte que tenía una telaraña en el pelo.

—¿A quién le importa eso? —respondió Charlotte encogiéndose de hombros.

—Sobre todo a ti, Charlotte —dijo la señora Scherer—. Una puede arrastrar escombros y subir vigas carbonizadas por las escaleras si es necesario, pero nunca puede abandonarse. Si una mujer se pasea como un adefesio, ha perdido la autoestima.

Humbert se quedó tan impresionado por la sentencia de la señora Scherer que lo transmitió en la cocina. No sin añadir que ella estaba sentada a la mesa perfectamente vestida y peinada pese a todas las preocupaciones y los inusuales trabajos.

—Cada uno en su estilo —comentó la cocinera, imperturbable—. Me sorprende que se meta tan a fondo en el trabajo sucio. Pero la señorita Kitty siempre fue buena dando sorpresas. Ahí... No olvides el pan, Humbert. También hay postre, he abierto dos frascos de compota de manzana.

Las porciones eran diminutas, ya que solo los señores eran once y debía sobrar un poco para el personal. Pero la cocinera añadió a cada porción una cucharadita de mermelada de fresa que había puesto en conserva justo al principio de la guerra, y menos mal que fue previsora. Mientras en el comedor bebían con fruición el café en grano que la señora Kortner había llevado, esta fue al cuarto de la señora Melzer para examinarla. Acto seguido, se subió a su coche y regresó al hospital central, donde todas las manos eran pocas para atender a los numerosos heridos del bombardeo. A Edgar le permitieron quedarse en la cocina de la villa, con Willi y Annemarie. No tenían clase, las escuelas de la ciudad y muchas otras instituciones estaban cerradas, eso si las bombas no las habían destruido.

Una vez los señores terminaron el almuerzo, el personal se sentó a la mesa para comer. Liesl había apartado las raciones para el señor y Henny que, al igual que Marek y Hanna, aún no habían ido a comer algo. Fuera, Gertie también ayudaba con los trabajos de desescombro. Llevaba un elegante abrigo y botas caras, pero no le molestaba que se ensuciaran. Pese a la inusual actividad, las mujeres parecían llevarse bien, de vez en cuando se oían incluso bromas y risas.

—Humor negro —dijo Auguste, melancólica—. Cuando pasa algo malo ya no lloras, empiezas a reír.

—Ojalá no vuelva a suceder —suspiró Else—. No lo soportaría. Ahora el sótano es muy pequeño para tantas personas.

—La fábrica es un montón de escombros —observó Humbert—. ¿Qué más quieren bombardear? Todo está arrasado.

No era del todo cierto, pues también en la fábrica estaban haciendo trabajos de descombro, y peinaban la zona en busca de algo aprovechable porque querían construir una nueva nave. Según supo Hanna, tres de las trabajadoras forzadas habían muerto durante el ataque en una barraca que ardió; a las demás las habían metido en un campo en Kriegshaber, aunque ya estaban de vuelta en la fábrica, donde tenían que ayudar a desescombrar.

—Es una suerte que tengamos a Marek —dijo Humbert—. Si no, el señor estaría solo en el tejado. Porque yo tengo vértigo.

Marek había demostrado ser de gran ayuda cuando era necesario. Los tiempos de ociosidad creativa habían pasado, y se mostraba casi a la altura de todas las tareas que le proponían; servía incluso como obrero y era más hábil en los trabajos de reparación que el señor.

—Ojalá ninguno se caiga del tejado —soltó Else—. Siempre se dice que una desgracia rara vez viene sola.

—Si dejaras los malditos dichos de una vez… —empezó la cocinera, enfadada, pero Liesl, que estaba en la ventana, la interrumpió.

—¡Un coche viene por la avenida hacia la villa! —exclamó—. Jesús, creo que es la Gestapo. Llevan uniforme…

—Entonces no son de la Gestapo, esos van de civil —dijo Humbert, y corrió a la ventana—. Pero tienes razón, Liesl… son de la policía… Subo al tejado para advertir a Marek… no sea que al final lo estén buscando…

—¿No os lo he dicho? —susurró Else—. Una desgracia…

—¡Ni una palabra más! —ordenó Fanny Brunnenmayer, que como siempre llevaba las riendas—. Si alguien nos pregunta… ¡no hay ningún Marek aquí!

No quedaba mucho tiempo para tomar precauciones, pues el coche se detuvo delante de la entrada y se bajaron tres hombres de uniforme pardo.

—Liesl, corre a la terraza y avisa a Hanna y a los señores. Auguste, abre la puerta lo más tarde posible e intenta entretenerlos —ordenó la cocinera—. Else, ¡cuida de Edgar y Annemarie, que están en el parque con Willi!

Sonó el timbre de la puerta. Liesl salió corriendo como una gacela para advertir a los señores y Auguste se alisó el delantal antes de dirigirse despacio a abrir. Else se puso el abrigo y se echó la bufanda al cuello.

—Date prisa —la apremió la cocinera—. ¡Que los niños no se vayan de la lengua si les preguntan por Marek!

—¿Quiere que me resfríe? —refunfuñó Else—. De todos modos, tengo que esperar hasta que estén en casa, si no me verán corriendo por el patio.

También era cierto. Nerviosa, Fanny Brunnenmayer se acercó a la ventana, pero solo vio el coche, en el que ya no había nadie uniformado. Así que se habían bajado los tres.

Entonces escuchó voces en el vestíbulo y cojeó deprisa hasta la puerta para poner la oreja. En ese caso tenía que estar permitido, pues se trataba del bien de los habitantes de la villa.

—Nos han informado de que la señora Gertraut von Klippstein se encuentra aquí —dijo una voz masculina—. ¿Es cierto?

—¿La señora Gertraut von Klippstein? —dijo Auguste alargando las palabras—. Bueno, en la villa hemos acogido a un montón de conocidos sin hogar… tengo que pensarlo… ¿Cómo ha dicho? ¿La señora Von…?

—¡Von Klippstein! —respondió la voz masculina con impaciencia—. Déjese de numeritos. Sabemos que está aquí y tenemos que hablar con ella.

—Sí, si tienen tanta prisa… entonces miraré… Por favor, esperen aquí mismo, enseguida vuelvo…

—¡La acompañamos!

Fanny Brunnenmayer se sorprendió. ¿Qué querían de Gertie? Volvió a la ventana y pudo ver cómo Marek corría por el helado parque en dirección a la cuadra. Tuvo que ir en zigzag para esquivar los socavones de las bombas que había en el prado. La cocinera rezó por que ninguno de los tipos uniformados mirase por la ventana justo en ese momento. En la cuadra Marek había cavado un escondite que, como él afirmaba, era absolutamente seguro. No había revelado a nadie cómo era aquello y qué aspecto tenía.

Fanny Brunnenmayer tuvo que sentarse en su silla porque sus piernas protestaban por tanto trasiego. Apenas tomó asiento, Else apareció en la cocina arrastrando a Annemarie y a Edgar.

—Mete al perro —ordenó, pues le preocupaba que al final Willi pudiese revelar el escondite de Marek.

Acto seguido, Liesl regresó y anunció nerviosa que tres policías interrogaban a Gertie en el comedor.

—Pero ¿qué quieren de ella? —se sorprendió Else, que se quitaba el abrigo con gran parsimonia.

—No lo sé. Pero debe de ser algo importante porque también quieren hablar con el señor y con la señora Winkler.

Fanny Brunnenmayer se temía lo peor. ¿Y si Ernst von Klippstein había delatado al pobre Marek ante la Gestapo para vengarse y ahora el señor tenía dificultades porque había protegido a un judío?

—¿No os lo he dicho? —repitió Else—. Una desgracia…

—¡Cierra el pico! —la reprendió la cocinera, furiosa—. ¡Como vuelva a oír ese dicho otra vez, no sé lo que te hago!

Liesl puso dos vasos sobre la mesa y sirvió un té caliente a los niños, que estaban completamente helados.

—Si alguien os pregunta por Marek, decís que no tenemos jardinero en la villa —les explicó.

—¿Por qué? —quiso saber Edgar.

—Porque nuestro jardinero está en la guerra.

—Pero si Marek…

—No es jardinero. Y tampoco está aquí.

—¿Y dónde está? —se sorprendió Annemarie.

—Se fue.

Fanny Brunnenmayer suspiró. En caso de que un hombre de la Gestapo llamase a los niños para sonsacarles, daría con la verdad enseguida.

Se oyeron los pasos pesados de Auguste en el pasillo del servicio. Entró en la cocina jadeando por los nervios, las mejillas le ardían, y se sentó para coger aire.

—¡Menudo asunto! No os lo vais a creer. Ahora están con Humbert. También han preguntado al señor y a la señora Winkler. Y a la señorita Winkler…

—¡Yo no les diré ni una palabra! —dijo la cocinera, colérica—. No delataré a Marek. Y si me detienen… no me sacarán nada…

—Qué va, ¡no se trata de Marek! —la interrumpió Auguste—. Han matado a Ernst von Klippstein. Lo han encontrado en su casa de Steingasse…

—¿El… el señor Von Klippstein? —susurró Else y, asustada, se tapó la boca con la mano—. Virgen santa, apiádate de su alma.

—Estaba muerto y bien muerto —continuó Auguste—. Y ahora creen que podría haber sido su mujer. Pero estuvo todo el tiempo aquí, ¡esa es la verdad, todos podemos probarlo!

Así era, el señor Von Klippstein y Gertie fueron a la villa a comer el fatídico día del bombardeo, y ella no se había marchado desde entonces.

—¿Y cómo te has enterado? —preguntó Liesl, sorprendida.

La pregunta era innecesaria. Hacía muchos años que los oídos de Auguste llegaban sin esfuerzo a todas las habitaciones de la villa.

24

Julio de 1944

Un avión de correo las había llevado hasta Núremberg y desde allí tenían que seguir en tren hasta Ratisbona-Prüfening. Dodo le había cedido el asiento de ventanilla a su compañera Lilly Schweinsberg; los cuatro pasajeros restantes eran soldados de la Wehrmacht que regresaban del permiso de vacaciones a su unidad. Ya eran más de las once de la noche, tres de los hombres dormían y el cuarto intentaba escribir una postal bajo la mortecina luz de emergencia. Se apagaba una y otra vez; al final, se metió la tarjeta y el lápiz en un bolsillo interior y extendió las piernas para dormir también.

Dodo estaba pensativa. A primera hora de la mañana, el Ministerio del Aire del Reich les había comunicado su destino tras haber completado con éxito su entrenamiento con diversos tipos de aviones en Berlín-Rangsdorf. De ahora en adelante, ella y Lilly pertenecían al tercer escuadrón de traslado Sur y tenían su base en Ratisbona, en la fábrica de Messerschmitt.

—¿No es maravilloso? —comentó Lilly, entusiasmada—. Pilotaremos el Bf 109, ¡un sueño! ¡Y probablemente también otros aparatos, quizá incluso aviones extranjeros que han capturado nuestros aviadores y, una vez reparados, están listos para las operaciones de la Luftwaffe!

Lilly ya había mostrado su nerviosismo durante el cursillo de dos semanas. Dos años menor que Dodo, antes de la guerra había sido piloto de acrobacias, había tenido su propio avión y había hecho vuelos promocionales para varias plantas industriales. Al parecer también había participado en competiciones de vuelo acrobático… pero siempre acababa en las últimas posiciones.

—Estaba claro desde el principio —dijo encogiéndose de hombros—. Cuando participaba una Elly Beinhorn, una Vera von Bissing o una Liesl Bach… no había ninguna posibilidad. Porque los premios siempre van a los nombres conocidos.

Dodo comentó que también había que realizar una buena ejecución para ganar. Pero la cariñosa Lilly simplemente lo había pasado por alto.

—Sabes —dijo sin perder su entusiasmo—, estoy muy contenta de volar otra vez y además servir a nuestra patria en estos tiempos de lucha. Por fin han visto que las chicas alemanas también son válidas para la Luftwaffe.

Dodo no opinó al respecto. Por supuesto, a ella también le parecía bonito volver a pilotar un avión. Pero no en esas circunstancias. Y menos en una misión de guerra.

—Los ingleses y los rusos… no son tan remilgados para eso —siguió charlando Lilly, alegre—. Ellos tienen mujeres que hacen operaciones militares. No sé si es verdad, pero hablan a menudo de las «brujas de la noche» soviéticas, que avistaron en el frente este…

—¡Eso solo son cuentos!

—Ay, los soviéticos son capaces. Dejan que sus mujeres carguen con piedras y construyan casas. Pero me parece excelente que a las chicas alemanas nos movilicen como aviadoras de traslado.

Durante el transcurso de la guerra, los dirigentes nacionalsocialistas tuvieron que reconocer que la mujer alemana, que solo debía ser madre, esposa y guardiana de la vida doméstica, también podía realizar en tiempos de crisis otras tareas que hasta el momento estaban reservadas a los hombres. Ahora trabajaban en los talleres, manejaban los cañones antiaéreos, se desempeñaban como ayudantes de bombero, como cobradoras de tranvía, como jefas de tren y en muchos otros oficios. También el Ministerio del Aire del Reich recurrió a las capacidades desaprovechadas de las aviadoras alemanas dándoles la posibilidad de reforzar a la Luftwaffe como mensajeras, pilotos de pruebas o de transporte. Al principio solo era para las que se presentaran voluntarias, pero al final llamaron a filas a las pilotos al igual que a los hombres.

—Prefiero pilotar antes que estar en un refugio antiaéreo y morir de miedo —terminó Lilly su discurso, y miró a Dodo con una sonrisa desafiante.

—Hay algo de verdad en eso —asintió Dodo, cansada.

Por suerte, después se subieron al avión de correo y durante el vuelo Lilly no pudo seguir charlando porque el ruido del motor lo acallaba todo. Aun así, el humor de Dodo no mejoró; le habría gustado que la máquina se pilotara sola en lugar de tener que sentarse detrás y mirar cómo el joven piloto se hacía el importante. Pero seguro que era injusta con él; esos jóvenes recibían una instrucción de vuelo acortada y hacían demasiado pronto sus primeras misiones. La guerra les había costado la vida a muchos pilotos experimentados, y la siguiente generación de pilotos era cada vez más joven y la formación, más corta.

Después de todo habían aterrizado en Núremberg de forma segura, aunque con unos cuantos baches. Dodo le dio la mano al joven y le deseó lo mejor.

—Yo también se lo deseo, señorita. ¿Y adónde va? ¿Con la Cruz Roja?

—Con Messerschmitt. Misión de guerra como piloto.

Se sorprendió. Por lo visto también era de los que pensaban que las mujeres no eran capaces de pilotar un avión.

—Pues sí. *Heil Hitler.* ¡Y buen vuelo!

—¡Igualmente!

Ahora iban en el tren expreso camino de Ratisbona. Tras un rato, Dodo constató que Lilly se había adormilado, tenía la cabeza apoyada en el acolchado de la pared y los brazos cruzados sobre el pecho. Y escuchó su leve ronquido. También dos de los soldados respiraban profundamente; a Dodo le habría gustado bajar un poquito la ventana porque el ambiente estaba cargado, pero no quería despertar a Lilly. Lo mejor sería dormir un poco porque no sabía lo que la esperaba por la mañana en Ratisbona. Aunque estaba muy cansada, el duermevela no quería aparecer.

En su lugar resurgió en su interior la rabia por el examen que no pudo hacer en la Facultad de Tecnología. Con lo difícil que había sido estudiar todas las materias y asistir a los seminarios obligatorios en los últimos dos semestres. Múnich había sufrido graves bombardeos, la universidad solo podía seguir funcionando con grandes esfuerzos, quedaban en casas deshabitadas, se reunían en edificios en ruinas o en los pisos de los profesores. Tras los ataques aéreos se volcaron para apagar los incendios y rescatar a los heridos, algunas noches apenas habían dormido. Como muchos chicos estaban en la Wehrmacht, había más mujeres que estudiaban, pero también extranjeros de Francia o Italia. Pese a todas las dificultades, Dodo estaba decidida a hacer el examen final y ya tenía la fecha, y entonces apareció de improviso una orden del Ministerio del Aire del Reich en su habitación.

«En estos momentos de lucha mundial todos los compatriotas tienen que estar preparados para contribuir a la victoria final de nuestra patria con las capacidades que le ha dado...».

Tuvo que cancelar el examen, la habían convocado como aviadora de traslado de la Luftwaffe y debía hacer un curso de readaptación profesional de dos semanas en Rangsdorf para afrontar la gran tarea. Después su destino estaría en cualquier lugar donde se producían o se arreglaban aviones de caza. Tras su puesta a punto, las máquinas tenían que trasladarse a las bases aéreas de la Luftwaffe, donde los pilotos de combate los recibían y los pilotaban en las misiones de guerra. Esos traslados no eran en absoluto seguros, pues los cazas de los aliados estaban por todas partes; había muchas posibilidades de ser abatido en uno de esos vuelos.

A Dodo no le asustaba la misión, no era cobarde y confiaba en sus capacidades aeronáuticas. Pero era una enorme injusticia que no le permitieran hacer el examen para el que había trabajado duramente durante cuatro años.

Podía retomar la carrera tras la guerra, según decía ese escrito. ¡Tras la guerra! ¿Acaso creían que para entonces la Facultad de Tecnología iba a funcionar de forma aceptable? Mientras hacía ese curso estúpido y totalmente superfluo en Rangsdorf, los aliados habían reducido a cenizas el edificio principal de la Universidad de Múnich. Cuando esa miserable guerra acabara, ya nadie en Alemania pensaría en algo como un examen final. Primero tendrían que reconstruir las universidades.

Por supuesto, no cogió el sueño hasta poco antes de llegar a Prüfening, donde tenían que apearse. Muerta de cansancio, se tambaleó tras Lilly, estuvo a punto de olvidar la mochila y se alegró muchísimo de que un vehículo de la Wehrmacht las llevase al aeródromo de la fábrica.

—Parecéis bastante cansadas —dijo el joven conductor—. ¿Ha ido bien? ¿Ningún avión en vuelo rasante?

La pregunta era fundada, pues los aviones en vuelo rasante, cuyos proyectiles atravesaban con facilidad las paredes de los vagones, atacaban los trenes a menudo. Entonces el tren se detenía, todos los pasajeros tenían que bajar y ponerse a salvo en una trinchera, un bosque o un edificio. Las máquinas enemigas volaban bajo y disparaban a objetivos móviles, también a los campesinos y sus caballos para impedirles trabajar el campo.

—Nada de eso —dijo Lilly con una sonrisa radiante—. Hemos dormido a pierna suelta, ¿verdad, Dodo?

—Sí, ha sido muy... agradable.

—Ahora mismo os presentarán al capitán Weissmüller, el jefe del escuadrón Sur, después os darán vuestros planes operativos...

Dodo se acurrucó en el coche y esperó que no tuviesen su primera misión ese día, pues necesitaba sin falta una cama y un par de horas de sueño.

La zona industrial de Messerschmitt en Ratisbona era un poco más extensa que en Augsburgo, pero se apreciaba a primera vista que también allí las bombas enemigas habían destruido muchas de las naves. Sin embargo la actividad continuaba, se veía gente ir y venir, trasladaban escombros, reparaban las naves, y en el aeródromo, que estaba un poco más lejos, había varios aparatos. También un Bf 108, el avión favorito de Dodo. Los otros cazas eran Bf 109.

También los edificios administrativos estaban dañados, y los despachos se llevaron a las zonas que habían quedado intactas. Mientras el joven aviador las llevaba al despacho del jefe de escuadrón, Dodo tenía una buena panorámica de la zona industrial a través de las pequeñas ventanas. Prüfening era un bonito lugar, cubierto de bosque y campos verdes, y rodeado por un ameno meandro del Danubio. En una parte vallada había barracas de madera y supuso que allí alojaban a los polacos. Una trinchera rodeaba el recinto, el único refugio que los trabajadores forzados tenían a disposición contra los bombardeos.

El capitán Von Weissmüller resultó ser un hombre comprensivo que se preocupaba como un padre por las tropas que le habían confiado. Se enteraron de que una gran parte de los aviadores de traslado destinados allí eran mujeres.

—Primero familiarícense con el entorno, señoras. Y mañana a las ocho preséntense en mi despacho.

El alojamiento era espartano; dormían ocho en una habitación pequeña, que incluía cuatro literas y una mesa, además de una taquilla para cada uno. Los aseos estaban justo al lado: una ducha y cuatro lavabos tenían que bastar para todos. Los servicios se encontraban al otro lado, y el refugio antiaéreo estaba a unos cien metros. También les proporcionaron sábanas que apestaban a desinfectante, y al tacto eran ásperas como un rayador.

—Allí hay una tienda, quizá podamos comprar champú y un par de dulces —dijo la aventurera Lilly después de que hubiesen cambiado la ropa de sus camas.

—Más tarde...

—¡Ay, dormilona! —exclamó Lilly, decepcionada, y echó a andar sin Dodo.

Dodo durmió profundamente hasta por la tarde, ni siquiera perturbaron su sueño dos compañeras de cuarto que aparecieron, se sentaron a la mesa y compartieron una tableta de chocolate charlando en voz alta. Solo cuando de pronto las sirenas anunciaron la alarma aérea, Dodo salió de la cama dándose un doloroso golpe en la cabeza contra el somier de acero de la litera de arriba. Se puso el pantalón del chándal y echó a correr con el resto hasta el refugio antiaéreo.

Ese día tuvieron suerte, las bombas de la Air Force estadounidense solo alcanzaron un edificio que ya estaba dañado. La mayoría explotó en algún lugar del bosque. Allí no hicieron muchos aspavientos porque no era el primer ataque que sufría la planta como objetivo, y los había habido peores. Pasaron la noche en la cantina, donde había bebidas alcohólicas y una aburrida conferencia de un propagandista sobre «Los aviadores alemanes: el arma más poderosa del Führer en la batalla final por la victoria de nuestra patria».

Dodo se retiró pronto para ponerse al día con su correspondencia; en primer lugar escribió a su padre, después a Henny y por último a Ditmar, con el que se carteaba por correo militar. Sus últimas noticias habían llegado de la base aérea de Stuttgart; se estaba entrenando para una misión especial de la que no podía revelar nada. Por lo demás, sus cartas eran muy sinceras y Dodo tenía la impresión de que su amistad era muy importante para él, quizá incluso vital. Escribía a menudo, en su última carta le confesó lo que haría después de la guerra. Quería abrir una escuela de aviación y le preguntaba formalmente si deseaba participar. Dodo se alegró. Por supuesto, sus planes iban en otra dirección, no quería ser profesora de aviación sino construir nuevos aviones. Pero le gustó que él le ofreciera montar algo juntos. Le contestó que tras la guerra ante todo quería realizar su examen, pero pensaría en su propuesta. Al día siguiente llevaría las cartas a la oficina, el correo militar era rápido y eficaz. Todo lo que concernía a la Wehrmacht estaba muy bien organizado en Alemania; también allí, en el escuadrón de traslado, se podía comprar un montón de cosas con las que solo habría podido soñar en Múnich. Sobre todo alcohol, pero además perfumes, chocolate, café y productos típicos de Francia. Y la comida era excelente.

«La última comida», pensó Dodo mientras se atiborraba de chocolate con leche. En Berlín alguien contó que, durante los últimos dos meses, más de diez pilotos mujeres no habían regresado de sus misiones de traslado. Sobre todo eran muy peligrosos los vuelos al oeste porque allí los aliados tenían la soberanía aérea en algunas zonas. Entonces uno iba por su cuenta y no tenía protección de la Luftwaffe. Un mes antes habían desembarcado en Normandía las tropas aliadas, la Wehrmacht debía rechazarlas y la Luftwaffe apoyaba con los medios disponibles a las unidades de tanques alemanas.

Al día siguiente tuvo la oportunidad de ver los aviones que estaban preparados para el traslado y dar un par de vueltas en un Bf 109. Ya había pilotado el «Emil» durante su entrenamiento y se las arregló sin problemas con él. Su motor Daimler-Benz estaba provisto de una bomba de inyección en lugar de un carburador, lo que posibilitaba un vuelo en picado sin que el motor fallase. Así, la máquina era superior a los cazas británicos… sin embargo, el problema era que «Emil» tenía un alcance limitado. Podía volar como máximo algo más de seiscientos kilómetros, después tenía que bajar para repostar.

Qué lástima que no pudiese examinar en detalle las cualidades aeronáuticas de ese caza, pues su tarea consistía únicamente en llevar las máquinas a su lugar de operación de forma segura.

Un día más tarde Lilly y ella recibieron su primer encargo. El punto de entrega de Dodo era la base aérea de Ingolstadt/Manching; una minucia, pues Ingolstadt estaba a poco más de ochenta kilómetros de Ratisbona.

—¿Te mandan a Ingolstadt? —dijo Lilly con mirada anhelante—. Ay, qué pena que no me haya tocado a mí. Es que en Ingolstadt vive mi tía favorita. Podría pasar la noche con ella y ver a mi prima Lieselotte, que trabaja en el cine, sabes, ya ha actuado con Heinz Rühmann…

—¿Adónde te han mandado a ti? —interrumpió Dodo la verborrea.

—¡A Stuttgart! Está tres veces más lejos y allí no conozco a nadie.

El corazón de Dodo palpitó. ¿Le acababa de abrir el destino una puerta? ¿Podría encontrarse con Ditmar en ese trayecto? No, no se trataba de amor. Era una amistad entre compañeros aviadores que en esos tiempos difíciles se había vuelto muy importante para ambos. De todos modos, era demasiado tarde para un gran amor. Eso se acabó. Había aprendido la lección. Pero verlo de nuevo, en ese momento en que cada misión podía ser la última de ambos… Una oportunidad así no se presentaba dos veces.

—Pues nos lo cambiamos —propuso—. Tú vuelas a Ingolstadt y yo a Stuttgart. A mí me da igual.

Lilly le clavó los ojos asustada, ella no pensaba en algo tan atrevido.

—Pero la orden…

—Se trata de llevar los aviones a su lugar de operación, ¿no? Una a Stuttgart y otra a Ingolstadt. En realidad da igual quién de nosotras pilote la máquina.

Lilly tenía sus dudas. No se podían cambiar así como así dos órdenes de misión. Eso iba contra todas las reglas militares.

—Pues pregunta al capitán si podemos cambiar —dijo Dodo, descontenta—. Pero si dice que no, se acabó.

Lilly vaciló, hojeó pensativa las órdenes que contenían las indicaciones y los mapas exactos del punto de destino, y después dijo:

—Podríamos haberlas confundido, ¿no?

—Puede pasar —confirmó Dodo sonriendo—. Es que las mujeres somos imprevisibles.

Recibió una mirada dubitativa, pero finalmente a Lilly le pareció que en el fondo Dodo tenía razón. Una a Stuttgart, la otra a Ingolstadt. De eso se trataba.

En efecto, nadie prestó atención a las dos aviadoras, ni los dos hombres que llenaban los tanques de combustible, ni un mecánico que estaba por allí y tampoco los compañeros aviadores. Dodo hizo la ronda de inspección, dio una patadita a uno de los neumáticos, examinó las alas y confió en que hubiesen llenado bien el depósito. Arrancó la primera, condujo el «Emil» lentamente por el prado hasta la pista de despegue, llevó el motor a la máxima potencia y disfrutó el momento en que las ruedas se elevaban de la pista y el avión empezaba a tomar altura. Elevarse en el aire como un pájaro dando vueltas en el cielo: ¿podía haber una sensación más grandiosa que esa libertad infinita?

Sin embargo, volar alto no era la mejor opción pues había nubes que no solo dificultaban la visión, sino que también ocultaban los aviones enemigos. Dodo sabía que era más seguro permanecer a ras de suelo, volar sobre casas, torres y copas de los árboles para ser menos reconocible en caso de emergencia. No obstante, se requerían unas capacidades aeronáuticas solventes, pues era fácil estrellarse con solo rozar las copas de los árboles.

Volar con un «Emil» la divertía. El caza era ligero y ágil, se pilotaba de maravilla, el motor trabajaba sin fallos; los mecánicos habían hecho un buen trabajo de reparación. Había volado más de treinta minutos a velocidad media, en otros veinte tenía que aparecer Stuttgart. El aeródromo estaba en el límite sur de la ciudad sobre una meseta ligeramente ondulada; cuando viese el Neckar, bajaría poco a poco.

De repente un Spitfire surcó las nubes ante ella, le siguieron otros dos y comprendió que los cazas enemigos la habían visto. El Bf 109 estaba equipado con dos cañones y dos ametralladoras, e iba provisto de munición… pero ella no tenía formación como piloto de combate, sería un suicidio enfrentarse a varios Spitfires.

«Abajo. Es mi única oportunidad», pensó.

Una vereda irregular recorría el bosque, pero era lo bastante ancha para pasar con el «Emil». Puso la máquina por debajo de la altura de las copas de los árboles y siguió la vereda: una empresa muy peligrosa, fácilmente podía rozar las alas y hacer explotar el tanque. Pilotaba concentrada, rogaba que no sobresaliese una rama en la vereda o un poste le obstruyera el camino. Los minutos parecían horas, ya veía que la vereda se estrechaba y más adelante no había salida. Allí tendría que elevarse para no chocar contra los árboles. Pero justo en ese instante sus perseguidores cambiaron el rumbo; había conseguido librarse de ellos. Cuando volvió a tomar altitud, al cuarto de hora vio ante sí los edificios de Stuttgart, y entonces notó que su jersey estaba empapado. En una situación de peligro se había mantenido tranquila y decidida, pero había sudado a mares.

«Menos mal que la pobre Lilly no ha volado a Stuttgart. No sé si hubiese tenido valor para aguantar esto», se dijo.

El aterrizaje en el aeródromo de Stuttgart fue limpio, salió de la máquina con las piernas temblando ligeramente y volvió a dar una palmadita en el fuselaje de acero del «Emil» para despedirse.

—Buen chico —murmuró—. Bien hecho.

Varias personas fueron a su encuentro, metieron la máquina en un hangar para llenar el depósito y cargar munición para la misión. Al principio nadie se preocupó por la aviadora, finalmente encontró al oficial responsable y le entregó los papeles.

—¡Excelente, señorita Schweinsberg! Buen trabajo. Puede descansar y comer algo en el comedor de oficiales. Por desgracia, el alojamiento aquí es complicado, pero tenemos una habitación en un hotel para usted, allí también se alojan otros huéspedes.

—Muchas gracias. Ay… Una pregunta, el aviador Ditmar Wedel… ¿sigue destinado aquí?

—¿Ditmar? Lo lamento, señorita Schweinsberg. Lo trasladaron la semana pasada. A Ingolstadt.

—¿A… Ingolstadt?

—Sí, creo. Orden del Ministerio del Aire. Operación especial en Francia, pero no puedo proporcionar información… Ah, sí… Respecto a su vuelta a Ratisbona: hasta Núremberg puede ir con un camión del ejército, y desde allí en tren. Por desgracia no puedo facilitarle un avión… Ja, ja, ja… Los necesitamos todos. Ja, ja, ja…

«El destino. Fui de lista y yo misma me he perjudicado. Cuando se lo escriba a Ditmar, probablemente se burle de mí. Pero es una lástima; quién sabe cuándo tendremos oportunidad de vernos de nuevo», pensó afligida mientras caminaba despacio hacia el comedor de oficiales.

Atribuyó la decepción que se apoderó de ella al susto que se había llevado. A fin de cuentas, había sido su primer encuentro con el enemigo.

25

Agosto de 1944

Querida mamá:

De momento estamos al sur de la ciudad francesa Falaise, que desde lejos ofrece una bonita vista con la torre blanca de su castillo. Un camarada que ha estudiado historia inglesa me contó que aquí nació Guillermo el Conquistador, un duque de Normandía que se proclamó rey de Inglaterra en el siglo XI. Dicen que fue a Inglaterra en simples botes de remos en los que transportó a sus caballos. Y por lo que he vivido estos días, puedo valorar esa peligrosa hazaña, pues he conocido los caprichos del canal con mal tiempo. Las olas de la Mancha han devorado a algunos de mis camaradas. El Primer Ejército, al que estoy asignado, se reunirá en breve con el Tercero, que se unirá a nosotros desde el sur. Desde el norte vienen los canadienses: si todo sale según lo planeado, habremos cercado a la Wehrmacht en pocos días, después no les quedará más remedio que rendirse. Por lo tanto, ya nada se interpone para que Francia sea liberada de las tropas de Hitler.

Espero que estés bien, querida mamá. Por mí no tienes que preocuparte, estoy sano y aguardo tranquilo los próximos días.

¿Has recibido correo militar de Walter? Hace semanas que no sé nada de él. Qué lástima que no luchemos en la misma unidad, lo echo mucho de menos.

¡Recibe un abrazo, querida mamá!

LEO

Cerró el sobre y le dio la carta a un soldado que recogía el correo. Después se tumbó para dormir un poco antes de empezar su guardia. Debían vigilar con extrema atención porque, pese a la absoluta soberanía aérea de los aliados, una y otra vez aparecían en el cielo cazas temerarios de la Luftwaffe que atacaban a las tropas terrestres estadounidenses con sus cañones y ametralladoras. Eran acciones inútiles, que ya no interferían en el avance de su unidad, pero habían costado la vida de algunos camaradas. Tampoco los pilotos solían sobrevivir a su misión, la artillería o los cazas aliados los abatían y morían abrasados en sus aviones. Algunos lograban tirarse en paracaídas; sin embargo eran un blanco visible, si planeaban y conseguían llegar vivos al suelo caían en manos de la Resistencia. Los guerrilleros franceses estaban por todas partes para apoyar el avance de los aliados. Leo prefería no saber qué hacían con los pilotos alemanes; estaban furiosos y tenían motivos para ello. A lo largo de la costa, los alemanes habían construido búnkeres y puesto minas terrestres; el ejército estadounidense había movilizado comandos especiales para detectarlas y desactivarlas a fin de que los tanques no estallasen si pasaban por encima.

Leo constataba lleno de horror que se estaba volviendo insensible poco a poco. Los primeros camaradas que vio morir fue cuando desembarcaron al este de la península de Contentin y les recibió el fuego de ametralladora de la Wehrmacht. Habían asignado ese sector de la costa al Primer Ejército y resultó que la Wehrmacht oponía allí la mayor resistencia. Los primeros soldados que avanzaron en botes neumáticos con el mar agitado eran unidades especiales. De esos valientes habían caído miles, muchos habían zozobrado y naufragado en las olas grises, otros habían caído bajo la lluvia de balas de la Wehrmacht. Leo fue al día siguiente. También entonces el mar estaba agitado, pero en suelo francés ya se habían establecido las unidades estadounidenses, que se zafaban de la Wehrmacht como podían. El bote neumático que los llevó a él y sus camaradas había arribado sin problemas, pero en la playa ayudó a rescatar a los soldados muertos que había arrastrado el mar. Reconoció a dos de ellos, habían esperado juntos en Inglaterra para llevar a cabo su misión y, como él, ardían en deseos de que por fin empezara; se impacientaban porque el Día D, la gran operación de desembarco en la costa francesa, se aplazaba una y otra vez. Ahora ambos yacían ante él en la arena, ablandados por la pleamar de la Mancha y con las caras hinchadas; uno era aún estudiante, y el otro le habló de su prometida, que lo esperaba en Filadelfia y estaba muy orgullosa de él.

La guerra era una ocupación miserable e inhumana, no tenía nada que ver con el heroísmo, más bien con el sudor, la suciedad y la sangre, con heridas que desgarraban los cuerpos y gemidos de soldados moribundos. ¿Qué lo había llevado a alistarse voluntariamente, a dejarse arrastrar por el nerviosismo general de los que querían hacer algo para vencer a la Alemania nazi y liberar el país? No era ni un héroe ni un soldado; era músico y no servía para la guerra. Le faltaba la voluntad de matar, quizá era eso. No soportaba ver tantos muertos, ya no podía dormir y tenía alucinaciones, en sus oídos zumbaban los motores de los vehículos blindados, rompían las olas del canal de la Mancha, se repetían los gritos de los moribundos, el susurro de los muertos. Primero pensó que se volvería loco, más tarde eso fue desapareciendo y una espantosa tranquilidad se instaló en él. Como una alfombra gruesa y suave, la impasibilidad se extendía por su interior, sofocaba el horror, el espanto, la repugnancia, y lo volvía insensible. Lo ayudaba a sobrevivir. Era bueno y terrible a la vez. No sabía cómo, en caso de que saliese vivo de esa guerra, lograría ser de nuevo una persona sensible. O incluso componer.

No podía escribirle todo eso a su madre. No lo comprendería, nadie en Estados Unidos podía concebir algo así, solo sus camaradas estaban al tanto. Pero tampoco hablaban de ello; cada cual se las arreglaba.

Se puso junto a George, que dormía como un bebé y sonreía un poco. Al menos lo parecía. Quizá soñase con su casa, con su hermana, que tenía tres hijos, con su madre, con sus cuatro hermanos pequeños. Había conocido a George en la revisión médica de Nueva York, se alistaron el mismo día y más tarde los llevaron a Inglaterra en el mismo barco. George era de piel oscura, le había contado a Leo que sus tatarabuelos trabajaron como esclavos en los campos de algodón de Luisiana, y que su abuelo tuvo una tienda en Nueva Orleans y se había hecho rico. George hablaba mucho y Leo no lo retuvo todo porque eran demasiados hermanos y parientes... pero era un muchacho abierto y noble, se habían hecho amigos y estaban juntos siempre que podían. George estaba fascinado con que Leo fuese músico y sus composiciones se escucharan en la radio. Él también era músico y en Nueva Orleans tenía una banda con amigos; era pianista, pero también tocaba la trompeta. Leo tenía que visitarlo cuando acabase la guerra, tocarían para él.

En cuanto oscurecía, las guardias se reforzaban porque las posiciones de la Wehrmacht no se encontraban lejos en dirección noreste. Ese día habían avanzado muy despacio, sobre todo por las minas que los nazis habían dejado al retirarse. Entretanto, habían equipado algunos tanques Sherman con un mecanismo para desminar, desenterraban los artefactos y los explosionaban. Las detonaciones se oían a lo lejos, Leo sentía a menudo un silbido y un zumbido, y temía por su sensible oído.

De noche había más calma, los motores guardaban silencio, y muy rara vez estallaba en algún lugar una mina: quizá la hubiera pisado un comando de los nazis, que los espiaban, pero más bien sería algún pobre animal que había tropezado con una de esas cosas repugnantes. Cuando llegó el momento, despertó a George porque tenían guardia y relevaron a sus camaradas junto a uno de los montones de piedras que servían de parapeto. En Normandía había muchos muritos bajos, además de un montón de setos vivos que separaban los prados y les complicaban la vida porque les quitaban visibilidad. Muchos tanques Sherman estaban equipados con una hoja niveladora para arrollar esos obstáculos.

George se sentó a su lado, seguía teniendo sueño y se frotó los ojos. Detestaba las guardias, donde era importante mantener la atención mientras había poco movimiento alrededor; le gustaba mucho más cuando avanzaban, ganaban terreno y siempre pasaba algo. Durante la guardia se aburría.

—¿Por qué combates contra Alemania? —preguntó en voz baja.

En realidad, no estaba permitido conversar porque distraía, pero muchos lo hacían. Sobre todo George, que afirmaba que se dormiría si no hablaba.

—¿Qué quieres decir con eso?

—Pues que eres alemán.

—Soy estadounidense.

—Pero también alemán, ¿no? Hablas alemán y naciste en Alemania.

Ya le había explicado varias veces por qué había emigrado a Estados Unidos y George había asentido, pero parecía seguir preocupado.

—Vengo de Alemania, vale. Pero no soy nazi.

—Lo sé. Huiste de los nazis porque tu madre es judía. Aun así eres alemán, ¿o no?

—Visto así... sí. Lucho contra Alemania porque quiero que se acabe la dictadura nazi. Para que Alemania vuelva a convertirse en lo que fue. Sin nazis. ¿Comprendes?

—Sí, claro. Lo comprendo. Pero los nazis son alemanes, ¿no?

A veces George sacaba de quicio a cualquiera.

—Son alemanes como yo. Pero se equivocan. Son criminales que dominan Alemania y tenemos que liquidarlos.

George asintió y guardó silencio un rato. Leo miró fijamente la ciudad de Falaise, donde la silueta de la inmensa torre del castillo se distinguía a la luz de la luna. Nada se movía. La calma que precede a la tormenta.

—Pero ¿cómo se puede diferenciar a los nazis del resto de los alemanes? —volvió George a la carga—. Contigo lo sé porque te conozco y eres mi amigo. Y con los soldados de la Wehrmacht también está claro: son nazis, de lo contrario no combatirían contra nosotros. ¿Pero los demás? Tus familiares en Alemania, ¿también son nazis?

—No, por supuesto que no. En cualquier caso... no todos.

No estuvo seguro porque se acordó de las cartas que Dodo le escribió antes de que comenzase la guerra. También en su última visita, de la que ya habían pasado cinco años, lo estuvieron hablando. Por desgracia poco, porque entonces hubo problemas con Richy, lo que le daba mucha pena porque fue del todo innecesario. Pero sabía que Ernst von Klippstein seguía siendo un decidido partidario del NSDAP y que Johannes estaba encantado de pertenecer a las Juventudes Hitlerianas. También su padre se había afiliado al partido. Y Maxl, que a menudo lo había sacado de apuros en la escuela, no dudó en hacerse miembro. ¿Podía condenarlos? Se preguntaba qué habría hecho él si no tuviese una madre judía. ¿Habría terminado tranquilamente sus estudios de música en la Universidad de Múnich y hubiese triunfado como compositor en la Alemania nazi? ¿Como su gran modelo Richard Strauss, que seguía viviendo en Alemania y era muy estimado? No, probablemente no. Había presenciado cómo los camisas pardas atacaron y casi vapulearon a su profesor: desde entonces tenía claro que no quería vivir ni trabajar allí.

—No todos, pero algunos sí, ¿no? —insistió George.

Leo eludió contestarle. En su lugar, lo intentó de otra manera.

—No creo que todos los soldados de la Wehrmacht sean nazis —dijo en voz baja—. Muchos sí… pero no todos.

—Y entonces ¿por qué combaten para Adolf Hitler?

—Porque los obligan.

—Podrían dejarlo.

—Si no combaten, los fusilan.

—Es bastante disparatado, ¿no? —dijo George.

—Sí —respondió Leo.

La conversación se extinguió y se quedaron en silencio. Leo pensó en su hermano pequeño, Kurt, al que también habrían llamado a las filas de la Wehrmacht. En Hanno, el joven soñador que seguro que era un mal soldado. En los hijos de Auguste, Maxl, Hansl y Fritz, en sus antiguos compañeros de clase, en los alumnos del conservatorio… todos eran soldados de la Wehrmacht. Sucios nazis a ojos de sus camaradas estadounidenses. Finalmente se prohibió seguir pensando. Se había decidido por el bando correcto y combatía por una buena causa. Era lo único que importaba.

Todo continuó en silencio. Cuando llegó el relevo se echaron una cabezadita, solo faltaba una hora para que amaneciera.

—Mañana los cogeremos —dijo George, confiado.

Tenía la maravillosa capacidad de dormirse en el acto. Leo solo lo conseguía cuando estaba exhausto; permaneció despierto y miró fijamente las constelaciones que desaparecían en el cielo según iba aclarando. Carecía del optimismo de

George; ya se había demostrado varias veces que los planes del Estado Mayor estadounidense fracasaban porque la Wehrmacht oponía una resistencia acérrima, pese a su inferioridad numérica y su falta de abastecimiento. De momento se trataba de que las tropas alemanas no se retiraran demasiado lejos para que los canadienses tuviesen tiempo de estrechar el cerco por el este. Era difícil calcular lo que sucedería después, pero probablemente Hitler hubiese dado orden a sus oficiales de que combatiera hasta el último hombre. La guerra, ese oficio horripilante.

Fue de los primeros en oír los aviones que se aproximaban y alertó a sus camaradas. ¿Amigo o enemigo?

—¡Son cazas alemanes! —exclamó Leo, cuyo fino oído podía diferenciar los motores de los aviones.

Los hombres se apresuraron a los cañones, maldijeron porque no se veían los cazas de la Air Force para abatir a los intrusos. Después una enorme explosión sacudió las inmediaciones, se veían llamas en una pequeña granja cercana; acto seguido aparecieron en el cielo varios Mustang P-51, que dieron caza a las máquinas alemanas. Todos estaban muy excitados, las órdenes iban de un lado a otro, un coronel vociferaba furioso que los cañones en tierra cesaran el fuego ya que podrían derribar a sus propios aviones.

El combate aéreo solo duró unos minutos, después ya no se veían aviones alemanes. Sobre un prado, cerca de la granja en llamas, un piloto alemán planeó en paracaídas hasta el suelo. Algunos soldados le dispararon con sus ametralladoras; la orden de alto el fuego llegó demasiado tarde, ya había recibido varios impactos de bala. Era poco inteligente porque un piloto muerto no servía de mucho, mientras que a un prisionero de guerra se le podía sonsacar con habilidad información importante.

La granja ardía entera, la fuerza de la explosión indicaba una buena cantidad de explosivos.

—Ha sido una bomba —estimó George.

—Imposible —dijo un camarada—. Los he visto. Eran un Ju 88 y un Bf 109. Son cazas, no bombarderos.

—Entonces los han modificado —dijo George—. De los alemanes puede esperarse cualquier cosa. Con una lata de conservas hacen un cazabombardero...

—¡Si nos hubiese alcanzado, todos nos habríamos ido al infierno! —dijo el otro con voz sorda.

—Donde pronto acabarás, chico.

—¡Allí nos vemos!

Las bromas groseras estaban a la orden del día. Ayudaban a disimular los horrores de la guerra. Enviaron un destacamento al prado con la orden de mantenerse alejados del incendio por precaución, porque no se sabía si estallaría algo más. Las personas y el ganado no podían sufrir daños, pero la granja estaba abandonada. Mientras tanto repartieron el desayuno y comieron a toda prisa, después volvieron a zumbar los motores de los tanques. Sobre ellos, varios Mustang y dos Thunderbolt cruzaron el cielo.

—Sé cómo lo han hecho —dijo un camarada mientras se bebía el café de un trago—. Ha sido un Mistel. Un truco miserable de la Wehrmacht.

—¿Y en qué consiste? —quiso saber Leo.

—Necesitan dos cazas. Uno está tripulado, el otro lleva una bomba con encendido a distancia en algún lugar de la carlinga. Están acoplados con un sistema de anclaje...

—Pero si hace explotar la bomba, también estalla por los aires... —objetó George.

—No —respondió el otro—. Se desengancha justo después del encendido y se pone a salvo mientras el avión no tripulado se estrella y explota.

—Son unos temerarios —murmuró George—. Menudas marranadas se inventan.

—El piloto estuvo a punto de lograrlo —continuó el

otro—. Pero cuando lo derribamos, tirarse en paracaídas no le sirvió de nada.

La vanguardia de la tropa ya se había puesto en movimiento cuando los hombres que fueron a buscar al piloto alemán regresaron. Cada uno había cogido una pierna del muerto y arrastraron su cuerpo sobre la hierba y la grava. El alemán no llevaba casco, tampoco gorro de aviador, los botones superiores de su chaqueta gris de uniforme estaban abiertos, se veía el impacto circular y ensangrentado de un proyectil; más manchas oscuras en su ropa demostraban que lo habían alcanzado varias veces.

Un comandante se acuclilló junto a él y empezó a registrarlo. Al fin y al cabo, podía ser que guardase información importante u otras cosas que podían ser de utilidad.

—¡Soldado Melzer! Venga. Usted sabe alemán.

Sacó del bolsillo interior del piloto una hoja doblada y densamente escrita, el papel estaba ensangrentado pero podía descifrarse. Una carta militar.

—Probablemente sea de su chica. Pero léalo e infórmeme si es algo importante.

Siguió rebuscando en los bolsillos del muerto y sacó una navaja, una brújula y un paquete de glucosa; nada más.

—Dejadlo aquí —ordenó—. Que se ocupen de él los franceses o se lo coman las gaviotas.

Solo se hacían cargo de los muertos propios para enterrarlos o repatriarlos. Tampoco los alemanes habían dejado ninguno de los suyos al retirarse. Pero este había acabado siendo un luchador solitario: nadie era responsable de él.

Las tropas ya se habían puesto en marcha, tenían que darse prisa para no quedarse atrás. Los tanques rodaban, los cañones estaban en movimiento, los motores de los vehículos se oían por todas partes. Sobre ellos zumbaba un escuadrón de la Royal Air Force.

Leo estaba junto a George en un furgón, el sol les daba de

lleno sin compasión, el sudor les corría por la cara, los cascos parecían arder.

—¿Qué sucede? —murmuró George cuando hicieron una parada para almorzar y rellenaron las cantimploras—. ¿Te encuentras mal? Tienes los ojos como canicas de vidrio.

—Todo en orden. Es solo el calor...

—Es un asco. Casi como en Luisiana durante la cosecha de algodón...

Se enteraron de que esa noche la Wehrmacht había logrado escapar hacia el este. Por una brecha en el frente de solo ocho kilómetros de ancho, cincuenta mil hombres habían huido a pie, dejando atrás incontables tanques, vehículos y cañones.

—Maldita sea —dijo George—. Ya casi los teníamos en el saco y se nos escaparon.

A Leo le daba igual. En su bolsillo interior llevaba la carta del piloto muerto, cuyo nombre e identidad conocía.

Querido Ditmar...

Enseguida había reconocido la letra de su hermana Dodo. No necesitó leer la firma. Pero lo había hecho.

Hasta que volvamos a vernos.
Tu amiga,

DODO

26

Noviembre de 1944

Durante tres meses Augsburgo se había librado de los bombardeos, pero nadie en la ciudad creía que ya se hubiera terminado. Los eslóganes sobre el fin de la guerra, la inminente gran victoria frente al Ejército Rojo que se aproximaba por el este, eran omnipresentes, estaban escritos en las paredes de los edificios bombardeados, se imprimían en carteles en los que aparecían soldados con puños amenazadores y una sed de victoria irrefrenable en el rostro. En la prensa aparecía muy de pasada que la Wehrmacht luchaba en el oeste contra tropas aliadas que habían desembarcado en Normandía. París se había entregado «de forma vergonzosa» al enemigo sin oponer resistencia, Hitler había destituido al comandante al mando de la ciudad, en breve la Wehrmacht reconquistaría la ciudad, se decía. Muchos aún creían en la veracidad de los artículos de prensa, y en el discurso grandilocuente de los propagandistas del Reich. Sin embargo, en el entorno de la familia y entre amigos de confianza algunos se atrevían a expresar sus dudas. En público eran cautelosos y se mostraban dispuestos a hacer cualquier sacrificio en el «frente nacional» para respaldar a los valientes soldados de la Wehrmacht.

A finales de octubre ocurrió lo que se temían. Hacia el

mediodía, los bombarderos de la Air Force estadounidense atacaron Augsburgo, también se vieron afectadas poblaciones de la periferia, a ambos lados del Wertach, sobre todo Lechhausen. Apenas dos semanas después se repitió el mismo panorama aterrador; de nuevo afectó al centro de la ciudad, además de a Pfersee, Kriegshaber y otra vez Lechhausen.

En la villa de las telas se esperaban lo peor, pero el edificio principal, ya dañado, se libró de milagro, solo cayeron en el parque varios proyectiles que destrozaron el cobertizo donde Paul guardaba el coche y abrieron varios cráteres en la hierba.

—Pero ¿cuál es el problema? —dijo Lisa cuando le contaron los daños—. De todos modos, ya no hay gasolina, ¿para qué necesita un coche el ciudadano alemán?

Poco después del ataque algunos habitantes de la villa se reunieron en el vestíbulo para ir a Lechhausen a ayudar a extinguir los incendios y a desenterrar a los que habían quedado sepultados. Paul fue el primero en ofrecerse, Hanna y Humbert se sumaron, también Hilde Haller. Habían aprendido de los ataques anteriores que era vital reaccionar con rapidez, sobre todo cuando se trataba de liberar a personas de los refugios antiaéreos subterráneos de los edificios que se habían derrumbado. Marek llevó palas y picos, parecía decidido a sumarse a los voluntarios.

—Será mejor que usted se quede en la villa, Marek —ordenó Paul—. Es demasiado peligroso.

—¡Pero quiero ayudar! —se indignó Marek—. Se necesitan todas las manos. Con todo este jaleo nadie preguntará quién soy.

—La Gestapo está en todas partes —contestó Paul, lacónico.

Marek transigió a regañadientes, sabía que pondría en peligro a todos los habitantes de la villa si le identificaban como judío. Su situación era un suplicio para él, sobre todo desde que falleció Ernst von Klippstein. Después de que todos en la villa exculparan a Gertie, la policía se disculpó con la viuda de Ernst von Klippstein y le mostraron sus condolencias por la muerte de su querido esposo. El cuerpo del difunto se trasladó a Múnich, donde lo enterraron con todos los honores como héroe caído de la patria. Según la versión oficial, su trágica muerte fue consecuencia de los efectos del bombardeo. Se dijo que estaba en el jardín de su casa y recibió el impacto de la metralla. Sin embargo, en Augsburgo pronto se difundió la verdad: Ernst von Klippstein se había suicidado, aún sujetaba la pistola en la mano con la que se había disparado en el pecho. Marek estaba convencido de que esa muerte la había provocado él, y eso le suponía una carga muy pesada. Desde entonces se había apartado de Gertie y el niño, y durante los bombardeos ya no bajaba al refugio antiaéreo. Según decía Auguste, incluso estaba pensando en esconderse en algún sitio en el bosque o en los pueblos porque no quería perjudicar a nadie.

—No haga tonterías —le advirtió Paul en una conversación a solas—. Ha tenido un hijo, es una responsabilidad de la que un hombre no debe desentenderse.

—Pero yo no quería... —se lamentó Marek—. Ella sí quería a toda costa... fui débil, me dejé convencer...

—Pues ahora tiene la oportunidad de hacerse responsable, Marek. Huir no es una solución.

—Mi situación no tiene remedio, señor Melzer. Haga lo que haga, solo puede traernos desgracia...

Paul estaba preocupado y le había pedido a Kitty que hiciera entrar en razón a su amigo. Kitty puso todo su empeño, y por lo visto lo consiguió. Marek se calmó, siempre estaba presente cuando se le necesitaba, pero seguía alejado de Gertie y de su hijo.

Los cuatro voluntarios pasaron por delante de la fábrica de camino a Lechhausen. De lejos se veía que habían vuelto a bombardear las naves que repararon provisionalmente. Las labores de extinción las estaban haciendo sobre todo las trabajadoras del este, porque desde que las naves fueron destruidas en agosto quedaban pocas mujeres de Augsburgo trabajando en la fábrica. Para entonces Paul tenía prohibido el acceso al recinto, no sabía el motivo. Tras la muerte de Ernst von Klippstein enviaron a Wilhelm Stromberger al frente y habían colocado a otro funcionario en su puesto.

—Alégrese, señor director —le dijo Hilde Haller cuando se pararon un momento a echar un vistazo—. Es mejor no tener nada que ver con lo que está ocurriendo ahí. Algún día, cuando termine esta pesadilla, la fábrica de telas Melzer resucitará y volveremos a ocupar el edificio de administración. Usted en el despacho del director y yo en la antesala.

Paul sonrió, cansado, porque no tenía ninguna esperanza. Aun así, agradecía el intento de consolarlo. Desde que Hilde Haller vivía en la villa de las telas él se encontraba mejor; dormía más tranquilo, ya no le daba tantas vueltas a la cabeza y había recuperado su antigua energía. Probablemente era por las conversaciones que mantenían muchas noches y en las que le confiaba cosas que no podía comentar con nadie de su familia. La preocupación por su querido benjamín y por su hija, a la que habían convocado para servir como piloto de las fuerzas aéreas. También le había confesado la inquietud que sentía por su madre, a todas luces al borde de la muerte. Al principio dudaba si contarle esas angustias personales que antes solo hablaba con Marie, pero ella hacía tiempo que no estaba a su lado, lo había abandonado, y no veía motivos para no abrirse a otra persona en momentos tan convulsos. Además, Hilde Haller tenía una forma suave y silenciosa de escucharle y sus opiniones eran inteligentes.

En Lechhausen su ayuda fue muy bienvenida, sobre todo las palas y los picos, que escaseaban y se necesitaban con urgencia. Durante las últimas semanas Humbert se había superado a sí mismo: había vencido sus miedos y ahora estaba en la cola con Hanna para llevar los cubos llenos de agua desde el pozo al lugar del incendio. Paul y Hilde ayudaban a los lugareños a trasladar a los heridos a las ambulancias. Muchos de los bomberos y los sanitarios eran mujeres jóvenes y chicos adolescentes que ejercían esas funciones porque todos los hombres de entre dieciocho y cuarenta y ocho años habían sido requeridos por la Wehrmacht. Las imágenes eran difíciles de soportar, incluso para Paul que luchó en la Primera Guerra Mundial. Desenterraron de los escombros a una mujer joven con vida pero con las piernas destrozadas; y a dos niños pequeños los sacaron muertos. Fue desgarrador ver la desesperación de la madre quitando escombros a palazos como una loca, con la esperanza de poder salvar aún a los niños. Hilde Haller abrazó a la mujer e intentó consolarla, mientras a ella misma le rodaban las lágrimas por las mejillas.

Hacia el atardecer los bomberos lograron extinguir el incendio, los vecinos que se habían quedado sin casa se alojaron con sus parientes y los voluntarios volvieron exhaustos a la villa de las telas.

No hablaron mucho, todos tenían en mente las imágenes de los heridos y los muertos; los edificios destruidos, que a menudo seguían medio en pie con el interior de las viviendas a la vista; las personas que hurgaban entre los escombros humeantes en busca de alguna de sus pertenencias.

—El ataque apenas ha durado media hora —dijo Hanna, compungida—. Y cuánta desgracia ha causado.

—No será el último —comentó Humbert, agorero.

—En algún momento terminará —dijo Hilde Haller a media voz.

—Sí, cuando no quede piedra sobre piedra y llegue la victoria final —contestó Humbert con sarcasmo.

—¡Chist! ¡Silencio!

Sobresaltada, Hanna se agarró del brazo de Humbert porque en ese momento vieron que en la entrada de la villa había un vehículo. Los particulares ya no tenían coche en esos tiempos, así que tenía que pertenecer a algún órgano gubernamental. ¿La Gestapo? ¿Habían seguido el rastro de Marek y querían llevárselo?

—Mucha calma —recomendó Hilde—. A lo mejor es algo sin importancia.

Se acercaron con la mayor naturalidad posible, llevaron las palas y los picos al patio y luego subieron los peldaños de la entrada. Auguste les abrió la puerta.

—La Gestapo, señor —le susurró a Paul—. Están arriba husmeando. Tengo que avisarles de que ya ha vuelto.

Paul cruzó una mirada con Hilde Haller. ¡Otra vez! Ya era la segunda visita de la Gestapo a la villa desde la muerte de Ernst von Klippstein. Tres semanas antes aparecieron tres hombres de uniforme para requisar el receptor de la tía Elvira y llevarse a la señora a comisaría. Por lo visto había denuncias anónimas de que escuchaba una emisora enemiga, lo que la tía Elvira negó con rotundidad. Al final se libraron de la citación judicial por consideración hacia Alicia Melzer, gravemente enferma, pero se llevaron una amonestación.

—Es increíble —se indignó la tía Elvira cuando por fin se largaron—. ¡Hace cinco años que oigo a diario la BBC, y ahora quieren prohibírmelo!

Esta vez también eran tres y se repartieron por varias estancias para interrogar por separado a los habitantes de la villa.

—En el comedor está la señora Winkler con uno de nariz larga y orejas de soplillo —indicó Auguste en un susurro—. En la sala de los señores hay otro bastante flaco y mal afeitado con la señorita Henny. Y en el salón rojo hay uno bastante guapo, rubio de ojos azules con gafas, que se encarga de...

—... de mi hermana Kitty —abrevió Paul al oír la voz de Kitty desde el pasillo.

—Pero ¿qué se ha creído? —oyó que se quejaba—. Mi

marido se ha roto los huesos en un acto de socorro y necesita cuidados, mi madre está muy enferma… ¿Cree que tengo tiempo para deambular por el parque recogiendo no sé qué papeles?

—¿Y cómo explica que hayamos encontrado varias octavillas con propaganda enemiga en el vestíbulo de su casa?

—Las habrá recogido alguno de los empleados por precaución para quemarlos. Esos papeles no deberían estar esparcidos por ahí, podrían caer en manos de los niños.

—¡Está penado leer o difundir propaganda enemiga, señora Scherer!

—Ya lo sé, señor oficial. Los quemaré yo misma, ¿así se queda contento?

—No es necesario. Nos llevaremos esos papeles y enviaremos a alguien para que limpie el parque de esa inmundicia.

—Haga lo que quiera, señor oficial.

Se abrió la puerta y un hombre rubio de mediana edad salió al pasillo. Sus ojos de color azul grisáceo detrás de las gafas metálicas tenían la expresión de una persona que está acostumbrada a estudiar con detenimiento a su interlocutor.

—¿Señor Melzer? —dijo al reconocer a Paul—. Me han dicho que estaba usted en Lechhausen ayudando a las víctimas del bombardeo. Bien hecho. En estos momentos de dura lucha en el frente nacional es importante que todos los compatriotas aporten su granito de arena.

Bajó la mirada y examinó la ropa polvorienta de Paul, las mangas hechas jirones y los zapatos sucios.

—¿Quería hablar conmigo? —preguntó Paul.

El hombre de la Gestapo le dio un golpecito despectivo en el hombro y luego se limpió la mano.

—Se trata de las octavillas de propaganda enemiga que han lanzado por los alrededores. Sabe que hay que destruirlas de inmediato, ¿verdad?

Acechó con la mirada a Paul, que procuró mantenerse impasible. Por supuesto, habían leído esos pasquines, eran un llamamiento a la resistencia contra el régimen alemán y alertaban de la situación de la Wehrmacht, que describían como desesperada. Era imposible saber qué había de cierto en ello o si ese era más bien el deseo de los aliados.

—Desde luego. No hemos tenido tiempo de hacerlo por el ataque aéreo. Me ha parecido más importante ayudar a la gente de Lechhausen.

—No se preocupe, señor Melzer, nosotros nos ocuparemos. *Heil Hitler.*

—*Heil Hitler*… —contestó Paul, disgustado al ver que ese odioso saludo ya le salía con naturalidad.

Pocos minutos después los tres visitantes se reunieron en el vestíbulo, confiscaron las octavillas que había allí esparcidas y fuera, en el parque, recogieron algunas más. Luego subieron al coche y se dirigieron a la entrada del parque, donde les costó rodear los dos árboles que habían derribado las bombas.

Paul tuvo que esperar un rato porque, con tanta gente en la villa, el baño siempre estaba ocupado. Luego se lavó, se puso ropa limpia y se dirigió al gabinete, donde se habían instalado Kitty y Robert. Lisa se había unido a ellos para comentar la repentina visita de la Gestapo.

—Ya es la segunda vez que los tenemos husmeando por aquí —afirmó Lisa, inquieta—. Y encima por semejantes bagatelas. No lo entiendo.

—Me temo que los veremos a menudo —vaticinó Robert, que estaba tumbado en el sofá con la rodilla vendada y el pie enyesado—. Mal que me pese, me parece que Ernst von Klippstein sí era una mano protectora para la villa de las telas. Ahora se ha terminado, estamos en la lista.

—Qué suerte que no hayan visto a Marek —dijo Kitty con un suspiro—. Estoy preocupada por él, Paul. Debería ir con mucho cuidado.

—Todos deberíamos ir con mucho cuidado —aseguró Lisa, que lanzó a su hermana una mirada de reprobación—. Tú nos pusiste ese huevo en el nido, Kitty, y ahora nos da problemas a todos.

Kitty tomó aire para soltarle una respuesta airada, pero Paul intervino con rapidez.

—Ahora ya está decidido —dijo con firmeza—. Hemos asumido la responsabilidad de Marek, y sigo pensando que fue lo correcto.

—La culpa de todo la tiene Gertie —refunfuñó Lisa—. Sedujo a ese pobre diablo porque quería tener un hijo a toda costa. Me saca de quicio que esa mujer haya encontrado refugio aquí.

—En eso tienes toda la razón, Lisa —concedió Kitty—. Yo tampoco entiendo por qué tiene que vivir aquí. Ha heredado una fortuna y podría vivir sin problema en su casa de lujo de Steingasse. Que además no se ha visto afectada por los bombardeos, mientras que mi pobre casita de Frauentorstrasse está hecha una ruina. Me dan ganas de llorar, todos los cuadros del desván ardieron en llamas…

Paul tampoco entendía mucho la aventura de Gertie con Marek, pero ella se mostraba muy atenta y siempre estaba ahí cuando alguien necesitaba ayuda. Había puesto la casa de Steingasse a disposición de familias víctimas de los bombardeos, ella ya no quería vivir allí. Tal vez fuese porque su marido se había quitado la vida en esa casa.

—Si la situación de la guerra es como dicen las octavillas —comentó Robert—, entonces falta poco para que la Wehrmacht se vea obligada a rendirse. Por lo visto los aliados ya han tomado la ciudad de Aquisgrán.

—¿Y luego qué? —preguntó Lisa, temerosa.

—Luego los americanos y los británicos se nos echarán encima por el oeste, y por el este vendrán los rusos —aseguró Kitty, pesimista—. Pobre, pobre Alemania.

—Si Hitler fuera listo firmaría un armisticio antes de que sea demasiado tarde —dijo Paul.

—Ya, tú también crees que la Tierra es plana, ¿no? —dijo Kitty, sarcástica.

Guardaron silencio al pensar en los jóvenes que tenían que luchar y morir en esa guerra absurda. Johannes y Hanno, Kurt y Dodo. Dos de los hijos de Auguste, que se habían criado allí, delante de sus narices, ya habían perdido la vida; el jardinero Christian hacía meses que no enviaba ninguna carta por correo militar. Solo Felix, tras una temporada desaparecido, había vuelto a dar señales de vida. Estaba en un hospital de campaña cerca de Königsberg y no era capaz de sujetar el lápiz. Un joven médico le había enviado a Henny una nota breve que no sonaba muy alentadora.

Estimada señorita Bräuer:

Siento comunicarle que su prometido Felix Burmeister ha sufrido una herida grave que supone una amenaza para su vida y le impide escribir esta carta de su puño y letra. Le aseguro que nos estamos esforzando por salvar la vida de su prometido a toda costa. Adjunta encontrará una declaración de voluntades firmada por él para celebrar un enlace a distancia. Saludos en nombre del pueblo, el Reich y el Führer.

G. SCHLEICHER, OBERSTABARZT

Hacía dos días que Henny llevaba esa carta encima cuando se la enseñó a Paul y a su madre.

—Ay, mi pequeña Henny —dijo Kitty con un suspiro, y le dio un abrazo—. Ahora solo te queda creer con todas tus fuerzas que lo conseguirá. ¿Le has escrito? Tienes que decirle que le estás esperando y que le quieres. Eso le ayudará, estoy segura.

—Me casaré con él —contestó Henny, decidida—. Es lo que quiere, y lo voy a hacer ahora.

—¿Una boda a distancia? —dijo Kitty, horrorizada—. Pero Henny, me parece una absoluta locura. Cásate con él cuando vuelva, así podréis celebrar una boda preciosa y buscar un piso bonito…

Henny ni siquiera entró en las objeciones de su madre, solo preguntó:

—Necesito dos testigos. ¿Estás dispuesto, tío Paul? Si mamá considera que este enlace es una locura, mejor que no esté. Se lo pediré a Hilde Haller.

—¿Por qué precisamente a Hilde Haller? —exclamó Kitty, ofendida—. ¡Si no quieres que esté yo, por lo menos pídeselo a la tía Lisa y no a una desconocida!

—¡Eso debo decidirlo yo, mamá! —repuso Henny—. La tía Lisa se pasaría todo el tiempo llorando, y mis nervios no lo soportarían.

De nuevo Paul tuvo que mediar en una inminente discusión familiar. Justo ahora que debían mantenerse unidos ante la desesperada situación, no paraban de surgir disputas. Vivían apretados en la villa, los cortes en el suministro de gas, electricidad y agua eran frecuentes, también era difícil conseguir alimentos, que se racionaban al milímetro; en realidad siempre se levantaban con hambre de la mesa. Además, estaba el miedo constante a los ataques aéreos; todos los habitantes de la casa tenían los nervios de punta.

Tres días después, Paul fue con Henny a la ciudad para presenciar en calidad de testigo la ceremonia de su matrimonio a distancia; finalmente los acompañó Hilde Haller. Era un día lluvioso de otoño, el viento arrancaba el último follaje colorido de los árboles y barría las hojas mojadas del camino. El tranvía pasaba solo de vez en cuando porque había constantes cortes de luz, y en la periferia de Jakober los raíles estaban completamente destruidos; al centro de la ciudad solo se podía acceder a pie. La imagen de edificios quemados con las ventanas vacías y montañas de escombros a ambos lados de la calle causaban una tristeza infinita. La tejeduría estaba destrozada, la iglesia de la Santa Cruz era solo un montón de piedras, y los escombros y restos se acumulaban en el lado izquierdo de Maximilianstrasse; muebles destrozados, vajillas, tejas, lavamanos, juguetes y otros objetos mezclados. A cada poco se veía a gente que buscaba algo de utilidad entre los escombros, lo cargaban en un carro y se iban.

—Vaya despedida de soltera —comentó Henny con sarcasmo.

Se habían puesto los abrigos de domingo; Paul llevaba un traje bueno, Henny le había prestado a Hilde Haller un vestido con una capa a juego. Aunque solo fuera un enlace a distancia, la ocasión merecía cierto aire festivo. El ayuntamiento también se había visto afectado por las bombas y se había quemado por dentro, así que la ceremonia tuvo lugar en uno de los edificios que aún seguía en pie, donde habían dispuesto varias salas para fines administrativos.

Había un escritorio y varias sillas; detrás, un archivador medio lleno y la inevitable fotografía de Hitler colgada de la pared. No hacía falta más pompa para un matrimonio a distancia. Sobre el escritorio había una carpeta de piel fina que contenía el certificado de matrimonio ya listo. Al lado, un casco de acero representaba simbólicamente al novio ausente.

Una responsable del registro civil los saludó con un entrecortado *Heil Hitler* y les ofreció asiento, comprobó sus datos personales, luego leyó un texto que pasó de largo por los oídos de Paul, pues tenía la mirada fija en su sobrina y sentía su preocupación. Era muy posible que en ese momento Felix Burmeister no estuviera vivo, pero el enlace era válido en cuanto la novia estampase su firma en el certificado de matrimonio. Henny tal vez fuese una viuda de guerra nada más celebrarse el enlace.

Henny cogió la pluma estilográfica con cuidado y escribió por primera vez su nuevo nombre.

«Henriette Burmeister, de soltera Bräuer».

Así terminó todo. La funcionaria la felicitó, dio la mano a los dos testigos, hizo alusión a la importancia del matrimonio y la maternidad para el avance del pueblo alemán y concluyó con el deseo de que el Reich pronto lograra la victoria final bajo el mando de Adolf Hitler en esta contienda mundial.

Henny le dio las gracias con rigidez y educación, pagó la tasa estipulada y dobló el certificado de matrimonio para guardárselo en el bolso.

Ya había parado de llover, el viento levantaba nubes de polvo de los escombros, un tranvía pasó por su lado y se paró en la siguiente esquina. Corte eléctrico.

Paul abrazó a su sobrina.

—Te deseo toda la felicidad de este mundo, mi Henny —dijo con cariño—. Que el cielo proteja a nuestro Felix y nos lo traiga de vuelta.

Hilde Haller también felicitó a Henny. Lugo sacó un sobre del bolso y dijo con una sonrisa:

—Como no tengo flores para usted…

En el sobre había una tarjeta con un ramo de flores pintado. Era precioso, era muy buena pintora y seguro que había invertido mucho tiempo porque las flores y las hojitas estaban dibujadas con delicadeza y coloreadas de forma laboriosa. Debajo se leía: «Muchas felicidades por tu matrimonio».

Henny estaba fascinada con ese regalo hecho con tanto amor y se lanzó al cuello de Hilde Haller.

—¡Ay, señorita Haller! —dijo, sin poder contener las lágrimas—. Siempre nos hemos llevado bien, pero ahora sé que es usted una persona maravillosa y muy especial.

—No exagere, señora Burmeister —dijo Hilde con una sonrisa.

—¡Sí, de verdad! ¿Sabe qué? Se parece mucho a mi tía Marie.

Paul se estremeció al oír el nombre de su mujer. Hacía ya un tiempo que no pensaba en Marie. Para ser exactos, desde que Hilde Haller vivía en la villa de las telas.

27

Enero de 1945

La imagen de la ciudad era lo que le daba fuerzas para sobrevivir. Cuando en verano caminaban poco antes de las cinco de la mañana desde las barracas hasta su puesto de trabajo, Augsburgo se extendía ante ellos sumida en un plácido sueño, cubierta por una fina bruma que casi siempre se había disipado antes de que los trabajadores forzosos se distribuyeran por las naves de los talleres Messerschmitt. Y por la tarde, después de una jornada de doce horas, podía contemplar de nuevo los edificios y las torres de la ciudad en el camino de vuelta, y siempre sentía una combinación extraña de añoranza y seguridad. Pese a los daños de las bombas, Augsburgo seguía viva, la gente caminaba por la calle, habitaba sus casas, los niños jugaban despreocupados entre las ruinas. Y allí, al noreste, se encontraba la villa de las telas, a solo media hora a pie, y aun así inalcanzable. Allí vivían Lisa y Charlotte, que le habían perdonado y lo esperaban. Por lo menos eso quería creer, aunque durante dos años no hubiera podido escribir ni recibir cartas.

—Yo en tu lugar me escaparía en el siguiente bombardeo y correría hasta allí —le dijo un compañero polaco—. ¿Qué es media hora a pie? ¡Nada! Si yo quisiera ir a casa caminando, tendría que invertir semanas o meses.

Sebastian admitió que lo había pensado en numerosas ocasiones. Sin embargo no había reunido el valor. Sobre todo porque pondría en peligro a su mujer y a su hija. Quien escondiera en su casa a un preso huido podía acabar en un campo de concentración. Había presenciado varios intentos de huida y todos fracasaron. Los soldados que los vigilaban dispararon sin miramientos: dos de esos pobres diablos recibieron un tiro en la espalda mientras corrían y se desangraron de forma miserable. A otros tres que lo intentaron juntos, los sorprendieron y acabaron ahorcados detrás de las barracas. Dos días estuvieron los cadáveres colgados de las horcas improvisadas para dejar claro a todo el mundo cómo acababan los intentos de huida. Él ya no era joven, al contrario, era de los presos mayores, y nunca había sido muy aficionado al deporte. Cualquier intento de escapar estaba condenado al fracaso desde el principio.

Ahora, en invierno, cuando recorrían el camino hasta su puesto de trabajo en la más absoluta oscuridad y el frío se les colaba por la fina ropa como si los acuchillara, la ciudad se extendía silenciosa y negra ante él. Todas las ventanas estaban a oscuras para no desvelar objetivos a los aviones enemigos; Augsburgo se agazapaba como un animal asustado, intentaba fundirse con el amanecer para mantenerse invisible.

No había estado todo el tiempo en el campamento de Haunstetten, también pasó una temporada en Pfersee y en Gablingen. El ataque aéreo de marzo del año anterior lo vivió en Haunstetten, muchos de sus compañeros de cautiverio buscaron protegerse en el bosque y acabaron calcinados bajo los árboles en llamas. Él consiguió llegar al refugio antiaéreo y entrar rodando con sus últimas fuerzas, y pensó que ese era el final de su vida porque en el ataque anterior la mayoría de las bombas cayeron en los refugios. Sin embargo salió casi ileso, mientras que cincuenta compañeros fallecieron en el bosque.

—Tienes un ángel de la guarda —le dijo un compañero ruso—. O has hecho un pacto con el diablo, una de dos.

—Tengo una hija pequeña —confesó él—. Creo que ella es mi ángel de la guarda.

—¿Una hija? Yo tengo tres en Moscú. Y otra de mi primera mujer, que está en Kazán… ¿Cuántos años tiene tu hija?

Sebastian calculó. Ese año Charlotte cumpliría dieciséis años. La niña a la que había abandonado nueve años atrás se había convertido en una jovencita.

—¿Dieciséis? Entonces tendrá novio —dijo el ruso entre risas—. Cuando llegues a casa ya serás abuelo, hermano.

—No creo…

—¡Eso va muy rápido!

Con el tiempo había aprendido idiomas, entendía bastante bien el ruso y el polaco, y un poco el húngaro. Tenía que agradecérselo a su buena memoria, recordaba las palabras y se fijaba en su uso, pedía a los compañeros que le corrigieran, y al final dejó de molestarle no contar con una gramática y un diccionario. Contra todos sus principios, comprobó que se podía aprender un idioma con solo oírlo y hablarlo.

Al principio solo le interesaba para hacerse entender, aunque pronto resultó ser una manera de mejorar su situación. La lengua oficial de los internos era el alemán, pero en realidad solo lo hablaban unos cuantos porque la mayoría procedían de todos los países imaginables. Además de checos, polacos, rusos y húngaros había presos franceses, noruegos e incluso estadounidenses Así, Sebastian ayudaba traduciendo, primero solo del alemán a las lenguas extranjeras cuando un preso no entendía una orden, pero pronto los vigilantes empezaron a usarlo de intérprete cuando interrogaban a un preso. No siempre era agradable, sobre todo cuando habían cometido un desliz, entonces intentaba tergiversar sus respuestas para que salieran impunes. De todos modos, casi nunca les hacían preguntas, los castigaban directamente. Los llamados «capataces» tenían una porra que usaban sin escrúpulos, y daban miedo porque eran presos condenados a trabajos forzosos por haber cometido algún crimen. Eran asesinos, personas sin conciencia que se daban importancia ante los vigilantes destapando y castigando infracciones, supuestas o reales, de otros presos. Los que peor lo pasaban eran los presos judíos, siempre recibían el doble de golpes que los demás.

Sebastian había visto morir a muchos compañeros. Le asombraba que él mismo siguiera con vida porque era uno de los más débiles físicamente. Sin embargo, con los años de cautiverio había aprendido que la fuerza física y la juventud no eran garantía de supervivencia. Dependía más de encarar cada día con decencia y no perder la fe en la bondad del mundo. El que alimentaba pensamientos de odio y rabia estaba criando la serpiente mortal que lo devoraría por dentro. Quien se dejaba llevar por esperanzas desmedidas se desmoronaba cuando sufría una decepción. El que infligía sufrimiento a sus compañeros acababa recibiendo de su propia medicina, inevitablemente. Durante los últimos meses habían enviado a multitud de jóvenes al campo de concentración desde Polonia y Rusia y eran justo los que menos se adaptaban a las duras condiciones y los que caían víctimas de la flaqueza y la enfermedad con más frecuencia porque se desesperaban y se rendían. Los más pequeños tenían catorce años, no eran mayores que los niños a los que Sebastian dio clase en la escuela del pueblo. Y ya sabían lo que era la guerra y la violencia, habían visto cosas horribles, los habían separado de padres y hermanos para enviarlos al extranjero, donde vivían como bestias de carga bajo el yugo de los vigilantes. Sebastian intentaba acercarse a ellos. Cansado y desnutrido tras el turno de doce horas y la posterior caminata hasta el campamento, a menudo se sentaba con los jóvenes para chapurrear con ellos en ruso o en polaco. Siempre le asombraba cómo agradecían sus torpes intentos. Decía lo que se le pasaba por la cabeza, contaba que era profesor, que estaba ahí como preso político y que tenía mujer y tres hijos. No estaba seguro de si ellos lo entendían todo, pero siempre uno u otro empezaba a contar algo. Cómo vivía en su país, las travesuras que hacía antes con sus amigos, que su madre era buena cocinera. Por mucho que últimamente hubieran mejorado algo las raciones para los presos, los chicos siempre tenían un hambre de lobos. Sebastian intentaba ayudarlos, les curaba las heridas, los escuchaba, les consolaba, organizaba pequeños juegos para transmitirles un poco de alegría. Para él era una necesidad llevar a cabo esa tarea, y se empleaba a fondo. Era su auténtica vocación, aunque la hubiese abandonado durante tanto tiempo. Él era profesor, estaba en el mundo para mostrar el camino a los jóvenes, animarlos, apoyarles para que luego fueran capaces de salir adelante en la vida. Allí, en una situación tan terrible, su misión era otra: tenía que ayudarlos a sobrevivir.

Algunos de sus compañeros se burlaban de la «guardería» que congregaba a su alrededor y a otros les resultaba indiferente, pero había otros que se sentaban cerca y lo apoyaban. Lo hacían porque ellos también tenían hijos o hermanos de esa edad por los que no podían hacer nada, de los que ni siquiera sabían si seguían con vida.

Los capataces veían los esfuerzos de Sebastian con desconfianza; lo acusaban de incitar a los jóvenes y generar inquietud entre los presos. Cuando empezó a cantar canciones rusas y polacas con ellos se lo prohibieron. Estaba permitido cantar, incluso era loable, pero solo canciones populares alemanas, nada de «cánticos judíos extranjeros». Aun así, al cabo de un tiempo la dirección del campo entendió que las actividades del preso Sebastian Winkler servían para mantener la capacidad de trabajo y la disciplina en el campamento, así que lo dejaron hacer.

Pese a la estricta supervisión, de vez en cuando llegaban noticias que en realidad los presos no deberían saber. Casi siempre los portadores de los rumores eran los recién llegados, pero también habían encontrado octavillas lanzadas desde los aviones aliados y se pasaban en secreto entre los presos. La mayoría de los vigilantes no entendían ni ruso ni polaco, aun así había que ir con cuidado, así que solo se hablaba de esas cosas en las literas a partir de las diez.

—Ahí dice que los americanos y los británicos ya están en territorio alemán —explicó Sebastian a su vecino de cama, que era de Varsovia y no entendía lo que ponía en las octavillas—. Han tomado la ciudad de Estrasburgo y están en Aquisgrán, una ciudad que está en Alemania.

—¡Entonces a lo mejor pronto llegan aquí! —susurró el polaco—. ¿Qué harán? ¿Podremos volver a casa?

—No lo sé. Y no es seguro que digan la verdad en ese papel. Pero podría ser…

—No digas siempre cosas tan confusas. Dime qué pasa. ¿Vienen o no?

—Creo que vienen, pero aún tardarán un tiempo.

—Porque los alemanes se defienden, ¿no? Son buenos soldados, los alemanes. Lucharán hasta morir.

—Es verdad… me temo que así será.

Sebastian pensó en sus dos hijos y sintió un dolor intenso. Los había abandonado porque creía que tenía que luchar contra el régimen nazi en la clandestinidad. ¡Qué estupidez! Ahora sabía que habría sido mejor y más valiente quedarse con su mujer y sus hijos en vez de jugar a ser un héroe. Pero ¿de qué le servía saberlo ahora? No podía retroceder en el tiempo.

—Pavel me dijo que el ejército ruso también está en Alemania —susurró el polaco—. Arriba, en el mar. En Pomorze, ¿sabes?

—¿Te refieres a Prusia Oriental? ¿Pomerania?

—Exacto.

—También expulsarán a la Wehrmacht de Polonia —dijo Sebastian—. Entonces tu país volverá a ser libre.

Sin embargo, su compañero no era tan optimista.

—Stalin ocupará Polonia. Stalin o Hitler: es como elegir entre la peste y el cólera. Rezo por la gente de mi país.

Sebastian se había enterado de cosas horribles sobre la intervención de la Wehrmacht en Rusia y en Polonia, pero también se decía que los rusos no les iban a la zaga a los alemanes en crueldad. Pensó en la finca Maydorn, donde vivió tres años cuando era el bibliotecario. ¿Qué sería de la señora Von Maydorn y de Klaus von Hagemann si los rusos irrumpían allí? ¿Qué les harían a los empleados y a las gentes de los pueblos de alrededor?

El polaco también guardó silencio un rato, luego susurró:

—¿Sabes qué? Creo que si los alemanes pierden la guerra, antes nos matarán a todos.

Ese miedo también se propagaba en el campo. La muerte era omnipresente, se topaban con ella a diario. Sobre todo los que procedían de un campo de concentración sabían que habían escapado por poco. Les parecía plausible que los alemanes los enviaran a todos a Hartheim. Además, para entonces ya sabían de otros campos de exterminio que habían construido los nazis en el este. Se llamaban Auschwitz y Treblinka. Allí todo era mucho peor que en Dachau y en Hartheim.

—No lo harán —intentó calmar Sebastian al polaco—. Nos necesitan porque construimos los aviones de combate.

—Entonces moriremos antes de tifus o de una enfermedad pulmonar. O nos dejarán morir de hambre…

—Déjate de pensamientos funestos. Así solo consigues angustiarte. Mañana volverá a salir el sol y empezará un nuevo día.

Se quedaron callados. Las literas estaban a rebosar, siempre se oía algún gemido, algunos tenían fiebre y escalofríos. El frío y la ropa insuficiente se cobraban muchas víctimas. Había casos de tuberculosis, que no se notaba en las fases más tempranas. El peligro de contagio era alto porque todos estaban desnutridos y agotados por el duro trabajo.

La mañana del día siguiente empezó para los internos poco después de las cuatro con el sonido de la sirena. Les dieron el desayuno; dos de ellos se declararon enfermos, ya no se aceptaban más. Poco después de las cinco se formó delante de las barracas la columna que caminaría desde el campamento de Pfersee hasta las instalaciones de producción de Kriegshaber. El viento soplaba con fuerza, arrojaba los copos de nieve afilados como agujas contra los rostros de los hombres y atravesaba la ropa ligera hasta calar en sus cuerpos. Había que mantener el paso, hacer caso omiso del frío todo lo que pudieran y pensar que más tarde entrarían en calor, trabajando en las naves. Eran de madera, las levantaron los presos a toda prisa después de que la producción en los talleres Messerschmitt de Inninger Strasse casi se detuviera por los constantes ataques aéreos. Fabricaban alas para aviones de caza, que luego se lacaban en otro sitio y se trasladaban. Las chapas metálicas estaban en una cadena de montaje y el trabajo de los presos consistía en cortarlas, curvarlas y remacharlas. Como apenas había máquinas, la mayoría de las tareas se hacían a mano, lo que en el caso de los trabajadores inexpertos acababa con heridas frecuentes.

Sebastian era uno de los que debían revisar las alas terminadas y comunicar enseguida los defectos encontrados. Era una tarea difícil porque cuando comunicaba algo, golpeaban al responsable allí mismo, pero si no notificaba un error podía ocurrir que recibiera él los golpes. La revisión final la hacía un civil, un empleado de los talleres Messerschmitt a cargo de la producción en Kriegshaber, Augsburgo.

Algunas de esas personas eran accesibles y veían las pésimas condiciones en las que se veían obligados a trabajar los presos, pero ellos sufrían también tal presión que hacían poco por mejorar su situación. A diferencia de los capataces, a veces se mostraban dispuestos a mantener una breve conversación con los presos.

—¿Qué? —preguntó el jefe civil, y se paró al lado de Sebastian, que estaba revisando un ala terminada—. ¿Ya has encontrado un error?

—De momento no, señor...

El hombre era de mediana edad, siempre lucía alguna mancha en la bata blanca porque echaba una mano cuando las cosas se atascaban.

—¡Entonces abre bien los ojos! —comentó con una sonrisa, y siguió andando—. Hay saboteadores por todas partes.

—Aquí no hay saboteadores, señor —le aseguró Sebastian en un tono creíble.

—Eso nunca se sabe. Antes de Navidad pillaron a tres saboteadoras en la fábrica de telas.

—¿En la fábrica de telas?

—Sí, en la antigua fábrica Melzer. Consiguieron estropear una serie de tableros de mandos. Ahora que las naves se estaban recuperando y la producción iba tan bien.

—¿Han bombardeado la fábrica?

El civil dudó porque no era oportuno hablar mucho tiempo con un preso, pero como no había ningún capataz cerca siguió charlando.

—Varias veces. La fábrica y también la preciosa casa del director. Pero no ha servido de nada porque las naves ya se han reconstruido y el suministro funciona a la perfección...

Sebastian no oyó lo que dijo después. Todo centelleaba ante sus ojos, se le paró el corazón, por un momento sintió que la oscuridad lo devoraba. ¡La villa de las telas había sido bombardeada! ¿Cómo había podido aferrarse durante todo este tiempo a la idea de que a las dos personas que lo esperaban ahí no podía pasarles nada? ¿Estaban todos muertos? ¿Alguien había sobrevivido a la catástrofe? Lisa, su mujer, que se había reconciliado con él. Charlotte, su hija pequeña, que le había escrito cartas tan tiernas, tan confiadas. En abril cumpliría dieciséis años. Tenía toda la vida por delante...

El jefe civil ya se había dado la vuelta y hacía la ronda en la nave. Apremiaba a los trabajadores porque iban con retraso con sus objetivos. Sebastian clavó la mirada en las piezas metálicas que pasaban por delante de él, que de pronto le pareció que se deformaban y adquirían formas extrañas, lo miraban con unos ojos redondos y negros, y hacían muecas con sus bocas anchas y soltaban risotadas burlonas.

Algo se resquebrajó en su interior. La voluntad inquebrantable de sobrevivir ya no tenía sentido si nadie lo esperaba ahí fuera. Lo que predicaba con tanto ahínco entre sus protegidos ya no le servía. Le daba igual morir o sobrevivir.

Apenas reaccionó cuando aullaron las sirenas, los compañeros salieron en tromba al exterior, donde habían cavado una fosa en la que podían resguardarse de las bombas y los proyectiles en caso de necesidad.

—¡Pero qué te pasa! —le rugió el polaco, su vecino de cama—. ¿Quieres abrasarte?

Agarró a Sebastian del brazo y lo sacó de allí. Sobre sus cabezas se oía el estruendo de los bombarderos y los cazas estadounidenses, el polaco se lanzó a la fosa y se tapó la cabeza con las manos. Sebastian estaba como anestesiado en medio de los proyectiles que impactaban alrededor de él, una onda expansiva lo levantó del suelo y algo duro le golpeó en la pierna. Junto a la nave había caído un proyectil y había esparcido piedras y tierra.

Se levantó a duras penas, alzó la vista hacia el cielo lleno de aviones y vio las bombas grises que caían, en sus oídos resonaba el estallido de los edificios, los cristales se hacían añicos, el coche del jefe de taller explotó con un fuerte estruendo. Sebastian se movía como en un sueño entre las llamas del infierno. Cruzó el Wertach, atravesó las vías levantadas y entendió que en realidad querían bombardear la estación de tren y el viento había desviado los proyectiles hacia el oeste. El centro de la ciudad estaba bajo las bombas, por primera vez vio los edificios destruidos y las montañas de escombros, caminó a toda prisa, tropezó, se tambaleó, pero siguió avanzando. Las calles estaban desiertas, la gente se había refugiado en los sótanos; caminaba solo junto a edificios en llamas, las fachadas se desmoronaban a unos centímetros de él, siguió adelante, encontró su camino sin saber cómo ni por qué. Cuando alzó la vista vio a lo lejos una silueta gris y angulosa, reconoció el frontón y la chimenea. Era el tejado de la villa de las telas que se erigía por encima de los abetos rojos del parque.

¡La villa seguía en pie! ¿Solo habían destruido una parte? Las fuerzas amenazaban con abandonarle, se apoyó en una pared y se agarró a la ventana porque oyó por detrás que se acercaba un camión. Al mismo tiempo la sirena anunció el cese de alarma.

Un camión de bomberos pasó cerca de él y entendió que era muy fácil reconocerlo como preso fugado por la ropa hecha jirones. La carretera seguía vacía, pudo cruzarla a paso ligero y luego colarse entre jardines y prados en el parque de la villa de las telas.

Necesitaba saber si seguían vivas. Solo eso. Luego volvería al campo.

28

—No puedo hacer más por ella —aseguró Tilly, compungida—. Se apaga poco a poco.

Kitty observó el rostro pálido y demacrado de su madre, los ojos hundidos que durante semanas permanecían casi siempre cerrados. Estaba a punto de dejarlos, en realidad ya se había ido, aunque aún respirara en su almohada. Su espíritu, su fortaleza, su personalidad decidida, todo eso ya no existía. Lo que quedaba de ella era un cuerpo débil, una sombra de la señora de la villa de las telas; ya no era Alicia Melzer. Kitty notó que el dolor la invadía y le inundaba el pecho. Se inclinó hacia delante, acarició con ternura la frente de su madre y le retiró un mechón canoso y rebelde.

—Si al menos pudiera morir en paz… —dijo Henny, que estaba al lado de Kitty—. Pero tenemos que bajarla constantemente al refugio antiaéreo cuando llega otro ataque.

Por una vez, la parte oriental de la ciudad se había librado del bombardeo del mediodía, puede que gracias al viento, que había desviado hacia el oeste la carga mortal. En la ciudad había un incendio, probablemente habían vuelto a caer bombas en el centro. Kitty ya no albergaba esperanzas de salvar nada de las ruinas de su casa.

—Creo que Alicia apenas nota que la lleváis al sótano

—opinó Tilly—. Ya está muy lejos. Se le va parando un órgano tras otro.

—¿Le damos un poco más? —preguntó Kitty, y señaló la botellita de cristal marrón cuyo contenido mezclaban a gotas con el té cuando gemía de dolor.

—Solo si se inquieta —recomendó Tilly—. Que le dé el té Hanna, es a la que mejor se le da. Hanna habría sido una buena enfermera.

—Yo también puedo hacerlo —se ofreció Henny—. De todos modos, esta noche me quedaré aquí para que la tía Elvira duerma un poco.

La tía Elvira estaba sentada en la butaca, callada y exhausta, mientras la médica examinaba a la enferma.

—A mi edad no hacen falta muchas horas de sueño —comentó—. Ya dormiré luego lo suficiente. Pero si quieres quedarte, Henny, es muy amable por tu parte.

—Claro, tía Elvira. No voy a dejar sola a la abuela ahora.

Kitty no dijo nada. Sentía un dolor infinito al ver que su madre languidecía poco a poco, pero no era capaz de cuidar de ella, ni siquiera de estar sentada a su lado cuando muriera. Quizá podría hacerlo si fuera una desconocida, pero no con su propia madre, una persona a la que tanto había respetado. Ya tenía suficiente con verla en ese estado, tan consumida y arrugada. El pelo, que siempre llevaba peinado con sumo cuidado, se le erizaba enmarañado y gris en el cráneo, y la nariz, Dios mío, la nariz de su madre se había vuelto muy delgada y afilada.

—¿Sobrevivirá a esta noche, Tilly? —preguntó en voz baja.

—Puede ser. Pero tenéis que haceros a la idea de que no durará mucho.

Kitty asintió y tragó saliva, de pronto notó un nudo en la garganta.

—Te lo gradezco, Tilly —dijo la tía Elvira—. Es una suerte que siempre podamos contar contigo. Con los tiempos que corren ya no se consigue un médico a domicilio.

Tilly sonrió, cansada. Pasaba muchas horas de pie porque en el hospital central había demasiados heridos que atender. Además, la parte este del edificio había sufrido graves daños por los bombardeos y tuvieron que montar algunas salas de operaciones y habitaciones de enfermos en los sótanos. Faltaban médicos porque a todos los facultativos aptos para el servicio militar los habían llamado a filas. De pronto el Führer declaraba a los cuatro vientos lo orgulloso que estaba de las médicas que se hacían cargo del trabajo de sus colegas en los hospitales Por lo visto habían olvidado la multitud de piedras en el camino que había tenido que sortear Tilly en su carrera profesional. Sin embargo, ella no se quejaba; los médicos militares que estaban en el frente se llevaban la peor parte, no eran pocos los que habían caído estando de servicio. Le había enseñado a Kitty una de las cartas de Jonathan en la que le contaba la trágica situación de los médicos militares en el frente.

> … todas las noches montamos el hospital de campaña justo detrás de la línea del frente y nos sentamos con los soldados, conscientes de que mañana ya no estarán con nosotros. El frente alemán sigue ampliándose hacia el oeste, pero tiene órdenes de luchar por cada pueblo, cada colina, cada piedra. Lo que se conquista hoy se vuelve a perder mañana, la pobre gente de los pueblos rusos recibe los disparos de nuestra Wehrmacht, y a los que logran escapar los matan al día siguiente los locos del Ejército Rojo. Una guerra no puede ser tan absurda. Ayer un compañero fue a ocuparse de un soldado que yacía en el suelo y recibió un tiro por la espalda; no pudimos ayudarle. A los heridos los traen en camiones hasta el hospital de campaña, pero sabemos perfectamente que algún que otro pobre diablo no sobrevivirá al traslado.

La mayoría son jóvenes, veinte años recién cumplidos, tenían tantos planes para su vida…

—Ayer recibí otra carta de Jonathan —le dijo Tilly a Henny—. Pese a todas las atrocidades que está viviendo allí, puedo darte una buena noticia. Imagínate, ha conseguido saber algo de tu Felix.

Kitty vio que Henny abría los ojos de par en par. Desde su matrimonio a distancia no había recibido carta de Felix, pero por supuesto mantenía la esperanza de que no hubiera ocurrido lo peor.

—¿Una buena noticia? —preguntó Henny con un hilo de voz.

—Como poco es alentadora. Dice que evacuaron el hospital de campaña de Königsberg y que Felix era uno de los enfermos que fueron trasladados a Stettin. Eso fue hace dos semanas. Así que cabe suponer que se ha recuperado.

—Al menos seguía vivo hasta entonces —dijo Henny con rotundidad—. Gracias, tía Tilly. Si escribes al tío Jonathan, dile que se lo agradezco mucho. Y que le deseo todo lo mejor…

—¡Ay, mi niña! —exclamó Kitty, que ya no soportaba más esa angustia. Abrazó y achuchó a su hija—. Ya verás como sale adelante. Todo irá bien, mi niña. ¡Recordarás mis palabras!

Henny se dejó abrazar en silencio, pero Kitty notó que no lograba acercarse a su hija. No hablaba con nadie de sus sentimientos, afrontaba sola el anhelo y la preocupación por Felix. Kitty le daba muchas vueltas a cómo podría ayudar a Henny si Felix al final no volvía de la guerra. ¿Qué sería de ella? Su hija necesitaba algo para superar su situación. Cuando ella enviudó tenía una niña pequeña, eso la ayudó mucho. Pero Henny no tenía una criatura que cuidar, y la fábrica por la que tanto había trabajado estaba en ruinas. Kitty se propuso volver a hablarlo con Robert, siempre se le ocurría una buena idea.

—¿Te quedas a cenar, Tilly? —preguntó—. Liesl ha conseguido un pedazo de carne de ternera en el mercado negro, hay un guiso delicioso; ya sabes que la buena de Brunni hace magia.

—Me temo que se me ha hecho tarde —contestó Tilly—. Voy a ver un momento la rodilla de Robert y luego me llevo a Edgar. Mañana a primera hora os lo traeré de nuevo.

Edgard pasaba las mañanas en la villa porque los colegios estaban cerrados por los bombardeos. Cuando Tilly tenía turno de noche también lo dejaba allí para que el niño de nueve años no se quedara solo en el piso. Entonces dormía con Liesl y Annemarie en la casita del jardinero, lo cual le encantaba porque Willi se tumbaba a los pies de su cama.

—Deja que el niño se quede —propuso Kitty—. Se pone loco de contento cuando puede dormir con Willi.

Tilly enarcó las cejas sin querer. No le gustaba que Edgar durmiera en la misma cama que un perro, para ella los animales eran portadores de parásitos, un peligro potencial para las personas. Además, la entristecía un poco que Edgar no prefiriera dormir en su casa.

—Mañana, Kitty. Tendré turno de noche. Hoy me gustaría tener a mi hijo conmigo.

Kitty suspiró. Entendía a Tilly, desde luego.

—Entonces voy a ocuparme de que se prepare mientras estás con Robert —se ofreció.

—Eres muy amable, Kitty.

Tilly subió presurosa al gabinete, donde se alojaba Kitty con Robert. Por suerte estaba bastante recuperado; solo le daba problemas la rodilla, seguía hinchada y le dolía cuando la cargaba. Tilly le había recetado una pomada que no le servía de mucho; ahora lo intentaban con ejercicios.

Robert dijo que cada día se encontraba mejor.

—¿Auguste? ¿Hanna?

Lo de los empleados en esa casa tan abarrotada era un fastidio: nunca estaban cuando se los necesitaba. Humbert tampoco estaba por allí. Kitty llamó a la puerta de la habitación de Kurt, donde dormía Gertrude de manera provisional. Nadie contestó. Probablemente su suegra estaba de nuevo en la cocina charlando con Fanny Brunnenmayer de recetas. Antes habría sido impensable porque a los señores no se les había perdido nada en la cocina, pero los tiempos habían cambiado.

—¿Else? ¿Dónde os habéis metido todos?

Al fondo del pasillo se abrió una puerta y apareció su hermana Lisa. Llevaba un vestido que le había regalado Auguste, y encima una chaqueta de punto gris demasiado estrecha que era de Paul.

—¿Tilly aún está con mamá? —le preguntó—. ¿Qué ha dicho?

—Está llegando a su fin, Lisa —contestó Kitty, pesarosa.

Lisa se quedó callada, afligida. Luego abrazó a Kitty y rompió a llorar.

—Que tenga que ser justo ahora —sollozó—. En momentos tan horribles y nos tiene que dejar también ella…

Kitty acarició el cabello de su hermana para consolarla y le dijo que su madre había tenido una vida larga y bonita, y todos deberían estar agradecidos por ello.

—Para ti es muy fácil decirlo —se lamentó Lisa—. Tú tienes a tu Robert, pero yo no tengo a nadie si mamá ya no está con nosotros… Johannes y Hanno están en la guerra y Charlotte es una chica difícil…

—¡Pero me tienes a mí, Lisa! Y a nuestro querido Paul…

—¡No es lo mismo, Kitty! —sollozó Lisa.

Kitty pensó que su hermana no había cambiado un ápice

en todos estos años. Seguía convencida de que la vida la tenía tomada con ella, y que a todos los demás de la familia les iba mucho mejor.

—¿Sabes dónde está Auguste? —preguntó obviando el llanto de Lisa—. ¿O Hanna? Tiene que recoger las cosas de Edgar porque Tilly quiere llevárselo esta noche.

—¿Cómo voy a saberlo? —contestó Lisa, ofendida—. Supongo que estarán abajo, en la cocina. Si vas a bajar, dile a Hanna que vaya a buscar mi pañuelo verde del refugio antiaéreo, me lo he dejado allí este mediodía…

—Intentaré acordarme.

Lisa volvió al dormitorio de Paul, que ahora ocupaban ella y Charlotte. Había instalado una máquina de coser para hacerse vestidos con las telas que tenían. Cuando había cortes de luz y la máquina se paraba, se oían sus lamentos.

Abajo, en el vestíbulo, no se veía a nadie, así que Kitty decidió llamar a la puerta de la cocina. La golpeó dos veces, pero no la oyeron. ¡Era increíble! Dentro hablaban exaltados.

—¡Madre de Dios! Ahora que lo dices, Fanny… —oyó que exclamaba Else—. ¡Claro que sí! ¡Seguro que es él!

—Con cuidado, Marek —dijo Fanny Brunnenmayer—. Túmbalo en mi cama. Está medio congelado.

—Pero está muy sucio, señora Brunnenmayer —oyó la voz de Liesl.

—Ahora eso da igual. Hanna, prepara la cama. ¿Qué haces ahí, Auguste? ¡Sirve un té caliente!

—Creo que necesita algo más fuerte —apuntó Gertrude—. Un licor de genciana o un buen coñac.

—Magnífica idea, señora Bräuer —dijo la cocinera—. En el comedor hay media botellita de licor de cereza.

—¡Puaj, licor de cereza! —exclamó Auguste—. ¿Queréis envenenarlo al pobre?

¿Qué hacían ahí dentro? Kitty llamó más fuerte y de pronto se hizo el silencio en la cocina.

—Cierra mi habitación —susurró la cocinera—. Humbert, mira a ver quién es.

Kitty oyó unos pasos, luego Humbert abrió la puerta de la cocina una rendija. Al verla, la abrió del todo y Kitty notó que sentía un gran alivio.

—Señora, perdone que no esté en mi sitio. Ha pasado algo… iba a decírselo al señor, pero no he tenido tiempo…

—¿Qué está ocurriendo, por el amor de Dios? —preguntó Kitty, enojada—. ¡He llamado varias veces, pero no había rastro de ningún empleado!

—Si quiere acompañarme a la cocina…

—¿A la cocina? ¿De verdad es necesario?

—Sí, señora… Por favor, señora.

Se retiró para dejarla pasar y Kitty entró en la cocina, donde los empleados la miraban nerviosos, a la expectativa. Auguste pasó corriendo por su lado y abrió la puerta que había junto a la cocina, donde estaba el dormitorio de la cocinera. Kitty vio primero a Marek y a Hanna de pie frente a la cama, que se apartaron.

—Lo hemos encontrado en el parque —dijo Marek—. Se había caído en un cráter provocado por una bomba y estaba medio sumergido en el agua. Lo saqué…

Kitty se acercó a la cama y observó horrorizada a una persona demacrada tumbada sobre los cojines. Tenía el rostro cubierto de hollín, la ropa hecha jirones y tiesa por la mugre, los calcetines llenos de agujeros.

—¿No lo reconoces? —oyó la voz de Gertrude, que ahora estaba detrás de ella.

—No. ¿Quién es?

—A mí también me ha costado reconocerlo. Mira las gafas…

Cierto, llevaba unas gafas atadas al cuello con un cordón para no perderlas. Las lentes eran redondas, la montura dorada… ¿de qué le sonaban?

—No… no será… —susurró Kitty—. No, no puede ser…
¿O sí? ¿Sebastian?

El hombre que estaba tumbado en la cama de Fanny
Brunnenmayer abrió los ojos y la miró asombrado. ¡Era él!
Era la mirada soñadora e ingenua de su cuñado Sebastian
Winkler. El marido de Lisa había vuelto.

—¡Kitty! —exclamó en un susurro, y le sonrió—. Kitty,
me alegro de verte. Solo he venido porque estaba preocupado
por Lisa y Charlotte…

¿Cómo había llegado hasta allí? ¿No le había contado
Lisa que habían enviado a Sebastian a hacer trabajos forzados
a no sé dónde?

—¿Sebastian? —dijo a media voz—. ¿Cómo puede ser?
¿De dónde sales?

Él no reaccionó a las preguntas, se limitó a seguir sonriendo, feliz. Kitty se preguntó si había perdido la cabeza. Con
todas las atrocidades que le habían hecho era una posibilidad
muy real.

—Charlotte —susurró—. ¿Está viva? ¿Y Lisa?

—Claro que sí —repuso Kitty con calma—. Las dos están
bien. No tienes por qué preocuparte por ellas.

Él cerró un momento los ojos, como si necesitara reflexio-
nar, luego la miró de nuevo y murmuró:

—Me dijeron que la villa de las telas había sido destruida.
Luego cayeron las bombas y atravesé la ciudad a pie hasta
aquí… porque no tiene sentido seguir con vida si Charlotte y
Lisa no me están esperando…

Kitty no entendía muy bien lo que quería decirle. Miró a
Marek en busca de ayuda, este se hallaba de pie junto a la
cama con el semblante muy serio y observaba al hombre que
parecía más muerto que vivo.

—Yo creo que ha huido de un campo de trabajo de la ciudad. Esta mañana, durante el bombardeo —aseguró.

A Kitty le convenció la explicación, y comprendió que sin

duda buscarían a Sebastian. Averiguarían que era de Augsburgo y que había vivido en la villa de las telas.

—Solo quería saberlo, nada más. No quiero ser una carga para vosotros —dijo Sebastian—. Volveré por donde he venido.

Aquello también le sonó a Kitty a locura. ¿Quién volvía por voluntad propia a un campo de trabajos forzosos? Solo un loco.

—No puede volver —dijo Marek—. A los internos fugitivos les pegan un tiro.

Sebastian se incorporó para sentarse y en ese momento Kitty advirtió que tenía varias heridas en el cuerpo.

—No —le dijo a Marek—. Si vuelvo al campamento, como mucho me castigarán.

Marek se llevó las manos a la cabeza ante semejante ingenuidad.

—Seguro que ya le están buscando —dijo nervioso—. ¡Lo atraparán por el camino y nadie creerá que regresaba de manera voluntaria!

—Iré con cuidado.

A Kitty le daba vueltas la cabeza a una velocidad pasmosa. ¡Por el amor de Dios! La Gestapo ya tenía la villa de las telas en la lista, si descubrían a un preso fugitivo se habría terminado todo.

—¡Tenemos que esconderlo! —exclamó—. No puede quedarse aquí bajo ningún concepto. Vigiladlo, voy a buscar a mi hermano.

Salió corriendo de la cocina, en el vestíbulo se encontró con Tilly, que se estaba poniendo el abrigo para irse a casa.

—¿Está listo Edgar? Se hace de noche y no me gustaría…

—¡No hay tiempo! —exclamó Kitty, y la apartó a un lado—. Es un desastre. La Gestapo vendrá enseguida. ¿Dónde está Paul?

Tilly la miró confundida, pero reaccionó con premura.

—En… en su despacho. ¿Qué ha pasado?

Kitty subió la escalera sin contestar y abrió la puerta del despacho de Paul. No estaba solo, Hilde Haller se hallaba sentada a su lado en el escritorio, saltaba a la vista que estaban comentando algo. Exacto. Esa mujer siempre estaba pegada a su hermano.

—¡Baja ahora mismo a la cocina, por favor, Paul! —gritó Kitty, alterada—. Tenemos que hacer algo antes de que llegue la Gestapo.

—¿La Gestapo? ¿Por qué la Gestapo?

—¡Tú hazlo! ¡No pierdas ni un minuto!

Paul se levantó con desgana, no parecía que se tomara del todo en serio a Kitty, luego se disculpó con Hilde Haller por la súbita interrupción.

—¿Qué pasa, Kitty? —preguntó en el pasillo, disgustado.

Kitty consiguió ser concisa.

—Sebastian ha vuelto. Seguro que vendrán aquí a buscarlo.

—¿Qué? —susurró Paul—. ¿Dónde está?

—En la cocina. Tenemos que esconderlo en algún sitio.

Los dos bajaron a toda prisa la escalera hasta el vestíbulo y corrieron a la cocina. Tilly ya estaba allí, quería saber qué había ocurrido. Hanna se les acercó con un fardo de ropa de cama manchada de sangre.

—Déjalo en la tina de la colada con las demás sábanas en remojo —ordenó Fanny Brunnenmayer desde su silla—. Pon las sábanas de flores, Auguste.

—¿Dónde está? —preguntó Paul a la cocinera—. ¿Puede caminar? Lo esconderemos en el desván…

—No es necesario, señor —repuso Fanny Brunnenmayer con mucha serenidad—. Marek se lo ha llevado a las caballerizas. Allí tiene un escondite seguro.

Paul se limpió el sudor de la frente y dijo que les estaba muy agradecido a todos.

—Lamento que se vean involucrados en nuestras circunstancias familiares.

—Hace mucho que nos sentimos unidos a la familia Melzer y sus allegados —dijo Humbert, muy digno—. Sus preocupaciones son las nuestras, y su felicidad también es la nuestra.

—No sé cómo agradecerles...

—Cada uno en su sitio, señor —afirmó Fanny Brunnenmayer—. Y ahora silencio, ahí viene Liesl con los niños y el perro. Ni una palabra. Aquí no ha pasado nada.

Tras dudar un poco, Tilly decidió irse a casa con Edgar porque no quería que la Gestapo interrogara al niño. Kitty y Paul subieron a la primera planta para comentar cómo proceder.

—Ni una palabra a Lisa y a los demás —dijo Paul—. Cuanto menos sepan, mejor. Hablaré con Hilde, seguro que se le ocurre algo.

—¿Sigues pensando de vez en cuando en Marie? —preguntó Kitty, enfadada.

—¿A qué viene esa pregunta?

—Sabes perfectamente lo que quiero decir. ¡Marie es tu mujer y te quiere, Paul!

—¡No vamos a discutir de eso justo ahora! —replicó él, nervioso—. Tengo que ocuparme de lo que está pasando.

—¡Pues hazlo!

Anocheció y no pasó nada. Kitty no estaba tranquila, no paraba de acercarse a la ventana para mirar si aparecían los faros de un coche en el camino del parque. Luego volvió a pensar en Marek y Sebastian, ahí fuera, en los establos, con ese frío. ¿Y si llegaban al día siguiente por la mañana a buscar a Sebastian? ¿O quizá no? Durante la cena no dejó que se le notara el miedo, estuvo hablando en voz baja con Lisa y Henny sobre el estado de la enferma; preguntó a Gertie por el pequeño Herrmann, que tenía un leve resfriado; dejó que

Charlotte le explicara cómo se unían dos mangueras de bombero porque su sobrina había empezado en el servicio de extinción de incendios.

Robert fue el único que percibió sus nervios. Le puso una mano en el brazo a modo de consuelo y ella sintió unos remordimientos terribles porque no le había contado nada de Sebastian. Él creía que lo que la tenía tan apenada era la inminente muerte de su madre.

—Pronto habrá terminado, cariño —dijo en voz baja—. Luego quedará liberada y no tendrá que sufrir más.

La Gestapo llegó hacia las dos de la madrugada. Rodearon la villa y ya estaban registrando el parque con linternas. Cuando Humbert les abrió la puerta, lo apartaron con brusquedad y empezó el procedimiento habitual.

¡Todos los residentes al vestíbulo!

Al principio no quisieron creer que había una moribunda en la casa, irrumpieron en el dormitorio de Alicia Melzer, abrieron los armarios, golpearon el suelo por si había puntos huecos, incluso se metieron debajo de la cama. A Lisa le provocó una gran indignación que alguien pudiera pensar que su pobre marido estaba en la villa de las telas. Hacía dos años que no sabía nada de él, probablemente ni siquiera estuviera vivo. Registraron hasta el último rincón de la villa, interrogaron a los empleados y sacaron a Liesl y a Annemarie de la casita del jardinero. Al final estuvieron husmeando un rato entre los escombros del anexo. Como allí tampoco encontraron nada, se retiraron decepcionados, no sin amenazar antes a Paul con meterlo en un campo si descubrían que tenía a su cuñado escondido.

—Hemos tenido suerte —suspiró Kitty cuando se fueron—. Esperaremos un rato más, luego avisaremos a Marek y a Sebastian.

—¿Sebastian? —preguntó Lisa con los ojos desorbitados por el susto—. No querrás decir que…

—Sí, está aquí, Lisa —dijo Paul, y rodeó a su hermana con el brazo—. Ahora tienes que ser muy fuerte.

—¡No!

Auguste fue a buscar agua fría al ver que Lisa estaba a punto de desmayarse. Charlotte quiso salir corriendo hacia el establo, pero Paul se lo prohibió.

—Ni hablar. Puede que nos estén observando.

—Pero se va a helar con este frío.

—Marek construyó un escondrijo, seguro que tiene unas cuantas mantas. Será mejor que esperemos hasta que los dos puedan salir.

Esa noche nadie pudo dormir en la casa. Permanecieron sentados juntos en las habitaciones; abajo, en la cocina, también había luz en las ventanas. Al amanecer, Kitty se quedó dormida en brazos de Robert; en sueños seguía persiguiéndole el miedo, veía siluetas difusas con abrigos oscuros que deambulaban por el parque con hachas y talaban todos los árboles. Cuando se despertó, empapada en sudor, Robert se había levantado de la cama y cojeaba por el pasillo, donde se oían los lloros histéricos de Lisa.

—¿Cómo puedes hacernos esto? ¿Has visto qué pinta tienes? Pareces un vagabundo…

—¡Deja de insultar a mi padre! —rugió Charlotte—. Está enfermo y hay que cuidarlo. Papá, ven con nosotras a nuestra habitación. Tienes que tumbarte, te traeré algo de comer…

—No quiero ser una carga para vosotras —se oyó balbucear a Sebastian.

—No lo eres, papá. Me alegro tanto de que estés aquí…

Kitty se levantó medio dormida. Ya había ocurrido, Lisa volvía a tener a su marido y Charlotte a su padre. La cuestión era cuánto duraría el reencuentro. Seguramente la Gestapo volvería.

Cuando salió al pasillo, Charlotte ya había desaparecido con Sebastian en el dormitorio conyugal de Paul, pero Lisa seguía desconcertada y hecha un mar de lágrimas; Paul y Robert intentaban consolarla. Gertie y Hilde Haller también habían salido de su habitación y miraban con preocupación lo que sucedía.

—Charlotte ha ido al establo —informó Robert—. Cuando llamó a su padre, se abrió un tablón de madera del suelo; Marek había cavado un hoyo debajo y lo cubrió con mantas. Sebastian se ha pasado todo el tiempo ahí, sin atreverse a salir. En cuanto ha oído la voz de su hija ha levantado el tablón…

—¿Y dónde está Marek? —preguntó Kitty.

—Estará abajo, en la cocina.

Sin embargo, Marek no estaba en la cocina. Sebastian tampoco sabía dónde se había metido. El hoyo era estrecho, solo cabía una persona.

29

Marzo de 1945

—Que esté desaparecido no significa que haya ocurrido lo peor —dijo Lilly—. También puede ser que haya acabado en prisión.

—Claro... —contestó Dodo, escueta.

Seguían juntas en su nuevo destino y compartían habitación. El constante peligro de muerte y todas las atrocidades asociadas a su trabajo habían unido mucho a las dos chicas. Hablaban sobre sus familias, sus amigos, procuraban consolarse la una a la otra cuando una recibía una mala noticia. El prometido de Lilly llevaba unas semanas desaparecido en Rumanía, y unos días antes Dodo había sabido que Ditmar Wedel no había vuelto de una misión en Normandía.

—Encarcelan a muchos —aclaró Lilly—. Y los ingleses y los americanos tratan bien a sus presos de guerra, eso se sabe.

—Pero si cae en manos de los franceses... —dijo Dodo a media voz—. Entonces lo pasará mal.

—No lo pienses, Dodo —le aconsejó Lilly—. De todos modos, no podemos cambiar la situación, solo tener esperanza. ¿Sabes? Siempre pienso que mi Norbert a lo mejor ha conseguido llegar a Hungría y que lo sacaré en avión precisamente a él.

—Sería una casualidad enorme —comentó Dodo con una sonrisa.

—A veces pasan esas cosas —insistió Lilly—. Es la divina providencia, Dodo. Yo estoy convencida de que Dios lo protege y que volveremos a vernos después de la guerra.

«Tal vez tenga razón. En algo hay que creer, de lo contrario nos volveremos locas con tanta desgracia. Es lo que pasa cuando no crees en nada ni tienes esperanzas», pensó Dodo.

Estaban destinadas en Hörsching, al oeste de Linz, para evacuar de Hungría a los soldados heridos. Esa misión también era peligrosa porque los aviones del Ejército Rojo tenían la soberanía aérea y no dudaban en disparar a los aviones de rescate alemanes. En su último vuelo Lilly se libró por los pelos: los soldados del Ejército Rojo habían cosido a tiros un ala de su Junker.

Ese día Lilly tenía descanso, pero Dodo entraba de servicio a primera hora.

—Suerte, amiga —le dijo Lilly cuando ya se había puesto los pantalones y la chaqueta—. Nos vemos esta noche. Hay un plato especial: salchicha con jamón y el chocolate amargo de siempre.

A Dodo no le apetecían semejantes delicias. Hacía un tiempo que su estómago estaba en huelga, solo conseguía tragar a duras penas el café de malta y el pan con margarina por la mañana.

—Descansa, Lilly. Hasta esta noche. Como siempre.

Se dieron un abrazo y Dodo notó que su amiga la apretaba con fuerza. Nunca se sabía si volverías a ver a la otra persona, pero en las despedidas se fingía que era evidente que sí. «No me pasará nada. Yo lo conseguiré. Menuda tontería. ¡Eso sería ridículo!».

Habían llenado el depósito de tres aviones para que salieran uno detrás de otro porque era más seguro no volar en formación. Dodo se presentó ante su superior lista para volar y supervisó la carga del combustible, que en el caso del Bf 109 siempre era un poco complicada porque había que tener mucho cuidado de llenar todos los depósitos. Si uno no se llenaba del todo, podía ser fatal durante el vuelo de regreso.

—¡Que tengas un buen vuelo! —exclamó el mecánico al bajar la cúpula transparente sobre la cabina.

Wilhelm era simpático y había llenado los depósitos de forma impecable, le caía bien. Le sonrió y arrancó el motor. La hélice protestó, se detuvo dos veces y al tercer intento cogió impulso. Dodo se lo tomó con tranquilidad; siempre surgían imprevistos, había que conservar la calma e improvisar, eso era todo.

Las maniobras y el despegue salieron bien, ahora tenía que dibujar un semicírculo sobre el aeródromo porque el viento provenía del lado contrario. Se conocía el trayecto al dedillo después de tantos servicios, solo era crítico si hacía mal tiempo o había niebla y tenía que volar sin visibilidad. Ese día estaba despejado, así que, por una parte, era agradable pero, por otra, debía tener cuidado con los aviones rusos. Siguió el curso del Danubio hasta Viena, luego continuó hacia el sudeste, hasta que vio el lago Neusiedl. El último tramo era más peligroso porque resultaba difícil orientarse, y aumentaba la posibilidad de que la avistaran aviones enemigos cuanto más avanzaba hacia el este. El aeródromo al que se dirigía era un aeropuerto militar de la Wehrmacht en Taszár, situado al sur del lago Balaton.

Nadie sabía durante cuánto tiempo podrían continuar con esas misiones. También en Hungría la situación de la Wehrmacht era ya desesperada; el país, que al principio se alió con Hitler, se había pasado un año antes al bando ruso, por lo que la Wehrmacht ocupó Hungría y obligó a los húngaros a ser compañeros de armas. Ahora el Ejército Rojo avanzaba de forma inexorable hacia Hungría; en febrero cayó Budapest tras un largo asedio. Llegaban noticias de batallas sangrientas, sobre todo la población civil tuvo que aguantar un infierno. Aún había un resto de la Wehrmacht luchando contra el avance ruso. Hitler había retirado tropas del oeste para que ni los yacimientos petrolíferos ni los almacenes de combustible que había junto al lago Balaton quedaran en manos rusas, pero, a juzgar por lo que contaban los soldados heridos que ella rescataba, ese último intento desesperado de la Wehrmacht también había fracasado hacía tiempo. El Ejército Rojo estaba mejor dotado y era más numeroso, la Wehrmacht carecía de suministros, tenía que abandonar los tanques porque ya no había gasolina, y los soldados marchaban a través del lodo, que les llegaba a las caderas.

«Ojalá terminara ya. Si está todo perdido, ¿por qué siguen enviando a esos pobres tipos a la muerte?», pensó Dodo mientras pilotaba, sin parar de buscar aviones rusos en el cielo. Los pocos hombres a los que había podido rescatar eran una ínfima parte de la Wehrmacht derrotada, pues la mayoría morían de hambre en los bosques o acababan presos de los rusos.

Hoy estaba de suerte, el Bf 109 se había portado de maravilla y los aviones enemigos no la habían incordiado. Ya tenía su destino a la vista. El aeropuerto militar de Taszár contaba con una pista de aterrizaje asfaltada que al Bf 109 no le gustaba nada, despegaba y aterrizaba mejor en la hierba. Dodo conocía el problema y bajó la máquina con cautela. El momento crítico llegó cuando las ruedas tomaron tierra, ahí algunas de sus colegas ya se habían visto obligadas a hacer un aterrizaje forzoso.

La esperaban ansiosos, varias personas corrieron hacia ella y enseguida vio que eran heridos. Últimamente no lograban controlar a los hombres destinados allí para que subieran de manera ordenada. Cuando aterrizaba uno de los aviones de rescate, los heridos irrumpían en el aeródromo sin autorización, se apartaban unos a otros y cada uno intentaba a la desesperada conseguir un sitio en el pequeño avión. Era una tragedia porque solo podía llevarse a unos cuantos. Los soldados, que al final llegaban corriendo, tenían que sacar por la fuerza a algunos de esos pobres desgraciados. Las escenas que se producían eran terribles y la perseguían en sueños.

—¡Vienen dos aviones más! —gritó entre el tumulto que se formó alrededor del avión—. Como mucho puedo llevarme a cinco hombres.

En realidad ya eran dos personas de más, pero en una situación de emergencia extrema estaba dispuesta a arriesgarse; de momento había trasladado a todos los pasajeros a salvo hasta Hörsching.

Los soldados tuvieron que golpear con la culata del fusil a varios hombres que se habían agarrado al chasis para que se soltaran. Dodo subió a su asiento; dos heridos ya se habían apretujado en el asiento del copiloto. Detrás iban sentados cuatro hombres; ese día llevaba a bordo a tres personas de más. En realidad no debería despegar, pero no tuvo valor para que bajaran a otro herido a golpes.

—Apretaos más —dijo con toda la amabilidad posible—. Necesito llegar a los instrumentos. ¿O queréis que nos derriben?

—Estamos flacos como palos —bromeó uno de los jóvenes soldados—. Juntos como mucho pesamos lo mismo que tres rusos con ametralladoras bien alimentados.

Todos eran hombres que no sufrían heridas que hicieran peligrar su vida, sino que no eran aptos para el combate temporalmente y podían curarse con una estancia en un hospital de campaña. De todos modos, los otros no tenían opciones de huir. Los dejaban morir. El joven que iba al lado de Dodo tenía las manos congeladas y no podía usar armas; al compañero de al lado le había rozado una bala, y detrás iba sentado otro con la cabeza vendada. A los demás no sabía qué les pasaba. Todos estaban de buen humor y esperanzados por haber conseguido entrar en el avión. Las bromas burdas volaban, algunos se reían y otros señalaban a la joven piloto, que no dejaba de ser una chica y tal vez le molestaran las pullas más fuertes.

—No os preocupéis por mí —dijo Dodo—. Además, los motores hacen tanto ruido que ya no entiendo lo que decís.

El vuelo era muy peligroso, necesitaba ganar altura en la planicie porque detrás de Viena el terreno ascendía y con esa sobrecarga ya no conseguiría elevar el avión. Tampoco podía volar cerca del suelo por motivos de seguridad. Hasta el lago Neusiedl todo fue bien, vieron un Junker debajo, era una compañera que iba de camino a Taszár también a rescatar heridos. Poco antes de Viena se cruzaron con Yak 3 rusos, cinco en total, que enseguida viraron sin mostrar interés en el pequeño Bf 109. Dodo empezó a sudar a mares; con el sobrepeso apenas podía aprovechar que su avión alcanzaba más velocidad. Los rostros de los hombres estaban pálidos; todos habían advertido el peligro que los amenazaba y vieron con alivio que la joven piloto no perdía los nervios.

Aterrizó de nuevo apurando la última gota de combustible porque en Taszár repostaron pocos litros. Sin embargo, la alegría de los hombres, que le dieron la mano uno a uno cuando bajó de la cabina, la reconfortó tanto que se alegró de haberse arriesgado a realizar el vuelo.

Más tarde, cuando comunicó que había regresado de la misión, recibió un buen rapapolvo del jefe de operaciones.

—¿Se ha vuelto loca? Se ha jugado la vida de esos hombres y el avión a la ligera. ¿En qué estaba pensando?

—Conozco los Bf 109 y sé de lo que son capaces —replicó con obstinación.

Para su sorpresa, su superior pasó por alto su impertinencia y dio media vuelta, sacudiendo la cabeza.

Dodo se reunió con Lilly, que había dormido hasta el mediodía y no entendía que no le apetecieran las salchichas con jamón y se guardara el chocolate para comérselo después.

—Te vas a echar a perder del todo —comentó Lilly con un suspiro cuando se acostaron—. Ya pareces un chico.

Dodo apenas la escuchó, estaba exhausta y cayó en un profundo sueño.

Por la mañana la despertó un fuerte estruendo: Lilly se estaba preparando para su misión y había volcado una silla sin querer.

—Lo siento mucho —se disculpó—. Sigue durmiendo, nos vemos esta noche.

—¡Que tengas un buen vuelo!

Tras un abrazo rápido, su amiga se marchó.

Dodo sentía que había dormido suficiente, se vistió y, mientras se dirigía a la cantina, vio que Lilly arrancaba su Junker.

—¡Señorita Melzer! —oyó en ese momento la voz del oficial de vuelo—. Hoy tenemos una misión especial para usted.

No tenía objeción. Era mejor prestar ayuda que quedarse sentada sin hacer nada y empezar con sus cavilaciones.

El oficial iba acompañado de un hombre vestido con un traje claro al que Dodo no había visto por allí. Era de mediana estatura y rondaba los cuarenta años, los rasgos de su cara eran agradables, pero la mirada de sus ojos rasgados y grises le resultó fría.

—Esta es la piloto de la que le hablaba —le dijo su jefe a su acompañante.

El hombre del traje demostró que podía ser encantador y que tenía sentido del humor. Le dio la mano a Dodo luciendo una sonrisa.

—Es un placer, señorita Melzer. Me llamo Arnold Schmidt, me han aconsejado que me fíe de sus capacidades aeronáuticas.

Dodo notó un fuerte apretón de manos, y después su sonrisa desapareció.

—No entiendo muy bien…

—La he recomendado al señor Schmidt porque es usted nuestra mejor piloto, señorita Melzer —le dijo el jefe de operaciones—. Va a llevarlo a Berlín.

¿A qué venía eso? Ella estaba allí para sacar a los soldados heridos de la zona de peligro, y no para llevar a ese tipo a Berlín como si fuera un taxi. Además, hasta entonces nadie le había dicho que era la mejor piloto del lugar.

—Puede desayunar tranquila, mientras tanto prepararán el avión y llenarán el depósito. Hará escala en Leipzig, luego seguirá hasta Berlín. El despegue será dentro de una hora.

—Pero… en realidad hoy tengo…

—¿Alguna pregunta más? —la cortó con dureza.

No había lugar a réplica, estaba en un servicio militar y tenía que obedecer.

—No —contestó furiosa, y se dirigió a la cantina.

Allí se sentó con sus colegas Wilhelm y Harald e intentó engullir una tostada con mermelada.

—¿Conocéis a ese tipo? —preguntó a Harald.

—Lo saqué ayer de Hungría —respondió—. Por lo visto es un pez gordo, va arrastrando un maletín. Se hace el afable, pero es zorro viejo.

—Ten mucho cuidado, niña —le advirtió Wilhelm, inquieto.

—Ese no me da ningún miedo —espetó Dodo.

Su pasajero ya estaba listo cuando ella se acercó a su «Emil» y ocupó su asiento. Él siguió con impaciencia el proceso de revisión de Dodo en el avión.

—Es la primera vez que vuelo con una mujer piloto —dijo con alegría cuando cerró la cúpula—. Me hace mucha ilusión. Nuestras chicas alemanas son muy buenas en el vuelo artístico, ¿verdad?

—Mis colegas y yo hace meses que llevamos a cabo misiones para la Wehrmacht —contestó escueta, luego verificó los instrumentos y arrancó el motor.

376

Gracias a Dios ahí terminó la conversación, porque él habría tenido que gritar por encima del ruido de los motores para hacerse entender. El tiempo era inestable, sobre todo el viento le dio problemas. Al despegar tuvo que aferrar con fuerza los mandos. Más al norte se veían nubes densas, con un poco de suerte no se formaría una tormenta. Tras casi dos horas llegaron a Leipzig, y el aterrizaje en la pista improvisada fue perfecto. Allí también habían bombardeado el aeródromo, varios edificios estaban en ruinas, la pista de despegue también resultó dañada pero la estaban reparando para que los aviones pudieran despegar y aterrizar.

Mientras llenaban el depósito del Bf 109, Arnold Schmidt fue a estirar las piernas. Parecía nervioso y no paraba de mirar su reloj de pulsera, hasta que al final preguntó por qué se tardaba tanto en repostar.

—No hace falta que lo llenen del todo, solo quiero llegar a Berlín.

—Pero luego yo debo volver a Hörsching —contestó Dodo con parsimonia.

El resto del vuelo transcurrió sin problemas porque el viento había amainado y el cielo se despejó. No había aviones enemigos a la vista, por debajo se extendía una amplia llanura cuyo patrón geométrico de campos y prados se veía interrumpido por oscuros bosques de pino y lagos verdosos. Ya estaban en las cercanías de la capital y pudo ver que Berlín también había sufrido intensos bombardeos.

—¿Ve aquella granja ahí abajo? —le gritó de pronto Arnold Schmidt al oído.

Señalaba con el brazo estirado una gran casa de ladrillo rodeada de varios anexos. Una granja de la Marca de Bandeburgo.

—¿Qué le pasa? —respondió ella a gritos.

—¡Baje al prado!

—¿Por qué?

—Tengo cosas que hacer allí.

Fantástico. No solo era su taxi a Berlín, encima tenía que llevarle a otros sitios donde tenía «cosas que hacer».

—¡Eso no estaba previsto! —se resistió.

—Usted baje. No saldrá perjudicada. Le mostraré mi agradecimiento, señorita Melzer.

A ella eso no le importaba en absoluto, pero por lo visto no le quedaba más remedio que aterrizar en uno de los prados que rodeaban la granja. Por lo menos allí estaban más protegidos de los cazas enemigos y de las bombas que en la capital.

—Estupendo —dijo él cuando descendió del avión con su maletín—. Vamos al edificio principal. Mientras yo tengo una conversación allí, estará usted bien atendida.

Eso en realidad tampoco le importaba porque sus problemas de estómago no habían mejorado. Caminó tras él en silencio por el prado húmedo, luego por un camino de tierra hasta la casa. Él iba maldiciendo porque se le había mojado el dobladillo de los pantalones y tenía arena en los zapatos.

En la mansión lo estaban esperando. Una empleada joven y rolliza con un delantal blanco abrió la puerta de entrada y se sonrojó cuando le hizo una reverencia a Arnold Schmidt, que la llamó «Linchen» y la colmó de cumplidos. «Así que es de esos. Un adulador que se considera irresistible», pensó Dodo.

—La señora lo espera arriba.

—Bien, bien. Mi joven acompañante necesita un buen desayuno —dijo de pasada, y dejó a Dodo en el sombrío vestíbulo antes de subir la escalera.

La empleada al principio no sabía qué hacer con la invitada y desapareció por una puerta. Dodo se quedó perdida en el vestíbulo y le pareció que aquella estancia tenía algo que intimidaba, tal vez por las vigas de madera oscura sobre las que descansaban las paredes. Un viejo perro de caza pasó al trote por su lado y la olisqueó, pero no debió de encontrar nada amenazador porque volvió a ocupar su sitio bajo la escalera.

—Si hace el favor de seguirme… —Un hombre mayor ataviado con ropa oscura había salido al vestíbulo con una bandeja, seguramente era el mayordomo.

Subió la escalera y la condujo hasta una sala que a todas luces servía de comedor, pues había una mesa larga de roble rodeada de sillas pasadas de moda, con respaldos altos tallados. La propietaria debía de tener una familia extensa porque Dodo contó más de treinta sillas, y pegadas a las paredes había más en fila.

Le sirvieron un desayuno en la cabecera de esa enorme mesa que en otro momento la habría entusiasmado: pan recién hecho, paté, jamón, mantequilla y mermeladas variadas. Además había una jarrita con café de verdad. ¡Era increíble! ¡En toda Alemania la gente se moría de hambre, y allí no había más que exquisiteces!

—Que lo disfrute —le dijo el mayordomo con simpatía—. No le iría mal un poco de jamón en las costillas.

Luego la dejó a solas. Ella se sentó, confusa ante todas esas delicias que su estómago sin duda no aguantaría; se comió un panecillo con mantequilla y rellenó otro con paté y jamón que guardaría para Lilly. Luego se quedó allí sin hacer nada y esperó. ¿Qué tipo de conversaciones mantendría Arnold Schmidt en esa mansión apartada? Es más, seguro que ese no era su nombre, «Arnold Schmidt» era el típico apodo. ¿Y si resultaba que era un oficial de la Gestapo? ¿En una misión secreta para el Führer?

«Sea quien sea, ojalá venga de una vez y pueda llevarlo a Berlín para quitármelo de encima», pensó enfadada.

El tiempo se alargaba, ya era mediodía. Nadie se ocupó de ella, dos moscas de primavera merodeaban por encima del paté, el sol se colaba a través de los cristales. Decidió echar un ojo a su «Emil», no fuera que algún lugareño tocara el avión.

Por desgracia las ventanas del comedor daban al sudoeste; desde allí no veía el avión porque los prados donde había aterrizado estaban en el este, pero en esa casa tenía que haber más ventanas.

En el pasillo no vio a nadie, pasó junto a varias puertas y decidió entrar en la tercera de la derecha. Era un cuartito con una chimenea abierta. Desde las paredes la observaban cabezas de animales disecados con sus ojos vidriosos, numerosas cornamentas delataban la afición a la caza de los señores de la casa. Una de las ventanas estaba abierta, quizá para airear la sala que olía a moho. Dodo empujó un poco más la hoja de la ventana y se alegró al ver su «Emil» solo en el prado, esperándola. Unas cuantas vacas blancas y negras se habían congregado cerca del avión, pero se mantenían a una distancia prudente del gran pájaro de hojalata mientras pastaban en la hierba verde.

—Estás loco, cariño —oyó de pronto una voz de mujer—. ¿No te das cuenta de por dónde van los tiros? Dentro de unas semanas habrá terminado.

Dodo no se movió, y escuchó perpleja. Las voces procedían de arriba, dedujo que habían abierto una ventana.

—Una orden es una orden, Marga —dijo una voz masculina—. Debo llevar estos papeles al búnker del Führer. Ya sabes lo que significa si no me presento.

Era el hombre que se hacía llamar Arnold Schmidt. Así que estaba en lo cierto con sus suposiciones: se trataba de un asunto secreto. Por lo visto tenía mucha confianza con la señora de la casa porque con toda seguridad arriba estaban los dormitorios. ¿Era su mujer? ¿Su amante?

—Sigues sin entenderlo, cariño —dijo la mujer—. En pocas semanas la situación dará un giro. Los rusos llegarán a Berlín, y los aliados tampoco se harán esperar mucho. ¿Quieres caer en sus manos? ¿Con tu posición? ¿Qué crees que te pasará si encuentran estas listas?

—No hay salida, Marga. Hemos cumplido con nuestro deber y hemos limpiado Hungría de judíos. Estas listas tienen que estar en manos del Führer.

—¡Y a cambio los rusos te masacrarán!

Se impuso el silencio. A Dodo le daba vueltas la cabeza. El encantador donjuán era en realidad uno de los oficiales de la Gestapo a cargo de la persecución de los judíos en Hungría. Habían enviado a miles de ellos a Auschwitz y Theresienstadt.

«El muy canalla. No tiene ni idea de que la piloto en la que ha confiado es medio judía», pensó con un escalofrío.

—¿Qué propones, Marga? —oyó de nuevo su voz.

—Muy fácil. Yo te doy otra ropa, dinero y una dirección donde estarás a salvo. Oficialmente tienes un accidente y te quemas con el avión...

—Para eso habría que llevar el avión hasta la carretera para que no esté tan cerca de la granja. Luego tendría que rociarlo con gasolina y hacerlo explotar. A poder ser esta noche, para no levantar sospechas entre el personal.

—No te preocupes, mi gente es de confianza.

—Pero ¿qué hacemos con la chica?

—Ya encontraremos una solución también para eso...

Dodo, junto a la ventana, pensó que estaba soñando. ¿Era un juego? ¿Estaban interpretando una obra de teatro? Ahí estaba el avión gris sobre el prado verde, las vacas blancas y negras pastaban tranquilas, un amable sol de primavera inundaba el paisaje. De pronto Dodo notó en la espalda la mirada fija de los ojos vidriosos de los animales disecados, y un pánico gélido se apoderó de ella.

«Ya encontraremos una solución también para eso».

¡Tenía que largarse de allí!

Salió de la habitación, bajó la escalera hasta el vestíbulo, abrió la pesada puerta de madera y corrió por el camino de tierra hasta el prado. ¡Tenía que salir de allí! Subir al avión, cerrar la cabina, echar un vistazo rápido a los dispositivos, arrancar el motor.

El motor no arrancó en el primer intento. En la casa alguien había salido a la entrada, agitaba los brazos, le indicaba que volviera.

«No me dejes en la estacada ahora. Hazlo por nosotros dos. ¡Esfuérzate o será nuestro final!», le suplicó a su Bf 109.

La hélice protestó, pero luego empezó a girar. Dodo hizo rodar con suavidad su «Emil» sobre el prado, se colocó en la dirección del viento y no aceleró hasta que notó que la parte trasera del avión se elevaba. Las vacas huyeron despavoridas, la máquina avanzó a trompicones y dio sacudidas porque un topo muy diligente había llenado el prado de montañitas. Consiguió despegar justo delante del cercano bosque de pinos, dibujó una curva en el aire y giró hacia el sudeste.

«Todo esto no puede ser verdad. Quizá hayan sido imaginaciones mías. Y encima me he dejado el bocadillo de jamón para Lilly. ¿Por qué me he dejado intimidar de esa manera? Seguro que hay una explicación razonable para lo que he oído», pensó mientras volaba hacia Leipzig.

Unas horas después aterrizó en Hörsching y comunicó al jefe de operaciones que había cumplido con su deber. No le hicieron más preguntas. Y no se volvió a hablar de su pasajero Arnold Schmidt en las pocas semanas que le quedaban de servicio.

30

Abril de 1945

Alicia Melzer cerró los ojos para siempre el 20 de febrero. Por mucho que a Paul le afectara la muerte de su madre, fue un alivio ver que se dormía con tanta paz. Le resultaba muy duro verla en ese estado. Rara vez se sentaba un ratito en su lecho de enferma, casi siempre encontraba un motivo para eludir su deber filial. Debía reconocer que su hermana Lisa, y sobre todo su sobrina Henny, habían sido más fuertes que él. Hicieron turnos por las noches para estar junto a la moribunda; Hanna y Auguste también habían insistido en acompañar a la señora de la casa hasta el final.

—El cuidado de los enfermos es cosa de mujeres —le consoló Hilde Haller cuando él le confesó los remordimientos que sentía—. Creo que siempre has hecho lo mejor para tu madre y la has querido mucho. No podría tener un hijo mejor que tú.

Las conversaciones nocturnas con su antigua secretaria se habían convertido en un ritual. Casi siempre tenían lugar en la habitación de Hilde porque todas las demás estancias estaban ocupadas y les gustaba estar solos. Ella dormía en la habitación de Leo y se esforzaba por cambiar lo mínimo posible. Le quitaba el polvo con sus propias manos al piano, que estaba sin usar desde hacía años, y jamás se atrevió a tocarlo. También evitaba entrar en la biblioteca porque Henny casi siempre estaba allí. Por eso Paul le buscaba libros adecuados y se los llevaba a sus charlas nocturnas.

Pasó lo que tenía que pasar. Paul llevaba años viviendo como un monje, tenía mucha relación con Hilde, que siempre estuvo enamorada de él, y cedieron a la tentación. Los dos se entregaban con un deseo ardiente, y después se quedaban un buen rato abrazados; solo cuando Paul regresaba por el oscuro pasillo vacío a su habitación, notaba el desasosiego de haber hecho algo mal, tal vez incluso algo trágico. Sabía que a Hilde también la atormentaban pensamientos parecidos, y él procuraba disipar sus dudas.

—Mi mujer me dejó, Hilde. Se fue contra mi voluntad. Hace ya más de nueve años que estoy solo…

—Eso ya lo sé —dijo ella con una caída de ojos—. Y aun así lo que hacemos no está bien. Te quiero, Paul, pero no me gusta quitarle el sitio a otra.

—Cuando termine esta maldita guerra solicitaré el divorcio. Entonces podremos casarnos. Solo si tú quieres, claro…

—Ah, Paul… ¿cómo vas a explicárselo a tus hijos?

—Entenderán mi decisión.

Lo decía con sinceridad, estaba resuelto a dar ese paso, aunque Marie seguía dominando buena parte de sus pensamientos. Por mucho que se esforzara por ahuyentarla, no conseguía liberarse de ese amor perdido. En sus sueños volvía a tenerla cerca, entonces renacía el deseo por su esposa, y a veces incluso pensaba en ella cuando se acostaba con Hilde. Eso le ponía furioso, pero se decía que con el tiempo esa absurda dependencia se apagaría, que solo se debía a su larga historia en común, a fin de cuentas habrían celebrado su trigésimo aniversario de bodas.

Por eso se empeñó en hacer entender su decisión a su familia, le molestaba que no incluyeran a Hilde Haller, incluso la trataban con antipatía y le hacían sentir que no era bienvenida en la villa siempre que tenían ocasión. Mantuvo una breve conversación sobre el tema con Lisa, que no se alegró de la noticia pero lo respetó. De todos modos, Lisa era la más fácil porque estaba muy ocupada con el regreso de Sebastian, que ahora vivía con ella en el dormitorio de Paul y se estaba recuperando gracias a los afectuosos cuidados de su mujer y su hija. Se había montado con la ayuda de Humbert un escondite en el armario ropero, Paul también echó una mano para colocar una doble pared al fondo. No estaba seguro de que con eso saliera airoso de un registro de la casa, pero de momento la Gestapo no se había presentado, para gran alivio de todos.

Al final Paul aprovechó el entierro de su madre para dejar claro al resto de la familia cuál era su relación con Hilde Haller. El sepelio tuvo lugar en el cementerio de Hermanfriedhof, donde fue enterrada en el nicho familiar junto a su marido Johann Melzer, al que había sobrevivido nada más y nada menos que veintisiete años. Pese al frío y los malos tiempos que corrían, fueron muchos los que asistieron al funeral: viejos amigos de la familia, como los Wiesler y los Manzinger; el doctor Greiner, el que fue su médico a domicilio durante años; algunos conocidos de Kitty del medio artístico, dos amigas de Lisa, también antiguos empleados y trabajadoras de la fábrica. Fue una reunión de ancianos, mujeres y niños; faltaban los hombres, que o bien habían caído, o estaban presos o seguían en el campo de batalla.

Durante la ceremonia Hilde se situó junto a Gertie, que también jugaba el papel de marginada en la villa de las telas, pero cuando Paul se acercó a la tumba para pronunciar una breve oración y echar un poco de tierra sobre el ataúd, agarró de la mano a Hilde. Así, ella estuvo a su lado cuando se despidió por última vez de su madre, y todos los presentes en el cementerio supieron cuál era el sitio de Hilde Haller.

Todos fueron testigos silenciosos; durante el camino de regreso a la villa de las telas, donde habían preparado un escaso tentempié para los asistentes, oyó cuchicheos sobre lo sucedido.

—Esa estaba en la antesala, no me extraña que le haya echado el guante al director...

—Entonces se habrá divorciado de la judía.

—¡Pobres niños!

—Bueno, ya no son unos niños. Y Leo se fue a Estados Unidos con Marie Melzer...

—Sinceramente, Marie Melzer me caía mejor. Aun siendo judía. Tenía más temple.

—Cuando Haller sea la esposa del director Melzer, ya tendrá temple...

—¿Tú crees? La fábrica está en ruinas. Lo de «señor director» ya no existe. Se acabó. Ahora tendrán que ver qué hacen.

—¡Cuando acabe la guerra reconstruirán la fábrica!

—¡Si es que llega el final de la guerra!

—Ya se acerca. El Führer quiere desplegar sus potentes ejércitos en Rusia. Y no te olvides, ¡nosotros tenemos el cohete V2!

—El arma mágica. ¡Con ella acertarán!

Paul agarró de la mano a Hilde Haller durante todo el camino de vuelta y notó que ella adaptaba el paso a sus andares. Le gustó que pareciera decidida a permanecer a su lado y a aguantar todas las hostilidades.

Mientras los escasos asistentes al funeral que habían aceptado la invitación estuvieron en el comedor con unos bocaditos de margarina y café de cebada, la reacción de la familia fue comedida. Solo Henny le susurró en un momento de despiste:

—¡Tú sabrás lo que haces, tío Paul!

Sonaba enfadada, pero él lo asumió sin decir palabra. Lisa no paraba de mirarlo con resignación, y la tía Elvira lo ignoraba por completo. Charlotte solo estuvo un instante en el comedor y enseguida desapareció para estar con su padre, que aguardaba en el dormitorio para que no lo vieran los invitados. Seguramente los empleados compartían su opinión sobre lo sucedido, porque, salvo Fanny Brunnenmayer, todos los demás habían ido a Hermanfriedhof. Sin embargo, por su parte no había mucho que temer, aceptarían su decisión sin decir nada, como siempre.

La única persona que se opondría con vehemencia sería su hermana Kitty. La escena que Paul esperaba con preocupación no se hizo esperar. En cuanto el último invitado salió de la villa, se plantó delante de él. Paul vio que le brillaban los ojos.

—Vamos a mi despacho —se apresuró a decir, pues temía que Kitty explotara en el comedor, donde Humbert estaba recogiendo la mesa.

—¡Donde quieras!

Solo le dio tiempo a cerrar la puerta antes de que estallara la tormenta. Kitty estaba fuera de sí y fue directa al grano.

—¿Cómo puedes hacerle esto a Marie? —le reprochó—. Sabes perfectamente por qué tuvo que irse de Augsburgo. Y también sabes lo mucho que le costó. Lo hizo por ti, para que pudieras conservar tu maldita fábrica.

—Te ruego que no grites tanto, Kitty.

A él también le costaba mantener la calma. Ella se había sentado en su escritorio, había apartado los papeles que había encima y estaba ahí agazapada como un gato a punto de saltar.

—¡Grito lo que me da la gana! Porque no voy a ver cómo traicionas la lealtad de Marie y nos pones delante de las narices a esa mujer… ¡esa mecanógrafa!

Paul se hartó. Pese a haberse propuesto no entrar en la provocación, Kitty no tenía derecho a insultar a Hilde.

—¡Te prohíbo que hables así de la mujer con la que me

387

voy a casar! —exclamó furibundo—. Marie me abandonó, probó suerte en Estados Unidos y acepta la ayuda de un hombre que seguro que no se la ofrece por amor al prójimo. Así es la realidad, querida Kitty. ¡Así que deja de hablar de una vez de la lealtad de Marie!

Por supuesto, ella no estaba de acuerdo. Se llevó las manos a la cabeza, se tiró de los pelos y continuó vociferando:

—Jamás en la vida habría pensado que mi único hermano llegaría a ser tan estrecho de miras —aseguró furiosa—. ¿Es que no piensas en tus hijos? ¿Qué dirá Kurt cuando se entere? ¿Y Dodo, crees que se alegrará de tener una madrastra? ¿No sabes que Marie espera ansiosa poder volver contigo? ¿Es que has perdido la razón? ¿La sensibilidad? ¿Esa bruja te ha lavado el cerebro?

—Te pido por última vez que no insultes a mi futura esposa...

—Ah, ya entiendo —le interrumpió ella con una risa burlona—. Te molesta que Marie haya salido adelante allí, que sea una empresaria de éxito, mientras que a ti te han quitado la fábrica y te has quedado con las manos vacías. ¿Es eso? ¡Es lamentable! ¡Qué cuadriculado!

Ahora sí que estaba diciendo tonterías, pero Paul había entendido que era mejor no seguir replicando porque solo servía para sacarla más de quicio.

—Piensa lo que quieras, Kitty. Mi decisión es firme, y no la vas a cambiar —dijo con rotundidad.

Se miraron a los ojos y fue como antes, como cuando eran niños. Tras la personalidad alocada de Kitty y sus extravagancias se escondía una voluntad de hierro que Paul nunca había podido doblegar.

—Si de verdad es lo que quieres hacer —contestó ella con frialdad—, no cuentes más conmigo. A partir de hoy, yo ya no tengo hermano.

Dicho esto, se bajó de un salto del escritorio, lo apartó

con un movimiento enérgico y al salir del despacho cerró la puerta de golpe.

Paul no dudaba de que la amenaza iba en serio, y las semanas siguientes le demostraron que estaba en lo cierto. Kitty lo ignoraba, en la mesa no hablaba con él, ni le miraba cuando se cruzaban por la casa de casualidad. Robert había hecho varios intentos fallidos de calmar los ánimos. Henny también se mostraba parca en palabras. Hilde Haller le caía bien, pero no podía aceptar que ocupara el lugar de su tía Marie. Solo Lisa mostraba buena voluntad, de vez en cuando hablaba con Hilde sobre asuntos del día a día, aceptaba su ayuda en las labores de costura y en la mesa se sentaba a su lado. Charlotte, por su parte, mantenía las distancias con Hilde Haller y en cambio era simpática con Gertie, y a veces cuidaba del pequeño Herrmann.

Marzo empezó tranquilo, solo hubo un ataque aéreo en el oeste de la ciudad que de nuevo se cobró numerosas víctimas. Sin embargo, el ambiente era asfixiante; pese a los constantes llamamientos a resistir en los carteles y la prensa, sabían que se acercaba el final de la guerra. Y sería un mal final. Los aliados habían ocupado el puente de Remagen y cruzado el Rin, el frente ruso se aproximaba imparable por el este a la zona alemana. A eso se sumaba que Sebastian les había contado cosas horribles de los campos de exterminio del este que al principio nadie quería creer, las consideraban historias de terror que corrían en los campos de trabajo.

—Podéis creerlo o no —dijo él—, pero los vecinos de Hartheim sí lo saben porque les llega el humo de los crematorios por el aire. Cuando los estadounidenses lleguen allí, se hará público. Entonces nos harán responsables a todos de esos crímenes.

A finales de marzo llegaron malas noticias. Hanno estaba herido en un hospital de campaña de Hamburgo, y Johannes tras luchar «imperturbable por el Reich y el Führer» en las

Ardenas, estaba de retirada con su división; en sus cartas hablaba de lealtad de los nibelungos y de muerte heroica. Lisa y Sebastian temían que les ocurriera lo peor a sus dos hijos. De momento parecía que Kurt seguía ileso, destinado en la región del Ruhr. La pobre Liesl, en cambio, ahora tenía la certeza: el cabo Christian Torberg había fallecido en Rumanía.

—Lo enviaron a la guerra con una pierna mal —se lamentó Lisa, furiosa—. ¿Cómo iba a luchar? Solo podía morir. ¡Nuestros maridos e hijos sacrifican la vida para nada, para nada!

—Lo peor está por llegar —dijo Robert—. Los tanques estadounidenses arrasarán Augsburgo si los batallones de la Volkssturm defienden la ciudad.

La operación «Volkssturm» estaba en marcha desde octubre del año anterior por decreto del Führer. No se iba a entregar ni un pueblo, ni una casa ni una mota de suelo alemán sin combatir al enemigo. Llamaban a todos los hombres aptos para el servicio de hasta sesenta años y a los chicos a partir de dieciséis a levantar barricadas y dinamitar puentes para defender su país. En Augsburgo también existía esa orden, pero se obedecía a regañadientes. Robert declaró que la rodilla lo inhabilitaba para el servicio militar, y Paul hizo caso omiso de la orden. Kitty y Lisa prepararon sábanas blancas para atarlas al tejado de la villa: nadie quería llegar a una «batalla final» sangrienta.

A partir de mediados de marzo los aviones en vuelo raso empezaron a zumbar sobre Augsburgo y los alrededores disparando a todo lo que se movía en la calle. Los que se habían quedado en la ciudad apenas se atrevían a salir de sus casas. Las sirenas no paraban de sonar, entonces corrían a los refugios subterráneos y rezaban para salir ilesos. La producción para Messerschmitt en la fábrica de telas Melzer, que había continuado en una nave erigida de forma provisional, llegó al paro definitivo tras varios daños graves, y se llevaron a las trabajadoras extranjeras de allí. Paul no sabía adónde.

La protesta de Kitty le hacía sufrir más de lo que quería admitir. No porque hiciera que su decisión se tambaleara, era firme, y no paraba de decírselo a Hilde, pero no la visitaba con la misma frecuencia que antes. Justificaba su ausencia con obligaciones, participaba en el traslado de los cuadros y las estatuas de los museos municipales a depósitos privados y había cedido una sala en el sótano de la villa.

En abril se aceleraron los acontecimientos; todos los días había noticias nuevas, y no todas se publicaban en la prensa.

—La Wehrmacht ha sido derrotada en la región del Ruhr: los estadounidenses han hecho prisioneros a miles de soldados alemanes —anunció Robert, que se había enterado por un conocido—. Esperemos que Kurt sea uno de ellos, los estadounidenses tratan bien a los prisioneros de guerra.

Paul guardó silencio. El miedo por Kurt le provocó un nudo en la garganta. Su última carta sonaba muy confiada, y ahora tal vez su corta vida había llegado a su fin.

El ambiente en Augsburgo era más que pesimista, la gente intentaba sobrevivir, se organizaba entre las ruinas, ya solo esperaba el final. Cuando se supo que la batalla por Wurzburgo se había cobrado más de mil muertos, en Augsburgo se celebraron reuniones secretas. Una serie de personas sensatas planificaron la rendición pacífica de la ciudad. Se jugaban la vida porque los consejos de guerra condenaban a muerte a todo el que desobedeciera las órdenes de defender la ciudad. El 20 de abril, Núremberg cayó después de intensos combates; el Séptimo ejército de los Estados Unidos entró en Dillingen, en el sur de Baviera, por un puente sobre el Danubio; Nördlingen estaba ocupada. Los estadounidenses no tardarían mucho en llegar a las puertas de Augsburgo. Sin embargo, el general al mando en Augsburgo estaba decidido a cumplir la orden del Führer: defender la ciudad hasta que cayera el último hombre.

Cuando se oyeron los cañonazos al noreste, ocurrió lo que todos temían desde hacía semanas: un coche se acercó a la villa de las telas, bajaron tres hombres vestidos de civil, sin duda de la Gestapo. Cundió el pánico, Sebastian se metió en su escondite improvisado, y Lisa y Charlotte recogieron todo lo que pudiera ser un indicio de su presencia.

—Si han venido a buscarlo, que me lleven a mí también —sollozó Lisa.

—¡Pero antes les sacaremos los ojos! —exclamó Kitty.

Aguardaron con el corazón acelerado y sudando de miedo.

Los hombres se mostraron educados, esperaron a que Auguste los abriera y entraron sin prisa en el vestíbulo.

—*Heil Hitler!* Nos gustaría hablar con el dueño de la casa. Gracias, esperaremos aquí.

Mientras Auguste subía, Paul estaba en su despacho haciendo cábalas. ¿Y si no se trataba de Sebastian sino de Marek? Llevaba desaparecido desde el día en que regresó Sebastian. ¿Lo habían pillado y le habían hecho hablar? De pronto Paul comprobó con angustia que los papeles de Marek seguían en su escritorio. ¿Cómo podía ser tan descuidado?

—Los señores quieren hablar con usted, señor —anunció Auguste.

—De acuerdo.

Abajo, en el vestíbulo, lo saludaron con un escueto *Heil Hitler*, luego oyó la frase que hizo que se le helara la sangre.

—Por favor, acompáñenos, nos gustaría hacerle unas preguntas.

—¿Sobre qué?

—Se lo comunicarán allí.

Ante las miradas de desconcierto de los empleados, dos hombres de la Gestapo lo cogieron y el tercero caminó tras ellos, para impedirle cualquier posibilidad de huir.

—No entiendo…

—¡Suba!

Ocupó el asiento trasero del coche, flanqueado por dos de ellos. Mientras bajaban despacio por la avenida del parque hasta la entrada se dio la vuelta y vio a Hilde y a Lisa arriba, pegadas a las ventanas, mirando horrorizadas cómo se alejaba el coche. Observó pasar el parque plagado de cráteres de bombas, los árboles con el primer verdor de la primavera, los arbustos en flor y la hierba joven queriendo cubrir con suavidad las terribles heridas. Luego el coche giró por Haagstrasse, en el barrio de Jakober pasaron junto a las ruinas, las fachadas negras por el fuego, a través de cuyas ventanas se veía el cielo. Cuando pararon en Prinzregentenstrasse delante del cuartel general de la Gestapo, se oyeron disparos de metralletas. En el sur y el norte de la ciudad habían vuelto a aparecer aviones en vuelo rasante de la Air Force estadounidense.

Lo llevaron a un despacho estrecho, donde lo encerraron y le dejaron esperando. Paul caminaba de un lado a otro, se devanaba los sesos pensando qué podrían tener contra él. ¿Por qué no habían registrado la villa de las telas? ¿Era un truco? ¿Volverían de noche cuando sus residentes no estuvieran preparados? Cuando ya creía que querían que pasara la noche allí, se abrió la puerta y entró un hombre mayor vestido de civil. Paul recordó que estuvo en una de las visitas anteriores en la villa, pero se mantuvo en un segundo plano.

El oficial de la Gestapo tenía pinta de burócrata diligente. Dejó un archivador sobre el escritorio y se sentó. Paul se quedó de pie.

—Abreviemos —dijo—. Nos han llegado indicios de que pertenece usted a un grupo conspirativo que trabaja en contra del sistema de Adolf Hitler.

Miró a Paul con severidad para comprobar el efecto de sus palabras. En su cara se marcaba el cansancio, pero pese al agotamiento cumplía con su deber con una voluntad férrea. ¿No sabía que dentro de unos días el poder de la Gestapo habría terminado?

—No lo entiendo —dijo Paul—. Tienen que ser calumnias.

—¿Por qué querría alguien acusarle sin motivo?

Paul no lo sabía. Fuera se oyeron varias detonaciones, no distinguía si era el cañón antiaéreo o los aviones que atacaban. Seguramente ambos. De fondo se oía con claridad el estruendo del ejército estadounidense acercándose.

El hombre de la Gestapo no hacía caso de los ruidos; mientras hojeaba una página en el archivador se le fueron formando perlas de sudor en la frente.

—Nos han comunicado que no ha cumplido usted la orden de levantar una barricada en Lechbrücke.

—Es cierto, pero quería…

—¡Entonces lo admite!

—No, deje que me explique…

Su interlocutor sacó de pronto la otra faceta de su carácter: la arbitrariedad y la brutalidad que distinguía a un miembro de la Gestapo.

—¡Ahórrese las explicaciones, Melzer! —rugió—. Justo ahora que nuestro Führer necesita toda la fuerza de sus compatriotas para la victoria final, tiene el descaro de frustrar la lucha sagrada de la sangre alemana. ¡Es usted un canalla y un miserable! ¡Pero no crea que va a eludir su justo castigo!

Como si se hubieran puesto de acuerdo, se abrió la puerta y dos policías agarraron a Paul por los brazos con un gesto rutinario. Lo bajaron a rastras por una escalera, la deslumbrante luz del techo parpadeaba porque fallaba la corriente y acto seguido estaba en una celda pequeña. Una puerta de hierro se cerró tras él, oyó el chirrido de una llave al girar y unos pasos que se alejaban. Por una rejilla entraba la tenue luz del día en la celda vacía.

Se encontraba aturdido, no entendía qué había pasado. ¿Quién lo había denunciado? ¿Por qué? Estaba preparado para todo, pero no para una denuncia así de insidiosa.

«Me van a pegar un tiro», le pasó por la cabeza. El consejo de guerra no se andaba con contemplaciones, ¡por desmoralización del ejército y pertenencia a un grupo conspirativo te condenaba a la pena de muerte!

La idea le resultaba inconcebible, le nubló el cerebro, un pánico atroz atenazó sus extremidades. ¡No podía ser! La guerra casi había terminado, los estadounidenses estaban a solo unos kilómetros de Augsburgo, los rusos ya estaban casi en Berlín. ¿Por qué tenían que disparar ahora a sangre fría a una persona decente? ¿Por querer defender a su país de la aniquilación definitiva?

No sabía cuánto tiempo estuvo petrificado. Al cabo de un rato le fallaron las piernas, se sentó en el catre de hierro cubierto con una manta gris y áspera. Se quedó escuchando el latido de su propio corazón, esperando los pasos de los hombres que lo llevarían a la ejecución.

Pensó en Sebastian, que en su día también estuvo encerrado en una celda parecida. Lo maltrataron, lo golpearon hasta dejarle todo el cuerpo ensangrentado, solo gracias a su protección consiguió librarse de esa situación horrible. Pero ¿quién podría interceder por él, Paul Melzer, en la Gestapo? Tal vez Ernst von Klippstein lo habría hecho, pero estaba muerto. Robert no podía significarse. ¿Quién más? ¿Lisa? ¿Kitty? ¿Quién iba a escucharlas?

¡Marie! Qué raro que pensara en ella justo ahora. Sí, Marie habría luchado por él como una leona. Habría encontrado una manera. Lo habría sacado de esa situación desesperada, aunque tuviera que llegar hasta Adolf Hitler en persona. Se dio un golpe en la frente y sacudió la cabeza. Qué tontería. Había perdido la capacidad de pensar con lucidez. Marie lo había abandonado. Estaba en Nueva York, calentita y tranquila al lado de su Karl, la miseria de los últimos días de guerra en Augsburgo no le importaban.

La manecilla de su reloj giraba despacio, los minutos se

convirtieron en horas, las horas en más horas… anocheció y no pasó nada. En algún momento lo venció el cansancio, se tumbó a regañadientes sobre la manta áspera que olía a desinfectante y se quedó dormido.

Cuando se despertó, miró incrédulo la luz que se colaba por la rejilla y comprendió que había dormido hasta bien entrada la mañana. Desde la celda se oía un estruendo amortiguado, justo después vibró el suelo bajo sus pies: un ataque aéreo. Se incorporó y se acercó a la rejilla, se agarró a los barrotes y miró hacia fuera, hacia la luz tenue.

Si el edificio recibía un impacto, quedaría enterrado bajo los escombros y se ahogaría en ese agujero. Pensó en su hijo Kurt, que tal vez regresaría a casa y no vería a su padre; en su hermana Kitty, que se había alejado de él muy enfadada; en Dodo, su hija lista y testaruda, y en su hijo Leo, el talentoso músico. Y pensó en Marie, deseó con toda su alma poder abrazarla una vez más, decirle lo mucho que la quería, siempre la había querido y nunca había dejado de…

¡Unos pasos delante de la celda! Se dio la vuelta, miró a la puerta, oyó el chirrido de la llave y de pronto sintió una calma absoluta. Habían ido a buscarlo. Sería rápido. Unos minutos después todo habría terminado.

La puerta se abrió con un leve crujido y apareció el rostro ancho de un policía. El hombre le hizo un gesto imperioso con la mano.

—¡Vamos!

Paul lo siguió, subieron la escalera, recorrieron un pasillo intrincado hasta una puerta de salida. El policía metió una llave y abrió. Lo recibió la clara luz del día, Paul cerró un momento los ojos, deslumbrado.

—Váyase ya, señor Melzer —dijo el policía—. Y no deje que lo atrapen.

Paul se quedó quieto, aún indeciso, pero recibió un fuerte empujón en el hombro y acabó dando trompicones en el callejón. Cuando recuperó el equilibrio y se dio la vuelta, vio la puerta cerrada.

Por un instante creyó que todo era un sueño, pero el viento fresco de abril que se le colaba a través de la ropa le hizo tiritar para demostrarle que estaba despierto. Al salir del callejón, pensó que era mejor no pasar por Prinzregentenstrasse junto al edificio de la Gestapo sino dar un rodeo para volver a la villa de las telas. Caminó a toda prisa por las callejuelas hasta que vio el reflejo del sol en las aguas del Wertach y se detuvo, perplejo. En el puente había gente con los brazos estirados, banderas blancas en alto y se oían gritos. Los tanques cruzaban con gran estruendo, llegaron sin problema a este lado de la orilla y entraron en la ciudad. No había barricadas y de las ventanas de los edificios colgaban sábanas blancas que ondeaban al viento primaveral.

Tuvo que apoyarse en una pared, sintió tal alivio que se mareó.

¡Los estadounidenses habían llegado! ¡La guerra había terminado!

TERCERA PARTE

31

Mayo de 1945

Estimada señora Melzer:

Los últimos días han estado repletos de sensaciones para mí increíbles, edificantes y al mismo tiempo angustiosas; justo ahora soy capaz de escribir estas líneas que me ha pedido mi amigo Leo que le envíe. Sí, usted debe ser la primera persona a la que informe de estos hechos que me colman de orgullo.

El 28 de abril entré con el Séptimo Ejército, al que pertenezco, en mi antigua ciudad de Augsburgo. Fue una entrada pacífica, solo se habían levantado unas cuantas barricadas que nuestros tanques derribaron sin problema: en la aguja de la torre de la iglesia de San Ulrico ondeaba la bandera blanca. Una serie de valientes ciudadanos de Augsburgo habían entablado contacto con nuestra unidad y se habían ocupado de que el comandante al frente de la ciudad no cumpliera la última orden de Adolf Hitler. Procedentes de Gersthofen, entramos por el puente del Wertach y fuimos por Karolinenstrasse hasta el ayuntamiento.

Aquí interrumpo mi informe porque el alivio y el orgullo fruto de esa ocupación sin complicaciones se mezclan con el horror que ha vivido la ciudad. Estaba preparado: Augsburgo no era la primera ciudad alemana destrozada que veía, y siempre he pensado que los alemanes merecían esa destrucción. Sin embargo, tuve que hacer de tripas corazón al ver los edificios en ruinas, las iglesias, el conservatorio, el ayuntamiento, también el antiguo Fuggerei y mucho más, porque habían acompañado mi infancia, y tenía muchos recuerdos bonitos ligados a ese paisaje; también los ratos que pasé con usted y mi amigo Leo en su pequeño taller de moda de Karolinenstrasse. Ahora todo el centro histórico es un mar de escombros; tampoco las afueras (sobre todo donde estaban la fábrica MAN y los talleres de Messerschmitt) se han librado, Lechhausen fue objeto de varios bombardeos y la fábrica de su marido ha sufrido graves daños.

Pese a todo, también tengo una buena noticia:

Al poco tiempo de llegar, en uno de los alojamientos entablé contacto con la doctora Tilly Kortner, que se ofreció a ponerme al día. Así, puedo decirle que la villa de las telas sufrió daños, pero la mayor parte sigue en pie. Sus dos hermanas, sus sobrinas Henny y Charlotte y su marido están bien, igual que su cuñado Robert y el marido de su hermana Lisa, que necesita cuidados pero está bien. Los empleados están todos vivos, salvo el jardinero Christian que falleció en el frente. A su hijo Kurt lo hicieron prisionero los estadounidenses, igual que a sus sobrinos Hanno y Johannes. Por desgracia aún no se sabe nada del paradero de su hija Dodo, que servía de piloto en la Wehrmacht.

Adjunto a este correo una carta de su cuñada Kitty que me ha hecho llegar a toda prisa a través de la doctora Kortner. Sin duda, le contará lo sucedido con más detalle de lo que yo he sido capaz. Mi amigo Leo, que sirve en el Tercer Ejército y ahora mismo se encuentra en Kassel, procurará conseguir autorización cuando tenga el día libre para viajar a Augsburgo y ver a su familia. Tengo muchas ganas de verlo aquí, pero no sé si será posible porque mi unidad pronto se retirará de Augsburgo.

Saludos desde la Alemania liberada. Con todo mi respeto,

WALTER GINSBERG

Marie lloró mientras leía la carta. Hacía semanas que era un manojo de nervios, se debatía entre el miedo y la esperanza porque a finales de abril leyó en *The New York Times*: «LOS REBELDES DE AUGSBURGO ENTREGAN LA CIUDAD».

Así que la rendición había sido pacífica. Hasta entonces no había podido averiguar más porque Leo no estaba con la unidad que había entrado en Augsburgo. El 9 de mayo la gente en Nueva York prácticamente se arrancaba los periódicos de las manos, que anunciaban con grandes titulares:

«LOS NAZIS SE RINDEN. SE ANUNCIA LA RENDICIÓN A LOS ALIADOS Y A RUSIA».

La guerra en Europa había terminado, ¡los nazis habían sido derrotados! Marie dejó el periódico con cuidado sobre la cómoda: quería guardarlo para recordar ese día más adelante. Se había dado el primer paso. Su país estaba un poquito más cerca.

Pese a las protestas del presidente Truman, según el cual Japón aún no había sido derrotado y por tanto la guerra no había terminado para Estados Unidos, en Times Square y en la Quinta Avenida la victoria se celebró con euforia. Los desconocidos se abrazaban, había desfiles y se lanzaba confeti, los neoyorquinos celebraron la victoria con gritos de júbilo hasta altas horas de la madrugada. Marie también fue a Times Square con Karl Friedländer, pero su alegría por ese giro liberador del curso de la guerra en Europa fue más comedida. Estuvieron un momento viendo a la gente pasar, luego entraron en un restaurante y hablaron con gran preocupación sobre el futuro de Alemania y de la familia de Marie.

—No me hago ilusiones, Karl —dijo ella—. Mientras yo estaba a salvo aquí, en Nueva York, en Augsburgo caían bombas, quizá también sobre la villa de las telas. Mi hijo Kurt y mis sobrinos han combatido con la Wehrmacht. Me alegro de que haya caído el gobierno nazi, pero sé que me esperan malas noticias.

—¿Al final te arrepientes de haberte ido de Alemania? —preguntó Karl.

Marie lo había pensado en multitud de ocasiones, el remordimiento por haber dejado en la estacada a su familia le había costado muchas noches en vela.

—Sí —contestó a media voz—. Fue una deslealtad y una cobardía. Y no le hice ningún favor a nadie. Ni a mi hijo Kurt ni a mi marido. Debería haberme quedado, Karl.

Él negó con la cabeza. Durante los últimos meses de guerra su relación con Karl Friedländer se había estrechado. Respetaba los límites que Marie había impuesto entre ellos, y siguió siendo pese a todo un amigo, un conversador comprensivo en el que poder confiar.

—Has visto las fotografías de Auschwitz y Theresienstadt en la prensa, ¿verdad? —dijo él—. ¿Cómo puedes decir que habría sido mejor quedarte en Augsburgo?

—Estoy casada con un hombre que no es judío, Karl. No me habrían tocado.

—Eso no es verdad, Marie —insistió él, enfadado—. Sabes que no es cierto. Hiciste lo correcto. No tienes motivos para reprocharte nada.

—No puedo evitarlo. Mi lugar estaba al lado de mi marido...

—¡Es imposible ayudarte! —se lamentó él—. ¿Crees que a tu marido le habría gustado que te llevaran a un campo de concentración?

Marie guardó silencio, pero en su fuero interno tenía la sensación de que pagaría de alguna manera por la seguridad de la que había disfrutado mientras en Alemania caían bombas sobre edificios y personas. Temía que fuese con la noticia de la muerte de seres queridos.

¡Entonces la carta de Walter la liberó de ese miedo atroz! Sus seres queridos en Augsburgo habían sobrevivido a los bombardeos. Kurt no había fallecido ni era prisionero de guerra de los rusos, ni tampoco Hanno y Johannes. No eran buenas noticias, pero le daban la esperanza de volver a ver con vida a todos ellos. La carta de Kitty estaba llena de euforia y dulzura, le contaba que Henny se había casado y que su marido Felix, que estaba herido de gravedad en un hospital de campaña, iba mejorando y tenía buenas perspectivas de regresar en breve de su cautiverio.

… aquí, en la villa de las telas, todos están contentos y aliviados por que la guerra haya llegado a su fin y los constantes bombardeos no sigan convirtiendo nuestra vida en un infierno. En cambio, en la ciudad se ven soldados estadounidenses por todas partes, no todos con gesto amable porque tienen prohibido entablar contacto con nosotros. Lo llaman «prohibición de confraternizar». Los soldados de la ocupación deben de pensar siempre que somos unos malvados nazis y sobre todo que las mujeres alemanas no tienen otra cosa en mente que no sea seducir a un pobre soldado para luego matarlo en la cama por la espalda con un cuchillo de cocina. Esas son las historias que les cuentan a los soldados estadounidenses, y por lo visto muchos se las creen. Pero con los niños son simpáticos, les regalan chocolate y goma de mascar, y si van a la cantina de los americanos con sus cubitos de latón les dejan buscar restos de comida en los contenedores de la basura. Hace poco Annemarie volvió a casa con una naranja y dijo que eso no se podía comer, que era amargo como la hiel. La pobre niña nunca había visto una naranja y no sabía que hay que pelarla.

No se sabe qué será de nosotros, el gobierno militar de Estados Unidos manda con puño de hierro en Augsburgo, ya se han producido los primeros despidos en la gestión municipal (¡gracias a Dios!), y vendrán más. El toque de queda es estricto: a partir de las seis de la tarde nadie puede estar fuera de casa, también está prohibido salir de la ciudad sin autorización del gobierno militar. Muchos vecinos de Augsburgo no tienen una vivienda de verdad, se han instalado en las ruinas, han colocado paredes y techos provisionales y aun así viven medio en la intemperie. Muchas casas que estaban intactas han sido confiscadas por los ocupantes, los inquilinos alemanes han tenido que buscarse otro sitio. Augsburgo está llena de gente que vive hacinada, y a eso se suman los retornados de la guerra, los trabajadores forzosos, a los que los estadounidenses llaman *displaced people*, y bastantes refugiados del este, que en algún sitio tienen que dormir. Los colegios y los edificios públicos, si se tienen en pie, se han convertido en hospitales de campaña o campamentos, todo el mundo busca objetos útiles entre los escombros: una olla, un plato entero, cubiertos, un tubo para la estufa, una estructura de cama, un colchón rasgado… no te imaginas lo importante que puede llegar a ser algo tan sencillo como una taza o una cuchara cuando no se tiene nada. Una familia de refugiados muy honrada vive con Rieke Bliefert y su hijo en la casa, se ocupan del vivero. ¿Walter te ha contado que el pobre Maxl y también Fritz perdieron la vida? Por suerte Hansl volvió sano y salvo, se ha alojado con su hermanastra Liesl y Annemarie en la casita del jardinero. La pobre Liesl se ha alegrado porque echa mucho de menos a Christian, que amuebló con tanto cariño la casita para ella y su hija. Ay, esta guerra asquerosa: devora siempre a aquellos que menos pueden resistir. Pero de nada sirve lamentarse, la vida continúa y también Liesl saldrá adelante porque tiene la responsabilidad de una niña pequeña. Tampoco a nosotros nos resultará fácil, pero hay esperanza.

Imagínate, en medio de todo este caos, una de las fábricas textiles de Augsburgo ha vuelto a producir con autorización del gobierno militar. Eso significa que quieren ayudarnos a recuperarnos. Aquí deberíamos empezar de nuevo, Marie. Henny también está decidida a levantar la fábrica de cero. Si tú, mi querida amiga, vuelves con nosotros de tu exilio, juntas intentaremos volver a poner en marcha la fábrica de telas Melzer. Tengo puestas todas mis esperanzas en ello.

Bueno, quería contarte muchas cosas más, pero ya he llenado la hoja por las dos caras y en los bordes tampoco queda espacio. Así que, hasta la próxima carta, mi querida y reencontrada Marie.

Saludos, besos y abrazos de

KITTY

Marie leyó la carta con gran interés, pero cuando terminó sintió que se le encogía el corazón. ¿Por qué Kitty no le escribía ni una palabra sobre Paul? ¿No dependía sobre todo de él recuperar la fábrica? ¿Por qué ni siquiera lo mencionaba? ¿Estaba enfermo? ¿Le había fallado el corazón, debilitado desde aquella inflamación del pericardio? ¿Estaba en cama? ¿En la clínica? ¿O había algo que no se había atrevido a decirle?

Pasó el fin de semana entre la esperanza y el temor, redactó varias cartas, las desechó todas, y al final decidió dejar pasar unos días antes de contestar a Kitty.

El lunes se dirigió como de costumbre al atelier, contenta de poder liberar un poco la mente con el trabajo y el trato con las clientas. Pese a todas las dificultades que había supuesto la discusión con Karl Friedländer y su aportación, la tienda se había mantenido a flote gracias a una clientela fiel. Para entonces los neoyorquinos eran más conscientes del drama que habían vivido los alemanes judíos por lo que se publicaba sobre los campos de concentración, de manera que alguna que otra clienta que al principio evitaba el atelier de Marie ahora regresaba.

Los neoyorquinos eran sinceros, no se andaban con rodeos, decían lo que pensaban.

—Oh, señora Melzer. He leído lo que les hicieron los nazis a los judíos. Usted es judía, ¿verdad, señora Melzer? ¡Lo siento mucho por usted y su familia!

Otros no eran tan comprensivos, se limitaban a decir:

—Sé que es usted una nazi, pero cose los mejores trajes de Nueva York. Por eso estoy aquí.

Marie dirigía un negocio, así que encajaba la ignorancia de sus clientas y rara vez intentaba explicarles las relaciones europeas. De todos modos, a la mayoría les interesaba poco, apreciaban a la señora Melzer por sus imaginativas creaciones y la buena labor de sastrería que ofrecía el atelier.

—Sigo opinando que deberías abrir más tiendas —le propuso Karl Friedländer no hacía mucho.

Ella lo rechazó y recurrió a los argumentos de siempre: no podía dividirse. Un atelier que era suyo debía vender sus diseños y no los de una empleada. Además, le gustaba trabajar con las clientas, no le interesaba solo gestionar sus tiendas y llevarse el dinero.

Sin embargo, no había mencionado el auténtico motivo. Marie no veía su futuro en Nueva York. La ciudad había sido un refugio para ella, allí había luchado y sufrido, al final se adaptó e incluso se congració con la ciudad, pero nunca fue un hogar para ella.

Esa noche había quedado para cenar con Karl Friedländer en un pequeño restaurante de Greenwich que les gustaba mucho porque podían sentarse al aire libre bajo un baldaquín. El jefe de cocina era de origen italiano, pero se había adaptado a las costumbres culinarias de Estados Unidos y ofrecía, además de pizza y platos de pasta, filetes jugosos que a Karl le parecían extraordinarios.

—Nunca entenderé cómo alguien puede comerse un pedazo de carne sangriento —dijo ella con la frente arrugada.

Él se limitó a sonreír y a saborearlo. El juego no era nuevo, Marie nunca dejaba de tomarle el pelo con eso, y él se reía de su afición a las bolas de patata y la pasta de huevo que en Nueva York apenas se servían.

—Parece que tienes novedades —dijo él.

—Así es. Me ha escrito Walter. Y también Kitty…

Karl la escuchó con atención y asintió afligido cuando le habló de la destrucción del centro histórico de Augsburgo. Sí, él también tenía muchos recuerdos de los pequeños callejones y las casas antiguas, y ahora todo eso había desaparecido para siempre.

—Tal vez podrían haberse ahorrado esos últimos bombardeos sobre la población civil —comentó inseguro—. Ya teníamos la victoria asegurada.

—No lo sé —repuso ella—. En Núremberg lucharon durante días, la Wehrmacht no se rendía ni siquiera en posiciones perdidas.

—Sea como fuere, ya ha terminado, y no tienes que temer más por la vida de tu hijo.

—Tengo dos hijos, Karl —repuso ella con una sonrisa triste.

Karl cortó con ímpetu el último pedazo de carne en dos bocados y dijo que seguro que Kurt pronto sería liberado del cautiverio estadounidense.

—Luego quizá le apetezca venir a estudiar a Estados Unidos —propuso él.

—Podría ser…

Él la miró con desconfianza y bebió un trago de cerveza mientras ella daba un sorbo al vino con cubitos de hielo.

—Si no recuerdo mal, prefiere las áreas técnicas, ¿verdad? Lo que más le gustaba eran los coches de carreras.

—No sé, Karl —dijo ella, distraída—. Hace casi cuatro años que no he podido tener contacto con él.

—Perdona…

Estuvieron un rato en silencio, bebiendo pensativos, observando los arbustos en flor y la gente al pasar, disfrutando de una noche templada. A ambos lados de la mesa hablaban a gritos, los niños correteaban felices, un perrito había robado un trozo de pizza y vigilaba su botín debajo de una mesa, gruñendo.

Al final Karl dijo en voz alta lo que llevaba toda la noche en el aire:

—¿Estás pensando en irte a Alemania?

—Sí, Karl.

—Entonces deberías tomarte tu tiempo para organizarlo todo. Ahora es demasiado pronto, creo yo.

—Me iré en cuanto pueda —confesó Marie.

Se miraron a los ojos. Karl la conocía demasiado bien y se preocupó en extremo.

—Déjate aconsejar por Leo, Marie. Hay que planificar muy bien una visita a Alemania. Seguramente ni siquiera haya un hotel donde puedas alojarte.

—Puede ser. Pero cuando vaya no será de visita, sino para quedarme.

Ahí estalló. Karl se puso a gesticular furioso con las manos en el aire, dijo que se había vuelto completamente loca y que no sabía lo que hacía.

—¿Qué piensas hacer allí, Marie? ¿De verdad crees que te recibirán con los brazos abiertos? ¿Después de tanto tiempo?

—No soy una ingenua —se defendió enojada—. Sé que nada será como antes. Pero aun así voy a volver, quiero empezar de nuevo. Estoy decidida.

—¿Y crees que te han estado esperando?

—Kitty seguro que sí. ¡Eso ya es mucho!

Karl dudó un momento por miedo a excederse, pero luego lo dijo.

—¿Y tu marido?

Marie sintió la puñalada, pero hizo como si la pregunta fuera innecesaria.

—¿Qué pasa con él?

—¿También te ha escrito?

—Me ha escrito Kitty.

—Entonces él no. ¿No te parece que… da que pensar?

—Tus preguntas no son muy discretas, Karl —repuso furiosa—. Es cierto, no me ha escrito, y Kitty tampoco me ha hablado de él. Estoy muy preocupada por su salud.

Karl la observó con detenimiento. Luego enarcó las cejas y planteó una pregunta fatal.

—¿Podría haber otro motivo para su silencio?

—No entiendo qué quieres decir.

—Me entiendes perfectamente, Marie. Perdona si destruyo tus ilusiones, pero soy un hombre y pienso como un hombre. Tu Paul lleva nueve años separado de ti, ¿de verdad te parece impensable que haya mirado hacia otro lado durante este tiempo?

A Marie se le nubló la vista. ¿Por qué no había pensado en ningún momento en esa posibilidad? ¿Cómo había podido creer que Paul le sería fiel todos esos años? Sobre todo porque durante los últimos cuatro años no habían tenido contacto.

—Lo siento —se disculpó él, afectado al ver lo que había provocado—. Pero creo que tenía que advertirte, Marie. Te lo debo. Pese a todo, puede ser que me equivoque.

—Sí —dijo ella a media voz—. Tienes razón. Te agradezco la sinceridad.

Por la noche le escribió una larga carta a Kitty y se la envió a Walter para que la llevara a la villa de las telas. No adjuntó las frases que quería decirle a Paul.

32

—¿Por qué no vuelve papá?

Liesl soltó un profundo suspiro. La certeza de que Christian había sufrido una muerte miserable en algún lugar de Rumanía era una pesada carga. Pasó noches en vela llorando, se lo imaginaba sangrando en el lodo, tal vez retorciéndose de dolor y llamándola a gritos. ¿Por qué había tenido que morir solo, lejos de su país, sin ayuda, sin una palabra de cariño? Sin embargo, procuraba disimular su disgusto por no apenar a su hija.

—Papá no va a volver porque se ha quedado en la guerra —le explicó con ternura.

—¡Pero me prometió que volvería!

Qué insistente era. Liesl tenía que contestar a diario las mismas preguntas, pero la niña no se daba por satisfecha.

—Es que él no lo sabía, Annemarie. De haberlo sabido, no te lo habría prometido.

—¡Pero lo dijo, mamá! —exclamó la niña de diez años, pataleando—. Y hay que cumplir lo que se dice...

En ese momento intervino Fanny Brunnenmayer al ver que a Liesl le costaba contener las lágrimas.

—Deja que tu madre pele las patatas tranquila y ven conmigo, Annemarie —le ordenó—. ¡Y en mi cocina nada de patalear!

La niña torció el gesto, pero obedeció sin rechistar. Con lo tímida que era antes, ahora mostraba otra faceta, contestaba con insolencia y se empecinaba de tal modo que Liesl ya le había dado un cachete dos veces. No le gustaba hacerlo, pero al ver que la niña gritaba fuera de sí, no se le ocurrió otra cosa. Por supuesto, su madre, Auguste, comentó con malicia:

—¡Ahí tienes el resultado de tu educación tan laxa!

Fanny Brunnenmayer le dijo que cogiera una silla y se sentara a su lado.

—¿No crees que a tu padre le habría encantado volver? —preguntó en tono de reproche.

Annemarie miró a la cocinera, luego asintió despacio.

—Pero no puede volver —continuó Fanny Brunnenmayer—. Igual que el padre de tu amiga Karla. Y en tu clase seguro que hay otros niños cuyos padres se han quedado en la guerra, ¿verdad?

Annemarie miró al frente, pensativa, luego dijo:

—Solo el de Karlchen y el de Steffi. De los demás no lo sé porque no tenemos clase.

En el colegio Roten Tor habían montado un campamento para refugiados. Las escuelas de secundaria y los institutos también estaban cerrados; la fecha de regreso de los niños a clase dependía del gobierno militar de Estados Unidos, que tenía la última palabra en Augsburgo.

—Pues ya ves. No es solo tu padre, a otros niños les pasa lo mismo —continuó Fanny Brunnenmayer en su intento de tranquilizarla.

Por lo visto surtió efecto porque Annemarie se quedó callada. Miró a su madre, que pelaba las patatas pequeñas con movimientos hábiles, lo más finas posible. Más tarde hervirían la piel para usarla de abono para el huerto que Hanna había creado en el parque con Hansl.

—¡Papá no va a volver porque está muerto! —dijo de pronto Annemarie, y desafió con la mirada a Fanny Brunnenmayer.

Liesl y la cocinera intercambiaron una mirada temerosa. Hasta entonces todos los empleados habían puesto todo su empeño en ocultar ese hecho horrible para proteger a la niña. Pero por lo visto Annemarie hacía tiempo que había entendido la verdad.

—Es eso, ¿no? —preguntó con un enérgico movimiento de la cabeza.

—Sí, Annemarie —dijo Liesl, pesarosa—. Por desgracia, así es.

Entonces ocurrió algo de lo más inesperado: Annemarie se levantó de un salto y se arrojó a los brazos de su madre.

—No estés tan triste, mamá —le dijo entre llantos—. Me tienes a mí.

Emocionada, Fanny Brunnenmayer las miró a los dos, que lloraban abrazadas. Luego se agachó a duras penas para recoger del suelo el cuenco de latón con las mondas de patata y el cuchillo que se le habían caído a Liesl tras el gesto impulsivo de su hija. Tal vez fuera bueno que pudieran llorar, no curaba la pena pero ayudaba a soportarla. Así lo había dispuesto la naturaleza.

—¿Qué pasa aquí? —se oyó la voz de Auguste que llegaba de comprar con Else—. ¿Qué le habéis hecho a la niña?

—Nada —la tranquilizó la cocinera—. Ya no hay que andarse con mentiras, y está bien.

—Dios mío, pobre niña —suspiró Else, y se dejó caer en una silla de la cocina—. O sea, hacerle algo así a una niña…

—¡Ten cuidado! —dijo Auguste—. ¡Willi está metiendo las narices en la cesta de la compra!

Las dos se lanzaron a rescatar del morro ávido de Willi los alimentos que tanto les había costado conseguir. «Conseguir» era, en efecto, la palabra justa, porque dondequiera que hubiera algo comestible que comprar se formaban largas colas de espera. Por supuesto, solo te lo daban si tenías una cartilla de racionamiento. A cada ciudadano le correspondía una cantidad determinada de carne, mantequilla, harina, jabón y otros productos por día, que estaba impresa en la cartilla en unos cuadraditos minúsculos que en cada compra se recortaban sin piedad con unas tijeras. Había que pagar de todas maneras, y los precios subían cada día que pasaba.

—¿Qué manjares nos habéis traído? —preguntó Liesl, y se limpió los ojos con la punta del delantal.

Annemarie se había vuelto a meter debajo de la mesa con Willi, no quería llorar delante de Else y de su abuela.

—Patatas arrugadas, tres manojos de cebollas que ya tienen brotes, un trocito de carne para sopa con muchos tendones, seguro que es de una vaca viejísima, y tres panes.

—¿No hay cubitos de caldo?

—Sí —afirmó Auguste, y sacó de la cesta ocho cubitos de caldo con aire victorioso—. Incluso una bolsa de azúcar y dos paquetes de sucedáneo de café. Me he pasado media hora allí plantada para conseguirlo.

—¿Y la mantequilla y el café? —preguntó la cocinera.

—No hay —gruñó Auguste, y dejó la carne envuelta en papel de periódico sobre la mesa, delante de Fanny Brunnenmayer—. En el mercado negro quieren cincuenta marcos y tres cucharas de plata por una libra de mantequilla. Y el café está imposible. Necesitaríamos las joyas de la señora para cambiarlas por una libra de café de grano de verdad.

Fanny Brunnenmayer no hizo ningún comentario, pero se propuso para sus adentros hablar con la señora Henny Burmeister; se desenvolvía bien en el mercado negro y ya había conseguido media libra de café y mantequilla en dos ocasiones.

—Está claro que yo no sirvo para el mercado negro —se lamentó Else, malhumorada—. Auguste, ¿recuerdas cómo registraron ayer a esos dos pobres muchachos que se escondieron la bolsita de azúcar y la mantequilla debajo de la chaqueta? Es una vergüenza. Los soldados estadounidenses tienen comida suficiente, incluso tiran pan blanco y otras cosas a los cubos de la basura. Y a nosotros nos dejan morir de hambre.

Fanny Brunnenmayer se encogió de hombros y comentó que después de la Gran Guerra también pasaron hambre, pero entonces no lanzaban bombas y tampoco existían campamentos como los de Dachau y Hartheim.

—Claro —admitió Auguste—. Pero el pobre señor Winkler, que estuvo en Dachau, desde que volvió está enfermo en la habitación y pasa la misma hambre que nosotros.

Liesl volvió a su trabajo, mientras la cocinera observaba con ojo crítico la carne y la troceaba con el cuchillo. Ya eran diecinueve personas comiendo en la villa, y habían acordado que era mejor juntar las cartillas de racionamiento para poder preparar una comida caliente por lo menos una vez al día que los saciara a todos de alguna manera. Tampoco se hacían diferencias ya entre los señores y los empleados: todos comían el mismo guiso de patata que cocinaban Fanny Brunnenmayer y Liesl. La única diferencia era que a los señores se les servía la comida como de costumbre arriba, en el comedor, en la vajilla buena, mientras que los empleados tomaban su ración en la larga mesa de la cocina. El dinero para comprar se lo daba la señora Lisa Winkler; hacía semanas que no pagaban el sueldo a los empleados. En abril el señor los convocó a todos en el vestíbulo y les comunicó la triste noticia de que la empresa Messerschmitt, que había alquilado las naves de la fábrica, no estaba en situación de pagar el alquiler, y que de momento no podía ofrecer a sus empleados más que la manutención. Quien quisiera quedarse en la villa de las telas en esas condiciones recibiría el sueldo atrasado en cuanto pudiera pagarlo.

Nadie quiso irse de la villa, y Humbert dijo lo que pensaban todos:

—Hemos vivido los buenos tiempos en esta casa, señor, y aguantaremos juntos también los malos.

El señor se emocionó mucho, no paraba de pasarse la mano por el pelo. Sin embargo, en lo alto de la escalera estaba Hilde Haller con una sonrisa tan displicente que los empleados se sintieron molestos. Cuando el señor les dio las gracias a todos y subió de nuevo, la señorita Haller le tendió la mano y dijo:

—¿Ves, Paul? ¿Qué te decía?

—Se comporta como si ya fuera la señora de la casa —susurró Hanna.

—A mí tampoco me gusta, pero de todos modos le conviene más que Serafina von Dobern —comentó Humbert con resignación.

—Para eso no hace falta mucho —añadió Auguste con aspereza—. Pero no está bien, él está casado con la señora Marie. La señora Kitty Scherer hace semanas que no le dirige la palabra a su hermano.

—La señora Marie dejó en la estacada a su marido —comentó Else—. Un hombre tan guapo como el señor puede mirar a otras…

—Ya no es tan guapo —la contradijo Auguste—. Tiene más de cincuenta años.

—Sí, ¿y qué? ¡Es la mejor edad para un hombre! —se indignó Else.

—¡Mira por dónde! —exclamó Auguste con sorna—. A lo mejor te gustaría ser tú la señora, Else. Será mejor que te des prisa o Hilde Haller te quitará al señor delante de tus narices…

—¡Pero qué cosas dices! —gritó Else, roja como un tomate de la vergüenza—. Y encima delante de una niña inocente…

—Tendrás que soportar una broma —dijo Auguste sin inmutarse—. En la villa no hay mucho de qué reír.

En ese momento Else estaba sentada a la mesa bebiendo una infusión de menta fría mientras Auguste llevaba a la despensa la comida que tanto les había costado conseguir. Luego Auguste se sentó a pelar cebollas.

—En realidad esta no es mi función como doncella —dijo, y se sorbió los mocos porque le escocían los ojos por las cebollas—. Pero ahora que está todo patas arriba en la villa prefiero echar una mano en la cocina. ¿Cómo voy a hacer las habitaciones si hay gente por todas partes? Si quiero hacer las camas, antes tengo que recoger de todo porque usan las camas de sofá. Si quiero sacudir las alfombras y barrer el suelo, se quejan de que les molesto y no hago más que levantar polvo. Además, la habitación de Gertie no la limpio, que se lo haga ella, la señora Von Klippstein…

—Por supuesto —coincidió Else—. Gertie tendrá que ir con cuidado cuando tenga que rellenar el formulario que envían ahora a todo el mundo. Para la *desne… desnecificación*.

—¿Para qué?

—Para la *desnazifación*… no, la *desnazi*… bueno, tienes que escribir si estabas en el partido y esas cosas…

—Se llama «desnazificación» —la corrigió la cocinera.

—Eso digo yo —afirmó Else—. Y en la *desnecificación* Gertie saldrá mal parada porque estaba casada con un pez gordo de los nazis.

—¿Puede que incluso vaya a la cárcel? —reflexionó Auguste, contenta.

—¿Quién sabe? A lo mejor se excusa en que le endosó a su marido nazi un hijo ilegítimo de un judío —añadió Else—. Pero no creo que los estadounidenses lo acepten. Son muy devotos, la semana pasada volvieron a celebrar una misa rural en Santa Ana.

—La casa de Steingasse seguro que se la quitan. Y también el dinero que ha heredado.

—Dejad de atacar a Gertie —intervino la cocinera, que siempre defendía la justicia—. Desde que ha vuelto se ha mostrado muy predispuesta y ha ayudado en lo que podía.

Auguste calló y le pasó a Liesl las cebollas peladas. Luego se levantó para lavarse las manos en el fregadero y miró por la ventana.

—¡Dios mío, está lloviendo! —exclamó—. Y mi Hansl estaba cavando en el huerto.

—Una lluvia de primavera tampoco le hará ningún daño —repuso la cocinera—. Liesl, puedes asar la carne y luego añadir las cebollas…

En ese momento aparecieron Hansl y Hanna en el patio, ambos empapados, y tuvieron que quitarse las botas de goma antes de entrar en la cocina. Hanna estaba contenta porque le gustaba mucho trabajar al aire libre; Hansl, en cambio, tenía una actitud melancólica. Colgó la chaqueta mojada y se sentó en un extremo de la mesa porque le daba vergüenza la preocupación desmedida de su madre.

—Sigues estando muy delgado, chico —le dijo Auguste—. ¿No es un trabajo demasiado duro para ti? Mañana que cave Humbert, o te harás daño en la espalda.

—¡Estoy bien, mamá! —rezongó él.

Estaba cambiado desde que regresó de la guerra. Evitaba la compañía de los demás, prefería caminar solo por el parque o quedarse en la casita del jardinero mirando por la ventana. A veces hablaba con Humbert, pero cuando se acercaba alguien interrumpían la conversación y Hansl enmudecía.

—Necesita tiempo —le dijo Humbert a la angustiada Auguste—. Déjalo. Ya se recuperará.

—Es que es el único que ha vuelto —se lamentó Auguste—. ¿No estará enfermo?

Como Humbert no le respondió, Auguste se empeñó con toda su alma en mimar a su hijo.

—¿Te apetece una infusión de menta caliente, Hansl?

—Muchas gracias, mamá… estoy bien, no necesito nada.

Hanna se acercó a mirar por la ventana si las botas de goma se estaban mojando junto a la entrada porque la lluvia había arreciado.

—¡Dios mío! —exclamó asustada—. Vienen a buscarnos. Dos coches, uno detrás de otro…

Todos sintieron el miedo en el cuerpo. Esta vez no era la Gestapo, se trataba de todoterrenos estadounidenses.

—¿No querrán confiscar la villa de las telas? —susurró Liesl—. En la población de Bärenkeller ya han confiscado viviendas, y a la pobre señora Tilly Kortner estuvieron a punto de dejarla en la calle. De no ser por Walter Ginsberg, que la ayudó…

—No pueden hacernos eso —comentó Hanna—. ¿Adónde iríamos nosotros?

—¿Quién sabe? A lo mejor necesitan una casa bonita para su general —se lamentó Auguste, que ahora estaba con Liesl junto a la ventana.

Annemarie también había salido de debajo de la mesa y se abrió paso entre las mujeres para ver a los estadounidenses en sus todoterrenos. Willi, que ya estaba un poco mayor y cansado, se percató de que algo pasaba y empezó a ladrar con furia.

—¡Calla, perro bobo!

—Es un oficial, lleva unas tiras plateadas en el hombro…

—Pero lleva un casco redondo como los demás…

—Jesús, todos llevan metralleta…

—Ahora suben por la escalera. ¡Hanna, tienes que abrir!

—Pero me da miedo…

—Están entrando… creo que Humbert ha abierto…

—Dios mío, si le disparan ahora…

Hanna fue corriendo a la puerta de la cocina que daba al vestíbulo, y los demás salieron tras ella. Incluso la cocinera se levantó a duras penas de su asiento, echó un vistazo rápido a los fogones por si Liesl no había retirado la olla del fuego y se acercó cojeando a la puerta.

Por la rendija se veía la espalda de Humbert. Tapaba la vista de los estadounidenses, pero se oyó la voz del señor.

—¡Walter Ginsberg! Ya me ha contado mi hermana que era usted soldado estadounidense y que estaba en Augsburgo. Mi enhorabuena, ahora vuelve victorioso a su país.

—Me alisté como voluntario, señor Melzer, porque quería luchar contra la injusticia que Adolf Hitler y sus secuaces habían impuesto en Alemania. Como su hijo Leo, por cierto.

—¿Leo?

Era evidente el susto que se llevó el señor con la noticia. Else se tapó la boca con la mano. ¡Leo también se había hecho soldado y había combatido contra Alemania!

—Lo siento, pero no tenemos tiempo para conversaciones personales —dijo Walter Ginsberg en un tono formal—. Ejerzo de intérprete para el sargento Harrisson. Se trata de un hombre al que capturamos ayer, dice que es judío y que sus papeles están aquí, en la villa de las telas.

—¿Marek Brodski? —preguntó el señor—. ¿Se llama así? Entonces sí tengo sus papeles.

—*Get him out of the car!* —dijo alguien.

Humbert fue a abrir la puerta y por fin pudieron ver a los soldados y también al señor, muy rígido frente a ellos.

—¡Dios mío, es Walter Ginsberg! —susurró Auguste—. Se ha convertido en todo un hombre. Y eso que parecía un niño enclenque cuando se fue con su madre a Estados Unidos…

—Pues no parece que el señor se alegre mucho de verlo —comentó Else—. Parece que se va a tragar un sapo venenoso.

—Vaya cambio —susurró Hanna—. Resulta que ahora

Walter es un soldado enemigo. Y nuestro Leo también. Ya no entiendo el mundo…

—Pero ya no son enemigos, Hanna —repuso Liesl—. Solo son ocupantes.

—¡Chist! Que vuelven —dijo Auguste—. ¡No me lo puedo creer! Es nuestro Marek, el que va en el medio. Marek sigue vivo. ¡Gracias a Dios!

—¿Este es el hombre cuyos papeles tiene usted? —preguntó Walter Ginsberg.

El señor se puso a hablar con el sargento en inglés, ninguno de los empleados lo entendía, pero comprendieron que el señor había reconocido a Marek Brodski y ahora subía a buscar sus papeles.

Se generó un ambiente tenso. El señor enseñó al militar la documentación de Marek, el sargento entornó los ojos para ver mejor la fotografía, luego volvió a mirar a Marek, que estaba frente a él, desgreñado y barbudo, y seguramente no se parecía mucho a la imagen. Luego preguntó algo, y Marek asintió. Sacó un librito hecho trizas del bolsillo de la chaqueta y un lápiz.

—¿Qué hace? —susurró Auguste.

—Está escribiendo algo… —supuso Hanna.

—No, está dibujando —afirmó Annemarie.

El sargento observó fascinado la libretita que Marek le mostró, se echó a reír y se la enseñó al grupo. De lejos no se veía lo que Marek había dibujado, pero el sargento estaba tan entusiasmado que le dio una palmada en el hombro.

—Ha dibujado la cara del americano —aseguró Annemarie—. Marek eso lo hace muy bien.

¡Claro! Les estaba demostrando que de verdad era pintor y que ese pasaporte era suyo.

Los estadounidenses dejaron a Marek en la villa, se subieron a sus todoterrenos y se fueron. El señor estrechó la mano a Marek, luego subió despacio la escalera hasta la primera planta. Arrastraba los pasos como si llevara pesos en los pies. Seguro que era porque se había enterado de que su hijo Leo era soldado estadounidense.

Después se armó mucho alboroto, Humbert le dio un abrazo a Marek y entró con él en la cocina.

—¡Nuestro Marek ha vuelto!

Todos rodearon a Marek, al que creían muerto. Le sirvieron té, Auguste sacó la botella de licor de genciana de la despensa, le pusieron un trozo de pan con mermelada de ciruela, Willi dio un lametón a los zapatos de Marek y Annemarie se sentó en su regazo.

—¿Dónde has estado? ¡Cuéntanos!

—Aquí y allá. No siempre fue divertido, pero he sobrevivido...

Humbert no pudo quedarse a escuchar porque tuvo que salir corriendo a buscar a la señora Kitty Scherer. Walter Ginsberg le había entregado con discreción una carta para ella.

33

—Creo que no lo voy a conseguir —se lamentó Dodo—. Siento que se me parte la espalda en dos.

Ya eran más de las nueve de la noche, pero bajo el techo de la vieja granja se había acumulado el calor del día y apenas se podía respirar. Eso no cambiaría mucho durante la noche.

—Bebe un trago —le aconsejó Lilly, y le dio la botella de agua—. Ya pasará, Dodo. Túmbate boca arriba, y mañana a primera hora estarás mejor.

—Eso espero hace días —suspiró Dodo, y se llevó la botella de agua a la boca—. Ya pasé por esto cuando trabajé en el campo durante el servicio social.

—Yo también lo hice —se entusiasmó Lilly—. Eso sí que fue chulo. Éramos tres, Lisbeth, Claudia y yo. ¡Qué bien lo pasamos! El domingo íbamos a bailar con los jóvenes campesinos a la plaza del pueblo, y se pegaban por nosotras…

Dodo estaba tumbada boca arriba y notó con dolor los tablones duros a través de la manta. En la buhardilla había unas vigas inclinadas, en medio se veían las ripias oscuras. Colgaban telarañas, una generación de escarabajos jóvenes corría por las vigas y por lo visto se habían entendido con las arañas, porque no les hacían nada. En un lado había un ventanuco por el que apenas entraba el aire, y el otro lado estaba oscuro porque se hallaba sobre una vaqueriza. Tres sacos llenos de centeno descansaban bajo la superficie inclinada, las demás provisiones como el jamón, las salchichas o las conservas se las había llevado la campesina al sótano porque en verano ahí arriba hacía demasiado calor, dijo. Pero seguro que lo hizo también para que los tres jóvenes que ayudaban en la cosecha del heno a cambio de la manutención no abusaran de sus provisiones.

—Si quieres puedes usar mi manta —le ofreció Wilhelm a Dodo—. Si la colocas debajo, no estará tan duro.

—Eres un sol, Wilhelm, pero ya se me pasará.

—Intentemos dormir —recomendó Lilly, y apartó un escarabajo fisgón de la manta—. Mañana a las cuatro volvemos a la carga. Sinceramente, jamás había imaginado que la recogida del heno supusiera semejante paliza…

Los tres habían pasado por una odisea. En abril los rusos cercaron Berlín, el aeródromo de Staaken, su último destino, se trasladó al oeste, a un recinto improvisado que antes se usaba con fines militares y ya había sufrido varios daños por bombas. Pese a la situación desesperada, los aviadores de las fuerzas aéreas estaban decididos a cumplir la orden del Führer de dar su respaldo incondicional, así que Dodo voló con un Bf 109 a Leipzig para ponerse a disposición del aeródromo local. Era una misión suicida, los atacaron varias veces, recibió varios disparos en un ala, pero aterrizó sana y salva en Leipzig, donde le dieron una palmadita en el hombro, le sirvieron café y chocolate y luego le dijeron que tenía que volver a su destino, pero sin su avión porque no tenían tiempo de repararlo. Todo era en vano. Los pilotos que enviaban a combatir contra la imponente superioridad soviética no tenían ninguna opción, y lo sabían. Los rusos contaban con aviones de combate excelentes, a la altura de los alemanes: unos años antes nadie pensaba que fuera posible, siempre se decía que los rusos vivían aún en la Edad Media y que solo tenían material militar inservible y obsoleto.

—Que te vaya bien, Dodo —le dijo uno de sus compañeros—. Después de la guerra nos tomaremos juntos un café. ¿Hecho?

«En Valhalla», pensó ella, afligida. Sin embargo levantó el puño con el pulgar hacia arriba y el piloto subió tan contento a su avión para dirigirse a la pista de despegue.

Pensó en plantarse sin más en Augsburgo en vez de volver a su destino. Apenas había trenes, y los vehículos militares de la Wehrmacht no aceptaban a nadie, así que si no se presentaba de nuevo en Berlín, darían por hecho que se había quedado atrapada en algún lugar del camino. Sin embargo, se había dejado su documentación y las cartas de Ditmar allí, y se las quería llevar sin falta. Así que se metió en uno de los trenes que iban llenos de refugiados y solo recorrían un breve trayecto, luego había que bajar e intentar conseguir hacer trasbordo en la siguiente estación. La mayoría de los refugiados tenían poco más que la ropa que llevaban y un fardo pequeño con unos cuantos enseres personales y alimentos. Procedían de campos de refugiados del este de Alemania, donde, tras las atrocidades vividas durante su huida del Ejército Rojo, creían estar a salvo. Entonces llegaron las tropas soviéticas y se pusieron de nuevo en marcha para no caer en manos de los rusos. Una mujer joven que viajaba con su hermana y tres niños pequeños le contó a Dodo que quería ir a Núremberg a casa de unos parientes, pero le habían dicho que la ciudad estaba ocupada por las tropas aliadas.

—¿Sabe algo más preciso? ¿Viene de esa zona? —le preguntó a Dodo.

—Lo siento, yo tampoco lo sé…

¿Y si Augsburgo también había sido ocupada? ¡Dios mío, entonces quizá era mejor no llevarse la documentación! Si pasaba un control, la llevarían presa por pertenecer a las fuerzas aéreas de la Wehrmacht. Pero viajar sin pasaporte tampoco era muy inteligente…

Se quedó un rato con las dos mujeres, y como en el aeródromo de Leipzig la habían colmado de chocolate, lo repartió entre los niños. Más tarde vio un transporte de la Cruz Roja que llevaba heridos al oeste y la llevaron un tramo, los últimos veinte kilómetros los recorrió a pie bajo la fría lluvia de abril. Entonces oyó los cañonazos de las tropas soviéticas que habían rodeado Berlín, y se quedó muerta de miedo porque las bombas rusas no paraban de atravesar el cielo.

Empapada y exhausta, hacia el mediodía del cuarto día de viaje llegó al aeródromo y comprobó lo que ya imaginaba: su destino se había clausurado. Un vehículo de la Wehrmacht pasó muy cerca de ella y distinguió la silueta de su jefe de operaciones en la ventanilla del copiloto. Bajó la ventanilla y le gritó:

—¡Váyase! ¡Los rusos llegarán dentro de veinte minutos!

El coche se alejó y ella echó a correr para por lo menos salvar sus cosas y las cartas de Ditmar. En el aeródromo había tres aviones, aún no los habían reparado, por eso los habían dejado allí. Alguien trabajaba en uno de ellos, pero con las prisas no vio quién era. En el cuartel se encontró con Lilly, que también estaba recogiendo sus cosas y gritó de alegría cuando Dodo entró por la puerta.

—¡Pero bueno, Dodo! Mira que volver justo ahora… ya se han ido todos. Yo tenía una misión en Magdeburgo, pero la han suspendido porque el avión no está reparado. Y ahora me voy con Wilhelm a Wurzburgo, a casa de mis padres…

—Pero ¿cómo? —preguntó Dodo mientras metía su ropa y las cartas en la mochila—. ¿A pie o en tren?

—Tonterías. Con el Fieseler Storch que está ahí. Wilhelm está llenando el depósito. Te vienes con nosotros, claro.

—Creo que los tres aviones están averiados.

—Wilhelm dice que el Storch puede volar, lo ha revisado.

—¡Entonces vámonos antes de que lleguen los rusos!

Wilhelm Kayser era un mecánico de aviones destinado en

Berlín-Staaken. Era un tipo alto, muy delgado, y llevaba gafas con cristales muy gruesos; era buen chico, cumplidor en el trabajo y hablaba poco. Solo en una ocasión, después de llenar el depósito del avión de Dodo, cuando ella subió a la cabina del piloto le dijo a media voz:

—¿Sabes lo mucho que te envidio?

—¿Por qué? —repuso ella, sorprendida.

—Me habría encantado ser piloto, pero no puedo por la vista.

—Es una pena —dijo ella, conmovida—. ¿Eres muy miope?

—Como un topo.

—Lo siento…

No se le ocurrió nada más que decir, y lo lamentó mucho porque le habría gustado decirle algo agradable. Sin embargo, él tampoco esperaba nada más y asintió cohibido mientras ella cerraba la cabina. Cuando dio una vuelta al aeródromo después de arrancar, vio que él seguía allí, contemplando el avión.

Ahora Wilhelm se había quedado en el aeródromo, leal y obediente, mientras el resto del personal ya se había largado. Lilly y Dodo corrieron con las mochilas hacia él.

—¿Tú también lo oyes? —preguntó Lilly cuando estuvieron junto al avión.

—Cañonazos —dijo Wilhelm, apático—. Están cerca.

Dodo ya estaba en la cabina del piloto y lanzó la mochila al asiento trasero.

—¿Quién pilota el trasto? —preguntó.

—Por mí, pilotas tú —contestó Lilly—. Sube, Wilhelm. Mete las mochilas debajo de los asientos, así tendremos sitio suficiente.

—Lo principal es que el Storch pueda volar… —comentó Dodo con escepticismo.

—No le pasa nada, lo he revisado —aseguró Wilhelm, que se ocupaba del equipaje.

Dodo se colocó bien el asiento y Lilly se instaló detrás.

—¡Combustible inyectado! Encendido. Arranque.

—¡Cierra el pico, Lilly!

Dodo estaba nerviosa. La hélice hizo dos amagos, luego se paró.

—¡Pensaba que lo habías revisado!

—Arranca otra vez, ahora irá.

La hélice giró al segundo intento, salió un humo negro y eso no era normal. Dodo hizo rodar el avión sobre la hierba y lo dirigió contra el viento.

—¡A fondo! —le ordenó Lilly por detrás—. El número de revoluciones es correcto. La presión de carga es correcta. La velocidad es…

—¿Pilotas tú o yo? —rugió Dodo por encima del ruido.

—¡Cuidado, ahí hay un socavón en el prado!

—Ya lo sé. ¿Crees que es la primera vez que despego aquí?

Con un buen viento en contra, el Fieseler Storch solo necesitaba unos cincuenta metros para despegar. No era un avión elegante con ese tren de aterrizaje de patas largas, parecía más bien un enorme mosquito, pero podía despegar y aterrizar en casi cualquier terreno.

—¡Despegamos! —ordenó Lilly por detrás.

—¡Que sí! —gruñó Dodo, y elevó el avión—. Voy a decirte una cosa, Lilly Schweinsberg: ¡jamás volveré a volar contigo!

O bien Lilly no había oído el aviso, o no le dio importancia.

—Quédate cerca del suelo, Dodo. Por los cazabombarderos soviéticos que merodean por aquí…

Cuando Dodo se volvió para reprender a Lilly vio que Wilhelm le había puesto una mano en el hombro y le decía algo al oído.

—Está bien… —dijo Lilly—. Perdona. Es que me puede, no me controlo en esto…

Volaron hacia el sursudeste con el único propósito de dejar

atrás los tanques soviéticos. Berlín estaba rodeado, puede que lo ocuparan al cabo de unos días, luego Alemania se rendiría y con suerte la guerra llegaría a su fin. Lilly quería ir a Wurzburgo, Dodo esperaba llegar a Augsburgo. A Wilhelm, que era de Hamburgo, le daba igual. Sus padres habían fallecido en un bombardeo, no tenía más parientes y no quería volver a Hamburgo bajo ningún concepto.

El vuelo fue tranquilo, de vez en cuando Dodo soltaba una maldición porque el Storch era un avión lento y ella había pilotado aviones muy distintos, más rápidos.

—Mejor un mal vuelo que una buena caminata —bromeó Lilly, que no perdía el sentido del humor ni en una situación tan crítica.

Pese a las rencillas, Dodo se alegraba mucho de no estar sola, porque la desesperación y el horror que veía a su alrededor la apenaba y a veces se venía abajo. La alegría despreocupada e ingenua de Lilly la ayudaba a mantener la cabeza alta. De alguna manera saldrían adelante.

Una cosa sí tenían clara: el Fieseler Storch tenía un alcance limitado, no había manera de llegar a Wurzburgo, ni mucho menos a Augsburgo. Dodo aterrizó con las últimas gotas de combustible en un prado cerca de Bayreuth, y ahí terminó el vuelo.

—Necesitamos gasolina —aseguró Lilly.

—Muy lista —se burló Dodo, y se puso al hombro la mochila—. Pregunta en el pueblo si tienen unos litros para nosotros.

—Como mucho tendrán caca de cerdo —repuso Lilly, y olisqueó el aire.

—Larguémonos de aquí —dijo Wilhelm.

Con el corazón en un puño, dejaron el Storch en el prado y se adentraron en el bosque para rodear el pueblo. La brújula de bolsillo del equipo de emergencia para pilotos de las fuerzas aéreas resultó ser muy útil. Cuando vieron un pueblecito en la linde del bosque se sentaron a celebrar un consejo de guerra.

—Necesitamos averiguar sobre todo dónde están las tropas aliadas y qué poblaciones han ocupado ya —afirmó Wilhelm—. Si corremos a sus brazos nos meterán en el primer campo de prisioneros de guerra que encuentren.

—A ti el primero, con tu camisa de la Wehrmacht —comentó Lilly.

Dodo y ella tenían ropa de civil en las mochilas, así que se cambiaron y escondieron los trajes de aviadoras entre los arbustos. A Lilly le sobraba una blusa, pero a Wilhelm le quedaba demasiado corta. El jersey de Dodo le sentaba un poco mejor, le iba bastante estrecho pero le llegaba justo hasta el cinturón.

—¡Muy elegante! —exclamó Lilly al ver al tipo alto y flaco frente a ella con el jersey verde de Dodo.

Wilhelm esbozó una débil sonrisa, le daba vergüenza que las chicas lo observaran con tanta atención.

—Necesitamos comida y un alojamiento —dijo Dodo—. Antes de que muramos de hambre aquí y nos congelemos bajo la lluvia, deberíamos intentarlo en una granja.

En la tercera granja tuvieron suerte, la dueña les dejó dormir con las vacas y le puso a cada uno un vaso de leche delante de las narices. Dodo odiaba la leche, pero tenía tanta hambre que le dio igual y le sorprendió lo bien que sabía. Se enteraron horrorizados de que los aliados ya habían ocupado la población de Hollfeld y luego habían avanzado hacia Bayreuth y Núremberg. En esta ciudad se libraban cruentos combates, tenían que alejarse de allí. Y en Wurzburgo la situación no era mejor.

—¿De dónde venís vosotros tres?

Mintieron diciendo que venían del este huyendo. Luego se enredaron cuando Lilly explicó que procedían de Dresde y Dodo dijo algo de Pomerania porque se acordó de la finca

Maydorn, que antes era de su tía. Por suerte la geografía no era el fuerte de la granjera. Les contó que su marido y sus dos hijos estaban desaparecidos y ella tenía que llevar la granja sola con su hermana.

—El francés que nos enviaron como trabador extranjero se ha esfumado. Ahora solo quedamos nosotras. Hay que extender el estiércol en los campos… ¿tenéis tiempo de echar una mano? No puedo daros dinero, pero hay comida y podéis dormir arriba, en los cuartos.

—¿No será estiércol de cerdos? —preguntó Lilly, que era de olfato delicado.

—Por supuesto. Tenemos cerdos y vacas.

Lilly no tenía ningunas ganas de aceptar una oferta tan amable, pero Dodo y Wilhelm se mostraban a favor. Las tropas aliadas estaban por todas partes en la zona, no tenía sentido echarse en sus brazos. Era mejor esperar a ver cómo avanzaba la situación.

Estuvieron una semana entera recogiendo estiércol, llevaban esa sustancia apestosa con un tiro de vacas a los cultivos y la esparcían allí. Pese a todo, les daban comida suficiente y el alojamiento tampoco estaba mal. Una vez terminado el trabajo, la granjera les dijo que debían buscar trabajo en otra parte porque ella no podía alimentarlos durante todo el verano, y siguieron su camino.

Comprobaron que a los granjeros no les iba nada mal. Se quejaban de que con Hitler había controles estrictos, tenían que entregar la leche y no podían hacer mantequilla. Incluso les habían quitado la manivela de la centrifugadora que servía para hacer mantequilla, pero guardaban leche a escondidas y la hacían con la antigua mantequera.

—En todo caso, no se han muerto de hambre —aseguró Lilly—. Patatas, leche, jamón y mantequilla, con eso se puede aguantar.

Con la ropa lo tenían difícil, en el campo no se podía comprar nada. Sin embargo, ahora en los armarios de algunos granjeros colgaban incluso modelos caros de París, y los salones estaban llenos de alfombras, vajillas de porcelana y muebles preciosos. Lo habían conseguido en el mercado negro, que estaba prohibido, pero en la clandestinidad aún era más próspero. Incluso en ese momento en que los aliados ya cercaban las ciudades de los alrededores, seguían produciéndose trueques a toda prisa.

La primavera pasó. El 30 de abril Adolf Hitler se suicidó y el 8 de mayo los periódicos anunciaron la rendición sin condiciones de la Wehrmacht. Augsburgo llevaba desde finales de abril ocupado por tropas aliadas, y en Wurzburgo los combates absurdos se habían cobrado muchas víctimas.

—Será mejor que esperemos —opinó Wilhelm.

Dodo coincidía con él, así que Lilly se resignó. Había empezado la temporada del heno y era fácil encontrar trabajo en las granjas. Los tres se llevaban bien. Dodo seguía pensando en Ditmar y esperaba que siguiera vivo. Lilly echaba de menos a Norbert, que estaba destinado en Rumanía. Wilhelm no hablaba de relaciones personales, pero se comportaba con las dos chicas como si fuera su hermano mayor; nunca hizo ningún amago de acercarse.

—¿No será homosexual? —le susurró Lilly a Dodo cuando estuvieron a solas un ratito durante el trabajo.

—No creo —contestó Dodo—. Solo que no es muy atrevido.

—¿Quién sabe? A lo mejor tiene novia.

—Podría ser. Pero no habla de eso.

La granja donde se alojaban provisionalmente mientras ayudaban en la cosecha era la tercera, pero la granjera, que dirigía con puño de hierro a sus dos nueras, era sin duda la persona más tacaña que los había alojado. En todo ese tiempo nunca vieron carne ni jamón; había una sopa de cebada de la que pescaban con cuidado cada trocito de jamón antes de servírsela a ellos. El pan estaba duro y solo era la costra, porque la granjera tenía mala dentadura y se quedaba con la miga porque podía masticarla mejor. Los tres ayudantes nunca vieron ninguna de las delicias que almacenaba en el sótano, como el jamón ahumado y la fruta confitada.

Como de costumbre, la noche terminó pronto porque antes del amanecer empezaron a cantar los malditos gallos por todas partes. Dodo salió de la cama a duras penas, casi no había dormido por el dolor de espalda. Wilhelm ya había bajado con la jarra metálica a la fuente a buscar agua para el aseo matutino. La granjera les había dejado una jofaina desgastada para lavarse y tirar por la ventana el agua sucia. No había jabón, el aseo era breve y frío. Wilhelm era el último, como era tímido prefería lavarse cuando las chicas ya habían bajado a la cocina.

Armados con guadañas, se dirigían al alba junto con las nueras a los prados y la granjera llegaba después, cuando ya habían cortado el heno.

—Escucha… —le dijo Wilhelm en voz baja a Dodo—. Tú haces un par de metros, luego cambiamos y yo siego rápido tu trozo. Así puedes descansar mientras tanto.

El día anterior Dodo había rechazado la oferta, pero ese día se encontraba tan mal que accedió. Así que Wilhelm segaba por los dos, y lo hacía con tanta destreza que seguía el ritmo de las nueras. Hacia el mediodía el heno estaba cortado y se secaba al sol, así que pudieron ir a la granja a comer algo antes de empezar a darle la vuelta.

En la granja les esperaba una sorpresa: en el patio había un caballo, alguien había llegado con un carro lleno de cajas.

—Ese es el padre —dijo una de las nueras, y se fue a la cocina.

La otra echó un vistazo a las cajas y murmuró algo que los tres ayudantes no entendieron.

434

—¡Echad una mano! —ordenó la granjera desde la ventana—. Tiene que ir todo al sótano.

Las cajas pesaban, no sabían qué había dentro. A cambio, por primera vez hubo un pedazo de carne en el plato porque la granjera preparó para el visitante carne ahumada con col, y como no quería quedar como una tacaña, también les dio un poco a ellos. El pariente era un hombre bajito y barbudo de ojos rasgados y oscuros, se reía con las bromas de Lilly y sacó una botella de licor porque así se digería mejor la carne ahumada. Mientras brindaban e intercambiaban buenos deseos dijo que regresaba a Ebelsbach, donde estaba su casa.

—Eso está detrás de Bamberg —dijo Lilly—. ¿Ahí no están los americanos?

—En Barmberg, sí. Pero en nuestro pueblo hay calma. ¿Quiere acompañarme? Ebelsbach no está muy lejos de Wurzburgo.

Lilly quería. Estaba harta de girar heno y recoger estiércol de cerdo, deseaba llegar de una vez a casa de sus padres. Tal vez incluso sabían algo de su prometido.

—Yo no me fiaría de ese tipo, Lilly —le advirtió Dodo—. No deja de ser un traficante. Es un timador en toda regla.

—Sí, ¿y qué? Lo importante es que me lleve. ¿Y tú, Wilhelm? ¿Te quedas aquí o quieres venir conmigo?

De repente el trío se había disuelto. Lilly decidió seguir su camino, y Dodo también pensó que tarde o temprano tendría que ir hacia Augsburgo.

—Tal vez sea mejor que te vayas con Lilly —le dijo a Wilhelm—. Puede que necesite protección masculina si viaja con ese tipo.

—En eso tienes toda la razón —dijo Wilhelm, despacio—. Pero preferiría ir contigo, Dodo.

Fue una declaración que no se esperaba. Se alegró mucho porque Wilhelm era una compañía agradable.

34

... me gustaría que me contaras la verdad, querida Kitty. No me da miedo, estoy preparada para todo, también para la posibilidad de que Paul se haya enamorado de otra mujer. Yo, ya lo sabes, nunca he dudado de nuestro matrimonio y espero volver lo antes posible a Alemania. Pero si resultara que Paul se ha apartado de mí y está decidido a poner fin a este matrimonio, no me opondría a su decisión. Aun así, no podemos separarnos sin tener una última conversación, por lo menos eso me lo debe...

La carta de Marie que Walter Ginsberg le había llevado a la villa de las telas hizo que Kitty pasara la noche en vela.

—¿Cómo se ha enterado? —le preguntó a Robert por la noche—. Yo no he dicho ni una palabra al respecto.

—Las mujeres tenéis un sexto sentido para esas cosas —comentó Robert con un suspiro—. Oís las campanas aunque estén al otro lado del océano.

—Tenemos que hacer algo, Robert —se indignó ella—. Si Paul sigue así, es evidente que va camino de su infelicidad. Esa Hilde Haller es... solo es una secretaria... es el segundo plato. ¿Cómo puede Paul juntarse con alguien así mientras Marie se sigue considerando su esposa?

—A lo mejor no deberías entrometerte, Kitty —le advirtió él—. Escríbele a Marie cuál es la situación y deja que ella tome la decisión.

Sin embargo, ese no era el estilo de Kitty. No, había que hacer algo ya. Al final Paul solicitaría el divorcio y Marie no tendría valor de oponerse por puros remordimientos. No podía permitir que llegara tan lejos.

—Haz lo que tengas que hacer, cariño —dijo Robert con una sonrisa—. Lo vas a hacer de todas formas.

—¡Pues claro!

No tenía sentido hablar con Paul, pues estaba empecinado y no la escucharía. Necesitaba ayuda.

Primero comentó el asunto con su hija Henny, pero se llevó una decepción al no encontrar el apoyo esperado.

—A mí tampoco me gusta, mamá, pero, por otra parte, Hilde Haller es muy buena persona y encaja muy bien con el tío Paul.

—¿Qué? ¡Me asombra lo poco que conoces al ser humano, Henny! Esa mujer no encaja en absoluto con tu tío. A él le gusta porque lo adora exageradamente y le dice lo que quiere oír. A los hombres eso les encanta. Pero mi hermano necesita a una mujer que esté a su altura, que tenga agallas, personalidad propia, una empresaria con visión de conjunto...

—Está bien, mamá... aun así, creo que deberías dejárselo al tío Paul. Es una persona adulta.

—¡Por el amor de Dios! —se lamentó Kitty—. ¿Aún no te has dado cuenta de que en determinados aspectos los hombres nunca maduran?

—¡Bueno, tú y tus teorías! —exclamó Henny—. Hoy en día los hombres son distintos.

—Puede ser —soltó Kitty, furiosa—. Pero no creo que tu tío Paul sea alguien tan moderno.

La tía Elvira, que por lo general se mostraba franca, le hizo saber a Kitty que no tenía intención de meterse en los asuntos de Paul. Gertrude tampoco se sentía con derecho a hacerlo, y Tilly le dijo que ya en su momento Paul no entendió la decisión de su mujer de emigrar a Estados Unidos con Leo, y que por tanto a Marie no debería sorprenderle que Paul dudara de su fidelidad.

Kitty estaba fuera de sí y no paraba de darle vueltas. «¡Qué familia! Marie se desvivió por todos mientras estuvo con nosotros. Dirigió la fábrica durante la Primera Guerra Mundial y los duros años de la posguerra, acogió a la tía Elvira en la villa, siempre intercedió por Tilly y Henny también tiene mucho que agradecerle. ¡Ojalá pudiera hablar con Leo! Pero seguramente no sería un buen enlace con su padre, y menos desde que Paul sabe que Leo está con el ejército estadounidense. Kurt es el que más opciones tiene, Paul le escucharía. Seguro que Dodo también lucharía por su madre. Pero Kurt es un prisionero de guerra de Estados Unidos, y a saber dónde está la pobre Dodo. Si es que la chica sigue viva…».

Estaba empeñada en convencer por lo menos a Lisa, las hermanas debían permanecer unidas ahora que Paul estaba a punto de convertirse en un desgraciado. Sin embargo, Lisa tenía sus propios problemas, que no eran pocos, ciertamente. De Hanno y de Johannes no había noticias, salvo que estaban prisioneros de los estadounidenses, y Charlotte apenas hablaba con su madre, se ocupaba en exclusiva de su padre. Tilly iba dos veces por semana a la villa a ver a Sebastian, que cada día estaba peor.

—Al principio la alegría de volver a veros a ti y a Charlotte superó todo el sufrimiento —le confió Tilly a Lisa—. Pero ahora que está aquí, lo asaltan las dolencias físicas y seguro que también las horribles vivencias. Necesitarás tener mucha paciencia con él, Lisa.

Lisa estaba dispuesta a todo. La rabia que sintió durante años hacia su marido hacía tiempo que se había desvanecido, en su lugar habían aflorado la ternura y los cuidados maternales.

—¿Sabes, Kitty? —le dijo—. Agradezco mucho a Paul que se prestara a esconder a Sebastian aquí.

En eso tenía razón, por supuesto, pero olvidaba que Paul no había tomado esa decisión solo, habían convocado una reunión familiar.

Cuando Kitty llamó a la puerta de la habitación conyugal de Paul, donde se alojaban provisionalmente Lisa y Sebastian, la recibió con un suspiro exagerado.

—¿Y ahora qué pasa? —preguntó Lisa con amargura.

—Soy Kitty. Quería hablar un momento con vosotros.

—¿Tiene que ser justo ahora?

—¡Es importante, Lisa!

—Pasa. Pero no abras del todo la puerta o se caerán las cosas que he escondido detrás.

Había recogido distintos objetos de la casa para cambiarlos en el mercado negro por comida. También había algunas de las cosas de Marie que no se había llevado a Estados Unidos: ropa, zapatos caros, bisutería preciosa... con eso se hacían buenos intercambios en el mercado negro.

En la habitación, como casi siempre, el ambiente estaba enrarecido, Lisa casi no la aireaba para que Sebastian no se resfriara. El pobre estaba tumbado, pálido y demacrado, en la cama de Paul, y parecía dormido; cuando Kitty entró, abrió los ojos y buscó a tientas las gafas que Lisa había dejado en la mesita de noche. Se oyó un tintineo; sin querer volcó una de las botellitas marrones que Tilly había dejado.

—¡Ay, Kitty! —exclamó Lisa en tono de reproche, y se levantó de un salto para paliar los daños.

—Por favor, cariño —rogó Sebastian con un hilo de voz—. Kitty no tiene la culpa de que yo sea tan torpe. Me alegro de que nos visite.

Lisa levantó la botellita y comprobó aliviada que no se

había derramado nada. Luego sirvió un poco de agua de una jarra en un vaso, añadió unas gotas de la botellita y se la dio a Sebastian.

—Ten, mi vida. Bébetelo, luego te encontrarás mejor…

—Más tarde, Lisa…

—Pero ayuda con los dolores. Tilly dijo que eran cinco gotas tres veces al día.

—No me gusta esa cosa. Me deja aturdido y luego tengo sueños horribles.

Lisa sacudió la cabeza, pesarosa.

—Entonces por lo menos bebe un poco de agua, cariño. Tilly ha dicho que tienes que beber mucho por el riñón. Como mínimo dos litros al día.

—Me da hipo cuando bebo tanto —intentó resistirse.

—¡Hazlo por mí!

Él se dio por vencido y se bebió el agua que le sirvió. El otro vaso esperaba en la mesita de noche también. Kitty se reservó su opinión. Lisa necesitaba un marido al que cuidar, aunque así lo anulara. Los cuidados de Charlotte eran distintos, se sentaba en la cama de su padre y conversaba con él, buscaba en la biblioteca los libros que le recomendaba, y a veces le leía en voz alta.

—¿Querías hablar conmigo de esas hojas absurdas que tenemos que rellenar? —preguntó su hermana yendo hacia la mesita que había colocado delante de la cama.

Encima había tres de esas «encuestas de desnazificación» que el gobierno militar había hecho llegar a todos los ciudadanos de Augsburgo.

—Es humillante —se lamentó—, tanta pregunta quisquillosa. Si he estado en el partido. En caso afirmativo, desde cuándo, cuánto tiempo, con qué función, etc. Si mi marido estaba en el partido. Si nuestros hijos estaban en las Juventudes Hitlerianas… ¡Por el amor de Dios, mi marido estuvo años encerrado en el campo de Dachau por luchar contra los nazis!

Kitty se sentó a su lado y echó un vistazo al cuestionario de Lisa. Ella ya había hecho todo el procedimiento con Robert. Debajo de las preguntas avisaban de que se penalizarían los datos falsos.

—Robert me dijo que es mejor que paséis por alto que Sebastian estaba en el Partido Comunista —comentó vacilante.

—¡Pero lo preguntan! Aquí dice: «¿Antes de 1933 era usted miembro de algún partido? ¿Cuál?».

—Escribe que del SPD —propuso Kitty—. Los estadounidenses tienen algo en contra de los comunistas.

—No —dijo Sebastian, que las estaba oyendo—. La verdad es la verdad. Me declaro a favor de mi partido. ¡Siempre lo he hecho, y lo haré también ahora!

—Como quieras —dijo Kitty encogiéndose de hombros—. Solo era una idea.

«Otra vez nada a contracorriente. Pero en cierto modo también es fantástico. Estúpido pero fantástico. Es un tipo muy peculiar, este Sebastian Winkler», se dijo Kitty.

—Gertie, ella sí que lo tendrá difícil cuando valoren el cuestionario —siguió hablando Lisa—. Seguro que la encierran en Göggingen, me han dicho que ahí acaban las mujeres de los peces gordos nazis.

Kitty también lo sabía porque Auguste siempre le contaba todas las novedades de las que se enteraba mientras hacía cola para comprar comida. Los ocupantes encerraban en el campo de Göggingen a los antiguos guardias de los campos y a las esposas de los capitostes nazis, como por ejemplo la señora Göring. Por lo visto ahí la vida era bastante alegre, nadie pasaba hambre, celebraron el solsticio de verano con champán y aguardiente y entonaban cánticos nazis. Kitty no sabía si era cierto; muchas veces Auguste hablaba por hablar, pero en todo caso era mejor que Sebastian no se enterara de esas cosas.

De hecho, a Kitty le daba pena la infeliz de Gertie. Creía haber encontrado su sitio siendo la señora Von Klippstein y al final había salido de la sartén para caer en las brasas. También era mala suerte. Pero antes de casarse, una debe saber con quién lo hace.

—Y nuestro pobre Paul también lo pasará mal —suspiró Lisa—. Estaba en el partido, y en la fábrica tenía a trabajadoras extranjeras. Eso también da problemas.

—Las impuso Ernst —intervino Kitty—. Ahí Paul no podía hacer nada…

—Pero fue en la época en que Paul aún era director de la fábrica —insistió Lisa.

—¡Eso es una tontería! —exclamó Kitty—. Además, Marek declarará a su favor. Y Sebastian…

—Por supuesto —dijo él desde la almohada—. Paul me ocultó de la Gestapo durante semanas en la villa, puedo testificarlo.

—También es posible que interpreten mal que Marie lo abandonara —continuó Lisa, infatigable—. Dirán que envió a su esposa judía a Estados Unidos porque en Alemania era un estorbo para él…

—Justo de eso quería hablar con vosotros —aprovechó Kitty—. Sabéis tan bien como yo que Marie volverá con nosotros a la primera oportunidad que se le presente…

—Ah ¿sí? —preguntó Lisa, un tanto asombrada—. No sabía nada de eso.

—Pues deberías leer esta carta…

Lisa cogió la carta de Marie y la leyó por encima, luego se la pasó a Sebastian, que interrogó a Kitty con la mirada.

—Claro —dijo Kitty—, léela, por favor. Creo que tenemos que hablar con Paul sin falta antes de que haga algo de lo que se arrepienta después.

Lisa se encogió de hombros.

—¿Sabes, Kitty? Marie no debería haber emigrado en ese

momento. Fue un error, y acuérdate de que Paul se enfadó mucho cuando lo decidió por su cuenta.

—Sabes perfectamente por qué tuvo que irse de Alemania...

Lisa hizo un gesto de desdén y, por supuesto, sacó a colación el ridículo argumento que no paraba de oír.

—No le habrían hecho nada siendo la esposa de un hombre ario.

—Eso no es verdad —se indignó Kitty—. Tú misma sabes cuántas veces vino la Gestapo a la villa. Al final incluso se llevaron a Paul...

—En eso debo darle la razón a Kitty, cariño —intervino Sebastian—. Marie fue muy lista al irse de Alemania. Yo no lo hice y he pagado un precio muy alto.

—¡Pues no estoy de acuerdo! —repuso Lisa, nerviosa—. Marie no ha tenido que vivir noches de bombardeos ni controles de la Gestapo; allí ha disfrutado de un bonito piso y comida en abundancia, y ha ganado mucho dinero. En cambio, Hilde ha estado al lado de Paul en los momentos difíciles, ¿a quién le extraña que se haya enamorado de ella? Además, es una buena persona.

Kitty comprendió que Lisa no había cambiado nada. Siempre era ella la perjudicada, a los demás les iba mejor. No se le ocurrió pensar que Marie también había vivido épocas duras en Nueva York.

—¿Entonces te parece bien que Paul renuncie sin más a su mujer y madre de sus hijos y se vaya con otra? —preguntó enfadada.

—Da igual si me parece bien o mal, Kitty —contestó Lisa—. Es un asunto entre Paul y Marie, y no tengo intención de entrometerme.

—¡Vaya! —exclamó Kitty, furiosa—. Así que te retiras como una cobarde. Si mamá lo hubiera visto...

—¿Mamá? —repuso Lisa, llorosa—. Seguro que opinaría como yo.

—¡Pero papá seguro que no!

Lisa tiró el lápiz con furia sobre la mesita y se arregló el peinado.

—¿A qué viene ahora papá? Hace tiempo que está muerto. ¿Pretendes influir en nosotros de manera insidiosa? ¡Ya tenemos suficientes problemas sin la engreída de Marie!

Kitty interrogó a Sebastian con la mirada, que le dio la carta de Marie con gesto de preocupación.

—Es un drama, Kitty. Entiendo a Marie, pero también comprendo a Paul. Sin olvidar a Hilde Haller. Seguramente le ha prometido matrimonio…

Kitty cogió la carta de Marie sin decir nada y los miró a los dos con desprecio.

—¡Entonces no tengo nada más que decir! —dijo con frialdad antes de salir.

En el pasillo primero respiró hondo para calmar la rabia y la desilusión. No lo estaba consiguiendo. ¿Cómo había podido creer que Lisa intercedería por Marie? Siempre había sido una egoísta. ¡Había llamado engreída a Marie! Era increíble…

En ese momento se abrió una puerta y salió Hilde Haller seguida de Charlotte, que seguramente había ido a buscar un libro. Las dos mantenían una conversación animada.

—Es una obra maravillosa —le decía Hilde Haller a Charlotte con una sonrisa—. A tu padre seguro que le gustará.

—Muchas gracias por el consejo —dijo Charlotte—. Es fantástico que haya leído tanto.

Dicho esto, su sobrina entró en el dormitorio con sus padres, y Hilde Haller se dispuso a bajar la escalera para ir a la biblioteca. Sin embargo, no llegó a hacerlo.

—¿Señorita Haller?

Hilde dio un respingo al oír que Kitty la llamaba, se detuvo y se volvió despacio hacia ella.

—Dígame, señora Scherer.

—Mi cuñada Marie acaba de escribirme que en breve volverá a Augsburgo —anunció Kitty, mirando a Hilde a los ojos.

¿Se había asustado? En ese caso, sabía disimularlo. Solo había palidecido un poco, nada más.

—Sé que mi hermano quiere a su mujer —prosiguió Kitty—. ¡Debería pensar muy bien si quiere destruir un matrimonio!

Ahí dio en el blanco. Durante unos segundos Hilde abrió los ojos de par en par, luego se dio la vuelta con brusquedad y bajó la escalera. Se oyó que abajo se abría la puerta que daba a la galería y se volvía a cerrar.

—¡Eres de lo que no hay, mamá!

Henny salió de su habitación, debía de haberlo oído todo.

—Creo que tenía que saberlo —se defendió Kitty.

—¿Acaso es asunto tuyo? La tía Marie nunca habría dicho algo así, es demasiado considerada.

—Ya lo sé —dijo Kitty—. Por eso lo digo yo. Yo no soy considerada si está en juego la felicidad de tu tío Paul y de Marie.

—¡Es imposible ayudarte, mamá! —se quejó Henny, y desapareció en el lavabo.

«En esta casa abarrotada todo el mundo lo oye todo. ¡Ya no se puede tener ni un poco de intimidad!», pensó Kitty, enojada.

Entonces vio a Hanna, que se había escondido en un hueco entre los armarios del pasillo. Lucía una sonrisa de oreja a oreja.

—Bien dicho, señora —le susurró—. Por fin lo dice alguien. ¡Me alegro tanto de que vuelva mi querida señora Melzer! ¿Ya se sabe cuándo llega?

—Aún no, Hanna, pero no tardará mucho.

—¡Ya verá cuando se entere la señora Brunnenmayer! Se pondrá loca de contenta…

—Bueno, puede decírselo, Hanna. Y también a los demás.

—¡Muchas gracias, señora!

¡Los empleados! Se había olvidado por completo de los empleados. Al fin y al cabo, también tenían voz y voto en esa casa. ¡Incluso mucho peso!

35

Era difícil soportar la arrogancia de los ocupantes. Diez minutos después del toque de queda Paul estaba aún en Haagstrasse porque había intentado comprar un par de zapatos para Hilde en la ciudad, cuando de pronto tres soldados estadounidenses se plantaron delante de él, le pusieron una metralleta delante de las narices y le pidieron la documentación. Les explicó que iba de camino a casa y que vivía a dos minutos de allí. No sirvió de nada: lo trataron como a un delincuente, amenazaron con detenerlo y no lo dejaron marchar hasta que se aseguraron de que en efecto vivía en la villa de las telas, que se veía desde Haagstrasse. Les divertía humillar a un nazi, se sentían los dueños de la ciudad y hablaban a gritos entre ellos dando por hecho que él no sabía inglés. Se fue a casa hecho una furia, pensando que los estadounidenses no tenían cultura ni educación, algo que ya observó cuando fue a visitar a Marie y a Leo a Nueva York. En la avenida que atravesaba el parque hasta la villa, la rabia fue desapareciendo poco a poco: todo a su alrededor reverdecía y florecía, los árboles estaban llenos de hojas, los arbustos brillaban y, junto a la casa, crecían las hortalizas en el huerto recién plantado.

«No debería ser tan susceptible. Esta guerra la desató Hitler y provocó un sufrimiento infinito. ¿Cómo no van a despreciar a los nazis? Han visto las terribles imágenes de Auschwitz y Theresienstadt, y nos consideran monstruos a todos», pensó antes de que Humbert le abriera la puerta de entrada.

En Augsburgo se había recuperado la recogida de basuras, ya era urgente porque las ratas y los ratones se habían multiplicado y sembraban el miedo entre la gente. De vez en cuando incluso volvía a verse un tranvía, y empezaban a retirar los escombros del centro histórico. Habían puesto a alemanes a hacerlo, sobre todo mujeres porque había escasez de hombres capaces de trabajar. Dos fábricas textiles volvían a estar en funcionamiento, y eso le daba ciertas esperanzas, aunque careciera de importancia para la fábrica de telas Melzer porque todos los edificios habían quedado devastados. Para empezar de cero primero tenía que retirar los escombros y luego reconstruir como mínimo una de las naves. También necesitaba adquirir máquinas nuevas porque Ernst von Klippstein retiró todas las hiladoras de anillo y los telares. Pero ¿cómo y con qué dinero? Ya no le quedaban ahorros, en la villa financiaban la comida con la venta de todo tipo de objetos en el mercado negro. Eso era especialmente difícil para Paul, que miraba para otro lado cuando sus empleados, a los que ni siquiera podía abonar un sueldo, pagaban las compras de su propio bolsillo. Lo hacían en silencio y no querían que se enterara, pero él sabía calcular, claro. Le conmovía y al mismo tiempo le avergonzaba ese cariño tan leal; solo por eso tenía que encontrar la manera de volver a poner en funcionamiento la fábrica.

Por las noches solía sentarse con Robert y Marek en la galería, donde también estaba la biblioteca. Casi siempre los acompañaba Hilde, y Henny también se sumaba. Marek les había contado que estuvo escondido en graneros y cobertizos, luego encontró refugio en una granja durante unas semanas y en abril incluso acampó unos días en el bosque. Pasaba el día en una cabaña rudimentaria que se había construido y de noche se colaba en los pueblos a robar huevos de los gallineros.

—Yo me decía: si me pillan, me lo merezco; pero no voy a ponérselo fácil —concluyó su relato.

Les contó que seguía pensando que el suicidio de Von Klippstein era culpa suya, y que a su regreso hizo varios intentos de acercarse a Gertie y a su hijo. Fueron en vano, Gertie se tomó a mal que, atormentado por los remordimientos, se hubiera alejado de ella.

—Ahora que has salido airoso y yo soy la esposa de un nazi, no hace falta que vengas a buscarme —le dijo ella.

Marek le pidió que lo pensara con calma. Al fin y al cabo, Herrmann era hijo suyo, sangre de su sangre, y quería cuidar de él en la medida de lo posible.

—¡De Herrmann ya cuido yo! —contestó ella con frialdad—. ¡No necesito un hombre que solo me quiera porque tiene un hijo conmigo!

Paul guardaba silencio mientras Marek hablaba, pero Henny, como siempre, no fue capaz de callar.

—¿Y? —insistió—. ¿Eso es verdad? ¿Solo te importa el niño?

Marek clavó la mirada al frente y Paul pensó que no quería responder, pero entonces contestó.

—No lo sé... —murmuró—. Al principio, cuando estaba con ella en su casa y pinté los cuadros era distinto. Ella estaba enamorada de verdad, y yo caí. También más tarde, cuando se mudó a la villa de las telas. Sin embargo, al poco tiempo ya no me parecía bien porque sabía que su marido se había dado cuenta, ¿lo entendéis? Podría haberme entregado a la Gestapo, pero no lo hizo. Por el motivo que fuera. Entonces pensé que no era correcto que lo engañáramos Gertie y yo. Y luego se suicidó de repente...

—Entiendo... —dijo Henny—. Te sentiste fatal porque Ernst von Klippstein se había mostrado «magnánimo». Pero a lo mejor tenía otros motivos para no enviarte a un campo de concentración.

—No lo sé… Gertie me dijo una vez que su marido jamás se atrevería…

—Yo también creo que había algo más. Seguramente querían eliminarlo —añadió Robert—. Sin duda, no se suicidó por mal de amores.

A Marek le costaba respirar. Paul vio que le habría gustado creer la versión de Robert, pero no podía.

—Tal vez… —dijo Marek finalmente—. El caso es que a Gertie y a mí nos separó. No sé si aún la quiero. Pero si se va sin más con el niño y no los vuelvo a ver, creo que no lo soportaré.

—¿No soportarás separarte de Gertie o del niño? —preguntó Henny con obstinación.

—De los dos…

Estuvieron un rato en silencio. Robert le dio un sorbo a su sucedáneo de café, Paul se había servido una copa de Kranichsteiner, Henny y Hilde bebían una infusión de menta.

—Creo que deberías aclarar tus sentimientos antes de hacer nada, Marek —le aconsejó Paul—. Es importante saber lo que quieres de verdad.

Marek asintió, parecía desesperado.

—Yo podría hablar con Gertie —se ofreció Hilde.

Marek se negó en redondo. Vieron que de momento no podían ayudarle, y pasaron a otro tema. En la fonda Eckstuben habían montado una cantina de oficiales para los ocupantes, y los niños de Augsburgo se plantaban ahí y suplicaban por los restos de comida.

—Es horrible —dijo Hilde, compungida—. Muchas familias pasan hambre porque no tienen dinero. En las iglesias dan comidas, pero no hay para todos…

Paul no dijo nada porque en la villa también escaseaba el dinero. Entonces Henny comentó que también había buenas noticias: la fábrica MAN volvía a funcionar, se reparaban locomotoras, y la herrería Fritz había recibido un gran encargo del cuartel general de Estados Unidos.

—Genial —masculló Paul con amargura—. Los antiguos productores de armamento pueden volver a trabajar, pero la fábrica de telas Melzer está reducida a cenizas.

—¡Nosotros también nos recuperaremos, tío Paul! —dijo Henny con confianza—. Mañana vamos y miramos por dónde deberíamos empezar.

Paul ya había deambulado varias veces por el recinto de la fábrica, pero el inventario de existencias era deprimente.

—Si esperas sacar algo, adelante —dijo sin mucho entusiasmo.

—Por lo menos vuelves a mandar tú —afirmó Henny.

—Sí, soy el director de un montón de escombros —repuso él con sorna.

—Lo convertirás en una empresa nueva y próspera —dijo Hilde, y le sonrió.

Él no estaba convencido, pero no quería expresar lo que pensaba, así que cambió de tema.

Auguste le había contado dos días antes que los ocupantes habían llevado a prisioneros de guerra alemanes a Augsburgo y que estaba segura de que Johannes estaba entre ellos.

—Le prometí contárselo a Lisa. Pero ya tiene bastantes preocupaciones y no debería alterarse más —les informó.

Henny también lo sabía.

—Auguste me dijo que le reconoció y que gritó su nombre. Entonces él la miró asustado y volvió a girar la cabeza.

—Entonces a lo mejor era él, ¿no? —dijo Hilde.

—Seguro que era él —coincidió Henny—. Pero se avergüenza de volver a Augsburgo como prisionero, por eso no le gusta que lo reconozcan. Johannes es así.

—Aún creerá en el nacionalsocialismo —reflexionó Robert, y suspiró—. ¿Poco antes de terminar la guerra no se presentó en las Waffen-SS?

—Es muy capaz —aseguró Henny—. Cuando estaba en las Juventudes Hitlerianas ya era un fanático.

—¿Se sabe adónde llevan a los prisioneros? —preguntó Paul.

—Dicen que a Francia —contestó Henny—. A un campamento de prisioneros de guerra estadounidense.

De Hanno no había noticias, pero al menos Tilly había recibido carta de Jonathan donde decía que pronto lo liberarían.

Paul no preguntó qué pasaba con Felix. A él también tenían que liberarlo y mandarlo a casa, pero nadie conocía con claridad su estado de salud. Unas semanas antes había escrito una breve carta a Henny en la que mencionaba que había recibido una herida de bala en el pulmón. Tilly tranquilizó a Henny: cuando Felix volviera, podrían examinarlo bien y operarlo si era necesario. Paul sabía que Henny vivía con miedo por Felix, y esperaba que Tilly tuviera razón. Felix era encantador y una buena persona, a Paul le caía bien.

Se separaron poco antes de la medianoche y se dirigieron a sus habitaciones haciendo el mínimo ruido posible para no despertar a los demás. Paul se fue con Hilde a su habitación, ella abrió, él la siguió, luego cerró la puerta y abrazó a Hilde.

—Hoy estás muy pálida —comentó—. ¿No te encuentras bien?

—He estado pensando, Paul —contestó ella—. No sé si lo que hacemos está bien.

—¿Por qué vuelves otra vez con eso? —se indignó el—. Ya hemos hablado largo y tendido del tema. En breve podré solicitar el divorcio, y no creo que mi mujer ponga muchos problemas…

—Pronto lo sabrás, Paul —dijo ella, y le lanzó una mirada elocuente.

—¿Qué quieres decir?

—Que tu mujer tiene pensado venir a Augsburgo dentro de poco.

Él la miro sin saber si había oído bien.

—¿Qué dices? Mi mujer... ¿Marie viene a Augsburgo? ¿Cómo lo sabes?

Hilde se separó de él y caminó unos pasos hacia el centro de la habitación. Luego se dio la vuelta y él le vio un brillo de ira en los ojos. Vaya, su dulce Hilde también sabía enfadarse. Era una nueva faceta.

—Tu hermana Kitty me lo ha anunciado esta tarde de una forma de lo más desconsiderada. Me ha acusado de destruir tu matrimonio.

—¡Es... es increíble!

Paul estaba fuera de sí. ¿Cómo tenía Kitty la desfachatez de decirle a Hilde semejante impertinencia? ¡Era una intromisión imperdonable en asuntos que no le incumbían en absoluto! Estaba tan enfadado que quiso bajar al gabinete, donde dormía con Robert. Hilde se lo impidió.

—Por favor, no armes un escándalo, Paul —le suplicó—. Conoces a tu hermana mejor que yo. Es muy sincera a la hora de expresar sus simpatías y sus antipatías...

—Todo tiene un límite —se quejó él—. Además, ¿cómo puede afirmar que Marie vuelve a Augsburgo? ¿Cómo se ha enterado?

—No tengo ni idea, pero podría ser que a través de ese tal... cómo se llamaba... Walter Ginsberg haya entablado contacto con Nueva York.

Por supuesto. Si no era a través de Walter, a lo mejor de Leo, que se había sumado al ejército estadounidense para luchar contra su país. Quién sabía si también estaba en las inmediaciones de la ciudad. Kitty debía de haber escrito a Marie para convencerla de que viajara a Alemania lo antes posible. ¿Qué plan malvado estaba urdiendo su hermana contra él?

—Bueno —dijo, y fingió haberse calmado—. Mejor si viene a Alemania, así hablaremos del divorcio con tranquilidad y las formalidades serán más sencillas. No obstante, mañana mismo le voy a dejar claras unas cuantas cosas a Kitty...

—No, Paul. En todo caso, soy yo quien debería hablar con ella, y ahora mismo me parece muy difícil.

—Es inútil, Hilde. No sé de nadie que haya conseguido que mi hermana cambie de opinión. Intenta no tomártelo en serio, es la mejor manera. Y no te preocupes, no cambiará nuestros planes, te lo prometo.

Ella asintió y le sonrió.

—¿Te importa dormir arriba esta noche? —preguntó con ternura—. Estoy un poco nerviosa y te molestaría.

—Claro que no —dijo, más rápido de lo necesario—. Me temo que también yo dormiré intranquilo. Buenas noches, amor. Mañana lo hablamos con calma.

Le dio un beso y la abrazó un momento antes de salir. La luz de la luna entraba por una ventana e iluminaba el pasillo largo y estrecho, que de pronto le pareció extraño e irreal. Sobre una cómoda había un ramo de flores secas con un brillo plateado en un jarrón. ¿Ese no era el ramo de novia de Marie? Qué tontería, ese nido de polvo seguro que era de Lisa, o a lo mejor incluso de su madre. Estaba viendo fantasmas, ya era hora de acostarse.

El aire en el cuarto de lavado estaba viciado. La estrecha cama plegable era incómoda y, como se temía, le costó dormir.

Así que Marie iría a Augsburgo. ¿Por qué sentía un desasosiego doloroso al pensarlo? Acababa de asegurarle a Hilde que la presencia de Marie en Augsburgo facilitaría y haría avanzar sus planes de boda. Ahora era consciente de que se había mentido a sí mismo. La idea de volver a tener a Marie enfrente le pesaba demasiado. ¿Qué le diría? ¿Cómo le explicaría sus intenciones cuando la tuviera delante? La había querido mucho, había sido su confidente, su amada, la madre de sus hijos... ¿todo eso ya formaba parte del pasado? ¿Ya había terminado? ¿O se estaba engañando? ¿Podía ser que aún quisiera a Marie?

«¿Por qué me torturo de este modo?», se dijo, y se dio la vuelta hacia el otro lado. «Hace tiempo que me abandonó y se juntó con ese tal Karl. Ese tipo astuto que la hizo depender de él y ha esperado con paciencia su oportunidad. A estas alturas ya habrá conseguido su objetivo, al fin y al cabo ha tenido tiempo suficiente. ¿Quién dice que vendrá sola? Es mucho más probable que haga el viaje y se presente en la villa de las telas acompañada de ese tipo».

Esa idea que se le acababa de ocurrir le dolió más de lo que se esperaba. Su Marie en brazos de otro. La había perdido para siempre. Una última despedida, un apretón de manos, un «que te vaya bien», y luego nunca volverían a verse.

Ella lo había querido así, concluyó, y volvió a colocarse boca arriba. Estuvo un rato mirando a la oscuridad, donde veía imágenes de tiempos muy remotos. Marie, la tímida ayudante de cocina; Marie, su joven y encantadora prometida; Marie, desmayada entre sus brazos cuando él regresó de su cautiverio durante la guerra. No le servía de nada cerrar los ojos, las imágenes lo perseguían detrás de los párpados, y cuando el reloj sonó tres veces abajo, en el vestíbulo, consiguió sumirse en un sueño ligero.

Por la mañana se despertó pronto porque en la habitación de Gertie berreaba Herrmann. Había cumplido tres años unos días antes, Hilde le había regalado un perro de peluche cosido por ella misma, y Henny consiguió en el mercado negro un par de zapatos de piel. Los demás pasaron por alto más o menos el cumpleaños, solo Hanna le llevó un ramo de flores que recogió para él y unas cuantas galletas que le habían hecho Liesl y Fanny Brunnenmayer. Gertie se emocionó mucho y les dio las gracias a todos de corazón. Marek no había aparecido por allí.

Por supuesto, el baño estaba ocupado. Resignado, volvió

al lavadero, se vistió y bajó al vestíbulo, donde había un segundo aseo. El desayuno transcurrió en etapas porque no todos los habitantes de la casa se levantaban a la vez; solo para el almuerzo se sentaban doce personas a la mesa, algo que a Paul siempre le recordaba a tiempos anteriores, cuando sus padres vivían y solían tener invitados.

Al entrar, Paul vio a Gertie dándole leche caliente a su hijo de una taza. Aquello también suscitaba envidias porque los niños pequeños tenían derecho a una ración especial. Marek y Sebastian, que también recibían raciones especiales en calidad de perjudicados por el gobierno nacionalsocialista, compartían los alimentos adicionales con el resto. Aun así, para desayunar solo daba para una rebanada de pan con zumo de remolacha o queso fresco, y bebían sucedáneo de café.

Henny también se había levantado pronto; se sentó con Gertie, se puso a Herrmann en el regazo y estuvo charlando un rato sobre los rabanitos y los cogollos de lechuga que crecían en el huerto, entre el perejil y el cebollino, y que enriquecerían el almuerzo.

—Parece que Marek tiene buena mano con las plantas —dijo sin pensar—. Todo lo que siembra, crece. Hasta las zanahorias y el apio echan raíces.

—Me sorprende —comentó Gertie, mordaz—. Antes prefería tumbarse en la hierba y dibujar en vez de trabajar.

—Algunos hombres son como las manzanas de otoño, no maduran hasta que no las derriban las primeras tormentas —comentó Henny con una sonrisa.

Al ver que Gertie callaba, Henny se volvió hacia Paul.

—¿Qué te parece si después de desayunar vamos a la fábrica, tío Paul? Creo que en una de las salas del sótano aún hay dos telares, podríamos volver a montarlos.

—¿Dónde? ¿Al aire libre? —Sonrió con amargura—. Bueno, por mí vamos.

Hilde, que acababa de aparecer, quiso acompañarlos, y en

el vestíbulo se encontraron con Kitty y Robert, y también les apeteció ir. Paul contuvo la respiración, pero Hilde no hizo ni un solo gesto de enfado, y Kitty también fingió que todo iba de maravilla. Paul decidió callarse por el momento, pero se propuso llevar aparte a su hermana en cuanto tuviera ocasión para expresarle su opinión.

La imagen de las salas destrozadas seguía siendo deprimente. Ladrillos, vigas chamuscadas y trozos de cristal de los lucernarios se amontonaban por todas partes; de vez en cuando se veía un resto de pared en pie, sillas destrozadas, mesas de trabajo que habían montado para las obreras extranjeras, incluso descubrieron unas cuantas piezas de avión de aluminio sin procesar.

—¡Id con cuidado de no haceros daño con los cristales! —advirtió Hilde—. Ay, mira, Paul. Esto era de tu escritorio.

Levantó de entre los escombros algo negro con puntos verdosos, parecía que se había fundido. El juego de escritorio de su padre.

—Él siempre decía que era jade —bromeó Paul, corrosivo—. Pero por lo visto solo era cristal. Bueno, todo en la vida tiene un principio y un fin.

—¡Ven aquí, tío Paul!

Henny había despejado una de las puertas del sótano con la ayuda de Kitty y Robert. No era la que daba al antiguo refugio antiaéreo, sino el acceso a uno de los almacenes.

—Está atrancada. Tirad con fuerza.

Robert hizo todo lo posible, pero hasta que Paul no empujó no se abrió la puerta. Detrás todo se veía oscuro, todos los agujeros por donde podía entrar algo de luz estaban tapados. Se encendió un fósforo: Henny había sido precavida.

—¡Ahí detrás! —exclamó exaltada—. Lo sabía. Aún están ahí.

Paul solo veía una maraña de piezas polvorientas, luego la lucecita se volvió a apagar.

—¡Déjame a mí!

Se adentró unos pasos en la sala a oscuras, encendió un fósforo e iluminó las piezas metálicas, que sin duda eran de dos telares. De todos modos, se necesitaba mucho trabajo para limpiarlo y volver a montarlo todo hasta conseguir una máquina que funcionara.

—No tengo muchas esperanzas... —dijo, y apagó la cerilla antes de quemarse los dedos.

—Es mejor que nada —repuso Henny—. Cuando vuelva nuestra Dodo, lo hará en un tiempo récord.

—Creo que con unas cuantas personas podríamos apartar los escombros y montar una sala provisional —aseguró Robert.

—Aunque lo consiguiéramos, necesitaríamos material y sobre todo la autorización del gobierno militar —aplacó Paul sus ansias.

—¡Una cosa después de la otra!

Pese al escepticismo de Paul, Henny parecía muy contenta con el resultado; encontraron también dos sillas casi intactas entre los escombros y las guardaron en el sótano. De hecho, Henny llevaba encima la llave del sótano y cerró la puerta con cuidado. Había mucha gente que buscaba objetos aprovechables entre los cascotes, siempre había que ser muy prudente.

Durante el camino de regreso, Henny hablaba entusiasmada con Robert y Hilde, Paul se quedó un poco atrás y Kitty también ralentizó el paso.

Caminaron un rato uno al lado del otro, observando a los otros tres, que comentaban con pasión las propuestas de Henny, luego Paul inició la conversación en un tono pausado.

—¿Cómo se te ocurre decirle a Hilde semejantes impertinencias?

—¡Sé que quieres a Marie!

—¡Haz el favor de dejarme decidir a mí a quién quiero!

—Jamás me lo perdonaría, Paul. Porque estás a punto de cometer un gran error.

No tenía sentido, era incorregible. ¿Por qué hablaba con ella?

—No quiero intromisiones, ¿lo has entendido? —la reprendió él—. No olvides que vives en mi casa.

—¿Es que vas a echarme?

—¡De verdad que no quiero, pero podría hacerlo!

—Un día vendrás a verme de rodillas y... ¿Qué ha pasado?

Habían llegado al patio de la villa de las telas y Kitty se paró, sorprendida, incluso agarró de la mano a Paul y la apretó tanto que le dolió.

—¡No! —gritó—. ¡Dios mío! Es él. ¡Mira, Paul! Qué felicidad. ¡Los dos están llorando!

Frente a la escalera de la casa había dos jóvenes muy abrazados. Una era Henny, cuya melena brillaba al sol. El otro era... Felix.

Paul observó a la pareja, eran incapaces de separarse mientras se daban miles de besos. Él notó que le caían lágrimas de alegría por la cara. Luego la bella imagen se volvió borrosa, se oyó sollozar y se dio la vuelta enseguida para que nadie viera que estaba llorando como un niño pequeño.

36

Leo no se sentía a gusto en el compartimento del tren. Su uniforme dejaba claro que era un miembro del ejército estadounidense, y no todos los viajeros le miraban con buenos ojos. Por muy lleno que estuviera el tren, algunos pasaban de largo y no entraban en el compartimento; unos pocos intentaban chapurrear en inglés, se hacían los simpáticos, preguntaban qué le parecía Alemania y de dónde era. Otros se sentaban frente a él en silencio, lo miraban con hostilidad o se plantaban un periódico delante de las narices. Era raro volver a tu país como ocupante siendo alemán.

Llevaba siendo soldado apenas un año, había salido ileso de todas las batallas, y la acción militar, que al principio le parecía repugnante e insoportable, se había convertido en algo cotidiano. Estuvo en Lüttich, participó en la toma de Aquisgrán y luchó en la región de las Ardenas, luego cruzó el Rin con sus compañeros en Remagen. Era un mundo ajeno en el que había entrado llevado por un impulso, un mundo que funcionaba con unas reglas muy distintas a las que regían su vida de civil. Un mundo en el que el valor, la capacidad de aguante y la obediencia prevalecían, la muerte de un enemigo se daba por hecha y la compasión equivalía a debilidad. Él también había matado, no por odio, como muchos de sus compañeros, sino cumpliendo órdenes, y había aprendido a no permitirse sentimientos de culpa. La guerra era la guerra, las leyes de la humanidad habían perdido vigencia. Frente a la muerte, se trata de tú o yo. Y un país se considera vencido cuando su ejército queda incapacitado para combatir.

Ahora que había terminado la guerra a menudo pensaba que ya estaba harto. Había cumplido su objetivo, había contribuido a liberar su país del dominio de Hitler. Era el momento de recuperar su vida real, dejar atrás la guerra y volver a ser una persona normal y corriente. Ver a su madre. A sus amigos. Componer de nuevo, dirigir una orquesta, sentarse al piano y tocar Beethoven.

Sin embargo, se había comprometido a dos años, y tendría que cumplirlos.

Había dudado mucho, pero como su amigo Walter sería trasladado muy pronto de Augsburgo a otro destino, aprovechó su día libre para encontrarse con él. En Augsburgo, su ciudad natal. Walter le había hecho una breve descripción de la situación, también le había puesto al día sobre la villa de las telas, pero aun así a Leo le daba reparo presentarse allí como soldado estadounidense. Si se acercaba a la villa tendría que guardar las distancias, sobre todo con su padre, con el que ya tenía una relación difícil y no se alegraría mucho de verlo.

El trasbordo a Augsburgo desde Nordhausen, donde estaba destinado en ese momento, resultó ser complicado: no todos los trenes funcionaban, por mucho que hubieran arreglado gran parte de las vías. Comprobó satisfecho que los estadounidenses se habían esforzado en dar otra oportunidad a Alemania. Esperaba que no fuera demasiado pronto: las viejas ideas destructivas seguían ocultas en muchas personas y no desaparecerían tan rápido. Leo estuvo presente en la liberación del «campo de Dora», donde los presos y los trabajadores forzosos montaban la supuesta arma milagrosa, el V2, en túneles. Aún tenía grabada la imagen de los últimos presos, tan consumidos que parecían esqueletos.

No había podido decirle a Walter con exactitud su hora de llegada a Augsburgo, pero su amigo estaba en la estación cuando llegó. El reencuentro fue grandioso y conmovedor, los dos tuvieron que reprimir las lágrimas cuando se abrazaron.

—¡Qué odisea! —exclamó Walter con una sonrisa—. Pero ahora estás aquí. Y tienes buen aspecto, amigo.

—Solo por fuera —bromeó Leo—. ¡Tú también te conservas bien!

La estación estaba irreconocible, con los edificios aún en ruinas, y las vías eran provisionales, pero aun así los trenes no paraban de ir y venir. Las duras condiciones de la ocupación se habían ido relajando, estaba permitido moverse fuera de la ciudad, pero se hacían controles.

Mientras recorrían las calles, al ver la imagen de las casas bombardeadas fue quedándose más callado. Era doloroso encontrar los viejos edificios, las iglesias, el ayuntamiento, tramos enteros de calles del centro histórico convertidos en ruinas. Las mujeres arrojaban escombros en cubos y arrastraban la carga en un carro, se sentaban en el borde de la calle y sacudían el mortero de los ladrillos. Un anciano tiraba de un carrito destartalado tras él con objetos que había rebuscado entre los escombros. Una olla, una jarra abollada, piezas metálicas y maderas carbonizadas. Unos niños jugaban entre los restos de las antiguas casas, se lanzaban una pelota; una niña pequeña apretaba una muñeca mugrienta contra el pecho.

—No hay mucha comida —dijo Walter a media voz—. Siempre tienen hambre.

Entraron en la cantina de los oficiales estadounidenses porque Walter había ascendido a teniente. Saludó a algunos compañeros y les presentó a Leo, se dieron palmaditas en el hombro e intercambiaron experiencias un momento. Luego se sentaron a almorzar.

—¿Cómo estás después de ver todo esto? —preguntó Walter, comprensivo, ante su plato de filete con maíz.

—¿Qué quieres que te diga?

—Duele, ¿verdad?

—Sí... —confesó Leo, parco en palabras.

—A mí me pasa igual —admitió Walter—. Pero tengo un remedio que me ayuda cuando la compasión amenaza con apoderarse de mí. Miro mi muñeca. Se ha soldado, pero sigue dándome problemas. Y seguirá así el resto de mi vida.

Leo recordó aquel día que sus compañeros de clase los atacaron y les dieron una paliza. Porque Walter era judío. Tuvo mala suerte al caer y se rompió la muñeca.

—Tienes razón —dijo con amargura—. Yo también tengo un recuerdo.

Señaló la cicatriz que tenía encima del ojo. Se hizo la herida por defender a su profesor judío en el instituto frente a los camisas pardas.

Siguieron comiendo en silencio, Leo miró a su alrededor y comprobó que allí se sentaban a la misma mesa los oficiales de color y los blancos y charlaban con naturalidad. Habían luchado codo con codo, se habían enfrentado a los mismos peligros, eso los había unido y había dejado a un lado los prejuicios. Aun así, no estaba claro cómo sería cuando volvieran a la vida civil. Walter cogió un postre y luego dijo con una media sonrisa:

—También tengo una buena noticia para ti: esta tarde podremos tocar juntos. Me han prestado partituras y un violín.

—¡No puede ser!

—Pues sí. Se vuelven a celebrar veladas musicales, me enteré de una y pregunté si me podían prestar un violín. El matrimonio Schmidtkunz al principio se mostró escéptico, pero cuando les toqué unos cuantos compases accedieron y me dejaron el instrumento para esta tarde.

—¿Y el piano?

—En la sala de oficiales. Los compañeros nos esperan impacientes.

—¡Qué dices! —se rio Leo—. Hace un año que no toco una tecla.

—¿Y qué? A mí también me falta práctica, pero para tocar un poco bastará.

Leo estaba entusiasmado, no se lo esperaba. Era como un breve regreso a su antigua vida y al mismo tiempo volvía a estar con Walter, el único amigo de verdad que había encontrado en la vida.

—¿Quieres hacer una visita a la villa de las telas? —le preguntó Walter cuando ya estaban con el café.

Leo se encogió de hombros.

—Depende. Mi madre está decidida a dejarlo todo en Nueva York y volver a Augsburgo.

—Lo sé, me lo contó por carta…

—¿Y? ¿Qué te parece?

Walter puso el semblante serio, le costaba explicar a su amigo la difícil situación, pero tenía que hacerlo.

—No será tan fácil, Leo. Me han dicho que en este tiempo tu padre se ha buscado a otra.

Leo lo miró, se quedó mudo. Su padre había encontrado a otra mujer, el sitio de su madre en Augsburgo estaba ocupado. ¿En serio? Estaba convencido de que sus padres se querían, que ese amor perduraría también con un océano de por medio. Por lo menos hasta el día en que Estados Unidos entró en la guerra y se interrumpió la conexión.

—¿Estás seguro? —preguntó compungido—. ¿Quién te lo ha dicho?

—Tengo contacto con tu tía Kitty. Pero no lo sé por ella, sino por Henny. Por lo visto tu padre está decidido a casarse con su antigua secretaria.

Leo hurgó en su memoria, pero solo recordaba a Ottilie Lüders, de edad avanzada. Luego cayó en la cuenta de que había otra empleada más joven. Una mujer morena, seria, con los rasgos un poco afilados… la señorita Haller.

El dolor y la rabia se apoderaron de él. Su madre siempre se había mantenido fiel a su padre, había rechazado con contundencia los intentos de acercarse de Karl Friedländer y eso le había supuesto no pocos disgustos.

—¡Si es verdad, no quiero volver a tener nada que ver con mi padre! —exclamó, furioso—. Si es capaz de traicionar así a mi madre…

—Ha tenido que vivir mucho tiempo sin tu madre —apuntó Walter con cautela.

—¿Eso era culpa de mi madre? ¡Ella estaba igual de sola, pero no le engañó!

—Tu madre es una mujer admirable, Leo. Ya sabes que la adoro. Sabrá solucionar el problema a su manera.

—¿Ella lo sabe?

—Tu tía Kitty se lo contará por carta. Ahora mismo hago de enlace para la correspondencia.

Leo enmudeció. Entonces su madre sabía lo de la otra mujer. No le había contado nada por carta. ¿Por qué? ¿Quería protegerlo?

—Lo siento, Leo —dijo Walter al cabo de un rato—. Pero tenía que decírtelo. No está bien por parte de tu padre, pero pese a todo sigue siendo tu padre…

Leo levantó la cabeza y miró furioso a su amigo.

—¿Mi padre? ¿Qué tipo de padre ha sido él para mí? Yo nunca fui el hijo que él quería. Todo lo que soy se lo debo a mi madre y a mi tía Kitty, que siempre intercedieron por mí. Mis clases de piano, los estudios de música, todo lo que tenía que ver con eso tuve que lucharlo siempre contra la voluntad de mi padre…

Walter esperó con paciencia a que Leo se aplacara, luego dijo en voz baja:

—Y aun así está bien tener un padre, Leo. Créeme.

Leo fue a replicar, pero entonces lo entendió. Walter había perdido a su padre cuando era muy pequeño, y ya no tenía relación con su madre, que se había vuelto a casar. Estaba solo en el mundo. Sin padre, sin familia.

—Sobre todo está bien tener un amigo, Walter —dijo, y le puso una mano en el hombro.

—En eso llevas razón —contestó Walter con un hilo de voz—. Yo tengo uno. El mejor del mundo.

Como se estaban poniendo sentimentales, Leo se levantó y dijo que a lo mejor no estaría mal poder tocar un poco.

—Vamos —dijo Walter con una sonrisa—. Está cerca, la sala de oficiales está en el antiguo sótano del ayuntamiento.

En la plaza del mercado habían recogido la mayor parte de los escombros, también la vieja fuente de Augusto seguía en su sitio. Había un gran bullicio, Leo vio algunos puestos que ofrecían productos agrícolas, patatas, nabos y huevos, también había unas cuantas manzanas tempranas. Los compradores que se agolpaban alrededor no solo eran alemanes, también había muchos estadounidenses que paseaban con absoluta despreocupación. ¿De verdad querían comprar manzanas y patatas? Más bien no. Leo vio un puesto en el que se vendían uniformes militares, condecoraciones y gorros de la Wehrmacht, que tenían muy buena acogida entre los americanos. Por lo visto querían llevarse a casa un recuerdo. En otros sitios la gente se apretujaba y charlaba animadamente. Leo enseguida se dio cuenta: estaban intercambiando relojes de bolsillo, joyas y otros objetos pequeños por dólares estadounidenses. Sin embargo, tenían que ir con mucho cuidado; si te pillaban, te esperaba una copiosa multa.

—Mira, ahí.

Walter señaló la fuente con la cabeza: alrededor de la reja había soldados estadounidenses sentados y con ellos chicas jóvenes de Augsburgo. Así que allí también habían progresado en la confraternización.

—Espero que sepan lo que hacen —murmuró Leo.

—Hay canallas entre los nuestros que se aprovechan —admitió Walter—. Pero también algunos que van en serio. Puede que incluso pronto se celebre la primera boda germanoamericana.

—¿Es que has encontrado a la elegida? —bromeó Leo.

—¿Yo? No, por desgracia —contestó Walter con una sonrisa—. Yo soy un mero espectador, y a veces también hago de consejero en el asunto de «las señoritas alemanas».

Los dos se rieron, y Leo le dijo a Walter que se anduviera con mucho cuidado.

—Con esas cosas puedes meterte en un buen lío, imagínate...

Se interrumpió y se paró en seco. ¿Se estaba confundiendo? No, era ella. Ahora estaba de espaldas a él, esperando en una cola delante de un puesto donde quedaban las últimas patatas y unos cuantos manojos de verduras para la sopa.

—¿Qué pasa? —preguntó Walter—. ¿Has visto a alguien conocido?

—Liesl —contestó Leo a media voz—. Ahí, en el puesto de verduras. Está exactamente igual. Y la que está a su lado debe de ser Hanna. Casi no la reconozco, ya tiene mechones canosos en el pelo...

—¿Quieres hablar con ellas?

Leo se enfrentaba a un gran dilema. Si hablaba con ellas, por supuesto contarían que estaba en la ciudad. Por otra parte, ¿qué tenía eso de malo? Escribiría a la tía Kitty y le explicaría sus reservas.

Esperaron con paciencia a que Liesl terminara su compra y comprobaran cuánto habían subido los precios. Luego, cuando Liesl y Hanna ya iban hacia la fuente de Augusto, la llamó por su nombre.

—¡Liesl! ¡Liesl Torberg!

Ella dio un respingo y se dio la vuelta, se quedó mirando

a los dos soldados estadounidenses y al cabo de unos segundos lo reconoció. Casi se le cayó la cesta de la sorpresa.

—Sí... ¡Leo! —dijo, y acto seguido se corrigió—. Señor Melzer, quería decir. Casi no le reconozco con el uniforme...

Leo notó que se sonrojaba. Hacía muchos años que no se quitaba de la cabeza a Liesl, y ahora que la tenía delante casi se sentía como cuando se marchó de la villa de las telas con su madre y fue a despedirse de Liesl.

—Aún llevaré este uniforme un año más —dijo sonriendo—. Quería que mi país volviera a ser lo que era antes. Por eso me hice soldado.

De pronto le pareció importante explicarle su decisión, y ella se tomó muy en serio sus palabras. Por su parte, Hanna pareció recuperarse de la sorpresa en ese momento.

—¡Jesús, Leo! —exclamó sacudiendo la cabeza, todavía perpleja—. Y yo que pensaba que nos llamaban porque habíamos hecho algo. Dios mío, pero si es el señor Walter, quiero decir, el teniente Ginsberg. Ya estuvo en la villa de las telas, ¿verdad? Le vimos todos en el vestíbulo.

—Seguro que fue desde la puerta de la cocina, ¿eh? —comentó Leo con alegría—. Walter, tienes que saber que a nuestros empleados no se les escapa nada importante. Y está muy bien que sea así.

—No creerá que estábamos escuchando... —dijo Hanna, asustada.

—¡Claro que no! ¡Ya sé que nadie escucha en esa casa, Hanna! —le aseguró con el semblante muy serio.

—Es solo que nos interesa lo que les pasa a los señores —siguió hablando Hanna—. Madre mía, cuando les cuente a quién nos hemos encontrado aquí. ¿Verdad, Liesl?

Liesl permanecía callada, y Leo notó que lo observaba de arriba abajo con una mirada de curiosidad. En ese momento se percató de que ella sí había cambiado: su rostro estaba más delgado, ese aire infantil que tenían sus rasgos se había desvanecido. Debía de tener treinta y pocos años, era una mujer adulta. Le pareció encantadora, pero también inaccesible, y sus cejas castañas tenían una expresión triste.

—¿Vendrá a visitarnos a la villa de las telas, señor Melzer? —le preguntó.

—Por desgracia tengo poco tiempo —sorteó él la situación—. Visitaré a mi familia más adelante. Tengo que irme esta misma noche.

—Es una lástima —intervino Hanna—. Todos se habrían llevado una gran alegría. Sobre todo la señora Scherer, claro. Y la señora Burmeister. Bueno, eso a lo mejor aún no lo sabe: su prima Henny se ha casado. Y su marido ha vuelto del cautiverio. Aún no está del todo sano, pero pronto se recuperará, lo cuidamos lo mejor que podemos…

—Mi madre me lo contó por carta —interrumpió la verborrea—. Pronto me pondré en contacto; eso puedes decirlo, Hanna.

Hanna hizo una torpe reverencia en medio de la plaza del ayuntamiento y luego se rio de sí misma, avergonzada. Liesl parecía decidida a dar por zanjada la conversación, porque dijo:

—Nosotras tenemos que volver a casa. Se ha hecho tarde, y la señora Brunnenmayer está esperando la verdura para la sopa…

Leo lo entendió. Seguramente no quería que la vieran a ella y Hanna hablando en confianza con dos soldados estadounidenses.

—En ese caso, no las entretenemos más, señoras —dijo con una sonrisa—. Me alegro mucho de que estén bien.

Liesl no le devolvió la sonrisa, pero en vez de irse, dudó y dijo:

—Willi sigue llevando el collar rojo que me regaló.

—¿De verdad? —contestó Leo, contento—. Entonces elegí bien porque quería que se acordara de mí, Liesl. ¿Se acuerda de que antes nos tuteábamos?

—De eso hace mucho tiempo —repuso ella a la defensiva—. Han pasado muchas cosas desde entonces, señor Melzer.

—Lo sé, Liesl —dijo él a media voz—. Y lo siento muchísimo. Le tenía mucha estima a Christian. Quería decírselo antes de despedirnos.

—Gracias —contestó ella, y agachó la cabeza.

¿Tenía lágrimas en los ojos? No lo vio porque se dio la vuelta enseguida, se despidió de Walter con un breve gesto y se fue con Hanna. Leo las siguió con la mirada hasta que desaparecieron entre el gentío.

—¿Y? —preguntó Walter, y le miró de reojo con una media sonrisa—. Aún te gusta, ¿eh?

—Me has pillado —dijo Leo con tristeza—. Pero tiene razón, han pasado muchas cosas.

—Pero algunas cosas no cambian nunca. El amor, por ejemplo...

Cuando le lanzó una mirada de reprobación, Walter añadió con una sonrisa:

—Me refiero al amor por la música. Vamos de una vez, la señora Música nos espera.

37

Durante días, Henny había olvidado todo lo que la rodeaba. Solo existía Felix, su cercanía, sus abrazos, su sonrisa de felicidad y, sin embargo, al mismo tiempo seria, muy distinta de la que tenía antes. Todos lo habían recibido con mucho cariño, el de algunos incluso excesivo. Por supuesto la tía Lisa se había echado a llorar, y el tío Paul, que últimamente se mostraba triste y meditabundo, le había dado un abrazo.

—Bienvenido a casa, Felix —había dicho con lágrimas en los ojos.

Tenían el salón rojo para ellos solos. Habían colocado una segunda cama para Felix, mientras que Henny, oficialmente, dormía en el sofá. Claro que no era así, porque casi siempre se tumbaban juntos en el estrecho camastro, aferrados el uno al otro. También dormían abrazados, y aun así Henny a veces se despertaba de noche porque había soñado que él moría en el hospital militar. Entonces se arrimaba todavía más a él y era consciente de lo indeciblemente feliz que era, lo privilegiada que se sentía en comparación con tantas mujeres y novias que aún esperaban el regreso de su amado sin saber si era en vano. Todavía llegaban a Augsburgo noticias de fallecimientos; la mayoría las traían compañeros retornados, que habían asumido la responsabilidad de informar de la muerte de un compañero a sus familiares.

Hablaban mucho, pero normalmente era Henny quien llevaba la voz cantante. Le describió cómo estaban sentados en el refugio antiaéreo cuando cayó una bomba sobre la villa de las telas, le contó lo que sucedió cuando el tío Sebastian apareció de pronto en el parque, que Ernst von Klippstein se había quitado la vida, y miles de cosas más que él no había vivido. La escuchaba y solo hacía breves preguntas de vez en cuando. Pero cuando ella le dijo lo mucho que había temido por él, lo mucho que lo había echado de menos, él la estrechó contra sí y la besó.

—¿Y tú? ¿No me echabas de menos? —preguntó ella.

—¡Cómo puedes preguntarme eso!

Hasta que no pasaron varios días no se dio cuenta de lo poco que hablaba él. Le contó cómo era el hospital militar, que durante un tiempo creyó que no saldría con vida, que le habían atendido médicos magníficos y muy hábiles, que al final los británicos lo habían capturado, pero que lo soltaron pronto debido a su frágil estado de salud.

—Los mayores y los enfermos son los que primero vuelven a casa —dijo—. Porque los lisiados no podemos hacer ningún daño.

Siempre había tenido un sentido del humor seco, pero ahora rayaba el cinismo. Eso Henny tampoco lo había visto antes en él. Y pensaba que tendría que conocerlo de nuevo porque la guerra lo había cambiado. Se había vuelto callado, retraído, a veces estaba como ausente, como si su mente se encontrara en otra parte. Cuando se sentaban todos juntos a la gran mesa del comedor, Henny notaba que él se sentía fuera de lugar rodeado de tanta familia. Respondía educadamente a las preguntas, pero era escueto, nunca se reía, aunque escuchaba con interés lo que se decía. Cuando ella le cogía la mano a escondidas por debajo de la mesa, él la miraba y le sonreía.

—¿Por qué no cuentas nada? —le preguntó cuando estaban a solas.

—¿Y qué quieres que cuente?

—Lo de Rusia y los demás sitios donde has combatido...

—No hay mucho que contar.

—¿En serio?

Él la abrazaba y la besaba. Con la mirada y el tacto expresaba muchas cosas que no era capaz de decir.

—No quieres oírlo, Henny, créeme.

—Creía que te haría bien hablar de ello.

—No —respondió—. Ya pasó. Borrón y cuenta nueva, Henny. Los dos, tú y yo.

«Ya hablará algún día. No puedo forzarlo, tiene que decidirlo por sí mismo. Lo importante es que ya está conmigo. Y que se curará por completo», pensó.

—Pues así lo haremos —dijo decidida—. El pasado, pasado está. Lo que cuenta es el presente. ¡Y nuestro futuro juntos!

Al cabo de unas semanas parecía haberse serenado, se movía libremente por la villa y ayudaba en la medida de lo posible. A menudo se sentaba junto al tío Sebastian, que se recuperaba muy poco a poco y aún tenía que guardar reposo. Henny no sabía de qué hablaban, pero la tía Lisa, que solía estar en la misma estancia, solo dijo que eran «historias de guerra».

—Tu pobre Felix todavía está bastante pálido —añadió—. No sé si le viene bien que Sebastian le hable tanto de aquel horrible campo. Pero él no deja de preguntarle.

A Felix lo habían operado para extraerle el proyectil que se le había alojado en el pulmón, pero poco después de la intervención se le había infectado la herida y todavía no estaba curada del todo. Lo trataba el doctor Kortner, el marido de la tía Tilly, y cada vez que volvía de su consulta decía que la cosa avanzaba.

—Deberíamos pensar en cómo poner en marcha la fábrica de tu tío —le dijo una mañana a Henny.

«Gracias a Dios, ya está pensando de verdad en el futuro. Lo ha conseguido», se dijo ella.

A partir de entonces hablaron con frecuencia de la fábrica, pensaron cómo se podían reconstruir las naves, y Henny afirmó que los telares volverían a funcionar, aunque tendría que darse una vuelta por Augsburgo en busca de más máquinas. Quizá incluso pidiera ayuda a los americanos, que se estaban esforzando por favorecer la reconstrucción pacífica de Alemania. A menudo se sentaban con la tía Kitty y el tío Robert a hacer planes. El tío Robert solía comentar que disponía de capital en Suiza, pero que de momento no podía acceder a él. Sin embargo esperaba que algún día liberaran su dinero, y que le gustaría invertirlo en la fábrica. El tío Paul jamás intervenía en esas conversaciones; parecía estar ocupado con otras cosas y pasaba la mayor parte del tiempo con Hilde Haller.

—¿De verdad va a casarse con ella? —le había preguntado Felix a Henny.

—Por lo visto sí...

—Él sabrá lo que hace —respondió encogiéndose de hombros.

Fue un domingo, cuando todos estaban sentados a la mesa y la comida consistía una vez más en un guiso de patatas con diminutos daditos de tocino. La tía Lisa y Charlotte habían llegado sin el tío Sebastian, algo que sucedía de tanto en tanto, cuando no se sentía con fuerzas para levantarse de la cama.

—Ay, Dios mío —suspiró la tía Lisa—. Mi pobre Sebastian está indispuesto otra vez. Le duele la espalda y tiene horribles dolores de cabeza. Algo de culpa tiene en lo que le sucedió, pero aun así...

De pronto habló Felix. En voz alta y con la mirada iracunda clavada en la tía Lisa, que enmudeció del susto.

—¡Sebastian Winkler es el único de esta casa que ha actuado de forma honrosa y valiente! —declaró—. Ojalá hubiera tenido yo su valor, pero fui demasiado cobarde, me dejé reclutar y luché por algo en lo que nunca he creído. Todos nos aliamos a nuestra manera con los nacionalsocialistas, Sebastian fue el único que no lo hizo. ¡Y se merece todo nuestro respeto!

A este emotivo discurso le siguió un silencio de desconcierto. Todos habían bajado las cucharas y miraban horrorizados a Felix, y Henny notó que algunas miradas se desviaban compasivas hacia ella. Por su parte, estaba demasiado perpleja como para reaccionar.

Felix permaneció sentado un rato, también parecía asombrado por el sonido de sus propias palabras; luego se levantó y salió del comedor.

—Pero qué… —se oyó musitar a la tía Lisa—. ¿Qué mosca le ha picado?

—No os enfadéis —dijo Hilde Haller con benevolencia—. Es la guerra, que deja huella en el espíritu…

Henny volvió en sí. Dejó la cuchara y se levantó también.

—La verdad siempre es incómoda —dijo—. Pero Felix tiene toda la razón.

Dicho esto, se marchó y dejó al resto de la familia y agregados en el comedor. En el pasillo estaba Humbert con gesto atónito; seguramente también había oído el arrebato de Felix. Guardó un silencio apocado cuando Henny pasó a su lado.

Encontró a Felix sentado en el sofá del salón rojo, con la cabeza entre las manos.

—Lo siento —dijo en cuanto ella entró.

—¿Por qué?

Levantó la mirada y sacudió la cabeza con desesperación.

—No sé qué me ha pasado. No tengo ningún derecho a ponerme moralista.

—Tienes el mismo derecho que cualquiera a expresar tu opinión —replicó ella.

—Me van a odiar.

A Henny el asunto no le parecía tan dramático.

—Bah, se les pasará. Al fin y al cabo somos una familia. —Se sentó a su lado y lo abrazó—. Pero te agradecería que me avisaras la próxima vez que vayas a disparar verdades a bocajarro… —comentó con humor.

—No se repetirá. Lo prometo.

Pasó la tarde recluido en el salón rojo y hasta última hora Henny no logró convencerlo para dar un paseo por el parque. En el pasillo se cruzaron con la tía Lisa, que apartó la mirada abochornada; la abuela Gertrude salió del cuarto de la tía Elvira y les saludó amablemente con la cabeza. Algo es algo. Luego se abrió una puerta tras ellos y oyeron la voz luminosa de Charlotte.

—Por favor, espere…

Con dieciséis años, era delgada como un fideo, llevaba el cabello rubio casi siempre despeinado, tenía un rostro poco atractivo y lleno de granos rojos, y una mirada esquiva. Desde hacía un tiempo usaba unas viejas gafas de Hanno. Se puso delante de Felix y respiró hondo.

—Lo que ha dicho ahí dentro ha sido formidable, señor Burmeister —le espetó—. Efectivamente, mi padre es un héroe y es lo que le digo, aunque a él no le guste oírlo. Y siempre que mamá actúa como si él tuviera la culpa de que lo encerraran en el campo, ¡me pongo hecha una furia!

Tomó la mano de Felix y la estrechó enérgicamente, luego regresó al dormitorio conyugal de Paul, que ahora compartía con sus padres.

Felix no supo qué decir. Cuando bajaba la escalera con Henny, soltó una risita para sus adentros.

—Admira mucho a su padre, ¿no?

—Ya lo creo —respondió Henny.

Durante la cena nadie comentó lo sucedido, todos se comportaron de forma educada e hicieron como si no hubiera pasado nada. Hilde Haller fue la única que le preguntó compasiva a Felix si ya se encontraba mejor.

La mañana siguiente trajo consigo más emociones que hicieron olvidar todo lo demás. Antes incluso de desayunar, su madre llamó a la puerta del salón rojo. Cuando Henny abrió medio dormida y en camisón, le puso una carta delante de las narices.

—Acabo de recibir esto. De tu primo Leo. No te lo vas a creer: Marie ya ha embarcado. Puede que en algo más de una semana ya esté aquí…

—¿Cómo?

—Léelo tú misma. Estoy tan alterada que me bailan las letras. Robert dice que me tranquilice, que todo se arreglará. Pero tengo los nervios a flor de piel…

Henny cogió la carta y volvió con ella a la habitación, donde Felix justo se estaba levantando de la cama.

—¿Qué pasa? —gruñó.

—La tía Marie viene de camino a Alemania.

—¡Madre mía!

Su madre era lo bastante considerada como para no invadir el nidito de amor de la joven pareja, se quedó en el pasillo y anunció:

—Venid al gabinete cuando la hayáis leído. Tenemos que celebrar un consejo de guerra. Robert ha dicho que no podemos permitir que se convierta en un drama…

—De acuerdo, mamá.

Henny seguía sin comprender cómo lograba su señora madre mantener correspondencia tanto con Walter como con Leo a través del servicio postal de la ocupación estadounidense, y al mismo tiempo cartearse con la tía Marie. Pero seguía funcionando incluso ahora que Walter Ginsberg ya no estaba en Augsburgo. Por desgracia no podía esperarse gran cosa del servicio de correos alemán.

A juzgar por la caligrafía, la carta se había escrito con prisa. Aunque Henny sabía que la letra de Leo nunca había sido especialmente esmerada.

Querida tía Kitty:

Me alegro de que quieras ofrecernos a Walter y a mí la posibilidad de volver a tocar juntos, y naturalmente también sé que con ello buscas una cautelosa reconciliación familiar. Te lo agradezco mucho. Sin embargo no será fácil organizar el encuentro. En este caso es Walter quien tiene la sartén por el mango, ya que es teniente y está mejor relacionado. Le entusiasma la idea y moverá ficha para que suceda.

Ahora mi presencia en Augsburgo me parece aún más imperiosa porque ayer recibí un breve mensaje de mi madre. Ya ha comprado el pasaje, embarcará en Nueva York el 3 de septiembre, lo que significa que podría llegar a Augsburgo hacia el día 10. No sé cómo se imagina el reencuentro, pero está firmemente decidida y en su mensaje me pedía que te lo comunicara.

Un cariñoso saludo del que en estos momentos es tu «sobrino favorito» (como me llamabas en tu carta).

LEO

—¿Tú lo entiendes? —preguntó Henny y le tendió la carta a Felix.

Este la leyó por encima y se encogió de hombros.

—Es bien sencillo. Esperamos a tu tía Marie a partir del 10 de septiembre.

—Eso está claro. Pero ¿qué es ese encuentro en el que Walter y Leo van a tocar juntos? ¿Qué está tramando mamá?

—Seguro que ahora mismo nos lo cuenta.

Se vistieron, y Henny necesitaba ir un momento al baño, pero la abuela Gertrude se le había adelantado y solía tardar mucho en salir, así que se conformó con el retrete del vestíbulo, que por una vez estaba libre. Su madre ya había apartado la ropa de cama del gabinete para que pudieran sentarse en los sofás.

—Es terrible lo apretados que estamos en esta casa —se lamentó cuando entraron Henny y Felix—. Todas las habitaciones están ocupadas, hay cosas por todas partes y aun así nos falta lo más necesario. Robert solo tiene un traje y la poca ropa que pude rescatar de los escombros de mi casa está hecha una pena…

Su marido le puso la mano en el hombro con un gesto tranquilizador y dijo que la situación era incómoda, pero que en ese momento había problemas más urgentes.

—Pero ¿es que no lo entiendes, cariño? De eso se trata precisamente. Si Marie viene a la villa de las telas, ¿dónde la alojaremos? Todos los cuartos están ocupados. Como mucho podríamos ponerle una cama en la terraza acristalada, pero ya no nos quedan armazones ni colchones. Solo queda libre la cama de mi difunta madre, pero seguro que Marie no querrá dormir ahí, sobre todo porque la tía Elvira ronca de lo lindo…

Henny ya lo había visto otras veces. Cuando su madre estaba alterada no podía dejar de hablar, y casi siempre era un parloteo confuso. Esperó a que tuviera que coger aire para intervenir rápidamente.

—Creo que el alojamiento es el menor de los problemas en este caso…

—Eso es lo que tú te crees —le espetó su madre—. No hay ningún hotel en toda la ciudad, las casas están llenas de gente, muchos no tienen ni un techo sobre sus cabezas y comparten cuartuchos. Y luego están los refugiados…

—Lo más importante es informar al tío Paul —la interrumpió Felix de forma amable pero decidida—. Tiene que saberlo.

La madre de Henny enmudeció un instante. Pues claro, eso era lo esencial, había que informar al tío Paul, y seguramente no reaccionaría con mucho entusiasmo.

—Se pondrá furioso —dijo entonces—. A saber qué se le pasará por la cabeza. Pero una cosa os digo: como se le ocurra poner a Marie de patitas en la calle, yo también me marcho de la villa de las telas en el acto...

El tío Robert dirigió una mirada divertida a Henny. A esta no dejaba de sorprenderle el humor con el que soportaba los arrebatos de su querida esposa.

—Por supuesto, cariño —contestó sonriente—. Y yo me iré contigo. Dormiremos los tres en el parque, bajo un abeto...

—Ay, Robert —suspiró ella, y se apoyó en él—. Hace tanto tiempo que no veo a Marie, y ahora que por fin regresa ni siquiera va a poder...

—Todo saldrá bien... —le respondió acariciándole la espalda.

—¿Podemos hablar en serio de una vez? —preguntó Henny—. Propongo ser yo quien le dé la noticia al tío Paul. Sin duda tiene que ser el primero en enterarse. Sabiendo cómo es, al principio no dirá gran cosa. Pero quizá podrías tantear el terreno dentro de unos días, tío Robert. De hombre a hombre, ¿me entiendes?

El tío Robert se mostró dispuesto a ayudar.

—Lo intentaré. Pero no puedo garantizar que lo consiga.

—La intención es lo que cuenta —comentó Henny guiñándole el ojo.

—¿Y qué pasa con la mecanógrafa? —recordó la madre de Henny—. También debería estar al corriente. Creo que puedo...

—¡No! —exclamó Henny, enérgica—. ¡Eso déjaselo al tío Paul, mamá! Ya se lo dirá él a Hilde si lo considera necesario.

—¡Echarla es lo que tendría que hacer!

Henny suspiró. Así no podían seguir.

—¿En serio crees que puedes obligar al tío Paul a reconciliarse con la tía Marie, mamá? —dijo exasperada—. Tus aspavientos no ayudan a nadie, ¡y mucho menos a la tía Marie! Lo único que consigues es que el tío Paul cada vez esté más obcecado.

—¡Tú no lo entiendes, Henny! —insistió su madre.

Henny lo dejó estar. Su madre nunca cambiaba de parecer, pero ella había aprendido a conseguir lo que quería a pesar de ello.

—Estoy segura de que la tía Marie también ha reflexionado y no quiere aparecer hecha una furia —prosiguió—. Querrá hablar con el tío Paul. Lo que suceda después dependerá de ellos. Pero propongo informar a la tía Tilly por si acaso.

—¿Crees que alguno de los dos necesitará un médico después de esa conversación? —preguntó Felix con ironía.

—¡Qué cosas dices! —rio Henny—. Es solo que la tía Marie podría vivir con los Kortner, todavía tienen sitio en su casa. Seguro que prefiere eso a quedarse aquí, en la villa de las telas.

—Parece sensato. —El tío Robert asintió en señal de aprobación—. Por mí de acuerdo. ¿Qué opinas, Kitty?

Su madre puso cara de desagrado pero no dijo nada, así que por el momento no parecía tener objeciones.

—Oye, mamá —abordó Henny el siguiente asunto—. ¿Qué es esa historia entre Walter y Leo? ¿Les has ofrecido tocar juntos? ¿Y dónde?

—Aquí en Augsburgo, naturalmente —explicó entusiasmada su madre—. Es que he organizado una pequeña exposición. La esposa del director Wiesler me ha ayudado, ahora que ya no tienen la planta siderúrgica, vive completamente retirada con su marido en una casita. Pero sigue siendo una gran aficionada al arte y ha convencido a la señora Schmidtkunz para que nos deje utilizar su casa…

—¿Una exposición?

—Claro. Por desgracia muchos de los cuadros de la madre de Marie se quemaron en mi casa; no fue una buena idea guardarlos en la buhardilla. Pero aquí en la villa sigue habiendo obras suyas. Paul las puso arriba, en el desván. Y Marek y otros artistas también quieren contribuir...

—Entiendo. ¿Y quieres que Walter y Leo den un concierto para inaugurar la exposición?

—Exacto —afirmó su madre con una sonrisa orgullosa—. Y naturalmente invitaré a todos los habitantes de la villa de las telas.

—¿Al tío Paul también?

Kitty se encogió de hombros.

—¿Por qué no?

Menudas ideas se le ocurrían a su madre. Henny no tenía ninguna fe en ese intento de reconciliación, pero de todos modos era conmovedor lo mucho que se esforzaba en volver a unir a la familia.

—¿Y cuándo se celebrará la exposición?

—A mediados de septiembre... —respondió sonriente su madre, e intercambió una mirada triunfal con el tío Robert—. Marie podrá asistir. ¿No es maravilloso?

38

Durante tres días, el regreso inminente de la señora Marie Melzer fue casi el único tema de conversación de la cocina. Todos opinaban que era lo correcto, porque al fin y al cabo era la señora de la villa de las telas y la habían echado mucho de menos todos esos años.

—Ella es el alma de esta casa —dijo Fanny Brunnenmayer con emoción—. Desde que se marchó, las cosas no han hecho más que empeorar. ¡No me creo que vaya a vivir el regreso de Marie Melzer!

Entonces relató la llegada a la casa de una jovencísima Marie Hofgartner en 1913 como ayudante de cocina, muy tímida y delicada, pero ya con madera de futura señora de la casa. Añadió que ella, Fanny Brunnenmayer, se dio cuenta desde el principio, y que la difunta Eleonore Schmalzler, el ama de llaves, también lo percibió.

Hanna asintió a todo lo que se decía y añadió que la generosa señora Melzer la había acogido en la villa de las telas después del grave accidente en la fábrica, y que siempre estaría en deuda con ella. Humbert también dijo que tenía mucho que agradecerle. Personalmente, opinaba que sería una bendición que la señora regresara a la villa.

—Puede que quizá también mejoren las cosas en la fábrica —profetizó—. La señora Melzer tiene buena mano para los negocios.

—En eso tienes toda la razón —convino Auguste—. Ya salvó la fábrica una vez, y lo volverá a hacer. Está clarísimo que el señor no hace nada a derechas sin su esposa.

—No exageres —replicó Else, que seguía sin dejar que nadie se metiera con el señor—. Él sabe lo que se hace.

—Eso espero, la verdad —comentó la cocinera con rabia, y echó una patata pelada a la cazuela.

Todos sabían perfectamente a qué se refería y se miraron serios. La única que intervino en voz baja fue Hanna:

—Seguro que hará lo correcto.

Liesl no dijo mucho, aunque se había vuelto bastante silenciosa en general, sin duda debido a lo mucho que echaba de menos a su Christian. Sin embargo Annemarie, que a sus diez años no recordaba a Marie Melzer, preguntó curiosa si era más guapa que Hilde Haller.

—¡Qué tonterías preguntas! —la reprendió su madre—. Marie Melzer es la mamá de Leo y Dodo, y también de Kurt, que sigue prisionero.

—Entonces será muy mayor, ¿no?

—¡Venga, a hacer los deberes!

Annemarie se sentó obediente a la mesa de la cocina, al fondo, donde solía sentarse Else y no molestaba a los que estaban trabajando. Como todos los días, se había llevado la mochila a la cocina y colocó los cuadernos y el libro sobre la mesa, afiló el lápiz y comenzó a escribir una redacción. Los colegios seguían cerrados, pero ya había un pequeño conflicto en la casita del jardinero porque Hansl, que al fin y al cabo era el tío de Annemarie, estaba empeñado en enviar a su sobrinita a una escuela secundaria. Al regresar de su cautiverio, empezó a encomendarle tareas diarias a la niña, y se quedó asombrado de lo rápido que avanzaba.

—¿A una escuela secundaria? —se había reído Liesl de la ocurrencia de su medio hermano—. ¿Y de dónde voy a sacar el dinero? Además, una niña no necesita el bachillerato.

Sin embargo, para gran sorpresa de Liesl, Auguste, la abuela de Annemarie, le había dado la razón a Hansl.

—Aunque tenga que matarme a trabajar lo que me queda de vida —dijo—. Si se le da bien, Annemarie debería sacarse el bachillerato.

A la niña le daba igual a qué colegio ir con tal de retomar las clases. Echaba muchísimo de menos la escuela, que sin embargo antes no siempre le gustaba, y por eso se sentaba todos los días en la cocina a hacer las tareas que le mandaba el tío Hansl.

En la ciudad, la vida iba mejorando lenta y cautelosamente. Los alimentos y la vivienda seguían escaseando, pasaban hambre y vivían apiñados, pero los ocupantes americanos ya eran mucho más amables. Sobre todo los niños adoraban a los soldados estadounidenses y ya no tenían miedo de los que eran «negros». Estos eran especialmente simpáticos con los niños, les regalaban chicles y chocolate, y Annemarie había contado entusiasmada que el soldado negro les había enseñado las plantas de los pies y las tenía rosas. El muchacho no había podido evitar reír a carcajadas al ver lo sorprendidos que estaban todos.

—No todos los soldados son amables —intervino Auguste—. La esposa del doctor Manzinger dice que han destrozado las casas ocupadas y también han robado cosas de valor.

Algunos cines habían vuelto a abrir; si a alguien le sobraban un par de peniques podía ir a ver *La fiebre del oro* de Chaplin o *La canción de Bernardette*. Los trenes circulaban ya con regularidad hasta las ciudades cercanas. El correo todavía no funcionaba, pero pronto se restablecería al menos el servicio dentro de la ciudad. También se había anunciado en el boletín oficial que ya se podía inscribir a los niños en los colegios porque las clases se retomarían en octubre a más tardar. Y el suministro municipal de gas pronto se recuperaría. En cambio lo de la electricidad seguía teniendo mal cariz: la corriente se cortaba constantemente, y hacía poco la señora

Winkler había tenido que envolverse el cabello mojado con una toalla al no poder conectar el secador.

Mientras todos esperaban impacientes el regreso de la señora Marie Melzer, una mañana sucedió algo terrible. Un vehículo estadounidense recorrió el acceso a la villa de las telas, se detuvo ante la entrada y de él se bajaron cuatro soldados.

Hanna, que les había abierto la puerta, entró corriendo en la cocina e informó:

—Han preguntado por la señora Gertraut von Klippstein… Jesús, María y José, no se la llevarán, ¿no?

Por si acaso, Liesl sujetó del collar a Willi, que dormía bajo la mesa. Else dejó caer la cebolla que estaba pelando y se acercó a la puerta de la cocina, pero ya no había nadie en el vestíbulo. Justo después se oyeron los berridos del pequeño Herrmann y todos pusieron cara de preocupación. Humbert, que estaba arriba cepillando los trajes del señor, llegó corriendo a la cocina por el pasillo del servicio.

—Tenía que pasar —dijo apesadumbrado—. Se llevan a Gertie para interrogarla, le han dado diez minutos para cambiarse de ropa.

—Jesús —se lamentó la cocinera—. ¿Y qué pasará con el pobre niño?

—Charlotte ha cogido a Herrmann en brazos. Pero no deja de chillar porque seguramente se ha dado cuenta de que quieren llevarse a su mamá… Qué horror. El pobrecito no tiene la culpa…

—Sobre todo porque ni siquiera es hijo de Von Klippstein —añadió Auguste.

—¿Dónde se ha metido Marek? —preguntó Else.

—Está con Hansl en el huerto —dijo Liesl—. Están arrancando las patatas nuevas.

—¡Corre! —ordenó la cocinera—. Ve a por él.

Liesl apartó la cazuela del fuego y salió al patio, y allí estaba ya Marek, con sus sucios pantalones de trabajo y las manos negras de desenterrar patatas. Desde la ventana de la cocina vieron que hablaba agitadamente con Liesl y que luego miraba hacia la entrada de la villa, donde en ese momento aparecieron los soldados con Gertie en medio.

—Por todos los cielos —gimió Humbert—. Espero que Marek no haga ninguna tontería.

Todos se apiñaron tras la ventana, Auguste tuvo que sujetar a Willi, que ladrada furioso. Marek se había acercado al grupo, lo vieron gesticular con las manos y oyeron las palabras sueltas en inglés que les gritaba a los soldados.

—*She is my wife... I am a jew... we have a child...*

La escena parecía peligrosa, porque dos de los estadounidenses le apuntaron con sus ametralladoras, pero el oficial que los capitaneaba mantuvo la calma. Habló en tono grave, y las palabras sonaban como si tuviera una bola de chicle en la boca. En la cocina nadie entendió nada, pero Marek se tranquilizó; siguió gesticulando con los brazos, aunque ahora tenía cierto aire de súplica. Finalmente el oficial hizo un gesto con la mano y Marek, tan sucio como había llegado, se subió con ellos al coche.

—Ahí van... —musitó Else, atónita—. Seguro que encierran a Gertie en el campo de Göggingen con el resto de las esposas nazis. Eso le pasa por apuntar tan alto; luego la caída es más dura...

Nadie contestó, solo recibió una mirada iracunda de Fanny Brunnenmayer, que también se había acercado cojeando a la ventana. Justo después Liesl regresó a la cocina acompañada de Hansl, al que se le habían quitado las ganas de seguir trabajando en el huerto.

—En cuanto ha visto el coche, Marek ha tirado la pala y ha echado a correr —les contó—. Yo al principio no entendía nada.

—Se lo habrá imaginado —supuso Liesl—. Llevaba tiempo esperando que pasara.

—Cómo se ha puesto, cómo ha defendido a Gertie —se admiró Hanna—. Yo creo que sí que la ama.

—Mira que darse cuenta cuando ya es demasiado tarde —comentó Auguste negando con la cabeza—. Ahora podrá visitarla en prisión.

Sonó el timbre del segundo piso, y Auguste se apresuró a seguir a Hanna, que ya subía por la escalera del servicio. Else no fue lo bastante rápida y se enfadó, porque a ella también le habría gustado enterarse de cómo se habían tomado los señores lo sucedido.

—Creo que voy a poner ya la mesa para la comida —anunció Humbert, y subió también por las escaleras.

Fanny Brunnenmayer se volvió a sentar en su silla y peló las últimas patatas. Poco después Hanna regresó a la cocina y contó que arriba se habían tomado el asunto con bastante calma y que nadie lloraría a Gertie.

—Henny y Felix Burmeister se harán cargo del pequeño Herrmann por ahora —informó—. Se lo han llevado al salón rojo, y como Felix Burmeister le hace el caballito sobre las rodillas, el pequeño ya vuelve a sonreír.

Justo después apareció también Auguste y sacó la lechera de la nevera para calentar un poco en el fogón.

—Lo que faltaba —se lamentó—. Ahora Gertie dejará de recibir cupones de racionamiento y a saber si nos darán la ración extra de leche para Herrmann. Al final mandarán a los dos al campo, a Gertie y al niño…

—¿Tendrán que palear grava y arrastrar piedras? —preguntó Annemarie.

—No me seas agorera —dijo Fanny Brunnenmayer, y le pasó a Liesl el cuenco con las patatas peladas y cortadas—. Si Marek declara a su favor, puede que la dejen marchar.

—Pero no sería justo —opinó Else—. Durante años se las

ha dado de importante, vistiendo ropas caras y joyas. ¿Ya se os ha olvidado que nos espió para su marido nazi? Un par de años en el campo sí que se merece.

Las opiniones estaban divididas, pero como la comida que había en la cazuela despedía un aroma delicioso y todos estaban hambrientos, la conversación tomó otro rumbo. Liesl avisó de que ya quedaba muy poca mantequilla en el tarro, y que el azúcar y la harina también se estaban acabando. Hansl, que se había sentado junto a Annemarie, se llevó la mano a la frente porque con el susto se había olvidado las patatas y la lechuga.

—No traigas la lechuga hasta la tarde —ordenó Fanny Brunnenmayer—. Así estará fresca para la cena. ¡Pero no vendría mal que fueras a por un manojo de perejil para el guiso!

Durante un rato hubo silencio en la cocina: Auguste había subido de nuevo con la leche caliente, Hanna ya estaba colocando los platos y las cucharas para la comida del servicio. Else vertía infusión de menta fría y sin azúcar en la jarra grande; era la única bebida de la que disponían por el momento.

—¿Cómo se ha tomado el señor el asunto de Gertie? —le preguntó a Hanna con curiosidad.

—No tengo ni idea —respondió esta—. Ha estado muy poco rato en el pasillo de arriba y no ha dicho gran cosa. Luego ha vuelto a bajar a la terraza acristalada. Últimamente siempre está sentado allí, golpeando las piedras.

—Ay, sí —suspiró Else—. Me dan ganas de llorar cuando lo veo así. El señor siempre ha sido un hombre elegante. ¡Y ahora casi parece un albañil!

Efectivamente, en la villa no eran necesarias ropas caras y elegantes en esos momentos. Tanto los señores como los empleados participaban en las labores de desescombro, clasificaron los restos del anexo destruido y separaron todo lo que aún servía. Los hombres habían convertido en leña y apilado todo lo que podía quemarse, e incluso encontraron pequeños objetos intactos, como por ejemplo unas antiguas gafas de Hanno y un par de libros suyos, varias navajas que habían pertenecido a Johannes y una vieja muñeca de Charlotte con la que sin embargo nunca había jugado. Sacaron los escombros al parque con la carretilla para llenar con ellos los cráteres que habían causado las bombas, pero apartaron los ladrillos que aún servían para desprender a golpes la argamasa y utilizarlos más adelante. A esa tarea se dedicaba el señor con tesón desde hacía varios días. De ello daban cuenta las ampollas y los moretones que tenía en los dedos, ya que no estaba acostumbrado al trabajo de albañil y a veces fallaba con el martillo. Aunque no parecía importarle demasiado.

—Me gusta la sensación de hacer algo con mis propias manos —le había dicho recientemente a Marek, señalando la pila de ladrillos rojos.

A veces lo acompañaba Hilde Haller, que golpeteaba las piedras y charlaba con él. Pero nunca se quedaba mucho rato porque prefería ayudar en la casa y en el huerto.

La comida de ese día se aderezó con un par de judías verdes del huerto y las primeras zanahorias; el perejil picado, que se esparció al final por encima del guiso, le aportó una frescura especial, y Humbert informó a la cocinera de que todos habían elogiado las bondades del plato. En la larga mesa de la cocina también gustó mucho.

A Hansl le tocó ser el afortunado que podía rebañar la cazuela, pero Annemarie expresó con toda ingenuidad aquello que nadie se atrevía a decir:

—¡Qué pena que no haya más! ¡Me comería otro plato entero, señora Brunnenmayer!

—Y yo te lo daría, pequeña —respondió la cocinera con un suspiro.

Marek todavía no había regresado. Como el tiempo aún lo permitía, los señores y el servicio retomaron las labores de desescombro. Todos ayudaban en la medida de lo posible; tras el horror de la guerra y la destrucción, venía bien sentirse útiles al fin. Humbert y Robert Scherer habían despejado y limpiado el garaje, pues sufrió daños en el bombardeo, y aseguraban que el vehículo había salido bastante bien parado de la catástrofe. Por supuesto que el techo estaba abollado y los asientos chamuscados por el fuego, pero Robert Scherer estaba convencido de que el motor aún podía funcionar, que solo había que desmontarlo y limpiarlo a fondo. Se agacharon junto a los tristes restos de lo que fue un coche magnífico y trajinaron con las tenazas y la llave inglesa, maldiciendo de vez en cuando porque en realidad necesitaban un aparato de soldadura, pero no había.

—¿Qué pretenden hacer con el motor si el coche está hecho polvo? —preguntó Auguste.

—Igual le ponen un sofá encima y lo conducen por Augsburgo —imaginó Annemarie.

—¡Menuda ocurrencia! —rio Hanna.

Las cuatro estaban ocupadas limpiando la plata. Una tarea que a nadie le había entusiasmado antes, pero que ese día les estaba resultando especialmente difícil a Hanna, Else y Auguste, ya que las preciosas cucharas de plata, la jarrita para la leche y la valiosa cubertería de servir estaban destinadas al mercado negro. Así lo había decidido la señora Winkler, que había seleccionado los objetos y le había pedido a Hanna que los bajara a la cocina y los limpiaran. También le dijo que se esmerasen porque cuanto más brillaran, más mantequilla y tocino conseguirían a cambio.

—Qué lástima —suspiró Else—. Cuántas veces habré tenido esta jarrita en las manos y me habré quejado de lo difícil que es bruñir su asa retorcida. Y esta será la última vez que…

—¡Marek! —la interrumpió Annemarie—. ¡Ahí viene, Willi lo ha visto el primero y ya le está saltando encima!

Se olvidaron de la jarrita y las cucharas, corrieron a la ventana de la cocina y observaron a Marek reunirse con Humbert y el señor Robert Scherer junto a la cochera.

—Ay —se lamentó Auguste—. Tiene una cara muy triste. No parece que haya conseguido nada.

—¿Qué esperabas? —preguntó Else.

Marek no entró en la cocina, se quedó con Humbert y el señor Scherer y los ayudó a desmontar el motor del coche abollado. Luego fue al huerto y le echó una mano a Hansl. Colocaron postes y tendieron alambre de espino que aún quedaba del prado de los caballos. Ahora que por fin estaban madurando las hortalizas, había que estar atentos a que por las noches no aparecieran siluetas oscuras a recoger lo que no habían sembrado. Augsburgo estaba llena de extraños, a los que los estadounidenses llamaban *displaced people*, y en cualquier caso, la miseria era tan generalizada que no se podía confiar en nadie. Ese era también el motivo de que Willi, que sin duda habría preferido dormir junto a sus dueños en la casita del jardinero, pasara las noches a la intemperie.

Para cenar había ensalada con aliño de vinagre y aceite, acompañada de una rebanada de pan de maíz que sabía raro. Pero seguía siendo mejor que el pan que había comprado Hanna en el mercado hacía poco, que olía sospechosamente a serrín. Marek también se sentó a la mesa, pero no estuvo muy hablador, y cuando le preguntaron por Gertie se limitó a encogerse de hombros apesadumbrado. Después de cenar desapareció, pero Hanna les contó que estaba con Henny y Felix Burmeister en el salón rojo y que tenía a su hijito en el regazo. Lo sabía porque les había llevado una jarra de manzanilla.

Los demás se reunieron en la mesa larga, como de costumbre, para charlar un poco más. De vez en cuando llamaban de arriba, y Else o Auguste subían a frotarle la espalda a la señora Elvira con el ungüento, o a llevarle una jarra de agua y un vaso al señor Winkler, que tenía que tomarse las gotas, o a ayudar a la señora Gertrude Bräuer a encontrar las gafas.

—Ay, señor, cada vez está más despistada —suspiró Auguste—. Tenía las gafas puestas y las estaba buscando por todas partes.

Todos bebían la infusión de menta que tanto les gustaba, solo Else prefería el «vino de nube», porque aseguraba que la infusión la ponía nerviosa y luego no dormía en toda la noche. Fanny Brunnenmayer estaba de muy buen humor, les habló de los viejos tiempos, de cuando la difunta Alicia Melzer la había contratado: tuvo que cocinar durante tres días a modo de prueba antes de que la también difunta ama de llaves, Eleonore Schmalzler, informara a su señora de que la nueva cocinera sabía lo que se hacía y podía quedarse.

—La señora Schmalzler nos soltaba un discurso todas las mañanas —relató Auguste—. Decía que era un gran honor para todos poder trabajar en la villa de las telas, y que teníamos que esforzarnos al máximo para hacernos dignos de dicho honor.

—Era una mujer que se hacía respetar —comentó Humbert con admiración—. En el mejor de los sentidos. Amas de llaves como Eleonore Schmalzler ya no se...

Lo interrumpieron los ladridos furiosos de Willi en el patio.

—¡Dios mío! —exclamó Hansl—. Granujas rondando por el parque otra vez.

—Igual no es más que un gato... —sugirió Humbert esperanzado, porque no le apetecía nada salir a correr por ahí a oscuras.

Pero Hansl ya estaba junto a la puerta y Hanna había encendido el farol.

—Será mejor que vayamos a ver. Las alubias están a punto, y los guisantes también están para recoger. Y las verduras para la sopa...

Hansl se había armado con un bastón elegido expresamente para esas ocasiones, Humbert hizo acopio de valor y cogió una de las viejas fustas de Elvira von Maydorn.

—Este Marek, mira que haberse acostado ya... —suspiró lastimero.

—¡Vamos, antes de que nos pisoteen los bancales!

Los tres salieron al patio, los demás se apiñaron junto a la puerta listos para ayudar si lo necesitaban. Fanny Brunnenmayer cojeó hasta el vestíbulo para encender las luces del patio, pero no sirvió de nada porque se había cortado la corriente otra vez. Un mal momento para que la cocina y el resto de la casa estuvieran a oscuras.

Willi ya no estaba en el patio, se le oía ladrar a cierta distancia, pero no por donde estaba el huerto. En el piso de arriba se corrieron las cortinas, alguien abrió la puerta del balcón que había sobre la entrada y levantó una vela.

—¿Qué está pasando? —se oyó decir a Kitty Scherer.

—¡No lo sabemos! —respondió Hanna hacia ella balanceando el farol.

Los ladridos de Willi cesaron, se hizo el silencio. Hanna se aventuró a dar un par de pasos e intentó iluminar los matorrales. ¿Por qué había dejado de ladrar el perro?

—¡Nos han matado al pobre Willi! —musitó Else, que estaba atrás del todo, junto a la puerta de la cocina.

—¡Vuelve, Hanna! —la llamó Humbert, preocupado—. No vayas a caerte de...

Entonces algo salió de entre la maleza y Hanna gritó dando un salto hacia atrás. Pero solo era Willi, que correteó como loco meneando la cola y luego regresó a los arbustos.

—¡Que no cunda el pánico, somos nosotros! —gritó alguien desde la oscuridad.

Aparecieron dos figuras, una grande y otra más pequeña.

—Cuidado, Wilhelm —dijo la de menor tamaño—. Ahí hay un bordillo, no te caigas.

Luego se agachó para acariciar al perro, que se le había sentado delante jadeando y le lamía la mano.

—¿Dodo? —exclamó desde el balcón la señora Scherer—.

¡Es Dodo, reconozco su voz! Robert, sujétame, que me voy a desmayar…

—¡Buenas noches, tía Kitty! Hanna, ya puedes bajar el farol. ¿Qué haces con ese palo, Hansl?

—Sí, es la señorita Dodo… —balbuceó Hanna—. ¿Con quién ha venido?

—Es Wilhelm, un buen amigo…

Fanny Brunnenmayer regresó a la cocina para encender una vela, pero entonces se hizo la luz a su alrededor y tuvo que entornar los ojos porque le hacía daño. ¡Había vuelto la corriente! La casa se fue despertando, se abrieron las puertas, sus habitantes bajaron la escalera y se oyeron gritos, risas y lloros.

—¡Dodo! ¡Mi niña! ¿De dónde has salido en plena noche? Dios mío… ¡Has vuelto!

Era la voz del señor. Qué joven sonaba. ¡Qué alegre!

—¡No arméis tanto alboroto! —dijo la señorita Dodo—. Nos hemos deslizado a escondidas por el puente para que nadie nos viera.

39

Esa noche Paul de pronto tuvo fe en que todo mejoraría. Abrazó largo rato a su hija retornada, luego Dodo fue saludando, la abrazaron y la besaron, le estrecharon la mano, se rieron sobre su extraña llegada, y finalmente todos se sentaron en el comedor para escuchar sus historias. Sin que se lo pidieran, Humbert llevó dos jarras grandes de té y un plato de tostaditas untadas con crema de queso.

—Los empleados le damos la bienvenida —dijo—. Todos nos alegramos mucho de que la señorita Dorothea esté de nuevo en casa.

Junto a Dodo habían sentado al joven al que ella había presentado como Wilhelm Kayser y al que la familia contemplaba con asombro pero también con desconfianza. Era mecánico de aviones, llevaba gruesas gafas y no parecía encontrarse a gusto en esa situación, ya que miraba apocado y solo hablaba cuando le preguntaban. A cambio, Dodo no paraba de hablar; transmitía una felicidad absoluta por haberse reunido por fin con ellos.

—Teníamos miedo de que nos hicieran prisioneros de guerra —reconoció—. Así que hemos tirado nuestros documentos, por si acaso.

Según Paul, ahora que la guerra había terminado, ya no se capturaba a nadie, pero Dodo repuso que habían oído que al menos los rusos no respetaban esa norma, y que por eso habían preferido tomar todas las precauciones.

«Cuántas calamidades le habrá tocado vivir. ¿Será el optimismo de la juventud lo que hace que actúe como si todo hubiera sido una emocionante aventura?», pensó Paul angustiado. No se trataba de eso, lo cierto era que las cosas horribles no se contaban tan fácilmente, y no todo el mundo quería oírlas. Él mismo no había podido contarle a Marie mucho de lo que vivió en la Primera Guerra Mundial; sí, había cosas que se había guardado.

—Creo que deberíais registraros en la administración militar, aunque solo sea por los cupones de racionamiento —dijo finalmente.

—Pues vaya —suspiró Dodo—. Si tú lo dices, papá. ¿Qué opinas, Wilhelm?

—Seguramente tu padre tenga razón.

«Este Wilhelm Kayser es muy tímido. Pero parece que a ella le gusta. Y por lo visto él le tiene mucho aprecio», pensó Paul. En realidad se había imaginado a un hombre más imponente como marido para su única hija. Alguien con presencia, que pudiera proveer a una mujer. Pero ¿quién decía que había algo entre ellos? Puede que su vínculo se debiera solo a la necesidad, como otros miles que se habían forjado durante la guerra.

—Tu cuarto está libre —dijo Lisa—. Lo ocupaba Gertie, pero parece que tardará en regresar.

Le contaron la historia de Gertie, y a Dodo le parecía injusto que los estadounidenses la hubieran encerrado.

—Puede que vuelva —dijo—. No quiero quitarle la habitación, aunque solo sea porque tiene un niño. Wilhelm y yo podemos dormir en la buhardilla, ya estamos acostumbrados.

Lisa carraspeó.

—¿Habéis dormido juntos… quiero decir… los dos… en otras buhardillas?

—Somos camaradas de guerra, tía Lisa —respondió Dodo riéndose—. En esas circunstancias el decoro no se tiene tan en cuenta.

A Wilhelm Kayser le resultaba muy incómoda la conversación, así que rompió su silencio y aseguró:

—No crea que me he aprovechado de la situación, señora. Su sobrina y yo somos buenos amigos y nada más. Le ruego que me crea.

—¡Vaya preguntas haces, tía Lisa! —exclamó Henny, alterada—. Cómo se nota que eres del siglo pasado.

Lisa se defendió argumentando que, al fin y al cabo, y en ausencia de su cuñada Marie, debía adoptar el papel de madre con su sobrina, lo que sin embargo provocó una hilaridad general. La abuela Gertrude era la única que pensaba que Lisa tenía derecho a aclarar esas cuestiones.

—Si tu madre estuviera aquí, Dodo, haría las mismas preguntas —aseveró.

—Mamá volverá pronto a Augsburgo y veré de nuevo a Leo —dijo Dodo, que no cabía en sí de júbilo—. Todavía no me lo creo. ¿No te parece increíble, papá?

Paul sintió sobre él las miradas curiosas de toda la familia y se alegró de que Hilde Haller hubiera preferido quedarse en su habitación. Nadie había dicho ni una palabra de la inminente boda, y se propuso explicarle la delicada situación a Dodo lo antes posible, antes de que se enterara por otra persona de la familia, seguramente Kitty.

—Claro —dijo sonriendo a su hija—. Creo que todos estamos en el buen camino para empezar una nueva vida.

—¡Eso espero! —espetó Kitty dirigiéndole una mirada desafiante.

Paul desvió rápidamente la conversación y les habló de los dos telares que había en el sótano de la fábrica.

—Me temo que han quedado inservibles, pero si te apetece, puedes echarles un vistazo —le propuso a Dodo.

—¡Pues claro! —contestó—. Llevamos semanas empuñando horcas y guadañas, todavía me duele la espalda. ¿Qué opinas, Wilhelm? Un telar no deja de ser una máquina, ¿no?

Wilhelm afirmó con cautela que había diferencias considerables entre un telar y un avión, pero Dodo estaba de buen humor y también se declaró dispuesta a ayudar a reparar el motor del coche.

Permanecieron allí sentados hasta pasada la medianoche; los primeros en retirarse fueron Lisa y Sebastian, que parecía agotado y tenía aspecto enfermizo, y Charlotte acompañó a sus padres; los demás también se fueron yendo uno tras otro. Finalmente Dodo accedió a instalarse en su cuarto de forma provisional, y a Wilhelm le prepararon una cama con mantas en la terraza acristalada. Antes de acostarse, se disculpó repetidas veces con Paul por causar tantas molestias a la familia.

—Es lo menos que puedo hacer por usted, señor Kayser —zanjó Paul—. Ha acompañado y protegido a mi hija durante meses, y le estoy muy agradecido. Ojalá pudiera ofrecerle algo mejor, pero en estos momentos la casa está hasta los topes.

Wilhelm pareció alegrarse al oír sus palabras y se dio por satisfecho con la cama improvisada. «En fin, un tipo simpático. Venía de Hamburgo, se le notaba al hablar. Puede que encajara con Dodo», pensó.

Después de que la calma regresara a la villa y Paul tuviera por fin la ocasión de usar el baño, se detuvo indeciso ante la puerta del cuarto de Hilde. ¿Debía despertarla para hablar un rato con ella? Últimamente había estado muy callada, seguro que el anunciado regreso de Marie la inquietaba más de lo que quería reconocer, y hasta el momento él no había dado con las palabras adecuadas para disipar sus dudas. Sin duda, la repentina aparición de Dodo le habría provocado aún más inseguridad. Pero ya era muy tarde, se acercaban las tres de la madrugada. Hablaría tranquilamente con ella a la mañana siguiente.

Se propuso levantarse pronto, aunque no era difícil porque el pequeño Herrmann solía despertar antes de las seis a todos los habitantes del segundo piso con sus enérgicos berridos. Pero al día siguiente, cuando Paul se despertó y miró la hora, ya eran las ocho y media. No había tenido en cuenta que el pequeño ahora dormía abajo, en el salón rojo, con Henny y Felix, y que por eso los lloros matutinos no le habían llegado con tanta intensidad. Se vistió rápidamente y bajó al comedor, pero solo encontró allí a la tía Elvira y a Gertrude.

—Dodo está fuera, en el garaje —dijo tía Elvira con una sonrisa—. Les está explicando a los hombres cómo se desmonta el motor del coche.

—Ah, sí… —respondió distraído—. ¿La señorita Haller ya ha desayunado?

—Seguramente. No la hemos visto.

Respondió con bastante frialdad. La tía Elvira no había opinado sobre sus planes de boda, pero no había ocultado su antipatía hacia Hilde Haller. Paul se bebió el té de mal humor, untó una tostada con mermelada y pensó cómo organizar una conversación a solas con Dodo. Por la ventana vio que volvía a estar acompañada de Wilhelm, que por lo visto había decidido pegarse a Dodo en todo momento.

Apareció Humbert y le deseó una buena mañana.

—La señorita Haller ya ha desayunado —respondió al preguntarle Paul por ella—. Ha ido donde el doctor Kortner para pedirle que venga. Por desgracia su cuñado ha pasado una mala noche.

¡Oh, no! La pasada noche Sebastian tenía muy mal aspecto, ojalá no fuera nada grave. Paul decidió subir enseguida para tranquilizar a Lisa y a Charlotte. Estaba enfadado con el destino. Unas horas antes estaba feliz de que Dodo hubiera regresado sana y salva, y ahora seguramente habría que temer por la vida de Sebastian.

La situación en su antiguo dormitorio conyugal no resultaba muy alentadora. Sebastian estaba tumbado boca arriba y respiraba muy rápido, tenía la cara enrojecida y los músculos del rostro se le contraían de vez en cuando. Seguramente sufría dolores.

—Ay, Paul —suspiró Lisa—. ¿Por qué no puede pasarse Tilly un momento? Tiene mucha fiebre desde esta madrugada y unos horribles dolores de espalda.

Charlotte le daba agua a su padre con una cuchara sopera, y lo hacía con la habilidad de una buena enfermera.

—La tía Tilly no puede venir porque tiene turno en el hospital, mamá. Ya te lo he dicho tres veces.

—¿Y no puede hacer una excepción por tratarse de un familiar cercano?

—Seguro que el doctor Kortner llega enseguida —aseguró Paul—. Por desgracia ahora se tarda mucho más en ir y venir porque hay que ir a pie.

—¡La espera me está volviendo loca! —gimió Lisa.

Recorría impaciente la habitación, llevaba cosas de un lado a otro, y se detenía constantemente en la ventana para ver si llegaba el médico.

Paul comprendió que no era de mucha ayuda, dirigió una última mirada preocupada al enfermo, que ni siquiera había percibido su presencia, y luego salió del cuarto y cerró la puerta tan silenciosamente como pudo. En el pasillo se encontró con Auguste, que llevaba un cuenco con agua fría y un montón de paños para bajarle la fiebre.

—Son los riñones, señor —dijo—. Al pobre señor Winkler empezaron a fallarle en el campo.

Paul le hizo un gesto de asentimiento y bajó veloz las escaleras. En el primer piso se oían los chillidos del pequeño Herrmann en el salón rojo, y luego la voz de Henny, que intentaba tranquilizarlo.

—¿Por qué no dejas de llorar? Venga, el tío Felix te lleva al trote en sus rodillas.

—¡Buahhh! ¡Nooo!

—No hay manera —dijo Felix—. Salgamos al parque, igual le gusta.

—¿Sabes qué? —respondió Henny—. He decidido que no tendré hijos. Solo ha pasado un día y ya estoy para el arrastre.

Paul llamó a la puerta e intentó que lo oyeran por encima de los lloros infantiles.

—¿Por qué no cuida Marek de su hijo? —preguntó.

Henny no contestó, estaba ocupada poniéndole un abrigo al niño mientras este pataleaba. Paul vio divertido que su sobrina, que por lo demás era una persona enérgica y resolutiva, tenía grandes dificultades para domar al pequeño.

—Marek ha ido con su hermana Kitty a Prinzregentenstrasse —le gritó Felix—. Quieren hacer un segundo intento de liberar a Gertie.

Mira tú por dónde, las sorpresas que le daba Kitty. ¿No le había contado Henny hacía poco que su madre tenía contacto con el coronel Norton, el jefe del gobierno militar? En esa ocasión se trataba de la correspondencia que intercambiaba con Walter, Leo y seguramente también con Marie. Y ahora quería ayudar a su amigo Marek. Paul se alegró. Era una pena que fuera tan testaruda, porque en realidad quería y apreciaba mucho a su hermana Kitty. En algún momento tendría que aceptar su decisión de casarse con Hilde. Al menos no estaba en la villa en ese momento y podía hablar tranquilamente con Dodo.

Bajó al patio y se acercó a la cochera, donde Dodo trajinaba con el coche averiado acompañada de Robert y Wilhelm Kayser.

—Buenos días a todos —saludó simpático—. ¿Y bien? ¿La cosa avanza?

—Los cilindros están para tirar —informó Dodo—. Pero se podrían cambiar. Por lo demás, estos motores de gasolina son indestructibles…

—Qué bien —contestó él—. Si tienes un momento, Dodo, me gustaría hablar contigo...

—Claro, papá. Dame ese trapo, Wilhelm. Tengo que limpiarme los dedos...

Salieron al parque, que todavía estaba muy descuidado porque nadie había encontrado tiempo para segar la hierba y recortar los arbustos. En los arriates, un par de pensamientos florecían entre los nomeolvides azul claro, que se habían multiplicado. Entre la hierba alta se veían aquí y allá los escombros con los que se habían rellenado los cráteres de las bombas. El parque tardaría años en recuperar su antigua belleza; por el momento era más que suficiente poder plantar verduras y hierbas aromáticas, y también patatas, que pronto se podrían recoger.

—Quieres hablarme de tus planes de boda, ¿no? —interrumpió Dodo sus pensamientos.

¡Así que ya lo sabía!

—Así es. ¿Quién te lo ha contado? ¿Kitty?

Dodo dio un puntapié a un guijarro y lo sacó del sendero. Un gorrión que se escondía en los matorrales levantó el vuelo asustado.

—No. Me lo ha dicho Henny.

Pues claro. Las dos primas siempre habían sido uña y carne. ¿Cómo no se había dado cuenta?

—Bueno, entonces puedo ahorrarme la historia. Solo quería decirte que la decisión no ha sido fácil. Pero por desgracia ha sido inevitable, porque tu madre...

—¡No tienes que darme explicaciones, papá! —lo interrumpió—. Si tú crees que debes separarte de mamá para casarte con otra mujer, es cosa tuya. Y punto.

Sonaba arisca. Justo eso era lo que había temido: las reacciones de Dodo eran espontáneas y sinceras, no disimulaba su decepción.

—Sé que para ti es difícil de entender, Dodo —dijo suavemente—. Y siento mucho disgustarte. Pero de todos modos te pido que...

Ella se detuvo y lo miró a la cara.

—Has tomado una decisión, papá —dijo con hostilidad—. Me ha quedado claro. Mis sentimientos al respecto son cosa mía. Y punto.

—Por favor, Dodo... así no... —replicó molesto.

Dodo le había dado la espalda y ya no parecía escucharlo. Levantó la mano y saludó con entusiasmo. En la escalinata de la entrada habían aparecido Henny y Felix, que llevaban entre los dos al lloroso Herrmann. Henny le devolvió el saludo y señaló hacia la izquierda. Por lo visto querían acercarse a la fábrica.

—Disculpa, papá —dijo Dodo—. Si no hay nada más de lo que quieras hablar, he quedado. Vamos a echar un vistazo a los telares.

—Ve —contestó en voz baja.

Paul la miró marcharse con tristeza. Al llegar al patio, Dodo cogió al niño en brazos, le dio una vuelta y volvió a dejarlo en el suelo. El pequeño la miró con los ojos muy abiertos; luego ella le tendió la mano, él levantó el brazo despacio y titubeante y dejó que ella lo guiara. ¿A Dodo se le daban bien los niños? Paul habría esperado cualquier cosa menos eso. Suspiró y de pronto se sintió mayor. Los jóvenes seguían su camino y él no podía juzgarlos ni detenerlos. Si por lo menos Hilde hubiera estado a su lado, le habría dicho con su acostumbrada suavidad e inteligencia que debía tener paciencia y confiar en las nuevas generaciones. Naturalmente él también podía decírselo a sí mismo, pero resultaba más creíble cuando lo hacía ella. Esperó a que el pequeño grupo, al que se había unido también Wilhelm, desapareciera de la vista, y luego rodeó la casa en dirección a las ruinas de lo que había sido el anexo. No había nadie trabajando allí, ni siquiera Hanna o Humbert. Este último cada vez rehuía más las labores fuera de la villa, que de todos modos no le gustaban, y prefería dejar que fueran Marek y Hansl Bliefert quienes retiraran los escombros o apilaran la madera para leña. Y Hanna, que por lo demás siempre se mostraba dispuesta, a esas horas estaba ocupada limpiando las habitaciones de la casa. Paul sacó un martillo de la caja de herramientas, recogió un ladrillo y se sentó en el suelo para desprender el mortero. Había constatado que esa tarea estúpida lo ayudaba a pensar. Y en la situación difícil en la que se encontraba, necesitaba analizar a fondo los problemas que se le presentaban.

Así que Marie vendría a Augsburgo, eso no tenía remedio. La conocía bien, siempre conseguía lo que se proponía. Incluso en contra de la voluntad de él, como nueve años atrás, cuando decidió abandonarlo. Así era, lo había abandonado. También tenía que repetírselo a sí mismo constantemente. Sí, era judía, pero siendo su esposa no le habrían hecho nada. Había más de un ejemplo. En Augsburgo seguía habiendo habitantes judíos que se habían escondido o que habían llevado una vida discreta como cónyuges de ciudadanos no judíos, y habían sobrevivido al Tercer Reich. Cierto que no eran muchos, y hacia el final del régimen también se habían llevado a varios de ellos a los campos de concentración. Pero habría sido posible. Insistiría en ello ante Marie. Habría podido quedarse allí. En su despacho había redactado varias páginas de notas porque quería estar preparado para cualquier cosa. Tenía pensada la respuesta adecuada para cada argumento que pudiera presentarle Marie. Lo había hecho para tener clara su opinión, pero también para armarse de motivos. Marie podía ser muy persuasiva.

—¡Maldita sea! —Se estremeció de dolor y dejó caer el ladrillo porque se había golpeado el dedo índice.

Enfadado, lo inspeccionó y vio que no era grave; la uña seguramente se le pondría morada, ya le había pasado antes. Para alguien que no había manejado un martillo, un cincel o una llave inglesa en toda su vida, aquellos accidentes eran lógicos. Sacudió la mano hasta que el dolor cedió y se dispuso a retomar su razonamiento, pero su mente tomó derroteros más sombríos.

Haber perdido la fábrica era un fracaso vital que lo afectaba más de lo que daba a entender. Se sentía desolado sobre todo porque a sus cincuenta y siete años ya no tenía la fuerza y la energía de un hombre joven. Sin duda no era el único sin trabajo ni perspectivas de futuro, la guerra había dejado a otros mucho peor parados. Pero le paralizaba la responsabilidad de las personas que vivían en la villa o se habían refugiado en ella, y a menudo le faltaban energías y confianza en sí mismo para empezar de cero, como pretendía Henny.

Se recompuso y se enfadó consigo mismo por abandonarse a la autocompasión. ¿De qué servía llorar lo que ya había perdido? Al fin y al cabo se trataba de comenzar de nuevo, había encontrado a una mujer parecida a Marie que lo apoyaría con cariño y lealtad. Cuando ya estuvieran casados y el resto de la familia comprendiera que era una persona maravillosa y digna de su amor, también se haría cargo de la villa como Marie. Quizá tardara un tiempo, pero seguro que lo conseguiría. Incluso Dodo lo entendería. También Kurt. ¡Ojalá su hijo regresara pronto del cautiverio! Cuando Kurt estuviera de nuevo con ellos, sería más fácil empezar de nuevo. Porque entonces sabría por quién hacía todo aquello.

A Kurt le explicaría que ahora tenía dos madres, una en Nueva York y la otra allí, en Augsburgo, y que Hilde no sería en absoluto una malvada madrastra...

En ese momento se abrió la puerta de la terraza y apareció Humbert.

—Señor... Si pudiera usted entrar en la casa... Ha llegado el doctor Kortner... Y al parecer hay un problema...

Paul se temió lo peor. Dejó el ladrillo y el martillo, se sacudió el polvo del pantalón y cruzó el vestíbulo en dirección al segundo piso. Allí vio a la tía Elvira y a Gertrude, que hablaban alteradas con el rubio doctor Kortner. Charlotte salió entonces del dormitorio y se unió a ellas.

—Por el amor de Dios, ¿qué está pasando?

En cuanto lo vio, Charlotte corrió hacia él y se le echó a los brazos llorando.

—Mamá no quiere que papá vaya a la clínica, tío Paul. Pero el doctor Kortner dice que es la única opción, porque si no podría morir…

¡Dios mío! ¿Tan mal estaba? Acarició con suavidad el pelo de la muchacha y le susurró que se tranquilizara, que él hablaría con su madre. Charlotte se separó de él aliviada, lo tomó de la mano y tiró de él hacia la puerta de la habitación.

—Una pielonefritis —dijo Jonathan Kortner—. Por desgracia se ha detectado demasiado tarde. ¿Puedo usar el teléfono?

—Por supuesto. Abajo, en mi despacho.

La comunicación por teléfono seguía vedada a los ciudadanos de Augsburgo, pero los médicos y las clínicas tenían una autorización especial para casos de emergencia.

Lisa volvía a comportarse de forma exageradamente infantil. Arrodillada junto al lecho de Sebastian, lo abrazaba y lloraba sobre la colcha.

—No quiero que se lo lleven. No volverá… No volverá jamás…

—¡Lisa! —dijo Paul con suavidad y la agarró de los hombros—. ¿Es que no confías en los médicos de la clínica? ¿En nuestra Tilly?

A Lisa se le contraían los hombros de lo fuerte que sollozaba.

—En Tilly sí. Pero que venga y lo trate aquí. No quiero que se lo lleven… Otra vez no…

—Puedes acompañarlo, Lisa.

Dejó de llorar y se volvió hacia él.

—¿Me dejarían?

—Claro, Tilly lo arreglará. La ambulancia llegará enseguida y podrás ir con Sebastian a la clínica.

—¡Ay, Dios! —gimió—. Hay que ponerle un pijama limpio, y yo todavía estoy en bata…

—Charlotte te ayudará…

Entretanto habían llegado Auguste y Hanna, Else también estaba por allí. Lisa dio enérgicas instrucciones, prepararon una bolsa de viaje, Auguste la ayudó a vestirse, y Paul salió del cuarto porque ya había demasiado barullo. Se sentía aliviado y satisfecho de sí mismo; al menos en esa ocasión había podido ayudar.

Jonathan Kortner subió con la buena noticia de que la ambulancia ya estaba de camino y de que Tilly se ocuparía del ingreso en la clínica.

—Le he dado penicilina —le dijo a Paul—. Es más duro de lo que parece, saldrá adelante.

De pronto apareció Hilde, ayudó a Lisa a ponerse el abrigo, le llevó la chaqueta a Charlotte y sostuvo la puerta para los dos sanitarios que se presentaron con una camilla. Bajaron a Sebastian por la escalera entre numerosas muestras de simpatía. Auguste sostuvo a Lisa, que de pura agitación casi no podía ni andar, y Charlotte las siguió con la bolsa. Jonathan Kortner estrechó la mano de Paul y luego se marchó a toda prisa porque los pacientes lo esperaban en la consulta.

—Qué bien que vayan a curarlo —le dijo Hilde a Paul una vez pasó el alboroto y la ambulancia se hubo marchado.

Él la rodeó con el brazo y la atrajo hacia sí.

—¿Dónde te habías metido?

—A la vuelta he parado un momento en la clínica.

—¿En el hospital? —preguntó asustado—. ¿Por qué?

Ella sonrió y lo miró con atención.

—No te preocupes, Paul. No estoy enferma ni embarazada. Me había presentado a un puesto de trabajo. Me avisó tu cuñada Tilly...

Varios médicos y trabajadores del hospital central habían tenido que dejar sus puestos en el curso de la desnazificación, y por eso había plazas libres.

—No te lo vas a creer: me van a contratar en la administración —anunció radiante de alegría.

40

Marie creía ser inmune a los mareos, ya que cuando viajaron a Nueva York no los había sufrido. Sin embargo, en esta ocasión tuvo que pasar dos días enteros en el camarote y se encontraba tan mal que pensaba que se iba a morir. Hasta el tercer día no mejoró un poco, se levantó y caminó con cautela por los pasillos y las escaleras en movimiento hasta llegar a la cubierta, donde se aferró a la barandilla e inspiró profundamente el aire fresco del mar.

«Seguro que son los nervios. El miedo a saltar al vacío. En fin, me lo he jugado todo y es posible que lo pierda», pensó.

Tomó un primer desayuno en el comedor e intercambió unas palabras con un matrimonio sentado a su misma mesa que le preguntó si ya se encontraba mejor.

—Sí, creo que por fin lo he superado —afirmó con una sonrisa débil.

—Seguro, querida. Mi marido siempre se marea el primer día del viaje, pero el segundo ya vuelve a tener un whisky en la mano.

El señor Smoother era un hombre de negocios que quería echar un vistazo a la Alemania nazi vencida. Opinaba que los alemanes eran gente capaz y trabajadora, y una vez se los reconvirtiera en demócratas, se podría volver a hacer negocios con ellos.

Marie asintió con amabilidad. No habló mucho sobre sí misma, solo que había emigrado años atrás y que iba a visitar a sus familiares.

—Por lo visto hay judíos alemanes que regresan a su país —dijo la señora Smoother—. Una de mis mejores amigas es judía y me dijo que para ella era inconcebible volver allí.

—Lo entiendo muy bien —comentó Marie—. Pero al final cada uno debe tomar su propia decisión, ¿no cree?

—Por supuesto, querida. ¿Va a probar también el helado? Dicen que el de mango es exquisito.

—Muchas gracias, pero prefiero ir con cuidado todavía.

—¡Ay, pues claro! El estómago. Al mediodía se encontrará mejor, querida...

Se mantenía lo más alejada posible del resto de los pasajeros, no asistía a ningún acto social y jamás utilizaba las tentadoras tumbonas, que de todos modos casi siempre estaban ocupadas. Pasaba la mayor parte del tiempo paseando por la cubierta, con el viento en contra o dejándose llevar por él, y pensando que el barco avanzaba inexorable hacia Europa y que cada ascenso y descenso del casco la acercaba un poquito más a Augsburgo. Ahora que los mareos ya no la atormentaban, regresaron los pensamientos que la perseguían desde hacía semanas, contra los que luchaba, que analizaba del derecho y del revés sin obtener ninguna solución. No había alternativa a lo que se había propuesto, tenía que hacerlo. Y pasara lo que pasase, tendría que aceptarlo.

Paul se había enamorado de otra mujer. ¿Acaso podía reprochárselo? Habían estado separados nueve años, ¿qué marido habría soportado tanto tiempo de soledad sin resarcirse de algún modo? Lo cierto es que siempre creyó que Paul habría sido capaz. Que su amor era lo bastante fuerte como para superar todos los obstáculos y las dificultades de los tiempos que vivían, y que podría alimentarse de la esperanza de un feliz reencuentro. Pero había resultado ser una ingenua. Paul era un hombre y no un santo, ¿cómo pudo dar por hecho que viviría como un monje esos nueve años sin ella? En fin, había cometido el mismo error que todas las mujeres enamoradas: puso al hombre al que amaba en un pedestal y le atribuyó cualidades que en realidad no poseía. Y eso que antes, en el curso de su matrimonio, ya había constatado que Paul en ocasiones podía ser obstinado e incluso dominante. Los celos tampoco le eran ajenos, como pudo comprobar durante sus visitas a Nueva York.

Sin embargo, aunque se hubiera enamorado, ¿por qué tenía que casarse? Al llevar tanto tiempo separados, un enamoramiento era completamente humano y perdonable. Era algo que podía pasar cuando uno se sentía solo. Un gran amor para toda la vida podía superar un error de ese tipo.

¿Ella se lo perdonaría? Sí, lo hubiera hecho. Pero ¿qué habría sucedido en caso de ser ella quien cometiera el error? Algo que no había pasado. ¿Paul se lo perdonaría también? No estaba segura. Probablemente le habría costado.

Lo cierto era que, para la sociedad, la fidelidad de la esposa tenía una importancia distinta a la del marido. Paul era un hombre conservador; es más, para muchas cosas era directamente anticuado.

Así que había decidido casarse. Marie se acordaba de Hilde Haller, la contrataron tras la jubilación de Henriette Hoffmann, y en su día no congenió con Ottilie Lüders. Aunque no fue por culpa de Hilde Haller, sino de las manías de Lüders, que le hacían la vida más difícil a su joven compañera. Marie había pensado a menudo en aquella joven Hilde Haller. Por lo que recordaba, no era muy atractiva, hablaba poco, en los descansos muchas veces tenía un libro delante de las narices, pero llevaba a cabo las tareas que se le encomendaban de forma esmerada e impecable. Las pocas veces que coincidieron, Marie se había llevado la impresión de que la nueva secretaria parecía una mujer lista y simpática que se entregaba con lealtad a la fábrica y a su director.

Tuvo que interrumpir el paseo por la cubierta porque una pareja joven le pidió que les tomara una foto. Los dos se colocaron delante de un gran salvavidas, se abrazaron y miraron sonrientes a la cámara.

—Saque otra, por favor —le pidió la joven—. Por si esta no ha salido bien.

Marie disparó y luego les devolvió la cámara. Rechazó amablemente que le hicieran una a ella; llevaba una cámara al cuello, pero sobre todo fotografiaba el mar y las aves que sobrevolaban el barco a veces.

—Ah, los albatros —comentó la joven—. ¿Sabía usted que las parejas son fieles durante toda su vida?

—Sí, ¡son unas aves magníficas!

La pareja se alejó y Marie vio que se dirigían a un oficial, que posó de buena gana para una foto. Seguramente estaban de luna de miel y coleccionaban imágenes para enseñarlas después.

«Hilde Haller está enamorada de Paul. Es lógico. Todas las secretarias que he visto pasar por la fábrica estaban enamoradas del señor director. Para él ha sido muy fácil, no ha tenido ni que buscarlo. El amor le ha caído del cielo, por así decir. Y lo ha recogido. Por la razón que sea», pensó Marie retomando el paseo.

—Espero que sepas lo que haces —le había dicho Karl Friedländer negando con la cabeza cuando ambos se sentaron sobre las últimas dos cajas en su apartamento vacío.

—Estoy cumpliendo lo que siempre me había propuesto hacer —respondió ella—. Mi intención era regresar a Alemania en cuanto el régimen nazi llegara a su fin.

Ella se lo dijo desde el principio, pero él no la creyó. Karl era pragmático, sabía que la gente cambiaba de opinión. Aunque con Marie se había equivocado.

—No es muy inteligente quemar todas las naves —le reprochó—. Normalmente sueles ser más sensata.

—¡Sé que me ama!

Dijo esa frase con mucho convencimiento, aunque por dentro ya no estaba segura de que así fuera. La mirada entornada de Karl expresaba una silenciosa ironía.

—Tiene a otra —observó.

—Todo se solucionará —insistió ella.

Dejaba el atelier en buenas manos y había rescindido el alquiler del piso. De todos modos Leo ya no iba a utilizarlo, todavía le quedaba un año de servicio en el ejército y ella no quería dejarlo vacío tanto tiempo. Había vendido o regalado los muebles y la mayor parte de sus pertenencias, viajaba con un bolso y una maleta.

—No me llevo más de lo que traje —dijo contenta—. Ligera de equipaje se viaja mejor.

Al principio Karl se ofreció a acompañarla a Alemania. Su pretexto era que también quería volver a ver su vieja patria, sin embargo ella sabía perfectamente que su intención era otra, y rechazó la idea de forma amable pero decidida.

—No creo que sea buena idea, Karl. Las ciudades alemanas están muy dañadas por los bombardeos; lo que verías no se parece en nada a la Augsburgo que conoces y sufrirías una gran decepción.

—Veo que eres plenamente consciente de estar yendo en pos de la infelicidad —se resignó al final—. Ya que no puedo impedírtelo, te ruego que al menos me escribas si necesitas cualquier tipo de ayuda. ¿Podemos quedar en eso?

—Te escribiré pase lo que pase, Karl —le aseguró—. Me encantaría que siguiéramos en contacto. Y espero que volvamos a vernos pronto. En Augsburgo.

—Yo también lo espero. En Augsburgo o donde sea —respondió, y ella vio en su rostro que deseaba que el reencuentro no se produjera en Augsburgo sino en Nueva York.

La travesía se acercaba a su fin, desembarcarían en Bremerhaven. Marie estaba preparada, sabía que los puertos alemanes habían sufrido intensos bombardeos. Era un milagro que se pudiera volver a atracar allí. A pesar de todo, la imagen de las ruinas grises de los edificios y las instalaciones destruidas era deprimente, y le resultaba difícil repetirse que se lo habían merecido. La habían expulsado a ella y a otros muchos de Alemania, encerraron en campos y asesinaron cruelmente a personas inocentes. Era justicia divina, la compasión estaba fuera de lugar.

Los trámites se despacharon mucho más rápido que cuando salió de Alemania y tuvo que soportar controles penosos y humillantes. Ahora era ciudadana estadounidense, quería viajar del sector británico al americano para visitar a su esposo y su familia. Le hicieron pocas preguntas y le recomendaron la mejor forma de llegar a Augsburgo. Los ferrocarriles todavía no operaban en todos los recorridos, tendría que dar un rodeo y hacer noche. En cualquier caso, debía presentarse ante el gobierno militar correspondiente, allí le darían más información. Como la maleta que llevaba pesaba bastante, un oficial británico tuvo la cortesía de acompañarla a la estación y, por el camino, le contó que era de Brighton y que antes sus padres regentaban allí un hotel que los bombarderos alemanes habían destruido.

—Le deseo lo mejor, señora Melzer —dijo al despedirse sosteniéndole la mano—. Y si en algún momento tiene problemas, acuda a mí.

Le había dicho su nombre y su grado militar, pero al sentarse en el tren Marie se dio cuenta de que ya había olvidado ambos. Qué lástima, había sido muy amable. Seguramente la americana que pretendía viajar sola por la Alemania ocupada había despertado su caballerosidad. Marie tenía cuarenta y nueve años, pero sabía que seguía causando el mismo efecto en los hombres.

Tardó dos días en llegar a Augsburgo. En Kassel cruzó al sector estadounidense, de allí fue a Wurzburgo, que le pareció un único y horrible montón de escombros, y siguió en dirección a Núremberg. Los trenes iban repletos y muchos estaban sucios; faltaban locomotoras, así que había que contar con esperas más largas. En Núremberg, el gobierno militar le consiguió alojamiento en un edificio ocupado, y por la mañana avistó horrorizada el paisaje en ruinas de lo que había sido el casco histórico. La casa en la que el escritor y zapatero Hans Sachs había vivido en el siglo XVI también había sido pasto de las llamas. Las mujeres recogían los cascotes a golpe de pala y los cargaban en vagonetas que los transportaban fuera de la ciudad. Los niños hurgaban en el barro, jugaban al pilla pilla o a juegos de rimas. En comparación con los niños neoyorquinos, bien alimentados, esos pequeños le parecieron delgados y famélicos, y la ropa que llevaban era insuficiente para las temperaturas en descenso, sobre todo los zapatos.

«No tienen ninguna culpa. ¿Por qué tienen que pagar los niños de este mundo los pecados de sus padres?», pensó apesadumbrada.

Cuando llegó a Augsburgo ya estaba oscuro, y se quedó un momento en el andén con su equipaje sin saber qué hacer. El edificio de la estación también había sido bombardeado. El apeadero se había reparado de forma rudimentaria con maderas para que los viajeros no se mojaran cuando llovía. Para colmo también se fue la luz, la estación y la ciudad se sumieron en las sombras, solo se veía alguna lucecita aquí y allá, un farol o una vela que iluminaba una ventana.

«Qué fastidio. Ahora tendré que atravesar la ciudad a oscuras con la maleta y el bolso, y ni siquiera sé si las calles todavía existen», pensó angustiada.

Como los escasos viajeros se dispersaron rápidamente, cogió su equipaje y se puso en marcha. Enseguida encontró la Prinzregentenstrasse, allí se topó con un control militar estadounidense, y después de identificarse le indicaron el camino. La Hallstrasse había sufrido algunos daños, pero la casa en la que se encontraba la consulta del doctor Kortner seguía en pie. Pasó por delante y dobló la esquina; Leo le había escrito que la vivienda de Tilly y Jonathan Kortner permanecía intacta. Quería pedirles que la acogieran antes de presentarse en la villa de las telas con la debida cautela.

Debía de tener aspecto de estar bastante agotada, porque Tilly dio un grito ahogado al abrir la puerta y ver a Marie.

—¡Marie! Por todos los cielos... pero si ya es de noche. Qué alegría que hayas vuelto por fin. Tenía la esperanza de que vinieras aquí... ¡Jonathan! ¡Ha llegado Marie!

Sintió un alivio infinito cuando Tilly la tomó del brazo sin ceremonias y Jonathan Kortner también la saludó muy cariñosamente. Edgar, que tenía nueve años y espiaba por la rendija de una puerta, no se atrevió a salir al pasillo hasta que su padre lo llamó.

—Esta es Marie, la esposa de tu tío Paul —dijo Jonathan empujando al niño hacia delante—. Puedes llamarla «tía».

Obediente, se inclinó ante aquella tía desconocida y después volvió al dormitorio.

—Siéntate —le dijo Tilly—. Voy a prepararte alguna cosita rápida de comer. Ya sabes que la casa no es grande. Pero ya estamos preparados, dormirás en el salón.

—Os lo agradezco mucho. Pero... ¿cómo sabíais que vendría aquí? —se sorprendió Marie.

Tilly y su esposo intercambiaron una mirada divertida.

—Lo sospechábamos —explicó Jonathan con una sonrisilla—. ¿O es que querías ir caminando hasta la villa de las telas esta misma noche?

—No —reconoció Marie—. Desde luego que no.

De la cocina le llegó un delicioso aroma a patatas salteadas con tocino, y Marie se dio cuenta entonces de que tenía mucha hambre, porque apenas había comido nada durante el viaje. Dedicaron parte de la noche a contárselo todo y a ponerse al día. Marie se enteró de que Dodo había regresado a la villa de las telas, de que Leo y Walter llegarían a Augsburgo pocos días después, pero también de que Sebastian estaba en el hospital y la cosa no pintaba bien.

—Tiene los riñones dañados —se lamentó Tilly—. No es de extrañar después de haber pasado años durmiendo y trabajando con un frío espantoso. Ahora está un poco mejor, pero me temo que la inflamación es crónica y se manifestará una y otra vez.

—Qué tristeza —suspiró Marie—. Es una persona extraordinaria, lo aprecio mucho. Pero recuerdo que Paul no siempre se llevó bien con él.

Aprovechando que había mencionado a Paul, Tilly se atrevió a plantear con cautela la pregunta que se hacían todos.

—¿Hablarás con Paul? Seguro que conoces los planes que tiene…

—Sí, los conozco —respondió Marie—. Pero sigo siendo su esposa. Hablaremos y aclararemos el asunto como personas sensatas.

Tilly y Jonathan asintieron y este dijo en voz baja:

—Te deseo mucha suerte, Marie. Por desgracia no podemos hacer mucho por ti en ese aspecto. Pero queremos que sepas que, en nuestra opinión, tu sitio está en la villa de las telas y deberías recuperarlo.

A Marie le sentó bien oír aquello. Al menos Tilly no había cambiado, le tenía tanto afecto como antes, y Jonathan Kortner era una persona amable y maravillosa.

Poco después se dieron las buenas noches y Marie se instaló en su lecho improvisado en el sofá. Estaba tan cansada del largo viaje que ni siquiera el tictac del reloj de pie la molestó para dormir.

Por la mañana se despertó tarde, se incorporó asustada y parpadeó hacia la luz que se colaba por las cortinas. Eran más de las nueve; Tilly seguramente ya llevaría un buen rato en la clínica y Jonathan, en la consulta. Después de vestirse fue hacia el baño por el pasillo y entonces se abrió la puerta de la cocina, por la que asomó el delgado y rubio Edgar.

—Buenos días —dijo—. Mamá me ha dicho que no te despierte. Pero que te prepare el desayuno cuando te levantes.

—Oh —se sorprendió Marie—. Me encantaría desayunar, Edgar. ¿No tienes que ir al colegio?

—No empieza hasta octubre —contestó—. En realidad no me hace falta, siempre me aburro. Prefiero leer los libros de medicina de papá.

Entonces desapareció en la cocina.

«El hijo de Tilly. Yo ni siquiera estaba aquí cuando nació y ya tiene nueve años. ¿No es una locura creer que puedo volver sin más y retomar las cosas donde las dejé?», pensó Marie.

Desayunó en la cocina, elogió la mermelada de frambuesa y el sucedáneo de café, pero, por educación, no dijo nada del pan, que estaba un poco duro y sabía raro.

—¿Qué haces todo el día cuando no vas al colegio? —le preguntó a Edgar, que la observaba con curiosidad—. ¿Juegas fuera con tus amigos?

—No —dijo con gesto de desprecio—. Son todos tontos. Voy a la consulta de papá y le ayudo.

—¿Y qué haces?

—Organizo y esterilizo el instrumental —explicó muy serio.

Cuando terminó, Marie lo ayudó a recoger y luego los dos salieron de casa. Edgar corrió a la consulta de su padre y Marie se dirigió al cercano cementerio de Hermanfriedhof. Quería comenzar su regreso en el lugar donde estaba enterrada su madre y donde se encontraba el panteón familiar de los Melzer, en el que ahora también descansaba su suegra Alicia Melzer. Las bombas habían dañado la capilla de San Miguel, la torre con la cúpula se había derrumbado. Pero las tumbas seguían allí, y la envolvió el viejo silencio apacible que recordaba de antes. Permaneció un rato bajo los árboles, cuyo follaje ya se había oscurecido y pronto empezaría a teñirse de otros tonos, luego salió del cementerio decidida y se adentró en la ciudad.

Montañas de escombros por todas partes. Pronto le resultó difícil saber dónde estaba, para orientarse buscó con la mirada la torre Perlach, la aguja de la catedral, San Ulrico y Santa Afra. El ayuntamiento era una ruina calcinada, pero en la plaza que había delante los campesinos habían levantado sus puestos para vender verduras, fruta, hierbas y patatas. Su dinero estadounidense era muy codiciado, compró una bolsa de manzanas y otra de ciruelas y se puso en camino. Había un buen trecho hasta el hospital, pero no tomó el tranvía, que ya funcionaba en ese tramo; quería recorrer a pie las calles que tan bien conocía y que ahora tenían un aspecto triste y muy distinto. A pesar de que la imagen que presentaba Augsburgo le resultara ajena, era su ciudad, le tenía mucho aprecio y la había echado mucho de menos.

El hospital central también tenía señales de las bombas, pero el gran vestíbulo era el mismo, solo que ya no había una monja en la entrada sino un joven que le preguntó a quién quería visitar.

—Al señor Sebastian Winkler…

—Primer piso, la tercera habitación.

No le sorprendió oír la voz de Lisa cuando llamó a la puerta.

—Puede pasar, estamos en horario de visitas…

Entró sigilosa, se quedó junto a la puerta y esperó a ver qué pasaba. Había cuatro camas, todas ocupadas. La de Sebastian quedaba bajo la ventana, estaba sentado con las gafas puestas y un periódico delante, que bajó al verla entrar. Lisa estaba sirviendo té en una taza.

—¿A quién tenemos aquí? —exclamó Sebastian agarrando a Lisa del brazo—. ¡Marie! ¡Bienvenida a tu antiguo hogar, querida Marie!

Los otros tres pacientes se volvieron hacia la puerta, Lisa dejó la taza a toda prisa y derramó un poco de té.

—¡Ya estás aquí! —dijo como desconcertada.

—Sí, aquí estoy —respondió Marie en voz baja—. Espero no haberte asustado.

—Claro que no... —balbuceó Lisa—. Ya sabíamos que vendrías... Es solo que... es tan difícil...

Se detuvo sin saber cómo seguir. Se quedó inmóvil un instante, de pronto extendió impulsivamente los brazos y sollozó:

—¡Ay, Marie! Qué alegría volver a verte... Me alegro tanto...

Casi ahogó a Marie con su abrazo; esta rescató las bolsas de fruta que llevaba y luego saludó a Sebastian, que también la abrazó. Los otros tres pacientes sonreían, uno de ellos dijo:

—¡Felicidades!

A Lisa ya se le habían quitado todos los reparos, le acercó una silla a Marie, la hizo sentarse y le habló muy exaltada.

—¡Cuánto tiempo, Marie! Estás igual que cuando te marchaste. No has cambiado ni un poquito. ¿Sabes que Leo y Walter llegarán pronto? ¿Ya has visto a Kitty? ¿No? Ay, Dios mío, se va a volver loca de alegría. Y ya verás Henny, que se ha casado, y su Felix que...

Marie no la interrumpió, si bien le resultaba un poco embarazosa aquella perorata delante de los otros pacientes. Repartió la fruta entre todos y luego se sentó de nuevo junto a Sebastian, que le cogió la mano y la acarició con suavidad.

—Todo saldrá bien —murmuró—. Paul no es tonto. Tomará la decisión correcta.

—Ya veremos —respondió—. ¿Cuánto tiempo tienes que quedarte en la clínica?

—¡Solo hasta pasado mañana! —declaró radiante de alegría—. Ya estoy curadísimo, ¿verdad, Lisa?

—Sano como una manzana —dijo Lisa mientras se secaba la cara con el pañuelo.

Marie se despidió poco después, había pasado el horario de visitas y quería volver a casa de Tilly, ya que suponía que Kitty aparecería enseguida por allí.

—¿Nos veremos mañana en la villa de las telas? —preguntó Lisa.

—Mañana todavía no —contestó Marie con discreción—. Pero pronto.

Bajó las escaleras junto con otros visitantes que también tenían que marcharse y cruzó el vestíbulo hacia la salida. Antes de alcanzarla, le llamó la atención una mujer que estaba pegada a la pared, junto a la puerta de las oficinas, y que sin duda no estaba allí de visita. Marie pasó por su lado y tuvo la sensación de que la observaba. Una vez estuvo fuera, cayó en la cuenta de quién era.

41

Kitty no salía de su asombro. Había insistido sin descanso a aquel amable coronel y estaba firmemente convencida de que sus argumentos lo habían impresionado. Sobre todo porque hablaba inglés con fluidez. El hombre había asentido una y otra vez, le hizo un par de preguntas breves y tomó notas con diligencia. Sin duda había estado acertada y, por Marek, había hecho gala de una gran imaginación.

—No sé si sabe que Ernst von Klippstein fue oficial en la Primera Guerra Mundial. Un hombre que luchó por el emperador y por la patria. Un oficial como usted, coronel. Y luego sufrió esa grave lesión que a punto estuvo de matarlo y que le cambió la vida del modo más trágico. Le agrió el carácter y lo hizo más susceptible a las mentiras de los nazis. Es cierto que al principio creía en Adolf Hitler, pero poco a poco… al fin y al cabo Ernst von Klippstein era un hombre inteligente… poco a poco fue comprendiendo que se había dejado engañar por un demente, un criminal. Los delirios de grandeza de la guerra. Los horribles asesinatos en los campos. Gracias a su posición, sabía cosas que nosotros desconocíamos. Y bien, no vio otra salida que quitarse la vida…

Se había metido tanto en esa versión de los hechos que casi se la creyó ella misma. ¿Por qué no podía haber sido así? Algún motivo tenía que tener el pobre Klippi para suicidarse.

—Tendrá que reconocer que no se puede considerar a Ernst von Klippstein un funcionario del partido —prosiguió—. Se apartó de los nazis, pero su error al final le llevó a quitarse la vida por pura desesperación...

Marek estaba sentado a su lado, pero como sabía poco inglés, apenas entendió nada. Su mirada alternaba inquieta entre ella y el coronel mientras se retorcía los dedos. Finalmente el coronel le dio las gracias a Kitty de corazón, le preguntó por la exposición, a cuya inauguración asistiría sin dudarlo con toda la plana mayor, y mencionó que también era pintor, pero que sus obligaciones militares no le habían permitido realizar más que un par de dibujos. Y ella por supuesto respondió que quería verlos, a lo que él contestó que en los meses siguientes quizá se pudiera organizar un encuentro entre artistas alemanes y estadounidenses.

—Maravilloso. Por cierto, mi querido amigo Marek Brodski también es un artista con un talento extraordinario...

El coronel ya lo había oído antes, le dedicó una sonrisa fugaz a Marek y se giró de nuevo hacia Kitty.

—Entonces será un placer volver a verla pronto en la villa Schmidtkunz, querida señora Scherer.

—¿Y verdad que dejará libre a la pobre señora Von Klippstein? No ha hecho nada malo, ¡puedo jurárselo!

—Tenemos normas, señora Scherer.

Así los despacharon, y de camino a casa recayó sobre Kitty la desagradable tarea de informar a Marek sobre el resultado insatisfactorio.

—Ha hecho lo que ha podido —dijo finalmente, resignado—. Le estoy muy agradecido.

—Estoy segura de que se lo pensará —afirmó convencida—. Y si no es así, volveré a presionarlo en la inauguración.

La exposición suponía una labor extraordinaria que Kitty acometía con fervor, pero había constatado que el asunto era más complicado de lo que imaginaba. Durante días tuvo miedo de que Leo y Walter no recibieran el permiso para el día de la inauguración y no pudieran actuar. Para gran alegría y alivio de Kitty, eso había salido bien. Sin embargo habían surgido otros problemas. Afortunadamente, la villa de la familia Schmidtkunz continuaba intacta, pero habían acogido allí a la hija con su esposo y los dos hijos, que lo perdieron todo en la horrible noche del bombardeo. Por desgracia, esa hija era una mujer de lo más vulgar que no tenía ningún interés en las bellas artes y que se quejaba sin cesar porque el gran salón y el vestíbulo tenían que despejarse para la exposición y ella y su familia debían contentarse con tres habitaciones pequeñas durante algunas semanas. Tres estancias enteras para cuatro personas, por el amor de Dios. En la villa de las telas estaban bastante más apretados en esos momentos. Los lloriqueos de la hija casi habían logrado que la señora Schmidtkunz lo cancelara todo, y Kitty tuvo que hacer uso de sus dotes persuasivas para salvar la exposición. Luego hubo largos debates sobre si había que descolgar los espantosos óleos del salón para hacer sitio a los cuadros de Luise Hofgartner; la señora Schmidtkunz sufría por cada clavo que Kitty insertaba en sus paredes tapizadas y aseguraba una y otra vez que, de haber sospechado que estropearían su casa, jamás habría accedido.

—Solo lo permito porque vendrá ese teniente tan encantador que toca maravillosamente el violín. ¡Es por él por quien soporto todo esto!

Ay, qué difícil estaba siendo. ¡Y eso que los ciudadanos de Augsburgo se alegraban mucho de que volvieran a celebrarse actividades culturales! Las lecturas y las veladas musicales organizadas de forma privada se llenaban hasta los topes, la gente parecía ávida de música, literatura y arte, porque esas cosas les recordaban que lo hermoso, lo maravilloso, lo que nos eleva y nos hace felices, seguía vivo. La cultura era una de las escasas razones para la esperanza en esos tiempos oscuros.

Kitty iba a diario a la villa Schmidtkunz para hacer los

últimos retoques y tener contenta a la señora de la casa. Habían encontrado un afinador que pusiera a punto el polvoriento piano, y también llevó la buena nueva de que los estadounidenses donarían varias botellas de vino espumoso y unas cuantas latas de carne, pollo, piña y otras delicias que podrían ofrecerse en la inauguración.

La insoportable hija la acusó de despilfarro y lujo desproporcionado, y añadió que los cuadros de Luise Hofgartner eran arte degenerado para el que no había lugar en casa de su madre. Como no quería perjudicar la buena causa, Kitty hizo uso de toda su fuerza de voluntad para no estrangular a aquella persona inaguantable.

Ya estaban a 10 de septiembre y Marie aún no se había presentado en la villa de las telas. Kitty estaba más impaciente cada día; cuando iba a la villa Schmidtkunz siempre daba un rodeo por la estación de tren con la esperanza de encontrarse a Marie en el andén. Habría sido una increíble casualidad, pero la posibilidad existía. Por desgracia hasta entonces había sido en vano.

Esa mañana Kitty iba con retraso; había embalado algunos dibujos de Marek para llevarlos a la villa Schmidtkunz y estaba pensando si exponer dos obras antiguas de su propia colección cuando sonó el teléfono en el despacho de Paul.

¿El teléfono? Ay, Señor, la red telefónica estaba bloqueada, solo podía tratarse de una llamada con autorización especial. ¿Sería Tilly desde la clínica? ¿Le habría pasado algo a Sebastian?

—Paul está en su despacho —dijo Robert cuando ella estaba a punto de echar a correr—. Ha respondido a la llamada.

De todos modos salió al pasillo y esperó delante de la puerta del despacho con el corazón desbocado. Lisa estaba en la clínica, pero la pobre Charlotte estaba arriba, en su habitación; qué horror si se trataba de malas noticias, habría que comunicárselas. Henny, tan alterada como Kitty, llegó desde el salón rojo, y Humbert, que estaba recogiendo el desayuno, también se unió a ellas. Se quedaron quietos y escucharon con atención.

—Gracias —dijo Paul en el despacho.

Después debió de colgar el auricular porque no se oyó nada más. Los del pasillo intercambiaron miradas preocupadas. No parecía que fueran buenas noticias. Gertrude llegó en ese momento, y la tía Elvira se acercó cojeando apoyada en un bastón.

—¿Qué pasa? —preguntó—. ¿Ha muerto alguien?

Nadie respondió, y entonces se abrió la puerta del despacho y Paul apareció en el umbral con gesto sombrío.

—Era el doctor Kortner —dijo—. Sebastian recibirá el alta mañana.

El alivio fue generalizado. Humbert sonrió y Gertrude regresó satisfecha a su habitación.

—¿El doctor Kortner ha llamado solo por eso? —preguntó Henny, desconfiada.

Paul carraspeó y los miró a todos algo contrariado.

—Además de eso, Marie llegó a Augsburgo ayer por la noche —añadió.

Cerró la puerta con un gesto enérgico y corrió escaleras abajo hacia el vestíbulo. El grito de alegría de Kitty lo siguió muy de cerca y pareció acelerar la huida.

—¡Marie! ¡Por fin! ¿Y dónde está? ¡Paul, quieto ahí! Dime dónde está Marie…

Henny sujetó del brazo a su madre, que casi había llegado a la escalera.

—En casa de la tía Tilly, ¿dónde si no? —dijo en voz baja—. Deja en paz al tío Paul, mamá. Necesita tiempo para centrarse.

—¡Ya va siendo hora! —afirmó Kitty, indignada.

Luego lo dejó todo como estaba, se echó el abrigo sobre los hombros y salió a toda prisa. Como era de esperar, el tranvía que la habría llevado al menos hasta la plaza del ayuntamiento se le escapó delante de las narices, pero le dio igual, no le habría importado caminar hasta Nueva York para volver a ver a Marie. Llegó a casa de Tilly sin aliento y con las faldas del abrigo revoloteando, llamó al timbre sin parar y esperó con el corazón a mil por hora a que le abrieran la puerta. Pero no sucedió nada.

«¿Dónde puede estar? ¿En la consulta? Pues claro, es desde donde ha llamado Jonathan Kortner. Qué tonta he sido», se dijo. Bajó las escaleras a toda prisa y estaba a punto de salir a la calle cuando se encontró con su hija Henny.

—¡Menuda carrera te has pegado, mamá! —exclamó—. ¿No me oías llamarte?

No, Kitty estaba tan alterada que no se había enterado de nada. Delante del edificio esperaban Felix y Dodo, que también estaban ansiosos por ver a Marie.

—No está aquí —informó Kitty—. Seguramente está con Jonathan en la consulta.

—¿Y qué iba a hacer allí? —dudó Dodo—. Mamá habrá salido a dar una vuelta por Augsburgo. Al final resultará que ha ido a la villa de las telas y la estamos esperando aquí en vano. ¿Papá no ha dicho nada?

—¡El muy inútil no ha dicho nada! —se lamentó Kitty—. ¿Y qué hacemos ahora?

—Esperar —propuso Kitty—. En algún momento regresará.

—¡Voy a volverme loca! —gimió Kitty—. Marie está en Augsburgo y no la encontramos…

—¡Mirad! —exclamó Dodo—. ¡Ahí hay alguien que nos saluda!

Kitty se adelantó e hizo señas con ambos brazos. Luego paró y bajó los brazos, decepcionada.

—Pero si son Hanna y Auguste —suspiró—. ¿Qué hacen aquí?

Las dos se acercaron algo apocadas. Hanna llevaba un cesto con cebollas y patatas, en la bolsa de la compra de Auguste había tres hogazas de pan.

—Hemos salido a comprar —explicó Auguste—. Y hemos dado un pequeño rodeo porque se nos ha ocurrido que…

—Porque tenemos muchísimas ganas de saludar a la señora —terminó la frase Hanna, sonrojada por los nervios.

—Un detalle por vuestra parte —dijo Kitty, emocionada—. Pero me temo que Marie no está aquí.

—¡Qué pena! —suspiró Hanna—. Pero lo que ha dicho Humbert es verdad, ¿no? La señora está en Augsburgo.

—Eso creemos —dijo Henny—. La pregunta es si…

—¡Ahí viene alguien! —avisó Felix sonriendo.

—¿Quién? ¿Marie? —preguntó Kitty a gritos.

—No —contestó Dodo—. Son el tío Robert y la abuela Gertrude. Vienen con Wilhelm. Ya estamos aquí en la calle casi todos.

Los tres habían tomado el tranvía, pero como se detenía tan a menudo y subían y bajaban tantas personas, habían tardado bastante en llegar a la plaza del ayuntamiento.

—¿Por qué estáis todos aquí fuera? —preguntó Gertrude.

—Estamos esperando a Marie —anunció Kitty—. Debe de estar en algún lugar de Augsburgo.

—Es un poco maleducado por su parte —opinó Gertrude—. Primero se marcha a América y ahora sale a pasear por Augsburgo. Elvira ha dicho que no va a moverse de la villa porque cree que, antes o después, Marie…

—¡Ahí está! —gritó Dodo, y apartó a la sorprendida Gertrude—. ¡Mamá! Mamá, te estamos esperando…

Dodo corrió hacia su madre con los brazos abiertos, casi chocó contra dos mujeres que tiraban de una carreta, y a Kitty se le humedecieron los ojos al ver cómo se fundían madre e hija. Ay, en realidad le habría gustado ser la primera persona que abrazaba a Marie en Augsburgo. Pero Dodo era su hija, tenía derecho.

—¿Quién es ese hombre que va con ella? —preguntó Gertrude, que no tenía buena vista.

—¿Un hombre? —preguntó Auguste estirando el cuello.

—No será ese tal Friedländer —dijo Robert mirando preocupado a Kitty.

—¡Claro que no, cegatos! —rio Henny—. Es nuestro Humbert. Lleva dos bolsas, ¡el gran caballero Humbert Sedlmayer!

—¿Humbert? —preguntó asombrada Hanna—. Pero si quería ir al zapatero para que pusieran suelas a los zapatos de la señora Elisabeth...

—Pues parece que ha dado un pequeño rodeo —comentó Auguste con picardía—. Ay, Señor, ahora no sabe para dónde mirar porque las dos se están abrazando y dándose besos.

Cuando Dodo se separó de su madre, Kitty no aguantó más. Corrió por la calle hacia Marie con el abrigo al viento y la abrazó con todas sus fuerzas.

—Marie, Marie de mi corazón... Cuántos años sin vernos... Sigues tan joven y guapa como siempre... Y qué elegante vas... Ay, te estábamos esperando aquí... Sí, ha llamado Jonathan...

Ni ella misma sabía lo que estaba diciendo, el torrente le salía a borbotones y era imposible detenerlo. Marie la abrazó, lloró un poco y luego volvió a reír, solo dijo alguna palabra y esperó pacientemente a que Kitty recuperara la compostura.

—No has cambiado ni un poquito, mi queridísima amiga y cuñada —dijo con ternura, y volvió a abrazar a Kitty—. Ay, qué alegría haber vuelto a casa.

Los demás también saludaron a Marie, cada uno a su manera. Robert y Henny la abrazaron, Felix también lo hizo después de ciertos titubeos. Gertrude le acarició la mejilla en un tierno gesto maternal, y Hanna y Auguste hicieron una reverencia a la antigua usanza y le estrecharon la mano; por último, Dodo le presentó a Wilhelm como su mejor amigo y camarada. Wilhelm se inclinó educadamente y murmuró:

—Bienvenida a Alemania, señora. Es un extraordinario placer conocerla al fin…

—Estoy completamente abrumada por semejante comité de bienvenida —dijo Marie muy contenta—. Menuda reunión.

—Así es —asintió Robert—. Será mejor que subamos a la casa.

Tenía razón. Los viandantes se habían detenido a contemplar la emotiva recepción. Si pasaba por allí una patrulla estadounidense podían tener problemas, porque estaba prohibido reunirse en el espacio público.

—¿Alguien tiene llave de la casa de Tilly?

—¡Sí, claro, yo! —exclamó Marie.

Antes de que subieran, Humbert se despidió, y Hanna y Auguste dijeron que tenían que regresar enseguida porque la cocinera necesitaba las cebollas para preparar la comida.

—Todos la estamos esperando, señora —se despidió Humbert—. Como siempre dice Fanny Brunnenmayer, es usted el alma de la villa de las telas.

Esas palabras emocionaron visiblemente a Marie, que les dio las gracias.

—¡Saluden a la señora Brunnenmayer de mi parte! —les pidió mientras se alejaban.

En el pequeño apartamento enseguida se formó un gran alboroto, y Kitty lamentó en ese momento tener una familia tan numerosa, ya que no disponía de un instante a solas con Marie. Todos tironeaban de la recién llegada, la interrogaban, parloteaban sobre cosas inútiles, preguntaban tonterías, y le contaban lo mismo varias veces; Marie debía de estar mareada. Por suerte, al cabo de un rato, Gertrude fue a la cocina a preparar la comida con lo que había comprado Marie y lo que tenía Tilly, y Henny, que adivinó las intenciones de Gertrude, la siguió para evitar males mayores. Hacía mucho que la abuela Gertrude no pisaba una cocina, y de todos era sabido que antes tampoco guisaba especialmente bien.

Sin embargo, Tilly y Jonathan, que regresaban a casa a mediodía, ocuparon las plazas que habían quedado libres en el salón, y el avispado Edgar se sentó junto a Marie para contarles a todos que esa mañana le había preparado el desayuno a su tía. Al menos a partir de entonces las conversaciones abordaron temas más interesantes, porque Dodo explicó que, con ayuda de Wilhelm, podría reparar los dos telares que habían encontrado en el sótano de la fábrica.

—Todavía no he visto el terreno. ¿Ha desaparecido todo? —preguntó Marie, apesadumbrada.

—Prácticamente —respondió Dodo—. Pero cuando retiremos los escombros de la tejeduría y recuperemos los ladrillos que puedan aprovecharse, levantaremos una nave provisional.

Robert le explicó a Marie el plano de construcción que había diseñado junto con Felix. El tejado solo sería acristalado en algunas zonas para que entrara un poco de luz, el resto se techaría con tablones de madera.

—Algunos cristales siguen intactos, los desmontaremos y los colocaremos en el tejado —explicó Felix—. El suelo todavía puede aprovecharse, y es importante, porque necesitamos una superficie lisa y sólida para instalar las máquinas.

Hubo que comer en dos turnos, porque Tilly no tenía suficientes platos soperos, pero todos estuvieron de acuerdo en que estaba delicioso, y Gertrude disfrutó de los elogios de los hambrientos comensales. Durante la comida, Henny reveló que, en una de las fábricas textiles cerradas, había encontrado las hiladoras de anillos que habían pertenecido a la fábrica Melzer.

—Klippi aseguró que las había vendido —dijo Henny—. Pero jamás he visto contrato alguno. Creo que lo mejor será reclamarlas como nuestras y llevárnoslas.

—Pero no antes de que terminemos la nave… —objetó Robert.

—Lo antes posible —insistió Henny—. Si no se las llevará otro y no volveremos a ver nuestras máquinas.

Hicieron planes, Kitty comentó que podían pedir ayuda a los estadounidenses para transportar las máquinas, Dodo se preguntó dónde podrían conseguir algodón, y Felix ya estaba calculando cuántas balas de tejido podrían producir y en cuánto tiempo si se daban las condiciones óptimas.

Marie se había dedicado a escuchar en silencio, y en ese momento intercambió una larga mirada con Kitty, pues sabía en qué estaba pensando su cuñada.

—Son planes magníficos que sin duda pueden hacerse realidad —intervino entonces Marie—. ¿Y qué opina Paul de todo esto?

Al principio nadie contestó. Dodo se encogió de hombros con gesto enfadado, Henny puso los ojos en blanco y miró hacia el techo, Felix mordisqueó el lápiz.

—No mucho —dijo por fin Robert—. Últimamente parece bastante desanimado.

—Vaya, vaya —reaccionó Marie, pensativa—. Solo lo pregunto porque… al fin y al cabo, es su fábrica, ¿no es cierto?

—En realidad sí…

Cambiaron de tema y comentaron la inminente exposición en la que Leo y Walter tocarían juntos, luego Dodo habló de cuando estuvo prestando servicio como piloto, de su huida con Lilly y Wilhelm, y de cómo habían vagado de granja en granja trabajando como campesinos. Marie escuchaba, acariciaba el cabello rubio y corto de Dodo, y Kitty notó lo preocupadísima que había estado por su hija.

—Leo ha preguntado por el paradero de Kurt —le dijo Marie a Dodo—. Está en un campo de prisioneros estadounidense de Francia. Con un poco de suerte quizá lo liberen a principios del año que viene.

Leo todavía no había conseguido averiguar nada sobre los hijos de Lisa, Hanno y Johannes, pero le había escrito a su madre que lo seguiría intentando.

Estuvieron juntos hasta el final de la tarde, Tilly preparó sucedáneo de café y Marie puso en la mesa una lata de galletas de miel. Eran de Fanny Brunnenmayer, que, por lo visto, había encargado a Humbert que las llevara a casa de Tilly. Un pequeño regalo de bienvenida para la señora de la villa de las telas con ocasión de su regreso.

—¿Y ahora qué? —preguntó Robert cuando se despidieron.

—¡Pues está claro! —exclamó Kitty—. Marie, volverás a instalarte en la villa. Ya lo he organizado todo, en la terraza acristalada puedes…

—No, Kitty —respondió Marie, decidida—. Es todo un detalle, pero por ahora no. Le he escrito una carta a Paul. ¿Alguno de vosotros podría llevársela?

Henny se la guardó, le hizo un gesto de aprobación con la cabeza y aseguró que ella se encargaría. Luego se desearon mutuamente buenas noches, y los invitados atravesaron la oscura y silenciosa ciudad en dirección a la villa de las telas.

—Otro apagón —rezongó Dodo—. Desde luego, así no vamos a poder poner en marcha las máquinas.

—Eso si mañana no vuelven a cortar el agua —suspiró Henny—. Hoy justo me había enjabonado cuando…

—Bah, eso no son más que tonterías —rio Kitty—. Lo importante es que Marie ha vuelto. ¡A partir de ahora todo irá mejor!

La villa estaba a oscuras, solo en algunas ventanas se veía el débil resplandor de una lámpara de petróleo o de una vela. El despacho de Paul también estaba iluminado; quién sabría lo que estaba haciendo allí.

—Está sentado a su escritorio rumiando sus pensamientos —dijo Dodo.

42

¡Habían ido todos! Solo se habían quedado Lisa y Charlotte, que cuidaban de Sebastian, y la tía Elvira, que tenía dificultades para caminar. Pero todos los demás sí. Incluso Dodo. Y seguramente algunos de los empleados.

Paul sentía que la familia le había fallado. Estuvo un rato sentado en la terraza, furioso, golpeando ladrillos, pero después de hacer añicos varios en lugar de retirarles el mortero, lo dejó y se metió en casa. Se detuvo un instante en el vestíbulo porque en la cocina se oía un barullo de voces, pero luego se avergonzó de espiar a sus empleados y subió la escalera para atrincherarse en el despacho.

Estaba ahí. Marie estaba en Augsburgo. Tendría que enfrentarse a ella.

El silencio de la casa le resultaba angustioso. Abrió la ventana y, para su alivio, vio que Hansl y Marek quitaban malas hierbas del huerto, y que el pequeño Herrmann estaba sentado en el césped con Annemarie y arrancaba hierba con mucho entusiasmo. También apareció Liesl un momento, recogió lechugas y las llevó a la cocina en una cesta. La vida seguía su curso en la villa de las telas. ¿Por qué se había puesto tan nervioso? Que fueran a saludar a Marie, al fin y al cabo estaban en su derecho. Jonathan le había dicho por teléfono que se alojaba en su casa. Él eso no lo había mencionado, pero seguramente el resto lo había adivinado.

En cualquier caso, era preferible a que Marie se hubiera presentado directamente en la villa. Entonces él se habría encontrado en una situación difícil, ya que, por respeto al resto de la familia, le habría sido imposible impedir a Marie que se instalara allí. Sin embargo su presencia le habría puesto en un auténtico brete con respecto a Hilde.

Cerró la ventana y se sentó al escritorio. Había llegado el momento. Se había armado, tenía una lista de argumentos ordenados por temas e importancia, también había pensado en los posibles contraargumentos de ella y anotado sus respuestas. Se enfrentaba a la conversación muy bien preparado, no tenía nada que temer, ella tendría que aceptar su decisión, y en última instancia solo quedaría negociar las condiciones de la separación. Eso tampoco presentaría problema alguno: Marie no tenía participaciones de la fábrica, y él no exigía nada de lo que ella hubiera ganado en Nueva York.

No, no tenía nada que temer. Y, sin embargo, le entraban sudores solo de pensar en el reencuentro. Conocía el efecto que Marie ejercía sobre él. En sus visitas a Nueva York durante la primera época siempre era lo mismo: viajaba con muchas reservas, pero en cuanto tenía delante a Marie, la ira que pudiera albergar en su contra desaparecía y pasaban juntos y felices los pocos días que se les concedían.

Sin embargo, ahora el embrujo se había roto. Seis años habían pasado desde el último encuentro, seis largos y duros años de guerra que habían cambiado muchas cosas, incluido su amor por Marie. Ahora había otra mujer en su vida, más joven, una persona cariñosa e inteligente a la que amaba y que permanecería a su lado. Le había propuesto matrimonio a Hilde y mantendría su promesa. No era ningún mentiroso, siempre cumplía su palabra.

Para evitar mayores complicaciones, decidió hacerle llegar

a Marie un mensaje por escrito en el que la informaría de un encuentro en un lugar neutral. Propondría la casa de Tilly, aunque no le hacía mucha gracia tener que desplazarse hasta allí. Pero haría el esfuerzo; lo importante era que a Marie no se le ocurriera presentarse en la villa.

Justo había colocado una hoja de papel sobre el escritorio cuando sonó el timbre de la entrada. Se estremeció. ¿Sería ella? ¿Vendría rodeada de sus adeptos para dejarle claro que, como esposa suya que aún era, conservaba el derecho a entrar en esa casa? ¿Se atrevería a hacer algo así? Estaba dispuesto a creerla capaz.

Humbert llamó a la puerta del despacho, entreabrió y anunció:

—Disculpe que le moleste, señor. Pero tengo una buena noticia...

¡Así que era verdad!

—¿Qué noticia? —preguntó nervioso.

—Nuestra Gertie ha regresado, señor.

—¿Gertie? —confirmó Paul con alivio—. Sin duda es una buena noticia. ¿Dónde está?

—En el vestíbulo, señor.

Paul se levantó y se dirigió a la escalera. Así que Kitty lo había logrado. Una y otra vez se quedaba asombrado de las cosas que conseguía hacer su hermana. Para bien y para mal.

Gertie no se encontraba sola en el vestíbulo, la puerta de la cocina estaba abierta y los empleados la rodeaban; incluso estaba Fanny Brunnenmayer, que tenía dificultades para caminar. Liesl abrazó a Gertie, y Else también le estrechó la mano.

—¡Bienvenida de vuelta! —exclamó mientras bajaba la escalera—. Qué alegría que el asunto se haya aclarado.

Los empleados se retiraron para hacerle sitio, y él le tendió la mano a Gertie a modo de saludo. Estaba pálida y agotada, despeinada, y lo que había sido un caro traje tradicional estaba completamente ajado.

—Al final sí que me han dejado marchar —dijo en voz baja—. No puedo salir de la ciudad, pero tampoco tenía ninguna intención…

Paul quiso responder, pero en ese momento se oyó un grito.

—¡Mamá!

El pequeño Herrmann atravesó el vestíbulo tan rápido como se lo permitieron sus rechonchas piernecitas, y Gertie se agachó para coger en brazos a su niño. En la entrada del vestíbulo estaba Marek, que había llevado a su hijo a toda prisa. Presenció el feliz reencuentro con gesto contenido, se movía inquieto y parecía no saber si acercarse a Gertie o permanecer a un lado. Pero entonces Gertie se incorporó, fue despacio hacia Marek con el niño en brazos, y dijo algo que Paul no entendió, pero que dibujó una sonrisa de liberación en el rostro de Marek.

«Vaya, parece que al menos estos dos se han reencontrado. Bueno, en realidad son tres si contamos al pequeño», pensó emocionado. Echó un último vistazo al grupo, que desapareció en la cocina con el resto, se dio media vuelta y regresó a su despacho para escribir la carta a Marie.

Sin embargo resultó más difícil de lo que pensaba, ya que ni siquiera acertaba con el saludo. «Querida Marie» le parecía demasiado íntimo, en cambio «Señora Marie Melzer» era demasiado formal y, salido de su pluma, sonaba estúpido. ¿Y si escribía simplemente «Marie»? ¿O no ponía ningún saludo? Al final se decidió por esa última opción, aunque tampoco le gustaba, y cuando sonó el gong de la comida dejó la carta sobre el escritorio para seguir pensándoselo después.

Ese día el comedor estaba desacostumbradamente vacío. La tía Elvira era la única que ocupaba su sitio, y al verlo entrar comentó con una sonrisa burlona:

—¿Qué? Deserciones en masa, por lo que se ve.

—No sé a qué te refieres, tía Elvira —respondió enfadado.

Al parecer, Marek y Gertie habían preferido comer en la

cocina con el servicio. En cualquier caso parecía que los empleados estaban bien informados, porque Humbert solo había puesto cuatro cubiertos. Un poco después llegaron Lisa y Charlotte, que querían comer rápido antes de regresar a la clínica. Hilde le había explicado pocos días antes que la pausa del mediodía era demasiado corta como para ir a comer a la villa. A él no le había entusiasmado precisamente lo de su nuevo empleo, pero tuvo que reconocer que era sensato aprovechar la oportunidad. El dinero escaseaba y ella no tenía ninguna intención de ser una carga para él. Naturalmente dejaría el trabajo en la clínica en cuanto la necesitase en la fábrica de telas Melzer.

Así que comieron en *petit comité*. La conversación giró en torno a Sebastian, que al día siguiente recibiría el alta.

—Ojalá no llueva —suspiró Lisa—. Me parece mucho pedir que una persona enferma recorra a pie esa distancia… ¿Ha avanzado Dodo con el coche? ¿No dijo que el motor todavía funcionaba?

—Me temo que faltan algunas piezas —explicó Paul—. Además la carrocería está destrozada y no hay gasolina. Pero podríais tomar el tranvía…

—¿El tranvía? —exclamó Lisa, indignada—. Meter a un enfermo en ese tranvía sucio y abarrotado, con gente tosiéndole por todas partes… Ni me lo planteo, Paul.

—Le preguntaremos a la tía Marie —dijo Charlotte—. Me has dicho que esta mañana ha estado en la clínica, ¿no, mamá? Igual se le ocurre algo.

Lisa dirigió a su hija una mirada de reproche, y luego reconoció abochornada que Marie efectivamente había aparecido por sorpresa en la habitación de Sebastian.

—Me he quedado helada del susto —dijo—. Ha sido muy imprudente por parte de Marie presentarse así, sin avisar.

—¿No habías dicho que te has emocionado y que te ha hecho muy feliz que la tía Marie haya vuelto? —replicó Charlotte—. ¿Y qué papá también se ha alegrado una barbaridad?

A Charlotte le gustaba dejar a su madre en evidencia. No era la primera vez que lo hacía, pero en esa ocasión a Paul le estaba resultando especialmente desagradable.

—Bueno, sí, al fin y al cabo sigue siendo de la familia —dijo, y rebañó el plato con el trozo de pan—. Eso requiere tener la deferencia de recibirla con amabilidad, ¿verdad?

—Por supuesto —contestó Paul de mala gana.

La tarde se le hizo eterna. La inquietud se había apoderado de él, primero se sentó al escritorio para redactar la carta a Marie, luego recorrió la casa, constató que Kitty había estado en la buhardilla y se había llevado los cuadros de la madre de Marie, luego volvió a sentarse en la terraza a golpear ladrillos. Estaba de un humor huraño. ¿Por qué tardaban tanto en volver? Miraba sin cesar hacia el vestíbulo a través del cristal de la puerta de la terraza para ver si al menos regresaban Robert o Dodo con Wilhelm, pero no había rastro de ninguno de ellos. Comprobó irritado que el trabajo no avanzaba. Nadie se ocupaba del desescombro ni de los arreglos ya iniciados, ni siquiera se veía por allí a Marek, seguramente porque estaba con Gertie y el pequeño Herrmann. Pero Auguste, Hanna y Else también parecían estar vagueando en la cocina, y eso que precisamente ahora tenían ocasión de limpiar las habitaciones y sacudir las alfombras sin necesidad de molestar a sus ocupantes.

Hacia el final de la tarde metió la carta en un sobre, escribió el nombre de Marie y la dirección de Tilly, y llamó a Humbert.

—Lleve esto a casa de la señora Kortner mañana a primera hora —dijo.

—Muy bien, señor.

—Si la señora Winkler va mañana con Charlotte a la clínica, que Hansl y Marek la acompañen; avise a ambos, por favor. Tendrán que ayudar al señor Winkler durante el trayecto de vuelta.

—Muy bien, señor. ¿Quiere que preparen la pequeña carreta para ese menester?

Paul tuvo la sensación de que a Lisa no le gustaría la idea.

—Pregúntele a la señora Winkler esta noche.

—De acuerdo, señor. Auguste ha propuesto trasladar al señor Wilhelm Kayser de la terraza acristalada a la buhardilla…

—¿Por qué motivo? —preguntó Paul con el ceño fruncido.

—Así, si fuera necesario, se podría instalar una cama para su esposa en…

—Dígale a Auguste que no se preocupe por eso —lo interrumpió bruscamente—. Mi esposa no pisará esta casa.

—Le pido disculpas, señor —dijo Humbert apocado, e hizo una reverencia—. Eso mismo le he dicho yo a Auguste, pero ella ha insistido en que le transmita la propuesta.

—Tranquilo, Humbert. Gracias, ya puede retirarse.

Hilde regresó de la clínica a última hora de la tarde. La recibió en el pasillo, la abrazó y le dio un beso fugaz en la mejilla.

—¿Qué tal el día, cariño?

—Agotador —dijo apartando la cara—. Dame un poco de tiempo para recuperarme.

Su actitud de rechazo lo decepcionó, ahora precisamente era cuando necesitaba el consuelo y el apoyo de Hilde.

—Entonces hablemos después de cenar, ¿de acuerdo?

—Claro, Paul. No te enfades, pero es que el trabajo de la clínica tiene muchas cosas nuevas para mí, tengo que esforzarme mucho.

—Lo entiendo perfectamente, Hilde.

Era lógico que lo evitara. Eran cinco a cenar, el resto de la familia aún no había regresado. A Hilde no pareció sorprenderle, habló con Charlotte sobre un libro del autor noruego Knut Hamsun, luego aconsejó a la tía Elvira que se hiciera una radiografía de la espalda en la clínica, y le explicó a Lisa que las ambulancias del hospital solo se utilizaban en casos especiales.

Después llamó a la puerta del despacho, sonrió y se disculpó por no haber tenido tiempo para él hasta ese momento.

—Pero siéntate —dijo él colocándole la silla—. Tienes cara de cansada. Puede que no fuera buena idea aceptar el trabajo.

Ella no reaccionó al comentario.

—Dejémonos de rodeos, Paul. Marie está en Augsburgo. —Le dirigió una mirada seria, expectante ante la respuesta de él.

—¿Te lo ha contado Lisa?

—No. La he visto esta mañana en la clínica. Apenas ha cambiado, Paul. Solo su ropa, que es... bueno... americana.

Le pareció notar cierta admiración en sus palabras.

—Eso no tiene nada de raro, ¿no? —comentó un poco molesto—. Le he escrito para organizar un encuentro. Acordaremos las condiciones de nuestra separación y después todo seguirá según lo planeado.

Hilde guardó silencio un momento y apartó la mirada.

—Ya veremos, Paul.

Sonaba insegura, casi dubitativa. Se acercó a ella, le puso las manos sobre los hombros, se inclinó y clavó la mirada en ella.

—Tomamos una decisión, Hilde —dijo—. Quiero que seas mi esposa. Y la presencia de Marie en Augsburgo no cambia nada. Al contrario, por fin lo aclararemos todo y podremos casarnos.

Ella asintió y sonrió de un modo que él no supo interpretar. Aunque desde luego no parecía expresar alegría y confianza.

—Sigues teniendo intención de cumplir lo que me prometiste, ¿verdad, Hilde?

Ella apoyó suavemente la mano sobre el brazo de él, y ahora su sonrisa era cálida, si bien no tan feliz como a él le habría gustado.

—Te quiero, Paul —dijo en voz baja—. Ya lo sabes. Lo demás ya se verá.

Se levantó y dejó que él la abrazara, Paul la besó y ella le devolvió el beso con una pasión inesperada. Luego se soltó bruscamente de él.

—Buenas noches, Paul —dijo, y se alisó el pelo despeinado con la mano.

—¿Vas a acostarte ya?

—Estoy cansada, cariño. Mañana tengo que levantarme temprano.

Paul lo comprendió y no le molestó el desaire. Él tampoco tenía ganas de una noche de amor.

—Que duermas bien…

No durmió precisamente bien. Permaneció sentado en el despacho junto a una vela, porque se había ido la luz una vez más, y esperó. Cuando por fin oyó en el vestíbulo que habían regresado, apagó la vela y se fue a la cama.

Al día siguiente, antes del desayuno, una ambulancia se detuvo ante la entrada de la villa y Sebastian subió la escalinata después de estrechar la mano del conductor y el acompañante en señal de agradecimiento. Tilly había organizado el traslado. Lisa recibió a su marido en la bata que se había confeccionado ella misma, Charlotte seguía en camisón, Wilhelm era el único que estaba vestido y salió de la terraza acristalada para ayudar al convaleciente a subir los escalones.

La mesa del desayuno se llenó de gente, charlaron y se contaron muchas cosas, todos parecían muy animados, pero Paul percibía claramente que había cierta tensión en el ambiente.

Junto a su plato encontró una carta. La recogió apresuradamente y se la guardó en el bolsillo de la chaqueta porque había reconocido la letra. No volvió a sacar el sobre hasta que estuvo solo en el despacho.

Querido Paul:

Ayer llegué a Augsburgo, y fue maravilloso sentirme tan bien recibida en mi antiguo hogar. Como conozco tus planes de futuro, por ahora no pondré el pie en la villa de las telas para no causarte ningún disgusto. Te propongo que nos reunamos en territorio neutral para tener una conversación. La casa de Tilly me parece adecuada, ya que por las mañanas podemos estar a solas.

Mañana se inaugura la exposición de Kitty, y he prometido que ayudaré con los preparativos. Por eso me vendría bien que nos viéramos pasado mañana hacia las diez. Dime por favor qué te parece mi propuesta.

MARIE

Leyó el texto dos veces y sintió alivio y decepción a partes iguales. Era amable, sin florituras, poco se le podía objetar. Podría haberse ahorrado mencionar que había sido «tan bien recibida», pero decidió no tomárselo a mal. Lo cierto era que en aquella carta no había motivo alguno para enfadarse con Marie. Curiosamente, lo lamentaba.

Tras ciertos titubeos, se sentó y escribió una respuesta.

Querida Marie:

Parece que nuestras cartas se han cruzado. Como las intenciones de ambos son las mismas, estoy de acuerdo con lo que propones.

Gracias,

PAUL

Después de enviar a Humbert con la respuesta, sintió que se tranquilizaba y que podía esperar serenamente a ver qué sucedía. Por lo visto ella no tenía intención de montar un escándalo o azuzar a la familia en su contra. Era sensata, lo hablarían todo con calma y era posible que incluso conservaran la amistad. El asunto no podía ir mejor.

Por la noche se sentó con Hilde, le mostró la carta de Marie y afirmó que todo se solucionaría sin problemas. Ella pareció alegrarse. Hicieron planes de futuro durante un rato, imaginaron una breve luna de miel, y Paul profetizó que el declive económico tocaría fondo a mediados del año siguiente a más tardar. Después ambos se fueron a la cama. Por separado.

Esa noche Paul soñó que estaba en Nueva York. Recorría calles anchas, ruidosas, infinitas, la multitud se abalanzaba hacia él en dirección contraria, los vehículos pasaban por su lado a toda velocidad, otros transeúntes trataban de empujarlo. Avanzaba a contracorriente, sudaba por el esfuerzo, remaba con los brazos y por fin avistó la casa de ladrillo marrón, la puerta pintada de verde, las ventanas rodeadas de hiedra. Quiso abrir la puerta, pero estaba cerrada con llave. Llamó al timbre, pero nadie lo oyó. Y entonces distinguió la silueta de dos personas fundidas en un abrazo junto a la ventana, un hombre y una mujer...

Se despertó bañado en sudor, se incorporó en la estrecha cama y alargó el brazo hacia la jarra de agua. «Pues claro. Por eso está tan serena», pensó. ¿Cómo había podido olvidarlo? Sintió un dolor tirante en el pecho, que tampoco cedió al beber un sorbo de agua. Marie ya no lo necesitaba; podía estar tranquilo porque todo se resolvería de la manera más sencilla. Empezó a sollozar estremecido de dolor, y se llevó rápidamente la almohada a la cara para que nadie le oyera. Estaba claro que los nervios le habían pasado factura.

Al día siguiente notó que una ferviente impaciencia lo dominaba. Maldijo la exposición de Kitty, que retrasaba la conversación pendiente, y trató de ocupar el tiempo con distintas tareas. Se acercó a los terrenos de la fábrica, donde Wilhelm y Dodo estaban desmontando los telares pieza por pieza, habló con ellos y ayudó un poco; luego visitó a Sebastian, que lamentaba profundamente estar confinado en casa durante las siguientes semanas.

—Me habría encantado asistir a la inauguración de la exposición de Kitty —dijo—. Tú irás, ¿no, Paul?

—¿Yo? No creo.

Sebastian le tomó la mano.

—Pues deberías —dijo con suavidad—. Leo es tu hijo, haz las paces con él.

Sabía que la intención de Sebastian era buena y no quería hacerle daño, por eso musitó que se lo pensaría. Luego cambió de tema, le preguntó varias cosas y se retiró con la excusa de que tenía que redactar un par de cartas para el registro de Dodo.

—Ay, la burocracia... —Sebastian lo despidió con la mano.

En el fondo no tenía inconveniente en volver a ver a Leo. Había sido un duro golpe enterarse de que había luchado contra su propio país como soldado estadounidense, pero ya había hecho las paces con aquello. Su hijo era adulto y había tomado una decisión; Paul estaba dispuesto a aceptarla y tenderle la mano en señal de reconciliación. El motivo por el que no quería acudir al acto era otro.

Por la tarde, Dodo llamó a la puerta del despacho. No llevaba el pantalón de deporte que solía ponerse cuando trabajaba con las máquinas, sino uno de sus vestidos.

—Pero qué guapa estás —comentó—. Por fin sale de nuevo a la luz la hija tan cautivadora que tengo.

—¡Zalamero! —contestó, y se le dibujó en la cara una sonrisa tonta—. La que representa el papel de hija cautivadora es Henny, desde hace años y con gran perseverancia. ¿Qué haces vestido con esa vieja chaqueta, papá?

—¿Qué te parece que debería ponerme para trabajar en el despacho? ¿El frac?

Dodo puso los ojos en blanco.

—Déjate de teatros, papá. Cámbiate, te espero.

Paul suspiró. No le gustaba decepcionarla.

—Por favor, Dodo... No quiero asistir a la inauguración.

—¿No quieres volver a ver a Leo? —exclamó furiosa—. ¿Cómo puedes hacerme esto? Tengo muchísimas ganas de verlo, casi las mismas que de que nos acompañes y de que esta familia se reencuentre por fin...

Se le encogió el corazón porque Dodo se echó a llorar. Nunca la había visto así. Se levantó, la abrazó y murmuró:

—Vete, hija. Seguro que Leo te está esperando. Igual... igual voy más tarde...

—¿Qué significa «igual»? —preguntó y se sorbió la nariz.

—Ya veremos...

—¡Qué cobarde eres, papá! —le gritó, se separó de él y, enfadada, dio un portazo tras de sí.

«Cobarde. Sí, seguramente lo soy. También podría considerárseme precavido. Sensato. Prudente. Pero en realidad es cobardía, tiene toda la razón», se dijo. Permaneció sentado al escritorio y dejó pasar el tiempo. Estaba oscureciendo, escuchó movimientos en el vestíbulo, al parecer habían decidido ir todos juntos a la ciudad. Kitty ya estaba allí desde por la mañana, ahora se ponía en marcha el resto. Henny, Felix, Robert, Gertrude, Dodo y Wilhelm, Hilde también se había animado. Seguro que Marek iría, quizá acompañado por Gertie. Auguste y Hanna tenían la noche libre, también formaban parte del grupo. Se acercó a la ventana y los vio marcharse, llevaban dos faroles por si acaso; los cortes de luz eran imprevisibles...

Poco antes de las ocho se cambió, eligió uno de sus mejores trajes, se colgó el abrigo del brazo y atravesó el vestíbulo a toda prisa. Humbert lo vio de todos modos, por supuesto; se acercó corriendo para darle el sombrero.

Al llegar delante de la villa Schmidtkunz se dio cuenta de

que había olvidado ponerse el abrigo. Las ventanas del primer piso estaban iluminadas, se oía música, era una obra de Johann Sebastian Bach para violín y piano que Leo y Walter ya solían tocar tiempo atrás. En la entrada había un empleado del servicio encargado de mantener alejados a los asistentes indeseados. Sin embargo, al acercarse Paul, lo reconoció y le indicó el camino hacia arriba.

Las estancias estaban abarrotadas de gente. Permaneció un tiempo en el pasillo porque no quería abrirse camino entre los asistentes, e intentó avistar a los músicos. Hacía tiempo que el público había acabado con el bufé que tenía al lado, no quedaba nada aparte de varios palillos y un trocito de piña.

—Llegas tarde —le dijo alguien a su espalda—. Tendrás que irte con las manos vacías.

Esa voz… Se quedó petrificado, notó que el corazón le daba un vuelco y no se atrevió a volverse. De pronto allí estaba, ante él, mirándolo a la cara y sonriendo.

Marie. Sus ojos oscuros y tiernos, que tantas veces había visto en sueños, que jamás había olvidado. Su presencia fuerte y delicada. La atracción, que no había desaparecido. Se sintió impotente, no supo qué hacer ni qué decir.

—No he venido por el bufé —musitó finalmente.

—Ya lo sé, Paul…

El encantamiento no se había roto, era incluso más fuerte que nunca.

—Nos vemos mañana —dijo Marie, se dio media vuelta y desapareció.

43

Qué delgado estaba. Los seis años de guerra le habían encanecido el pelo y agriado el gesto. De todos modos había percibido que su amor hacia ella seguía vivo. Ay, qué terco era su Paul. No quería comprometerse, se hacía el inaccesible, como si él llevara la voz cantante. Pero se había estremecido al oír su voz. Había visto que le temblaban las manos. Por mucho que se dominara, las manos lo habían delatado.

Marie se apartó, se escondió entre los demás visitantes de la exposición, aplaudió entusiasmada cuando Leo y Walter terminaron de tocar, y respondió a los elogios y las preguntas de varios conocidos de Augsburgo que la habían reconocido y la saludaron con alegría.

—¡Vaya con Leo! Pero antes ya tocaba muy bien el piano.

—A Walter Ginsberg no lo habría reconocido.

—¡Por fin asistimos a un concierto! Ha sido un placer, señora. Enhorabuena por ese hijo tan talentoso…

Mientras respondía, el corazón le latía tan fuerte que tuvo miedo de que se le notara lo agitada que estaba. ¿Dónde se había metido? ¿Se habría marchado ya? Ay, ojalá se quedara. Solo quería verlo, saber que estaba allí, observarlo y buscar señales de que no se había equivocado. De que quizá todavía la amaba.

—Paul está aquí —le susurró Kitty—. ¿Ves, Marie? Sabía que no se aguantaría... ¿Ya te ha saludado?

Kitty estaba exaltada, como siempre en ese tipo de ocasiones, se reía más fuerte que de costumbre, hablaba sin descanso y parecía nadar entre la multitud como si de su piscina particular se tratara.

—Hemos hablado un poco...

—¡Qué bien! —suspiró Kitty, embelesada—. Seguro que ha estado un poco torpe. ¡Pero eso no significa nada, Marie!

—Lo sé...

Kitty siguió nadando por la sala, repartiendo lo que quedaba de espumoso, riendo, gritando de alegría, bromeando, coqueteando. Marie enseguida la perdió de vista, pero ahora distinguió a su hijo Leo por un hueco entre los invitados. Al igual que Walter, también se había presentado vestido de uniforme, y ahora lo rodeaban varios oficiales estadounidenses que lo felicitaban a él y a Walter por su estupenda actuación. Marie avanzó un poquito y descubrió a Paul, que conversaba con dos conocidos de la ciudad. O sea que se había quedado, qué bien. Observó aquellos gestos que le resultaban tan familiares, se alegró cuando una sonrisa se le deslizó por el rostro, creyó distinguir su voz entre el barullo de la sala.

¿Qué hacía ahora? Había levantado la cabeza y parecía buscar a alguien, luego se fue y ella tuvo que moverse para seguirle con la mirada. Se había acercado al piano, donde Leo aún estaba rodeado por sus admiradores. Marie vio que Walter le daba un codazo a su amigo, que Leo levantaba la mirada y que se le tensaba el rostro. Dio dos pasos hacia su padre, ambos quedaron frente a frente... y precisamente entonces tuvo que ponérsele delante la señora Schmidtkunz para preguntarle si le gustaba la exposición.

—Es fantástica —dijo Marie con cortesía forzada—. Ha sido muy generoso por su parte ceder las estancias de la casa.

—Me ha costado varios ataques de nervios, querida señora Melzer. Pero ese joven violinista me ha embelesado, tiene un timbre tan maravilloso y cálido…

Como se giró hacia Walter, Marie aprovechó para dar varios pasos hacia la izquierda. Ahí estaban los dos, Leo y Paul parecían estar hablando entre ellos, y entonces Paul le tendió la mano a su hijo. Y Leo se emocionó tanto que en lugar de estrecharle la mano, se le echó a los brazos. Marie quiso llorar de felicidad. ¡Menuda velada! Todo había sido cosa de Kitty, tendría que pedirle disculpas porque al principio esa exposición le había parecido una de las ideas más descabelladas de su cuñada.

—Pues yo le habría dado un par de bofetadas a mi hijo —oyó cuchichear a sus espaldas—. ¡Un joven alemán luchando para el enemigo! ¡Qué vergüenza!

Marie se quedó helada y de pronto comprendió que aquella feliz reconciliación no gustaba a todo el mundo. Aún seguía asustada cuando escuchó las duras palabras que se siguieron susurrando.

—Uno es medio judío y el otro judío entero. Ahora salen de sus agujeros, recibirán casas bonitas y ayudas especiales, mientras nosotros nos morimos de hambre…

—La americana esa también ha vuelto. Ha estado tan tranquilita en Nueva York mientras aquí caían las bombas, y ahora viene y extiende la mano…

El bloqueo de Marie dio paso a una furia incontenible. Se volvió y miró directamente a los ojos de quien hablaba. Conocía a esa mujer, era la hija de la anfitriona, Kitty se la había presentado esa misma mañana. Al parecer no había reparado en Marie hasta entonces y la miró con los ojos muy abiertos. Pero antes de que Marie pudiera decir nada, Dodo apareció de pronto a su lado.

—¿Hablaba usted de mi hermano y de mi madre? —preguntó en tono desafiante.

—¿Por qué lo dice? —fue la arrogante respuesta.

—¡Por esto! —gritó Dodo a la vez que le derramaba el contenido de su copa en la cara.

La mujer gritó, el zumo de naranja amarillento le caía por la cara y el cuello, se le acumulaba en el escote y se le escurría hacia dentro. Dodo agarró a su madre por el brazo y se la llevó consigo.

—Si no fuera por la tía Kitty, le habría dado un buen tortazo —gruñó furiosa—. Menuda víbora. Pero no te pongas nerviosa, mamá. Nos mantendremos unidos.

—Habría bastado con darle la respuesta que se merecía —opinó Marie, que a pesar de todo estaba horrorizada por lo que había hecho Dodo.

—A eso solo se puede responder una cosa —rezongó Dodo—. Ahí es donde terminan la educación y las buenas maneras…

Kitty fue a su encuentro loca de alegría.

—No os lo vais a creer, ya hemos vendido tres cuadros de Marek. Y el coronel Norton me ha preguntado si la pintura de tu madre está a la venta, Marie. Ya sabes, esos dibujos eróticos… ¿Qué está pasando ahí?

Estiró el cuello porque de la sala contigua llegaban gritos de indignación, alguien corría por el pasillo empujando a varios de los asistentes.

—Se habrá caído alguna copa de zumo —dijo Dodo sin inmutarse.

—¡Ay, Señor! —exclamó Kitty—. Qué pena de zumo. ¿Podrías hablar con el coronel, Marie? Parece entusiasmado de verdad. Le he dicho que el cuadro sobrevivió a los bombardeos por los pelos…

—Háblalo tú con él, Kitty —dijo Marie, que en ese momento no tenía la cabeza para el coronel Norton ni para los negocios—. Los cuadros de mi madre que se han conservado están todos a la venta, ya no les tengo apego.

—¡Oh, no todos! —exclamó Kitty—. Estoy decidida a

conservar uno de ellos. Pero no te preocupes, Marie, yo me encargo... Ah, ahí viene Leo, y lo acompaña Walter... Me habéis hecho llorar de la emoción, Leo. Todavía no me he recuperado...

Primero abrazó a Leo y luego a Walter, repartió besitos y se marchó deprisa a comunicarle al coronel Norton la buena noticia de que el cuadro de Luise Hofgartner estaba a la venta. Aunque tenía su precio.

—¡Leo! —dijo Marie, y tomó la mano de su hijo—. Cómo me alegro de verte. Y has hablado con tu padre. ¿Os habéis reconciliado?

Leo asintió.

—Sí, mamá. Estaba muy distinto de cuando fue a Estados Unidos. Muy cariñoso. Me ha dicho que se alegraba de volver a verme, y también que me entendía... Creo que la guerra lo ha cambiado. ¿Has... has hablado tú también con él?

—Solo un poco...

Ambos callaron. Leo no quería hacer preguntas indiscretas y Marie no habría podido responderlas. Walter los sacó del apuro porque había descubierto a Hanna y Auguste, que se mantenían en un segundo plano esperando para estrechar la mano de los dos músicos.

—Ay, Leo —suspiró Auguste—. Yo te he visto en pañales y te he dado papillas, y te has convertido en un compositor famoso. ¡Nuestras felicitaciones!

—Muchísimas gracias, Auguste —contestó Leo—. Sé que vosotros, los espíritus fieles de la villa de las telas, siempre habéis cuidado con mucho cariño de Dodo y de mí. ¿Ha venido Liesl también?

—¿Liesl? —preguntó Hanna—. No tenía libre esta noche. Pero si quiere, la saludaré de su parte.

—Sí, por favor, Hanna —dijo Leo—. Y espera... dale esto.

Se sacó del bolsillo el programa de la velada con cierto bochorno y escribió algo en él. Hanna cogió la nota, la dobló cuidadosamente y se la metió en el bolsito de terciopelo negro que solo utilizaba para ir a misa.

—Vámonos a casa, Auguste —dijo entonces—. Menudas trasnochadoras estamos hechas. El señor acaba de bajar con la señora Gertrude, ya tenían los abrigos puestos.

Así que se había ido. Marie sintió de pronto una gran decepción. Se había marchado sin despedirse de ella, simplemente había desaparecido. ¿Era posible que se hubiera equivocado? ¿La emoción de su reencuentro después de tantos años le habría hecho proyectar en él sus esperanzas y deseos, que no se correspondían con la realidad?

«Mañana se aclarará todo. Mañana sabré si tomé la decisión correcta o si tendría que haber hecho caso de la advertencia de Karl», pensó apesadumbrada. De repente recordó las malvadas palabras que se habían susurrado a sus espaldas. Volver a su hogar en cuanto fuera posible le había parecido fácil y natural. Pero ahora estaba desanimada.

Salió al pasillo a preguntar si podían servirle un vaso de agua y, mientras bebía a tragos apresurados, se le acercó una joven con abrigo y sombrero. Esta vez reconoció a Hilde Haller a la primera.

—Buenas noches, señora Melzer.

—Buenas noches. ¿Ya se marcha?

Hilde Haller se ciñó el cinturón del abrigo y luego miró a Marie.

—Sí. Ha llegado la hora. Me han asignado una habitación en la residencia de las enfermeras del hospital. El toque de queda es a las diez. —Sonrió un instante al ver desconcertada a Marie, luego adoptó un gesto serio—. Desde hoy ya no vivo en la villa de las telas, señora Melzer. Me ha parecido importante informarle de ello.

Marie se quedó sin respiración. ¿Qué significaba aquello?

—¿Lo sabe mi marido? —preguntó en voz baja.

—No —respondió Hilde—. Se enterará mañana. Voy a escribirle una carta.

—Espero que sepa lo que está haciendo, señorita Haller —dijo Marie.

—Desde luego que lo sé —contestó—. Compréndame, señora Melzer. Ha sido un bonito sueño, pero nunca me lo he creído del todo. Les deseo suerte. Adiós.

Las últimas palabras sonaron roncas, pronunciadas casi a regañadientes. Hilde Haller se metió las manos en los bolsillos del abrigo y bajó las escaleras. Caminaba algo rígida, en los últimos peldaños se agarró a la barandilla. Marie hizo el gesto involuntario de salir tras ella para decirle algo amable, quizá también para consolarla, pero en ese momento aparecieron Walter y Leo en el pasillo.

—Me temo que debemos despedirnos, mamá —dijo Leo rodeándola con el brazo—. Un vehículo militar nos llevará a Núremberg, nos está esperando en la estación.

—Entonces vamos juntos, Leo —dijo tras decidirlo en ese mismo momento—. La casa de Tilly está muy cerca de la estación. Un séquito de dos soldados estadounidenses me hará sentir segura.

—Será un honor —aseguró Walter haciendo una reverencia—. La protegeremos con nuestra vida de rusos, espíritus, juerguistas y fantasmas.

«El bueno de Walter se ha bebido alguna que otra copa de más», pensó Marie, y le dio las gracias también jocosamente por su exagerada caballerosidad.

Se despidió de Dodo y de Felix, que estaban allí cerca, y les pidió que le agradecieran una vez más a Kitty el haber organizado una velada tan agradable.

—Hasta pronto…

—¡Eso seguro, mamá!

Se dieron un beso, Leo abrazó a su hermana y prometió no tardar en dar señales de vida, y Walter le estrechó la mano a Dodo. Marie se puso el abrigo apresuradamente y bajó las escaleras, pero Hilde Haller ya había desaparecido. ¡Qué sincera y valiente era aquella mujer! Marie se sorprendió pensando que Paul no había elegido mal.

«Puede que me haya vuelto superflua. Hace tiempo que han ocupado mi lugar, todos estos años he estado persiguiendo un fantasma. El fantasma de un gran amor inquebrantable que supera todos los obstáculos. Pero ese tipo de amor no existe. Nadie es irremplazable, tampoco yo», pensó con tristeza.

Hablaron poco mientras atravesaban la ciudad camino de la estación. En casa de Tilly había luz; ella y Jonathan habían visitado la exposición brevemente y luego se habían retirado con Edgar para acostar al muchacho.

—Ojalá pudiera quedarme un poquito más —dijo Leo a modo de despedida—. Pero el deber nos llama. Hay que terminar lo que se empieza. Dame otro abrazo, mamá. ¡Lo conseguirás! Estoy seguro.

Marie se arrimó a su hijo mayor, que ahora le parecía una persona distinta de la que era un año atrás. Seguía siendo el músico, un joven sensible y empático. Pero la experiencia de la guerra lo había cambiado, lo había endurecido, era más decidido, más masculino.

—¡Hasta la próxima, mi Leo querido!

También abrazó a Walter, que se sonrojó y al mismo tiempo pareció alegrarse mucho. Luego abrió el portal, se volvió una última vez y les dijo adiós con la mano.

No había mucha luz en la escalera y por suerte no se cortó la corriente en ese momento, porque no llevaba linterna. De pronto oyó que la llamaban y se estremeció.

—¿Marie? No te asustes. Soy yo.

No se habría asustado más ni aunque la escalera se hubiera desplomado bajo sus pies. Era la voz de Paul. Ahora también distinguía su silueta en el descansillo.

—Te estaba esperando —dijo bajando un peldaño hacia

ella—. Perdona que te aborde así. Pero de camino a casa me ha surgido una pregunta que necesito aclarar antes de nuestra conversación de mañana. Por eso he regresado.

Ella no creyó ni una palabra de lo que decía, pero una vez pasado el susto inicial, sintió una cálida sensación de felicidad que se fue propagando por su interior. Había regresado. Incluso la había esperado pacientemente.

—¿Y querías aclararlo aquí, en la escalera? —preguntó.

—No. Vayamos a dar una vuelta —propuso—. No tengas miedo, llevo una linterna por si se va la luz.

—Bien pensado. Yo todavía no me he acostumbrado a los cortes.

—Aquí hemos tenido que acostumbrarnos a muchas cosas que no nos gustan.

Marie esperó a que llegara a su lado, pero él siguió bajando y ella fue detrás. Caminaron en silencio por la calle en calma; al oír voces alegres más adelante, Paul tomó una bocacalle. Tuvo que encender la linterna porque allí el alumbrado no funcionaba y había montañas de escombros en el camino.

—Está todo destruido —dijo Marie con pesar—. Todo el casco antiguo. Sin duda también la vieja posada El Árbol Verde, donde vivió mi madre…

Él guardó silencio, pero ella sabía que estaba pensando en el día que protegió a la ayudante de cocina Marie de un brutal ataque en aquel lugar. Por aquel entonces estaba perdidamente enamorado de ella.

—También las casas de Milchberg que pertenecían a Maria Jordan… —comentó él—. Es el pasado y no volverá.

Las palabras le sonaron duras. El pasado había quedado atrás. De forma irremediable. Lo que vendría ahora era incierto.

Por fin se detuvo y se volvió hacia ella. Estaba demasiado oscuro para distinguir su expresión, pero lo tenía tan cerca que le pareció percibir su calor corporal.

—Hay algo de lo que quiero estar seguro —dijo—. Tiene que ver con tu relación con Karl Friedländer.

¿Por qué tenía la necesidad de aclararlo esa noche?

—Es un amigo —contestó—. Me ha ayudado mucho y quizá en algún momento pensó que podíamos ser algo más. Pero por mi parte nunca hubo interés, y por eso no pasó de ahí. ¿Eso responde a tu pregunta?

Paul titubeó, aún se preguntaba si podía creerla.

—Bueno, sea como sea, está bien que encontraras a alguien que te apoyara —dijo finalmente.

¿Quería tranquilizar su conciencia? Al fin y al cabo, todavía no sospechaba que Hilde Haller había sacado sus propias conclusiones y quizá él seguía pensando casarse con ella.

—A ti te sucedió lo mismo, ¿verdad? —dijo de forma tan natural como le fue posible.

—Sin duda.

No parecía dispuesto a revelar más sobre sus planes de futuro, pero seguía muy cerca de ella y no daba ninguna señal de querer poner fin a la conversación. La luz de la linterna se deslizó sobre piedras y fragmentos de cristal, alcanzó unas vigas carbonizadas, luego Paul la apagó.

—Creo que has escogido bien —dijo Marie—. Esta noche he tenido una breve conversación con Hilde Haller y me ha parecido muy simpática.

—¿Has hablado con ella? —preguntó asustado.

—Ella me ha abordado.

—Entiendo… ¿Y… no te ha molestado?

—No, Paul —respondió en voz baja—. He comprendido que yo estaba persiguiendo un sueño. Cuando decidí regresar a Alemania creía firmemente que entre nosotros no había cambiado nada. Pero me equivocaba. Es duro, pero me las arreglaré.

Ahora notaba su respiración y sabía que se estaba conteniendo. El cuerpo entero le pedía abrazarlo, pero no habría sido prudente y por eso no lo hizo. Esperó con el corazón desbocado.

—Seguiremos en contacto, Marie —acertó a decir por fin—. En contacto muy estrecho. Aunque solo sea... aunque solo sea por nuestros hijos. Y también porque...

Se detuvo, y la expectativa hizo que a Marie el corazón le martilleara en el pecho.

—¿Por qué...? —preguntó en un susurro.

Él carraspeó. Debía de resultarle muy difícil dejar caer la máscara.

—Porque tantos años de matrimonio no pueden borrarse sin más. Está claro que sigue habiendo sentimientos...

—Sí, los hay...

—Solo que la realidad ahora es otra. De todos modos podríamos conservar la amistad... una relación de confianza... Espero que no me malinterpretes, Marie...

—Entiendo muy bien lo que dices, Paul. Yo también he pensado lo mismo.

—Me alegro.

No se movieron, permanecieron muy juntos en la oscura calleja. El embrujo caía sobre ellos como una red invisible, cada vez se estrechaba más, iba mermando el espacio entre ambos. Entonces se oyeron risas en el callejón contiguo, alguien pateó una puerta, se abrió una ventana, y fuertes insultos atravesaron la silenciosa noche.

Paul dio un paso atrás y encendió de nuevo la linterna.

—Vamos, Marie —dijo—. Te acompaño hasta la puerta. Mañana nos vemos.

Ella no dijo nada. El instante que quizá los habría reunido había pasado. Caminó a su lado decepcionada, percibía claramente que él también estaba insatisfecho, pero sabía que no lo admitiría.

—Buenas noches, Paul.

—Buenas noches, Marie.

Él hizo un gesto con la cabeza y se marchó. Lo siguió con la mirada un momento, vio que la silueta se alejaba poco a poco y se fundía con las sombras de los edificios, después se dio media vuelta y abrió el portal.

Entonces sucedió el milagro.

—¡Espera!

Se volvió de repente, oyó pasos apresurados, al principio creyó que se había confundido, pero entonces apareció ante ella sin aliento.

—¡Pero si ya lo sabes! —le siseó—. ¿Por qué juegas a este juego? Maldita sea, Marie, ¡no te estás portando bien conmigo!

—No entiendo…

Entonces la abrazó con violencia. La agarró y la estrujó contra sí con rabia, sin ternura alguna. Enterró los dedos en su pelo, la besó en las mejillas y la frente, le encontró la boca y apenas le dejó respirar. ¿Dónde habían quedado todos aquellos años? Él volvía a ser el joven señor Melzer y ella, la ayudante de cocina de la villa de las telas.

—¿Qué estás haciendo? —musitó cuando él la dejó recuperar el aliento.

—¡No me vengas con que te ha sorprendido!

—No me esperaba semejante asalto.

—¿Quieres que me vaya?

—No —contestó, y le metió los brazos por debajo del abrigo para abrazarlo más fuerte—. Quédate conmigo, por favor. Te quiero. Me da igual lo que hagas o dónde estés. No puedo evitar amarte.

—Me temo que a mí me pasa lo mismo —reconoció, y apoyó la cabeza en el hombro de Marie—. Me tienes atrapado y atado para toda la vida. Aunque de vez en cuando cometa estupideces, en el fondo de mi corazón sé que pertenezco a una única mujer. Y esa eres tú, mi amor.

Permanecieron un rato abrazados, disfrutaron de ese instante en el que ambos volvieron a sentir que ya nada se interponía entre ellos, ni el océano, ni la mentira ni el autoengaño.

—¿Y qué hacemos ahora? —preguntó Marie cuando sus labios se separaron.

—Vamos a casa —decidió Paul.

—¿A la villa de las telas? ¿Ahora? ¿En plena noche?

—Tengo llave de la casa —bromeó él.

—Pero Kitty ha dicho que…

—No digas nada, Marie. No voy a volver a perderte. Ni un segundo. Y mucho menos una noche entera.

Recorrieron las calles de la mano, entre las ruinas descubrieron algún que otro edificio que había quedado en pie, él le enseñó las tiendas que se habían reabierto en sótanos y edificios dañados, la fuente de Augusto, que se alzaba de nuevo en su lugar de la plaza del ayuntamiento.

El barrio de Jakober estaba especialmente destruido, y como la luz se había cortado de nuevo, Paul opinó que era mejor que no viera todo aquello. Avanzaron guiados por el resplandor de la linterna, Paul la sujetaba con fuerza de la mano, y llegaron al portón de entrada de la villa de las telas.

—Cuidado, cariño. La avenida tiene varios baches, agárrate a mí…

—Todavía hay luz en la cocina. Parece una lámpara de petróleo.

—Y arriba también. Es nuestro dormitorio. Me temo que por ahora lo ocupan Lisa, Sebastian y Charlotte.

—¿Y dónde piensas meterme? —preguntó—. ¿En la lavandería?

—No es mala idea —bromeó—. Llevo meses durmiendo allí.

—¡Madre del amor hermoso!

Si Paul creyó que podrían entrar a hurtadillas sin que nadie los viera, se había equivocado de pleno. En cuanto pisaron los primeros peldaños de la escalinata y Paul sacó las llaves del bolsillo, se abrió la puerta y en el umbral apareció Humbert.

—¡Bienvenidos! —dijo emocionado—. Bienvenida a la villa de las telas, señora. Me cuesta expresar lo mucho que me alegro… No tengo palabras.

—Se lo agradezco de todo corazón, Humbert —dijo Marie, conmovida—. ¿Cómo es que sigue despierto a estas horas?

—Yo tampoco me lo explico, señora…

No era el único que aún estaba en pie. Cuando entraron en el vestíbulo, se abrió la puerta de la cocina y se asomó Auguste, pero Else enseguida la hizo a un lado y de fondo se oyó la voz de la cocinera.

—Dejadme pasar. ¡Quiero verlo con mis propios ojos!

Fanny Brunnenmayer salió al vestíbulo cojeando. A Marie le pareció que se había encogido. Su rostro redondeado se había plegado y arrugado, pero conservaba la mirada altiva de siempre.

—Pues sí que es ella —dijo, y se detuvo delante de Marie—. Bienvenida de nuevo a la villa de las telas, Marie Melzer. Ya puedo cerrar los ojos en paz, porque la casa ha recuperado su alma.

Marie le estrechó la mano ancha y encallecida y tuvo que secarse una lágrima. Ay, cuánto había echado de menos a sus leales empleados. Y qué maravilloso era volver a verlos allí, como si no hubieran pasado los años.

Else y Auguste se acercaron, Hanna las siguió, y Liesl también se había quedado con Hansl en la cocina; Annemarie era la única que dormía serena y profundamente en el banco junto a la estufa. Debajo estaba el perro, Willi, que en ese momento se levantó despacio y se estiró para después deslizarse hacia el vestíbulo y olisquear sin prisa a Marie. El resultado pareció gustarle, porque movió un poco la cola y luego dio media vuelta para regresar a su rinconcito cálido junto a la estufa.

A Paul le sorprendió cómo habían recibido los empleados a Marie, pero al mismo tiempo le alegró sobremanera. Aunque estaba impaciente porque quería estar a solas con ella.

—Ahora que conocen todos la nueva situación —dijo—, creo que podemos irnos a dormir en paz. Les deseo a todos una buena noche.

Rodeó a Marie con el brazo, y se disponía a subir con ella la escalera cuando Auguste se interpuso en su camino.

—Disculpe, señor. Pero tenemos... Bueno, es que... El señor Wilhelm Kayser se ha trasladado a la lavandería esta misma noche.

Paul se detuvo y frunció el ceño.

—¿Y eso por qué? Pero, Auguste, si te había dicho que...

—Perdóneme, pero su hija lo quiso así —añadió Auguste rápidamente—. También nos pidió que preparáramos una cama en la terraza acristalada con los almohadones de los sofás del gabinete.

—Y Dodo ha... No lo entiendo —se asombró Paul, y dirigió a Marie una mirada interrogante—. ¿Tú sabes algo de esto, Marie?

—No, Paul. Solo sé que mi hija Dodo es una personita muy decidida.

—Soy consciente de ello —bromeó—. Pero no sé en qué estaba pensando para...

Marie había vuelto a la villa. Era consciente de ello porque la mirada interrogante de los empleados se dirigía a ella. Ahora le correspondía decidir y disponer.

—Muchas gracias, Auguste —dijo con una sonrisa—. Mi hija ha tenido una idea extraordinaria y, conociéndoos, seguro que la habéis hecho realidad a las mil maravillas.

—Hemos hecho lo que hemos podido, señora —dijo Else—. Cómodo no será, pero seguro que es mejor que la lavandería.

—¡Pues buenas noches a todos! —les deseó Marie, y tomó la mano de Paul para subir al primer piso con él.

—Mañana el desayuno será de celebración —susurró Hanna abajo, en la puerta de la cocina—. ¿Todavía queda mermelada de fresa, señora Brunnenmayer?

—Arriba, en la despensa. También tenemos huevos, y a Sebastian le han adjudicado una ración de tocino…

Marie y Paul se miraron y sonrieron. Ante la puerta de la terraza acristalada, él volvió a abrazarla y a besarla, luego entraron y se rieron al ver el lecho de cojines montado con tanto cariño, y el viejo edredón de plumas que tendrían que compartir.

—Ven —dijo Paul—. Quiero tenerte para mí solo.

Se metieron bajo el edredón y Marie tuvo la sensación de no haber sido nunca tan feliz como en ese momento en que lo sentía tan cerca de ella, sabiendo que jamás volverían a abandonarse.

—Mañana tengo que hablar con Hilde —comentó él con remordimiento—. Me he portado como un sinvergüenza con ella.

Estaba a punto de decirle que tenía razón, y que Hilde ya había tomado las medidas oportunas, pero entonces se oyeron susurros al otro lado de la puerta.

—¿Los dos?

—Sí, señorita. Llegaron hace media hora más o menos.

—¿Qué le había dicho yo, Humbert?

—Podrías ganar mucho dinero como adivina —dijo entre risas una voz masculina.

—¡Chist, Felix! Seguro que ya están dormidos. Vamos…

Hubo un momento de silencio, Paul respiró aliviado, pero luego los susurros prosiguieron.

—¿Qué haces aquí, tía Elvira?

—Gertrude me ha dicho que Marie está en la villa.

—Chist. Están en la terraza acristalada.

—¿Has oído, Lisa? Están en la terraza acristalada. Con el frío que hace ahí. Humbert, ¡lléveles la colcha de la difunta señora!

—Disculpe, pero no creo que debamos molestar a los señores…

—¿Qué está pasando aquí? —se oyó la voz inconfundible de Kitty—. ¿Qué hacéis todos ahí? Venga, a la cama. No se puede molestar a una feliz pareja bajo ningún concepto.

—Jesús, ya no son dos tortolitos —replicó la tía Elvira.

—¡Eso es lo que tú crees, tía! —exclamó la voz de Dodo—. Venga, se acabó. Media vuelta y todos a la cama, ¡si no, me voy a enfadar!

Los ruidos se alejaron, los susurros y las risitas se fueron amortiguando. Paul recolocó el edredón porque los pies de Marie se habían quedado al aire.

—Es maravilloso estar contigo bajo una manta —murmuró y la besó—. El resto de la noche es solo para nosotros.

—Y mañana comienza una nueva vida —respondió ella con ternura—. Nuestra segunda vida, Paul. Y la emprenderemos juntos, de la mano.